大国智造

陈楫宝　符策慧　著

青岛出版集团｜青岛出版社

图书在版编目（CIP）数据

大国智造/陈楫宝，符策慧著. —青岛：青岛出版社，2023.11
ISBN 978-7-5736-1596-1

Ⅰ.①大… Ⅱ.①陈…②符… Ⅲ.①长篇小说－中国－当代 Ⅳ.①I247.5

中国国家版本馆CIP数据核字（2023）第208665号

	DAGUO ZHIZAO	
书　　名	大国智造	
著　　者	陈楫宝　符策慧	
出版发行	青岛出版社（青岛市崂山区海尔路182号）	
本社网址	http://www.qdpub.com	
邮购电话	18613853563	
责任编辑	李文峰	
特约编辑	侯晓辉	
校　　对	高秋颖	
装帧设计	马　倩	
照　　排	梁　霞	
印　　刷	三河市良远印务有限公司	
出版日期	2023年11月第1版　2023年11月第1次印刷	
开　　本	16开（710mm×980mm）	
印　　张	27	
字　　数	427千	
书　　号	ISBN 978-7-5736-1596-1	
定　　价	58.00元	

编校印装质量、盗版监督服务电话 4006532017　0532-68068050

自　序
那些奔赴在突破"卡脖子"征途中的年轻人

"卡脖子"一词的盛行，肇始于美国对中兴集团的制裁。美国对华为的封锁则把这个词的使用频率推向史无前例的高度，无论是在政府语言体系还是民间的讨论中，突破"卡脖子"、推行自主原创研发和智能制造、工业当自强成为国人的共识，从而掀开中国智能制造新时代发展的序幕。

芯片、操作系统、高端数控工业母机、工业软件……这些近年来被业界频繁提起的"卡脖子"技术，美国在一道一道地封锁。美国通过这些技术封锁，像操控提线木偶一样将他国的工业"操之在手"，钝刀子割肉，"杀人"诛心，刀法稳、准、狠。谁说科技无国界？谁说技术无主权？当我们倡导人类命运共同体的时候，当初开启人类历史上第一次、第二次乃至第三次工业革命的西方国家却对我们人为地竖起技术主权的国界。面对这些蛮横的封锁，我们能否突围？如何突围？多久突围？谁能突围？有人说我们的军工产品这么牛，都能"上天揽月"，"下海捉鳖"，为何突破不了这些所谓的"卡脖子"技术？我们相信，提出这些问题的肯定是非工业和科技领域的广大民众（当然作者也是其中一员），业界反而是一片沉默。

正是这些看似简单但难以回答的问题、业界难以言喻的痛楚，勾起了我们浓厚的兴趣。三年前，上市公司中文在线的赵建华女士找过来，聊起这个话题，表达了类似的兴趣，我们一拍即合，共同探秘，一起以小说的形式创作一部工业题材的作品。

工业机器人成为我们聚焦的领域。一方面，作为曾经的投资人，我们投资过上海嘉定区的一家工业机器人企业，对工业机器有过了解；另一方面，工业机器人被誉为"制造业皇冠上的明珠"，在某种程度上，其机械臂的材料、伺服电机的数字化、控制器的智能化和减速器的"柔性技术"与"硬骨头"，代表着工业制造的水准，同时是智能制造的核心载体，是实现智能制造的执行机构。

三年来，我们到各处进行走访，对象包括中外著名大企业、中小微企业，从制造到"智造"。没错，"中国造"不乏明星，如实现了地外天体采样返回的"嫦娥五号"、开启火星探测的"天问一号"、完成万米海试的"海斗一号"、在马里亚纳海沟成功坐底的"奋斗者"号、拿到适航证的C919大飞机……这些"中国造"激发出我们强大的民族自豪感。但是，我们发现了更多的"灰度创新"和"底层突围"，它们隐匿于民间，发迹于市场，竞争于国际，我们"视而不见"却离不开它们，比如一只打火机的恒流阀、一支签字笔的笔尖钢……这些局部创新崛起于细分领域，成就了众多行业的"小巨人"。它们聚沙成塔、集腋成裘，这些来自市场的创新力量颇有"风起于青蘋之末"和"浪成于微澜之间"之势。

我们惊喜地发现，年轻人成为创新大军的新锐力量。如果说上一代工业人，如小说中的许廷宝、汪自强、黄严、刘大桥等前辈，他们承担着共和国改革开放的神圣使命，从无到有，从一穷二白到工业制造，一手打造了"世界工厂"，那么现在的年轻人，像小说中的黄立工、刘睿阳、张文峰、许茜茜、许少阳、刘斐、李艺等人，他们则担负着新时代的智造强国责任，从有到优，从弱到强，从模仿到原创，从制造到"智造"，从"世界工厂"到"世界发动机"。他们是一群什么人呢？他们接受过良好的教育，掌握信息技术、智能技术、纳米技术等专业知识和技能，秉承科学精神，永葆好奇心，怀有对新技术的兴趣，能够坐冷板凳，有"在1万粒沙子里才能找到1粒金子"的长期专注的研究积累，拥有"创新推动人类进步"的博大情怀，不执着于把竞争对手都打垮，着眼于造福人类可持续发展，格局高远，视野宽阔。他们或出身于工业世家，或是接手家族企业的"创二代"，或归国博士，或回头浪子，或出身于工业小镇，敢于与境外对手开展并购、专利、资本、海外市场等攻守战。他们既有进取时的理性和拼搏精神，也有着生活的柔情和个性的纯真。在现实中，与那些挣快钱、一夜暴富的群体完全不同，他们低调、务实、不爱喧哗，行胜于言，积蓄力量，等待爆发。

他们是新时代的新青年。他们就在你我的身边，或是左邻右舍，或是亲朋好友，是那些默默埋首于科研院所、工业园、科技园等地方的蕴藏着活力的年轻人。他们生活在好时代，政府政策、金融资源等给予他们支持；他们有着惊人的战略定力，长久保持着战略清醒，能深刻地认识到自身的差距和不足，同时保持着咬定青山不放松的坚韧，日积跬步，只争朝夕。他们拥有创造力和创新思维，使"中国智造"存在无限的可能性。

肩负新时代使命的年轻人，他们是希望所在。爱他们。

陈楫宝　符策慧

目 录

第一章 失手印度 ……… 1

第二章 中国制造 ……… 63

第三章 智造启航 ……… 137

第四章 国际征途 ……… 271

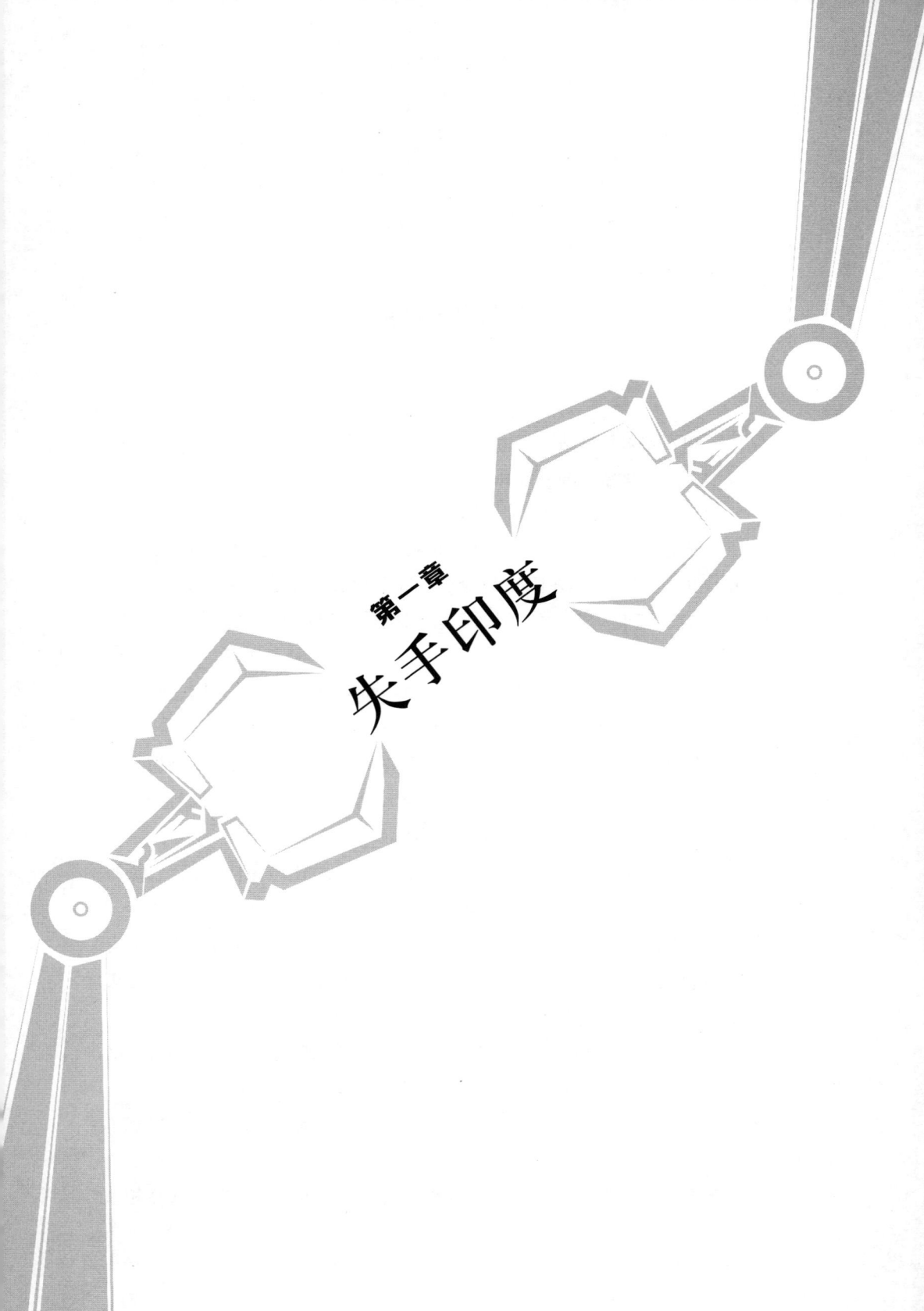

第一章
失手印度

1 印度投标

黄立工和刘睿阳并排站在窗边。

说是窗，其实是墙。演示厅相当宽大，外墙是整面玻璃，擦得一尘不染，风起时，浊黄的空气自远处奔袭，似乎要直扑进来一般。

这里是地处塔尔沙漠边缘的一座印度边境城市。远处沙丘连绵不绝，和身后城市中的建筑一样，在阳光照耀下，目光所及，皆是黄色的块块垒垒，低饱和度，接近陈年金条，大大小小，层层叠叠，勾勒出彼此界限的是黄色的阴影。

对于眼前的美景，黄立工无暇欣赏，而是面带微笑，双手抱胸，盯着窗外的光伏板阵列，昂然如出征的将军，巡视着即将攻陷的战场。

刘睿阳则表情凝重，双手沿裤子缝线垂放，身体微微左倾，从身后看时似乎在轻倚着黄立工，实则不然，不过是身体重心落在左腿上。他与身姿笔挺的黄立工站在一起，显得站立的姿势有些倾斜。

站在两个人身后的临时翻译许茜茜用手机随手偷拍了一张照片，只觉眼前的两个人宛若双子塔，亲近但彼此独立，不禁莞尔。

他们携带鲲鹏清扫机器人参与国际招投标。参与此次印度市场角逐的有意大利、以色列、美国以及中国的企业。在光伏面板智能清扫市场，印度市场份额最大，同时对环境要求最严苛，行业内称"得印度者则得天下"。

这也是鲲鹏清扫机器人在国际市场上首次亮相，他们对项目中标志在必得。当地行业媒体称他们为"一匹来自中国的年轻黑马"。

不过，他们俩内心还是有些紧张，越渴望得到，到紧要关头，心里越不轻松。

毕竟鲲鹏清扫机器人是两位年轻的创业者一年多的心血，第一次亮相就上国际竞技场，与老江湖们同台较量，他们怎会不紧张？！旁边一群印度人有意无意地注视着他们。

外面传来一阵嘈杂沉闷的响声。黄立工绷紧身体，凝视窗外。窗外地面上黄沙扬起，动静不小，演示厅的玻璃隔音效果还不错，传进来的声音很是低沉。

黄沙稍落，演示厅里的人可以清楚地看到，一台清扫机器人伫立在光伏板阵列的边缘，几个穿着蓝色工装的工程师在做竞演前的调试。鲲鹏的工程师李佳身材敦实，但动作并不迟钝，沉稳地在沙尘中指挥着另外两个工程师。两个工程师打着手势，示意检查完毕。李佳最后检查了一遍机械臂关节、刷头等几个关键部位，转过身，向着玻璃窗——黄立工和刘睿阳的方位——比画一切顺利的手势。

沙尘都落到地面上，空气恢复干燥透明，鲲鹏清扫机器人启动，开始清扫作业。

即便已经在国内厂房里看过许多次，几近审美疲劳，但当鲲鹏清扫机器人第一次现身域外荒莽大漠时，他们仍然眼前一亮。

机器人通体亚光的暗红色涂料，嵌着黑晶般的光伏板，这个造型在睿立科技的厂房里显得暗淡低调，甚至有些怪异。安分而无趣的工程师们茶余饭后都忍不住吐槽它的造型，向来安静的工厂食堂那些天都热闹不少。然而，塔尔沙漠午后的阳光炽烈，照耀着开阔的天地，就连无味之极的黄沙都被映照得通透，宛如凝结的香槟酒，拥有沉闷的暗红色机身的鲲鹏清扫机器人更是脱胎换骨，闪成明耀炫酷的酒红色，在沙地里移动、清扫，像是加入星球大战的小型变形金刚。

如果是鲲鹏清扫机器人最后中标，这里将会呈现这么一片壮景：沙漠上伫立着庞大的光伏板阵列，一块块黑黝黝的朝着天空的光伏板组件整齐排列，数百个酒红色"变形金刚"穿梭其中，进退如一，俨然精英级的未来兵团，给人权柄在握的满足感。演示厅里的印度人肯定想象出了同样的景象，发出低微但抑制不住的赞叹声。

黄立工忍不住微笑，挑衅地看向刘睿阳。

刘睿阳在灼热目光的炙烤下，就不转头。

鲲鹏清扫机器人的外观，是黄立工硬生生拍板确定的。当时他们马上要动身去印度，参加竞标的样机正在接受紧锣密鼓的调试，黄立工忽然进来，貌似不经意地说，要重新做一下外观设计。刘睿阳皱起眉头，老板改个决定很容易，只需要几句话、几通电话，过几天事情就会完成，实则底下一片鸡飞狗跳。重做外观设计，看起来是个小要求，重新设计和喷漆而已，问题是，样机只有一台，去印度的日期已经确定，这些是硬前提，再小的新增要求也必然挤占和打乱调试的时间。最终接手任务的是最强的团队，能挤出时间的团队，在这家公司里，那就是刘睿阳和他手下的工程师们。

黄立工搂着刘睿阳的肩膀说："研发和生产机器人，你是学霸，我绝对信任你，你做主；怎么把机器人推销出去，我更懂行吧，听我的！"他压低嗓音，接着说，"我爸从工人一路做到工程师，做到厂长。你还不了解，我一家三代流的都是工业的血，我不会拿兄弟们的心血开玩笑的。"

他眼神淡定，一副印度就是他家后院的笃定模样，虽然他知道，所有人都知道他没去过印度，连印度人都没见过。

鲲鹏清扫机器人清扫到第三列光伏板。演示厅里，两块大尺寸液晶显示屏在实时播放机器人清扫工作的细节。机械臂自上而下扫完一道，回到光伏板顶部，往右移动到下一道，下探，刷头接触光伏板，调整到合适的距离，开始快速地转动。扩音器里传来轻微而平稳的马达声、刷头扫过面板的声音，以及"沙沙"声，那是黄沙滑下光伏面板落到地面上的声音。显然印度方面对这次招标很是重视，现场的声音经过细心的处理，务求清晰地表现每一处细节。

马达声忽然变强，刷头转动的速度明显变快，同时往下移动的速度放慢。屏幕上很清晰地显示，刷头正在对付一个凝结在面板上的沙团。刷头停顿，重新快速地启动，沙团上的沙粒缓慢地被剥落下去，逐渐地，沙团越来越小、越来越薄，最后大部分都被清扫下去。

刷头恢复正常速度，继续往下清扫。

评标专家席传来低沉的交谈声，黄立工听不清，不过从现场氛围和专家脸上的表情来看，不是坏迹象。刘睿阳似乎松了一口气，甚至有些骄傲，鲲鹏清扫机器人是少数甚至是第一个能探测到沙团并进行针对性处理的清扫机器人。

目前为止，睿立做的每件事情都是对的。

睿立科支创办这两年来，几乎没有一件事情是确定的，几乎每个决定都像在赌桌上押注一样。睿立的主业是生产焊接机器人，一年多前切进光伏清扫机器人的全新赛道，谁都没有实战经验。刘睿阳带着研发团队东奔西跑，模拟自然场景测试，包括高温、沙地、骤雨、干旱等种种恶劣环境。机器人在模拟的测试环境里运行顺利，进入真实环境就问题频出，这种情况太多了。

真实世界永远充满意外，而且是简单拙劣的意外。

睿立科支是学成归国的许茜茜投资的第一个天使项目。记得当初她做投资决策时，黄立工难得诚恳地对貌似沉稳但依然掩饰不了稚嫩的她说，一入创业深似海，制造业更是死海。如果有人告诉投资人，在他的创业过程中，有哪怕一件事尽在他的掌握之中，是按照规划和设想开展并实现的，那他不是蠢就是坏。

她相信黄立工说的是实话，但她不相信运气。一件事情在一段时间内可以凭运气，但是如果企业的兴衰存亡也要基于运气，那她怎么去判断一个企业的长久价值？

2 演示事故

鲲鹏清扫机器人转过弯来，开始清扫第 7 列光伏板，还有最后两列，鲲鹏清扫机器人就完美地完成它的首秀。黄立工脸上开始浮现轻松的笑容，带着他标志性的、有些促狭的得意神色，等着在印度人面前做点儿张扬的庆祝动作——有挑战性的障碍都在前几列，到了最后两三列，就是例行完成任务。

刘睿阳反而面露迟疑之色，带着些许不解。他侧耳凝神倾听，好像听到的声音里蕴藏着什么不祥的信息，接着转过身，看着玻璃墙外的机器人。

忽然，刘睿阳往前迈出一步，可能步子有些大，身子有一瞬间的不稳，但立即用一只手扶着玻璃墙，调整站姿，另一只手则在胸前向外面的李佳比着手势。李佳往后退了一步，又往机器人的方向跑了几步，停下来，回过头来看着墙内的刘睿阳。他一脸惶恐，又有些茫然，双手在发抖。演示场地内的另两位工程师陈何和郭伟强跑到李佳身边，说着些什么，看上去都有些不知所措。

黄立工站起来，皱着眉头看着大屏幕。演示厅里的众人也都意识到不对劲，纷纷站起来。扩音器里传来的声音不再是规律而清晰的，而是马达全功率运转的声音，还带着"沙沙沙"的噪声。大屏幕上，鲲鹏清扫机器人的刷头无比迅速地转动着，不停地清扫着一块小小的区域，然而，光伏板上那个位置早已清扫干净，什么都没有。

刷头疯了似的，转速越来越快，忽然间又定住。接下来发生的事情，也就在一两秒间，但对于黄立工和刘睿阳而言，则显得非常漫长，就像电影里的慢动作画面：刷头又恢复了疯狂的转动，机械臂一寸一寸地抬起，犹豫着，似乎要重新寻找光伏面板的位置，然后做出了决定——让人痛苦的决定，它剧烈地抖动了一下，重重地砸了下去。

机械臂一往无前地砸向光伏板，扩音器里传来清脆的碎裂声，在演示厅内的人只觉得耳边就像炸响了巨大的雷声，一时什么都听不清了。

演示厅内外已经变成截然不同的两个世界。

演示厅外的演示现场乱成一团，工作人员手忙脚乱地在机器人和光伏阵列周边拉起警戒线。一个高级工程师模样的印度人一边紧张地挥着手臂指挥工作人员，一边拿着对讲机喊着些什么。睿立科技的3个工程师试图往里冲，靠近机器人，两个工作人员拦着他们，往外推。印度工程师一脸怒气，冲着他们大声叫嚷。远处，几个工作人员搬着器具材料小跑着，地面扬起一阵阵的黄沙。

演示厅内就平静得多，扩音器里仍传来演示现场的声音，听得清是脚步声和人群喧闹声。评标席上，专家们大都坐回到座位上，面色难看，低声交流着些什么。黄立工犹自保持着平静，向着评标专家们颔首，做出致歉的姿态。他转过身的时候，他的脸部神情僵硬，眼睛里看不出任何东西。

刘睿阳神色疑惑，拨打着电话，快步往外走。他的步伐很快，却仍然给人一种缓慢的感觉。电话没人接听。一位印度经理拦住刘睿阳。他似乎不敢在演示厅里说得太大声，于是加上双手激动地比画。刘睿阳放下电话，两个人来回说了几句，看样子并不愉快。

"你们必须赔偿！完全赔偿光伏板，嗯……除了光伏板，还有别的。Quick（立刻），quick，不然你们回中国后这件事就不了了之了……"

刘睿阳在"喃喃"地复述着经理的话——他原本大概是有些恼怒的，最后浮现在脸上的却是无奈。

他走出演示厅，和印度工程师沟通，然后双手轻拍自己手下几位工程师的肩膀，拦着他们，大声向他们说着："直流拉弧……危险……让他们处理……"

他们身后，工作人员穿着防护服，戴着橡胶手套，正在把蓝色篷布盖到破损的光伏面板上。

3 工业误差

现场机器人竞演，睿立被打最低分，黑马变成灰马，变得莫名其妙。

晚上，黄立工在库房里踱着步。库房安静，只有时快时慢的轻微脚步声。灯在他的身后，他的脸在阴影里，仿佛罩着一层灰纱，模糊不清。有种阴沉的气氛在这个熟悉而封闭的环境里生成，在地面上蠕动，伺机袭向在这里的人们。

刘睿阳坐在库房操作区中央，一张大桌子摆在那里，桌上有一台17英寸（1英寸=2.54厘米）的轻薄的笔记本电脑，屏幕上是密密麻麻的数据表。笔记本电脑一侧放着几张A4纸，上面潦草地写着数字和公式，纸上面压着一支圆珠笔，另一侧扔着个强光手电筒，还有一盘苹果，多到不像是零食，而像是晚饭。装苹果的盘子是满的，看来他还没吃。

他好像完全没注意到黄立工的存在，一动不动，对着屏幕上的数据沉思，偶尔抬头看看前方的机器人。这个下午闯出大祸的家伙已经被拖回来，委顿在灯光下，耷拉着机械臂。离开大漠烈日，机器人恢复了惯常的模样，通身蠢笨的暗红色，看着就像个等着未知惩罚的犯错的孩子。

许茜茜大口而无声地呼吸着，站在刘睿阳的身后，用他的身体挡住黄立工的视线，眼睛却一直看着黄立工在地面上的影子，那影子随着踱步在不断地变化，拉长、缩短，又拉长。不知道为什么，黄立工这种神态，总会隐隐唤起她的某种恐慌感，像在虚空中面对遥远而原初的恐惧。

黄立工站定，面朝刘睿阳，看着他头顶上的虚空，手臂忽然在空中重重地挥出去，像是抓起空中的茶杯扔了出去一样。

黄立工走到刘睿阳的身旁，伸手，攥拳头，按到桌面上，骨节在桌面上发出干涩的摩擦声。

"我还能不能相……"他停住话头，有些犹豫，转而低沉地说，"到底搞什么鬼？后头的连锁反应我们根本吃不消，焊接机器人业务也会被拖到坑里的……"

刘睿阳仍在沉思。

"你说句话！"

刘睿阳慢腾腾地伸出左手拿起一个苹果，又将苹果换到右手，看也不看，猛地往黄立工那边掷去。

苹果正中黄立工的胸口。刘睿阳身材颇为结实，比健身房里练出来的人还要壮实，这一掷力道不小，发出"嘭"的一声。

"闭嘴！吃苹果。"刘睿阳声音硬邦邦的，像计算机合成的。

黄立工抚着胸口，脸色古怪，瞪着地面，苹果正在艰难地滚动着。

许茜茜往后退了一步，鞋子在地面上拖出沉闷的摩擦声，她看了看刘睿阳，又盯着黄立工。黄立工忽然笑了一下，弯腰捡起苹果，在衣服上擦了擦，咬了一口。

"11年了！"

刘睿阳看着那盘苹果，轻轻地说："11年。"

两个人对这个数字都记得很清楚，似乎每一年都在数着一样。他们之间似乎有一个关于苹果的故事。

刘睿阳拉开身旁的电脑椅，示意黄立工坐过来。他回头看了看许茜茜，示意她也搬张椅子坐过来。许茜茜点头，往前站到刘睿阳的身旁，看着电脑屏幕。

刘睿阳在键盘上敲了几下，屏幕上整齐地堆叠着十几个数据表窗格。

"这是机器人在现场传回的数据，我详细地分析了一遍……"

"嗯。"许茜茜记得,这次招标有要求,机器人所有的相关系统和软件都不能留有后门。再说,也没必要让机器人现场传回数据,演示结束后,各家公司收回自己的机器人,只要调取存储模块,数据自然就拿到了。

"总会有意外的。"刘睿阳说。

"中标以后,交付给他们的成品肯定是封闭上的。"黄立工说,语气中带着点儿不耐烦。

屏幕上展示出一个新的数据表。"我找到异常点,把异常的数据类别抽取出来,然后建时间序列……"刘睿阳敲下几行指令,屏幕上蹦出一张简洁的图表,排列着3个展示区域,每个区域都是一条红线和一条蓝线,挨得很近,但看得出并不完全重叠。

"起始位置、调整位置、刷头转速。"刘睿阳一一指着那3个区域介绍,"这是3个基本指标,有它们就能建立一个最简单的智能清扫模型。我们这几个指标都出问题了。"他指着红蓝线之间的微小区域,"你们看这两条线的背离。蓝线是机器人实际运转时的数据,红线是我把算法模型部署到封闭环境里重新计算出来的。"

黄立工哼了一声,这两条线的背离似乎印证了他心里隐隐的担忧。

刘睿阳快速地敲下几个指令,把图表放大:"你们看时间线。"

屏幕上的线图被放大,红蓝线的差异变得很明显。刚开始,两条线尚且贴合,到了中后期忽然分道扬镳,蓝线以加速的态势偏离,和红线的距离一下子明显地拉开。

"我抽出问题时段的数据,按照我们的算法进行运算,和现实的吻合度很高,不应该有问题的。不知道机器人的实时运算哪里出了问题,对距离和难度的估算误差很大……"

"我记得,我们的机器人有自动纠偏系统。"许茜茜说。

"纠偏是机器人自我纠偏,它是在检测到的多组冲突数据之间纠偏,不是根据人看到的东西纠偏。人是用眼睛看现实,机器是用数据看现实,数据错了,机器对数据的理解错了,那现实就错了。有地方出问题了,它错估了光伏面板的位置,也错估了自己的速度。我们看到的是它狠狠地砸了面板,可是在机器人看来,它的移动很平缓,它的机械臂划过的是空气。"

"不是同一个算法吗?你算的是对的,机器人算出来的差那么远?"

"理想环境下是对的，不等于现实里就是对的。就跟电脑系统一样，苹果系统的电脑很少死机，但是微软系统的死机就是家常便饭。"黄立工慢悠悠地说。刘睿阳摇了摇头："不是这么简单。"黄立工没有回应，也没有动，刘睿阳便看着许茜茜："要解决问题，得问对真正的问题。出错是个结果，不是问题，异常才是真正的问题。"

　　许茜茜睁大了眼睛，看着刘睿阳的眼睛。

　　"关键是找到真正的异常。你和别人不一样的地方、你和以前的自己不一样的地方，才是决定性的。"他举了一个例子，"工业生产免不了误差，但是，误差和误差不一样。生产线的正常良品率是99.9%，但是一到月初，就会掉到99.5%，磨个几天才回到99.9%。你现在要进行初步判断，这里真正的异常最可能是什么？生产线本身的波动、99.5%的计算结果，还是月初？"

　　"月初。"许茜茜回答得很干脆。

　　"嗯，这是工业生产里最基本的概念，随机误差和系统误差。"刘睿阳点了点头，"别说工厂，国家也是。大国制造其实很简单，把最基本的事情做到最好。德国、瑞士、日本……他们和我们的差距，很多时候只不过是他们愿意多拿出80%的精力把系统误差降低零点几。我们大多时候，一出问题就盯着生产线，换生产线。"

　　黄立工盯着屏幕上红蓝线之间那个触目惊心的豁口，又看了看手里被咬了一口的苹果，慢慢举起苹果，咬下大大的一口，咽下去："你找到了？"

　　"嗯。"

　　"问题出在哪儿？"

　　刘睿阳犹豫了一下："我猜，是四舍五入。"

4 "爱国者"与沙子

　　"嗯？"黄立工皱起眉头。罪魁祸首竟是四舍五入，这个小学就要学的东西？"

"累积误差。"刘睿阳说，"累积误差源头不明，我排除了很多可能，应该就是四舍五入。"

"最基本的东西是最重要的。"许茜茜看着刘睿阳，刘睿阳报以赞许的目光，"你能详细地说说吗？"

黄立工从鼻子里哼了一声。累积误差是工业生产中常见的问题，黄立工经历过不少。各种起因的都有，因四舍五入而生的累积误差却是最隐蔽的异常之一，他从未听过。

就是这个小学生都会的玩意儿，折腾出这么大的动静来。现实世界的复杂数值运算中，很少能够得出整数结果；很不幸，虽然现代计算机的运算速度比人脑快了上亿倍，但性质一样，只擅长整数运算。只要是除法，不管保留小数点后多少位，终归是要四舍五入的，也就是说，几乎每次计算都会有误差，这对于那些需要进行大量迭代的算法模型来说，就不太友好了。

"迭代？"

"简单地说，重复执行同一系列运算步骤，但将每一次运算的结果都代入进去，作为下一次运算的起点。这种情况下，四舍五入的误差会被继承下来，迭代的次数越多，累积的误差越厉害。"

"嗯，明白了……我从小就梦想会迭代，全国人民，每个人给我一分钱，就一分钱，我马上就是千万富翁！"

"全国小朋友的共同梦想。"刘睿阳转头看向黄立工："老黄，你呢？"

黄立工闷哼一声："就说你们志向不够远大嘛，我打小盘算的是一人收他一块钱，一步到位当亿万富翁。"

说着他"哈哈"笑起来，驱散了些压抑的气氛。

"一人一分钱，是乘数效应。迭代是指数级的，更像是银行的复利，利滚利。"黄立工看了许茜茜一眼，补充说。

说到银行和复利，在伦敦学商科的许茜茜马上明白："利息也要算利息……我想起来以前看过的一个推理小说，说银行账户的零头也是四舍五入的，有个职员就利用这点，把应该舍去的那些零头转到自己的账户上。别人的账户里没少一分钱，他的账户里却多了一笔巨款。这是真实可行的？"

"是真的。前几年，有人利用这个漏洞对银行搞过攻击。"刘睿阳点头，解释说，"其实因舍入误差生出的祸端不止于此，甚至连军事领域都出过事故，其中一次著名的事故发生在海湾战争期间，'爱国者'导弹对'飞毛腿'导弹拦截失误，导致28名士兵丧生、98名士兵负伤。"

"'爱国者'？！'飞毛腿'？！"黄立工抓着刘睿阳的椅背，这是许久前他很熟悉的名字。两个人对视，都想起小学时代。那是初春的时候，在上学和放学的路上，黄立工手舞足蹈、绘声绘色地和刘睿阳描述他前一天在电视里看到的导弹发射和轰炸的画面。那时候他们肯定想不到，20多年后，轮到刘睿阳向黄立工描述"爱国者"导弹背后的故事。海湾战争中，"爱国者"导弹拦截了不少"飞毛腿"导弹，然而有一枚，它意外失手了。那枚"飞毛腿"导弹击中了美军位于沙特阿拉伯的一座军营，造成28人死亡、98人受伤，是美军在海湾战争中最惨重的伤亡事故。过后人们分析原因，发现问题就出在舍入误差上。"爱国者"导弹系统的寄存器是24位，每工作一个小时，系统内的时钟会有一个微小的毫秒级延迟，但是，当时"爱国者"导弹系统已经连续工作了4天，接近100个小时，当那枚致命的"飞毛腿"导弹到来的时候，已经累积了大约1/3秒的误差。

"这个误差听起来不大，可是'爱国者'导弹全速飞行的速度是6倍音速（2040米/秒），差1/3秒就差了680米，差了一个半操场那么大的距离，根本就识别不出'飞毛腿'导弹来，更别说拦截了。"

许茜茜伸出拇指和食指比画了一下："我们的机器人只要累积了……嗯，10厘米的误差，就会砸掉光伏板。"她眼前闪过机械臂坚决而有力地砸向光伏面板的样子，不禁打了个冷战。

"几厘米就够了。所有的指标都在累积误差，凑在一起……"

"以前没出现过？"黄立工问。

刘睿阳摇头。他和他的团队从来没有遇到过这个问题，之前一点儿迹象都没有。在光伏清扫机器人这个细分领域里，累积误差可以说是个深水区的问题，要在比较极端的状况下才会浮现。他们在进行调试的中国沙漠里没有发现这些状况，但在印度的沙漠里全遇上了。

"现在发现两个新状况。第一个是沙子，机器里进了不少沙子，对精密测量和动作会有影响，而且轴承磨损得快，雪上加霜……"

说到这里，刘睿阳不由得皱了一下眉头：这次轴承磨损得实在有点儿厉害。他接着说："这是密封等级的问题。我猜是印度沙漠的沙子太细，大概是老沙漠，比中国沙漠的沙子细多了。我已经让他们带样本回国检测。

"第二个比较奇怪，从实际数据来看，传感器、控制系统压力很大，哪怕是常规操作，都接近满负荷运行。比如机器人需要不停地校正定位、距离，校正各种运算，平时跑3遍就行，现在要跑三五十遍，而且精度下降得厉害，累积误差的问题就很容易放大、爆发。"

"什么原因？"

"不好确定，可能是电磁干扰。"

刘睿阳摇了下头，有点儿懊丧。

"怎么了？"

"说起来，我们也算遇到过电磁干扰。"鲲鹏清扫机器人开始测试时，确实遭遇过电磁干扰。光伏电站本身就是个大磁场，肯定会有电磁干扰，传感器有时会失灵。但电磁干扰只偶尔出现，干扰效应也轻微，他和团队没有就这个问题刨根儿问底儿，而是采取经验式的解决方法，试用不同的传感器，很快就确定了一款实际效果比较好的，把问题解决了。但是这次很不一样，不光传感器，连控制系统也很受影响，几乎所有的指数都在快速地累积误差。也许印度的光伏电站和国内的不同，有异乎寻常的地方，这就要回去详细地分析技术资料才能确定了。

"不管是哪种状况，对你来说好像都不难解决吧？"黄立工盯着刘睿阳。

"问题找到了，解决就简单了。"

"那你怎么了？"

黄立工了解刘睿阳，他一向冷静，冷静得可怕。刘睿阳很能解决问题，但那是机械式的解决，不带人类的情感。这个晚上，刘睿阳冷静的表情下总是隐藏着凝重。

"有些东西让人感觉很别扭。"

5 陌生人

李佳坐在床边，怔怔出神，平日灵活的身躯满是疲惫。

陈何和郭伟强坐在另一张床上，一个靠着枕头，另一个弯着腰，偶尔交换一下眼神，都是一样的沮丧。

"李工……"陈何想说点儿什么。李佳好像没听见，不搭腔，半晌，回过神来，走到两个人的面前。

"不是你们的问题！"

陈何和郭伟强抬头看着他，勉强地点点头。他双手搭在两个人的肩膀上："你们做得很出色，问题出在我这里。"他俯身拿起外套，"我出去走走，好好想想问题。"

李佳走出宾馆大门。夜色刚降临，空气已有些凉意，他呆立了一会儿，往库房走去。

库房的门开着，光线射出来，散落在门口。李佳走到越野车旁，停住。越野车是公司在印度租的，就停在库房外。他看着地面上模糊的光晕，逡巡不前。库房里面传来隐约的说话声，断断续续的。他折返几次，还是下不定决心走进去。忽然传来一阵笑声，他能听出是黄立工的，伴着其他人附和的笑声，在清静的夜里很是响亮，只是少了欢愉之意。

他双手插进兜里，缩了缩身体，往回走，走到下一栋楼边，停了下来。

有什么事情不太对劲。

他搜寻着记忆，想了好一会儿，轻轻地转过身，走到行道树旁，看向库房对面。

那里有个人影。

他从宾馆走向库房的时候，看到了这个人影，当时不以为意。但是，他在库房门外犹豫时，却看不到人影了，想来那个人当时是隐在树后……夜里的空气似乎更冷了，他打了个哆嗦，把外套的拉链拉上来，轻轻回到步行道上，快步往回走。

回到宾馆门口，他掏出手机，手指放在屏幕上，半晌没有操作，最后把手机揣进兜里，走进楼里。

6 并非海因里希法则

黄立工双臂抱胸，头往后靠着椅背，等刘睿阳说下去。

"太凑巧了。"刘睿阳别扭的感觉更强烈了。累积误差是一个藏得很深的漏洞，触发条件很苛刻，然而，第一次实地演练就快速地出状况，几乎每个触发点都踩到了——太意外的意外，反而不像意外。

"不凑巧，哪叫意外？"

刘睿阳看了看桌子，从果盘里拿出一个苹果。苹果放得久了，外表看着很好，光鲜亮丽，但里头也许是黑的，这个概率不会太高，假定是5%，看着是小概率，但是在日常生活里，几乎意味着肯定会发生——谁不买个几十次苹果呢？

他把苹果放到桌上，依次从果盘里再拿出3个苹果，分开摆到桌面上，问许茜茜："这4个苹果是从不同地方买的，猜一下，它们都是烂苹果的概率有多大？"

许茜茜手指在手掌上划拉，抬头看着刘睿阳，摇了摇头，反正这个概率肯定很小。

"0.0006%。"刘睿阳说。就像普通人的日常生活一样，总会买到外表看着正常的黑心苹果，但是绝少有人连着4次买到的都是烂苹果，这概率就和中彩票差不多。

鲲鹏清扫机器人的事故也一样，核心原因固然是累积误差，但任何漏洞都会有或宽或窄的触发条件。这次几乎所有的相关条件都被触发，能激化的矛盾都被激化——全部达成的概率实在小了点儿——因此事故才出现得迅速而猛烈。就像一个系统，也许有着十几个漏洞，时不时这里、那里出个问题，这很正常，但是，如果这十几个漏洞同时爆发，导致系统出现严重的事故，就有点儿不可思议。

"但如果说是人为因素,更不现实。"黄立工不以为然。事故刚发生时,他第一时间就怀疑有人捣乱,但看到这个事故"水平"之高后,他否定了这个想法。这可是刘睿阳都发现不了的漏洞,事故发生后尚且只能靠猜测判断,他不相信有人能发现并悄无声息地加以利用,捣出这么"漂亮"的乱来,"哪个事故发生前不是风平浪静、稀松平常的?你事先看到有什么不对的地方吗?"

刘睿阳听出他的言外之意:所谓意外,就是一切如常,但偏偏就发生了,能预测到何时发生、如何发生,那就不叫事故了。意外和错误,简直就是这个星球或者说是这个星球上的人类的固有属性——不过,硬币的另一面是,如果没有DNA复制的意外和错误,生命的进化一开始就不可能,地球上更不可能出现人类。

计划再周密,管理再细致,监管再严格,终究都会发生大大小小的事故。历史上那些出名的事故,人们在尘埃落定后回头看,会发现一系列的巧合,触发条件那么苛刻,但凡一个细节稍有不同——也许就是把门关上、没有去倒那杯水、早一分钟向上汇报这种微小的行为——那么事故都不会发生,或者不会酿成那么大的悲剧。

但是,事情就能这么巧。鼎鼎大名的切尔诺贝利事故发生前,人们有多次机会,只需要一个简单的动作或操作,就可以阻止它发生;核爆炸之后,人们也有很多机会,能让事故迅速地得到处理,把影响控制到最小,然而都没有。最后切尔诺贝利事故变成人类历史上最严重的核泄漏事故。刘睿阳还记得他上大学第一年印象最深刻的一句话,老师在课堂上讲完这个案例后,半开玩笑地说:"遇事不决,量子力学,工业界也有'量子定律',同学们必须牢记啊,只要可能会发生的,最后一定会发生。"

刘睿阳沉默了好一会儿,那种别扭的感觉还是如鲠在喉,像顽强的虫子无论如何都要从地底钻出来。"就是因为事先没有任何不对,所以才不对。"他低缓地说,"我们都知道海因里希法则。"

海因里希法则,即一个重大安全事故背后,都有着29件轻度事故、300个潜在隐患。任何事故都不是凭空产生的,都有一个渐进的过程。

"你是说,我们的机器人平常就有缺陷,有隐患?"

"有，我们有不稳定的地方，测试过程中也发现过很多问题。"

黄立工摊了下手："但是，在这个事情上，看不到它和之前问题的关联。这个事故更像是一个孤立事件。

"别死抓着海因里希法则，那只是个规律，不是放之四海而皆准的真理。"

"你又来诡辩了。不是 1 就是 0，这世界不是这样的。"

"这世界也不是按逻辑运转的。它什么时候按逻辑运转过？要是照你的逻辑去办企业，早破产了！"

…………

他们俩争辩的声音越来越高，互不相让。自从认识他们以来，他们有过争辩，但从未有过如此激烈甚或迈向失控的情况，许茜茜感觉一股冰冷的力量困住她的身体，呼吸都变得紧张而艰难。黄立工似笑非笑，嘴角往下撇，客气的表情后面像是轻蔑，像是失望，又古怪地有着轻蔑和失望后的包容。许茜茜快喘不过气来。

她身体微微颤抖着，攥紧拳头。

"嘭"的一声。

霎时间安静。

黄立工和刘睿阳愕然转头，许茜茜的拳头仍在桌子上，两个苹果摇摇晃晃的，终于在桌面上停稳。

"先解决问题，好吗？"

"哦，你觉得谁是对的？"黄立工声音低沉地问。

"老黄……"刘睿阳看了黄立工一眼，扶着他的肩膀，借力站起来，拖了一把椅子到许茜茜跟前："怎么解决？"

"你们在各说各的，说得再多……"

一个念头倏地击中许茜茜：他们俩在不同的频道上。虽然两个人你来我往，看似就问题的分歧来回分辩，但是底下实则暗流涌动，南辕北辙。刘睿阳也许固执较真，他说的是事；黄立工所说的更现实、更有说服力，但他的攻击点其实是人……许茜茜扶着椅背，深吸一口气："你们对事实没有分歧，有分歧的只是观点。"

"嗯？"刘睿阳哼了一声。

"这个事情，不能出问题的地方都出了问题，很凑巧，也很突兀，毫无征兆。这个事实，你们都认同，但观点正好相反。这么说，你认为是系统误差，黄总认为是随机误差。"

"是的。"刘睿阳点头。

"你们谁都说服不了谁，再争下去也是这样。"

"你的建议呢？"

"换个决策机制。"许茜茜往后退两步，让黄立工和刘睿阳同时出现在视线内，双手插进兜里，"不够理想的共识也比没有共识好。我们得做出决定，推进下一步的行动，不然就一直停在这里了。"

"你的意思是投票？"

许茜茜笑着摇头："那等于是我在做决定。而且，在黄总那里，恐怕除了你，别人的票他都不认。"

黄立工从鼻子里无声地哼了一下：这小妮子一派海归作风，不管啥都喜欢摊到桌面上说。

"那怎么决定？"刘睿阳又问。

"我们用未来决定现在。"许茜茜看着两个人，刘睿阳在缓缓点头，黄立工仍侧着头，但看出来在认真听着，"对错没有那么重要。如果分不出对错，那么，哪个决策对未来更好，哪个决策就是对的。不管你们俩谁是对的，接下来睿立怎么做？你们把各自的策略列出来，哪一组对未来更有价值，更有利于企业的发展，我们就选哪个。"

刘睿阳站起来，许茜茜看到他的眼里流动着什么，像是赞赏，又像是欣慰。"你刚到公司的时候就是这个样子。"刘睿阳轻声说，只有自己能听到。他转头看向黄立工："这是个好方法。"

黄立工用手指挠了挠额头："你说下去吧。"

"如果黄总是对的，那接下来要做的事情……算法、清扫机器人项目，都需要重新评估和调整。大的就这两个方向吧？"

"还有一个，安全机制。安全系统和作业系统要独立。"刘睿阳补充。

"你都想过了？"黄立工看着他。

"就算这不是意外，这3件事也是要去做的。"

"如果你是对的……我能想到的是，找出那个系统误差……"

"是的，先找出系统误差，"刘睿阳说，"才能判断为什么会出现这个状况，决定应该怎么调整，怎么改变。"

"关键是成本，要投入的人力和时间成本。"

"不，这是一回事。不管是追查系统误差，还是改进算法和安全机制，都是同一个基础工作，硬件、数据的深入分析和生产过程回溯。"刘睿阳说，"我们争了半天，针锋相对，其实最后去做的是同一件事。"

"我刚才一直在想……"许茜茜犹豫着，没说下去。

"怎么了？"

"你要找的那个系统误差，我怎么都觉得，只可能是你自己……"

"怎么说？"

"如果真的是人为意外，那这个人要非常厉害，精通算法、控制系统，还要很熟悉我们的机器人。水平这么高的人是有，但不可能熟悉我们的机器人；熟悉我们机器人的人呢，没这个水平。"许茜茜有些抱歉地说，"只有你才能做得到对我们的机器人了如指掌，还能够精准地控制它出事故。"

刘睿阳摇了摇头："我也做不到啊。"恍惚间，有什么东西从他的眼前一闪而过，模模糊糊的。他一直忽略了什么东西，很重要，是什么呢？门，眼前有一扇看不见的门，他遗漏了什么东西，所以看不见。他努力地捕捉着那个东西："你再说一遍！"

许茜茜被吓了一跳，快速地回忆着刚说过的话："你……了如指掌……控制它出事……"

"精准！"那个东西又倏地闪过刘睿阳的眼前，这次他捉到了它，"对！怎么可能精准？！"那扇门一直在那里，现在他看见了。他一把操起强光手电筒，绕过桌子，走向机器人。他打开手电筒，仔细地检查着轴承；侧过脸，查看机甲后面，一寸一寸地移动着电筒光源；最后又检查了几个地方。手垂下来，他熄掉手电筒，发出一声冷哼，似乎找到了意料中的或者意想不到的蛛丝马迹。

坐回电脑前，刘睿阳不停地敲击键盘，快速地查看着数据。黄立工走到他身后，看着他。这是刘睿阳标志性的状态，有条不紊地工作，头脑激烈地运转，但脸上始终保持着沉静。黄立工自大学时代就很熟悉刘睿阳这个样子，会在一旁安心地看着，知道那个重要的、棘手的问题的解决即将迎来曙光。他甚至觉得刘睿阳这个样子有点儿迷人，不承认自己有些忌妒，但有好几次试着模仿刘睿阳的样子，可惜从来都撑不过半分钟，就会变回喊叫式的喋喋不休，脸上带着挑衅的笑容。

键盘敲击声突然停住，刘睿阳站了起来。

7 磁铁与木马

"我刚才想起一个故事。"刘睿阳看起来已经弄明白所有的关键细节，只是脸上毫无兴奋的神色，更多的是解决久悬问题后的倦意。

20世纪50年代，冷战时期，美国就研发出了U-2侦察机，即赫赫有名的"黑寡妇"。这是让其他国家很绝望的杰作，U-2能在2万多米的高空飞行，肆意飞越其他国家的领空，侦察、窥探、拍摄机密军事设施。苏联的雷达虽然很快发现了U-2，可是U-2实在飞得太高，导弹够都够不着，更别说拦截。然而，1960年，苏联奇迹般地击落了一架U-2飞机，还成功地活捉了飞行员。

美国方面大惑不解。苏联的米格飞机、防空导弹覆盖高度也就1万多米，怎么可能击落2万多米高空中的U-2呢？只有一个可能，当时U-2的飞行高度不够，也就1万多米，所以被打下来了。飞机没问题，再出错也不会错得这么离谱；飞行员也没问题，不然直接带着飞机降落苏联就好了，还等着被击落干吗？美国人想到了最现实的情况，那就是间谍。

疑问就在这里，要是说苏联间谍潜入空军基地，接触甚至炸毁一架U-2飞机，这都不是不可能，可要说劫持、篡改飞行系统，那是天方夜谭。U-2侦察机是顶级机密项目，苏联间谍不可能获取它的技术资料，更别说带着资料"越狱"了。要是在拿到技术资料后这么快就对U-2有那么透彻的理解，苏联人完全可以自己造U-2，不需要费劲地击落美国的，拿着残骸去逆向破解。

到这里，黄立工听出来了，这和他们现在的状况挺像。他想了一阵，摇摇头，表示不明白。

"美国人也想不明白。"刘睿阳安慰他。为了解开这个谜团，美国人不惜秘密和苏联人做交易，用抓获的对方的高级间谍换回自己的飞行员。然而，那个倒霉的飞行员把所有的细节都交代了出来，美国方面也没搞明白到底是怎么回事。谜底是后来才逐渐被揭开的。

真相很简单。这件事确实是苏联间谍干的，一个完全不懂飞机制造技术的间谍，用很简单的方法——一枚小小的特制磁性螺丝钉。

"你等等！"黄立工制止刘睿阳，飞速地盘算着，"气压表……不不，太费劲……表盘……表盘……"

他重重地拍了一下大腿："高度计指针！"

刘睿阳点头："猜中得够快的。"

苏联间谍用的就是这么简单的方法。间谍面临的真正挑战是靠近飞机，想法子进入机舱，一分钟就足够。只要进入机舱，他从靴子里掏出一枚特制的磁性螺丝钉，替换掉高度计表盘的一根正常螺丝钉，然后溜了出去，好像什么都没发生过一样。U-2起飞，正常飞行，进入苏联领空，提升高度，高度计指针逐渐转过来，8000米、9000米、1万米……越来越靠近那枚小磁钉，磁力的作用越来越强，把指针拖向更高的标数，最后指针指向2万米的时候，其实飞机真实的飞行高度才1万多米。这个高度足以让3架米格飞机神不知鬼不觉地来到它的身后，紧紧咬着，干扰、夹击，惊慌失措的U-2飞机艰难地突出包围，另一架米格飞机斜刺里冲出来，撞在它长长的机翼上。

一名间谍、一个几美元的小工具、一分钟，搞定一架上千万美元的飞机。

"我们都陷入了先入为主的误区，下意识地认定，如果事故是人为制造的，那些环环相扣的巧合肯定是精心设计出来的。"

黄立工豁然开朗。是的，要说有人精准地控制事故的发生，确实不可能，但是，为什么一定要精准呢？也许，捣乱者自己都预料不到会产生这么完美的结果呢？有没有可能，他只是想踩上一脚，搞点儿破坏，结果却阴错阳差，酿成一场雪崩、一场完美的风暴？

从这个视角去看，有些因素可以排除掉。印度沙漠的细小沙粒、密封等级、印度光伏电站的电磁干扰，还有最要命的累积误差，这些都在捣乱者的认知之外。因为如果刘睿阳和他的团队都没有意识到这些因素的影响，也没有做过深入的研究，那这些因素也很难被破坏者纳入计算之中。

如此一来，剩下的因素就没几个了。

"轴承。"刘睿阳竖起一根手指头。那个磨损得有些厉害的轴承，看来不能完全归咎于产品质量和印度沙子。

"磁铁。"刘睿阳竖起第二根指头。

"普通磁铁恐怕不太行。"

"叠加了电磁场。或者，如果是钕磁铁之类的呢？只要将钕磁铁放在合适的位置，靠近控制系统，就会干扰精度，还可能造成时滞。"

黄立工狠狠地点了下头："还有吗？"

刘睿阳动了动第三根指头，想了想："目前没有了。"

一旦拎到线头，隐藏着的真相就很容易浮现出来。破坏者可能只是做了两件小事：一是更换轴承，替换上磨损过的不够好的轴承，干扰机器人的精密测量和精密行为；二是在合适的位置上放一块钕磁铁之类的强力磁铁，干扰传感器，降低位置精度。由此来看，他的真实意图只是影响鲲鹏清扫机器人的表现，让它在演示场表现欠佳。

此举并不恶毒，却足够隐蔽。第一次公开亮相的机器人表现得不如人意是家常便饭，制造者不会轻易联想到有人蓄意破坏上。只是破坏者也没想到，一系列的意外因素使得事情失控了。印度沙漠的细小沙粒加剧磨损轴承的磨损程度，印度光伏电站的电磁干扰叠加上强磁铁的磁力干扰，不但扰乱了控制系统，降低了其计算精度，更要命的是，引发了累积误差，最后引发了一场灾难性的事故。

"还有一个问题。"

"什么？"

"谁干的？"黄立工停下脚步，看着暗红色的机器人，语气里带着一股阴沉的气息。

没有人接话。

许茜茜屏住呼吸，唯恐自己发出一点点声音都会被听到。

分析时间结束，他们回到冷酷的现实中。

"自己人。"

显然，更换轴承、放置磁铁的，只可能是内部工程师。

"在印度。"黄立工笃定地说道。

"为什么？"刘睿阳问。他带来印度的3个工程师是最出色的，带他们来本就是历练和栽培之意。

"你刚才没看到磁铁吧?"

刘睿阳确实没有看到,因此搞破坏的人必须在印度,才能在事后及时拿回磁铁,消除痕迹……但,也许那个人没用磁铁。

"更换轴承,恐怕也得在印度。"黄立工给出更有力的证据。

刘睿阳只能接受破坏者就在3个人当中,李佳、陈何和郭伟强,3名精英。

"今晚得把他揪出来。"黄立工已经在大脑里做完决断,"直接找他们,一个一个聊。"

刘睿阳点头。和一般人的直觉相反,此时正面沟通往往是最有效的,而且,他下意识地觉得,总要给那个人一个辩白的机会。

黄立工看着刘睿阳。刘睿阳迎着他的眼神,等着他说话。黄立工没有开口的意思,只是似笑非笑地看着。刘睿阳表情逐渐变得有点儿僵硬,摇头。

黄立工固执地看着他,说:"你最合适。"

他自有充足的理由。刘睿阳是鲲鹏研发团队的工程师的精神支柱,很有人望,厂里的工程师们喜欢他,工作的事向他请教,工作外的事也愿意和他聊聊,不像对黄立工,尊重恭敬,礼貌中带着距离。刘睿阳也天天泡在工程师堆里,就差和他们吃住在一起。刘睿阳找他们谈话,应该更能察觉到他们细微的不适和异常。

"你要我去套话,恐怕我比他们还紧张。"

黄立工掏出手机。他有更好的计划。

木马。

他有已经伪装好的木马程序,刘睿阳只需要找个理由——技术文档、内部文件、相片,什么都行,只要听着可信——转发给几位工程师。他们点开,木马程序自动下载,无声无息地安装到手机里,监听通话、短信,甚至系统自带键盘输入的内容,都会自动发送到指定的邮箱里。

刘睿阳皱着眉头,双手抱在胸前,看着地面,说:"这是违法的。"

黄立工打开手机,只要按下"发送"按钮,木马就会传递到刘睿阳的手机上:"睿阳,这不是小事,"他的手指悬在手机屏幕上,"对睿立来说不是小事。一个内奸,搞个小动作,就毁了你一年多的心血。我们还能禁得起第二次吗？！对于那个人来说，这也不是小事。必须证据确凿，不能捕风捉影，不能就靠主观认定，不管是谁，不管我们心里多确定，没有证据的话，我们敢有动作吗？万一冤枉好人，放过真正的坏人，怎么办？我们必须掌握确凿的证据。"

林义伟顿了一下，看刘睿阳还没有反应，有点儿痛心地说："现在用上非常规的手段，只是为了避免更糟的结果。如果没有确凿的证据，揪不出内奸，我们要怎么办？最不济的情况，你希望我把他们3个全开除了？"

刘睿阳抬起头："找到那个人后，木马能够删掉吧？"

"能，我可以直接让它失效，失效后就是个死文件，以后我也激活不了。"

"木马传回的东西，只能你和我可以看到，除了直接证据，其他东西都要删掉。"

"我答应你！"

黄立工按下"发送"。

"你呢？"

"那两个零件……"

"轴承和磁铁，应该都扔掉了。"

黄立工苦笑："是啊，搜房间也没用。"他顿了顿，又说，"肯定扔不远。"

"掘地三尺也没用，就算找到，我们也不知道是谁扔的。"

黄立工挠了挠头。刘睿阳指着机器人，如果真有人在搞破坏，那罪魁祸首——轴承还在那里呢。

"哎，从这个轴承能不能查出什么来？"许茜茜忽然看到一丝希望，"我们有出库登记吧，只要查出库记录，就知道谁把用过的轴承领出来了。"

刘睿阳和黄立工都在摇头。睿立科技是个初创企业，鲲鹏清扫机器人又是研发中的项目，一切以速度和效率为先，睿立压根儿没有对残次品建立起规范的库存管理，是个工程师都能随手拿到废弃的零件。

她不死心地说："那他总得带过来……"

黄立工眼前一亮，看向刘睿阳。搞破坏的人肯定得提前做好准备，磁铁尚且有可能到了印度再去弄，但是轴承必须先从厂里拿出来，再带到印度。

黄立工问："有没有可能在国内就装上了？"

刘睿阳微微摇头，否定了这个想法，在国内提前安装，太容易暴露。到印度后，招标演示前他们还调试了几遍，这是那个人的机会。

"至少轴承一路都在他的身上。"黄立工开始踱步，看到了光亮。

"没有节点。"刘睿阳说道。

"嗯？"

"得有个节点，留下明确的记录，我们才能追溯。"

黄立工停住脚步。必须有某个节点，保留着当时轴承在那人身上的痕迹，或保存了明确的记录，就像仓库的出入库管理记录那样。黄立工在脑子里努力地勾勒那个人的行踪……他偷偷走进小库房里，拿出轴承，装在包里。他不敢将轴承藏在工位，得带回家，收拾行李时，将它藏进行李箱里。出发那天早上，大家在单位集合，一辆皮卡和一辆轿车把所有人拉到机场。所有人分头排队过安检，到印度，分头排队入关，然后一辆大巴把所有人拉到光伏电站，大家又分头入住房间……

这些地方就算保存着记录，也是人员信息，连行李箱都没登记，更别说里面一个小小的零件。

"库房……皮卡……机场……印度机场……大巴……酒店前台……大巴……"黄立工不甘心，嘴里"喃喃"地来回数着。

他停下，拿起外套，穿上，摸了摸里面的车钥匙，转身要出去。

"去哪儿？"

"机场。"

机场？刘睿阳模糊地猜到他的意图，只觉得一阵疲倦感袭来，轻声喊道："立工。"

黄立工回过头。

"你早就想好了给他们的手机装木马？"

黄立工轻轻一笑，挥手和刘睿阳作别，走过许茜茜的身边时，拍了拍她的胳膊，随口说："你跟我一块儿。"

许茜茜跟在黄立工的身后。

"茜茜……"她身后传来刘睿阳的声音。

"嗯？"许茜茜回过头。刘睿阳没说话。许茜茜走到刘睿阳的身边，他沉闷着，莫名其妙地说："刚才我讲的那个U-2的故事，只是个传说，别当真。"

许茜茜看着他的脸,他的五官完全在灯光的映照之下,无处藏匿。她心里泛起一股难以言明的意味,几乎怜悯地说道:"如果你是对的,现在肯定就会这样。你知道的,为什么……?"

"我没想……"

她点头,伸出手,轻轻抱了抱他。

库房里恢复冷清。刘睿阳看着半空,头顶的大灯照射下来,空中的尘土微微飘动,灯光越往库房边缘就越暗,四边墙壁——保护着人,而又限制着人的墙壁——缩在模糊的阴影后。获得这样的光亮都是有代价的,人们或修建大坝,或燃烧煤炭,或燃烧核料,或捕获阳光,然后建起高压电网,在电流衰竭之前将电传送到每个角落,最后还要付上电费,才能轻轻一按,让光亮照进阴暗里。

刘睿阳感到一阵疲累,发现自己刚才忘了坐下来。他坐到椅子上,弯着腰,看着地面上的影子,过了好一会儿,才深深地呼出一口气,紧紧地抓着手机,走出库房。

8 出关印度

国内机场,睿立团队赴印度竞标前。

"我叔和我说过印度沙漠里的城市,关于几百年前的黄金时代、几百年后的黄金城市,这些不像他以前会说的话,可是……他都在那里待了10年了。"

"沙漠里?"

"嗯……"许茜茜在心里想,何止10年,以前叔叔每年春夏都回来,待上十几天,后来就隔一年回来一次,现在都两年了还没回来,看着像以后都不打算回来了。

前头的队伍不短,黄立工有些不耐烦:"我大学同学,毕业后到一家大

第一章　失手印度

厂，被派驻菲律宾。一开始他不愿意去，后来不愿意回。去年我见了他一面，一起喝酒，他说，结婚的人千万别驻外，去了就回不来。"

"为什么啊？"

"他喝多了。"

许茜茜眉头一皱，嗔怪之意转瞬即逝，这个人，每每说到有些要紧的地方，就把话岔得远远的。

她从来没有想过，在她叔叔远驻印度的背后是否发生过什么故事，他回国进入家门时那张亲切微笑的脸后面是否有着秘密。她还太年轻，对于生活中发生的一切，都以为是命运的馈赠。

排在前面的人向前挪动几步，黄立工跟上去，扶着行李车喊着许茜茜。她用力地按下行李车的扶柄，赶忙跟上去。

虽然是晚上，可航站楼里人头攒动。黄立工怕耽误事，让大家各自排队托运行李，办完手续后到安检入口会合。刘睿阳和工程师们到更远的柜台，那里人稍微少点儿，他们几个人分散在各个队伍里。就剩下许茜茜和黄立工，两个人就一起排队。

国内机场人多、嘈杂，但总算有序，到了印度机场就不一样了。

机场通道的指示牌标示不清，经常有人走错路，然后折回，和后进来的人流撞在一起，乱成一团。黄立工来了精神，东张西望，确定路径，带着许茜茜进进退退，时而转弯，穿梭在人群里，还不忘远程指挥一下刘睿阳。在混乱的人流里，他就像回家的鱼儿，自然就能嗅到浪潮的朝向。

入境大厅里，队伍杂乱曲折。黄立工排着队，探出身体，观察前面的情况，很快看出端倪。他招手，附近一个正在和游客攀谈的、衣着像是工作人员的印度人走过来，两个人一边嘟囔，一边用手比画着。两个人谁都听不懂谁的嘟囔，沟通全靠比画。黄立工掏出两张印度卢比，坚决地摇着头，晃了晃手里的印度卢比。印度人犹豫了一下，看了看他和许茜茜，伸出手。黄立工拿出其中一张印度卢比，放到印度人的手心里，将另一张印度卢比紧紧地捏在手里，指着入境柜台后面，意思是事成后付剩下的一半。

印度人抱怨了几句，揉了揉印度卢比，放在兜里收好。黄立工把手指放进嘴里，吹了几声响亮的口哨，高高举起手，远远地冲着另一支队伍中的刘睿阳比画，打出数钱的手势，指了指身边的印度人，然后比画一个 OK 的手势。他看到刘睿阳挥着手，示意听懂了，就放心地走了。

　　印度人领着他们俩走到墙边，顺着排着的队伍挤到最前头，嘴巴里大声吆喝着，听语气像是在表达紧急状况，入境柜台里的工作人员点了点头。印度人拦住队伍最前头的游客，把许茜茜往前推，让她快点儿去办手续。

　　许茜茜递过护照和在飞机上已经填好的入境申报文件，入境官面无表情地快速翻了一下，盖上戳，挥手让她进去。

　　黄立工把第二张印度卢比塞进印度人的手心里，快步走向柜台。

9 中间人

　　黄立工快步走向越野车。这是到印度后他特地租的，他喜欢越野车，虽然只能开着它在城市公路上跑来跑去。

　　"机场的情景，我记得啊。"许茜茜紧随其后，掩着嘴笑，"我记得你的木桶原理学得不够好。"

　　那天两个人快速入境后，在里面等了许久，刘睿阳和工程师们才疲惫地进来。许茜茜取笑黄立工，堂堂的企业管理者都忘了木桶原理，花再多钱快速入境也只不过是换个地方等而已。

　　黄立工埋怨刘睿阳："我不是让你们花钱快点儿进来吗？"
　　刘睿阳奇怪地问："你不是说印度人想骗你的钱，你搞定了吗？！"
　　黄立工哑口无言，许茜茜再也忍不住，"哈哈"大笑起来。

　　"这个不用记得。"黄立工一副无奈而又宽容的口吻，拉开车门，启动车辆。许茜茜坐到副驾驶座上。车缓缓开出，在路口掉了个头，往回开。
　　"你认识那个人吗？"黄立工看着前方路边，许茜茜顺着他的目光看去。

树底下站着一个人,在阴影里,低着头,靠着树干,似乎在想自己的心事。"不认识。"她摇了摇头,看不清那个人的脸,从衣服和体形来看,像是中国人。

黄立工瞄了一眼路的另一边,那是库房的入口:"刚才出来的时候,你看到他了吗?"许茜茜努力地想了想,抱歉地摇头,说:"我没留意。"

这个人是在夜里逛逛,还是在关注库房里的动静呢?黄立工闷哼一声,涌起一种想下车冲到那个人的面前,看清他的真面目的冲动。他从来不害怕正面冲突,但他还是忍住了,踩下油门,往前加速开去。

"如果入境都那样,你就判断得出来,在那个机场里,用钱可以搞定一切。"

"我们要搞定什么?"

"相片。行李过检的相片。"

自从"9·11"事件之后,各个国家都加强了安防管理,不但安全检查变得细致而严格,而且对于证据的保存和管理也重视起来,行李过检的相片都会留电子存档,关联到对应的乘客,保存多年,以备对恐怖主义行为进行事后轨迹分析,加强事前预测的能力。存档、备份、调取、分析,这些都是由人来操作的,在黄立工的思维里,既然是人在操作,他自然就可以对人进行"操作"。

"节点。机场是最好的节点,所有的东西都要过安检,所有的东西都会留下记录。我想,破坏者随身携带那些东西的可能性不大,这种金属的东西很多时候不让带上飞机。他应该会把东西放在托运的行李里,然后找个借口单独排队。"

"我们怎么找那个管相片的人?"

"问人。"

许茜茜有些好奇地问道:"这种事情也能一路问人?"

"链条不要太长,超过两个人就麻烦了。"

"为什么?"

黄立工沉默,怎么向她解释呢?这个世界上的江湖生意都一样,不管哪个国家,哪个年代,人找人,事接事,资源转资源。大到一个城市、一片区域,小到一条街道,最重要的人物不是一方大佬,而是中间人。大佬倒了,很快会再崛起一个，二号人物在等着呢，但中间人网络崩溃，江湖就难以运转。没有人能包打天下，总会遇到事情需要找人协调、放风、斡旋、撮合、买卖。但是，链条中间的节点超过两个的话，就要做好出事的准备。"

"为什么啊？"

"和人与人的交往一样，朋友你能信七分，朋友的朋友就只能信三分了。如果事情被转了一道手，还不能解决，说明你掉到另一张网里了，你更可能是个猎物，而不是资源。"

"所以，一开始就要找对人？"

"对。"

"我们到机场怎么找？"

"如果没有认识的人，先到了机场再说，见机行事。中间人有他自己的味道，远远地就能看出来。"

越野车穿过静谧的光伏园区，开出了大门。黄立工把车停下来，看了看左右的道路，左边通往旧城区，黄金之城；右边离开这里，穿过沙漠，通往下一座城市，机场在那里。

许茜茜反应过来："去机场还挺远，那天过来都要4个小时。"

"我也刚想起来，要去机场，这一晚上就别睡了，还未必搞得定。我想，可以去老城区试试，在那里出入也是走这个机场，肯定有人认识机场的人。"

"啊，对了，我叔叔在那里！"

"他就在老城区？！"

"对！不知道他认不认识机场的人，要不我打电话先问问他？"

"不用，约见面就行，这种事情当面说比较好。"

10 异域求援

城堡的外沿城墙敦实宽厚，女墙后宽有四五米，没什么人，只有一个身影靠着墙角的垛口。他的脸隐没在垛口的阴影里,看不清,只有一点儿微弱的火光在他的手指间闪烁。

他贪婪地看着城堡下方的旧城。半夜了,四周已经沉寂,街上没有路灯,店铺里的灯光熄了一半,亮着的一半也都微弱模糊,穿不透街道上的黑暗。明月高悬,和1000年前一样,映照下土,给黄金之城的夜涂上一层奶和蜜的光泽。

再远处,越过一大片没有人烟没有灯火的沙漠,是边境。

车灯划破黑暗,越野车向着城堡侧门驰来。城堡的首要目标是防御,原本只开了一个正门,没有侧门,近年来本地发展旅游业,城墙有一段倒塌破损,干脆不再恢复原样,顺势改成侧门,方便游客来往其他景点,更能把城墙内侧的建筑租出去,改为食肆。从这些餐馆里,游客能顺着楼梯上到城墙,将此地当作宽阔的观景台,生意倒是大都不差。

那辆车孤独地穿过街道,越来越近,那么孤独,以至城墙上的人能确定周边没有什么人或事是和它有关联的,这意味着安全。他用手指掐灭手里还在燃烧着的烟,向侧门走过去,手指把烟头弹出去,烟头画出一道漂亮的抛物线,砸进墙下街道的黄沙尘土里。

黄立工下车,看眼前黑黝黝的,一个人影都没有,刚要问许茜茜,却看到她手扶着车门,抬着头,凝望着上方。他顺着她的视线往上看,城墙后一个50岁左右的中年人也在凝视着他们俩。许茜茜蓦地想起在机场时的感觉,她习惯看到的那张回国进入家门时笑嘻嘻的脸,在别的时间、别的国度里是否有着别的故事?中年人挥手,示意他们进侧门上来。

两个人上到城墙时,中年人正在摆放桌椅。城墙内沿,挨着女墙放着收起来的木桌木椅,餐馆在黄昏时分会把两三张餐桌摆到城墙上,日落时经营晚餐,夜里再收进去。这家餐厅只是临时将桌椅收到女墙旁,等腾开手后再收进店里。许茜茜小跑过去,抱着中年人。等她放开手,中年人上下打量她。

"长高了。"

"你笑我,我上大学后就没长个子了。"许茜茜微微噘起嘴。她个头多少有些玲珑,在中国不明显,到了英国留学,就很扎眼。她身边的英国小伙子们其实喜欢她娇小的身材,大概是她符合他们对东方女性的刻板印象吧,只是她心里不大乐意。

"那是鞋高了。"

许茜茜笑着捶了她叔叔一拳。她叔叔许朝玉，拍拍她的肩膀，指了指城墙下，走到内沿女墙边，探头往下，用印度语大声喊，像是在喊人的名字。一个包着头巾的印度人走上城墙，看到许朝玉，满脸堆笑，双手合十打招呼。

两个人用印度语低声交流几句，印度人晃了晃脑袋，下去，过一会儿，用托盘带着食物上来，分别是一碟薄饼、三个空玻璃杯，还有两个不锈钢壶，其中一个热气腾腾的。

"我不饿啦。"许茜茜娇嗔。

"刚到印度的中国人，我没见过能吃饱的。"许朝玉说。他的笑容里有发自内心的喜悦，或许是他太久没有真正笑过的缘故，脸部肌肉显得生硬。

他的眼睛看向印度人："这家的拉茶是全城最好喝的，今天难得老板亲自出手。"

印度老板静默，手停在空中——这是大事件正式开始前表达虔诚的小仪式——忽然动起来，迅速地一只手拿起一个不锈钢壶，一高一低。高处的不锈钢壶倾倒，流出一股长长的热茶，像小小的瀑布，冲进低处的不锈钢壶里，空气中顿时弥漫着浓烈的茶香和奶香。他双手轮换着高高举起不锈钢壶，反复让奶茶撞进低处的空壶里。

他的动作很有节律，柔和连贯，看着像是在抖动一条柔韧的布料。如是拉茶10次，动作停止，等观看的人给出赞叹的眼神或声音后，他再往前一步，一一倒满三个空玻璃杯，而后将不锈钢壶摆在杯旁，做出请享用的手势。在掌声中，他拎着另一个空的不锈钢壶和托盘，退到城墙下。

"大口点儿。"许朝玉看到许茜茜端起杯子放到嘴边，适时地提醒她。

许茜茜本来要呷一口，闻言便喝了正常的一口。拉茶的口感令人惊艳，嘴里像有一串紫色带霜的葡萄自内而外一一崩裂，又像雪地温泉相继奔涌，一瞬间她隐隐有种幸福的感觉。红茶的清香包裹着牛奶的香甜，是传统奶茶的味道，然而这杯拉茶从入口开始，始终固执地夹杂着一丝奇异的香味，细微但难以忽视，直到咽下去后，嘴里还始终留有那股奇异的异域味道。

"这比英国的奶茶好喝多了！就是，有股……"

许茜茜一时不知道怎么形容才对，满脸复杂而难以抉择的神色，没有勇气马上喝第二口,却也不愿意放下杯子,失去喝第二口的机会。

许朝玉微笑,许茜茜的反应如他预料的一样。印度拉茶一般都会加香料,豆蔻、肉桂、丁香,甚至八角,等等,各家有各家的配方,味道也就各有微妙的不同。这家店的老板知道许朝玉的口味,不用打招呼,香料只放惯常四分之一的量,不然拉茶一入口许茜茜恐怕就要喷出来。

许茜茜一言难尽地看着手里的杯子,醇香的奶茶偏偏和炖肉的调料混合在一起,心理上的别扭感比味觉上的冲击还大。

"城里倒也有一家中餐馆,印度老板开的,印度菜居多,但饺子是中国风味的,不比国内普通饺子馆的饺子差,红茶也是清饮,只是我从来不去。"

"为什么不去?"

许朝玉只是摇了摇头:"人在他乡,就死守着故乡的记忆。"

他端起杯子,喝上一大口拉茶,在嘴里细细地品味着,余光扫着黄立工。黄立工举起杯子抿了一口。

"你嫌弃的香料,在几百年前可是比黄金还贵。大航海时代的开启,其实是欧洲人为了到神秘的东方找香料。欧洲人吃的肉味道太重,没香料下不了口。"

"不是探索星辰大海?"许茜茜问。

"别相信历史书上的美好说法。好奇心是个人品质,不是历史品质。"

"你一直告诉我好奇心很重要。"

"在群体里做事,不一样。任何组织都是用钱和权来激励成员的,哪有好奇心的空间。"

"不管怎么说,这点儿口腹的要求还是改变了一个时代。"许茜茜举起杯子,既然如此,那就再来一口吧。

"香料开启了大航海时代,但是什么都没有改变。改变了时代的,是那些偶然的、不起眼的……人世间的事啊……"许朝玉喟叹。许茜茜手托着腮,探究地看着他。他点上一支烟,看着烟雾直直地袭上夜空,说:"好久没絮叨一番了。"

在一个茫茫的新的疆域,总有人走错,也有人走对。

走错路的西班牙人到了美洲,100多人用狡诈和天花覆灭了有着大约600万人口的印加帝国,带着白银回去。后来,太多的白银把他们的经济搞垮了。

走对路的英国人到了印度,把印度半岛变成殖民地,带着香料回去。后来,他们偶然在更遥远的东方帝国发现茶叶——香料没能改变英国,红茶改变了。

红茶很快征服英国人,下午茶几乎成了新国粹,让英国人每年花大量的白银进口。为了平衡茶叶贸易造成的巨额逆差,他们做了两件事:

一是用鸦片把白银换回去,这实在太有效,于是英国人开始倾销鸦片,最终一个解决贸易逆差的措施,演变成一场战争,终结了一个王朝,最后诞生了一个新时代;

二是把茶树偷过去,带到印度培育种植。很快,四大红茶产地,印度占其二,产量和品质不输原产地。印度人开始喝茶,很快在制茶、种茶方面后来居上。奶茶在英国上百年,依然不温不火,困死在那几个岛屿上,却在印度变成更好的东西,味道美妙的拉茶征服美洲,然后是欧洲……

"奶茶用这种方式回到大航海时代的起点。"

许朝玉扫了一眼远处的边境线,把火柴和烟盒往黄立工的方向轻推过去。黄立工摆了摆手,他不抽烟。

"在欧洲任何一家星巴克,都能点到印度拉茶,好像只是为了说明英国奶茶虽然正宗,但印度拉茶更值得向往和留恋,这么个小事,历史要兜上一大圈,用好几代人,做一个注脚。"

"英国人肯定不同意你说的,不过他们用行动支持。他们喜欢移民到前殖民地国家,反而不留在本岛。"许茜茜说。她在英国上学时,班里有伦敦的同学,父母筹划着移居澳大利亚。

"和北欧人爱去泰国一样,老家又阴又冷,他们就喜欢到热带,有海边、阳光。"

"那是,伦敦几乎每天都在下雨。上海梅雨季一个月,伦敦一年。"许茜茜摇着头叹着气。

"我说你这小丫头一毕业就回国。你哥呢?他打算留在梅雨季里了?"

"他很坚决地留在那里。可是,我总觉得他并不喜欢伦敦。"

许朝玉看着城墙外,像是没听到她的话。

"他很照顾我,但是心里的想法从来不和我说,很怕我关心他一样。"

许朝玉揉了一下鼻子,微微摇头:"和他爸一样。"

第一章　失手印度

"不是和你一样吗？离家越远越好。"

"在故乡待得太久的人，才会停留在他乡。他还没待够呢。"许朝玉举起奶茶，"再说，我是被拉茶征服了，才待下来的。"

"拉茶再风靡欧美，也不是征服者，而是被人家征服的。"黄立工冷不防地说，举起杯子回敬。这不是他的风格，第一句话来得如此之晚。黄立工喜欢占据谈话的主导位置，要么高谈阔论，把对方带到自己的场里；要么推动话题走向，让对方高谈阔论，步入对方的场里。然而，许朝玉是个古怪的对手。他身上有种不常见的气息，不属于这里，也不属于那里，却又对两边有着很深的了解，深到让他自己厌倦。不管哪边的人，大概都会觉得他很懂自己这里的事，但终归是另一边的人。

大多数人，处在这种境况，会掉进中间那条深深的裂缝里，那是一条看不见，但是陡峭、难以逃出的裂缝。许朝玉有他的方式，站在裂缝之上，和两边周旋，竭力保持着步履从容，好像站在坚实的地面上——虽然他的脚下从来没有过地面。

他看着和很多人一样，说话亲和、随意，饭前酒后说说笑话，讲讲有趣的惊人之论，偶尔也会张扬肆意，借酒抒发豪情，其实在这个有修养的中年男人的躯壳之下，同样有着裂缝——那些把他的地面撕裂的力量，似乎也把他的内心撕裂了——把他和别人远远隔开。话就在耳边，人就在眼前，但别人无论如何都触摸不到他，即便此刻他对面是许茜茜，也是如此。黄立工隐隐觉得异样，许茜茜的家人似乎都不是易与之辈，他们之间存在着某些东西，比他想象的复杂，却又牢固。

许茜茜和他闲聊时说过许多家里的事。她小的时候和叔叔很亲，甚至比和父母还亲。她父亲整天在公司，不怎么在家；母亲大部分精力放在儿子身上，多少疏忽了她。她关于周末的记忆大多是她拉着叔叔的手，跟着他去玩。许朝玉被派遣到印度后，每次回国她都会在，自然霸占着他的大部分空闲时间，他的妻子和儿子要和其他人一起瓜分剩下的一点点时间。今晚，许茜茜有急事来找，许朝玉见面后却绝口不提，只是闲谈，好像只不过是晚上兴起小聚而已。黄立工反而心里安定，知道事情基本妥当了。他第一眼就知道，许朝玉是个老江湖，斯文友善的笑容和彬彬有礼的谈吐只是幌子。老江湖不会犯这种低级错误。许朝玉传递的信号很明显，甚至过分明显：他不会涉入许茜茜的事务和网络，因为，他是许茜茜的保护伞，一个绝对会给许茜茜兜底的人。他不知道黄立工的麻烦是什么，就已经决定兜住，为许茜茜兜住——黄立工得把这个人情记到许茜茜的头上，他和黄立工不会有任何连接或瓜葛。黄立工只能接受这个信号。当然，他会小小地挣扎一下。

"印加帝国在历史上留下什么？笑话。历史上多少灰飞烟灭的王朝，一个弱者，能用一杯茶留下痕迹，已经是历史的慷慨。"

"如果不能真正地去征服，还不如灰飞烟灭。"

"你这种少年志气我很赞赏，"许朝玉脸上似乎隐隐有些苦楚的神色，"不过如果你看进漫长的时间里……"他站起身，"你们跟我来。"

他走到女墙旁，指着远处那片没有人烟、没有灯火的沙漠，嗓音低沉地说道："你们现在看到的这片荒凉的地方，在大航海时代之前，是丝绸之路最繁华的枢纽，东方和西方的交汇点。"

这片荒凉之地，曾经是一条路的一部分，那是全球贸易史上最重要的一条商路，绵延千年。每天清晨，骆驼商队驮着货物，顺着路出去，到中亚，到西方去；每天黄昏，夕阳之下，从西方回来的驼队，也满载着货物，顺着路回来，在这里歇一宿，第二天把货物分发出去，到印度各个邦，到孟加拉、尼泊尔，到中国。

许朝玉转过身，后面这个破败的小城，在那千年里，是名副其实的黄金之城。它处于贫瘠的沙漠，却比任何城市都璀璨夺目，来到这里的外地人都不敢相信，说一定是魔法师用咒语一夜之间在此建造了黄金城堡。

"你们说，是谁创造了这里的辉煌？"

黄立工沉吟，许茜茜抢着说："时间。"

许朝玉的微笑在月光下显得柔和，眼里闪过一抹宠爱之色，那是许茜茜小时候所熟悉的神色。

"想挣钱的人。"黄立工回答。许朝玉点头："对，他们的名字叫亡命之徒。"他看着那片荒凉之地，"这里就是龙门客栈，亡命之徒的江湖。强盗、马帮、小贩、掮客、骗子、小偷、武师……钱和货在哪儿，他们在哪儿。骆驼商队，说是贸易商，其实刀口舔血，每峰骆驼身上都挂着长刀，碰到强盗，商人们拔刀就上，跑一趟，要么送命，要么挣钱。沾了这行当的人，最后都会变成亡命之徒。"

这才是这座繁荣城市的底色。

"大航海时代开始，辉煌结束，是这座城市的辉煌结束，不是亡命之徒的。亡命之徒不死，钱和货到哪儿，他们到哪儿。大航海时代开启，他们就跟着钱和货到船上、海上、码头、港口。没了亡命之徒，这座城市就被冰冻在时间里面。你们现在看到的，还是它几百年前的样子。"

许朝玉凝视着远方。这是真正的灰飞烟灭，连可怪罪的敌人都找不到。

收回目光，他脸上的柔和神色已经消失，代之以精干机警，他挺直腰，看着许茜茜。许茜茜明白他的意思，闲谈结束，说正事。

回到桌子边，她用三句话把来意说完。

许朝玉目光迅速地扫过黄立工，扫过许茜茜，落回到黄立工的身上，说："我试试。"

黄立工从兜里掏出一张纸片，放在桌面上，用手指轻轻推过去。许朝玉拿起纸，借着月光看着上面的字，时间、航班号、名字、座位号，必要的信息被工整地抄在上面。这是很干净的做法，不留痕迹。他拿起桌上的手机，指着碟子，说："这里的香蕉薄饼也做得很好，不会有奇怪的味道。我一会儿回来。"

许朝玉走到城墙内沿，消失在楼梯下。

11 潘多拉之盒

刘睿阳走出楼梯口，重重地喘了口气。

他本来打算回自己的房间，把工程师们叫到那里，做黄立工希望他做的事，但爬上楼梯，仍然觉得气闷，想透透气，就转身走出来，在楼外的路上，看着树影。园区地处沙漠，干旱，树木稀疏，枝叶也稀疏，在月光下形成的阴影，像一团快被遗忘的迷雾。

路的斜对面，也有一个人站着，低着头躲在阴影里，看不清面目，也许是一样借夜幕掩盖烦恼的人吧。

大国智造

　　他的手在兜里，手机也在兜里。他猛地意识到自己的手正贴着手机，一下子抽出手来，在空中甩了一下，好像兜里趴着的是爬行动物，譬如蜥蜴或者壁虎。那个链接——伪装起来的木马，正躺在他的手机里，等着被从笼子里释放出来。

　　刘睿阳坐在台阶上，掏出手机来，放在身旁。

　　他能说服自己，从理智上。通往天堂的路是从地狱经过的……要比恶更懂得恶，才能达到真正的善……退一步说，两害相权取其轻……或者，必要的恶……所有的道理他都明白，也在理性上确信是更对的，他甚至做好准备要开始去行"必要的恶"。可是，他没法心安理得。理智上做出正确的选择是一回事，亲自按下按钮是另一回事。

　　木马……也许，和木马无关。他不排斥木马，也了解木马，作为一个工具，木马和录音笔或者摄像头没有什么本质差别。这个世界——正如他所坚信的，这一点上他是黑格尔的信徒——没有完全独立的事情，每个人、每件事都处在一条长长的链条上，被别的人和事影响着，也影响着别的人和事。让他本能不适的，是木马那个链条上接下来的环节，他好像正在掉进一个难以驾驭、容易失控的空间里，像潘多拉之盒。黄立工……这种事情还是老黄更坚定……他总是早早就对这个世界的丑恶做好准备……

　　一个念头忽然闪现，冷流蔓延全身，刘睿阳打了个寒战。老黄……他早就准备好了，才能随手把伪装链接发过来……要让一个武器处在随时可发射的状态，准备工作不会太少……封装、部署、调试……所有伪装成正常链接的细节……这武器也许是常规武器……也许已经用过好多次……

　　常规武器！刘睿阳抓紧手机，有股马上检查自己的手机是不是已经潜伏有木马程序的冲动。他甚至开始回想，黄立工有没有给他发过什么可疑的链接，可是，黄立工知道他手机的密码，要想装个木马，可以一点儿痕迹都没有。不可能……不可能，黄立工不可能在他的身上动手脚，他确信。

　　他深呼吸。他必须确信。

　　要是有人聊聊……刘睿阳忽地生出强烈的渴望，想找个人聊聊天。他拿起手机。

　　他没有人能聊天，他周围的人大都知道鲲鹏清扫机器人，知道黄立工。他需要一个陌生人来听听来自陌生国度的夜晚的也许可笑的苦恼。他忽然明白，为什么风尘中萍水相逢的人更容易敞开心扉。旅途中困在车厢里的漫漫白日，小镇客栈木椅上的幽静长夜，往往是在这样的时候，一个人才会听到另一个人的人生，看见他蜷曲在时间里的痛苦和隐秘的渴望，然后，第二天沿着各自的方向走远，再也不会遇见。

屏幕上的QQ图标映入他的眼里。和草儿聊聊吗？她是更理想的人选，是熟悉到可以直入主题的陌生人。她那儿应该是……到了印度，时差倒是变小了，9个多小时……那儿应该是正午，正是两个人时常聊天的时间。刘睿阳用力地摇头，驱散这些软弱的念头，把手指放到通话图标上。

行动吧。黄立工建议他找工程师们一一谈话，聊事故，紧要时突然袭击，暗示是内部人有问题，从他们各自的反应里捕捉疑点。刘睿阳知道这样更有效，但这不是他的方式。

他起身，拨出李佳的电话，往楼里走去。他让李佳把所有人都叫到他的房间里，大家一起聊聊。以往都是如此，遇到什么技术难题，他向来都是叫上所有人，在车间、在食堂、在简单明亮的会议室里，大家一起聊聊。他从来都不喜欢关上门的小屋子。

至少现在，他们都是他的工程师，不是什么内奸或嫌疑人。

他身后，路对面，树影下的那个人，也拿出手机，在按着些什么。

12 背负特殊使命

许茜茜打开车门，回头凝视，许朝玉站在女墙后，向她微微点头，月光把他的身影淡淡地映在城墙上。

车安静地在沙漠公路上奔驰。许茜茜看着窗外，小沙丘连绵起伏而又一成不变，零星的低矮红柳一闪而过。月亮挂在天边，她的心里仍想着刚才城墙那儿的情景。

漫长的一天，发生了太多事情，又好像什么都没有发生。许多瞬间、许多画面，急切地向她挥手，努力地揭示着生活的含义，但没有任何一个能让她形成明确的意识，变成经验或语言凝固下来——人在触摸到生活核心的边缘时，往往如此。那些弥漫在生活中但未曾好好注视过的东西，最终都会在眼前消失，只剩下一些没有明确来由的若有所思和若有所失。

"我从来没见过这样的他，很陌生，但是又……好奇怪的感觉。"许茜茜转过头来，打破沉默。

"你说你叔叔？人都有另一面的，你叔叔有，你我也不例外。"黄立工专心地开车。对于许茜茜的感觉，他不奇怪。许茜茜经常说起许朝玉，他从她的回忆里拼凑起的许朝玉，和今晚他见到的本人，截然不同。回忆都是玫瑰色的，他想。他模模糊糊地觉得，许朝玉身上有一种腐蚀性，像醋酸一样，会缓慢地腐蚀并最终摧毁身边所有的东西，孤家寡人飘零在外，是件好事。这是他本能的感觉，没有形成明确的想法，但已经足够让他在离开城堡的一瞬间，坚定地把这个夜晚的这段城墙从记忆里抛出去。他现在脑子里想着的是他的机器人和内奸。

许茜茜轻轻摇头。不是这种感觉，不是一个人的多张面孔。她不知道怎么去捕捉并表达这种纷乱的感觉。要到以后，她意识到自己也是如此时，才会突然明白，这张陌生的面孔——姑且这么说吧——陌生的谈吐、陌生的沧桑、陌生的魅力，唤起的仍是那个熟悉的他。他向来只有一张面孔，不知道为什么，她小时候，他回国的时候，她都只看到某一部分，另一部分其实一直都在，但在那张脸上她看不到，直到今晚她看到城墙上的他。这两部分都是残缺的，看着大相径庭，但是放在一起，相互补充，就组成完整的面目。

车越开越远，离城墙越来越远，离许朝玉也就越来越远，带她离开快乐而肆意的花园，慢慢坠回到落寞而紧束的现实里。小时候许朝玉送她回到家门口，她三步一回头地看他，慢慢挪进家门，心中也是这种失落感。

"你怎么知道他能帮你？"她看着黄立工的侧脸。

"这里是印度。"

许茜茜一阵气闷，隐隐生出一种话不投机的荒谬感。车在一片明亮的黄色里平稳地跑着，车里却是昏暗的，月光照不进来，黄立工的脸似乎融入了这片昏暗，模模糊糊的。他看着前方，在想着些什么。他什么时候想好要找她叔叔帮忙的呢？出发前？也许更早？另一种模模糊糊的感受侵袭着她："你早就想到要找他……"她有些烦躁，也许带着一点点恼怒——他总是不动声色。黄立工打断她的话："你知道他是做什么的？"

许茜茜顿时语塞，摇头。

"他是中间人。"

"啊？！"

"我是看到他才知道的。"黄立工看了她一眼，笑了笑。不知道为什么，他的笑给了许茜茜一种安慰感。她释然：他也是见了面才知道叔叔能帮上忙的，肯定如此。他有心机，但这不就是创业者需要的吗？创业不是请客吃饭，在商场这个大斗场里，没有心计和手腕，初创公司活不过半年。

"你怎么看出来他是中间人？"

"他一看就是个厉害角色，为什么要留在这个又穷又小又破的地方？不管是开拓业务还是个人经营，应该扎根在新德里、加尔各答这些大城市才是。"

许茜茜从没深思过这些。许朝玉是他哥哥——也就是她父亲——派遣到印度开拓业务的，时常去加尔各答，一待就是半个月，然而，她知道，他住在这座小城里，更多的时间是待在这里。她偶尔也会想到叔叔待在这里的原因，却这样自然地回答自己：这里是文明遗迹、古国余晖。

"这里有什么特别的吗？"

"你可以打开地图，猜一下。"

许茜茜猜到了黄立工说的是什么。她以前在地图上不止一次看到过这座小城市，只是，怎么可能？

远远地看到光伏园区的灯光，黄立工把车速降下来。他没接着往下说，也不需要。在这个国家，有些东西天然带着危险的气息，即便是正常的活动、正常的行为。边境线上的中间人，就凭着从电影和新闻中获得的浮光掠影，许茜茜都足以明白这个身份意味着什么——孤独。许朝玉去印度后的这些年已经充分证明，对中间人来说，越在乎的东西，越要远离，被危险吸引的人，永远是孤独的。

13 挑灯夜战

黄立工和许茜茜进入库房，刘睿阳在里面，坐在电脑前，仰视着天花板。黄立工拉过椅子，坐在他的旁边："你怎么样？"刘睿阳点头。黄立工伸手，许茜茜把一个优盘递到他的手里，刘睿阳说："我没装木马。"黄立工身体僵硬，握紧优盘。

"我知道是谁。"刘睿阳疲倦地说。

黄立工深吸一口气，说道："看看我这边拿到的东西。"

进入园区前，许茜茜收到陌生电话号码发来的信息，三行字：第一行，国际网盘地址；第二行，提取码；第三行，备注：Deleted after download within one hour（一个小时内下载，下载后立即删除文件）。

电脑屏幕上显示着三名工程师行李过检的图片。黄立工和刘睿阳凑近屏幕，仔细地审视每一个物体。到第三个人的图片时，刘睿阳敲击屏幕，那里有个可疑的轮廓："放大。"

黄立工滑动鼠标滚轮，放大后，物体轮廓很清晰。刘睿阳盯着那个环形轮廓，摇了摇头。他看向黄立工，黄立工正看着他，一脸肃然。

"是它。"

是那个额外的轴承。

黄立工切换到文件夹界面，问题图片所在的文件夹有一长串文件名："LiJia……"。

李佳，怎么是他？！许茜茜同情地看了刘睿阳一眼。睿立科技里，除了黄立工和刘睿阳，她最熟悉的就是李佳。他个头不高，身材有些壮实，脸和身形有些相像，短而宽，带着憨憨的笑容。即使他没在笑，那种天然的亲切感，也让他在人群中很容易被一眼找出来。稍加接触，人们就会发现这个憨实的男人是一个敏捷的工程师，双手的动作又轻又稳，用刘睿阳的话说——他难得会说双关的话——精细操作的好手。李佳说话也是又轻又稳，会用普通人的语言表达工程师的专业内容，准确清晰，让人安心。刘睿阳对他寄予厚望。

"你的判断是什么？就他一个？"黄立工问。

"是的，另外两个人不知情。现在怎么办？"

"把后面的黑手揪出来，一起处理。"黄立工冷淡地说。

"好！"刘睿阳说，好像犯错的是他，不是李佳，"还有一个更重要的事，我们挑灯夜战吧。"

"什么？"

"我们想办法把局面扳回来。"

"还有希望吗？"

"你以前不是经常说吗？单丢了，但要昂着头出来。"

黄立工皱起眉头，看着他的腿："你还行吗？这一天够累的。"

"我们多久没有一起熬通宵了？"

黄立工把手搭在他的肩膀上："是啊……我们开始。"他回头，看左边，又看右边，找到了许茜茜，说："帮我拿一沓纸，还有几支笔。"

"好。"许茜茜应声就往外走，走了几步，问，"我再整点儿吃的吧？"

"能找到没有咖喱味的东西吗？"黄立工苦着脸问。

14 反向而行

盛华平睁开眼睛。

屋里还昏暗，光从窗帘边缘透进来。天亮了，屋外隐约有喧闹声，有车经过，有人说话。

他猛地转头看床头柜上的闹钟。闹钟没响，他没有睡过头，还没到 7 点。他拿起闹钟，关掉待会儿会响起的闹铃，记忆一点点回笼，把他吵醒的是手机振动的声音。

他从枕头下拿出手机，屏幕上有一条新微信，是来自印度的消息。

"他们一直亮着灯，看样子要熬通宵。"

盛华平皱起眉头。他算了算时间，印度那边现在是深夜，他们在干什么？有点儿不寻常。看来睿立比他想象的要难搞。

在楼下吃早餐的时候，盛华平还在琢磨着这事。他放下手里的三鲜豆皮，拿出手机，发微信："给我打电话。"

电话很快打过来，章利恭敬地问候："老大。"

"做得不错！"

电话那头传来激动的呼吸声。当过几十年销售者，带过十几年销售队伍，盛华平很少对下属有褒奖之词。他一贯的信念就是无情才是有义，下属只需要大棒和胡萝卜，胡萝卜是用钱叠的就行。不过，他对章利多有不同。大概是因为这小伙子对他也与别人不同，忠心耿耿，死心塌地，他的话一到，章利什么都敢做，难得地，人居然还算机灵。章利发回来的情报显示，黄立工和许茜茜开车出去2小时13分后回到库房，灯亮到深夜，都是细枝末节，但有价值，算是有眼有心。

"他们有什么不对劲的地方？"

"没什么特别的，很平常。"

"这就是不对劲。"

这不是小事故，竞标泡汤，丢了那么大的人，一般人早就鸡飞狗跳、焦躁失态了，这帮家伙居然还能好整以暇地连夜不知捣鼓什么东西。

"嗯！"章利响亮地应道。盛华平不管他是真懂假懂，直接下指示："找印度那边拿到他们发生事故的现场相片和现场报告，还有他们招标得0分的证据，要权威的。相片和文件都要。"

"可能不太好要。"

"多给钱。"

"好！"

盛华平眼前闪过那帮人深夜在库房里冷静地不知道捣鼓着什么的画面，有芒刺在背的感觉。不行，这件事得在他们整出什么幺蛾子前搞定。

"越快越好，明天一早就办。"

"好！"

一阵短暂的犹豫后，章利问："老大……往哪个方向办？你上次说，事情有点儿搞大了……"

"就往搞大的方向办。"盛华平冷冷地说。事情有点儿搞大的时候，他还想着悄无声息地缓和下去，隐藏自己，现在既然真的搞大了，那就要反向而行，往死里搞。

15 绝地反击

第二天，一大早，许茜茜拦着印度方面的招标主管，要求补上讲标和问答环节。按照招标流程，每家竞标企业现场演示机器人清扫作业之后，就进入讲标环节。企业指派的讲标人简要地陈述自家产品的优势与价值；接着进入问答环节，评标专家就着标书、现场演示以及讲标内容进行问询；最后清场，评标专家闭门讨论，打分。昨天鲲鹏清扫机器人没演示完就出事故，印方手忙脚乱地善后，后续环节自然就没有进行了。

印度主管以为许茜茜要求重走竞标流程，拼命摆手："No, no, no。"许茜茜耐着性子，放慢语速重复自己的要求。印度主管不可思议地看着她："别浪费你们的时间了，也别浪费我们的时间。"

"这是我们的权利，"许茜茜援引招标条文，"不是请求。"

印度主管直愣愣地看着她，说去请示领导。许茜茜露出微笑："我们敢主张这个权利，肯定不会浪费你们的时间的。建议你也去听一听。"

讲标环节由黄立工开场，他站在大屏幕前，目光缓缓扫过在场的每个人。场下的人不算太少，除了评标专家、睿立科技的人员，还有印方的技术主管，印度的竞标主管站在门边。在后排座位上，还坐着几个陌生的面孔，其中有一位戴着面纱、包裹黑裙的女性，一位西装革履的印度人，看着像光伏集团的高层，两个人在交谈。他们旁边坐着两个穿着利落的男性，看着像日本人或韩国人。

"我知道你们在想什么。你们在想我为什么还会站在这里，昨天我们的机器人刚发生事故。"他单刀直入。这样讲是许茜茜的提议，越面对难堪的事情,越要表现得坦然。他在犹豫时,刘睿阳也同意许茜茜的观点,不直接面对问题,说得越好,反而越不可信。

"我不会给自己找借口,是的,那是事故,是我们的失误;我也不会试图改变结果,是的,出局,这公平,我们接受。"

虽然说的是不甚熟练的英文,但黄立工感觉到了某种力量,话语本身回馈的力量,声音自然地变得真诚:"我站在这里,只是希望向你们证明,在刚才那两个事实的基础上,我们的机器人仍然是最好的。"黄立工顿了一顿,接着说,"证明,不是说明,用数据和事实来严格证明,不是用语言。"

他扫视着场下。场下一片安静,所有人都在听他说话——好,至少他们听得懂。他的英文是应试教育的产物,能看,凑合能说,基本不能听。许茜茜连夜将他要讲的话翻译成英文,他反复练习到早上。

"在证明之前,我向大家阐述一个基本理念,也可以说是基本事实。"他按了一下红外遥控器,大屏幕上显示出一辆车的轮廓,线条漂亮,其他部分都隐没在黑影里,"福特汽车公司推出一款新车,前期的用户调查评价只有5分,不及格。为什么?"

前期市场用户调查是10分制,按照实际经验,产品要到8分才会有市场价值,让厂商放心地投产,5分的产品,应该直接淘汰。同时福特公司有另一款正在研发的车,用户调查评价是7分。当时汽车市场竞争激烈,福特迫切需要新车型投放市场,以抵抗其他厂商的冲击和蚕食,决策层都倾向于投产7分的车,但是一位数据运营专家力排众议,强烈建议投产5分的车。

屏幕的下方,出现一个走势呈"U"形的柱形图,黄立工指着那张统计图。图中显示,将近一半的用户,打9~10分,另一半用户,打0~1分,所以产品平均分为5分。这说明什么?喜欢它的人,喜欢得要死;不喜欢的人,觉得它一无是处。这款车无法取悦所有人,难以成为流行的街车,但是有足够的用户会在第一时间购买,疯狂地炫耀,带动更多人去购买。而平均分为7分的车呢——屏幕切换成走势呈倒"U"形的柱形图——大部分人打分都在7分左右,少数人打分小于6分或大于8分。没有人为它疯狂,它没什么不好,但也没什么太好的,这才是灾难。在所有人那里,它都不是第一选择,人们会看看它,说一句"嗯,还不错",然后转身买别的车。

黄立工走下讲台,给场下听众留点儿时间消化他的故事。

"别相信单一的数字,它所掩盖的比告诉我们的更多!"

"回到我们身上。我知道,我们得了0分。"场下传来笑声,黄立工朝那个方向伸出手,"你是对的,0分很公平,但是,同样掩盖了很多真相。0分只是各位对我们的机器人演示表现的综合评分,我的同事马上会向你们证明,在7个具体的评价细项中,鲲鹏清扫机器人至少在3项上领先——我的意思是,最优秀;有2项,在前10%的行列;很糟糕,有1项出现失误,这是我们0分的源头,但是,在失误的情况下,你们依然可以看到它的真实水准。"

黄立工伸手示意,刘睿阳缓步走上讲台。

"用事实说话,结果不证自明。"刘睿阳切换到他的演示文稿,屏幕上列着7张数据图表,"只需要15分钟,这7张图表会为鲲鹏正名。"

他打开第一张图表。图表内容繁复,但是关系清晰,左边是招标要求,右边是鲲鹏清扫机器人应对要求的核心策略,以及其在核心策略下的具体表现。刘睿阳用动态演示让观众直观地看到,随着时间的流逝,鲲鹏的数据是如何变化的。大家可以清楚地看到,鲲鹏的核心策略和数据表现比招标所要求的更强大,而且更具弹性。

刘睿阳对几个关键地方的数据流做了简要的解释,随即站在一旁,看着下方观众。他看着评标专家中几位技术带头人的神色以及相互交谈的模样,知道他们已经看明白了,随即切到下一张图表。

图表一张张地切换,刘睿阳或说上几句,或一言不发,如他所说,让图表和数据证明自己。

许茜茜心潮澎湃。这是刘睿阳的策略,黄立工展示的是热情的一面,而他,展示的是理性的一面,是强大的冷静,以及对技术突破的自觉要求。要让人信服,有时候不需要说太多,甚至要少说。她站起来,心中热流涌动,第一次感觉到,克制与冷静也可以绽放激情,而不一定是煽动和热血。

最后一张图表,是对机器人出事故前后的数据的展示,同样很清楚地展示了核心策略和数据表现。这次是两种数据过程交织在一起,一个过程让观众可以看到数据逐渐扭曲,突然间扭曲被不正常地放大,另一个过程可以看到系统在不停地对扭曲进行校验,尝试不同策略来校正扭曲,一开始校正颇有成效,然而当扭曲开始不正常地放大时,事情失控了。

"我相信你们都有判断,在校验和校正方面,这个策略的强健程度如何。

有意外因素超出了这个策略的处理范围，你们也能看出来，这个意外并不自然。结果很糟糕，但是从工程的角度讲，没有对算法和系统构成挑战。"

场下响起的几声掌声在安静的厅里显得突兀。黄立工循声看过去，是坐在后排座位上的那个戴着面纱的女子在鼓掌。评标场合并不适合公开表达好感，因而印度方面的专家即便赞赏，也只是默默点头，这位女子想来是印度光伏集团的客人。黄立工向她颔首致意，走了几步到场地中央："各位专家有什么要提问的吗？"

席上的评标专家们低声交谈了几句，一位坐在中间的年轻专家，不到40岁，面容瘦削，用流利的英文问："你怎么证明你的数据是真实的？"

这是个有杀伤力的问题。严格来说，核心策略仍然是一种语言性的证明，它是在阐述解决思路，即对于这个问题，研发者将以什么途径和方式来解决。然而有了解决思路，结果未必能按思路实现。工业世界，实现思路比提出思路难多了，因而，产品实际的数据表现才是决定性的。问题是，数据可以伪造。学术论文造假层出不穷，核心思路看着很漂亮、有突破性，然而在现实中行不通，于是作者会伪造数据，证明自己是对的。刘睿阳的7张动态图表，作为结果展示，就更容易伪造数据了。

刘睿阳俯身在讲台上操作，场下的观众看到，7张图表中所展示的数据并非手动输入的，而是从一个庞大的原始数据库中实时统计、运算出来的。

"我并不认为我有能力在一个晚上造出这么大的数据库，让它们的结果那么好地贴合昨天发生的事情。"

"我们没有更多问题了。"年轻专家用眼神征询两边的同事的意见，凝视着刘睿阳，很认真地说，"Great job（做得不错）！"

"谢谢。"刘睿阳说，转头看着睿立科技的工程师们："谢谢你们！"

刘睿阳走回睿立科技的座位，工程师们都站起来，围到他的身边。有人抓住了他的手腕，刘睿阳转过头，发现是李佳。李佳脸上没了平素笑嘻嘻的表情，嗫嚅着，抓着刘睿阳的手微微颤抖着。刘睿阳想着和他说点儿什么，忽地看到他的眼睛里闪着湿润的光芒。刘睿阳一愣，也抓住他的手，用力地握了握。

许茜茜在人群外，看到黄立工在向她招手。

"跟我走。我们去完成你的指示。"

"我的指示?"

"你昨晚不是说,今天不是招标吗?"

"小女子可不敢。"

昨晚挑灯夜战,黄立工和刘睿阳很快激烈地争论起来。

许茜茜坐在两个人的对面记录,有时参加讨论。也许是与他们面对面的缘故,当她没有隐在他们的身后,没有远远地看着,敏锐就会回到体内,她很快就看出两个人争吵背后的暗流。

刘睿阳想让印度人认可鲲鹏的真实实力,因而要克制,只说无可置疑的事实;黄立工也说想让印度人认可鲲鹏的真实实力,因而要全面压倒制胜。然而,他压倒的姿态下是一团火,在看不见的缝隙里冒着火苗。他证明自己对的方式是证明别人错,他理直气壮地渴望证明印度人是错的,渴望他们为对他和鲲鹏的轻视付出代价。

她拉着刘睿阳的胳膊,往前一步,问黄立工:"明天我们到底要干吗?招标?"

黄立工不耐烦地说道:"废话。"

"那是去出口气?"

"你说要干吗?"

"外交!"

黄立工马上冷静下来。

"从哪里开始,黄总?"

"远交近攻。"

许茜茜嫣然一笑,跟着黄立工向后排座位走去。戴面纱的女子和西装革履的印度高层正站起来,交谈着往外走。

外交成果斐然,午饭后即见效。午饭是个即兴的小型聚餐,就在园区餐厅里。平时闻到酒味就躲着走的工程师们主动要了半打啤酒,把所有的玻璃杯都倒满。李佳带着两位工程师向刘、黄二人敬酒,表示:"两位老总,未来一年,看我们的!"

印度的酒杯不大,饶是如此,三个人喝了第二杯,就各自闷头吃菜。

许茜茜离席去洗手间。刘睿阳看着她的背影,轻声对黄立工说:"茜茜挺好的，你好好……你好好用她。"

黄立工将头靠过来，凑近刘睿阳的耳边："你喜欢她？我给你撮合。"

刘睿阳白了他一眼。

饭快吃完时，印度竞标主管找到餐厅来，说今天是集团参观日，邀请睿立科技诸人参观。和竞标主管一起过来的，是向刘睿阳提问的年轻专家，印度光伏集团新技术与装备部门的技术负责人。他和刘睿阳握了握手，自然就并肩出去，一路交谈，工程师们跟在他们俩的身后。

竞标主管陪着黄立工和许茜茜专心参观，途中，遇到面纱女子，光伏集团高层正陪着她。她对黄立工和刘睿阳印象颇深，远远地点头致意，黄立工拉着刘睿阳迎上去。面纱女子来自迪拜光伏集团，到印度寻找行业合作机会。

"如果有机会到中国，一定要去我们公司，你会看到中国年轻人的奇迹！"黄立工信心满满地说。"那你应该知道，迪拜是缔造奇迹的地方。"面纱女子的话似有所指。

黄立工这时候还不知道，她是迪拜光伏集团大老板的女儿，在集团里地位举足轻重。

后来，面纱女子果然带着队伍到睿立科技考察。

16 企业，要凶狠

距离招标结果公布还有一天多的时间，但睿立众人已经不用等招标结果，预订好的回国机票是第二天晚上的，黄立工给所有人放了假。许茜茜去找许朝玉，明天直接到机场；工程师们张罗着找向导，骑骆驼看大漠夕阳。剩下黄立工和刘睿阳，坐在园区餐厅窗边——这里也有夕阳照进来——对着桌上的咖喱三角包出神。

到印度当天还好，黄立工甚至觉得咖喱不错，香辣开胃。第二天，他开始对咖喱味敏感，尤其害怕流汗，感觉一流汗就会嗅到从每个毛孔里散发出的辛辣咖喱味。他实在没法连续6顿都点咖喱斋菜和咖喱鸡肉,就点了咖喱三角包和饮料,假装在吃下午茶。想到明天中午还要在这里再吃上一顿饭,黄立工就有点儿绝望。对面的刘睿阳脸色也好看不到哪里去,不过还是拿起一个三角包,慢慢地一口一口吃下去。

"我可以坐下吗?"一位穿着合身西装的男士很有礼貌地问。他的普通话说得很标准,但是太标准了,语调里有某种轻微的怪异感,让人一听就知道他的母语不是汉语。

他40多岁的模样,两鬓头发已经有些灰白,问话时略微俯身点头,很是认真,从点头幅度看应该是日本人。黄立工认出来,上午演讲时他也在,坐在迪拜面纱女子旁边。

征得同意后,他拉开椅子坐下,递上名片。他是白岸国际资本的合伙人,林义伟。白岸国际资本是日本的产业投资基金管理公司,在业界名气不小,有几百亿美元的规模,投资主要聚焦在高新技术产业和新兴产业,光伏发电、机器人都是他们感兴趣的领域。他们是印度光伏集团的主要投资者,同时也是迪拜光伏集团的投资者。黄立工恍然大悟:难怪面纱女子会在这里,而且能出现在睿立科技的讲标现场,这家基金的影响力不容小觑。

黄立工问他要什么饮料?他脸上闪过难色,摇头说:"谢谢,不用了。"

他看着桌上两杯还满着的饮料,脸上掩盖不住同情的神色。黄立工和刘睿阳都露出微笑。他这番稍微刻意的表演,让三个人一下有了共同的敌人,距离顿时拉近。

"我对你们很早就感兴趣了。"这个日本人说话客气而直接。从印度人那里知道现场出意外的公司强烈要求补上讲标环节,他被行业锻炼得敏感的弦就被这家公司拨动了,"没有冒犯的意思,当时我想,嗯,这听起来有点儿幼稚,但也可以说是有攻击性,我一定要去看看。"他没有失望,现场绝不冗繁无聊,超出了他的期望,"你们的表现,很有启发性。福特的案例非常好,简直像量身定做的。"

黄立工笑起来:"确实是量身定做的。"

"什么意思?"

"我们编的。"

林义伟放声笑起来:"很好,给你们再加1分。不过,说实话,你们认为一场演讲能挽回别人对你们机器人的信心吗？考虑到你们的机器人刚刚遭遇了戏剧化的失败。"他问得很直接，语气里却没有挑衅的意味。刘睿阳用眼神制止黄立工反驳的冲动，林义伟看在眼里，不动声色。黄立工往后靠在椅背上，摇着手指说："不能！"

"你认为我们的行动毫无意义？"黄立工带着笑问。

"哦，不，你们很成功。我想告诉你们，你们可能弄错重点了。你们的演讲，我感觉得出来，你们太想挽回机器人的声誉，但这是徒劳的。"

"重点是什么？"

"人。你们真正成功的事情是，给自己赢得了下一次机会。你们挽回的是别人对你们的信心。"

黄立工直视着林义伟，林义伟温和地笑着。这家伙有两下子，黄立工觉得，许茜茜和这个日本人有种很接近的感觉。

"那不是一回事吗？"

"这么说，你认为印度会购买你们的机器人吗？不会。迪拜集团，你们接触了，他们会吗？"

"我们会推出第二代清扫机器人。"

林义伟摇头："你在信任记录上已经丢了5分，那就需要一个10分的记录，才能打动他们。全球光伏市场，看着热闹，其实并没有几个大玩家需要用足够多的清扫机器人。"黄立工不说话。林义伟敲了敲桌面上自己的名片，"我们也不会购买你们的机器人，但是，我们会投资你们！如果我们投资了，这就是一个10分的信任记录。"

"你们就不怕我们的机器人卖不出去？"

"我们看重这种精神，凶狠、不服输的精神。我们投资具有这种精神的企业。你们知道，日本企业以前有过这种精神，没有的话，它的员工回家，做家务照顾孩子的主妇都会鄙视。这种精神缔造了日本的经济奇迹，但是现在，很少能看到这样的日本企业了。"林义伟毫不掩饰失望的情绪。

"可是，到今天我们还是很佩服日本的匠人精神。"刘睿阳说。

林义伟轻轻叹了口气："日本会死在匠人精神上。小作坊需要匠人精神；企业，要凶狠。"他瞄了一眼手表，说，"你们不需要向一个正在衰落的国家学习——别误会，日本还很强大，但是，未来不在它那里。你们要做的是坚持自己，这些年，我看到的最凶狠的企业都在中国。未来的世界，中国一定处于领先地位。"他身体往前倾，靠近黄立工，直直地看着黄立工的眼睛，"你看，我们需要你们这样的企业，而你们也需要我们。"

"我们不缺钱。"黄立工若无其事地说。

"你们还在爬山。我们投资过各种各样的创业者，从山底爬上顶峰的、从山腰坠崖的……什么样的我们都见过，可没见过不缺钱的新创企业。"

林义伟顿了一顿，好加深对面两个人的印象，说："不只是钱，你们更缺的是，像今天我们聊的，有国际视野和历史视野的人，关键的时候帮你们看清楚，帮助你们确定位置在哪儿、方向在哪儿，你们需要有人帮你们保持凶狠，还要帮你们把凶狠变成战利品。"

林义伟走了许久，黄立工和刘睿阳还坐在餐厅的窗边。天色已黑。黄立工艰难地咽下最后一口咖喱三角包，马上扑向饮料杯，大大地喝了一口。

"林义伟，真像中国人的名字。"黄立工拿起林义伟的名片，在脑海里回想着刚才那个日本人的言谈和模样，"他有点儿意思……"

刘睿阳点头："考虑吗？"

林义伟走前说，下个月会去中国考察几家企业，有机会他希望去拜访睿立科技，可以深入地讨论投资的具体事宜。

"让我好好想想。"黄立工沉吟着。那个日本人有句话说到他的心坎里：把凶狠变成战利品。

17 山雨欲来

"差点儿咸鱼翻生？！"

"是，是印度那边的原话。他们说，大部分评标专家觉得可惜。"

"轻点儿！"一阵酸痛从脚趾传过来，盛华平猛地缩脚。在床边给他洗脚的技师一愣:这位客户才夸过她的手法好,酸而不痛,受到赏识,她也就更用心,一直保持着这种力度。她赶紧说对不起,把盛华平的脚扶着放回来,减轻力道,继续按着。

电话那头的章利不明所以,但他早学会不该问的不要发问,下意识地调低声音:"我给李佳打电话,他没接,不知道是什么情况。不过以前他也有不接我电话的时候,晚上再打打。"

"不用了,他们已经知道是他了。"

"不会吧?!"章利小心翼翼地说,"我看他样子没有什么特别的,会不会只是怕了,不敢继续……"

"听着,销售的大忌——'应该'太多,准备太少。"盛华平不耐烦地敲打他。盛华平已经打起十二分精神。不能把希望寄托在可能上,他自己做过总结,以此时时提醒自己,这么多年没有摔过太大的跟头,原因就是他总会为最糟糕的情况准备最猛烈的炮火。睿立科技这帮人比他想象的难搞。这样的对手,最不可能的情况反而最可能。

等一下……盛华平眼前闪过一道亮光,等等,这是好事!这不正是以前他所期盼的?!

"马上改签机票,第一时间回来。"盛华平当即给章利下命令。

"好!那印度这边……?"

"中标后的事务让李总跟进。"

"鲲鹏呢?"

"印度的事情结束了,回来后再说。"

"好!"

盛华平揉了揉手指,有点儿兴奋。

印度一役就此结束,他有了新的战略决断:开辟新战场,斗争更激烈的新战场。

就像一个谋略得当的指战员,他都已经看到新战场里他的进军路线,如何调动手下、如何牵制敌人以及如何用猛烈的攻击掩盖他真正的战略目标——意想不到的战略目标。

"力气大点儿!"脚上感觉不到任何力度,他看着天花板,对着技师下令。技师应"是",手上加大力道,心里暗暗祈祷:希望这次客户可不要再缩脚。

盛华平拿起手机，给小舅子拨了个电话。

"明宇，现在进展得怎么样？"

电话那头的人唯唯诺诺地扯了一通，盛华平一听就知道没有进展。

"和你说过多少遍了，要技术升级！业务升级！我们这种情况，冲压机器人走到头了，懂不懂？！"

电话那头又传来一阵唯唯诺诺的解释。盛华平气得摇头，这小舅子，其实还算精明能干，奈何守成有余，开创不足，眼界窄，野心小，有小钱挣就心满意足，十足像他姐。

"让你做清扫机器人，你怕这怕那，错过机会了！我有多少机会给你挥霍？！你啊，步子给我大一点儿，天天守着个小破庙，怎么装大菩萨？！"盛华平恨铁不成钢。看来，他不但要亲自给小舅子画出新赛道，还要亲自往小舅子的屁股上踹一脚，"你好好琢磨琢磨，明天，嗯，明天不行，后天你来找我。"

他还有几个电话要打。新战场上的第一战，他得好好部署，要铺开产品，全面攻击，但也要快，越晚变数越多。明天，明天就发动进攻，他亲自督战。盛华平似乎看到一张大网合围而下，天边，暴风骤雨在酝酿。鲲鹏清扫机器人们，你们等着吧！

18 飞机上的湍流

飞机餐仍是咖喱。黄立工脸色难看，仿佛看着即将压死他的最后一根稻草。

"飞机票是我订的？"他艰难地呼吸着。

刘睿阳很肯定地说道："是你订的。"

黄立工不死心，转头问过道那侧的许茜茜："真是我订的？"

许茜茜坚定地点头："您老人家亲自指定。"

"我终于明白，当领导的为什么喜欢话只说半句！"黄立工一脸郁闷，找不到出路，只好生生把苦果自己咽下去。

"May I help you（需要帮忙吗）？"一位空姐走过来问道。她个头高大，眉眼立体，穿着纱丽，殊无纤细之意，俯着身颇有些气势。

黄立工往后侧身，指着餐板，吭哧一阵，总算憋出一句："Other thing to eat？ No curry（有别的吃的吗？不要咖喱）。"

空姐显然对此要求司空见惯："Is bread ok（面包可以吗）？"

黄立工竖起拇指："Good（可以）！"

空姐走后，刘睿阳看向许茜茜，她也正看过来，微笑慢慢浮现在两个人的脸上。两个人转回头，各自笑起来。

机舱灯光调暗，乘客大都昏昏欲睡，黄立工咽下最后一口小面包。

"李佳的事情，你有什么想法？"刘睿阳侧过头来，轻声问。

"他不是一个人干的吧？"

"应该不是，像是有人指使，也可能是胁迫。"

"这次来竞标的，除了我们，只有一家国内公司……"

"雄也？！"刘睿阳有点儿惊讶。雄也公司成立较早，名头和规模都不小，没想到还需要如此对待一个新创企业。"我们和它没有什么交集。"

"同行……你知道他们，同一张桌上吃饭的都是仇人。"黄立工冷笑，有些企业刚走出国门，不想着怎么和国外的强手竞争，超越它们，却热衷于拆自己人的台——都是内战高手。国内有些行业中，相互拆台之风猖獗到国人深恶痛绝，外国人常有耳闻，甚至利用这点来抬高价格。

"我听李艺说过，前阵有家中国钢铁企业，收购澳大利亚的矿石，什么都谈好了，快签字了，另一家中国的钢铁企业杀出来，直接抬价20%。澳大利亚方都觉得奇怪，中国企业在干吗？不过多给钱人家也不会不要。"

"李艺，你去日本的那个同学，在帝工集团？"

"是啊，他回来了。"

"去哪儿了？你不把他挖过来？"

"他去赛尔科工了。"

"赛尔科工要做减速机？"黄立工记得，李艺在日本读完书后，进入帝工集团，钻研减速机。

"是啊，他们老板亲自去日本请他回来的。"

"许廷宝出马？他们很重视李艺啊。"黄立工说。许廷宝在业界是名头响亮的人物，白手起家，带着两个弟弟创办赛尔科工，用了20多年打拼成国内最大的焊接设备供应商。赛尔科工是典型的隐形巨人，在公众领域默默无闻，在产业链上很有影响力和号召力。

"许廷宝……咦，他也姓许……刘睿阳心里一动，旋即哑然失笑，只是巧合罢了，中国叫李明的得有几十万人："工业机器人是高科技产业，最后还是要靠人才和创新来竞争。"

"产业是新的，可人还是旧的。"黄立工没那么乐观，无论如何，雄也拿下招标，旧手段获胜，"如果这些行径不付出代价，行业不会有改变的。"

刘睿阳沉默许久，低声说："老黄，这个事情，我来处理吧。"

"你一向都不爱管这些杂事……"

"以前你和我说过一句话：'能卖100个机器人的小人，和卖10个机器人的君子，你说我该留哪个？'"

"销售人员是雇佣兵，给钱干活，没钱走人，讲品行就是笑话。技术人员不一样，人不正，不纯粹，怎么创新？"

"你把技术员都当成机器了。我们也会软弱，也会犯错，有爱有痛啊。"刘睿阳语气越发低沉，眼睛里几乎带着恳求的神色。"爱"，这么久了，黄立工第一次听他说到这个字眼。黄立工慢慢地把手放在刘睿阳的膝盖上："你是不是有什么喜欢的人？这么多年，也该谈了。"

刘睿阳转过头，看着舷窗外。黄立工拍了拍他的膝盖，转过身，看着过道里来去的空姐。稀薄的空气笼罩着几千米高空中的钢铁盒子，刘睿阳的心急速地跳动着，心跳声像鼓点，轻轻密密的，敲击着内心深处的晦暗和沉寂。

窗外的云，团团絮絮，影影绰绰，铺到远处，把城市灯火拦在下面，把太阳拦在地球的另一侧，让飞机似乎怎么都飞不出去。怎么可以爱？在那个晚上之后，欢愉、心动……是背叛。

然而，没有背叛的生活，空荡荡的。"你是不是有什么喜欢的人？"怎么可能？没有人能走进他的生活里。许茜茜？这个世界很古怪，他和许茜茜在世界的两端，他冷静，她机灵；他顽固不化，她随机应变；他认死理，她只看功绩……然而，她在他的面前时，他看到她本来的模样。笑，微笑，他看着另一个人的眼睛，笑了起来，在那个晚上之后，这种行为就是背叛。至于草儿，一个代号、一个ID罢了。她只是他认识多年的陌生人。研究生，机器人，BBS；中国女孩儿，纽约读书，12个小时时差。这些年，他和她的关系不曾热烈，也不曾断绝。他没有和她见过面，想象不到地球另一侧的电脑后坐着的她的样子，接收到的只是跨洋光缆传递过来的0和1。也许那边的电脑后没有任何人，只是无穷无尽的0和1，也许，和AI在一起感到愉快不是背叛，然而，他的生活空荡荡的。

孤独克服重力，从心底浮上他的心头。下坠，飞机仿佛正在下坠，他感到了失重，身边的一切似乎都飘浮着。

刘睿阳闭上双眼，眼前一片漆黑。

久违的悲痛像深海下的暗流无声地腾涌上来。刘睿阳睁开眼睛，窗玻璃上模糊地映着一张惊慌的脸。怎么可能？他握着拳头，用力地握着，似乎感觉到痛，又似乎什么都感觉不到。怪物！怪物！他的心里有个声音在喊。不能犹豫，不能软弱，他摇着头，长长地吸气，窗上模糊的脸变得清晰，就像叠加态的粒子，在严格的观察之下，坍缩成确定的状态。

他的思绪回到那个晚上。那个晚上许久没有从记忆里出来了，他都开始习惯甚至享受这种平静，没想到在一个相视而笑的片刻后，在这个离地面如此遥远的空间里，不合时宜地冒出来。他看到自己躺在床上，力气在一点点消失。汪妙坐在床边。黄昏时分，尚有暗淡的余光在窗边驻留，让两个人看见彼此眼睛里流动的光芒。汪妙轻轻抚摩着他的脸，慢慢地，一切坠入黑暗中，耳边只有细微的呼吸声。刘睿阳感觉到她的手抚了一下他的脸颊，顺着脖子慢慢试探到胸口。呼吸声慢慢重起来，她靠近他，脸贴着脸，一个柔软的身体压到他的身上，熟悉的触感、熟悉的气味。她的嘴唇在他的脸上一点点地寻找，找到它的伙伴，热烈地亲吻着。他伸手抱着她，将她紧紧地按向自己，像要把那具柔软的身躯都融进自己的身体里。

她挣脱他，直起身来，在黑暗中凝视着他。他什么都看不到，"窸窸窣窣"的，一双手轻轻碰到他，摸索着，帮他脱去衣服。那具身体回来了，紧紧地贴着他，这次是灼热的，光滑而灼热，带着所有的热情和悲哀。一股电流击中他，他颤抖着，泪水止不住地流下来。

"不要……"他在她的耳边轻轻说，努力地推开她。她固执地抱着他，他感觉得到，她在黑暗中摇着头。他搂着她，用力地抱住她的身体和双手，"我不是过去的我……明天……明天就走了，好好地走……"

汪妙的身体松弛下来，他的泪水漫到脸上，接着滑入耳朵后的头发里。他闭上眼睛，喘着气，好像推开她把这一生的力气都耗尽了。她把头靠在他的胸口上，手环着他的腰，紧紧地搂着。就这样，他们躺了一个晚上，谁都没说话，她没睡着，他假装睡着。

第二天一早，她走出房间，手扶着门框，没有回头。等着她的是一趟无法更改的航班，飞往纽约，以及一个无法更改的未来，几年的学习生涯后，她的人生就消磨在那里了。

许茜茜捧着 Kindle，听不清两个人的对话，但知道他们在聊李佳的事。飞机上不是谈正事的地方，嘈杂、人多，为什么刘睿阳要在这个时候……？她忽地想到，也许刘睿阳特地选择了这个环境——飞机可以限制黄立工，黄立工没法喊叫，没法咄咄逼人。刘睿阳比他的外表、比她想象的要敏锐和狡黠。

黄立工盘算着所有的事情，雄也、李佳、刘睿阳、钱……

钱。在来印度之前，财务老杨向他单独报告，资金开始吃紧了，钱，很快就是个问题。林义伟……这个日本人，有他需要的东西，钱、经验、资源，不过……

他转向许茜茜："你知道白岸资本吧？"许茜茜放下 Kindle，听他说完昨天林义伟的话。

"别太当真。"

"那个人说话不像……"

"做投资的都是销售员。"许茜茜说。别说投资经理，就是合伙人、老板，职位越高，越是厉害的大销售员。"你做过销售的，到处推销机器人的时候，说过的漂亮话可不少，你能全当真？"

黄立工更不解：有钱的不是大爷吗？睿立科技成立以来，他们找了不少国内基金和有钱的老板，基本是求爷爷告奶奶，说起来就是一把血泪，怎么到国际投资基金就反着了？

"因为钱有成本。"许茜茜解释，"就像工厂生产，钢铁、能源、原料、零件等，都是成本；资本也有成本，就是利息。任何事情，有成本就有压力。"资本投资的底线是跑赢银行，最终回报不能比把钱放在银行里啥都不干还差吧。对于组织和管理资本的人来说，他们必须想办法准确而快速地找到优质项目，把钱投给它们，不能让它们得到别人的投资，这就意味着吸引和说服，也就是销售。

"所以，之前那些人是大爷，是因为他们没有压力；他们没有压力，是因为他们的钱没有成本？"

"凡事有利有弊。不尊重价值的钱不好拿，但拿到后没人管，想怎么花就怎么花；尊重价值的钱，更容易拿到，不过会有规范和约束，不是那么容易花的。"

黄立工听到"约束"两个字就皱眉头："既然是好项目，都投资了，难道不应该充分信任，让它放开手脚去发展吗？"

这种天真的说法，许茜茜听得太多，偏偏越是久经沙场的老江湖，越会这么想。如果你反问他，对他的优秀手下，他会不会也充分信任，不卡预算，人、财、物完全自由？他会讶异，用一副受辱的模样说："你这不懂事的小姑娘，我和他们怎么会一样？！我是老板，企业是我的，不会有人比我还负责，包括投资人。"

"给钱的没有压力，就会乱投资；拿到钱的没有压力，不也会乱花嘛。"许茜茜不想在这个老生常谈上纠缠，接着说，"另一个，不尊重价值的钱，反而能拿得多。他们投项目不看价值，就看风口，名目好的，容易往高里估，大家都开心。尊重价值的钱呢，有时候投资者太负责了，把得紧，还慢。像白岸资本这种，不适合目前的我们。现在它只是意向阶段，意向再强烈，到落地成交还远着呢，它有它的规范流程，而且，会很折腾，跟查家底一样，鸡飞狗跳，斤斤计较，发现一点点纰漏就穷追猛打。公司要是禁不住查，很可能融不到钱；融到了，估值也会被压得很低。"

"嗯，知道了。"黄立工调低椅背，闭目养神。这笔融资一时半会儿指望不上，也未必合适，不过，还是要积极接触。国际大牌基金的作用不只是融资。就像这次印度之行，鲲鹏清扫机器人没中标，但在另一个地方意外地砸开了口子,长远来看,收获未必比中标小。

后来,他获悉,印度项目并不好做,中标后,印方仍会无休止地提要求,变相压价,雄也公司人仰马翻,被牵扯了大量精力,最后核算下来,挣不到太大的利,如果算上遥遥无期的尾款,几乎就是亏本的。回过头看,鲲鹏清扫机器人无意中得到了最好的结果。黄立工在饭局上讲起这桩事,爱用一句话结尾:"这是天意,老黄不死,鲲鹏当立。"

第二章
中国制造

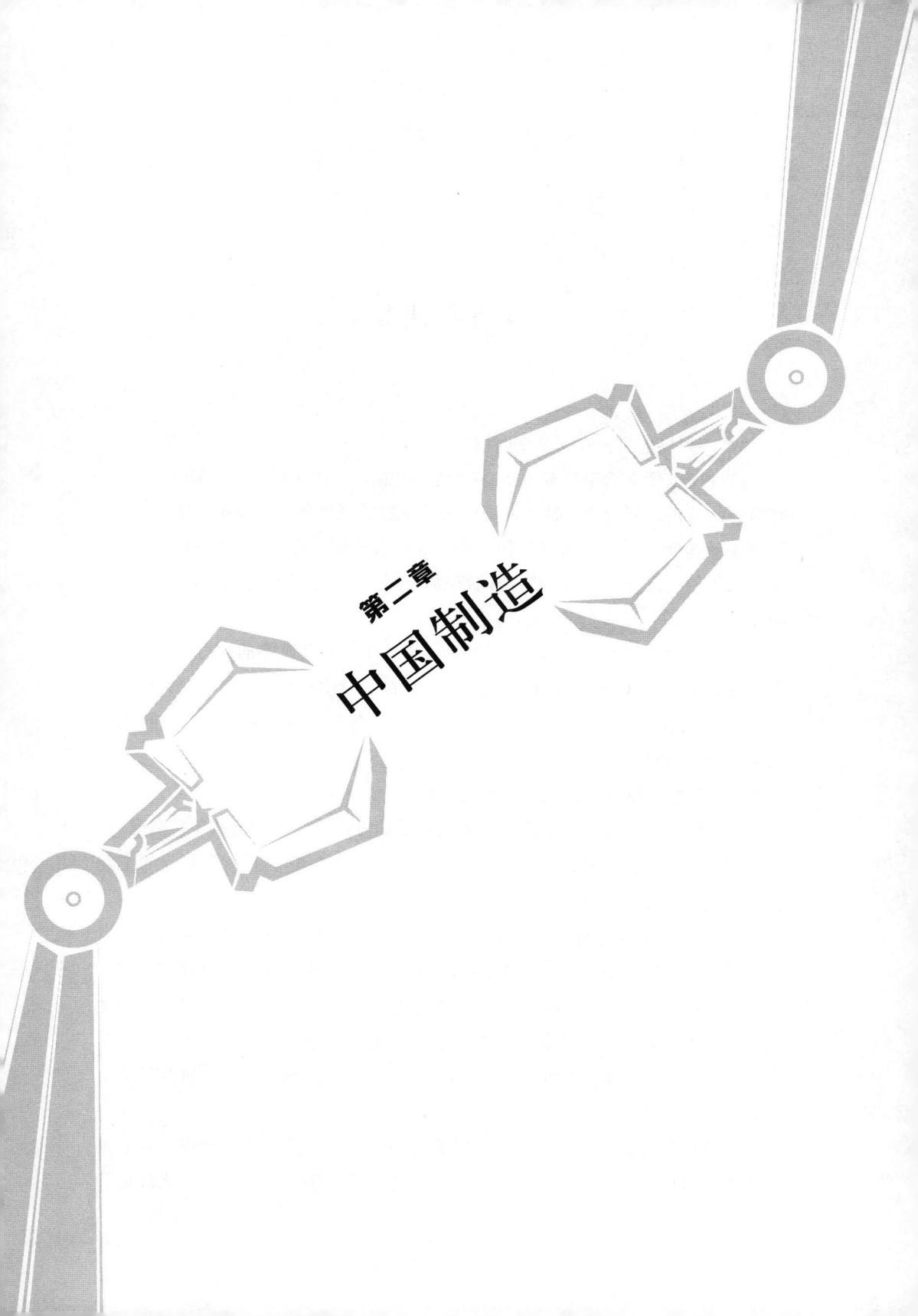

1 小镇往事

"高高兴兴上班，安安全全回家。"

踏进顶部耸立着毛体铁艺大字"动力机总厂"的大门，抬头即见此条红底白字的条幅，醒目地悬挂在通道中央，两侧的枫树各自贡献出坚实的树干，一条铁丝伸展着两端紧紧地抓住树干，高举着条幅，任凭风吹雨打，日复一日地为每位工友送上简单而暖心的祝福。这行字，是动力机总厂人最亲密的朋友。

沿着中央主道，走过条幅，道路分成三岔：中央道路通向办公楼，左、右两道通向一排排厂房。厂房都是钢架结构的，挑空很高。

水塔是动力机总厂的标志，下瘦上粗，浑身爬满常春藤，像巨大的锥形火炬，威风凛凛。

动力机总厂则是武山机械小镇的标志。

武山镇依厂而建，集市因厂而兴。除了动力机总厂，武山镇还有活塞厂、水泵厂、车桥厂、电机厂、数控机床厂等众多工厂，它们有一个共同的主要客户——十堰二汽。

工人们穿着布满油污的工服，骑着"二八"自行车，穿梭在街道上，自行车铃声"丁零"响，从早响到晚——车间三班倒嘛，每个时间段都会有上下班的人，这是20世纪八九十年代武山镇的一景，也是黄立工和刘睿阳他们共同的童年记忆。这千篇一律的布满油污的工服中，唯一与众不同的，是进厂时干干净净、离厂时清清爽爽的工服，不用猜，那就是动力机总厂的员工的。

厂长黄严管理很有一套，工人没有好心情，提升不了工作效率；好心情来源于好环境，比如干净的工装换衣房、免费洗浴中心等，管生产之际还管

第二章　中国制造

生活，"推动全员品质活动，提升全员工作士气"。

动力机总厂是武山镇乃至全县的利税大户。动力机器厂的产品品质过硬，还得益于另一个人——总工程师刘大桥。

黄严和刘大桥是同乡、同事，相交莫逆，晚上经常一起下棋、喝酒，畅论天下。他们各自的儿子黄立工和刘睿阳刚好同龄，自然就一起上学放学，写作业都凑在一张书桌上。

黄立工和刘睿阳性格截然不同。刘睿阳安静，寡言少语，学霸；黄立工则太能惹是生非了，哄闹打架、翻墙砍树、折腾视线所及的能动的机械……常有大人上门讨要说法。黄严贵为小镇头号大厂的掌门人，脸上挂不住，抄起扫帚，边打边大嗓门地教训。黄立工的童年就是在父亲的怒吼声中度过的，也逼出了父亲的大嗓门。

他们两个人，还有一个跟屁虫，叫刘桂花，不是外人，是刘睿阳的妹妹。这个妹妹呢，别的功夫没有，就是喜欢跟黄立工斗嘴，像膏药一样黏着他们。小时候，刘桂花对黄立工的评价高过她的学霸哥哥，因为她也贪玩，自嘲与黄立工是一丘之貉。

刘桂花只要一黏过来，刘睿阳就赶紧溜走，到黄立工那里避难。刘桂花跟过去，两个小男孩儿花样逃难，钻床底、躲柜里、翻墙，甩掉她后溜到大街上。

武山小镇依街成镇，有一条长长的街道。大街南北向，沿路各个工厂的产品都和汽车零部件相关。两个人沿着街，爬爬树，拣拣废弃小零件。黄立工喜欢收集破铜烂铁，倒腾出新玩具来，发给小伙伴们当"兵器"，他站在小山坡上头，指挥两边对战。有一次，他还和一个农村木匠大哥倒腾出一辆木头自行车。这辆车的车架、车轮、车把，还有齿轮是木头的，黄立工用捡来的小零件将它们拼装起来，最后装上旧链条。自行车获得全县能工巧匠奖，那时他上五年级。多少年后黄立工说起这个，拍着大腿说，可惜那个年代没短视频应用，不然他早就是全网的大红人了。

刘桂花的兴趣在黄立工的身上。她觉得亲哥哥太无趣了！虽然他也喜欢摆弄机械，但都是坐在板凳上，折腾几个小时，拆了装、装了拆，屁股都不挪一下，看看人家黄哥哥，总能弄出新鲜玩意儿来。刘大桥自然喜欢儿子这样，不厌其烦地回答儿子的问题。刘睿阳问他，扭矩扳手为何会发出"咔嗒"的声响？刘大桥一下子被问住了。父子合力，边摆弄边琢磨，搞清了门道。

原来，它内部的扭矩释放结构，是由压力弹簧、扭矩释放关节、扭矩顶杆组成。工人在使用时，首先在扭矩扳手上设定所需的扭矩值（由弹簧套在顶杆上向扭矩释放关节施压），锁定扭矩扳手，开始拧紧螺栓，当螺栓达到扭矩值（当使用扭力大于弹簧的压力）后，会产生瞬间脱节的效应，关节敲击，就发出"咔嗒"的声音。

那时候的武山小镇街上，黄立工和刘睿阳并排走着，身后紧跟着刘桂花，在刘桂花身后，偶尔还会跟着另外一个孩子张文峰。张文峰，他既不是工厂子弟，也不是农民的孩子，而是镇上摆水果摊的女商贩的儿子。张文峰大部分空余时间被母亲占了，被支使着去摆摊，一站就是大半天。每当看到同班同学黄立工和刘睿阳他们在大街上玩耍，他就在心里把母亲怨了个上百遍：为什么他们能玩，我非要摆摊？

黄立工和刘睿阳两个人的成绩像他们的性格一样，各处一端，一个永远第一名，另一个在倒数 10 名内来回波动。一直到高二下学期，黄立工仿佛突然开挂，一路狂飙突进，半年多就从后进生集团中杀出来，一鼓作气之下，高考居然考中本省还不错的一所二本院校，就读机械专业。黄父喜极而泣，大加褒奖，黄立工但笑不语。他自己心里明白，高中最后一年半的时光实现人生逆转，不是因为当厂长的父亲威逼利诱，也不是因为母亲的哭哭啼啼，而是因为刘睿阳。高二某天放学后，毫无征兆地，刘睿阳忽然变得比班主任还要严苛，不管黄立工如何抗议，始终紧盯着他，一起复习功课，一起做作业，还要给他讲完错题才肯放他回家。黄立工赌气，脑子里神游太虚，一道题都没做，刘睿阳也不气恼，当他是全做错，从头一一讲解。黄立工想着刘睿阳肯定撑不了太久，但黄立工低估了刘睿阳的意志力，刘睿阳天天如此，黄立工必须得认真配合，两个人才会在周日玩上一天。一旦坚持下去，窥得门道，学习就会越来越容易，到高三时，黄立工已经可以自发努力，由此考上大学。

刘桂花就没有这种好运气。有个学霸哥哥比有个学霸好朋友更可怕，传说中的"别人家的孩子"天天就坐在自己的对面，刘桂花的生活从此进入极夜，父母总是在夸赞哥哥的时候不忘唠叨自己，在唠叨自己的时候不忘夸赞哥哥。越是如此，刘桂花就越不好好学习，父母再多说几句，她梗着脖子，倒竖眉毛，也不回嘴，扭头夺门而出。看到黄立工，她更会笑嘻嘻地缠上去。

她长大了，黄立工可没法像小时候那样翻墙猛跑就轻松地摆脱她，黄立工嘲笑她是假小子，摆出凶神恶煞的样子，想断她的念头，做"长治久安"的打算。奈何她是假小子却真彪悍，以攻代守，把在父母和哥哥那里积攒的委屈尽情倾倒到黄立工的头上，伶牙俐齿，嬉笑怒骂，反倒是黄立工招架不住。斗嘴成了他们俩的见面礼，伴随黄立工整个高中生涯。

黄立工和刘睿阳上大学后，刘桂花的生活里突然多了一大片空白，阴影和喧闹同时消失。没了叛逆的理由，没了肆意嬉笑的对象，刘桂花乖了不少，可惜学业没有同步长进，最后考进高职院校学市场营销。

张文峰成绩不好不坏，考上二本院校，读了他心仪的专业，他的人生目标是：挣钱。

许多年后，有一次喝酒，张文峰说刘睿阳是真正的机械狂人。黄立工大大不服，大学期间他变着花样翘课，倒腾的新鲜玩意儿层出不穷，说到理论，刘睿阳甩他几条街，但是哪个狂人是用理论武装起来的？张文峰说："你擅长把简单的东西变复杂，但睿阳擅长把复杂的东西变简单。"黄立工一想，也是，几样普通的零件到他的手里，总能发挥出意想不到的功用，组合出全新的东西来；而把复杂难解的东西交给刘睿阳，他很快就能破解出里面的基本原理。张文峰说他是无中生有，创意无限，也就一个狂人；睿阳把复杂变简单，却能让更多人像他一样无中生有，几百个狂人。你说，谁牛？

正因为黄立工的"无中生有，创意无限"，他在大学毕业季搞出了一个疯狂的创意计划，想整点儿惊天动地的事，几乎毁了学霸刘睿阳的人生。

怎么说呢？他们三个人永远忘不了那个场景，但永远不想回忆。有些记忆的片段是美好的，比如一间小小的出租屋里，一张床、一张桌子，剩余的空间堆满书和零件，他们在里面鼓捣出简陋的小型载人飞行器；有些记忆片段是不堪回首的，比如刘睿阳挂在小型飞行器下面，黄立工在操作着遥控器，打开开关，随即马达声和螺旋桨划破空气的声音纷纷涌来，飞行器带着刘睿阳缓慢地起飞，升高，再升高，离地1米、1.5米、2米、2.8米、3米、5米……马达声越来越大，螺旋桨急促地旋转，黄立工将摇杆往前推，飞行器在空中移动，螺旋桨的声音突然消失，一种沉闷的重物砸地的声音，如同惊雷炸响……世界一时静寂，停滞，只听到刘睿阳的惨叫声……

他们的世界，一瞬间变了。

一切都改变了。

2 归　国

印度之行的疲惫还没散去，一踏上熟悉的土地，黄立工就感觉到有无数的跳蚤正向他爬过来。创业远看是件华丽的袍子，细看是镣铐，永远脱不下，还时刻有跳蚤。

说是跳蚤，却各个都能要命。

第一只跳蚤——刘斐。刘桂花毕业后，第一件事是改名叫刘斐。拥有了新的名字、新的人生后，她一头冲进市场里，直至在"明白酒"零售连锁公司做到高级业务经理，挣了些钱，时不时回到小镇老家探视父母。刘家父母惊喜地迎回一件"小棉袄"。

江城，地下停车库。张文峰安装完航空 App，输入航班号，App 显示航班实时飞行动态。从航班预计落地时间算，现在出发还有点儿早，张文峰摆弄着 App，玩了一会儿，来了兴趣：咦，这玩意儿和炒股一回事嘛。

每趟航班就是一个股票代码，从首序起飞（开盘）到末序落地（收盘），飞行线路都详细地记录成一条曲线，哪个时刻飞到哪里，表现是否符合预期（早到或晚点），偏离预期的地方，就是做多或做空的机会……

有机会，就要创造工具；创造出工具，就能创造市场，他飞快地转动脑筋……延误险。对，延误险就是做空工具！只要允许延误险成为一个交易品种，建立头寸，马上就能创建出一个小型的航空衍生品交易市场。标的物的数据已经很详细，再加上详细的市场交易数据，汇聚在一起，就能形成专业的数据市场——操盘手和股评家有活干了。张文峰搓了搓手，这个市场还能搞得更大……航空做起来了，那高铁呢？不在话下，再把高速公路也拉进来……3 个小型交易市场……

有个小小的风暴在他的脑子里炸开。这可不只是 3 个小市场的叠加，这是一个掌握全国客流数据的超级大市场。商流、客流、货流，三流入海，这个市场就是宏观经济的晴雨表。

张文峰盯着方向盘，无意中看了一下表——光顾畅想了，差点儿耽误接机。他一脚踩下油门，从江城闹市区一口气赶到机场。

入境处排起队，从左至右，从本国居民入境处到国际人士入境处，声浪突然弱下去。队伍移动缓慢，黄立工四处扫视，看到最边上的通道人数寥寥，一个小伙子在通关口站了一下，很快就过去了。他马上跟过去。这个通关口无人值守，只要旅客持有新版护照，在机器上自动验证，再到摄像机前扫一下脸，就完事了。正好这次出国大家伙办的都是新护照，黄立工伸手大喊，招呼诸人过来。

所有人很快就都过关了。

"应用得太快了。"许茜茜有些惊讶地说。

"英国没有吗？"刘睿阳在她的身旁问。

"他们很早就研究，发展得也快，但是到应用就很慢。"

"为什么？"

"隐私。公民权利在他们那里是很重要的议题，一点点改变都要无休无止地讨论。"

"你好像不太喜欢这样。"

"对民众其实是好事，但是对企业、对投资者是个阻碍。"

刘睿阳看了一眼手机，对前头的黄立工说："桂花赶回武山了，给我们接风洗尘。"

"凑什么热闹？"黄立工强压着一阵烦躁，"她是来数落我们的吧。"

"数落你。"刘睿阳对此毫无察觉。

"你和文峰去吧。"

"你和她说。"

"见死不救。"黄立工苦着脸。

许茜茜已经走到前面，转过头，眨着眼睛，饶有兴趣地问："桂花是谁？"

黄立工掏出手机，吹着口哨，往外走去，许茜茜的视线跟着他。幸好电话铃声响起，是采购部的老林，黄立工马上接起，远远地传来老林的声音：

"嗯……嗯……该给他多少……？多久了……？"

张文峰在出口处向众人挥手。

黄立工刚站定，就遭到张文峰一记空心拳擂在右胸口上，再被拽回来，迎上一个结实的拥抱。这是他们俩一向的见面仪式。到刘睿阳，张文峰就很温柔，拍拍左肩膀，搂住右肩膀，晃了晃。许茜茜正在玩味张文峰的切换自如，还没回过神，看到张文峰已经在她的跟前，张开双手，似笑非笑，身体往前，做出拥抱的姿态。行李箱挡在身后，她眼看躲不过了。

许茜茜可不会手足无措，脸上马上绽开笑容，迎着张文峰伸出右手。张文峰站直，握手，随即松开，脸上露出一丝自嘲的微笑："还是这么得体。"他看向许茜茜的身后，"我帮你拉行李箱。"

"不用啦，英国姑娘出门都自己拎包。"

"别糊弄我，那是美国人的陋习。英国绅士怎么可能自己空手，让女士拉行李箱呢？"

许茜茜嫣然一笑，侧过身。

张文峰拉上她的行李箱，招呼李佳等人，让公司行政人员安排皮卡，把工程师一一送到家，回过身："士别三日，我们好好聚一聚吧。"

"我不去了。"许茜茜站着不动。

"你回上海？"张文峰倒不感到意外，这姑娘一向行踪不定，说走就走，只是江城离上海着实不近。

"我可没你们那么想家。"许茜茜笑。眼前这几个大男人，才去印度几天，就一副久别重逢的雀跃劲，倒像是3个大男孩儿。她蓦地想起母亲经常说的一句话："男人啊，只要还没成家，心里就永远住着一个小小的 boy（男孩儿）。"说完，母亲看着空气里某个遥远的所在，自顾自地补上一句，"就算成家生子，也还是个 boy。"她知道母亲说的是她父亲。"我约了朋友。明天回上海有点儿事，过几天回公司。"许茜茜看着黄立工，征询他的意见。黄立工举起手，做出挥别的手势。

"注意安全。"张文峰说。

许茜茜目送三个人的身影消失在升降电梯里，拿起手机，边拨电话边走向出租车排队处。

"妹子，你在江城吗？……哈，我也在……晚上有空吗？"

3 回家的路

"从来没觉得这里这么亲切过。"黄立工看着窗外的景色，像是第一次看到。

这条路连着江城和武山小镇，连着大学年代和创业年代，他们走过上百遍。那时候黄立工还年轻，心里总是装着太多的梦想、昂扬和不服，从来没有好好看过窗外。张文峰不同，他喜欢这条路。许多假日的黄昏，他独自驱车回到小镇，赴黄立工的临时之约。黄立工很得意，这就是兄弟，随时一个电话，水里火里都会赶过来。对张文峰来说，吸引着他的，除了远处的友人和夜摊的热气，更多的是在这条路上的漫长黑夜。

"总要给你更糟的，你才知道原来的东西有多好。"张文峰打着方向盘，平滑地转了个弯。他开着近光灯，灯光温柔地照亮眼前那些他早已稔熟的景象。

"我现在更坚定了，未来属于中国。"黄立工转头问后座上的刘睿阳，"你还记得咱们入境的时候，那个快捷通关……"

"电子通关，人脸识别。"刘睿阳闭着眼睛，在飞机上没睡着，疲惫感正一阵阵袭来。

"对，这就是未来。"黄立工很兴奋，带着孩童般的雀跃。很多年前，他在邻居大哥哥家里翻箱倒柜，发现一本《小灵通再游未来》，拿着书一路小跑到楼梯上，靠着栏杆看，好像猛然翻进一个新世界里，也是此般兴奋。"未来先在中国到来。"

"我们总算可以让别人来'抄作业'了。"张文峰也有点儿兴奋。他从资本视角看到的中国过去十几年的辉煌，更像是抄作业。以最火热的互联网行业为例，1997年，我们把门户网站"抄"过来；1999年，把即时通信"抄"过来；2000年后，把搜索引擎和电子商务都"抄"过来。后面还跟着一串……中国互联网行业前10年的大局就此奠定。

"'抄作业'，那不是你们资本圈的拿手好戏嘛。"黄立工"嘿嘿"地笑。这话张文峰常说，用来自嘲，黄立工不客气地搬过来用。

"你不懂！我们搞资本的哪有那么低级，我们是文艺工作者！"张文峰一本正经地说。"嗯？"黄立工一时没领会他的意思。"我们都擅长文艺创作，敢编故事，更敢讲。"张文峰认真地说，"而且我们做得最好，因为我们专注，只做这件事。"

在移动互联网蓬勃兴起之时，中国还没蹚出自己的路，要讲好故事，"源出美国""模式已经被美国证明"是规定动作，"美国有创新有技术，中国有人口有市场"，是资本圈的共识。中国的互联网发展得越快，"抄作业"就越主动而普遍。博客、生活服务、问答平台、社交网站、微博、云计算、共享经济……"抄作业"热潮在团购领域达到顶峰，大家被美国团购网站Groupon（团购）的高估值神话诱惑，更被之前"抄作业"的彪炳成绩所诱惑，才一年半时间，团购网站就从空白飙升到5000多家，开启了著名的"千团大战"。

"互联网的头部效应越来越严重，赢者通吃，输者尸骨无存。"张文峰说。"抄作业"其实更残酷，因为谁都可以"抄"，没有高阶的东西拉开距离，形成护城河，竞争就变成肉搏，用血、汗和狠。千团也好，百团也好，最后永远只有寥寥几个胜出，而且多是惨胜。现在他们终于看到曙光，抄了20年"作业"，时至今日，终于开始看到自主自发的竞争力。在某些顶端的领域，中国不再仅仅扮演追随者的角色，而是取得跨越式的发展，具备与其他国家一较短长的实力。

"赢者通吃，输者尸骨无存。"黄立工重复一遍张文峰的话，"和你们金融业很像啊！"

"都是赌博。"张文峰说，他心里有根弦暗暗被拨动，看到了一股非常细微然而也非常重要的暗流，"赌博是人的天性。金融行业本来就是玩人性的，现在互联网也在玩人性。"

世事经常凑巧。黄昏时候，张文峰摆弄航空App，在航班信息里看到金融的影子，对他来说，那只是异想天开的乐趣，给饭局准备的高级谈资；没过几个小时，黄立工无意中提醒他，那不是谈资，而是潜在的现实。伟大的金融啊，无不渗透。张文峰开始认真地对待当时的想法，重新思考黄昏时分最后那个发现，几个简单的小市场，一旦数据打通，连接在一起，就会形成质变，越庞大越强大，甚至像是一种隐形的权力。

要怎样的资源才能把这个市场建起来呢？

黄立工瞅了张文峰好几秒："文峰，你在动啥心思？"

"金融行业很快就会天翻地覆。"张文峰越来越肯定。这几年互联网概念往其他行业扩张的势头越来越猛烈，触角几乎伸进每个传统行业里。资本圈自然欢迎这种变化，还暗中推动，讲故事嘛。他翻到一份报告，看到一个新词"互联网+"，心里佩服作者，高手啊，几个字讲尽当前正在发生的事，还给以后留下了更大的故事空间。他刚把新词糅合进PPT里，随即发现，一夜之间，他目光所及的资本圈里已是三句不离"互联网+"。在这种亢奋到自己人都觉得荒谬的气氛里，所有人盯着快速变化的东西，盯着色彩丰富的泡沫，有些普通然而本质的东西就被轻易忽略掉了。但是现在，张文峰暗暗攥着拳头："我抓住了这股暗流。互联网的气质越来越远离传统行业，它在向金融靠拢。这干柴烈火的，搞在一起……绝对是一场海啸，席卷一切。"

"你可别给我回去！"

"我好不容易出来了。"张文峰说。他不会那么蠢。互联网和金融都扎根在人的贪婪之上，都在调动人的赌性。这样两个行业，这种想象空间，有多少韭菜，就有多少镰刀。他不会回去的，就算回去，也就当磨镰刀的，挣钱，安全。

黄立工心里有些不安，张文峰嘴上很坚决，但他的声音里有一种发自内心的兴奋和热情。不安很快被灯光驱散，车转入左边的路口，前方出现一座灯火明亮的小镇，在浓重的夜色中抚慰人心。黄立工和刘睿阳都一下子振奋起来。

家乡。

家乡的熟悉气息扑面而来。那远远的点点灯光之中，是工厂里轰鸣的机器、不停歇的工人、加班的工程师；是江边的排档和夜摊、蹿着火苗的热锅小炒、永远在沸腾的大锅炖菜，高高地照亮每家地盘的渔灯。黄立工摇下车窗，欢呼起来，虽然只离开了几天，但这几天发生了太多的事情，在记忆中显得比任何时候都漫长，家乡的灯火也就变得像一种召唤。

4 老陈家

　　一下车，三个人直奔老地方。老陈家主打烧烤，就在江边，味道不差，也说不上令人惊艳，但老板懂夜间食客多过懂烧烤：哪怕你一口气点上百八十个串，他也是看人数先上一大拨，各种串混杂，等食客马上要吃完，或者给食客留个干两杯酒的时间，下一拨串总会适时地添到盘子里。最重要的是，这里的啤酒永远是冰的——别家的常温，江边没电，他舍得用好的隔温箱。吃完结账，如果顾客无聊数竹扦子、瓶子玩，数目肯定是对的。

　　江边摆摊，没有招牌，忠实的老顾客们因老板姓陈，提到他的店都说是老陈家。老陈干脆就找了块木板，歪歪扭扭地写上"老陈家"三个字，靠在他家高挑的灯杆上。

　　黄立工来过老陈家一次后，顺理成章地成了老顾客。刘斐每次回武山小镇看父母，晚上例行到此，和黄立工喝酒吃串，斗斗嘴。今晚刘斐做东，亲自接风，没说在哪儿，自然就是在这里了。

　　老陈家的座位已经坐满。黄立工远远地看到刘斐独自占着一桌，她大大咧咧地坐着，正往嘴里倒酒，没看出等人的样子来。桌上摆着两瓶啤酒——她叫了一打，老陈看人头给她上了两瓶，怕放久了不冰。

　　看到三个熟悉的身影，她转身冲着老陈打响指。老陈心领神会，从烧烤架上拿下20个串，装盘，再放上30个新串，拎着4瓶啤酒，端着烤串就过来了。

　　刘斐的接风洗尘开场就雷厉风行，手指横画，不许说话，端起酒杯跟黄立工、张文峰和刘睿阳一一碰上杯，随即仰头，一杯酒全倒进嘴里去。她头发过耳齐肩，落在灯光中，脖子舒展，即便是咽酒，看着也颇为赏心悦目。黄立工经常笑她："好好一个姑娘家，喝酒的时候最好看，这咋整？"

　　刘斐将酒杯高举在空中，杯口向下，停留两秒，一滴酒都没滴下来，随即将杯子扣在桌子上，一抹嘴，逼视着三个男人，眼里充满嘲笑：咋喝酒比个娘儿们还慢呢？！然后她的目光落到黄立工的身上，瞅着他的酒杯，满杯金黄的、带有啤酒花香味的液体，随着杯子在手中顺时针旋转着、晃荡着。她的嘴角露出挑衅的笑意。

"你这是接风呢，还是给自己庆祝呢？升官了，得有个三杯吧？"黄立工的酒杯在手中开始逆时针旋转、晃荡着。

"再说就自罚！"刘斐说，"我端杯都碰了一圈，当然是接风。要庆祝我升官，别急，有你端杯的时候。"

张文峰和刘睿阳"身经百战"，早就试探出了存活之道。两个人轻轻地碰了碰杯子，用眼神相互打气，心一横，迅速地干掉杯中酒，迅速地坐下来，把椅子挪了挪，离"前线"远一点儿，迅速地把手伸向烤串。张文峰拿出看戏的闲情逸致，咬下一块肉，细细品味，眼睛带笑，瞄着那两位，看热闹不嫌事大。刘睿阳是实打实地在吃，在印度天天吃咖喱饭，把他折磨得不轻，如今终于看到熟悉的热气，烤羊肉串、肉筋、鸡胗、秘制鸡翅、烤韭菜、茄子、黄瓜、山药……久旱逢甘霖，别说刘斐和黄立工二位在斗嘴，就算打起来，他大概也顾不上了。

5 夜 问

黄立工迎着刘斐的眼神，她那个笑嘻嘻和挑衅混融的模样，他恐怕是摆脱不了了，甚至在噩梦里都出现过。他咬牙，也仰起脖子，一杯酒直灌进去。咦，这次居然没有动静。他每次喝酒，犹如上刑场，死活推托，推托不过，酒一入口，胃就很不满地痉挛起来，拉扯得面部表情狰狞。同桌酒友早就举起手机等着，从各种角度抓拍他的表情，当场发到朋友圈里，每每围观者众，点赞头像都能占满一屏，然后点评："哪里是相由心生，分明是相由胃生。"到后面，熟点儿的同行邀他去饭局，他问是啥由头，笑答："想发朋友圈。"

黄立工也晃晃杯子，杯口朝下，滴下一串小酒珠。看来酒量小有进步，他不由得得意起来，浑然忘了几个小时前知晓刘斐要接风时的烦躁。每次刘斐说要杀过来和他喝酒吃串，他都会摆出一副愁眉苦脸的样子，只有这次，他是真的烦躁。这或许是因为——他自己都未必意识到了——他不愿让许茜茜和刘斐撞上。她们两个人从未打过照面。

第一杯安然无恙，黄立工逸兴遄飞，斗志昂扬，操起酒瓶，给刘斐和自己满上。刘斐一看，兴致来了：哟，难得啊，他居然主动挑衅了。她左右扫了一眼，起身到烧烤架边搬过一张矮凳，塞到桌子底下，左脚踩在矮凳上，手肘支在腿上，睁大眼睛，一拍桌子："来吧！"

难得今晚风清月明，两个人棋逢对手，谁都不打算示弱，无论是话上还是酒上。张文峰慢悠悠地吃着烤山药，看着他们两个人互掐得热火朝天，有些幸灾乐祸。到干掉几瓶酒后的冷场间隙，他不忘及时添油加醋，惬意之下出口成章："今天良辰吉日，天气凉爽，气氛热烈，万事皆宜。黄大总裁天不绝人，困境中反戈一击，败中取胜，那是风光凯旋；刘斐妹妹升官升职，当上总监，那是一方诸侯。这双喜临门，美人美酒，壮士壮志，你们俩可得好好加强感情……"

"废什么话，你也上来打！"黄立工打断他的话，手指指到他的脸上去。

张文峰往刘睿阳那边看去，顺势避开："睿阳，累了吧？"

刘睿阳方才风卷残云，前些天肠胃受的委屈在烧烤美食面前一扫而光。他食量不大，早就停手，正靠着椅背，安静地看着其他人。夜色已然蔓延开来，温柔地涌进江边的渔灯小摊里。烧烤架上溅起星点火光，喧闹相聚的人们借着夜幕掩饰眼里的情意，他们起身干杯，影子拖得长长的，铺到了邻近的桌上，像是相互探问，用彼此的故事来安慰彼此。此情此景中，刘睿阳悄无声息，眼神飘忽，确是显得困倦了。

"不喝了，我开车送他。"

"别走，叫代驾。"

"你兄弟累了！我送他回去。"张文峰起身，拍拍刘睿阳的肩膀，示意他走人。张文峰知道，只要搬出刘睿阳身体不适，再一意孤行的黄立工也得乖乖听话。

刘睿阳站起来，本能地招手示意黄立工一起结束晚餐，但是看到张文峰冲着他使着眼色,又被他右手有力地拉扯过去,似乎明白了什么。刘睿阳看了看黄立工——他没有站起来的意思,又看了看刘斐——她双肘杵在桌面上,双手托腮,一副意犹未尽的模样。

"你放心地喝吧,我一定把你哥安全地送到……"张文峰对刘斐说,从手提包里掏出5张钞票放在桌上,用空杯压着,手指敲着这几张纸钞,对黄立工说:"不喝完别回来。"他脸上带着一丝意味深长的笑,仿佛他在做大善事,好心给两位腾空间。

"不行!说好我做东,给他们洗洗灰,轮不到你。"刘斐拿起空杯,要把钱塞回给张文峰。黄立工抓住她的手腕:"这才像话,人走了,钱得留下。"他站起来,右手摆出请的姿势。

张文峰挥手,拉着刘睿阳离开。

"明天上午我找你啊,有事呢!"黄立工冲着两个人的背影喊。张文峰远远地回他:"我知道,没好事!"

黄立工和刘斐相互看着,一时都没有说话。刘睿阳和张文峰陪在这里的时候,也没怎么说话,但是人一走,气氛忽然就变了。一阵江风袭过,带动夜摊嘈杂的声音,包围着这张清静的桌子。

"小时候就想离开家,走得远远的,离开这片工厂,转了一圈,没想到还是回来了。"黄立工看着江对岸,那边的灯光变多了,更多的高楼正在修建。

"嘿,老爷们儿都回来了,倒是我这个姑娘家在远方奋斗呢。"刘斐根本不理会黄立工的感慨。

"去!你打算什么时候回来帮我啊?"

"你打算怎么负责?"刘斐笑吟吟的,眼波流转,语调上挑。

黄立工还是招架不住她。这段对话发生过好几次,大学毕业时那个事故发生后,黄立工陷入自责中,好几年没缓过来。刘斐默默而坚定地支持黄立工,他在最低迷的时候,是她扇耳光和怒骂,把他从颓丧里打出来的。刘斐在"明白酒"当大区销售经理,黄立工帮着她跑外围,两个人携手,合纵连横,搞出点儿业绩。那段时间,黄立工重新认识了刘斐,她外表泼辣,但其实很能拿捏分寸,一旦决定就雷厉风行,干练老到,营销和地面推广都是一等一的好手。黄立工创立睿立科技后,一直想着让刘斐回来帮他,但刘斐或连嘲带讽，或笑嘻嘻地和他打太极。

"一起把睿立做大做强，这不是最大的负责嘛！"

"你不是有销售副总了吗？我看他做得挺好。"

"罗平志啊，是还可以，但是不省心，我撒不了手。"

"哪个老板不是亲自盯销售？我说吧，你不是真心想让我回来，只是图我放心，让自己偷懒。"

黄立工被她的胡搅蛮缠搞得头痛，偏偏她说得也不是没有道理，只好给自己倒上半杯酒，一口喝下去："给我说实话，你为什么就是不肯回来？"

"我刚升职啊，前程似锦，你又不可能给那么多钱。"

黄立工从鼻子里"哼"了一声，指了指刘斐的酒杯，意思是你自罚一杯吧。

刘斐沉默了一会儿，漫不经心地说："我要是真回来了，只能靠你。你靠得住吗？"

黄立工生气地瞪着她："我黄立工是什么人……你问问你哥，问问张文峰……我这辈子可是第一次听到有人说我靠不住。"

刘斐凝视着他，心里想，装疯卖傻，答非所问，但嘴上只淡淡地说："行了，我在外面，不是一样能帮到你吗？"她往自己的杯子里加满酒，一口气灌下去，自罚一杯，"来，和我说说，现在是什么情况了？"

"说来话长了。"

"那更好啊，我还怕没话下酒。"刘斐冲老陈招手。

老陈叼着烟，麻利转身，拎着几瓶酒过来。

6 对手门道

章利上到2楼，从栏杆边的人群中挤过去，边往里走，边扫视着围廊里的桌子。

他看到盛华平手里提着一小瓶啤酒，坐在围廊拐角靠内的桌子边，马上又看到有个长发姑娘紧贴着盛华平坐在盛华平的身边。他顿住脚步。

从2楼栏杆看下去，1楼的舞场里已经有不少人。夜还不深，场里放着欢腾的舞曲，足够有气氛，但远不至于震耳欲聋，隔着正常的距离还能听到对方说话。这家酒吧深谙渐入佳境的道理，要快到深夜才会祭出头牌DJ，让每个人都迷失在狂乱的节奏里，让每个人都失去说和听的能力，只能相互贴近在燥热里挥霍最后的兴奋。

盛华平喜欢这家酒吧。和其他顾客不同，他喜欢这里，是因为这里是谈机密的好场所，可以肆无忌惮地说话，不用担心会被别人听到，让声音消失在声音里。这里的另一个好处是，可以提醒自己，所有与青春和热血相关的事，他都只能看着了，所以，他向来都是在深夜前离开酒吧。

他把手放在长发姑娘的腿上。她应该很年轻，浓妆掩盖了她的年龄，但是穿着皮裤的长腿紧贴着他的腿，紧绷和弹性肆无忌惮地传递过来，看样子只有20岁出头。长发姑娘轻轻扭动了一下身体，并没有让腿离开他的手，头靠过来，发梢拂过他的脸和脖子。

她嘴唇快贴上他的耳郭了，吹着气轻声说："怎么一个人在喝酒？一个人喝酒很寂寞的，叫几个，我陪你。"

盛华平把手抽出来，这次搂在她的腰上，顺着腰线滑到屁股上，轻轻捏了一下。她坐过来的时候，他只让了巴掌大的位置，她是一条腿坐在他的椅子上，另一条腿悬空。他按下身体内那股热力和冲动，挺直腰板，冲还站在原地的章利打了个响指，招了招手。

章利马上往这边走过来。盛华平有点儿意犹未尽地对长发姑娘说："我酒伴来了。"

长发姑娘站起身，噘起嘴，有点儿幽怨地看了他一眼，手有意无意地搭了一下他的肩膀，转身走了。她最后这个眼神，盛华平很受用。不管真假，这个眼神在恭维他，他还没老。是的，他才40多岁，很庆幸自己没有变得大腹便便，没有手提汤泡枸杞的保温杯。长年的饭局和奋斗早已让他的脸变得圆润，但他终究还是一个干练的中年人。

"驻场酒托。"盛华平看着章利拉开侧边的椅子坐下，随口说道。章利听懂了，这是可以慢慢说话，不用着急的意思。

"老大，有什么吩咐？"

盛华平伸手召来酒保,做手势要半打啤酒,再慢条斯理地看向章利。

"现在所有的销售我都派出去了,所有的意向客户都要走一遍,睿立也在跟进的那些客户是重点。"

"啊?要和他们正面对抗了?"

盛华平不说话。章利没转过弯来,有点儿发蒙:"老大,我有点儿跟不上。你不是叮嘱我已经结束了吗?"

"要来一场更大的,当然让你别打草惊蛇。"盛华平心里被撩拨的那股愉悦劲头还在轻轻荡漾,也就有了指点迷津的兴致,"你抽人一嘴巴子,还要预告啊?动手不嚷嚷,嚷嚷不动手。"

"那他们不就知道印度的事情是我们整的,万一急眼了,给客户都抖出去……"

"那又怎么样?"

"传出去,名声……客户可能不敢和我们合作了。"

"我巴不得,我还怕黄立工不这么干呢!"

章利脸上老老实实地写着"不懂"两个字。

"钱包!"盛华平瞪着章利。

"嗯?"

章利随即反应过来,掏出钱包,拿在手里,手停在空中,不知道下一步该往哪儿放。

盛华平接过钱包,叹气:"白瞎你跟我这么久。"他打开钱包,拿出里面的一小沓百元钞票,扔在桌子上。

盛华平满意地拿起啤酒,呷了一口,说:"别看了几本书就当真,什么市场原则、商业规则,有些人穿上西装,喝个红酒,就不认识爹娘了。"他指节重重地敲着桌子,"这就是个江湖!拳头开路,银子铺路,没人和你讲仁义道德,那些渠道商、厂商,哪个是省油的灯?!黄立工要是哭哭啼啼,拿这个说事,客户会一脸同情,说'兄弟,你好可怜',脚底呢,跟抹了油一样,跑得更快。为啥?"

章利睁大眼睛,用渴求教诲的眼神看着他。

"一个人连得力手下都拢不住,反这么大的水,他要么亏待人家,要么管理太乱,总之内部有问题,客户可不得躲着他点儿吗?"

"明白了！不过，会不会对我们也有影响？"

"谁在乎这个？咱们和他们又不是一条道上的竞争对手。"盛华平摇头，"让销售人员放出风声，睿立没钱、没技术，搞的东西不行，出事就把屎盆子扣到技术人员身上，正内乱呢，他们的技术人员都在联系我们，要来投奔。我就等着黄立工拿这事做文章，到时候把李佳收过来，再拉几个技术和销售人员现身说法，你说客户信谁的？最好他去法院起诉我们，我来个反诉，拖个三两年，没等法院出结果，他的公司就倒闭了。"

章利心悦诚服："老大高明！"

盛华平"哐当"一声把酒瓶放在桌上："江湖人没有义气，只崇拜强者，越是弱小，越是被骗和受害，他们只会再踩上一脚。不管是谁，只要在这里面，最后都会变成这样。"

章利看着桌面，轻轻点头。场里的音乐声逐渐大了起来，音量往上调，预示着快要进入今晚的重头戏，深夜狂热，人群开始欢腾喧闹起来。

在鼓点的掩盖下，盛华平放低音调，说道："收买、栽赃、下套……做这些坏事的时候，你心里还是不好意思的。"章利忙不迭地摇头，盛华平眼中嘲讽的笑意一闪而过，不知道针对的是章利还是自己，说，"所以啊，你总以为别人不会这样，他们应该是好的，应该做那些应该做的事。"

章利双手支在桌上，凑近听着。他有点儿不好意思，摇了摇头，马上又惭愧地点头。

"你和我年轻的时候挺像的。"在酒吧幽暗而迷离的灯光下，盛华平的目光也变得闪烁难明，"对这个世界还抱有美好的想象。"

章利心里腾起一阵异样的感动。他从来没有见过盛华平这样。盛华平在他面前，在所有下属面前，总是不屑又不耐烦的。他们的小心思、小伎俩很难逃过这个老销售人员的眼睛，每每被盛华平随口一句话撕开了晒着，他们在恼羞之余，却也不得不承认这杆老枪眼光毒、手段辣。他还没来得及说点儿什么，盛华平已经恢复领导的威仪，下命令："你来跟进这件事。盯紧进度，3天内结束第一轮扫街，有事24小时汇报。"

"好！"章利挺直身体，从桌上拿起钱包，没管那一小沓百元钞票。盛华平指着章利，章利拿钱包的手悬在空中。盛华平掏出自己的钱包，拿出500块钱，轻轻抛在那一小沓钱上，站起身，说："今晚玩得高兴一点儿。"

盛华平挤进不停摇晃耸动的人群里，很快消失。

章利目送盛华平的背影消失后，把视线收回到桌面上那几张钞票上，想着过几天怎么找个名目把这个钱报销出来，怎么顺理成章地给到老大的手里。他把钱包揣进裤兜里的时候，看到另一个短发、戴着耳环的穿皮裤的姑娘正在向他走来。

7 美国草儿

离住处还有几步路，刘睿阳让张文峰停车。张文峰知道刘睿阳的习惯，车平缓地停在路边，刘睿阳下车，转身向张文峰挥手。张文峰轻叹了口气，挥手。车慢慢往前开去，后视镜里刘睿阳在目送他。直到车走远了，刘睿阳才缓缓地往楼门口走去。

还没到深夜，几乎家家都亮着灯。刘睿阳看着一个个暖黄色的窗口。小镇人没有拉窗帘的习惯，他能看到一家人坐在沙发上看电视；看到小孩儿在床上蹦蹦跳跳的，发出清脆的笑声；看到中年夫妇在房里吵架，压低声音，影子在窗上晃动；也看到有人靠在窗边，抽着烟，大约在想着心事。只有一家窗户是黑的，嵌在那些热闹的窗口之间，是他的家。

他走上2楼，开门，摸到墙上的开关，同样暖黄的灯光瞬间照亮清冷的客厅。这套房子是刘斐买的，想让父母搬到宽敞舒服的地方安享晚年，他们没搬。在厂区家属院住了几十年，他们闭着眼睛都知道到哪儿买菜、遛弯，怎么去医院，怎么办事，一切井井有条，就不愿意挪窝。刘斐不干了，说了几次说不动，想快刀斩乱麻，叫个搬家公司，把两个人的衣服物件一股脑儿搬到新居再说，不去也得去。刘睿阳拉上黄立工，去阻拦她。黄立工苦笑："我哪里拦得住她啊？！"刘睿阳说："有用。"

刘斐叉着腰，气势更凶："做儿女的，稍有点儿出息，不就盼着爸妈过得体面点儿吗？"她的手指着屋里，屋子装修得很精心，家具、电器都是挑好的配,"这不比那破屋子好十倍八倍,就让好房子闲着掉灰,这不是让人说我们不孝吗?!"刘睿阳说:"生活不只是让人觉得体面,他们的朋友、几十年的老同事都住在那里,出门就是朋友圈,不搬情有可原。"刘斐指着黄立工说:"他不也想把爸妈搬到这里来,和朋友在一块儿嘛。"黄立工只好老实地承认,他父母也不愿意搬出来,所以他盼着刘斐搞定她爸妈后,马上就在同一栋楼买房把自己的父母也弄进来。

刘睿阳告诉妹妹,他前些天回去和父母待了一天,有些理解他们了。那些别人不以为然的、想离开的、想抛下的,对他们来说,是一辈子的人情世故。"现在生活的变化太大了,我们拥抱变化,可是他们呢?属于他们的生活已经消失,连东西和地方都消失了。"刘睿阳遥指厂区,"就那一小块地方,还保留着以前的样子,保留着他们的记忆。尊重他们吧。"

黄立工帮上一句:"等到那里也被拆掉,他们自然就搬过来了。"

刘斐瞪着他们俩,瞪到两个人心里发毛。刘斐忽地说:"我就问你们一句,我就硬要搬的话,你们帮不帮我?"

黄立工斩钉截铁地说:"肯定帮你啊!"

刘斐笑靥如花:"这才是我的好哥哥们。走,我们去喝酒。"

不久后,刘睿阳应黄立工之邀返乡创业,便住进这个房子里。这回,他妈妈主动提出搬家,要和儿子住在一起,照顾他。刘睿阳非常坚决地拒绝了,说:"你们不要离开你们的生活,不要再为子女牺牲。"

还有一个理由他没说:他一个人的样子,只想被自己看到。

刘睿阳在门口默立了一会儿,也没换鞋,径直走进卧室里,坐在电脑桌前。卧室里除了床、床头柜和衣柜,就是窗前的电脑,这是这间孤独的屋子和外界唯一的连接。他把电脑放在卧室里,是为了离床足够近,夜里躺着想到什么,爬起身就可以处理。他看着窗外的夜色,顺手打开电脑。

他刚登录 QQ 账号,响起"嘀嘀嘀"的新消息提示声,把他的视线拉回到电脑屏幕上。

"你上来了。"

是草儿。

刘睿阳感到有点儿意外。她在等着他吗?他是好几天没上线了。他很少在这个时间上线,草儿也是,这会儿是她上班忙碌的时候。他们俩大多在深夜里聊聊天，此时在草儿那边是中午休息的时间，中美有 12 个小时的时差，这边的夜正好是那边最明亮的时候。有时在上午七八点的时候，刘睿阳起床早，会早早到单位，想想问题，处理些事情，草儿如果没有加班或聚会，两个人在线上遇到，会随口聊上几句。

"我来早了。"

"看来不忙。"

"没有不忙的时候。"

创立睿立科技后，他就没有歇下来的时候。刘睿阳忽然意识到，自己不是没有空闲的时间，而是自己会找出各种事情，把空闲时间填满，好像空闲是件让人恐慌的事情。

那边的人没有马上接话，过了一会儿，对话框里弹出新消息。

"是累了吧？"

刘睿阳的心一紧。他的秘密被人不经意间看到了，然而这个看到的人带着理解和温柔。

"如果不是累了，你会在忙工作，大概也不会这么早就上来吧……"一双手打出了一段文字，踌躇了一会儿，又一个个删掉。

刘睿阳见对话框上方显示着"对方正在输入"，但没有新的消息发过来，打字道："这几天事情有点儿多。"

草儿回："我猜也是。你好些天没上来，再不出现，我都要去报警了。"

刘睿阳笑了，轻笑声在安静的夜里显得很响亮，填满整间屋子。

"我刚从印度回来。"

"带着机器人还是带着人去的？"

刘睿阳脸上不由得再次泛起微笑，轻轻敲着键盘，有点儿不好意思似的，似乎第二个秘密也接着被发现了。

"哪有人带啊？当然是带着机器人。"

"恭喜啊，又有突破了。"

…………

两个人聊了一会儿，草儿要去忙工作，约好午夜接着聊，她要听刘睿阳在印度的见闻。草儿的头像暗下去，刘睿阳往后靠在椅背上，看着窗外，夜里的风声如歌如诉，对面楼里又有些人家的灯熄了，小镇正在慢慢进入梦乡之中。

8 步入圈套

微风透过半开的窗户轻轻拂动窗帘,熹微的晨光漏进卧室里。黄立工头昏昏沉沉的。昨晚喝完 6 瓶啤酒,刘斐就把他的杯子收了,但他仍然喝多了。刘斐酒量咋就那么好呢?

刘斐……咦,刘斐不是睡在客厅里吗?黄立工一下子清醒了,侧耳听了一会儿,一点儿动静都没有。他有点儿恍惚:难道他记差了,她没在这里?嗯,不管了,就算昨晚在,现在也肯定走了,她得早早起来才来得及开车赶回单位。刘斐仿佛是个机器人,只要需要,哪怕 5 点躺下去,6 点也会一骨碌爬起来,洗脸、刷牙连带化妆,6 点半就开车外出。

刘斐昨晚是在这里睡的。他们俩喝完酒已过午夜,黄立工摇摇晃晃地要送刘斐回去,刘斐站得笔直,嘲笑他要是自己回家,准把自己弄丢了。她不由分说,把黄立工塞进车里,叫来代驾,十几分钟后到黄立工家。黄立工摸索着钥匙,正要开门,赫然发现刘斐就在身旁,吓了一跳:"你干吗?!"

"找地方睡觉啊。"

黄立工酒醒了一半:"我送你……回家……"

刘斐没好气地问他:"你让我回哪儿?大半夜的,我是到爸妈那儿拍门,还是把我哥叫醒?"黄立工努力地思考,然而他的脑袋像是没有油的发动机,怎么费劲折腾都转不起来。刘斐从黄立工的手里抢过钥匙,径直进屋,他只好跟着进去。

刘斐进屋后眼睛扫了一圈,把包扔到沙发上:"我睡在这儿!"黄立工站在门口踟蹰。刘斐走到他跟前,脸都快贴上他的脸了,低声问:"你怕我吃了你啊?"黄立工脚一软,往身后倒去,幸好身后就是门框。刘斐"扑哧"一笑,黄立工期期艾艾地说道:"我……我……睡沙发。"

他全无平时潇洒自如的模样,也许是酒精开始发挥作用了。

刘斐用力地把他推向卧室的门:"你的床太臭,我才不睡。"

黄立工十指交叉,枕在脑后,睁开眼睛,瞪着天花板。有些记忆像电影胶片一帧一帧地砸过来,他想起一句话,大学毕业前在笔记本扉页上写给自己的:"终有一天,那些与生俱来的光荣与梦想,会全部抵达!"记得他当时龙飞凤舞地写上这句话,自己都能感受到热血在体内横冲直撞。太年轻时的激情往往导向灾难,自己就是活生生的例证,那个毁了两家人的事故,仿佛又浮现在他的眼前。然而,有所成就的人,总得经过这一遭,凡事谨慎求稳,安全固然安全,可成功也遥遥无期。

每天睁开眼睛,一个深呼吸之后,他都会在心里告诉自己:自己的公司会成为行业黑马,成为智能制造的业界精英,屹立于东方。每天,他怀揣着这个信念出门,开会、决议、约见客户、参加饭局,也惹得很多人不快和遭到抨击,客气的人说他盲目自信,不客气的人呢,给他取个绰号——黄大炮。他听到这个绰号后反而高兴,聊高兴了干脆自称黄大炮。用他的话说,中国人就是规矩太多,大炮太少。

黄立工爬起来洗漱、穿衣,到厨房里翻出一袋饼干,装进袋子里,赶到刘睿阳家。刘睿阳正在吃早餐。

"桂花走了?"刘睿阳问。

黄立工拉开椅子,坐到他对面:"这丫头,喝那么多酒,还能开长途车回去。"

刘睿阳指着桌上的酸奶,用眼神问黄立工喝不喝。黄立工摇头。刘睿阳给自己添上一杯,说:"你不能喝酒,和她较劲干吗?你不喝,她也就没兴趣喝了。"

"你的妹妹,你又不是不知道,哪里肯放过我?"黄立工猛然反应过来。刘睿阳猜到刘斐昨晚是在他那儿睡的,干咳一声,赶紧说:"这妹妹,几天不见,酒量见长,脾气也见长。"

刘睿阳摇头:"我没看出有啥变化。"

黄立工看着刘睿阳的手,看着他吃面包、喝酸奶、用餐巾纸擦嘴角,心里在构思怎么开口、怎么措辞。刘睿阳吃完一片面包,拿起第二片,看黄立工还没动静,说:"直接说吧。"

黄立工"嘿"了一声,说:"雄也对我们下手了。"

刘睿阳放下面包:"什么情况?"

"罗平志收到风声,客户在传,说睿立不行了,机器人出事,公司也不稳定。"

"你不是说,销售人员喜欢夸大其词?"

"罗平志真的着急。他有个客户都快谈妥了,现在莫名其妙地躲着他。再这么下去,我们会有大麻烦。"

"这么糟?年年都有人造我们的谣,你不是说流言伤不了我们?"

"这次不一样,我们的机器人确实出事了。"黄立工避开刘睿阳的眼睛,接着说,"有客户和罗平志拐弯抹角地打探公司的情况,话里话外笃定我们出事了。雄也的人肯定给他们看了什么东西。"

"他们为什么针对我们?"刘睿阳纳闷儿,"他们做二手机器人,我们走的是自研,两个赛道,前几年不也是相安无事吗?"

"客户有重叠。"黄立工说。其实他也奇怪,友商中伤,家常便饭,但对不同赛道上的对手这般凶狠的,不多见,简直像有深仇大恨。难道他以前做过什么事得罪关贸雄了?要不雄也出了什么状况,狗急跳墙?不过他不打算费神多想,面对打过来的敌人,要做的不是刨根儿问底儿,而是狠狠还击。

"你希望我做什么?"

黄立工咽了一下口水,说:"我们得迅速地还击。现在最好的还击就是,公布真相。"

"嗯,我们告诉客户是雄也搞的鬼。"

"他们手里有真凭实据,我们怎么说都没用,"黄立工摇了摇头,"得起诉。"

刘睿阳没接话。

"起诉要靠更硬的真凭实据,说明我们掌握了真正的证据,这样才能让客户放心,我们的技术一流,只是竞争对手恶意搞鬼。"

"起诉李佳?"

黄立工缓缓点头。

"对他是不是有点儿狠?我查了他的工作记录,"刘睿阳看着黄立工,"最近两个月,他工作一点儿都没懈怠,更努力,还有突破。"

"过失杀人,也要坐牢。"黄立工将手压在桌面上,靠近刘睿阳,"睿阳,我们讨论的不是一个人,而是一个公司的生死存亡。那是我们俩的梦想,上百号人养家糊口的倚仗。"

刘睿阳默然，脸上神色犹豫。

"你当初让汪妙离开，有没有觉得对她太狠？"黄立工脱口而出。话一出口，他就有些后悔。他急于求成，这个撒手锏太重了。刘睿阳脸色变了，拳头攥紧，抖了几下，带着桌上的餐盘"哐啷"作响。

"睿阳，我……"

刘睿阳摆手制止他，深呼吸，说："我知道了。给我一天时间，我和他谈谈。"

9 质检会

黄立工还没到公司，公司内部已经炸了窝。

好事不出门，坏事传千里，移动时代尤其如此。行家里手关注事件全貌，对睿立科技的应变多少表示赞赏。但行家终归是少数，总有同行半打探半看热闹地调侃认识的睿立员工，调侃多了，一个公司经营过程中的普通挫折逐渐酿成技术自信的问题。人人都说里子比面子重要，奈何里子归理智管，面子却归情绪管，所以最后往往是不重要的东西把天炸翻。

这里头最沉得住气的，反而是销售部门。本来，竞争对手在客户那里落井下石，伤的可不是面子，而是利益，但罗平志按捺着心中的焦急，约束手下的销售们不掺和发牢骚的事。抱怨得用到有用的人身上，在这个当口儿，那个人就是黄立工。

黄立工和刘睿阳到会议室门口时，公司中层质量检讨会已经在召开。

品检部经理吕水平来自武山动力机总厂。武山小镇日益衰落时，各家厂里的工程师南下珠三角谋生，吕水平结婚晚，当时儿子上中学，他已经快50岁了，没跟着出去，最后下岗，唯一的工作就是接送在县城上学的孩子。黄立工回乡创业，黄严力荐吕水平，说这人搞品检不赖，有吕水平在黄立工会放心许多。对于事业第二春，老吕很珍惜，又因为黄严，比年轻时还要严肃认真。同事们当面尊称他"老吕",私底下喊他"吕三多"——懂得多、规定多、废话多;更年轻的同事正摩拳擦掌,准备让他从"三多"进化成"四多"——加上"会议多"。

公司的大会议室在 205 室,里面有一张长长的椭圆形会议桌,老吕黑着眼圈、沉着脸,坐在靠门口的圆弧那里主持会议。这个座位是他的执念,战争片里的统帅都坐这个位置。昨天黄立工给他打电话,简单地通报印度的情况,他听话中的意思,问题出在硬件上。那就是生产出问题咯,自己这个品检是怎么当的呢?!夜里睡不着,他爬起来到长街上走了 5 个来回,抽了一包烟。

会议开场就不顺利,他按老规矩,让大伙儿先自查自纠,大伙儿纷纷婉拒。他们看老吕的脸色就知道,问题严重,谁都不想当出头鸟。老吕一看这不行啊,拿出详细的品检记录,从出货到进料,一五一十,挨个儿发问。

这下可好,人要证明自己没毛病,会下意识地先证明别人有问题。众人在会议上尚且含蓄客气地把锅甩来甩去,被点到、被暗指的同人也只能客气地应对,在手机微信里可就直接开战了,争先恐后,指名道姓。工厂里这帮主任,天天和工人较劲,和机器较劲,和上下游伙伴——也都是一类人——较劲,各个铜皮铁骨,这口气不出,怎么吃得下饭睡得好觉?都是抬头不见低头见的同事、哥们儿,不好问候近亲,动物们可就遭殃了,飞禽走兽轮番上阵。他们发的是文字,但是彼此熟悉,自动想象,依然似其人在耳边说话:

"黄某某,这点儿破问题,私聊不就得了,拿到大会上讲!"

"李某某,猪都没你头大,平时帮你那么多次,这狼心狗肺的家伙,下回别找我,看我怎么收拾你……"

"呆头鹅,不会说话就闭嘴,就会使阴招,背后捅人……"

…………

老吕不动声色,任由他们说,冷不防问上一句,专踩着痛脚,非得逼出点儿实话来。他是老品检,深知这个活儿没有面上看着那么简单,按流程——规范操作就行,要逮住真正的品质漏洞,十分不易,各行各业都是如此。设想一下,客人去饭馆吃饭,在青菜里翻出一条炒熟的小肉虫,虽说是蛋白质,但一定会投诉。铁证如山,店老板只能赔礼道歉带打折,生气之下,要查责任人,首先揪出服务员,服务员很委屈,他的工作是端盘子,端盘子也不能把虫摘没了呀；然后问大厨，大厨也委屈，他只管炒，颠锅飞快，哪可能瞅得见？接着老板审配菜的，配菜的抱怨洗菜的臊眉耷眼，做事不利索；最后洗菜的哭诉，他都洗掉了23只虫子，买回来的菜虫太多！

球踢到这里，进禁区了。洗菜工临门一脚，球稳稳当当地直奔球门，就看守门员的功夫。小饭馆，买菜的要么是老板娘，要么是小舅子，犹如阿根廷国家男子足球队的守门员，实力太强，点球都扑得出来，于是洗菜工顶缸；大饭店，多是专业人员采购，球是进了，奈何是乌龙球，往往就是采购员和洗菜工各打五十大板。

所以，你只要会"传球"，就容易推脱责任。品检不审慎，倒霉的是末端，前端也一样，冲锋陷阵出问题，挨批挨剐的是前锋。这就好比车床上的刀，豁口总在刀刃上，尽管用的都是好钢。

老吕在小本子上记得差不多了，开始一一总结。黄立工和刘睿阳站在门口听了好一会儿，老吕着实有侦探的能耐，捕捉到好几个漏洞，虽不是印度事故的起因，但对生产流程改进很有价值。黄立工冲刘睿阳使了个眼色，走进会议室里。

中层干部们顿时停下手头的动作，齐刷刷地关掉微信，把手机调成静音模式，放进兜里——两位老板一起现身，怕是事不小。

"我问大家一个问题。"黄立工站在桌前，从老吕手中接过麦克风，语调昂扬，和老吕的凝重截然相反，"我们要不要超越世界工厂？"

他在黑板上画出一条"微笑曲线"——流传最广的产品生产环节的价值链示意图，在波谷那里重重地画了一条线。"中国制造，世界工厂，说得好听，其实大而不强，以量取胜，利润微薄，趴在底端呢。举个例子，苹果手机，大部分是中国制造，中国出货，但是手机背面根本没写'Made in China'（中国制造），人家印着一句话，'Designed by Apple in California'，由苹果公司在美国加州设计。这说明什么？制造不值钱，苹果的设计才值得你掏那么多钱来买！"

干部们纷纷敲桌子，表示老板说得很对，心有戚戚焉。黄立工满意地看着大家的反应，继续说："如果不努力改变，还以'世界工厂'自傲，就得一直为全球资本家打工。干最多的活儿，赚最少的钱，靠廉价劳动力，靠低价竞争，永远待在这个波谷里。你们愿意永远垫底吗？"

"不！"大伙儿齐刷刷地喊。

"所以，我们必须超越世界工厂，不是以后，而是现在！这是我们的梦想、我们的使命——爬上去！爬到顶端，用技术含量挣钱，用品质挣钱，挣最大的那份钱！我们做的是工业机器人，工业皇冠上的明珠，必须在顶端！我们的梦想、我们的目标，也是我对各位的要求：让每个鲲鹏清扫机器人身上都印着，Designed by RuiLi in China（由睿立在中国设计）！"

他顿了一顿，环视着会议室中的众人，问："这是不是你们的梦想？"

"是！"

"做不做得到？"

"做得到！"

场内众人热血沸腾而整齐地喊着。

"好！这才是中国人，能上天，也能入地。'Made in China'已经横扫全球；接下来，'Invented in China'（中国创造）由我们来实现。怎么实现？梦想都是一步步实现的，我们的下一步在哪儿？"黄立工环顾会场，一双双眼睛地看过去，"品质！"

黄立工把手摊向刘睿阳，退到一旁。这是他们俩习以为常的配合，过场都免了，就当是一个人在说话。

10 现代工业史

"现代工业史，是一部质量检测史。"刘睿阳接着说。

手工业时代，基本没有质量检测，连测量手段都很少，只有靠手感。几千年来，菜刀、斧头、长矛、盔甲，质检靠声音，指头弹一弹，声音清脆，含碳量不高，杂质不多，就是好品质。

第一次工业革命，质量管理行业进入第一个阶段：大规模制造，产品质量取决于工人的技能及经验。比如步枪很快靠机器实现大规模生产，生产速度是快了，但仍是一枪一造。同一家工厂同一个批次的枪彼此差距很大，还得靠造枪的工匠手工调试和检测。就像武侠小说里江湖人争抢屠龙刀一样，拿到杆好用的枪，士兵如获至宝，睡觉都抱着，怕丢了，"枪不离身"的军队传统是这么来的。更糟的是，枪的关键零件坏了，比如扳机装置，没有可靠的替换方案，只能整杆枪都扔掉。

这不是真正的工业化。没有稳定可靠的质量检测体系，就不算标准的工业化。

19世纪10年代，现代工业进入第二阶段：生产可替换，质检部件化（指质检以部件为单位，部件有独立的质检标准）。一般人谈到工业化，喜欢说工业革命、蒸汽机，其实可替换部件才是现代工业的起点。这项创新的伟大怎么形容都不过分。以前不是没有人想过部件自由替换，但是得先有铣床，才能将想法变成现实。美国人1818年发明铣床，几年后，美国的春田兵工厂就制造出可相互替换的零部件，用在滑膛枪上。1851年水晶宫博览会，美国武器的展出给英国人留下深刻的印象，英国人懂行，意识到这个小小的改变让工业不再只是让产品产出得多和快而已，而是变成一个体系。他们马上派出代表团到美国学习、研究。从此，美国工业体系席卷整个欧洲，改变了军火业，改变了战争史，改变了人类的生活。

部件可替换，用现在的话说，是最早的标准化，意味着个人、部门乃至整个工厂能够独立而专注地提升局部零件的精度和性能，从而很自然地要求质检部件化，产生可靠而体系化的质量检测体系。

20世纪10年代，现代工业进入第三个阶段：生产标准化，质检前置化。福特汽车公司将标准化理念发扬光大，开发出第一条汽车装配流水线，把汽车组装时间缩减至约原来的1/500。流水线生产对零部件的通用化程度要求很高，从几百万个零件中拿出任何一个，装配到整机上，质量必须稳定。这时候，单纯地依靠事后质检远远不够。质量检测体系跟着进化，找到了新的武器——统计。通过抽样，随机检测少数零部件，来判断整体质量情况，然后跟踪其在时间流中的表现，就可以实现大规模的过程控制——这套方法的发明者是沃特·阿曼德·休哈特（Walter A. Shewhart），现代质量管理的奠基者，被称为"统计质量控制之父"，他的休哈特控制图到现在还是工厂质量控制的基本工具。

"100多年前的发明，奠定现代质检体系，造就100多年的工业辉煌。不过，这个辉煌正面临着阴影。"刘睿阳话锋一转，回到现实里来，"中国大部分工厂都是按现代工业生产设置，先进的生产线、统计质量控制体系、生产管理系统等，国外在用的先进工具，我们也在用，为什么还是造不出一流品质的产品来？质检可都是合格的呀。"

干部们纷纷点头。这个问题很普遍，别说是终端用户，有时候内部员工都会觉得自家产品差那么点儿意思，客户抱怨连连，但是整个流程捋下来，找不到明显的质检问题。

"因为用户角度的品质和厂家角度的品质，是两种东西。用户理解的品质，是产品在具体使用过程中，性能强、体验好，而且稳定。厂家所说的品质，是质检规定，一条条地核对，符合高要求就是好。"刘睿阳说。品质，是一个整体性的信念和要求，现在变成一道道工序，每个部门、每个环节，关注的是自己的工作达标，不要扣钱——这是组织生产的官僚化，很难把自己的工作放到生产全局里思考，考虑自己的工作环节对整体产品的影响，对用户的影响。

黄立工站起来，接过话头："刘工说的是全局意识！如果把问题全压到品检部，我们的质量控制就没法爬到顶端。质量，从来不只是单个部门的问题，而是包括设计、零部件、组装、测试、质检等所有环节，环环相扣，一个环节出现问题，表现出来的却可能在别的环节，到了产品层面，就是灾难。在座的每个人，这是我对你们的要求。质量上的全局意识，要成为你们的基本信念。不是迎合考核，而是像呼吸一样，自然地要求自己，也自然地要求别人。"他转过头："老吕，按照新的要求召开和主持质量检讨会，下期我和刘工参加。"

老吕眼眶都有些湿润，大声应道："好！"

门口传来几声清脆的掌声。张文峰倚在门边，举起双手鼓掌，会议室里的众人如梦初醒，送出一片响亮的掌声。

11 极限砍价

张文峰记得黄立工说找他有事，知道肯定不是好事。

他猜对了。黄立工的第二只虱子，也是创业者除不掉的虱子——钱。

昨天，黄立工在机场接到采购部主任老林的电话，说老汤上门了。老汤是减速机供应商，给黄立工打了好几个电话，黄立工马上关机，吓得急忙上门看个究竟。老林说黄总出差了，马上回来。老汤去车间转了一圈，看不到减产停工的迹象，放下一半的心，对老林下了最后通牒——上批货款再不兑付，供货恢复原价。

"该给他多少？"

"527万。"

"多久了？"

"两个月。"老林转述老汤的原话，"'你们小黄老板压价太狠，说是要大批量采购，量也没起来，钱还给得慢，没法做，工人工资都发不出来。我可拦不住啊，只能让他们来睿立公司讨饭吃了。'"

老林学得活灵活现，黄立工眼前立刻浮现出老汤愁眉苦脸的样子。

工业机器人产业刚兴起那会儿，焊接机器人是主力，国产机器人公司很快发现，工业机器人的命脉掌握在日本人的手里。减速机是机器人的核心部件，成本占比达到40%以上，然而国内造不出来，完全被外企控制。日本工业机器人巨头帝工集团占有国内减速机市场70%的份额，国内的工业机器人公司等于在为它打工。焊接机器人行业的大佬们组织了一次行业大会，达成一致，自主攻克减速机难关，难得一见地齐心协力。这些大佬貌合神离，内讧不断，虽说有行业联盟，但基本上是一盘散沙，这次真是急了，居然一致通过，一张反对票都没有。

接着大家讨论落地方案，出现第二个一致，一致力推老汤来搞减速机，老汤的企业技术基础好，最有希望，研发成功后，大伙儿联合采购。老汤盘算了一番：这3年内怎么着也是个上亿规模的市场，是一块肥肉。他心里嘀咕：这帮大佬怎么自己不搞，舍得培植自己？马上他又释然：他们大多出身于传统焊接市场，满脑子电杆、电容、控制电路的概念，不懂机械和控制，之前听说有人鼓捣过减速机，一年半载后偃旗息鼓。

老汤接过重任，买图纸，拆解进口产品，搞二手货加工，3 年后还真把减速机给整出来了。他的 RV 减速机，和帝工集团的没法比，但在国产焊接机器人大部分使用场景里还算合格。然而，国产减速机的市场没了，当初信誓旦旦的大佬们，等不到 3 年，纷纷投入进口商的怀抱。老汤跑了一圈，一无所获，欲哭无泪，最困难的时候，黄立工出现了。两个人在车间里蹲了大半天，黄立工说："甭管进口的还是国产的，够用就行。我在厂里干活，戴个手表，只要走得准，300 块钱的和 10 万块钱的有啥区别？"

买货的把卖货的话给说了，老汤感动得都快谢恩了，招待黄立工到工厂食堂的贵客包间里吃饭，聊到热烈处，黄立工说："你给我降两成，我就全部用你的，如何？"老汤当即答应，减速机单价从 8000 元直降到 6400 元。

没多久，黄立工找过来，说情势有变，老汤的心一紧。黄立工说："我要更多，订单量未来 3 年 1 万套，单价能不能再降一降？"工厂满负荷运转也不过生产 4000 套，老汤又答应了。真到要货前，黄立工再提降价，这次没理由，上来就砍到 4500 元。老汤终于吃不消了，讨价还价，最后以单价 5000 元成交。

一番交道打下来，黄立工对老汤的路数了然于胸，不到万不得已，老汤不会拉下脸来讨债。老汤出啥状况了？不管咋样，这款不付不行了，别把线给绷断了，老汤给他的价格很够意思，而且也没有同等性价比的供应商可替代。

黄立工把财务老杨给他的数字在心里又过了一遍，加上老汤这一出，钱的压力突然增大。

12 创业永远缺钱

黄立工走出会议室，听到张文峰夸赞："老黄，今天可以，脱胎换骨。"

黄立工咧嘴一笑，嘚瑟的话还没出口，张文峰补上一句，"从老乡鸡变肯德基。"

刘睿阳冲黄立工略一点头，黄立工知道他要见李佳去了，也点点头，挤出凝重的表情。

"文峰，我先走了。"刘睿阳往走廊西侧尽头他的办公室走去。

"我看他有心事。"张文峰看着刘睿阳的背影说。

"他能有啥心事，又没女人，只剩下机器人了。"

"没准儿是女机器人。"

"去你的！"黄立工一个巴掌拍在张文峰的左肩上。张文峰后退两步，还不忘笑着说："我给你想新产品线呢，可比焊接挣钱。"

黄立工一个箭步跟上去，拉着他往外走。

两个人换上鞋套，戴上塑料帽子，穿上蓝色工装，去一楼组装和测试车间。车间左侧是一排焊接机器人，清一色的橘红色机身，序列整齐，两两以低矮围栏相隔，像训练有素的军人，整齐划一地挥动手臂，点停、滑过、伸展、画弧……

"咦？"张文峰都看得出来，它们比之前有肉眼可见的进步，动作之间的衔接带有轻微的弧度，更加圆熟顺滑，更接近人类手臂的操作感。

车间右侧是模拟焊接车间的环境，行云流水间，焊接机器人挥动手臂，对操作台上一个家用冰箱大小的铁质箱体进行焊接。箱体有100多个焊缝，每个焊缝焊接用时约20秒，从切换焊点到翻转箱体，再到物料输送，整个工序无须工人介入，操作人员只需要根据不同型号的产品调用相应程序，一按启动按钮，即可使机器人自主作业。

黄立工冲着张文峰喊："拍视频，慢动作！"说完他一个箭步下场，伸手，让测试人员递过工具箱。他就像回到主场的球星，享受着四面八方数以万计的崇拜目光，工具在手里打了个转，开始调试电弧传感器传递过来的偏差信息，跟踪焊缝自动焊接，动作娴熟，一气呵成，显示他这位老板没有远离一线，基本功没有落下。

从车间里出来，还没有脱鞋套和帽子，黄立工就伸手，张文峰把手机拍到他的手里："都是大老板了，还这么臭美。"

黄立工看完一遍视频，滑回到精彩片段，用慢动作细细地看，不时点评：

"你的拍摄水平有待提高啊……别老晃镜头,看不清……你看,这里移动得太快了,你感觉想抓拍瞬间,其实不要着急追赶……紧紧地盯住一点,然后缓慢推动……对,该特写的时候要特写……"

张文峰抢回手机:"你不知道副驾驶座上的人指挥司机最遭人嫌吗?说正事。"

"老地方。"

两个人从办公楼后门进去,打开防火门,往上爬楼梯。

"我今天讲得好吧?听着是不是很热血沸腾?"黄立工总算把被张文峰憋回去的话给说出来了。

"嘿嘿,你明白状况,不过睿阳没有。"

"嗯?"

"你打一针鸡血,睿阳说一通科学,这帮人就能变成德国工人?这个会啊,就是让他们安心,告诉他们印度的事是小事,不怪大家。"

"这帮人都是大老粗,不好管。"

到了老地方,张文峰掏出香烟,叼在嘴里,从另一个兜里拿出打火机,看到黄立工向他伸手,他又抽出一支,刚要递过去,又缩回手。他发现不对,这家伙一上来就要烟,事小不了。

黄立工把手收回,放到后脑勺儿上摸了摸,说:"我想多拍点儿视频,第一呢,做个记录,也是我们一步一个脚印的证明嘛;第二呢,眼见为实,给客户看,给投资人看……"

"投资人"三个字穿过缭绕的烟雾,钻进耳朵里,张文峰心里了然,打断黄立工的长篇大论:"没钱了?"

黄立工苦笑。

"有多没钱?"

"再过半年,一半人就发不出工资了。"

"怎么这么快?!"张文峰皱起眉头,"这才几个月?"

"3个月。"黄立工摇头。创业企业,钱比想象中的还不禁花。

13 兄弟和500万

3个月前，也是在这里，办公楼安全通道中。

张文峰站在高两级的台阶上，也是在抽烟。他微闭着眼，脸朝天，烟雾缭绕成细细的烟柱，连绵不断。不知从哪里袭来一股风，把烟柱冲散，张文峰索然低头，看着苦闷锁眉的黄立工，说："我来吧。"

"你来什么？"

"我来追投。"

黄立工没想打他的主意，但既然他主动跟投，就不用客套了，直接问："多少？"

"我问你个事。"

"啥？"

"那个小姑娘，到你这儿来，主要做什么？"

"哪个小姑娘？"黄立工随即反应过来，这里没几个小姑娘，新近过来、张文峰认识的，只有许茜茜，"哦，英国留学那个啊？"张文峰不指名道姓，他也就不提名字。

张文峰默认。

"她是来历练的。那家基金——你撮合的天使投资塞进来的。这不搞个耳目过来嘛，我也挡不住，来呗。"

"咋历练？"

"那不简单？给个助理名头，大会小会都参加，先做会议纪要。别说，英国留学回来的硕士就是不一样，纪要清清楚楚、重点突出。有些会我没参加，看她的纪要，也掌握得八九不离十。"他伸手要烟，笨手笨脚地抽了一口，接着说，"再带她跑跑市场，见见客户，也挺好用。有些客户啊，年轻姑娘坐边上，啥底都兜出来。这不，里里外外都历练了。"

"瞅你把人用的。"张文峰忍不住笑，"你不知道她是谁啊？"

"她是谁啊？"黄立工倒有点儿纳闷儿。

"你喜欢她？"

"啊？"黄立工呛了一口烟，咳起来，"怎么可能？！"

张文峰看他的样子不是刻意做作，沉吟着。

黄立工总算听出言外之意，夸张地看着他说："兄弟，你真喜欢她呀？"

他早知道张文峰对许茜茜有意思。创业前有段无所事事的时光，黄立工没事就到张文峰那儿看他炒股，打打下手，就是那时候认识的许茜茜。当时他就对此有所察觉，不过，男人的情谊大抵如此，相互之间没多少窥探欲，兄弟是兄弟，女人是女人，只管既成事实，不问其他。兄弟带着女人过来一起玩耍，就开玩笑叫一声"嫂子"或"弟妹"，以后没带，也想不起这回事，哥儿几个照玩。后来张文峰和许茜茜没有下文，黄立工也就没当回事。张文峰方才要是没提起，他都想不起来两个人的渊源。

"你别管了。和我说实话。"

"忙得焦头烂额，哪有心思顾女人？"看到张文峰眼神认真，黄立工正色说，"不喜欢！你看她和我搭吗？！"

张文峰的手指敲着墙面。不知道为什么，他心里总有一股隐隐的不安，有些东西不对，但他不知道是什么，眼前的黄立工似乎没啥不对的。良久，他说："你别打她的主意。"

"咋了？"

"答应我。"

"好，我答应你。"

张文峰伸出手，黄立工把烟头一扔，也伸出手，两个人握手。

"500万。"

黄立工两眼放光：自家兄弟是财神爷，这感觉还真不错。

14 价格战需要雄厚的资金

时光流逝了3个月，睿立的境况又回到原地，只是少了500万。

黄立工还是成功地把那支烟要了过来，一口接一口地抽。安全通道里烟雾缭绕，这个狭窄而隐密的空间像个庇护所，他心里安定了些。

"研发投入太多了！"张文峰终于憋不住，脱口而出，"什么技术为王，鬼扯。一帮实验室里长大的人，从来不操心钱的事，哪知道当家挣钱的艰难？！"

黄立工搂着他的肩膀，息事宁人地说："这不是大家讨论定下来的公司战略吗，还翻出来干吗？"

"我什么时候赞成过？我只是不反对。"张文峰烦闷地说。刘睿阳自是秉持技术至上，黄立工犹豫但是赞成，而他一直旗帜鲜明，中国市场竞争残酷、变化剧烈，今天的研发成果明天就要变现，不然别做，看得着摸不到的机会根本不叫机会，叫坑。更让他烦闷的是，刘睿阳提出做清扫机器人，说睿立的技术长项在于对特定应用场景做算法优化，不增加成本，明显提升机器人的表现，容易脱颖而出。黄立工竟然同意，转头做他的工作，说清扫机器人是风口中的风口，国际竞争对手少，只有以色列、意大利和美国几家企业而已，一片蓝海。

张文峰大摇其头。什么"蓝海"，竞争对手少说明市场前景不明朗；什么"风口中的风口"，这忽悠能力差金融同人几条街，风口本来就是不确定的，高风险赌大回报，你还"风口中的风口"，双重不确定，这哪是经营决策，都成风险投资了。

"咱们以前都聊过，有些路难，但是杀出去就是星辰大海。"黄立工安慰他。

"这恐怕不是我一个人的想法。"张文峰收起抱怨，"你上点儿心。尤其是销售部，从那帮人的脸色就看得出来，他们觉得你偏心，睿阳的预算永远放行，别人的就缺斤少两，这次印度的事，不少人幸灾乐祸呢。"

"这次的事和研发真没多大关系。他们这段时间预算占比小，问题出在市场，营销效果没那么好。"

"低价的路子是对的。国产品牌本来就不容易起来，不然雄也卖个国外二手货，都能做到这么大规模。"张文峰的言外之意，睿立也应该改装销售二手机器人，以刘睿阳的技术能力，准能把雄也杀得片甲不留。黄立工"喃喃"："雄也……雄也……"张文峰继续说："你要走技术路线，我警告过你的。"

黄立工苦笑。他当然记得张文峰的警告，刻骨铭心呢。雄心勃勃地走自主技术道路的创业公司,如果不能快速地把品牌打出去,经营风险就会突然升高,订单不足,现金流吃紧,反过来导致在技术上没法加大投入,就更难打开局面。民营企业获得贷款本来就很难,银行指望不上,政府高新技术补贴等各类财政支持不过杯水车薪,再加上铺货的国内卖家渠道回款时而拖延,供应商因货款不能及时回收又经常延迟供货时间,内外夹击,很容易掉进螺旋向下的陷阱里。

黄立工焦头烂额之余,祭出互联网行业的常见策略,低价占领市场,先打品牌,让睿立的旗帜插到中小企业的阵地上,市场份额确实迅速地扩大,名气也大了,现金流和利润却很难看——低价策略是要有雄厚的资金做支撑的。

"这次要多少钱?"张文峰深吸一口气,这时候纠缠过往毫无意义。

"越多越好。"

"说个数!"张文峰一听这四个字就头痛,其杀伤力不啻问女友去哪儿吃饭,她回答说,随便。

黄立工报出一个数,这个数字黄立工自己说出来都有点儿不好意思,赶紧补充:"我不是要你继续往里投,是请你从外面融资进来,你干这行,人脉广,谈判有经验。"

"我想掏也掏不出来啊。"张文峰苦笑,烟瘾腾腾地往外冲,又点上一根烟,"你还算有良心,交实底。"

"要良心交底啊,那我得改一下数字……"

"啥?!"张文峰睁大眼睛,手按着心口。黄立工赶紧扶住他:"我往小里改!"

张文峰怒骂一句,两个人相扶着大笑,拼命地笑。

"这个数字不是生死线,是发展线。"黄立工说,"制造业就是耗钱的行当,老在生死线上筹钱,就老要筹钱。不过你放心,今年我肯定会出到1万台,明年3万,后年10万,大后年20万……那是40亿的产值,那样我们就改变中国机器人的市场了。未来10年,中国车间里的机器人会比工人多,年需求量二三百万台,我们能吃下三成份额。国产机器人厂商里像我们这么实实在在干活的没几家,别看我们每个人累得跟狗一样,但要是有人说能超越我们,都是吹牛……"

"好兄弟,停!"张文峰赶紧打断他滔滔不绝的话,"这激情留着感染投资者,别在我这儿浪费啦。"

"最后一句。"黄立工激昂地说,"时不我待,我们必须在同行们还没有想明白的时候,大力出手,搞定大局面。我会给你们几位投资人每个人创造至少10亿的市值,超高回报。"

张文峰鼓掌:"就是这个劲头。你想我怎么弄?"

"你得帮我一起去找投资商,条件再苛刻都可以,只要能让我缓过劲来,把眼前的难关给过了。"

张文峰心里盘算了一遍,把手里的烟头甩出去:"下周开始跑,准备当复读机吧。"

黄立工一个巴掌狠狠地拍向张文峰的肩膀,张文峰早有防备,侧身躲开。

黄立工扶着墙,龇牙咧嘴地说:"我就知道找你靠谱。"

15 成年礼

从机场出来,许茜茜到江城的朋友家住了一晚,第二天一早赶回上海。

家里没人。父亲在单位,母亲跟着闺密出去旅游,满世界当中国大妈去了。她习惯了,以往回来,如果叔叔在,她会放下行李箱就直奔他家。这次刚从许朝玉在的印度回来,没地方可去,她耐心地收拾行李箱,整理屋子。

门开的时候,许茜茜正在客厅的博古架前看瓷器,这些是父亲从英国带回来的,她自小习以为常,这次认真细看,恍惚有种回到英国的错觉。她转过身,许廷宝正在门口换鞋。许茜茜冲过去,给了父亲一个拥抱,许廷宝拍了拍她的后背,轻轻挣脱拥抱。

"什么事情这么高兴?"许廷宝坐到沙发上,问。许茜茜跟着坐在侧边沙发上,娇嗔:"有喜事才能抱一下啊?"

许廷宝笑了一声:"你爸是中国人,还不习惯英国礼仪。"

他笑的时候，眉头仍锁着，神色并无开怀与放松。许茜茜想：他是为上市的事情烦忧吧。这次回来，她就是要和他聊聊这个事，不是以女儿的角度，而是以投资人的角度："这次上市还是不顺利？"

"嗯，先订午饭，我们边吃边说。"许廷宝拿出手机，给司机打电话："小张，蟹黄豆腐、上汤万年青、两屉汤包……对，还是那里。"

菜送得神速。这家餐厅就在许家斜对面，本帮菜，许家人在阳台上就能看到招牌。许家人是老客，司机小张点菜，餐厅领班就拿着单子到后厨，直接加塞到第一位，几分钟就做好，小张拎着菜就送上楼。

许茜茜轻轻捏起汤包，放到勺里，欣赏一下晶莹剔透的汤包，再将汤包放到嘴边，从边缘咬开一个小口，吸着里头的汤汁。"还是上海的汤包最地道！"许茜茜满足地赞叹。

许廷宝看着她吃完，面对一桌美食，却没有食欲："说起来，我们赛尔科工在行业内也数一数二，这次上市没成功，还真有点儿意外。"

"爸，这次上市问题挺明显的，你们没发觉？"

"怎么说？"

"其实你知道，对吧？"许茜茜凝视着父亲。

"你说说看。"

"有3处硬伤。"许茜茜拿起茶几上的打印纸。这几天她在看赛尔科工的招股说明书，家里有打印机，她方才把要紧的几页打出来了，父亲习惯看纸质文件。

"你看，上市前3年归属母公司的政府优惠及补助占净利润的62.58%、49.75%、25.8%。"许茜茜指着财务报表页，"一般情况下，政府优惠和补助保持在两成以下比较合理。"

"嗯。"

"审评专家会认为赛尔科工对政府依赖程度高。"许茜茜说。2006年证监会发布的《首次公开发行股票并上市管理办法》第三十四条规定："发行人依法纳税，各项税收优惠符合相关法律法规的规定。发行人的经营成果对税收优惠不存在严重依赖。"

"你对国内的上市规则很熟悉啊。"

"啊?"许茜茜看着父亲,他的这句话背后面有些微妙的东西。她随即说:"回国发展,当然要熟悉资本市场规则。"

"怎么解决?"

"怎么解决?"许茜茜微皱着眉头,他怎么问这么简单的问题?在她的印象中,父亲思维缜密,行事干练,"必须提升主营业务,减少对政府优惠政策的依赖。"

"这还是目标。"许廷宝满脸笑容。

许茜茜身体僵住,脸上热辣辣的。父亲笑容慈祥,轻声细语,里头却仿佛有一根根针直直地扎过来——"纸上谈兵""废话一句"。

我们对政府优惠太依赖了,怎么办?

做好一点儿,减少对政府优惠的依赖。

这可不就是废话。

许茜茜在洗手间里,对着镜子,抱着自己,恨不得抽自己一个耳光。"咦,多明显的漏洞、多简单的问题,你们都没看到?我来告诉你们!"新手最容易犯的错误就是找对问题,但找错地方,这种错误,甚至会让人死无葬身之地。真正的问题是:这么明显的漏洞,他们应该会看到,可是,为什么没有解决?

资本家、企业家、高管、掮客,每一个在商业这个竞技场上经受洗礼存活下来的人,他们会犯错,但不会是白痴。得意扬扬地把他们当白痴的人,最后会躺在坑底,发现自己才是白痴。这个教训,就当是父亲给自己的职业成年礼吧。

她竭力让呼吸平静下来。我不是女儿,她的脑子飞快地运转,我的角色是投资人,要去思考的,不是应该怎样,而是能怎样。她捋着那些杂乱的线。

回到桌边,许茜茜端正地坐着,双手相握:"从以下几个方面下手。第一是内功,优化主营业务,开拓新业务。这个……旷日持久,磨炼内功体现在日常经营中,操之过急的话,容易伤筋动骨。"

"嗯。"

"第二是外力,收购成熟业务,合作、并表。这个快,立竿见影,当然也等于把问题推到后面,业务的融合、人员的融合是很大的考验。第三是财务手法,这个可白可黑,可深可浅,我就不班门弄斧了。不过我知道,就算用财务手法，很多时候也要提前部署，而且得考虑对业务结构的影响。"

"很好。"许廷宝的脸上有明显的赞许之色，明显到不太自然。许茜茜心中绷着的弦一点点松下来："如果要快速上市，第二条路是首选，找成熟业务，收购或合作。第三条路，得和财务副总详细地沟通才能判断。"

赛尔科工的财务副总是许堂贵，她的三叔。

"我们和德国酷开合作，就是借助他们的焊接机器人，捆绑我们的焊接产品，占领国内市场。这个通道也能把我们的产品卖到德国，探探欧洲市场的路。"

"结果怎样？"

"还好，但没有预想中的那么到位。"许廷宝说，"第二个问题呢？"

"单一客户占比太大。"许茜茜翻到客户栏，"东华重工，它的业务占了38%。"

许廷宝点头。这次股票发行审核委员会重点问到这个问题，说他们对第一大客户太依赖。

"而且合同一年一签。"许茜茜说。股票发行人产品销售存在单一客户比例较大的情形，构成发行人未来盈利能力的重大不确定性。东华重工是大国企，虽说连着签了好多年，但是一年一签的形式本身就传递出不信任感，监管部门对赛尔科工能否持续稳定地获得主要客户的服务合同表示怀疑。

"你有什么建议？"

许茜茜学乖了，不敢乱说，只是摇头："这个事情我不太明白为什么和东华重工一年一签。正常来说，这种级别的合作，它们也需要稳定，应该愿意签订长期合同。不知道是不是有什么情况，还是你另有考虑？"

"它们也需要灵活性。"许廷宝含糊地说。

许茜茜没问下去。她查阅数据时，看到东华重工这10年来重点开拓亚洲市场，业务重点在印度、巴基斯坦、伊朗等地，她忽然想到许朝玉，想到黄立工，隐约有些烦躁，合上材料，不再细究。

"第三，还是东华重工，它是第三大股东，持股比例不大，但是存在关联交易。"许茜茜说，"这个问题很难绕过去。"

"它们的股份比例已经降一些了。"

"为什么不等问题完全解决了再去申请IPO（首次公开募股）？"

"我能等，公司等不起。"

许茜茜疑惑地看着他：公司的决策不都是父亲在做主吗？许廷宝解释说，要给这么多年来跟着他南征北战的高管们一个交代。过去一年多来，高管们言谈间有意无意带出的"上市"两个字，飘进他的耳朵里，频率比以前可谓是暴涨。他们盼着公司上市，盼着财富的跃升。许茜茜更是疑惑：这么匆忙地申请上市，也实现不了啊。

"做了，不成，是一回事；不做，是另一回事。你以后会明白，有时候人在意的，多是姿态，不是结果。"

许廷宝没有完全道出实情。他还有另一重考虑，他希望儿子许少阳回国接手赛尔科工。这个孩子，身上流淌着许家的血，精明、有决断力，一旦做出决定，坚决，甚至冷酷，是做企业的料。许少阳在英国读书，许廷宝常打电话，比许少阳在国内时频繁，和儿子沟通公司的情况，让儿子提前熟悉里面的人和事。不知道为什么，毕业后许少阳不肯回来，这个事情就悬在那里。公司上市和儿子接班两件大事，拖得越久，变数越大。他冲击上市，也是想尽快消灭掉一个不确定因素，让局面明朗可控。他得为儿子、为儿子的企业奠定基础。

"中国人有时太迷信上市。"许茜茜有点儿心疼父亲，"其实上市与否，没那么重要。在英国，很多赚钱的公司是私人公司，没上市，一样是百年企业。"

"这话我就不敢和他们说了，呵呵。"许廷宝说。他看看眼前这个大姑娘，像是第一次认识她一样。她小的时候，自己工作忙，很少陪她，不知道错过了她多少人生重要的时刻。等企业有起色了，女儿已读高中，跟着哥哥远渡英国。他听其他企业的老总说，在国外成长的孩子，和父母的感情容易淡漠，远没有生活在国内的孩子对父母那么依恋和依赖。两个孩子在英国的那几年，确实如此。嗯，不管怎么说，女儿现在就在眼前，等儿子也回来，就更好了。

"我们吃东西。"许廷宝指着桌子。

"好呀。"许茜茜心里有兴奋在摇晃，晃得她心慌，像是不经意间跨出了人生路途中犹豫不决的某一步。饥饿感涌了上来，许廷宝舀起一勺蟹黄豆腐，豆腐凉了，但仍然鲜美。他再拿起一个汤包，怡然自得地咬一大口，忘了用碗接着，哭笑不得地看着桌面上一长串的汤汁。许茜茜眯起眼睛，抿着嘴笑。

两个人风卷残云，很快将食物一扫而空。许廷宝忽然生起一种快乐的感觉，许久都没有过的快乐。他提出让许茜茜多待些时日，自己好好陪陪她。许茜茜本想过几天去武山小镇，但看着父亲那不再强悍精干的期待眼神和有些苍老的面容，心生怜悯，于是应承。

16 制造业的境况

李佳走进办公室里，刘睿阳正在窗边，出神地看着厂房。"李佳，坐。"他关上办公室的门，拉过一把椅子，坐在李佳的旁边。李佳神色发黯，眼睛有点儿肿。

空气在两个人之间凝结，越来越黏稠，让人难以忍受。李佳抬起头，看着刘睿阳的眼睛，挣扎了几秒，视线又落回到桌面上。他声音颤抖地道："刘工，你……你都知道了？"

刘睿阳不说话。

"对不起……"李佳低下头，看着自己的腿。虽然知道破坏者是他，但听到他亲口承认，刘睿阳还是心一沉。李佳是刘睿阳最器重的工程师，专业上有潜力，难得还很有业务意识，刘睿阳一直相信李佳会成为睿立未来的顶梁柱。

"在印度的时候，我就想和你说……可是，我开不了口。不是怕处分，我愿意接受任何处分，我是怕……怕你知道我……"

"到底出什么事了？"刘睿阳问。

李佳猛地抬起头。人在这个时候最为敏感、脆弱，他人语气、神态中细微的犹豫、敷衍都会迅速地被捕捉，就像溺水的人会紧抓着身边的浮木，这个人会不顾一切地想把自己从自责的泥潭里拯救出来。李佳从刘睿阳的追问声里听到了真切的关怀和他此刻最需要的信任。李佳的眼圈一下子红了。

"我急着用钱。我岳母……"李佳叹了口气。他岳母身体不适，一直忍着没当回事，后来到医院检查，宫颈癌晚期，得放疗。这个病治疗起来，花钱

大国智造

如流水。事情说起来就几句话，可是在当事人那里，就是钱或命，拷问式的选择题。他结婚后的积蓄在前期的治疗中已然耗完，必须再筹10万块，而且得快，躺在病床上的岳母可等不起。妻子是独生女，回老家照顾母亲，本来就忧心，每天被医院催几次钱，更是烦躁，电话里满是怨恨："你不是一身本事，自视甚高吗？真到关键时刻，钱呢？！"那些天，他真正明白了什么叫孤家寡人、众叛亲离。心中的弦快绷断的时候，一个叫章利的人联系了他，说能让他一下解决所有的问题，不用再低声下气地求人借钱，不用再听妻子的指责和埋怨，不用满心焦虑还要强装没事人。他左右盘算，鲲鹏清扫机器人中标的可能性没那么大，即使中标也很难交付，心一横，安慰自己，他并没有真正改变结果，也就没有真正损害公司的利益。

"你怎么不和我说？！"刘睿阳本来有点儿纳闷儿，武山小镇不大，居民彼此沾亲带故，都不用6个人，通过3个人就能把任何两个人联系在一起，哪家有个风吹草动，不出两天传遍全镇，没想到是李佳在外县的岳母病了。

"你对我很好，我不能再麻烦你。"李佳讷讷的。刘睿阳瞪着他。"我真开不了口……"李佳苦闷的声音隐隐带着痛苦。他是大儿子，父母对他的婚事不满意，觉得媳妇家境不好，拖累多，他执意要娶，父母的回应是和小儿子住在一起，电话都很少给他打。岳母住院，花费不菲，他只能瞒着父母，更不可能向他们求助，连带着，会让父母知悉状况的门路也没法找。这座小镇的居民相互熟悉，能借钱、能说明原委还能保密的人寥寥可数，和几个知根知底的发小借钱之后，他陷入无形的网中，只能靠自己了。

他心里不是没生过在公司里求助的念头——他自己都奇怪，他想求助的人是黄立工，而不是刘睿阳。只是这个念头很快被他打消了。

刘睿阳沉吟着，心里悬着的那颗球到了悬崖边上。

李佳将事情和盘托出后，忽然感觉到前所未有地轻松，平静地迎着刘睿阳的目光。

"你知道这个错有多离谱吗？！"

"我知道！"李佳双手放在桌面上，等候发落，长吸一口气，"我接受任何处分，绝无怨言。"

用未来决定现在。

那颗球终于落下来，落到天平的某一端。刘睿阳站起来，走到李佳的身后，按着他的肩膀："以后，技术团队，绝对不能再出现这种事情！"

"刘工……"

"听明白了？你别让我后悔。"

李佳轻轻点头："不会的。"

"你去吧。上班了。"

李佳没动，看着刘睿阳回到办公桌后，打开电脑："刘工，你还是要给我处分，不然……"不然没法给公司、给黄总一个交代。

刘睿阳看着李佳。

"给我一些时间，我会把那笔钱交给公司。然后，在一年内，我给公司创造印度招标5倍规模的项目。"

"好。"

李佳凝视着刘睿阳："刘工，你知道吗？你是真正看到我、对我有期待的人，我父母都没有。我最害怕的，是让你失望。"

说完他转身，拉开办公室的门，走出去。

刘睿阳站在窗前，看着李佳穿过小广场上的人群。此时正是午休时间，工程师和工人们三三两两地凑在一起，晒着太阳聊天。人世间的事，千回百转，但追到源头，往往就是那几个简单而乏味的字眼。其中之一就是钱。对一些人来说，几万块钱就是一个包、一餐饭，能随手赐予别人；对另外一些人来说，那也许是应对生老病死、人生意外的最后一道防线，是生活得体面与活得没有尊严的分水岭。这是李佳的困境，也是许许多多像他这样的普通人的困境。

刘睿阳想过许多次，如果李佳找自己辞职，想去更挣钱的行业，怎么办？如果他说，再提升能力、勤奋工作，每个月几千块钱工资，再怎么涨，总是追不上房价，还有医疗、教育的花费，反而被越抛越远，刘睿阳想不出能用什么来说服和挽留他。刘睿阳自己身边的人都是如此，那些优秀的同学和朋友、那些优秀的工科生和工程师，一半以上转行，越优秀转得越快，去向大都相同，互联网、金融、软件、销售……睿立的情况还算好，工程师队伍稳定，那是他和黄立工竭尽全力维持住的，用未来，用"鸡汤"，用进步，还有所谓——刘睿阳嘴角露出嘲讽的苦笑——人格魅力。

中国的制造业就是在这样的境况里生存并逐渐发展。刘睿阳脑子里闪过"任重道远"四个字。一代企业有一代企业的使命，真正的改变终究是由每一家身在其中的企业的努力汇聚而出的。

17 裂　隙

黄立工在去罗平志的办公室的路上，踌躇着要不要先和刘斐聊聊。刘斐是一把好手，在红酒行当身经百战，说不定有什么奇招妙策。随即他放弃了，理由是远水解不了近渴。其实他是有些偏见的：真到杀伐决断时，女人不大靠得住，太容易受情绪干扰。刘斐是常规战高手，敢想敢冲，应变之快、判断之准让黄立工也佩服，罗平志更是比不上，但是，浊流之中，她不是个坏人，也当不了坏人。

手机振动，铃声响起。听到刘睿阳冷静的声音，他心一沉，马上拐弯下楼，往西侧办公室走去。

办公室里，刘睿阳开门见山："立工，不能起诉李佳。"

"你还是妇人之仁！"

"起诉他，对公司伤害更大。"刘睿阳不理会黄立工的怒气，平静地说，"这么做，只是解燃眉之急，但未来就没了。"黄立工知道此事棘手，按捺住焦躁，听他说下去。刘睿阳简单地讲述了李佳的事，问黄立工："你说实话，和同行比，你怎么评价我们这支技术队伍？"

"和这事有什么关系？"

"你回答我。"

"很有性价比。待遇不高，战斗力强。"黄立工不情愿地说。

"我们靠什么拢住他们的？"

"你很得人心。"

"靠我们俩的威望。"刘睿阳不上钩。黄立工见刘睿阳一直站着，靠在办公桌边上，摆头示意他坐下来。刘睿阳没理会，说，"如果起诉李佳，这支队伍很快会散掉。李佳很有威望，他年纪不大，我提他上来，所有人都服。现在我们起诉他，他身败名裂，坐牢，你说大家会怎么想？"

"那是他罪有应得。现在你不奖惩分明啦？！"

"我们真的奖励到位了吗？他们会心寒的。我们要是高薪水、高福利，起诉李佳没问题，可我们是共患难啊。李佳是公司里最优秀的员工，和我们共患难，几万块钱就让他走投无路，公司没帮过忙，最后还把他送进监狱里。"

"公司不能被他们的想法绑架。你也不可能照顾到每个人的想法。"

"你也知道，自主研发的路，核心竞争力就在技术。我们不是大厂，他们有技术沉淀，换谁来都能搞出名堂。现在我们正在攻坚，要出结果，人心一涣散，越能干的越容易走，走上几个，前面的积累就白费了，换一批新人来，至少耽误两年。你这是拿未来当代价。"

"你都做好决定了，才和我聊的，对不对？"

刘睿阳沉默了一会儿，点头。

黄立工毫无表情，没再说话，转身径直出去，门也没关。

18 兵行险着

"盛华平？"

"是的，雄也的销售副总。"

这个名字很陌生，黄立工努力地在脑海里搜索着，唤不起任何记忆。他对自己的记性很有信心，别看他一副目中无人、满嘴放炮的样子，他对见过一面的人多少都会留下印象，几年后再见，即便一时想不起，稍加提醒总能调出当时的画面。也许他什么时候听过盛华平这个名字，但是他确定自己从未和盛华平打过交道。

雄也公司里，他也就和关贸雄打过交道。关贸雄 17 岁闯荡江湖，没有技术背景，7年前瞅准大形势，创办雄也，路线明确，就做国际品牌机器人的二手贸易。黄立工和刘睿阳创办睿立科技时，他已经将公司做到行业内数一数二。黄立工一开始也拆解二手机器人，转手销售，尝到了甜头，不过很快转型自主研发，其中固然有刘睿阳的极力坚持，但未始没有关贸雄的因素。他和关贸雄在饭局上打过几回照面，心里不免想：二手行当做得再大，也就是关贸雄那样，神情、气质都烙着物资回收的印记，没啥可期待的。

"你不认识他？"罗平志问。

黄立工摇头。

"你是不是得罪关贸雄了？"

黄立工哼了一声："我黄大炮轰的人多了，这就得罪，得多少企业排着队来搞我？"

罗平志意识到自己之前太着痕迹，用公事公办的口吻说："那他们怎么搞得这么狠？盛华平我了解，有两把刷子，不过呢，是把'神经刀'。"

"怎么说？"

"有时候很有架势，挺像那么回事，有时候松松垮垮，缺点儿耐力，他待过很多家企业。"

"他什么时候到雄也的？"

"有两三年了。"

"雄也这几年势头不错。按关贸雄的风格，兜里没钱，是不会开拓新领域，搞光伏清扫机器人的。"

"我说盛华平有两把刷子，他的三板斧使出来还是够猛的。"罗平志说，"这次真的奇怪，他搞得很狠，跟拼命一样。有俩客户和我们交底，一个在广东，另一个在河北，雄也的人同一天拜访他们。我看现在全国的客户他们都跑遍了。"

黄立工骂了一句脏话。

"雄也给他们看印度事故现场视频、招标打分相片。我听客户的意思，雄也给他们灌输我们技术不行、人心都散了、在内讧的消息，就差没说我们马上破产了。不过呢，那些人说得太猛，客户未必照单全收，他们也是半信半疑。"

黄立工心头一凛：技术内讧，看来刘睿阳说得不是没有道理。

罗平志等了几秒，看黄立工没接话，拉开抽屉，拿出一包好烟，递给黄立工一支，给他点上，说：“敌人炮火猛烈，我们得全力以赴，挡住这一次。他们拿出视频、相片，我们再没有实质性的应对手段，客户最后肯定是宁信其有，不信其无啊。”

黄立工吐出一大圈烟雾，躲在烟雾后面看着罗平志。技术内讧……也许对手猜到了自己会玩这一出，所以埋着伏笔呢。盛华平……确实有两把刷子，自己不能掉以轻心。刘睿阳那边，就承认既成事实吧。待会儿是不是去找一下他，安抚一下兄弟？不，不，先晾他几天，这种独行其是的势头得压一压。

"我给所有的销售人员都做了战时动员，就等着我们的命令，马上行动。"罗平志半邀功半催促地说。

"有什么实质性的应对手段？"

"要么证明他们造谣，要么逮着他们的什么把柄，要么……让利。"

"你有他们的把柄？"黄立工问得一点儿都不抱希望。果然，罗平志在烟雾后摇头："他们卖的都是酷开、帝工、法克，国际大牌子，不像我们，难抓把柄。"

"把低价进行到底吧。"

"好……是按我们上次详细地核算过的、让竞争对手肉疼的那个价格？"

"你再测算一下那个价格。"

"今晚给你结果。"罗平志知道黄立工已经同意了。

"他们会怎么回手？"黄立工问。罗平志看了看黄立工的脸色，试探着问："黄总，你想听实话？"黄立工没好气地道："说！"

"不好说。如果是私人恩怨，得看情况了，你要是勾引人家老婆，弄出个私生子……"他的嘴角溢出促狭的笑，见黄立工瞪着他，罗平志"嘿嘿"一声，继续说，"那很有可能和你死掐到底。"

"说正常的。"

"他们跟的可能性不大。关贸雄一向稳健，不是那种疯狗，让他做赔本买卖不太容易。二手机器人生意最大的麻烦就是价格弹性低，东西都是别人的，利润空间明明白白地摆在那里，就靠规模挣钱，不像我们是自主研发，伸缩空间比他们的大。所以黄总，用低价打他，是打到软肋上了。"

黄立工掐灭烟头。

走出办公室后,黄立工反应过来:罗平志一向磨磨叽叽,商定销售策略时最喜欢讨价还价,必得争取到最大的支持和最好的条件。他虽然厌烦,但看在罗平志给公司带来不少业绩的分上就忍了。然而这次沟通居然爽快高效。继续低价是一步险棋,能力挽狂澜,但现金流会更危险,罗平志是早想好要走这步棋,只是不敢说,明着暗着怂恿,就等黄立工自己说。这个家伙……

他继而想到:罗平志平时喜欢抱怨,抱怨技术部,抱怨工厂,抱怨行政部,抱怨一切阻碍。抱怨是罗平志的武器。如果睿立真的起诉雄也和李佳,恐怕内讧不是首先发生在技术部内部,而是首先发生在销售部和技术部之间,然后是各个部门与技术部之间。

虽然是夏日,但他的背上凉飕飕的——他不情愿地走出的这步险棋,却是最好且唯一的选择。

他拿起手机,给张文峰发微信:"兄弟,千万上心,快。"

19 借钱谈崩

张文峰很上心,几天后就给黄立工打电话。

黄立工正在车间里跟老工程师探讨业务,一听临时约到投资人,拔腿就跑,衣服都没换,拎上笔记本电脑,开着面包车就赶过去了。

张文峰约的这拨人不在办公楼里,不在会议室里,而是在一家五星级酒店里。快到酒店时,黄立工回过神来:跑到这儿怎么谈?他看看副驾驶座上手提包里躺着的商业计划书:这岂不是没有用武之地?这可是一干人熬了几个晚上做出来的。他还找了一个厉害的设计师,说要求就一个,让投资人乍一看完,没有不激动的。设计师说,难得碰到他这么实在的人,不扯高端、大气这些破词,会给他好好做一个。

黄立工看过一篇报道,说早期马云单刀赴会,6分钟介绍阿里巴巴,搞定孙正义，拿了 2000 万美元投资回去。一开始他觉得这是瞎编的，后来遇到一个上年纪的华尔街投资大佬，大佬说："什么叫价值投资？考虑时间从 2 分钟提高到 10 分钟，就是价值投资；超过 10 分钟，就是投资失败。所谓'风险投资'，就是碰运气，因此千万别给投资人太多时间思考，让他们相信运气就在你的身上，最牛的是逼他们在超短时间内激情'下单'。奢侈品营销的本质就是鼓动顾客冲动消费。"

车子刚拐进酒店大门口，就被保安拦住。黄立工匆忙中开过来的是客货两用的面包车，昨天下雨，车身上都是泥，跟大花脸似的。两个保安一胖一瘦，胖子瞅了一眼黄立工，见他眉目间有点儿气度，但头发凌乱、面容憔悴，目光又落到蓝色工装上，见上面沾着点点灰尘和碎屑，皱眉做手势："没车位了，出去出去。"黄立工耐着性子说自己过来谈事，对方住在酒店里。瘦保安不乐意了，大声喝道："干吗呢？！"

黄立工瞅着酒店门口偌大的停车场里面有好些个空位，他又抬腕看表，约好的时间过了两分钟了，那可是救命的钱，可不能被这两个保安给搅黄了。他松开离合器，放开刹车，车子启动起来，胖保安趔趔趄趄地抓住车窗，瘦保安跑得快，叫嚷着把身体堵在车前。黄立工踩下刹车，车猛地顿住，溅了瘦保安几个泥点。

黄立工熄火，拿起手提包，拔下车钥匙，开车门，径直往酒店里走。两个保安小跑着拦他，面包车后排队进场的车辆拼命鸣笛，喇叭声此起彼伏。

酒店领班和经理循声出来，两个人迎来送往，见的人多，看黄立工走路的模样，挥手让保安回岗亭。经理说："不好意思，给您添麻烦了，要不您把车子开进去，里面有停车位。"黄立工笑了笑，把钥匙扔给领班，领班只好接住。黄立工一边说"谢了"，一边往酒店里走去。

看到黄立工进来，张文峰起身，给了他一个浮夸的拥抱，转身对投资人说："他这一身工装，从车间直接赶来，衣服都没来得及换。这叫什么？实干精神！"

两位投资人，一个 50 多岁，头发微秃，一对小眼睛滴溜溜地转，大号桂哥；另一个与张文峰年纪相仿，大名厉东，膀大腰圆，从座位上站起来都动静不小。黄立工和两个人一一握手后，桂哥说："哎呀，一直在听张总讲你的传奇故事，总算是见到真人了。"

"我就是一个创业者，成王败寇，能活下来就是奇迹，哪有什么传奇？"

他们俩"哈哈"大笑，说小伙子谦虚啊。

张文峰叫来服务员，上菜。冷盘早就准备好了，随号令就端上桌。他是常客，每次预订都指定这个包间，从经理、领班到服务员都是老面孔，对他的习惯熟悉得很。

黄立工一看这么多冷盘，主菜怎么着也要10分钟之后再上吧，比马云的6分钟还富余。他打开手提包，拎出笔记本电脑，一把打开，说："占用二位一点儿时间，讲讲公司的状况和发展前景……"

"不用，"桂哥摆手，"我们信张总。来来，黄总，边吃边聊。"

黄立工看了看张文峰，张文峰若无其事地端详着盘子里的桂花糯米藕，没接腔，也没啥示意。好吧，看来今天不是10分钟的场。

桂哥招呼一圈，率先夹起一块酸黄瓜条，塞进嘴里。厉东跟着在招呼声中将筷子伸向海蜇皮。黄立工拿起筷子，心里忐忑，全无动筷的兴致。

吃了几口菜，桂哥舒出一口气，说："黄总，你们公司的情况，文峰简单地给我介绍了，哎，我听明白了。我们不认识你，但是呢，文峰是我们多年的合作伙伴，又是你们的天使投资人、创始投资股东，不用说，这个忙，我们肯定帮。"

黄立工像在水里挣扎的旱鸭子，看到好大一棵稻草，一股热流从脚跟涌上头部，幸福感来得太突然。他抓起桌上的茅台酒，围着桌子走了一圈，给两位投资人斟满，给张文峰斟满，最后给自己斟满，行云流水，一气呵成。张文峰在一旁解释："黄总平时不沾酒，今天是破天荒。"

厉东不以为然："黄总又谦虚了。做企业的，哪家老板不能喝几下子？"

热菜陆续上来。黄立工端起酒杯，和三个人一一碰杯，慷慨激昂地说："真正的朋友也许不会锦上添花，但一定会雪中送炭，冲着刚才二位大哥的话，今天喝死在这里，我也认这份情谊！"

一股清凉的液体畅快地流淌下去，嗓子像火烧一样，胃部像有烟花绽放，黄立工咬牙忍着，连着再干两杯。张文峰一看这架势，帮衬吧，把两位投资人喝得手舞足蹈。

不知道喝了多少轮，一瓶茅台酒被喝空，另一瓶也被喝掉了大半，桌上的热菜没动几筷子。这些男人的饭局上，酒是燃料，菜是观众，负责撑起仪式感。

黄立工直直地靠在座位上，满面通红，眼睛都是一片血红，像是片场里出来的洪荒异兽。桂哥瞅了黄立工好几眼，张文峰在一旁淡淡地说："黄总本来滴酒不沾，今天高兴，只是过敏，死不了人。"说着他把黄立工的分酒器连带酒杯里的酒倒到自己的分酒器里。

桂哥看喝得差不多了，放下酒杯："你要的金额、用处，哎，文峰都说了，没问题。"

黄立工口齿不大利索，含混地说："谢谢，谢谢。"

"我们是……"桂哥对着黄立工说，眼睛却看着张文峰，"明股实债，3年为期，到期就得收回投资款。"

"没……没问题。"喝得再多，这种事情黄立工还是听得明白的，明股实债就明股实债吧，"股份还是现金回购，你们选。到时候，如果公司发展得好，市值高，你们也可以留股份。"

桂哥摇头："我们只要现金。我们做二级市场的，对股票、期权这些不懂，只搞得明白钱。"他指着张文峰，"老弟，不瞒你说，我们从来不投资一级市场，要不是文峰，老交情，互相帮忙赚过钱，今天这个局都不会有的。"

张文峰在肚子里面哼了一声，这老滑头，嘴巴上的便宜都不放过。张文峰给他管理资产、炒股，收益可观，到他嘴里，那点儿管理费、分红倒成了他给张文峰的赚钱机会。

"我们走复利，年化呢，友情价，12%就好了。"

"好。"黄立工一口应承下来，能来钱就好，12%就12%，比小额贷款公司强，那里18%呢。他忽略了复利，到第三年可是40%。张文峰皱起眉头，抱着手臂，看着这三个家伙，一边敢狮子大开口，另一边也真敢接。

桂哥和厉东交换眼神，本以为双方在这里要纠缠一番，没想到黄立工如此爽快地答应了。桂哥心里反而有点儿拿不准，跨过铺垫，径直抛出第三个条件：交割完成后，张文峰给他们基金操盘一年，独家服务，不能接外面的活儿，张文峰的收益优先偿还投资款，连本带息。

黄立工茫然地看着张文峰，没听明白此中深意，只知道让张文峰给他们操盘，有何不可？张文峰心里的烦躁随着酒劲往喉咙里涌。他已经远离操盘手生涯，刚落得几年清净，没想轻易回去。这个条件开得尤其苛刻，透着算计和不信任，一个不慎，他连自由都会葬送。

"不行！"张文峰起身出去，面无表情。

20　兵分两路

张文峰恨恨地骂了一句，愤愤地说："让他们买单。"

"不是挂在你的账上吗？"

"我出门时和领班打招呼了，房里的客人买单。"

"他们肯定知道那里挂在你的账上。"

"不，他们会买的。"张文峰上上下下地在身上摸烟，"他们充满算计、小气、滑头，但还不是无赖。"

黄立工把张文峰拉开。张文峰本来有洁癖，此刻靠在满是泥点的面包车上浑然不觉，看来是被惹毛了。黄立工掸了掸张文峰身上的泥点。

"约他们，是我不靠谱。以后给你多搞几家。"张文峰摸不到烟，作罢，挥手转身走了。

接下来半个月，张文峰使出浑身解数，搜罗圈内资源，各种牵线，陪着黄立工跑了不少投资机构，都是乘兴而来，败兴而归。融资就是广撒网，还未必有鱼，张文峰如此慰勉黄立工，自己心里多少有点儿不耐烦。他在二级市场怎么着也叱咤风云过，本以为在一级市场也能如鱼得水，没想到一级市场基金那些家伙，只想锦上添花，不想雪中送炭，宁可跟在人后喝剩汤，也不要冒着当炮灰的风险吃肉。

黄立工反而心态好，像刚学会打牌的少年，越输瘾头越大。他头痛的是，这么大张旗鼓地跑，钱没找到，睿立缺钱的消息却像长翅膀的野马，四处乱飞，搞得市场尽人皆知。但眼下这状况，他不大张旗鼓也不行。他坐在办公楼安全通道处，一根接一根地抽烟，抽得比张文峰还快，正要再拿一根，张文峰把他的手拍回去，看着他脚底下那些还剩小半根的烟。

"你这抽烟就跟公司花钱一样，假把式，就图爽劲。"

黄立工挠挠头，说："什么电梯1分钟搞定融资，马云6分钟搞定2000万美元，就是个故事，拿人家的钱哪有那么容易？"

"你还真信？"

"我真信啊。想起来都好笑，我去之前雄心万丈，6分钟搞定，投资人必须激动，不投就是错。结果，那俩人几句话，1分钟就把我搞定了，我自己先激动，不答应对方条件就是错。"

"还会反省，孺子可教。"

"我后来不这样了吧？！"黄立工马上转为沾沾自喜。

"6分钟也不是编，但得先有600个小时，才能成6分钟。"张文峰说。马云给阿里巴巴找投资，连见48个VC（venture capital，风险投资）机构，都被拒绝，软件银行集团是第49家，谈成，孙正义投2000万美元。不管哪个大人物、哪家大公司的成功故事，新闻上看到的，都只是冰山一角，海面之下才是不够光彩的真实，记载着他们怎么挣扎存活，怎么熬到壮大。

黄立工深以为然。前几天，刘睿阳启动新型弧焊和点焊机器人研发项目，要参与工信部"高档数控机床与基础制造装备"国家科技重大专项竞标，需要研发费用。黄立工拿着财务报表纠结半天。罗平志这些天给力，不断要回货款，但只是过个手，钱还没焐热就转给了供应商。当时账上正好有一笔货款，等着转给供货商，这是一家长期合作伙伴，结算已经拖了好几个月了。两边都拖不起，黄立工捏着笔，犹豫半响，最后咬牙，闭眼，在刘睿阳的报告上签字。

这也是海面之下不为人知的部分，他不能和刘睿阳说，也不能和张文峰说。创业是一场孤独的煎熬。

"我们还远着呢。当年马云有一流的演说功力，又在风口上，都要空跑48家。"

"对，不跑够100家不罢休！"黄立工拍着张文峰的肩膀，"一家家拜访，一场场谈，坚持。太多人跑了20家就放弃了，我们坚持跑100家，就能战胜所有人！"

"我们分开跑。"

黄立工愣住。

"你自己跑能行！"张文峰站起来，"时间紧迫，咱俩别捆在一起。"

"好。"黄立工想了想，张文峰说得在理，分则两利，碰到投资意向高的资方，随时会合就是。然而，他的心里隐隐有些不舒服。张文峰的脸上满是疲惫，黄立工知道他不喜应酬，吊诡的是，他又长于洒扫应对，谈笑风生，当得上"运筹酒席，决胜千里"，但每每饭局后，脸上都是带着落寞，甚至有点儿痛苦。不像刘睿阳，也不喜欢饭局，那是不感兴趣，但真去了也就去了，顶多觉得无聊，内心不起波澜。经营企业也是一场孤独的煎熬。黄立工也站了起来，有些担子只能担在自己的肩膀上。

张文峰叮嘱他："下笨功夫，但要用巧劲。我们通宵写的商业计划书，满满几十页，怎么看怎么激动，可是你想过没有，每个投资人都有大把的线索，看过上千个商业计划书，激动都激动过几百回，最后为什么选择我们，不是别人？我们不是要搞定投资人，而是要干掉其他项目。"

21 没有困难就制造困难

章利选了上次盛华平坐过的桌子。墙角的座位让人觉得安全，靠着两堵墙，没有后顾之忧，前头的动静尽收眼底。这个领导，对安全好像蛮执着，不只座位，说话也是。公司的销售人员对他又怕又服，他总是能抓住要害，但过后仔细地回想，好像他什么都没说，就是嘲讽、反问，还有逼迫的眼神。章利心中涌起一股感激之情：这么想来，盛华平对他可真是另眼相待了。

穿着皮裤的短发姑娘向他走来，快走到他跟前时，他瞥见盛华平的身影，赶忙冲盛华平摆手，眼睛迎接着盛华平。

盛华平走到桌边，当没看到章利的动作，喊住短发姑娘，说："来半个。"

短发姑娘笑颜盛开，转身去了。

"老大。"

"他们降价了?"

"是的。客户反馈,他们降的幅度还不小,差不多打八折。"

"确切吗?"

章利点头:"前面李佳的事,我是从中间人那里知道的,他是做销售的。李佳黄了,我寻思着维护好他,留条路。他和我说,他们现在全在外面冲,猛降价,广撒网。"他忽然想起"安全"两个字,赶忙补充,"我做得很小心。他不知道李佳的事,更不知道我们的想法。"

盛华平微微点头,沉思着说:"有两下子,没狗急跳墙啊。"

短发姑娘拎着半打啤酒过来,弯下腰,将其中两瓶放在他们俩的面前,四瓶放在墙边桌沿上。啤酒都被打开了,往上冒着凉气。她收回手时,有意无意地碰到章利的手,轻轻抚摸过去,起身看向盛华平,堆笑,用眼神告别。

"你怎么想?"盛华平拿起啤酒,问章利。章利下意识地摇头,随即压着桌子,靠近盛华平:"老大,我有个想法。"

"说。"

"他们不狗急跳墙,你说我们能不能帮他们一把?我们主动把李佳的事抖出去。"

盛华平拿起啤酒,喝上一大口:这话有点儿意思。章利放低声音:"睿立销售部这帮人平时和技术部的人就不对付,这次怨气大了。我听那意思,他们不怪我们,怪技术部丢人丢到国外,害得他们丢客户。要是把李佳的事情捅给他们,准能翻天,把事情闹大,人人都知道,捂不住了,不起诉也得起诉,没准儿能把他们的技术部给闹散架咯。"

"你上道了!"盛华平难得眼里流露出赞许。

章利不好意思地低下头,心里难掩兴奋,露出笑容。

"我们先不接招。"

章利愕然。盛华平处心积虑地要逼黄立工狗急跳墙,怎么黄立工一还击,他却偃旗息鼓?

"你的主意很好,没毛病。"盛华平温言道,"但现在还没到时候。"他在心里迅速地调整对章利的评价。这家伙进步很快,能出狠招了,难得还忠心稳妥,好好带着,可堪重用。这步棋出其不意,凌厉狠辣,不用委实可惜,不过,他的远大志向,可不是击溃黄立工那么简单。

"你说说，要在市场上还击他们，最好的策略是什么？"

"跟着降价。"章利试探着说，看到盛华平肯定的神色，接着说，"不过关总可能不同意。我记得以前我们提过调价，他直接否决了。"

"关总是做传统贸易出来的，步子小，胆子小。"盛华平从鼻子里轻轻哼了一声。雄也能上光伏清扫机器人赛道，全靠他大力推动，加之过去一年业绩出色，关贸雄心情舒畅，才这么被推着同意了。"中国现在的工业机器人，就是五代十国，外有强敌，内部群雄逐鹿，谁都杀不出来，杀不出来，就没规模，没规模，成本下不去，利润上不来。这个市场，谁降价，就是往自个儿身上先捅一刀，才能伤敌人。"

"老大，你是说，鲲鹏降价，睿立也很伤筋动骨？"

"肯定。"阴狠的光芒闪现在盛华平的眼里，"这也是狗急跳墙。不被逼急了，他下不了决心。"

"他们以前好像也搞过什么低价策略。"

"那就是个笑话。"

"对对，我记得，你说过他很蠢。"

盛华平很满意章利把自己的话记得这么清楚："做市场最怕两不靠。想降价，又舍不得，抠抠搜搜，降的那点儿钱挠不到客户的痒处，还伤自己的利润。这样做看着销售数字往上走，但是这个市场，不累积到质变，光有量，就是看个热闹，一提价，全回去。"

"他们现在狠降价，不是做对了？老大，你为什么说先不接招？"

"真有用的东西，也可能让你真死得快。"盛华平笑着说，"他们肯定在四处找钱。"他拿起啤酒瓶，把瓶底的酒喝完，整了整衣服。这是谈话结束的信号，章利往后挪椅子，好随时站起来。

盛华平做手势让他坐着，起身，走到他的身边，说："有意向的客户、关系好的客户，让大家盯好，给点儿承诺，尽量拖着，我会兑现。那些正在谈的、公司的重要客户……"他加重语气，章利知道他说的是关贸雄关注的那些客户，点了点头。盛华平继续说，"你盯紧，只要睿立的人接触他们，要拍相片，第一时间告诉我。"

"好！"

盛华平俯身，在章利的耳边说："如果没有，你可以想办法，让他们接触一下。"

章利在错愕中不忘第一时间点头。"今晚玩的，去找票。总账上有分寸就好。"盛华平漫不经心地说。他直起身，在章利的身后找到短发姑娘，冲她招手，然后指了指章利。

盛华平走下楼梯，章利还在出神。短发姑娘坐到章利的对面，托腮看着他，他浑然不觉。他模模糊糊地看到了某些事物的核心。"不被逼急了，他下不了决心。"盛华平的话在耳边回响。这个"他"，是黄立工，也是关贸雄。

也许，"他"可以是任何人。

22 制造业的硬伤

黄立工翻出衣柜里唯一一套名牌西装，这是他当年和刘斐倒腾明白酒时购置的，还好，依然合身，岁月还没向他挥起杀猪刀。他接受上次的教训，穿工装开面包车在金融界没有车位。

衣服很快被套上去，他系了半天领带，怎么系都像无心课堂的小学生脖子上的红领巾。他不耐烦地扯了扯领带，下意识地往右边看，那里没人。那里少了个人。

他从来弄不好领带。每次——确实是每次——都是刘斐帮他系的。他会转头看向刘斐，她就坐在餐椅上，笑吟吟地看着他，让他过去，他就走过去。刘斐起身给他重新系好领带，拍拍他的头，像是说小朋友你可以去上学了。那还是两个人一起跑明白酒的时候，刘斐开车到他的住处，接上他一起见客户，每次都是这般景象。

那时候，她还是温柔的，可惜一天有24个小时，其他23个多小时她不是嘲笑揶揄，就是轻笑挑衅。

黄立工终于鼓捣到领带看上去和电视里那些商务人士的领带差不多。他对着镜子抻抻衣服，挺胸凸肚，然后做个鬼脸，自己都忍不住笑了。他心情好，人生第一次没有刘斐也成功地系好了领带，更重要的原因是市场。罗平志的市场价格测算做得到位，刀下见血，从正常价格直接下调20%；还在销售政策上做一番腾挪，这一大块的让利，一大半让给终端厂家，一小半额外贴到销售提成和大家心照不宣的那块灰色空间上。三军用命，捷报频传，销售部连着签下两个客户，还报喜讯好几家在走签约流程。大喜之余，黄立工不免心里嘀咕：这风雨稠密，也太立竿见影，难不成这个家伙以前一直在攒着客户，等井喷呢？不过，来钱总是好事，公司现金流多少得到了缓解，他像打了一针强心剂，轻松不少。

　　黄立工神气活现地背包出门，踌躇满志地奔赴机场，单枪匹马地杀向苏州。

　　苏州这家投资机构是黄立工在北京埃森焊接与切割展览会上认识的。这个展览会名字里带着"北京"，其实不只在北京举办，作为最具规模及影响力的焊接领域盛会，每年吸引数万名海内外焊接行业的经销商、代理商、研究机构、政府部门、管理及采购部门等专业人士前去参观，展会观众主要来自机械制造、压力容器、汽车制造、铁道机车、石油管道、船舶、航空航天等行业。在展览上亮相，哪怕只冒个泡，至少证明有点儿实力，当时睿立的机器人是第一次参展。

　　林易明是这家投资机构的管理合伙人，中等身材，偏胖，整张脸上，除了五官，都是胡子，辨识度极高。同行开玩笑说，这是林易明作为投资人的最大优势，行走的名片。林易明和同事在睿立科技的展位前看了看就走了，展会快结束时又独自杀回来，要见黄立工。黄立工正在逛别家的展位，闻讯赶回去，两个人聊了一个多小时，相见恨晚。林易明和黄立工握手告别时说，有资金需要时到苏州工业园找他。

　　接待阵容齐整，偌大的会议桌里侧整整齐齐地坐着一排人，外侧是黄立工。黄立工以前见客户，或有张文峰并肩作战，或有许茜茜伴随左右。黄立工与许茜茜同行时尤其轻松，她模样、气质俱佳，应答得体，能拿捏分寸，并不一味迁就或冷淡，酒过两轮，客户的兴趣多在她的身上。如今势单力薄，黄立工蓦地兴起虽千万人吾往矣的壮志。

林易明开场强调，投资审查委员会5位委员，3位在场，基金GP（general partner，普通合伙人）团队3位成员全部在场；又特别提到，鲲鹏清扫机器人在印度竞标，虽出意外，但评价不低。"重点从来都是人。你们给自己赢得了下一次机会。"黄立工脑子里闪过林义伟的话，暗恼这次融资怎么把他给忘了。

十几轮跑下来，黄立工慢慢发觉：嘿，什么金融精英、价值投资，其实和他在饭局中黄大炮那套也没啥区别。商业计划书在投影幕布上放着，他们能看到，那就进节奏吧。

"有人可能会问，说得这么牛，怎么还亏钱？我就一句话，如果永远不亏钱，也就永远挣不了大钱……整天算小钱，永远挣不了大钱。各位，你们投一个企业，是奔着挣10%的回报，还是挣10倍的回报？……怎么可能呢？人生本来就是一个大赌局，愿赌服输。我就是这么简单，把所有的精力搭进去，即使输了，无怨无悔……

"如果每个人拿挤地铁的劲头工作，没有干不成的事。这么多年来，我们都是这么过来的……

"把每一天当作最精彩的一天来过。对每个工作人员，父母满60岁的每个月多发300块钱，我们公司为此每年多支付60万元……

"外人总认为睿立应该怎么怎么发展，每一次我们都突破他们的想象……

"对于竞品的理解，我想未来是竞争对手们在一起就必谈睿立的机器人……

"无论创新还是仿制，有市场有钱赚就是王道。也许同行经常说这个不能碰啊，一碰就死，人家10多年没有搞成，你怎么能干成？这就是睿立的雄心和魄力……我们睿立将焊接机器人做成四轴、六轴机器人，每一次都在进步。虽然还是新人，但我们吃惊地发现，国产厂家已经开始仿制我们的产品。他们发现仿制外国的产品，有坑……

"我们要用巧劲儿。我们没有钱，所以珍惜每一分钱，将每一分钱发挥出超越自身的价值。我们要用1块钱撬动1万块钱的生意，1万块撬动2000万块钱的生意。"

…………

黄立工滔滔不绝，会议室里寂静无声，前台小姑娘进来添水，不明所以，也跟着蹑手蹑脚。商业计划书翻到最后一页，只有大大的"谢谢"两个字，黄立工在空中挥舞手臂："目前我是大股东，其实未来我想最多只留35%。现在我手上的股份太多，要那么多干吗？我强烈建议在座诸位不要投那么多，把更多股份逐步高估值融资稀释，给所有参与睿立科技融资的投资股东，超出满意的高回报！"

掌声响起来，很快平息，不过足够响亮。黄立工坐下，踌躇满志，这是他想要的，投资人为他鼓掌，而不是他求爷爷告奶奶。

挨着林易明的瘦高个儿笑着说："黄总讲得好。睿立的机器人怎么样，我们没怎么弄清楚，黄总的口才是见识到了，名不虚传。"

这话别扭，黄立工刚要接话，坐在最边上的小矮个儿抛出问题，语调又平又闷。

"工业机器人由什么构成？"

"看从哪个角度来看。从系统的角度，工业机器人的结构系统一般由三大部分和六个子系统构成。"黄立工微微一笑，这问题简单，"一个是控制部分，它是大脑，负责接收和反馈，接收信息，处理信息，把结果和指令反馈给机械部分，去完成规定动作和功能。另一个是机械部分，它是神经和血肉，接收控制部分的指令，驱动机器人机身、手臂这些机械结构做动作，完成任务。最后一个是传感部分，相当于五官，捕获外部环境的情况，能够更准确、更智能地和外界交互、协调。从机械结构的角度说，工业机器人主要是由本体、减速机、伺服电机、控制器四大部件构成的。"

"你们的机器人有哪些核心优势？"

"我刚才在商业计划书里已经讲了。"黄立工说。他们认真听了没？这么个当法，投资人也太好当了吧。

"我问的是真正的优势，或者说，核心技术。"

核心技术？黄立工皱了一下眉头，挑选着字词回答："性价比。我们的核心优势是性价比。说实话，就目前国内厂商来说，做工业机器人还是得先仿制。仿制中还有创新，在实际应用上有优势，在价格上有优势，那就是很大的市场。"

"也就是说，你们没有独有专利？"

"当然有。"

"发明专利还是实用性新型专利？"

黄立工开始感受到空气的凝重："我们的技术团队，在算法方面国内最强，所以，这个阶段专利主要在算法。"

算法软件是实用性专利，属于软件著作权的范围。刘睿阳得到导师魏才圣的支持，把在实验室研究多年的工业机器人控制器开发项目申报863计划，即科技部主管的国家高技术研究发展计划，获得参与资格，并把项目的实施落在睿立科技。一开始，黄立工想：能装点门面也挺好，好歹说自己是原创科技公司时理直气壮。然而，睿立天使轮融资拿到一大笔钱后，那些个投资人出门就和别的土老板吹牛，说自己投了个国家级的高新技术。他意识到，这不只是装点门面的荣誉，操作得好，背后有巨大的商机。自然，这么浓墨重彩的一笔，被他写到商业计划书里了。

这么大的字、这么醒目的表述，有图有真相，难道他们看不到？黄立工心里暗自嘀咕。

"本体是自主生产？"

"是的，自主生产。"

"伺服电机呢？"

"合作商。"

"减速机呢？"

"合作商。据我所知，国内企业的减速机都是外部采购的。"黄立工回答得很快，空气里有一股闷热的感觉，隐隐侵蚀进来。

"也就是说，睿立的工业机器人除了系统集成算法，其他核心部件都是合作商供货？"

"是的。"黄立工再不情愿，也只能这么回答。他的额头微微出汗，屋里似乎变得很闷热。他前面遇到过刁钻的投资人，但没人像眼前这位一样，小矮个儿其貌不扬，毫无气势，扔到人群里即刻消失。问题都很简单，大多能用"是"和"否"来回答，然而莫名其妙地，这些简单的小问题逐渐组成一张网，把你像猎物一样困在里面。你含混，绕弯，用漂亮的言辞答非所问，他无动于衷，而是用干瘪的声音硬邦邦地将你拽回到他的问题上，确认、追问，你最后会发现，自己仍在网中央。

这人不会是从监狱系统里出来的吧？黄立工擦了下汗。不，他不能就这么就范。

"这有什么问题吗？大家都这么干。"黄立工反问。他急着还击，挽回些局面，顾不上措辞了，很多时候，猛攻只是为了掩盖脆弱。

大家确实都这么干。往大里说，没有一家企业能够在产业链上通吃，都在产业协作的大网中，专业分工越来越细，越来越趋同。往现实里说，创业一事，非知之艰，行之惟艰，国内干工业机器人的企业，什么事情没干过？倒卖二手进口机器人，很快发现是个超市生意；拷贝国产机器人，很快发现大部分没啥拷贝价值；转而拆解进口机器人，模仿着做自主设计，委托加工，自行组装……大家都是这么走过来的，华为在电信行业也是这么走过来的，不也走出来了吗？！

小矮个儿静静地听他说完，把笔放在密密麻麻地写着字的本子上，夹起来，身体往后靠，看着另一侧的同人，看着林易明，平淡地说："我问完了。"

黄立工背后一片冷汗。

小矮个儿把遮羞布都拉了下来，布的上面有订单、有名声、有市场地位、有同行恭维，拉下来后，布后面就剩明晃晃的四个大字——组装工厂。这记闷棍，黄立工有所感觉，是资方的谈判策略，打压估价，然而也让黄立工重新看到一个被他有意无意忽略的事实——这条路上没有腾飞的空间。

"我问几个问题。"林易明说，"听说你们之前卖过二手机器人？"

"没错，卖过。不过，不是专业卖家。"

"后来突然转型做自有品牌？"

"我们一开始就要做自己的机器人。从二手机器人切入，有两个原因：一个是缓解营收压力，公司刚起步，现金流是生死问题；另一个是摸索市场。"这些问题就回到黄立工的轨道上了。其实，林易明说中了，二手机器人业务是突然终止的，是魏才圣喊停的。睿立科技成立后，主要营收来自二手机器人，利润不错，黄立工和张文峰不舍得砍掉，游说刘睿阳，用市场空间换技术时间，二手业务和自主研发都要抓，都是主营业务。魏才圣直接喊停，让刘睿阳带话："自主研发是华山一条道，必须专注。你们做贸易我不反对，但是我们这些蹲实验室的老家伙真的不懂，不参与了。"

"我们要让所有的中小企业用得起工业机器人。"黄立工说,"二手机器人价格是下来一些,但隐性成本不少,开机费、维修费、零部件更新费,很难覆盖广大中小企业。"

"所以,你们推动低价策略,赔本赚吆喝?"

"赚吆喝,也赚钱。工业机器人需要大量的应用测试,我把价格降下来,让更多中小企业用上,还能获得大量的场景差异化应用经验和测试数据,怎么看都不是赔本买卖!"

"好!"林易明拍着桌子,小矮个儿也微微点头。

"我们很重视睿立科技,你看得出来。"林易明指着他左右两边的同事们,"你们很有勇气。制造业很烧钱,但是和别的行业不一样,别看很重,它的烧钱是一门精巧的艺术。我很认可你们的勇气,相信你们会杀出一条路,把你们的品牌插上中小企业的阵地。"

黄立工合上电脑,起身。

林易明送黄立工到电梯口,说:"老弟,我很欣赏你。"

黄立工握着林易明的手:"谢谢!"

林易明拦住电梯门,说:"这是我个人的看法,不代表机构。低价策略有可能杀出一条路,不过可能早了点儿。"

"市场到这个时候了。"

"找钱和低价,你把顺序弄反了。"林易明压低声音,说道,"另外,低价一个点可能不够,你应该在产业链中找找突破点。机会都是留给有勇气的人,对吧?"

林易明挥手,电梯门关上。

23 分岔口

过斑马线时,黄立工差点儿被车撞上。

几分钟前,他接到罗平志的电话。罗平志不知道他在见投资人。市场风声最后会传到罗平志的耳朵里,但黄立工不打算日常动向都让他掌握得清清楚楚。罗平志语气里带着不解,说道:"黄总,我收到风声,雄也跟进调价。"

"它降价了?"

"是的,力度不小。我已经让手下核实,弄清楚详细的情况再向你汇报。"

黄立工停住脚步。关贸雄什么时候变得这么彪悍?雄也拿印度之事大做文章,攻势猛烈,他和罗平志仔细地推演,这怎么都不像公司层面的决策,更像是底下人急于求成或者擦枪走火。但如今雄也跟进调价,无论如何都只可能是公司决策。

"一场恶仗,得拼刺刀了。黄总,你多给支持!"

支持?黄立工苦笑,他这些天来回奔跑,不就是最大的支持吗?!这种时候,别的都是假的,钱就是支持。他马上给财务老杨拨电话。老杨也是他父亲的旧部,当即报出一串数字。情况比黄立工预想的还糟,激进的低价策略,短期财务数据变好看了,但挤压效果很快会出来,也许4个月,也许3个月。

黄立工往前走,脑子里计算着。原先他预计还有半年的安全期,现在要缩短到4个月了。这还是在一切维持现状的前提下,如果市场恶化,或实施更激进的价格策略,恐怕时间还要更短。钱,钱……可恶的林易明,摆出那么大的阵仗,最后来个轻飘飘的结果。

他没看信号灯,径直迎着红灯走到马路中间。一辆宝马急刹车,贴着黄立工停住。黄立工恍惚地看着车主,隔着玻璃听不到声音,但看她的神色和嘴形,说的是上电视会消音的话。他忍下来,大踏步地走过马路,穿进街巷里。

黄立工眼前出现一间小餐馆,招牌上有几个大字——佛手山药王。

他不由自主地走进去。店里人不少,声音嘈杂,顾客来自天南海北。过道狭窄,黄立工侧着身子挤到空位上,点了一份煎卷鲜、一钵佛手山药炖排骨汤、一钵蒸饭。老板娘操着熟悉的方言张罗着,他乡遇故音,总是一种安慰。

汤饭也是熟悉的味道,只是进到嘴里,黄立工越来越食不甘味。小矮个儿和林易明的组合拳简直要命,一个说,"你没有理想,我不投你";另一个说,"你很有理想,我欣赏,但是太难了,还是不投"。话都给他们说完了,唯有他黄立工,左右都是错,两边不靠。

两边不靠?黄立工停下筷子。他们俩说的都是对的,真实的他、真实的睿立机器人,就是如此,不能坚决地追求理想,又放不开手去搞市场,两边都标榜,两边都不靠。

理想还是生存?在平时,他做这个选择很容易,但是,此刻罗平志和老杨的两个电话冰冷地提醒他,现在是活不活得下去的问题。

他掏出手机,下意识地在上面划拉着。林易明送别时的那番话,电光石火般闪过:"在产业链中寻找机会。"产业链……他看着手机屏幕,不知不觉中打开通信录,手指悬在一个人的联系界面上空,犹豫不定。

理想,还是生存?

小餐馆里吵闹得很,黄立工感到一阵烦乱,收回手指,拿着手机往外走。一个胡子拉碴的壮汉急忙冲进来,大概饿急了。黄立工猛地被撞到,身体一歪,手机差点儿飞出去,幸好被他手快抓住。壮汉看了他一眼,也不说对不起,继续冲到点菜柜台前。

黄立工摇了摇头,懒得和壮汉计较,走到小餐馆门边,似乎听到什么声音。他疑惑地往左右看去,最后视线落到手机上,屏幕显示正在拨打电话——他没有锁屏,被撞到抓住手机时,手指恰巧碰到拨打键。

他伸出手指,犹豫着要不要挂断。

他不会预料到,他的选择、在这家异乡高楼间的故乡小菜馆里发生的细枝末节,不但会改变他的命运,也会改变他身边所有人的命运。

24 时间的蝴蝶

许茜茜坐在武康路的一家小店里,靠着窗户。路上没人,对面是一堵淡黄色的院墙,对开着普普通通的铁门,院里绿叶掩着一栋灰白色的小洋楼,露出绛红色的屋顶。

今天不是周末,店里就她一个顾客,三明治被摆在桌上,还没动。她看够了窗外的景色,摆弄起手机。

"周佛海公馆?《色·戒》剧组在那里取过景。"

哦?这她倒是不知道。她喜欢这条街道,漂亮的小花园挨着低调内敛的洋楼,处处可驻足,最好的一点是,人不多,能把时光留给悠闲的午后,像苏州以前的平江路。她不知道,几年后这条街道会变得比平江路还要拥挤和让人厌烦。张文峰大概是闲得无聊,在网上找到她,两个人有一搭没一搭地聊天。

"那我应该换家店坐的。"

"哈哈,你不喜欢那部电影?"

她没回答。她是在电影院里看的《色·戒》,看得很压抑,有些东西时不时越过边界冒犯过来。电影过半,她忍受不住,起身离场。

张文峰又把一句话扔过来——

"那时候你还是小姑娘,那不是小姑娘看的电影。"

"把你自己说得像老男人似的。"

"我也不喜欢,不过它把人被忽略的本性拍得惊心动魄。"

"它的技术很出色,美术、服装、摄影、场面调度,很像工艺品,可是我看不出有什么意义。"

许茜茜想了想,补充一句:"就像《国王的演讲》,不知道导演想说什么。没有价值的主题,拍得越精致就越空洞。"

"生活本来就没有主题。"

许茜茜看着三明治:"我饿了,先吃东西。"

"你在等人?"

"等我爸。不过他大概不会来了。"

许茜茜放下手机,拿起三明治。这次又是和之前同样的剧情,本来她和父亲约好,中午到老街走一走,一起吃午饭,这条街离父亲的单位不远。没想到临近中午,短信来了,父亲说单位有紧急会议,出不来,让她自己逛逛商场,买买衣服。不过她似乎也没有什么可抱怨的,事业心重的男人,总是工作最重要。

第二章 中国制造

许茜茜在上海的这些天，许廷宝说是陪着女儿，大部分时间还是在忙，没有许茜茜预期中的父女深谈或者林间散步，两个人漫无目的地走着，漫无目的地聊天。前头巨大的高兴还在心间，许茜茜没有太失落。她安慰自己：现在比她小时候好多了，过去等到她睡着，父亲才回家，或者干脆不回家；现在父亲虽然回家晚，两个人有时还能一起吃饭，父亲也会兴致勃勃地拿出黄酒，隔水温好，一人倒上那么一小盏。

许少阳走出办公楼，顺着街道往公寓走去。伦敦的天空阴沉沉的，空气潮湿。和公司谈完，告知几位相熟的同事，一个月交接工作，一个月筹谋未来，然后告别一些人、一座城市。

接下来他该打电话了，先打给国内的父亲还是印度的许朝玉呢？做出决定后，他一直在推演，未雨绸缪。他的第一个判断：许朝玉是关键，未来的关键。

过了路口，许少阳拨出许朝玉的电话，又马上挂断。不，他必须去印度一趟，和许朝玉面对面谈，这是一场艰苦的谈判。他下个月去印度。

他拿起手机，给许廷宝拨电话。

许茜茜拿起一块三明治，慢慢吃着。到底是什么紧急事情，让父亲郑重答应她的事情也只能被放在一边？心里的失落慢慢浮起来，过去的故事还没过去，她重新认识到她的父亲还是以前的父亲，他的工作还是比她重要。她又有隐隐的期待，盼着父亲给她打电话，告诉她他把那个紧急会议延后了，或者他雷厉风行，迅速决断，早早就结束掉会议，马上过来找她。

她这时还不知道，父亲的紧急事务不是来往应酬，而是跟她哥哥有关。许廷宝在办公室里处理完事情后，喝上一口茶，正要打电话让小张把车开出来，许少阳的越洋电话正好打过来。许少阳的第一句话就是："爸，我想好了，回去。"喜讯来得猝不及防，许廷宝手都哆嗦起来，颤抖着声音确认一遍："回赛尔科工一起奋斗？"他知道儿子不喜欢"接班"这个词。许少阳的声音清晰而笃定："是的，我处理好手头的事情，两三个月后回去。"

挂了电话后，许廷宝在办公室里走了好几圈。兴奋劲下去后，那个精于算计、绵里藏针的企业家又回来了，许廷宝在脑子里迅速地判断着新形势下的策略和措施。是的,他得当机立断!对,就是现在!许廷宝马上做出决定,打了几个电话,给许茜茜发短信,然后叫来秘书,让秘书召集紧急会议。

再有一口,三明治就吃完了。许茜茜捏着小小的三角,怔怔地看着窗外。
"嗡嗡嗡……"一阵手机振动声响起,许茜茜心一颤,像是听到了命运的敲门声,看着桌面上的手机。"嗡嗡嗡……"是有来电,她伸手拿起手机,是黄立工。

不是父亲。

她犹豫了好一会儿,忽然涌起一阵小小的冲动,猛地伸手在手机上一滑,接通电话。

黄立工捧着手机,铃音已经响了好一会儿,他犹豫着的手指刚要按下挂断键,忽然屏幕显示电话接通了,话筒里微弱地传来"哎"的一声。那就打吧。黄立工靠在小餐馆门外,将手机放在耳边,话筒里传来许茜茜的声音,两个人闲扯了几句,他的声音逐渐轻松起来。

"你在哪儿呢?"黄立工闷闷地问。

"上海。"

"离我很近呢。"

"嗯?你在哪儿?"

"苏州。"黄立工说。他从电话里都能听到她微笑着说:"后花园呀,很近,高铁半个小时就到。"黄立工随口说了说这几天的状况,用越来越疲惫的声音说:"下午要见一个投资者,蛮重要的,我还有点儿忐忑,担心搞不定啊。"

"我不信。"电话那头传来轻快的笑声。

"你不是说要多历练历练,嗯,啥时候回……?"黄立工的声音里带着明显而刻意的犹豫。

果然,许茜茜雀跃地说:"我去找你啊,等着我。"

许茜茜拿起包,把手机塞进去,走出门。前往未知之地的那种激动让她的心脏猛烈地跳起来,像是第一次离家出走的 12 岁女孩儿,虽然只是到两千米外的陌生公园里，仍然有如远渡重洋深入新大陆冒险。

她在门口拦下一辆出租车，先回家，简单地收拾几件衣服和化妆品，然后去高铁站。

出租车刚开出去，另一辆出租车就从湖南路开过来，拐到武康路路口，停在周佛海公馆前。张文峰从车上下来，站在公馆门口，环顾四周。他昨天在杭州见投资人，今天空闲，便到上海见见朋友，想着也许有机会找一下许茜茜。见完朋友，他独自坐在咖啡厅里，和许茜茜线上聊天，知道她在这儿，干脆打车直接过来，给她一个惊喜。

不巧的是，上车后，他发现手机落在咖啡厅里了，让司机掉头，取了手机重新出发。他看到了许茜茜坐的出租车，但没有看到在后座上坐着的她。

张文峰的目光停在路对面的小店上——就是这里。他穿过马路，走到小店外，透过玻璃窗看去，里面没有客人。靠窗的桌子边，服务员正在收拾，擦完桌面，端走一盘还没吃完的三明治。

许茜茜在出租车上给父亲发短信，告诉他那家机器人企业有点儿事情，她过去一下。

彼时许廷宝正在开会。

等他回电话时，许茜茜已经在高铁上，5分钟后到苏州。

挂掉电话后，黄立工还捧着手机，心头烦躁。许茜茜很少提起她的父亲，但他从交谈时的蛛丝马迹中知道，她的父亲不是普通人。他也知道，她的父亲既然让女儿在工业投资圈里混资历，背后肯定有自家的投资基金，想来是工业领域的大佬。

他深深吸气，放下手机，放下这股情绪，将它抛进遗忘的国度里，离开小餐馆。苏州午后的阳光开始灼热，街道上充满希望。他心里一直在想：他不属于他自己，他的任何决定，不是为他一个人而做。睿立是一艘船，航行在一望无际的大海里，上面捆绑着许多人的身家性命，比如刘睿阳、张文峰、一大群有家有口的工程师，同时被父辈们的殷切目光注视着。他要带着大家，勠力同心，穿过飓风、大浪，躲过暗礁还有海盗的袭击，抵达那些遍布奇珍异宝的异域岛屿。为此，他必须想尽一切办法，做尽一切事情。

很多年后，当许茜茜走在泰晤士河边，看着缓缓的流水，回想起那个午后，只觉得一阵恍惚。如果哥哥先给二叔打电话，给父亲的电话就会晚上几分钟，那时父亲已经在车上，挂了电话，人已经在她的身边。

如果那个陌生人没有撞到黄立工，他不会拨出那通电话，或者晚几分钟才拨出去，张文峰已经找到她。

如果张文峰没有忘拿手机，他会早几分钟找到那家小店，找到她。

任何一个假设发生了，就不会有电话里的对话，不会有在苏州发生的事，不会有后面的故事。

但是，世上没有如果。任何巧合，一旦发生了，就是发生了。蝴蝶的翅膀轻轻拍动，卷起时间河流另一端的暴风雨，彻底改变了一些人的命运。她、黄立工、张文峰，也许还有刘睿阳、刘斐，不经意间拐入了另一条路里。

人生的转折点往往平淡无比，只有等一切尘埃落定，再也不可更改的时候，才会记起，多年前那个普通的午后、那通普通的电话，有着沉重得多的意义。

第三章
智造启航

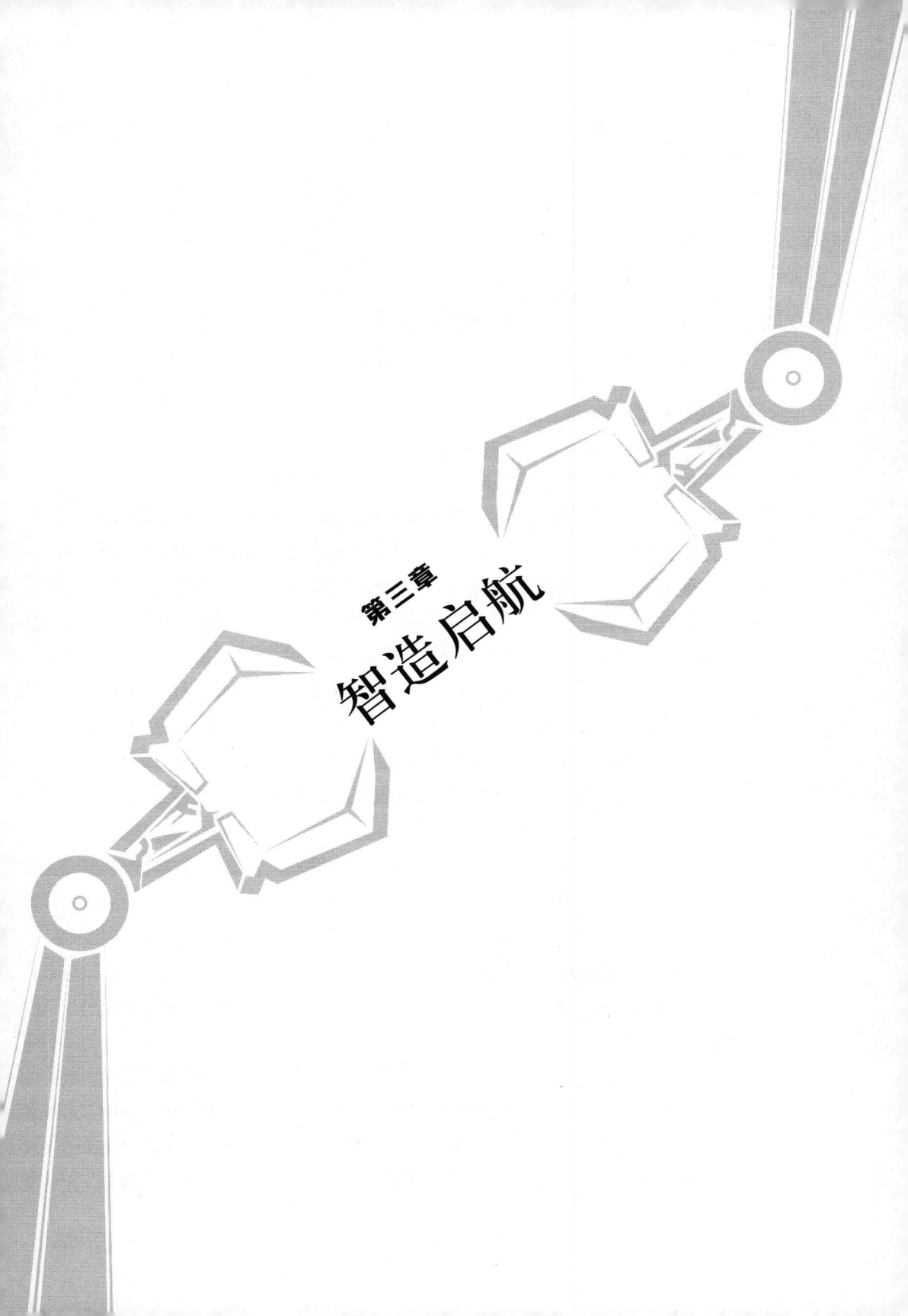

1 老谋深算

许廷宝是只老狐狸。

挂了儿子的电话后,他很兴奋。这几年,他开始感受到什么叫衰老。年轻的时候,他带着手下在公司、在客户前线连续奋战48个小时,是家常便饭,供应链上下游的伙伴都知道赛尔科工有个铁人老总。他不觉得疲惫,但是有时从车窗里看到上年纪的父母在身边年轻人的陪伴下坐在街边长椅上,在电视里看到中年得子的父亲拉着孩子的手送去学校,看到父母对着青春期叛逆的儿子大发雷霆,心头会泛起酸酸的羡慕。

这是他从未有过的生活。他总是过上一段时间才意外地发现,自己的孩子长高了,从他们的脸上还能看出他记忆中的模样,神态却是陌生的。他自嘲,自己有3个孩子,儿子、女儿和赛尔科工;儿女自会长大,很快会自己照顾自己,但是企业呢,永远是襁褓中的婴孩儿,没有他的全身心投入,很快就会夭折。

现在,赛尔科工终于长大,焊接业务做到国内领先,稳定挣钱,海外地盘也焊起来了,是时候换上一个更年轻、更有冲劲的掌舵者了。他呢,退到老船长的位置上,把把方向,镇住底舱,多些时间享受正常的生活。

疑忌的本能静悄悄地潜回他的心里。儿子回来是好消息,对他自己当然是振奋人心的好消息,对赛尔科工,也是,可是,对这帮跟着他打天下的亲戚和老臣呢?

老狐狸在熟悉的地盘里嗅到令人不安的气息。许廷宝不怀疑这帮老臣对他的忠心,可是这种忠心不会自然地延续到许少阳的身上,它建立在多年的出生入死和对他的能力、秉性的信服之上,许少阳还不具备这些。他做过不少铺垫,他们知道他有意让儿子接班,能理解,也能接受,惯例嘛,向来如此。问题是，许少阳一直拒绝回来，宁愿在英国打工，也不回中国当老板，他们都在心里嘀咕：是不是少东家习惯了西方生活，或者谈了英国姑娘，就在那边安家立业了？少东家接班的心理惯势一直建立不起来，偏偏赛尔科工刚上市失败，正是敏感时刻，少阳突然袭击般地杀回来……

他得给少阳把公司理顺，少阳要回来接班，天时、地利、人和只占一样，天时不算太好，人和更是隐忧重重，不处理好，就是一场风浪。

许廷宝给许堂贵打电话，让他过来。许堂贵是许廷宝的三弟，比许廷宝小一轮，长兄如父，向来听话。他只有一个女儿，许廷宝对他很放心，也很信任，让他掌管财务，把着最后一道防线。

"你可算把他劝回来了。"许堂贵听说许少阳要回国，也很高兴。

"他以前觉得时机还早，想在外面多锻炼锻炼，现在做好准备了。"许廷宝轻描淡写地道。

"年轻人能够谨慎，是好事，继承你的运筹帷幄啊。"

"我疏忽了，有点儿欠考虑，让他回来的时机不是太好。"许廷宝简单地说出他的顾虑。许堂贵听了，不动声色，一张典型的财务脸，慢条斯理地说："大哥，我倒觉得，你这个时机很好。真上市了，少阳再回来，怕带不动这个队伍。"他把声音放低，"权和利，我看大家更关心利。"

许廷宝点头，三弟说的是实在话，而且透着一股意思，这个"大家"，也包括许堂贵他自己。权，是零和游戏；利，能共赢。

"奋斗十几年，也该给大家一个说法……你说，我和大家宣布，这次上市不顺，特地把少阳从英国叫回来，带着大家冲击新的一轮上市，实话实说，怎么样？"

许堂贵想了一会儿，缓缓摇头："大哥，我就直说了。我知道你想把大家的利益和少阳捆在一起，减少他接手的阻力，但是这个说法很难让人信服。他们都懂，国内上市水深，不只是看业绩跟报表，你自己都承认搞不定，他们不会相信少阳搞得定。"

许廷宝皱起眉头来："说得也是。那怎么办？"

"上市还得你来。你把少阳从英国召回来，全面主管业务，是要带着大家把业务做得更规范、更国际化，真正符合上市的要求；而你，腾出精力来，主抓上市的运作。"

"好！"许廷宝兴奋地一拍办公桌，把桌子拍得山响，手生疼。这是个好主意，把上市失败从坏事变成好事，把许少阳和老臣们捆成利益共同体。许少阳回来是分担父亲的压力，让许廷宝集中精力为大家谋求上市。正因为上市失败，企业经营要变得更规范，给下次上市增加机会。许少阳总会有他的思路和调整，有规范上市这面名正言顺的大旗，反对他的人就是反对上市，不用他出面，别人都会把反对他的人压下去。

　　其实，在打电话前，许廷宝就已盘算清楚，做出了同样的决定，但还是郑重其事地叫许堂贵来商议，想看看许堂贵的反应，好判断老臣们对此的反应和姿态。许少阳要回来接班，必须先摆平他的两个叔叔。二叔许朝玉另有使命，玩的是另一种套路，不见得对琐碎的企业运营感兴趣，而且远在印度，乐不思蜀，是远虑，而非近忧；三叔许堂贵虽没野心，但在卧榻之侧，兼之人脉广和消息灵通，许少阳少不了和他配合，甚至会有仰仗，是当务之急。

　　到了生死攸关的时候，许廷宝从来不会有任何温情和幻想。他读书不多，但从电视广播的节目和饭桌地摊的闲谈里零星拼凑出来的野史传奇，足以塑造他的历史观：所谓温情与道义，是普通人的安慰、大人物的死地。古往今来的权力更迭、财富传接中，越是承平时期的中流砥柱，就越是阻碍甚至是威胁。因而，叛乱多出自皇亲国戚，可堪托孤的股肱之臣反倒是平日被冷落的外姓之人。

　　他绕着圈子，惺惺作态，只是为了让许堂贵自发地提出这个他早已想好的方案。他总是能找到办法让别人主动说出他想听的话。人主动说出的话，不管是心甘情愿还是不得不说，总是更有约束力，说话的人更会下意识地遵守并坚持。

2　奔　赴

　　许茜茜在高铁上收到黄立工的微信，是酒店定位，没别的话。

他是让她自己去酒店。

她锁屏,把手机放到座位上,把注意力放在窗外呼啸而过的农田和房舍上,什么都不去想。深入新大陆的冒险太快就呈现出它的真面目,然而真实的冒险向来如此,疲累、饥饿、蚊子、暑热、无穷无尽的琐碎,以及徒劳,兴奋和期待向来只在冒险念头产生的时候停留。

许茜茜下高铁,走过月台,穿过步行通道,马上就到出口,目光下意识地扫过接车的人群,没有找到任何一张熟悉的面孔。

等出租车时,她又看了一眼酒店定位,找到一丝丝安慰。这家小酒店在旧城区,不贵,自然房间也小,小院子布置得精心,算不上园林,但有气韵。她和父母去苏州玩时住过这家酒店,印象颇佳。

怎么这么巧,黄立工也住进了这家酒店里?可能是她哪次闲聊时和他提过,难得他记得,也订了这里。认识不久后,许茜茜就发现,黄立工看着大大咧咧,喜欢摆出一副干大事不拘小节的姿态,实则心很细,几年前一起吃过一次饭的人,席上最喜欢吃哪道菜都能记住。他肯定记得我独来独往惯了,许茜茜想,像在安慰自己。她和黄立工聊过自己在英国的生活,自己照顾自己,哥哥每个周末过来看看她,处理积攒的各种生活小问题。

黄立工正在一家老字号吃面,点了两种浇头。

这段日子他一天见三拨人,圈里圈外的都有,谈完拍屁股走人到下一家,像行军打仗,快晚饭时间才吃上午饭。刚刚在旧城区聊完最后一拨,对方留黄立工吃晚饭,他坚定地拒绝,往回走到酒店附近,看到这家小门面的老字号,才觉得肚饿难忍。进门时他觉得很安慰:肚子懂事,体谅主人,知道创业艰难,能省则省,到合适的地方才喊饿。吃了半晌,他忽地想起来,许茜茜快到了,这才意识到不妥,拿起手机连珠炮似的发微信语音消息,一副人困马乏刚从漫长的会谈里出来的状态:"你到哪儿了?下火车没?我刚忙完,累死我了。酒店房间订好了,房费也付了,直接就能住啊……"

过了一会儿,许茜茜有了回音:"吃面呢吧?"

黄立工的脸红了——被拆穿了。他发语音的时候,左手拿手机,右手不闲着,面条继续往嘴里送,吃面条的声音也被录了下来,传到了许茜茜的耳朵里。

接着许茜茜又发来一条:"我入住了。"

这么快?!他想起来,许茜茜说过,半个小时就到。上海到苏州,高铁是通勤用的，快，发车频繁，几乎和公交车一样。很多到上海打拼的年轻人，在苏州买房子，早晚上下班通勤，比住在上海市区的时间还短。

他有着大事不妙的预感，说："唉，中午没吃饭，饿坏了。对了，你饿不饿？我给你打包一份？"

良久，许茜茜回道："带笼小汤包。"

黄立工买了小汤包，主动地加了份烫时蔬，回酒店，在前台问到许茜茜的房间号，上去敲门。门里面模糊地传来许茜茜的声音："哪位？"

黄立工清了清嗓子，声音洪亮地回答："是我。"

"黄总啊？你放在门口就行。"许茜茜的声音清晰了点儿。黄立工把小汤包和烫时蔬放在门口，侧耳听到里面有"哗啦啦"的水声，挠了挠头，回了自己的房间。

晚上，许茜茜给他发信息，说约了朋友，就再没有音信。

第二天一早，许茜茜打电话叫黄立工吃早餐。黄立工穿上那身挺括有型的西服，把胡子刮得干干净净，还想起来剪鼻毛，站在镜子前，左右端详着自己。

一楼的小餐厅里，许茜茜坐在窗边，已经取好早餐。窗外有一块小小的空地，铺满翠绿的青草，靠墙倚着几块不大的千层石，上面长着青苔。另一侧边缘处，错落地布着几丛文竹和几块鹅卵石，简单而有情致，像是给鸣虫蚂蚁们构建的小园林。许茜茜出神地看着窗外，等黄立工坐下后才转过头来，两个人默不作声地吃早餐。

"待会儿去哪儿？"许茜茜看到黄立工穿得有款有型，问道。

"去会会互力科技。"黄立工抬腕看表，"还有半个小时，他们派车来接。"

3 世事艰难

互力科技派了一辆崭新的商务车，黄立工和司机客气两句，开始不停地打电话接电话。他的大嗓门在钱和业务之间、风平浪静与狂风暴雨间切换自

第三章　智造启航

如。许茜茜觉得好玩又好笑，吃早餐时他百无聊赖，一上车就日理万机。她又想起黄立工说过，任何一家公司，最不该忽视的是两种人：司机、保洁。他们职位低，但距离老板近，能看到、听到老板太多东西，待得长久的必有门道。

黄立工打了一个多小时电话，车才到开发区。许茜茜戳了戳黄立工的胳膊，黄立工抬头，临马路的3层大商场墙上刷着彩色的广告语："机器人自选超市。"广告语下面列着不少Logo。

"你们进超市了。"许茜茜轻笑。

黄立工扫了一眼那堆杂乱的品牌，摇了摇头。

车进去，停在一栋大楼门口，对面厂房顶端，高耸着一行醒目的铁艺大字："中国最大的工业机器人供应基地。"几分钟后，廖志超走出门来迎接他们。

"走，我们先看车间。"

走了两步，廖志超指着那行铁艺大字说："我们要做中国最大的工业机器人供应基地。"他在空中画了一个大圆，圈里的地盘，左侧七排新厂房，每排都是一个大车间；右侧是一大块空地，有左侧厂房两倍大，长着草，停着两台挖掘机。"话不是吹的，你看，大小企业入驻不少了。我们是区里的重点大项目，工业一类，智能制造表率。"

经同行引见，黄立工和廖志超大半年前在江城吃过饭。黄立工对他印象很深，这个身材肥硕的中年人，说话口气大，张口闭口就是几亿的大项目、产业大投资，一顿饭下来，饭桌上都是他的万丈雄心。他有一种不让人厌烦的本领。黄立工小他十来岁，他不会因此而说教，反倒时而停下来，谦虚而期待地问："我说得对不？"说到高兴处，他像孩子般手舞足蹈，甚至有点儿可爱。黄立工难得当一次合格的倾听者，不发惊人之论，不争子丑寅卯，廖志超对他的印象也就很好。昨天接到黄立工的电话，廖志超马上想起那次愉快的聊天。黄立工说想融资，廖志超语气热情，力邀面谈。

厂房里都是组装车间，房子挑空高，宽敞得可以搭室内摄影棚。一排房子一家公司，都是黄立工没听过的名字，墙上都刷着豪迈的口号，进进出出，抬头即见。

"解放人类双手。"

"机器人服务于人。"

"一流产品、一流品质、一流服务。"

....

廖志超站在标语下,身子前倾,张手又画出个弧形,收拳在空中挥舞,对口号来一番慷慨激昂的解读,口若悬河,看得出来练过很多遍。黄立工看着他的身后,"机器人生产机器人"的标语下,玻璃后面,穿着各色制服的装配工人正在忙忙碌碌、锤锤打打。

"用最不自动化的方式创造自动化啊。"黄立工"喃喃"。

"啊?"廖志超没听清他的话。黄立工笑着摇摇头。再荒谬的事情,人看多了也就习惯了,习惯了就可以接受,再也看不出有什么不对劲。中国人干事喜欢一窝蜂,再尖端的事情也能蜂拥而上,产业还没充分发展,就已产能过剩,水泥、钢铁、电解铝、新能源、汽车……都蜂拥过,也都限能限地、关停并转过。"风口"这个词,坑死多少人,害死多少事!在风口上,猪是可以被吹起来,但那是刚刚开始的时候,很快就会有人拿着刀叉,在下面等着一群群的猪从高空掉下来。

几个人来到廖志超的办公室,一个庞大的盆景放在茶几右侧,假山流水,做得像模像样,许茜茜端详几眼,点头微笑。廖志超将她的表现看在眼里,得意:这个漂亮的小姑娘懂货啊。他带新客人进办公室里,等的就是这一刻。他可看不出许茜茜微笑里的体谅和会意,盆景还不错,可惜环境错了。人类的摆设,从摆件到盆景,从艺术品到园林,重要的是和环境交融。有一次,她在泰特现代艺术馆,一个白胡子老头带学生看展上课,说:"我们不是用艺术品来装饰房屋,而是用整个屋子来装饰艺术品。"她深以为然。

"等到你们入驻,我们就是一家人,这大盆景就搬过去,庆祝你们乔迁之喜。"廖志超说完"哈哈"大笑。

入驻?许茜茜疑惑地看着黄立工,黄立工看着廖志超。

廖志超坐到茶艺桌边,招呼两个人坐下,接着娴熟地泡茶,斟茶,慢条斯理地说:"我知道,你们现在缺钱。没问题,包在我身上。"

"做企业的,哪有不缺钱的?华为也缺钱,万科也缺钱。"黄立工轻松地摆摆手,"缺钱就说明在发展。"

廖志超"嘿嘿"笑,露出龅牙,拍着黄立工的大腿:"得了吧!你这么降价，赔本赚吆喝的买卖，再大的水池也会抽干。"

"哎，谢谢廖总关心。"黄立工侧过身，悄悄把腿往远处挪，笑着说，"这是互联网销售策略，不是赚吆喝。"

廖志超倾身过来，低声说："嘿嘿，知道圈内怎么称呼你这小伙子吗？"

"黄大炮。"许茜茜抢着回答。

黄立工嘴角浮起微笑，摇摇头，做无奈状。

"没那么好听。"廖志超说，"大家都叫他搅屎棍，把市场和价格搅乱，大家恨得咬牙切齿啊。"

黄立工一愣，这倒第一次听说，笑着说："咋没见过廖总咬牙切齿？"

廖志超"哈哈"大笑："我就喜欢你这样，不当大尾巴狼！机器人机器人，名字好听，就是一堆铁疙瘩组装的嘛！李书福说得牛，别提轿车怎么难怎么高科技，不就是四个轮子、两排沙发、一层铁皮？机器人也一样，就是一台电脑和几个机械臂。兄弟，你捅破窗户纸，扒下皇帝的新装啦。"

"廖总说得对，按我们中国的制造实力，造个工业机器人真不难。不过，要智能化，智能制造，这是转型升级，不可同日而语。"

"那是。"廖志超听黄立工的话里隐隐带着否定，立刻刹住苗头，转换话题，"机器人就是替代人力，这种需求永远客观存在。按长三角的劳动力状况看，人口老龄化、人力成本上升、劳动力结构性短缺会越来越明显，以后是主要矛盾，机器人替代工人是大势所趋了。"说到最后，他的语气透出强烈的信心，宽大的脸都显得认真起来。黄立工不由得佩服他的话题与状态切换之快。

"机器人兴起的关键逻辑是效率改造，让机器来做重复工作、繁重工作，让人的工作向更高价值链条去转移，就是解放人类的双手，嘿嘿。"黄立工跟着一本正经地道。廖志超会意地笑起来。黄立工又说："这本质上是一笔经济账。未来中国的工业机器人，谁能够首先推动规模化，谁就有机会通过规模降低成本……"

"黄老弟，说到点上了！"廖志超激动地握着黄立工的双手。黄立工这小伙子不赖，主动切到他想要聊的话题上，黄立工的地位也就亲切地上升到了兄弟。"我就在做这个事。你们刚才都看到了，规模化是工业机器人必走之路。我做中国工业机器人供应基地，集小成大，一个思路转变，小规模生产变成大规模生产。"

黄立工苦笑,一时不知道怎么和他说才好。许茜茜说:"廖总,我看您这儿规模是不小,不过牌子好像不大,都是小机器人……"

"基本是四轴的。"黄立工说。

廖志超"嘿嘿"一笑:"星星之火,可以燎原。"他对着两个人张开双臂,"所以我欢迎你们进驻。睿立在短时间里,不仅搞定了六轴机器人,还打出了品牌,年轻人胆儿肥,用力猛,速度快,两个字——厉害!"

随即,他认真地说:"你们进来后咱们就是一家人,钱不是问题,我投!"

黄立工的心里都开始敲退堂鼓了,最后这句话,又让他的心蹦跳起来。钱!投!黄立工盯着廖志超,琢磨着这位大爷的钱是不是像他的表情那么认真。

走马观花10分钟,他看出这个工业园内在空虚,牌子低端杂乱,不过,只要真金白银进来,空虚杂乱又如何?睿立只要喘过气来,在国产工业机器人领域一骑绝尘,是从泥坑里还是从丰草马场里起跑,有啥区别?

"投资绝对没问题。你们总部什么时候搬过来,钱什么时候到位!"廖志超把黄立工的犹豫和心动看在眼里,开始加码。

"不可能!"许茜茜干脆利落地回绝。

廖志超愕然,脸色不豫:小姑娘插什么嘴?!

"廖总,投资是看长期回报,我们在江城根基起来了,搬过来也不利于你的投资。"黄立工说。

"老弟,和你说实话,这是基本要求。我的投资是服务大产业战略,这个工业园就是规模化的根据地。你进来,咱们强强联合,带动更多力量进来,才能打下市场。"廖志超端起茶杯,喝一口茶润润干热的喉咙,说,"你的低价竞争,很对我的胃口。我比你更有野心,我要让这里的一票品牌全推低价,搞一场价格战役,一统国内市场。"

黄立工苦笑:"这个玩法未必玩得动高端产业。"

"都是有理想的人……"廖志超清空茶壶,换新茶,对着袅袅升起的白雾说,"工业机器人是高端产业,不过,是谁的高端产业?我们掰开来说,产业上游,三大核心零部件——减速器、伺服系统和控制器,干掉整机成本的七成。这是制造工业机器人最核心的环节，也是最挣钱的地方，都在'四大家族'手里。"

黄立工默然。这是事实啊，帝工集团的减速机、法克的数控系统、定邦的伺服电机、JIA 的电力控制系统，四大家族都经过了几十年甚至上百年的沉淀和锤炼，是各自领域的霸主，市场占有率全球第一。

"整机呢，也是被'四大家族'垄断，它们占全球市场六七成份额。你说的高端产业，不是你的，是'四大家族'的。真信那些专家，弯道超车？你以为中国制造业是怎么发展过来的，就是懂国情、认现实，发挥市场优势，发挥价格优势，这才是王道。"

这番论调，黄立工比谁都熟悉，当初他和张文峰与廖志超是一模一样的想法。

"廖总，咱们找条双赢的路，总部真不好搬，我在这儿搞个组装车间，怎么样？"

"我不是刁难你。为什么全国各地都搞产业园？得圈起来，才能成园吧。大家圈在一起，设施、服务才能复用，生产规模、税收、政府支持才有集约效应，这叫双赢。"

黄立工登时明白，廖志超折腾这个工业机器人产业园，应该是夸下过海口的，醉翁之意不在酒，在于一系列支持，政府给地、政府引导基金追投、银行贷款、税收优惠等。他需要过硬的门面来兑现承诺，支撑下一轮的扩张，睿立科技必须搬过来，才能让税收落在属地。

他伸出手："多谢廖总看得起我们，不过睿立总部不能搬，独立经营的路线也不能动，这也是我们融资的基本要求。"

廖志超脸色很不好看，没握手。

两个人是自己打车回的酒店。

黄立工坐在后座，许茜茜在副驾驶位。

"没想到苏州也有这么土的园区。"许茜茜说。

"那个家伙有几把刷子。"黄立工闷声说，廖志超见人说人话，见鬼说鬼话，一会儿满口江湖习气，一会儿学者般滔滔不绝，这只是一面，另一面是，他倒腾国产工业机器人供应基地的概念，不管怎么说，大片工业用地、政府引导基金、产业投资基金、银行信用额度都装进去了,"也够愚蠢的,一看就不行,怎么还会有人给他钱呢?"

他很郁闷,工业投资者都跑去投所谓风口产业和长袖善舞的人,那些埋头苦干、锐意创新的人,在哪儿容身?

"投资也许会错,但是不会愚蠢。"

"嗯?"

"愚蠢和挣钱是两码事。资本不是看你聪明还是他愚蠢,是看谁能挣钱。"许茜茜在英国读书时,老师带着他们做沙盘推演,聊到市场非理性,郑重地提醒:"资本永远都是理性的,如果看到资本在做愚蠢的事,更有可能是因为环境是愚蠢的。在愚蠢的环境中,最理性的行为反而是投资愚蠢,谋利退出。"

黄立工若有所思,怔怔地盯着窗外。许茜茜看他半晌不说话,小心地问:"怎么了?"

"有个收获。"

"什么收获?"

"如果愚蠢才能成功,那就聪明地做愚蠢的事。"黄立工笑了笑,马上换话题,"你以前和我聊过一个英国作家,名字还挺像中国人的名字。"

"狄更斯?"

"对对,你说过他的两本小说。"

"《艰难时世》《远大前程》。"许茜茜念出这两本书的名字。

"艰难时世、远大前程。"黄立工重复一遍,"这就是我们的现实和梦想,我们这么一路走来。"

4 耦园之夜

吃过晚饭,许茜茜和黄立工在江边散步。许茜茜喜欢平江路,记忆里它是一条普通而有着旧日情调的石板路。这次重返平江路，一眼望过去，她总能看到如织的游客、酒吧和售卖义乌小商品的店铺。

许茜茜很快带着黄立工从平江路出来，顺着江水，在小街巷陌里走着。

离开商业街，人渐疏少，小街道显得空旷，黄立工反倒有些束手束脚的。他看着两边的房屋，灰墙黑瓦，有些模样，但破旧而低矮，心想：鼎鼎大名的苏州还不如武山小镇宽敞自在呢。许茜茜闲庭信步，自在得很，去英国前，她每年都会来个几趟，踏春赏秋。她停住脚步，仰头看着江侧路旁的一棵树。

黄立工跟随她的目光看上去，那是棵花树，5米出头，枝叶繁茂，顶着满树红花。

"这是什么花？挺好看的。"

"木芙蓉。"许茜茜说，"苏州城里最大的芙蓉花树，快100岁了。"

"是挺大。"黄立工老老实实地说。他从没见过能遮阴的芙蓉花树。

"以前不懂，老话说，故国乔木，总觉得要有参天大树才是历史悠久。"许茜茜注视着苍虬般的树干，像是注视着苏州几十年的兴衰和风雨。她第一次走到这条江边小街时，就很喜欢它，后来到英国上学，坐在校园里的大树下看书，有时会想起故国的这棵花树。

"我们那里也有这个说法，有大树的才是世家。"

"就算是普通人家，就算是灌木，经历岁月的洗礼，成为它最好的模样，也是巨大的成就，也是故园。"

"嘿，你不懂。人的一生，就是要根深叶茂，荫庇后世。成才，不就是这个意思吗？"

许茜茜隐隐觉得不对，这未免有些功利狭隘，但她只是乖巧地点点头。

"让树苗长成大树，为一方遮挡风雨，往往需要几代人的努力。前人栽的树，要在后人手里继续生长下去，才能成材。"黄立工眼前闪过他父亲对他说这番话时的模样，无奈却仍饱含期盼。他小时候用木头和零件倒腾新玩具，工厂仓库外废弃的木件边角料不能满足需要，于是他操起大菜刀，砍掉了大院里栽了好几年的树，屁股结结实实地挨了他父亲一顿揍。大学毕业时，他闯出祸，连累刘睿阳受伤，一次在饭桌上偶然提起小时候砍树的事，他父亲嗓音低沉地说出这番话。

大国智造

　　黄立工心里一动，像有小火苗在热烈地扑腾。他回乡创业，归功于刘斐和张文峰对他的耐心和苦心，也未始没有父亲那个失望又期盼的眼神的原因。许茜茜也心里一动，却是近于心悸。这话没有什么不妥，她很认同，但是这样的话……这样的话给她一种怪异的熟悉感，似乎什么时候曾经笼罩着她一样，然而她不记得是谁和她说过、她在哪里听到过。

　　"欧洲有很多小企业，名头不响，一开始是小作坊，100多年，传承好几代，还是做那几样东西，几千万、几亿欧元营收，但是在现代工业版图上占据着很重要的位置。"许茜茜说。她隐晦地表露自己的真实想法：长大的灌木，也能遮阴，虽然遮住的只是那小小的地方，然而也有被珍惜的价值，也有投资的价值。投资，说起来也简单，它取决于投资成本和投资收益的对比，现在的成本、未来的收益，风险就在未来和现在的敞口上。也许，在大多数时候，所谓"灌木"敞口更小，更值得投资呢。

　　黄立工往前走，许茜茜跟上去。

　　"那是欧洲。在中国，我们只能当大树，灌木随时可能因为别的大树而被铲掉。"

　　"你是说，虚胖的大树也比结实的灌木好？"

　　"睿立会是棵结实的大树。"

　　那种怪异的熟悉感又回到许茜茜的心头。难道她的过去中真的有过什么她从未留意的阴云？到底是什么呢？不知什么时候不经意间埋下的野草种子，冒出一点点头，把地面挤出一丝裂缝。为什么她的记忆里都是阳光和笑脸呢？许茜茜莫名其妙地想到许朝玉的脸庞，那张亲切的脸庞，少年的她眷恋的脸庞现在忽然变得让她有些害怕，但又吸引着她。

　　是不是什么时候该去找找他呢？许茜茜心里一阵惶惑，这个念头同样既吸引人又让人害怕。

　　两个人偶尔扯几句闲话，往大路走去。他们已临近苏州古城边缘，路上人迹更少。

　　黄立工在一个路口停下，前方是一条小路，两边种植着普通的树木，伴着不起眼的院墙，通往深处。太阳低斜，三三两两的人拖着长长的影子从小路走出来，散入大路上。

这种景象总能吸引黄立工。流动而有烟火气的人群，人们各就其位，各忙其事，也有着自己的方向。他总能嗅到一片忙乱中的人们在忙碌什么或为什么奔波。渡口、车站、机场才是他眼中的风景，再常出差，他也安于在酒店和客户之间两点一线。

"进去看看？"许茜茜试探着问。

黄立工走上小路。路的尽头，是一座小园林。

"耦园。"许茜茜轻轻说道。

"耦园。"黄立工看着普普通通的门口，"这名字取得和我们那边差不多……农场吗？"

许茜茜抿着嘴笑，到售票处。售票员大妈正在懒散地看着手机，被叫了几声才抬起头，有些讶异，操着一口吴侬软语向她确认，离闭园只有半个小时了。许茜茜笑着点头，黄立工在一旁递上钱。

园子里面一如门口，旧家庭院，小路曲折，转弯处几杆修竹、一座凉亭，花木掩映，另有闲情逸致。许茜茜脚步都轻快起来，有些蹦蹦跳跳的，只觉得时光回转，自己回到了少女时代初入这里的模样。黄立工没留意她的心情，一路迎着三两出园的游客，生起逆流而上的壮怀。走进凉亭里，前面是一片小小的湖面，浮着同样小小的莲叶，黄立工皱眉摇头，大大觉得此园名不副实："就种这一点儿，也叫藕园？！"

许茜茜又抿着嘴笑，在亭中石椅上坐下："园林名字嘛，有藕（耦）的园，即为耦园。"

黄立工更不以为然："嘿，有文化的地方，泥土都当田园。"

许茜茜自顾自地看着湖心莲叶，微波荡漾中，最后斜阳里，绿意已老，像步入暮年的人，正退着回到深水里，回到扎根的泥土里。她心里泛起一片近乎心酸的温柔。

"苏州的园林，拙政园最出名，懂行的人喜欢留园，我最爱的却是这个名不见经传的耦园。"她出神地说。耦园自然不是因藕而得名，它的主人，不记得是哪个朝代的书生，厌倦功名，回乡建这座小园林，和他的夫人共度余光。耦寓意偶，陪伴着的人。有爱，有陪伴，才成家园。

"拙政园是中国四大名园之一吧？"黄立工站在亭柱旁，扫了许茜茜一眼。

"拙政园是很好，集大成，园林教科书一样，你能想到的，它都给做了，还做得精致，只是这么逞心思，恨不得把人间好事都装到里面，实在让人喜欢不起来。"

黄立工心想：这园子听上去倒是对我的胃口。他当然不会说出来，而是问："拙政园和耦园，只挑一个，你要哪个？"

许茜茜不用看就知道他嘴角挂着那丝哂笑。问题是好问题，她低头想了一会儿，认真地说："拙政园。"

黄立工"嘿嘿"地笑。

"接待宾客，然后再把耦园买下来，住在这里。"

黄立工把嘴边的话咽回去，苦笑："你倒很会两全其美。"

"这世界哪有那么多……dilemma（困境）？怎么说来着，非此即彼……忠孝不能两全……"许茜茜笑着吐了一下舌头，说，"啊，两难。"

"你创业一次就知道了。"

"我又不是没看着，每个关头，你不都能做出决策吗？你的决策不糟啊。"

黄立工沉默，过了一会儿，声音低沉地说："很多时候，事的关好过，心那关不好过。"

天空还亮着，暮色在地面上泛起，湖面细波，荡漾着微弱的光芒，树木、房屋和周遭的一切，正在褪去色彩，隐没自己的细节，等着成为夜的轮廓。黄立工的脸，连带他的锋芒，似乎也融入暮色里。许茜茜难得见到他的低沉模样，身子往后靠着亭柱，双脚放在长椅上，双手抱着。黄昏的风很轻柔。

"企业的天职是什么？营利，直白点儿，挣钱，要调动很多人、很多资源。有人的地方就有权和利。钱和权聚集的地方，嘿嘿，那就是……"黄立工脸抽搐了一下，盯着前方，"我看过《丘吉尔传》，有一句话——'那些影响历史的大人物，如果靠近看，都是浑蛋'。我原来不以为然，我黄立工要当个堂堂正正的大人物。"沉默了好一会儿，他继续说，"现在我才明白，不当浑蛋，什么都改变不了，好位置早就给浑蛋挤满了。"

暮色越来越浓重，清场的人吆喝着走过去，没注意到他们俩。

"那些成功的企业家，很爱说他们最后悔的事情就是办企业，我当初认为这不是矫情吗，自己办了企业，才知道是真心话。每天我睁开眼，不知道什么东西就压过来，每天跟生死关头一样，一个闪失，再大的企业，说垮就垮。几十号人，几千万元投入，全在你的手上，只要能活着，你做什么都愿意。"

许茜茜忽然想起父亲，他是不是经历过一样的状况？她的童年时代没有太多关于父亲的记忆，画面大多是她半夜迷糊醒来，看到父亲离开房间的背影。是因为责任，他日夜在公司里奋斗，等所有人睡着了才回家里？

"办企业的人，什么都有，就是没有自己。"

"会有人让你做回自己的。"许茜茜温柔地说。

黄立工用夜色掩盖着自己，掩盖着轻轻摇的头。

"我以前一直觉得自己很仗义。睿阳说我从小仗义出头，我很得意。"他说，"做企业，你怎么仗义？！真话不能说，几十个人跟着我，工资没多少，没日没夜地扑在工厂，我能告诉他们，制造业太花钱，3个月后发不出工资，再找不到钱公司就解散？我能告诉他们，制造业环境恶劣，公司的战略和方向，我喊得很响，其实心里也没底？做企业，就是第一步还没着调，第三步就要走上；到了第四、第五步，才逐渐把第一步的基础补上来，扎实一点儿。说起来，我每一步都在骗别人、骗自己，但是每一步还都要走得很坚定，不然……"

"这不是骗人。企业有企业的操守，和个人的操守本来就不一样。"

"可是出了问题，人们只会指责个人，承担责任的也是个人。"

许茜茜又想起父亲，天知道中国的企业家承受着多大的压力，付出了什么代价。

"上了贼船，就没那么容易下来。"黄立工声调隐隐提上来，有些慨然，"你知道睿立的情况，有技术，有心气，没钱。现在又是工业机器人最好的时机，中国制造业难得的机遇期，我还不想下来呢。"

"那很好呢。"

"我想好了，如果短期内搞不定投资，就兵行险着。"

"什么？"

"江城政府开始关注工业机器人，在这块不是很有经验，需要市场信心和证明。资本呢，不是喜欢风口吗？既然他们那么喜欢聚集在被别人证明过的地方，我给他们风口，两边对上，一起发力，不愁大事不成。"

"你这是……两边开空头支票？"

"这叫左右互搏！"黄立工雄心勃勃地说。这叫腾挪，造一个风口，给一个证明，左右互搏，左手扩张，要更大的地方、更好的研发条件，至少得到政策允诺；右手融资，以风口和政策支持来争取更好的融资条件。

"这叫赌博。"

"现在什么都是对的，环境、政策、市场，公司士气也最旺盛，不抓住，它们不会等着的，否则那会是我一辈子的遗憾，是中国制造业的遗憾。"

"如果失败呢？"许茜茜问。无中生有是高手手段，许茜茜耳濡目染，听父亲说过，也亲自见过，资本圈的无中生有只会更夸张诡奇，只是，局破事败是多数，而败了，就是身败名裂。

"投入是其他行业的 10 倍，压力是其他行业的 10 倍，企业和个人能挣到的，只有其他行业的 1/10，这是中国制造业的宿命。总要有人担起这种责任，总要有人去牺牲。"黄立工说到最后，有些慷慨激昂。

许茜茜出神地看着他。夜里微风拂过，树叶"沙沙"轻响，她抱着手臂，感到一阵凉意，夜色已经完全笼罩下来。她左右看看，四周没有任何动静，只有虫子偶尔鸣叫。园子里只有他们俩。

"好像关门了。"

"我们翻出去。"

许茜茜心想：门口有看门大爷。她没说话，站起身，跟着黄立工往园边走去。

路上，许茜茜轻描淡写地提起，有朋友给她介绍一家基金，对新兴制造业有兴趣，明天可以去见一见。

黄立工满不在乎地说"好"，快步往前走，找到一堵矮墙，用手试了试，一个翻身上去，转身把许茜茜拉上墙头。他跳下去，张开双臂，对着许茜茜说："跳下来吧。"

夜晚微光中，黄立工看到许茜茜注视着他的眼睛里闪烁着光芒。

5 内 讧

王骁把大半个包子塞进嘴里，嘴巴顿时鼓起来，本来就圆滚滚的脸庞，看着像吹得太足的气球。哥们儿，你得饿成什么样啊？同桌吃饭的同事们忍俊不禁。

好不容易把包子咽下去，王骁急忙端起稀粥往嘴里灌，发出响亮的吸声，接着一阵猛咳，邻桌同事停住筷子，整齐划一地把目光投过去。张小克坐在王骁的对面埋头苦吃，闻声抬头。他平素不爱言语，闷葫芦一个，今天不知哪根筋搭错，大概王骁的模样实在狼狈，不由得发出响亮的笑声。他和王骁熟络，前后脚入职，都是"90后"，参加同一期新员工培训，经常一起打篮球，一个后卫，另一个小前锋，传球配合还有些默契。

"你笑啥？"王骁脸上挂不住，端着粥碗的手有些僵硬。

"你是饿了几天啊？"张小克想说点儿轻松的话缓和一下气氛。他还年轻，不懂得轻松的话只能出现在轻松的场合，在别的场合就会捅马蜂窝。

王骁把粥碗往桌子上重重一推，带着自己的餐盘撞向张小克的餐盘。张小克粥碗里还有大半碗粥呢，晃荡之下，连米带汤飞起，溅到他的身上，黏糊糊一团。

"你……干吗呢？！"张小克站起来，手忙脚乱地掸衣服。

"饿了几天？饿大半年了！"王骁坐着不动，盯着张小克，"什么研发，填不饱的乌鸦！我们前脚回款，后脚钱就不见了，哪儿去了？还不是填你们！我们好几个月没提成，能不饿吗？！"

他冷笑着，扯了餐巾纸擦了擦嘴。

张小克绕到桌子侧边，手扶着桌边："你凭什么这么说？我们没日没夜地加班，天天睡在公司里，还不是给你们干活？"

"搞点儿像样的东西出来啊？天天在睡公司里，就研发出个机器人砸用户。"王骁笑眯眯地说，把擦完嘴的纸巾往张小克的身上一扔，"把自己擦干净再来说话。"

张小克铁青着脸，把掉在桌上的纸巾捡起来，扔回王骁的身上。王骁猛地站起来，重重地推了他一把。塑料凳子倒在身后，张小克差点儿摔倒，马上冲回去，两个人扭打在一起。

研发部和销售部的几个同事赶紧过来，一开始是在拉架，拉着拉着，很快拉成偏架，叫嚷着分成两个阵营，扭成一团。

这一架，打了两分钟。

一个身影走过来，是罗平志，他喝道："别打了，成何体统！"

两边人停手。罗平志手指着王骁，劈头盖脸地批评："你们搞什么啊？不能动手！研发部的同事经常加班，很辛苦，你们要多体谅。产品质量还不够好，不是他们的错，人家没有功劳也有苦劳，你们以后绝对不能动手。"

销售部的几个人齐声应道："我们错了，罗总！"

罗平志挥手，对一旁的员工说："散了吧，该干吗干吗。"

他伸出手，指向前方："别拍了！"

一切静止。

罗平志定住，他周边的人和物，一切都定住。他的手指就这么直直地指着前方，直到半分钟后，屏幕黑了。

黄立工放下手机，看了看左边的刘睿阳，又看了看右边的张文峰。三个人面面相觑。

"谁给你发的？"张文峰问。

"行政部老张。他不知道怎么处理，来问我。"

张文峰拉过椅子坐下来，往后仰，头靠在靠背上："让老张把视频处理了吧，盯着拍视频的人，把视频彻底删掉，转发给别人的视频，也盯着删掉，再看看现场有没有其他人拍了。人不多，今天查完了事。"

公司员工内讧，打群架，发生在号称"圈内新锐智能制造公司"的睿立科技，这要传出去，是够丢人现眼的，如果被恶意传播的话，不但公司的品牌形象受损，市场和销售也会直接受累。

"老张谨慎，已经叮嘱那个人千万别外传。"黄立工的脑子里一股热血上涌，骂了句脏话，又恨恨地说，"不像话！"他拿起手机"叽里呱啦"地发语音消息。他刚回到公司时，心情大好，前些日子他口若悬河，指点江山，很快征服许茜茜介绍的基金，两边相谈甚欢，当场达成意向，这两天正紧锣密

· 156 ·

鼓地推进投资协议。大共识已成，协商的都是小细节，投资金额没达到黄立工的预期，但有第一家就好办了。黄立工心里有了底，兴致勃勃地喊来张文峰和刘睿阳，准备三兄弟好好庆祝一下，见证他的丰功伟绩，没想到变成喊张文峰来看笑话了。

"立工，等等。"刘睿阳听到黄立工语气冷峻，说到最后，让行政部通知所有人，此事不许谈论，不许外传，一旦发现，立即开除。

黄立工将手指从发送按钮上挪开，转头看着刘睿阳，看到他在摇头。张文峰也摇头。

"这不是打架的问题。"

"销售部这样挑事，不识大体。"

"我知道。那更不能发。"刘睿阳说，"否则，他们对研发部更不满了。"

黄立工一拍桌子："那就让他们全走人！做不好自己的事情，只会闹事。"

"老黄，睿阳是对的。你单独吩咐老张，别大张旗鼓。"张文峰滑动椅子，抢过黄立工手里的手机，把语音信息取消掉，递回给黄立工，说，"你再看看那个视频，这里头问题不小。"

"什么问题？"黄立工没看手机，纳闷儿地问。

"罗平志一开始就在那里，我看到了，他愣是等着他们打起来，才过去喊停。"张文峰挠着头说，"你看他给销售部的人训话，含沙射影，面上认错，实际上还是骂研发部。"

刘睿阳苦笑，罗平志皮里阳秋的话他听在耳里。

黄立工的肚子里仿佛有一团火："他唯恐事不大！我就说让他们全走人。"

"别说气话。要端，也不是这么个端法，更要稳住啊，后手备好了再发动。"张文峰瞅着黄立工的眼睛，"还有个更严重的问题，你没看出来？"

黄立工在脑子里迅速地搜寻了一遍记忆："什么？"

"他们打了这么久，旁边还有别的部门的员工呢，你看到有谁着急劝架吗？！"

黄立工一凛，回过神来，意识到问题比他想象的严重多了——其他部门的员工，都在旁边看热闹。

"我和你说过，销售部只是冲在前面的那个。"

黄立工想起来，张文峰以前是和他说过这个担忧，银根吃紧的情形下，他对刘睿阳研发团队的偏袒，会引发群体情绪。这次是销售部，接下来，也许是采购部、售后部，甚至行政人事部……而站在对面的，是孤独而委屈的研发部。

黄立工"喃喃"地骂了一句。

"这是兵变。"张文峰冷冷地来了一句。

黄立工苦笑。张文峰说兵变似乎也不过分，销售部的不满已经摆到面上。当下睿立和雄也打价格战，公司资金吃紧，销售回款填进研发的黑洞里，奖金拖延，销售部不满，他预想得到。他想不到的是，不满蔓延到其他部门。这也不奇怪，就拿采购部说，现金流压力之下，黄立工死命压价，死命拖账期，负责具体跟进的人员，压力大了不是一点儿半点儿。

"怎么摆平？"黄立工请教。

"逃跑，请救兵回来剿灭叛军。"张文峰说。黄立工没好气地瞪着张文峰，张文峰做出痛心疾首的样子，"唉，实话不招待见。不能见微知著，任由兵变，就是这个下场。"

"见微知著要怎么摆平？"

张文峰"嘿嘿"地笑："画饼。"

"我不是一直在做吗？"

"你就是问答平台上大伙儿最恨的那种老板，在空中楼阁画饼。"张文峰用那种让人讨厌的讥诮语气说，"你的饼摸得到吗？"

"摸得到还用画？不就给了吗？"黄立工哼了一声，这个张文峰，说的净是废话。

张文峰对他的愚钝大摇其头："用行动画饼！"

黄立工一拍大腿，茅塞顿开。他有一个饼——马上就要签订的引资协议，不过，不能连着忽悠好几个月吧。

"开一次骨干会议，我和大家说说技术的现状和进展。"刘睿阳说。

"需要吗？"黄立工犹豫，"他们只是借题发挥，问题还是钱。"

"他们能借题发挥，是我和他们沟通少。"刘睿阳说，"自主化研发，只有你支持不行，需要全公司都支持。大家不了解公司的技术路线，不知道研发部在做什么、做了什么，也很难支持。"

黄立工看向张文峰。张文峰点头。

"好，马上开会。"黄立工说，"我又想到一个饼。"

6 平　乱

"我知道大家对研发部的情况、研发的策略和发展不理解，也有很多不满。今天我和黄总在这里，希望大家有任何想法，包括不满，开诚布公地说出来。我会坦然地面对，我们一起讨论，努力解决问题。"

说完，刘睿阳看着黄立工。黄立工站起来，挥手："大家畅所欲言！我们今天就是充分沟通，充分解决！"他坐下来，心里嘀咕，睿阳是要干吗？搞民主生活会？这场面要是乱了，可不容易收住啊。

中高层干部互相看着，一时拿不准两个人是真的让大家畅所欲言，还是引蛇出洞？不过呢，黄立工或许不托底，刘睿阳这个人，话少，不容易熟络，但说啥就是啥。有性格直率的干部，站起来，客气遮掩地说了一通。

一处点着，鞭炮就一连串"噼里啪啦"地响起来，或明说或暗指，冲着研发部而非刘睿阳炸过去。然而，就像所有放开说话的群谈总会擦枪走火，意见很快升级，往源头走，变成炮轰司令部，宣泄对老板的不满。炸药包扔得比较狠，品检部经理吕水平看不下去了，一开始做手势制止，接着干脆用语气词。黄立工摆手制止他，内心翻江倒海。这些抨击声，以前也辗转传入他的耳朵里过，说来说去，归结为一点，说他独断专行，搞一言堂。他一向对此不以为然，要不然呢？将公司的生死交给员工投票决定？企业无小事，太多企业栽在所谓小事上。老板只能独断专行，也必须独断专行，原因无他，失败结果只能由老板一个人承担。公司业绩增长赚钱，会跟大家分享，提成、奖金、期权等，但是公司受损呢？员工会跟你扛吗？最后扛雷的还是老板自己。普通员工理解不了这一点很正常，可是座上诸位都是公司骨干啊，怎么对企业本质也是普通员工那个层级的认知呢？现在不怪他们，他在心里想：睿阳说得也对，双方在这方面的沟通少，没有让他们站在同一水平线上思考。

场上，擦枪走火发展到第三阶段：炸完怨主和老板，就剩相互炸了。

"没订单的时候，愁订单，订单搞过来了，还要愁怎么交付！"罗平志耸肩，摊手，把球踢给采购部和生产部。睿立推行低价策略后，销售部摩拳擦掌，掀起一场腥风血雨，睿立的市场占有率明显上升，但是供应环节跟不上啊。

采购部主任老林哭诉，上游供应商的货款全都欠着呢，他们全都一个德行，死命催款，小量供应，又怕睿立资金链断了，又不想丢睿立这个客户。生产部的邓建阳就一句话："我们已经全员加班，休息日都取消了。"售后部的任海洋紧跟着说："我们更惨，全员出差，还有人后院起火。一个员工的女朋友坚决分手，说他不喜欢活人，就喜欢机器人。"

话音刚落，全场笑翻，紧绷的气氛像破口的皮球，开始松弛。

刘睿阳缓缓站起来："我代表研发部，向大家表示歉意。"他欠身致意，接着说，"大家说了很多问题，有研发部的，也有公司整体层面的。我们怎么面对和解决这些问题呢？我想，从研发部做起。告知大家研发的路线和方针是什么，针对大家的问题，研发部会做哪些事情，给各个部门提供支持。"

"好！"黄立工说，"公司是一个整体，没有一个部门是孤立的。出了问题，大家都努力，互相支持，公司才会变得更好。"

"我和大家说个真实的故事。公司刚创办的时候，黄总买了4台二手机器人，四大家族的。研发团队开始做逆向工程，将4台机器人拆到只剩下螺丝，画出整套图纸，结果，别说仿制，光是图纸，就有好些地方不明白，怎么都想不通为什么要这么设计。"

刘睿阳的声音逐渐激昂起来："这就是研发的力量！人家产品做出来了，我们花半年都未必看得懂，那么，设计产品的人要花多少时间？技术和工业，不能自欺欺人。有太多企业，不是竞争创新，而是竞争谁能更快速地把别人十几年研究出的东西抄过来。这是死路一条。国内厂商抄出来的机器人一大把，很多工厂还是买四大家族的二手机器人，价格比国产新机器人的价格高，还要交1万美元重授权费，才能在数据库中变更机器人的所有权，否则，没有技术支持，没有软件升级服务，没有修理配件服务。这样公平吗？"

"不公平！"大伙儿稀稀拉拉地喊。

"合理吗？"

"不合理！"大伙儿整齐地喊。

"合理！"刘睿阳的话让大伙儿面面相觑。

"不公平，但是合理。人家做的东西，我们看都看不懂，多收钱，有什么不合理？这就是研发的力量。我们做好了，一样可以收这个钱。当然，这是强征费用，不公平。我们做好机器人，不是要加入它们，而是要干掉这种不公平。

"各位，全力投入科研可以说是我的私心，作为技术带头人，当然希望用技术创新去引领企业，但这也是睿立的私心，因为睿立希望成为最好的工业机器人厂商，不是活几年，而是屹立几十年。我希望我退休的时候，也希望你们退休的时候，能骄傲地和朋友说自己是从睿立科技退休的。"

会议室里响起一片掌声，黄立工跟着鼓掌。

"理想很丰满。"罗平志大声说。

"罗总的意思是……？"黄立工问。

"啊，我们摩拳擦掌等着研发突破。"罗平志一本正经地说。

黄立工按捺下心里的不悦。

刘睿阳当没听到罗平志的风凉话，说："售后部任总，他自己有什么想法和建议、用户有什么问题和反馈，就会直接找我们。几个月前，他提了一个很重要的反馈。"

售后部总监任海洋紧跟着说："刘总，我们售后可以说是和企业联系最紧密的部门之一，了解他们的苦恼。这些年焊接工厂还是人工作业，招工越来越困难，焊接质量和效率不稳定，机器人市场很大，不过呢，焊接企业普遍觉得工业机器人使用门槛高，能用，但是用不好，也不好用。有个老板和我说，都是高科技，咋手机就那么好使呢，瓜货（笨蛋）用起来都不要看说明书的嘛。"

他把那个老板的话用四川口音说出来，学得活灵活现，惹起同事们一片笑声。

"谢谢任总。收到反馈后，我们一直在解决这个问题。这个事情分两步。第一步，先实现细分场景的全覆盖。"刘睿阳说。首先是基础功能的全覆盖，比如飞行起弧、直线/圆弧协同等。其次，不同的焊接材料，焊接工艺和要求不尽相同，薄板焊接要求高效、高焊接质量；中厚板焊接需要智能化、简单化应用，而多品种小批量焊接等柔性生产方式对焊接机器人的快速适应能力、编程方式、一致性的焊接效果要求高。"第一步我们已经攻克。第二步是人性化操作，就是任总说的，像用手机一样用机器人。这个问题我们正在攻克，一个重点是增强智能定位，比如激光跟踪、接触寻位、电弧跟踪；另一个是增强智能学习，提升焊接机器人的自适应、自学习和自调整能力。"

黄立工看了任海洋一眼，心想：这个人机灵，是可造之才。

刘睿阳接着说："各位，研发工作最大的特点是，90%和0看不出区别。大家看到资金砸到研发上，时间也过去了，怎么没动静啊。其实，很多突破性的创造，用户能感知到的升级，我们都已经做到了90%，3个月内，大家会看到结果。我向大家承诺，3个月内，大家会直观地看到焊接机器人的明显升级。"

在热烈的掌声中，黄立工在心里长舒一口气。

7 压 阵

第二天，黄立工问刘睿阳："你们那个控制系统是下个月验收吧？"

"是的，第一期成果专家验收，然后是科技部组织验收。"刘睿阳从办公桌后抬起头，有点儿警惕地回答。

"我知道。"黄立工拖长声音，说道，"给魏教授的项目做验收的，都是业内超一流的专家吧？"

"你想参加？"

黄立工摇头，绕到办公桌后，把刘睿阳拽起来："走，一块儿去找魏教授，嘿嘿，我想请他们来我们这里验收。"

"不用吧，在学校里开就很好。"魏才圣看着绿意盎然的校园小径。虽然

"工业机器人控制系统研发"是国家科技部的科研项目,但他对形式不太在意,更多将其当作同行交流的机会,在校园里开更有氛围,住宿、交通和餐饮方便。

黄立工对校园一点儿都不感冒,这里轻风拂面,密荫送凉,时有鸟鸣,一点儿紧迫感都没有。工业机器人那是成千上万、整齐划一、细致入微,和校园环境格格不入。"魏老师,工业机器人既是高科技的,也是一线的,到睿立科技开验收会,符合您的倡导:理论要走出去,到一线、到企业中去。"他开始游说说,睿立科技能有今天,首先魏教授是专家顾问;其次魏教授的得意门生刘睿阳是科研核心,睿立科技是他们俩共同的心血,自己的孩子嘛;最后他又拉上一面大旗,说那些重要的国际会议都在郊区举行,达沃斯论坛在瑞士偏僻的小镇,博鳌亚洲论坛在海南的小渔村,魏教授的验收会也不妨在武山小镇嘛。

这一番话把魏才圣给逗乐了。他看了一眼刘睿阳,刘睿阳说:"老师,我最近有些突破,正好也想请您去看看,指导一下。"

"好吧,对你这个'魏博指数'最低的学生,怎么着都得网开一面。"魏才圣的脸上难得露出调侃的笑容。黄立工在魏才圣的背后冲着刘睿阳竖起大拇指。

"谢谢老师!"刘睿阳脸有点儿发红,没想到魏老师知道这个故事。

魏才圣何许人也?上一代的机械狂人,母校的旗帜性人物,要求严格,在他手下的博士生,不熬个四五年很难毕业。弟子们怀着苦中作乐的心情,创设"魏博指数",流传一时。"魏博指数"的划分很简单,某生用几年在魏才圣手下博士毕业,"魏博指数"就是几。某人"魏博指数"为5,则为正常水准;能达到3,则是大牛人物,各大机构排队抢。

刘睿阳研究生二年级时,学校出台新政策,完成学分和论文要求的研究生可以提前毕业。他协助魏才圣做的课题,是国家自然科研基金项目的一部分,一年半下来,他发表了两篇国际SCI论文。论文数量达标,各种实验成果和数据均合格,符合条件,刘睿阳申请提前毕业。学院领导拿着他的申请到实验室找魏才圣,在已经秃顶的头上捋着头发,问:"我们学院从来没有提前毕业的,怎么办?"魏才圣说:"那你们出规定干吗?!"

领导出了实验室,想想不托底,新政策万一出岔子,魏才圣是旗帜人物,没人敢打，板子铁定落到他的头上，于是转头去校长室。校长兼着学术委员会主席，一听来意，心里明镜似的，问他："这个学生硬性指标达到没？"

"达到了。"

"按规定办。"

学院领导"哎哎哎"地点头，欲言又止，转身出去，心里盘算着怎么打个报告让学校正式批示，把锅送出去。校长看破他的小算盘，喊住他："开个好头，要求高一点儿。"

学院领导得令，加码，盲审。

很快，学院又增加规则，盲审交给外校教授。

很快，学院再增加规则，盲审分数不能低于80分。

消息传来，刘睿阳的师兄弟们愤愤不平。这架势基本就是博士毕业论文答辩，要知道，前几年博士论文盲审，全校平均分72分。

一个月后，盲审结果出来，87分。据说，一位老教授敲着桌面上的论文说："中国工业机器人未来的希望啊！"消息传来，同门欢欣鼓舞，祝贺刘睿阳创造"魏博指数"新纪录：–1！

8 盛 会

回到武山，黄立工大张旗鼓，兴师动众，给这次行动取了代号——启航行动。

许茜茜被他喊回公司。"干什么？"她问。

"总策划顾问！"

许茜茜纳闷儿。黄立工得意地说："你把英伦风格好好策划到我们的启航行动里。"

许茜茜哂笑："你让我穿着马褂套英式西装三件套吧？"

"是这个意思！"黄立工一拍大腿，这小妮子话糙理不糙，"我把行政部老张派给你，马褂他懂行。"

许茜茜拨浪鼓似的摇头。

"知道为什么叫启航行动吗？"

"名字很土。"

"一开始我还想叫大饼行动呢。"黄立工凑近她，低声说，"艰难时世、远大前程。"

许茜茜有点儿明白过来："度过艰难时世，开启远大前程？"

"是的，开启通往远大前程的航道，打开所有门的钥匙。"

许茜茜一脸不信。黄立工附到她的耳边，轻轻说了几句话。

"真有你的。"许茜茜笑起来，亏他找得到这把打开所有门的钥匙。

"帮我打好这一仗！"黄立工志得意满。

许茜茜行动起来麻利果断，和行政部老张敲定接待流程和各个细节，保证验收会中式味道、英伦内涵。

周五群星荟萃。风头正劲的中年精英、退而不休的行业权威，20多个人济济一堂，都是中国智能制造的大腕。

黄立工请来两位嘉宾，一位是江城黄卫东副市长，分管招商；另一位是孔广华副县长，分管科技开发区，武山小镇由他直管。黄卫东和孔广华遵守行规，坐在旁听席上。

验收会两个小时完事。魏才圣不爱用虚话填充时间，将机器人真正的突破和创造精确地点出，将不足和空白也如实道出。来的都是行家里手，在要害问题上交谈几个来回，很快就掂出睿立的分量。后面一个多小时，是神仙开会，难得大家聚在一起，唇枪舌剑，明争暗斗。魏才圣主持会议，不时扔出靶子，这帮人评点起来毫不留情，又狠又准。

刘睿阳认真地聆听，黄卫东埋头记笔记，黄立工却意不在此，不时看表，心想：大佬们啥时尽兴呢，后面才是主菜啊。

好不容易挨到争论结束，许茜茜手一挥，会议桌上换上果盘和精致的点心，大家进入闲侃阶段。看着布置停当，她退出会议室，去另一间小接待室，将手机攥在手里，等候着消息。

手机振动，司机告知，贵宾马上就到。

许茜茜走到楼门口，林义伟和助手正好下车。

"我是许茜茜，黄立工黄总的助理。"许茜茜微笑着和林义伟握手，"不好意思，林先生。前面的活动，政府官员和工业机器人专家讨论得太热烈，时间延长了。我先接待您，相信半小时内他们会结束。"

林义伟饶有兴致地看着院内张灯结彩的热闹情景，目光落回到许茜茜的脸上："许小姐是同行？"

许茜茜脸上笑容不变，暗道这人的眼光好毒辣："我在投资公司工作过一段时间。"

"你有属于我们这种人的笑容。"林义伟说。

黄卫东站起身，向专家们客套一圈，态度谦逊地说道："不怕诸位专家笑话，我是文科生，对机器人最早的印象不是来自欧、美、日、韩，而是来自我们中国的诸子百家。《列子·汤问》记载，公元前900多年，西周周穆王西巡时，巧匠偃师进献一个人偶，能唱歌跳舞，跟真人一样。要说机器人这个概念，发明权是中国的。"

场内响起一阵笑声，这个黄副市长很会开场。中国科学院沈阳自动化研究所的朱教授说："我帮黄市长补充一下，工业机器人也是起源于中国。早在三国时期，诸葛亮为了给北伐大军运输粮食，发明木牛流马，这就是搬运机器人的鼻祖嘛。"

黄卫东也笑了："说到工业机器人，刚才听大家讨论，我有个粗浅的理解，想请各位专家赐教。这个工业机器人，它的关键词是'人'，用机器做到人能做的事。人是地球上智慧最高的生物、构造最精密的生物体；工业机器人是制造业皇冠顶端的明珠、工业制造最高级别的产品，很智能，同时又能以钢铁之躯，完成精巧细密的动作，制造它是很大的挑战。"

"黄市长的理解很到位。"北航的王教授说，"这个挑战呢，不是精密，完成精密动作本来就是机器的优势，真正的挑战就两个字——表达。"王教授环视一圈，看到场内有人露出疑惑的神色，才缓缓地说，"工业机器人完成每一个动作，都需要核心控制器、伺服驱动器和伺服电机三方协同作战。算法的核心价值，就是理解作业环境的情况，理解机器人本身的情况，表达给核心控制器，传递给伺服驱动器，让机器人做出最精确的动作反应。不掌握核心算法，相当于一个身体健全的人，有认知功能障碍，没法正确地理解别人在说什么，也没法正常地表达自己的想法，他怎么可能适应环境、改变环境？我们很多工业机器人稳定性不高，故障率也居高不下，归根结底原因在这里。"

刘睿阳暗暗点头。王教授和魏老师是多年的老友，合称"南魏北王"。王教授矮矮胖胖，圆脸，笑容可掬，眼光却很独到，三言两语点出要害。"表达"这个概念听着标新立异，但颇有启发性。刘睿阳想起自己在攻关过程中，最难以着力、最耗费脑力的，就是"表达"。算法的难点在于怎样把外部微弱、杂乱且零散的信号抽取出来，表达成明确有力的信息，怎样从信息中得出对环境的判断，决定机器人该如何反应和调整，再形成指令，清晰地表达出去。好的算法就像五言绝句一样，简洁而强大，短短4行，20个字，写尽世间和人心，让老妪都听得懂。没错！刘睿阳心里一阵激动，好的算法就是这样的语言，同样有着动人的诗意。

"我们研究国外工业机器人，查阅相关技术资料，发现一个有趣的事情：什么资料都找得到，就是找不到算法文档。我听说前些年，有人把法克工业机器人算法文档发到网络上，结果那些网站连夜接到法克的律师函，要求它们必须删除。可见，顶尖的工业机器人公司也认为算法是它们的灵魂，得严格保密。"王教授把手指向魏才圣和刘睿阳，"今天，我们这些老家伙推掉事情，改变行程，过来这里，就是因为魏老做的事情很有价值，是灵魂。"

"责无旁贷！"魏才圣认真地说，"这是对国家的报效和责任，也是高校的使命。国外很多现代高新技术是从高校的基础研究里出来的。我们的高校不能甘于人后啊，我们不能慢慢酝酿和等待，得加速追赶。好在，我们的企业也很有进取心，把一线实践和基础研究融合在一起，比如在座的黄立工先生和我的学生刘睿阳，一起创办睿立科技，成为我们的实验基地，第一时间进行成果转化。"

黄立工应声站起来，简要地介绍了几句睿立科技，和众人打招呼，一番寒暄。刘睿阳心底一阵感动，知道魏老师爱惜羽毛，不轻易和企业粘连，今天如此，对他真是偏爱有加。

"睿立的机器人近来名头响，市场上很凶猛，今天终于见到了。"合肥的张高工笑着说。黄立工听出了揶揄之意，一家出身纯正的工业机器人公司，不以专业立名，而是用市场活动和价格战玩出名声。大概是碍于魏教授，张高工话说得很含蓄。

"我也听说了。"沈阳的朱教授附和说，"上个月去一些企业，他们和我抱怨，睿立把市场价格给搞乱套了。我说，这也是常见的市场竞争嘛。"

黄立工心里反倒暗喜。他费心张罗这场会议，真正的目的不是讨好这些专家，而是讨好坐在边角上的黄副市长和孔副县长。他们对信息的感受与判断和专家完全不同。两位大佬的话，反而是给他帮忙。

"价格低不是问题，质量差才是。"黄立工微笑着说，"品质好，价格还有吸引力，不但能造福更多工厂，还能拓宽产业底盘。底盘宽了，空间才大，所有的做工业机器人的企业还有上下游企业，都能获益。而那些又专业又有市场能力的企业，能拿到更大的份额。"他看向朱教授，"朱老师，下次见到我这些同行时，麻烦您帮我向他们致歉，睿立的价格策略给他们带来困扰了，不过我相信，他们肯定不会抱怨我们产品的品质。"

"后生可畏。"朱教授"哈哈"大笑起来，"难怪魏教授看重你们！不过，说实话，我还真有点儿担心，高品质低价格，不到很大的规模是很难维持的，这对你们资金的要求很高啊。"

"这是产业发展的必经之路。前年，中国成为全球最大的工业机器人市场，四大家族占据六成以上份额。今年，市场在扩大，它们的份额却已经不到五成了。这当然是众多国产机器人厂商共同努力的结果，但能从四大家族手里抢下份额，主要靠什么？是价格吗？"黄立工摇头，"是性价比，是高品质低价格。资金，确实是唯一会制约我们的东西，不过我相信市场，去年，工业机器人的投融资开始活跃，总额超过8亿元。我也相信产业，这是制造大国之间全力竞争的产业。"

黄立工目光有意无意地扫过黄卫东，看到他在缓缓点头。

"小伙子有干劲！有你们这个团队，有魏教授把控，我们绝对能为中国工业机器人事业开拓出一片天地！"北航的王教授出来捧场，顿了一顿，看着黄卫东："这是江城市的幸事，睿立有一腔热血的年轻人，有国内最好的工业机器人智力支持，懂业务、懂市场，我们地方政府不支持这样的企业，要支持怎样的企业？"

黄卫东"哈哈"笑着，就势站起来，说："我今天真的很感动，全国工业机器人的权威这么关心和认可我们本地的企业。"他走到会议室中央，看着黄立工说："我们都姓黄，本家，今天我就当着这么多大专家的面，来一个'以权谋私'。你们说，需要政府怎么支持？"

终于到这个时刻了。黄立工深呼吸，站起来："谢谢黄市长！我们想在武山搞一个工业机器人产业园，希望市里在土地和财政上多多扶持。"

黄卫东淡定地盯着黄立工，等着下文。

"我们想做的是赋能式的园区，和普通工业园不一样。我们首先解决的是武山自己的问题，促进武山和周边众多企业的生产优化。"黄立工胸有成竹地说。武山小镇是老牌的通用工业基地，企业众多，但大部分是中小微企业，它们在生产制造的过程中对工业机器人有需求，但规模效应不够，成本和生产习惯迁移都是问题。工业园区成立后，通过与政府平台或龙头企业合资的形式，建立智能工厂，睿立科技为工厂提供智能制造系统，为辐射区域内的中小企业集中提供租赁服务、代加工服务，通过平台式的集中，实现规模效应。这是一种"共享工业机器人、共享生产"的模式，中小企业无须进行设备投资，解决了投资门槛的问题；无须为设备操作、编程、运行维护等事项操心，解决了不会用的问题。

"这正是我们县最头痛的问题。黄总提到的赋能式园区、共享生产，将直接解决企业用工荒导致的停产问题、产品制造环节一致性差的问题，还能化解企业的职业病防护风险，同时实现环保集中控制。"副县长孔广华兴奋地说。他原是江城一所理工科院校的副教授，来此挂职一年，担任科技副县长，挂职期满后，干脆向组织申请，留在当地，担任实职。他和睿立科技接触颇为频繁。

黄卫东满脸笑意，指着孔广华："那就抓紧打报告吧。这个有新意，有创意，也很有意义，值得作为重大事项来研究。"

黄立工马上上前，紧紧地握住黄副市长的手："多谢黄市长关怀！"

"不要痴迷细节，你并不需要那么多细节。"林义伟看着许茜茜，仿佛看着刚到他手下报到的实习生。许茜茜和他闲聊，说到毕业后给自己一个gapyear（间隔年），到企业里历练。"怎么把行外的人弄晕掉？把他带进来，用无穷无尽的细节让他迷失。"

"不就是因为对细节不了解,才会被细节绕晕吗?"许茜茜有点儿疑惑。

"你很机智。"林义伟愉快地笑起来,"这是个聪明的错误,事实正好相反。你模糊了自己的原则和目标,才会淹没在别人的细节里。从业20多年,我最大的收获就是,理解是成功的大敌。理解别人的难处,就是不给自己活路,我们这个行业,能做到顶峰的人,必须对目标之外的东西保持冷漠。"

许茜茜似懂非懂地点点头。桌面上的手机亮起呼吸灯,她拿起来:"那边结束了,要不我们出去?"

林义伟起身:"可惜,人类的本性就是渴望被理解,所以也渴望去理解别人。"

许茜茜也站起来:"对目标之外的东西保持冷漠,如果那是人呢?"

林义伟点头,侧过脸看着她:"可惜,你是做投资的好料子。"

许茜茜心里"咔嗒"一声,模模糊糊地感觉到些什么。带着林义伟往外走的时候,她心里还在努力地捕捉那个感觉,想看清楚它是什么。

黄卫东和孔广华提前告退,黄立工送他们出去。在楼门口,黄立工说:"黄市长、孔县长,我有个想法,不知能不能提?"

黄卫东看着孔广华,孔广华微微点头:"你这小伙子,干的是正经的大事,有什么不能提的?"

"如果市里觉得园区可行,我在想能不能把动力机总厂接过来,改造改造……"

孔广华吃惊地道:"动力机总厂?那里都停产了,几十年的老厂,除了土地和老厂房,别的……你怎么想接这个?"他提醒黄卫东,动力机总厂历史包袱太重,地产开发商都不敢轻易接。随即他恍然大悟,对黄卫东说:"对了,老厂长黄严是他的父亲。黄老厂长啊,是我们县里为数不多的国家级劳模、先进工作者。"

黄卫东拍拍黄立工的肩膀:"虎父无犬子!你们提交的方案,县里、市里研究一下,会充分考虑你们的意见。"

接着是合影环节,刚拍完合影,一行人意外地撞上许茜茜带着林义伟参观园区。黄立工向黄副市长介绍林义伟——鼎鼎大名的国际投资机构白岸资本的高级合伙人。他轻描淡写地提到，自己在印度与林义伟、迪拜光伏集团的高层一见如故，林义伟这次是专程前来考察和洽谈投资事宜的。

黄副市长满脸笑容，和林义伟互换名片，感谢国际资本关注江城的优秀企业。

黄立工目送黄副市长的车离去，转身热情地招呼林义伟。林义伟自是黄立工特地约过来的。黄立工想起林义伟说过近期会来中国，于是翻出名片，联系上他，左右腾挪，设法把见面时间和验收会安排到同一天。

9 歧　路

张文峰开车上了回武山小镇的路，暮色开始笼罩路边的村庄和田地，像水墨画沾染了水一样，大地上的所有轮廓都洇开，散入暮色之中，朦朦胧胧，分不清彼此。车在路上飞快地驶过，划过这一片昏暗暮色，把一切都抛掷成风烟。遥远的天空中还存有光亮，照往别处的山野村舍，只是不小心被这边的眼睛远远地看见而已。

进武山小镇前，他停车，在路边抽烟，回过头看着漆黑的路，好像那里才是他的故乡，藏着某种深沉的慰藉，藏着他孤独而美好的童年记忆。

一进办公室，张文峰看到许茜茜和刘睿阳也在，刚打完招呼，黄立工就得意扬扬地把一沓报纸扔到他的面前。

"老兄，你昨天要是在就好了，睿立的高光时刻。"

"你又没喊我。"张文峰翻着报纸，淡淡地说。

"你知道昨天开验收会啊。"黄立工用笑声把那点儿尴尬掩盖住，"你是股东，那还不是说来就来。"

"你应该喊罗平志，他最高兴，这对销售有帮助。"张文峰把报纸扔到桌面上，敲了敲上面的大标题。黄立工从鼻子里哼了一声："电视台、专业财经报纸都报道这事了。这套组合拳不错吧？"

"你啥时候把公关玩得这么好？"

"嘿，你知道我的底细。茜茜组织安排的。"

张文峰看着许茜茜，许茜茜微笑："黄总运筹帷幄，我是打杂的。"张文峰摇了摇头，似乎提不起劲头来。

"这是专业的力量。"黄立工还在陶醉之中，"一个大牛过来，不算什么新闻。全国的大牛都来，加上国家项目，那就是行业重大事件。现在没人敢说我们是靠市场搅局搅出名声的了。"

他想起喊张文峰过来的缘由，满脸期盼地看着张文峰："我这个大饼行动怎么样？"

"你脱胎换骨了。"张文峰说。

黄立工酝酿了许久的自夸自赞——

这次操作漂亮，既办实事，又清晰有力地给管理层和员工们传递信号：你们不是抱怨公司偏心研发部吗？你们现在看到了，他们当得起。他们的科研成果，业内大牛认可、政府关心，都莅临公司，不是黄总单方面忽悠；还直接给公司带来庞大的规划和远大前景，市长都点头了，推进落实就是时间问题。钱都在跟着过来，还有什么好担心的？

然而他的话被堵在嘴边，因为张文峰兴致不高。

"晚上咱们兄弟几个好好喝顿酒。"黄立工走到张文峰的身边，搂着他的肩膀。张文峰也搂住黄立工的肩膀："去哪儿？"

"老地方。"黄立工想都没想，脱口而出。

"没创意。"

10 工业的土壤

罗平志手下的销售们人手两份报纸，手机里存着验收会现场视频、电视新闻视频，撒欢儿地跑。工业机器人的用户大都是传统工厂，官方媒体报道对它们很有影响力，订单很快涌来，各部门忙得热火朝天，工期很快就排不开了。只有工业机器人产业园项目不大顺利，来回在一个问题上拉扯：开发新区还是改造老区？

黄立工惦记老区，心里想着让以动力机总厂为主的老产业群重焕青春。规划公司好说歹说，拿出一份自诩"巴黎工程"的新区规划，在武山小镇老机械区的边上，征用闲置土地和农村集体用地，建设新产业园，口号是保留传统，创造新时代。

问题是，即便是工业用地，政府招拍挂出让，也需要睿立科技拿出一笔钱，数目不菲。黄立工本来打的是腾挪的算盘，这笔钱他不情愿出，也拿不出。

张文峰出主意，就在新区拿地，如果有那么三分之一变更成商业用地，点石成金，就有意思了，找地产商联合开发，也是个好筹码。黄立工心动了，琢磨着怎么找黄卫东提这个事。前阵有本地开发商上门探路，话里的意思，纯粹工业用地价值不大，他们瞄准的是周边配套住宅用地。

"有点儿分寸。"张文峰提醒黄立工，"这不是小事，别把领导惹不高兴，本来指望睿立搞工业园招商引资，发展实业，好家伙，上来就变性，居心叵测啊，搞不好项目就废了。"

"我不是傻子。"黄立工拍胸脯。

孔广华副县长也在，对此未置可否。三个人天南海北地聊了会儿别的，孔广华说："黄市长是干实事的人，做什么都会钻进去，集思广益。智能制造是现在的重点，他最近就在钻研工业科技史呢，闲暇的时候还找我讨论两句。"

黄立工翻了翻工业科技史的书，和刘睿阳请教一番，准备去找黄卫东。什么时候是闲暇的时候呢？周末？人家没有周末。晚上？晚上不是开会就是饭局，好不容易歇下来，不合适吧？嗯，就算逮到闲暇的时候，黄副市长会在哪儿呢？过去流行上领导家里，现在领导的家门都关紧了，别说他黄立工，孔广华都没进过黄副市长的家门。

他想得头痛，发现自己绕进死胡同里了，一天中午，直接驱车到市政府，停在马路对面，掏出手机，找到电话就拨出去。黄卫东情绪不错，说欢迎欢迎，让他在门卫室里等着，有人会去协助登记，接他上楼。

黄立工拎着一套书，是吴国盛的《科学的历程》，世界科学史通识读本，刚修订的精装本。黄卫东的办公室布置得简单，办公桌上堆满文件夹，后面一个紫黑色书柜，5个隔层摆满了书，顶上一层放着奖杯和证书。

黄卫东戴上眼镜，从抽屉里掏出档案资料袋，在沙发上坐下，招呼黄立工坐在身旁。他把资料摊在茶几上，黄立工凑近去看，面上那张资料上有两个图，水车和水轮机。

"我最近在思考一个问题。"黄卫东说，"中国以前是技术发达的国家，不是我们自说自话，西方也有共识。李约瑟在《中国科学技术史》里说'就技术的影响而言，在文艺复兴之时和之前，中国占据着一个强大的支配地位'，还说'世界受中国古代和中世纪的顽强的手工业者之赐，远远大于受亚历山大时代的技工、能言善辩的神学家之赐'。这都是原话。"

黄立工心里佩服，黄市长果然厉害，不愧是文科生，做什么事都会把原话完完整整地背下来。

"古代技术这么发达，中国人这么聪明，工业革命怎么没发生在中国呢？"黄卫东指着资料，"这两个，一个是《天工开物》里的水车图，另一个是《农经》里的水轮机，中国人在汉代就已经发明了水车，懂得利用水力。"他把图纸放到旁边，露出底下一张有密密麻麻外国文字的图，"这是达·芬奇画的水车，设计水平差不多，却比中国晚很多年。他们是怎么后来居上的？"

黄立工霎时间有种回到大学课堂的感觉，眼前的黄卫东不是执政一方的官员，更像一个考官。思考片刻，他说："我想可以从现代工业的角度，反推回去。"

"好。"黄卫东摊手示意他大胆地说。

"《天工开物》中的这个水车，是美术作品，不是工业图纸，说是设计图，却没有细节，没有机械结构。水轮机稍微好一点儿，这里有一部分结构图，但是水车最重要的涡轮设计、变速机构，都是空白。"黄立工指向达·芬奇的水车图，语气里满是赞赏，"这是个正儿八经的设计图，机械结构一目了然，您看这里，减速机构，画得清清楚楚。对着这张图，能把水车造出来。"

"有道理。"黄卫东点头，黄立工硬邦邦的技术切入视角正是他所没有的，

"古代中国人很有创造力，发明印刷术、火药、火炮。这些东西传入欧洲，却被欧洲人发扬光大，改变了全世界。中国人能发明，不能发扬光大，原因在哪儿呢？李约瑟之谜的答案是什么？"

"我觉得古代中国受儒家文化的影响，葬送了工业革命的机会。"

"哈哈哈……"黄卫东爆发出响亮的笑声，手指在空中抖着，说，"好，好，年轻人大胆、有想法，很好，不过你这结论也太跳跃了。"

黄立工反应过来，这位领导是文科生，熟读四书五经，之前开个场用的都是《列子》。

"黄市长，您听我说。精神文化对社会的影响太大了，自然也就影响到工业。欧洲人追求精确的意义，而我们追求意义的精确。"

"咦，这有点儿意思啊。具体说说看。"

"达·芬奇是画家，人家画东西，细节精确，比例精确，这是工程师思维，精确就是意义。我们的工程师做设计图，却是艺术家思维，写意，画个工程图也要好看、有意境，不重视细节，没有透视和比例。这样子，技术很难传递下去。"

黄卫东手抚着下巴，思索了一会儿，说："我们的文化就是写意文化，不过近大远小、近实远虚，也是透视吧？敦煌壁画讲究抽象结构，比西方还早呢。"

"那个透视也就意思意思，不精确，不注重比例。"黄立工大学上过工程制图课，那是他少有的几门认真听讲的课程，"透视上没有发展理论和积累，工匠没法在平面上准确地表达立体结构，更别说复杂的机械结构。没有合格的图纸，精密的产业分工、零配件的标准化生产这些都不可能发展。"

黄卫东笑眯眯地端起茶杯，悠悠地喝了一口茶："第一次工业革命，大约始于1750年，大约终于1840年，蒸汽机成为经济新动力，机器代替人力，工厂代替手工作坊，生产效率大幅提升，近乎横跨百年的大发展啊！那时候的清朝经济体量庞大，却一次萌芽都没有。"

"没有工业和技术的土壤，有种子也发不了芽。"

黄卫东摇头："事在人为。最重要的原因是没有动力。清朝疆域广阔，人口众多，人力成本低，扩大生产，增加人手就行。"

黄立工一拍大腿："黄市长高见！"他好不容易捕捉到切题点，可不能错过,"您看,现在都在讨论人口红利消失的问题,企业已经不能像以前一样靠廉价劳动力来竞争,用机器人替代人力,势在必行。这是历史的动力,我们就在历史的风口上!"

黄卫东"呵呵"笑:"工业机器人产业园,现在怎么样了?"

"工业机器人是高科技产业,智力含量高,需要吸纳国内外高端人才。我们是在和北上广这些地方竞争人才,我在想我们怎样才能增加吸引力?除了落户、课题这些政策,能不能有块地方建专家楼,解决后顾之忧,让这些教授、博士专心搞科研?"

"工业用地性质改变不了,甭琢磨这个。"

黄卫东直接把路堵死。黄立工讷讷难言,脑子拼命转,想找点儿什么话来下台阶。黄卫东打完巴掌递个甜枣:"有家公司你去了解一下,看看有没有帮助。"

黄立工摸不着头脑,不敢多问,一个劲儿地说"谢谢"。

"如果它有实力、有经验,可以共建。"送黄立工出办公室时,黄卫东意味深长地说。

第三天,马晓涛给黄立工打电话,约在江城的五星级宾馆见面。没聊一会儿,马晓涛干脆利落地说:"黄总,你这个产业园有搞头!项目是市里挂上号的,地方我也考察过,就这么办。我建设,你运营。钱,我的事;业绩,你的事。"

马晓涛是旭日集团的少董事长,比黄立工小两岁,做事说话都带着扑面而来的凌厉之气。旭日集团以商业地产起家,主要在二线城市经营,近些年,业务重心逐渐转移到产业地产,四处出击,在多个地级市圈地。马晓涛年初带着人马杀入江城,工业机器人产业园是他的第一个项目。

黄立工和马晓涛握手。

"我们来搞搞事吧。"马晓涛说。

11 在发展中解决问题

黄严给黄立工打电话，让黄立工回去吃晚饭，有客人来，点名黄立工必须到场。

黄立工揉了揉耳朵，苦笑，父亲还是那么大嗓门。

黄严退休在家，动力机总厂同时衰落直至停产，五六年间，他仿佛老了十几岁，头发花白，身板佝偻。黄立工反而会时常想起父亲当年骂过的话，这些话似乎穿过几十年的岁月，这才被他的耳朵听见。他不愿在厂区宿舍和父母住在一起，但是时不时回去看看他们俩，只要待在一起的时候超过一天，父子俩总是其乐融融的。每到此时，母亲很是高兴，挺直腰身，脚步轻盈，不停地张罗各种花样服侍爷儿俩，仿佛还是过去那个镇医院的护士长。

会是谁呢？能差使父亲点名让他回去？他一进门就有人在候着，往他的胸口上轻擂一拳，像久别重逢的战友。原来是侯大勇叔叔。

侯大勇年近五十岁，西装革履，头发油光锃亮，腹部隆起，看着比年轻时还有活力。

"侯叔叔，今天咋有工夫来家里了？"黄立工说，"听说你在广东干得风生水起。"

侯大勇带着黄立工到沙发上坐下，倒像侯大勇是这里的主人，黄立工才是客人。

"一是过来看望老领导，二是了解你现在的企业，看能否合作一把。"侯大勇"呵呵"笑着，接过黄严递来的茶杯，喝上一口，马上举起杯子，对着从窗户漏进来的光线，看着茶叶碧绿舒展，在水中微微荡漾，赞叹道，"这新茶好喝！"

黄严很是高兴。这茶叶是本地产的云雾绿茶，黄严退休后爱上喝茶，黄立工托朋友给黄严找来各地的特产名茶，杭州龙井、苏州碧螺春、思茅普洱、武夷岩茶、梨山乌龙……哪怕再上等的茶，黄立工都不碰，说喝了心慌。每到清明，黄严就自己去武山镇附近的山上，找相熟的茶农，买上一年的茶。

"你去看刘工没？"黄严问。

"我给师傅打电话，他说别分两拨，都到你这儿来。"

"哦，他一会儿要过来？"

"是啊，估摸着要到了。"

侯大勇是刘睿阳父亲刘大桥的徒弟，早年跟着刘大桥学焊接，但是屁股总是坐不住，心野，爱往外跑，武山镇三教九流都知道动力机总厂有个大勇，能言善辩。刘大桥头痛，黄严干脆把侯大勇调到办公室，跑外联。侯大勇自此就常来黄家，遇到黄严训斥黄立工，他就冲黄立工做鬼脸，逮着机会跟黄严说要紧事，黄严的注意力一被转移，黄立工马上就溜进房间里。

动力机总厂衰落后，年轻的、不安分的工人，前前后后跑到珠三角找活儿干。侯大勇这个最不安分的却是最后走的那拨，去广州佛山一家焊机厂跑销售。

"侯叔叔要合作没问题呀。"黄立工对侯大勇说，"我们现在合作的焊机企业是一家上市公司，不过，只要产品过硬，合作条件好，增加合作商没有问题，我们不签排他协议。"

"啧啧，一听就是个生意人，比老厂长味儿还足。"侯大勇声音响亮，笑容可掬，一句话把眼前两个人都给夸了，"不是焊机合作。我刚去一家国际性组织，正在搞国际机器人焊接大赛，我第一个就想到你，想让你们做比赛专用机器人。"

黄立工当然同意，这是在国际上亮相的好方式，睿立还会主动地寻求这种机会呢。"别要赞助费就行。"他笑着说。

侯大勇冲着黄严摇头说："老领导，你看看，这家伙满脑子生意经，家学渊源啊。"

黄严会心一笑。

"华普机器人来找过我，想提供样机，还会给点儿赞助费。"侯大勇正经地说道，"他们懂行，知道在这种国际比赛上亮相，本身就是变相打广告。不过呢，我提议多找几家，从中选出一家来。我那时候就想到睿立机器人，武山出品，自家企业，近来势头又猛，不给赞助费也没人说什么。"

"难得你有心了。"黄严拍拍侯大勇的膝盖。

"老领导，只要产品质量过硬，别上去就趴下就行。"

"华普机器人一个大国企，连这个都不放过？他们对外主要搞极限作业的特种机器人、AGV（Automated Guided Vehicle，自动导引运输车），焊接机器人不是主业，只是给自己用的吧？"黄立工说，"不像我们，做的就是焊接机器人，总工程师是刘睿阳，刘高工的儿子。"

言外之意，他们睿立根红苗正，专心专注。几个人转而聊起刘睿阳，正说得热闹，门铃响了。

"你刘叔来啦。"黄严示意儿子去开门。

刘大桥端着一个大茶缸，里面泡着浓浓的红茶。黄严这两年变本加厉，以前还会备个待客茶叶，如今动辄搞上一屋子的云雾绿茶，别的茶叶都不见踪影，他只好自备茶水上门。

刘大桥坐到主沙发上，黄严把屁股往远离刘大桥的那一头挪了挪，给他腾地方。黄立工看着他们俩，刘大桥还是浓密厚黑的头发，和父亲的满头花白的头发对比强烈，蓦地有些心酸。

"听说武山镇周边要搞一个新工业园区？"刘大桥径直问黄立工。

黄立工点头："是的。"

"你们挑头开发？"刘大桥盯着他。黄立工一时摸不着头脑，工业机器人产业园这事，在武山镇已经不是新闻了，刘大桥这么郑重其事地询问，似乎另有所指，是担心规划太大，他和刘睿阳啃不下来？他缓缓点头，说："这事是我们发起，政府支持，和一家产业地产公司共同开发的。这是个大项目，需要有实力、有经验的合作伙伴。"

"工业机器人产业园在广东是常规项目，好几个地方在搞，热火朝天。"侯大勇帮腔说，"长三角也是这样。小黄厂长在江城也搞起来，是大势所趋。机器人以后会成为工厂里的基本配置，就像流水线一样。"

"唉……"愁色毫不掩饰地爬上刘大桥的脸。黄严轻拍了一下身边的老搭档，说："我们年轻的时候，站在机器前，不也盼过有一天机器会自己转，自己把东西生产出来，我们坐在那里喝茶看着就好了？现在，这一天真的要来了，好事啊，老伙计。"

"我知道是好事，对国家来说是大好事。只是……"刘大桥掰着手指数着街坊，数着那些动力机总厂衰落后赋闲的老技术工、那些家庭条件不好生活艰难的老员工，轻轻摇头，"一辈子练就的技术，就靠这个吃饭，没想到人还能用，技术先没用了。就算是势在必行，可是他们被机器替代后，怎么生活呢？拖家带口的，年纪也上来了，再去学，怎么竞争得过年轻人？怎么竞争得过机器？别说他们，就算是年轻人，学机械的，未来怎么就业？"

黄立工一时不知道怎么回答。他想起生产部总监邓建阳告诉过他的一件事。有一次刘大桥从鲲鹏清扫机器人测试车间里出来，沿路穿过两排整齐划一地挥舞着手臂的焊接机器人，面对儿子的杰作，他毫不兴奋，相反满脸落寞。当初刘大桥送刘睿阳上大学攻读智能制造时，会有今天这个担忧吗？他在家里和刘睿阳唠叨这个事情时，刘睿阳又会怎么回应呢？

可是，时代的车轮终究会往前，不会回头。

这个世界有太多的问题，最后不是被解决，而是被抛开了。

黄严宽慰刘大桥说："老刘啊，我们往前看吧。我看电视，别说工厂，家里都被机器人给占了。扫地机器人、做饭机器人、护理机器人，去医院看病，都有机器人动手术。听说，很快餐馆里就会用机器人上菜。这个世界总在变好，世界变好了，我们受点儿委屈算什么。"

刘大桥叹了口气："我们老了就算了，年轻人怎么办？现在学校没少招机械专业的学生呢，以后出来是不是工作机会越来越少？"

侯大勇摆手说："师傅，你就别担心了。你知道年轻人的，此路不通，自然会走另一条路。你看现在学机械的，有几个上一线车间，大多毕业就转行。"

黄严很有感触，接过话来："任何通往光明的道路都不是笔直的。我们要相信年轻人，每一代人总有每一代人的解决办法。下一代会比我们强，老伙计。"

刘大桥点头，轻轻拍着黄严的手臂。黄立工的母亲和黄家的保姆在厨房里做好饭菜，陆续将饭菜端上桌子，喊他们上桌吃饭。

黄立工起身，对两个老人说："我打算盘下动力机总厂。"

黄严和刘大桥愣住，看向黄立工。

"真的？！你要把睿立科技搬过来？"刘大桥的声音都有些哆嗦，"那很好啊。咱们的厂房挑空高，墙都比现在的结实。"他指着黄严，"你爸经常睡不好觉，就怕房地产商把它给推了，在上面盖房子。"

"那不好。"黄严赶紧制止，"改造老厂做生产，还不如新建厂房划算，要跟上新时代。"

黄立工怕他们俩争起来，赶紧说："我想盘下来改造，搞成工业博物馆，开展工业旅游。那是一代人的记忆，也是武山小镇历史的一部分。"

"那也好啊！"刘大桥说。

黄严刚高兴完，马上担心起现实问题："我们这厂历史包袱重，要改造成本可不低，除了改造，维护也得年年一大笔钱吧？"

"市里说了，历史包袱他们接过去，让我们放手干。后期运营呢，我会和合作的那家产业地产公司谈，他们来做。"

"我那坛烧谷酒你藏到哪里去了？"黄严冲着厨房里的老伴儿喊，"快拿出来，我和刘工要好好喝上几杯！"

12 启　航

"我们的规划方案过了！"马晓涛在电话中大声嚷着。

"好啊，那好啊。"

"你不怎么兴奋啊？"

这不是板上钉钉的事嘛，开了多少场专家会议、政府部门协调会议，产业园新闻被当地媒体都报过好几轮了，只听楼梯响，不见人下来，真下来的时候，不真实感多过兴奋感。

"热啊。再说没有银子，心里不踏实，兴奋不起来啊。"黄立工调侃。

"少废话，赶紧过来，我在新区。"

黄立工放下手头的活儿，开车直奔新区。

新区紧挨着武山老镇，往北是平原地带，偶尔有一两个小山坡，此外是大片的旱地和耕地。耕地中，不少是当地村民自行开荒，并不纳入官方耕地统计里。

三辆车子一群人，马晓涛在正中指指画画，说着什么。黄立工走近人群，马晓涛一眼就看到他，分开众人，冲他走过来，搂着他的肩膀，嘴里嚷着：

"你真是稳坐钓鱼台啊，皇帝不急太监急。"

黄立工忍不住笑，这家伙直爽得可爱，就是比喻的水平差，好好一个大男人，精力旺盛的，咋就把自己比成太监？

马晓涛的人马围过来，纷纷跟黄立工打招呼。这帮人是旭日集团各职能部门的精兵强将，被马晓涛抽调过来，组成一支尖刀队。他们日夜跟随，鞍前马后，毕竟马晓涛是公司的接班人，跟随他就是跟随未来。

马晓涛拉着黄立工到马路边，指着眼前的空旷土地。还没到中午，阳光已经很炽烈，照得空地耀眼无比。"这次国家出台制造强国战略规划后，市政府催得紧，要我们马上动工。土地征用、补偿、搬迁以及'三通一平'，建厂房……都没问题，我们的老本行。万事俱备，只欠东风，这'东风'就是你黄总，得往里面装东西了。"

他俨然看到高耸的办公楼和厂房拔地而起，荒凉旦夕转变成繁荣，地方经济的引擎就要轰然地启动，顿生豪情："我对你太有信心了。你的规划若是全实现，这里绝对是全国典范。所以你放心，不是我，"他用拇指指着身后那群随从，"是他们，会紧紧地盯着你的。"

黄立工暗中苦笑。自从论证会后，马晓涛对他总是一副无比信任的模样。

两个人达成合作意向后，共同申报产业园，紧接着召开江城市项目论证会，黄立工负责讲述。

"什么叫江城特色？就是坚持差异化，从引进模仿走向集成创新，从全面制造走向专精特新。现在就是时候，我们必须换道超车，向外资品牌发起冲击，继而在某些细分领域中寻求打破德国、日本、瑞士和意大利等国垄断的机会。

"要将差异化落到实处，打造'主机为龙头，核心零部件和系统集成相配套'的完整产业链体系，打造通用型工业机器人产品群、特殊机器人产品群、核心零部件产品群等多个产品集群。即使同一产品集群，也注重功能的差异性，以满足不同用户的多样化需求和产品的差异化发展。同时针对制造业发展需求，未来我们将引导行业企业由单纯的'制造商'向'方案提供商＋系统服务商'的发展方向转变。

"这些产品集群不是一个武山镇所能承载的。"黄立工在大屏幕上打开江城地图，用激光笔在江城东、西、南三个外围区域各画一个圈，"至少在三个地方开辟产业园区，打造不同的产品集群，这样既符合产业协作半径，又能让江城在制造强国的大战略面前拥有一席之地。"

参加论证会的是江城各委、办、局负责人，马晓涛带着团队骨干列席于后。各委、办、局负责人发言，短小精悍，多是肯定，等着黄卫东最后表态。

黄卫东态度明确，不仅要求在土地、人才、金融、公共服务平台等方面给予产业优先的保障，还指示各个部门以及区县，一路绿灯，甚至提到"最多跑一次"改革，全面试点投资项目在线审批监管，确保一般性企业投资项目全流程审批"最多30天"，"一窗办理""证照分离"，让企业专心创业、放心投资、安心经营。

各职能部门积极表态，暗中叫苦。他们清楚得很，要全面达到黄市长的要求，目前软硬件条件都不具备，且得三五年后才能达成。所幸黄卫东聚焦于武山镇产业园开发，没有把江城西区和南区产业园的事情提上日程，他再三强调，把江城东区的武山机器人产业园先期搞好，搞出样板，再让"东风"吹一会儿。

会后，马晓涛硬拉着黄立工到餐厅。"刮目相看！"马晓涛说，"这种会我开得多了，听个开头能睡到尾，反正都能过。你讲的这次，我从头听到尾，一字不落，都用那套话，你能讲出道道。"说完他硬灌了黄立工一大杯红酒。

自此，马晓涛对项目比黄立工还上心。武山工业机器人产业园是旭日集团在江城开发的第一个项目，也是马晓涛亲自带队的第一个项目，他想让父亲看到，自己完全有能力担当重任。

"走，我们去动力机总厂看看。"马晓涛提议。

"嗯？"黄立工感到有些意外。

"最后一个问题，总得解决一下吧。"马晓涛笑着说。他们俩合作默契，共同拿下产业园后，园区的投资、建设和日常运营，由旭日集团负责；招商交给睿立科技，睿立科技率先搬进新园区里，并把供应链也逐步迁移进来。马晓涛拿下按园区工业用地面积10%配套的住宅用地和按15%配套的周边商业用地，全部投资开发由旭日集团负责，睿立科技则分享商业地产开发收益的20%。黄立工接受二八分成，条件是旭日集团接手动力机总厂。马晓涛说："那还是多给你几个点吧。"黄立工摇头。这个事情就僵着了。

车队 10 分钟进入老城区，机械小镇的气息扑面而来。这里的工厂都是前店后厂的经营模式，工厂门口开五金商店，卖轴承、木螺钉、活塞等特色产品，各色招牌沿着老街一线排开。路上，黄立工给马晓涛历数在这里发生过的故事：他在这个门口和高年级学生干一架后，确立了孩子王的地位；在那个街角和县里来的二流子打过群架，他们在这里堵放学的女生；这道矮墙是他和刘睿阳经常翻的；那个大门口里面，是他的学校……

"怎么？有什么特别的故事？"马晓涛看到黄立工忽然停下，神情恍惚，饶有兴致地问。

"没……就是有个女生老在这里堵我，吓得我有时候都要翻墙出学校。"

"能堵你，女中豪杰啊。"

黄立工笑了笑。

"后来呢？"

"没有后来。"

马晓涛遗憾地摇摇头。

车子拐个大弯，停在一扇陈旧的铁门前。"动力机总厂"几个毛体书法铁艺大字站立在门顶，保留着那个年代雄赳赳气昂昂的气势。上了年纪的看门人认得黄立工，打开链子锁，推开铁门，目送这群人鱼贯而入。他一直站在门口，目光无论如何都不舍得离开，直到这群人的身影消失——厂里许久没有这么热闹过了。

满地葳蕤，一条道通向正面远处的办公楼，红底白字的条幅仍悬挂在通道中央的空中："高高兴兴上班，安安全全回家。"左右两条道通向两边厂房，水泥路面两侧是疯长的野草和荆棘。另有闲置的塔吊、高耸的圆柱式锅炉房，裸露在外的三根粗大的锈管在空中交织，伸向厂房。一栋栋厂房都是钢架结构，挑空很高，内部设备已被搬迁一空，墙上工友们用油漆泼上去的图案依然在，那是一个拳头砸在铁板上的图案。

黄立工站立其间，当年喧嚣粗犷的号声绕梁，如今已经遁去，热风吹进来，拐进空荡荡的厂房里，冷却下来。厂房外侧，细铁柱做成的围墙外，隔着一条马路就是厂区宿舍，8 层的红色砖瓦楼房，建于 20 世纪 80 年代。

马晓涛摸着厂房的墙壁："经历了这么长时间，还这么结实。"

黄立工笑了笑："那代人建设工厂，没人敢偷工减料，也没人愿意偷工减料。"

"你和刘工从小就在这里长大？"

"是的。睿立科技有些骨干，比如生产部总监、品检部经理，都在这里干过。"

"这也是传承。我听你说过，这个厂子，当年占据武山镇机械制造业的一半产值。"

"是全县的一半产值。因为这个厂，这里建起医院、学校还有菜市场，鼎盛的时候，全镇百分之七八十的人都跟厂里有关系。"

马晓涛转身问手下们："你们觉得呢？"

随行的人看着他的脸色，马上七嘴八舌地道：

"这里感觉不比北京798艺术区差啊，可以改造成一个小北京798艺术区呢。"

"我看改成工业题材电影拍摄基地更好，我们不也正好要涉足一下影视业吗？"

"这个地方一进来，心都安静了，真像个古战场遗址。"

…………

马晓涛遥指江城，指点江山："晚上提醒我给郭总打电话，再整上四五个这种景点，联合教育部门，项目就成形了。"

他转回头，笑意盎然："我明白你为什么那么坚持……这是家。我们不能只干暴发户的事，对吧？那就这么干！"

黄立工觉得鼻子酸酸的。他心里暗想：决不能把这件事告诉任何人，他堂堂七尺男儿，第一次鼻子酸居然是因为另一个男人。

回到睿立科技的会议室，马晓涛画风忽变，咄咄逼人的气势回来了。

"黄总，你跟我说实话，产业园规划招商能完成不？"马晓涛问。

坐在马晓涛对面的，除了黄立工，还有刘睿阳、许茜茜和生产部总监邓建阳。张文峰在江城有事，晚些才能赶到。

"能。"黄立工说，"对我没信心？"

"产业园招商需要示范，需要龙头。"马晓涛意思直白，共享工厂模式也好，吸引同行入驻也好，领头羊必须在行业里"过硬"。睿立科技能担当龙头吗？

马晓涛那边有人适时嘀咕，声音不大，但所有人都能听见："工业机器人不都四大家族生产的嘛""国内的华普机器人还能算一个"。

黄立工等会议室里的气氛更躁动一些时，说："我们今年的出货量，在国产焊接机器人中占比47%。"

果然，会议室里一下子安静下来。前些天罗平志和他报了这个数字，是按照最有利于自己的统计口径，再四舍五入算出来的。不过，国产机器人年出货量还是比较少，四大家族的产品包括它们的二手货，依然牢牢地把控着市场份额的大头。

邓建阳补充："按照目前的势头，今年年底会超过一半。"

半数产值……马晓涛想起在动力机总厂里的对话，当年的动力机总厂的产值能撑起一个县的产值，如今呢？

"接近一半的出货量，未来还会更多，这意味着什么？"黄立工说，"意味着我们需要采购更多的减速机、伺服电机、控制器以及其他配件。这么集中的采购，用好了，是不是能把供应商的生产基地甚至公司搬到这里来？"

"焊接机器人是睿立科技的主板块。"刘睿阳补充，"我们正在进一步丰富产品线，开发搬运、码垛、包装、抛光等系列机器人，还有其他领域的专用机器人。"

"没错，我们的目标是向着无人工厂……"黄立工提高声调，说道，"跑步前进。"

马晓涛琢磨着黄立工他们的话，逻辑听起来没有什么漏洞。

"我们调查过，睿立机器人在市场上的评价是'两低'——低价、低端。这样的份额很容易受冲击。"马晓涛的手下抛出质疑。

"低价，但是一点儿都不低端。我敢打赌，你调查的是其他机器人厂家，没调查用户。同行嘛，没有实力在市场上冲击我们，就在嘴巴上冲一冲。"黄立工指着刘睿阳，"睿立科技的技术负责人、总工程师是魏才圣教授的得意门生，参与科技部863计划、工信部科研课题项目，带着团队，一直在'专精特新'上创新。没几个厂家能做到我们这样的。"

马晓涛知道这些事。当初黄卫东把项目推过来，给过他这些资料。他不在乎这些，其实也不在乎产业园能做得多好，他想要的，在别的地方都拿到了。只是，这是他的第一个项目，产业园至少不能空置，要是能做成气候，繁荣昌盛，就有示范效应，以后的项目更好谈，父亲也更放心、满意。睿立科技的人不错，但是……

他转念想：何事不是一搏呢？他父亲完全袖手旁观，让他放手去干，是赌；他认准这帮人，同样也是赌。买定，就要离手，离手未必赢，但开盘还不离手的，必败。

"没问题了。"

"我有问题。"黄立工可不放过他，"资金？可不能把我们撂在半路上。"

马晓涛"哈哈"大笑，大手在空中一挥："对旭日集团来说，钱永远不是问题！放心吧，政府引导基金投的、土地担保银行贷的，还有我们借的，够你们兴风作浪好一阵。"

许茜茜举起手："政府引导基金，能用多久？"

"5年。你们要把工业园做起来，把产业搞起来，把经济带活。"

"就是说，没有财务成本和投资收益压力？"

马晓涛打了一个响指说："这是公益性质的，不然怎么那么多产业园？不过，产业回报的压力可未必比财务压力小。"

"这不算什么压力。"黄立工接过话，冲过来拥抱马晓涛，"我们筹划签约仪式吧。"

13 代理商之乱

黄立工回到办公室，躺在沙发上，看着天花板。这一天紧锣密鼓的，他刚想喘一口气，张文峰进来了。

"产业园搞定，马上签约。以后我们不愁钱。"黄立工有气无力地说。

"还能撑多久？"

"这个月够给员工发工资。"

"那边钱还没到？不会出岔子吧？"

大国智造

"不会。"黄立工说。那是许茜茜引荐的基金，他和对方聊得那么好，眼神都对上了，怎么想都不会出问题。张文峰拉来一张椅子坐下，看着他："你怎么跟抽了大烟似的？"

黄立工想想，心里有点儿打鼓，基金投资审评委员会都过了，即使走内部流程，3个多月，也该走完了。他打过好几次电话，那边热情、客气，要么说快了快了，要么说马上安排，耳朵都听得起茧，他也不敢多打，再心急也不能露底啊。他坐起来："我再催催吧。"

电话很快就接通了，没等黄立工开口，那边的人一副笃定的语气，说道："黄总，安排好了，你随时就能收到。"

随时？黄立工想哭的心都有，兄弟啊，能不能给个准点儿啊。

"淡定点儿。"张文峰随手从裤兜里掏出烟，随即想到这里是办公室，自觉地把手放下。黄立工手疾眼快，抓着张文峰的手："别啊。今天破戒，陪你在办公室里抽一根。"黄立工连出门的力气都没有，挪到窗户边把排气扇打开。

两个人把烟点上，黄立工猛吸一大口烟，有点儿缓过来了，自嘲："我就是永动机，找钱永动机。"

张文峰还能笑得出来："不然咋叫创业狗？制造业是重灾区。"

黄立工白了他一眼："你厥功至伟！你和刘斐把我蹚进这个坑里。"

"嘿嘿。好一阵没看到刘家小妹了，你把她蹚了？"

黄立工白眼都懒得收回来，没好气地道："人家一个大活人，来去自如，我叫来就来，一蹚就走啊？！"

"我看你就是这样！"张文峰看着烟雾出神，不知道在想什么，"兄弟，珍惜点儿，这年头有真性情的，不容易。"

"嗯，是得珍惜……"黄立工点着头，说，"今天这个局面，来之不易。工业机器人这条赛道，前途绝对远大。"

张文峰微微摇头，抽了几口烟后，问道："茜茜呢？她今天不是来开会了？"

"回上海了。她说她哥回国了，一开完会就走了。"

"回国？！"

"嗯，是那么说的。"

张文峰眯着眼，看着烟雾随意地飘动，似乎漫无目的，但终究拥簇在一起，往窗边卷去。他叹了口气。

楼下响起一阵嘈杂声。

张文峰侧耳，黄立工轻描淡写地说："来运货的。"

"你卖了多少货啊？"张文峰笑着说，"还说没钱。"

"光走流水了。再说，有账期啊。"

敲门声响起，门外的人没等黄立工应声就推门进来了。

是罗平志。黄立工头更大了，他这么进来，准没好事。

"黄总，我手下的兄弟们扛不住了！"罗平志双手按在桌面上，"你得给个说法啊。"

"怎么了？"

"哪有销售人员靠基本工资过活的？！"罗平志痛心疾首，委屈之情溢于言表，"3个月的奖金都压着呢，这个月再没说法，业务还怎么跑？"

黄立工的拳头在桌底下攥紧。

窗外的嘈杂声大起来，张文峰觉得不对，走到窗边去看。楼底下有一小群人正吵吵闹闹，保安拦着他们，不让往楼里走。采购部主任老林摇头晃脑、手舞足蹈，不停地在旁边说着什么。道边停着几辆货车，上面漆着厂家的名字，隐约看得出来是供货商的车。

张文峰走到黄立工的身边，俯身低声说："讨债的来了。是供应商。"

"你帮我拦住一会儿。"

张文峰点头，微笑着和罗平志打个招呼，和他擦肩而过。

黄立工晃了一下鼠标，在键盘上输入密码——密钥被他一直插在主机上——账户余额还是那几个可怜巴巴的数字。

没有钱进来。

他咬牙看向罗平志，心里怒火腾起，心想：你这小子，拉着供货商过来一起逼宫，你是多想我就范啊。他握着拳头正要拍桌子，忽地反应过来：不对，罗平志和供货商都想要钱，利益冲突，罗平志不会那么蠢。

拳头轻轻敲在桌子上，顺势多敲了几下，黄立工按捺着心里的烦躁，说道："罗总，公司形势一片大好，我很快就给你个说法。现在我还有事，你先回去。"

罗平志不动："黄总，不是我不信你，他们都逼到我的头上了，没个明确的结果，我也摆不平啊。"

黄立工瞪着他，他一脸无可奈何。罗平志心里清楚，此刻自己更不能走。公司到底是不是没钱了？黄立工前头搞得轰轰烈烈，又是引资，又是建园区，一晃几个月过去，没下文了，奖金还压着不发。供货商来催款也好，正好逼出黄立工的真实状况，他得留在这里掌握情况，好决定下一步怎么走。

两个人对视许久，罗平志避开黄立工的眼神，看着窗外，摆出必须等到明确的说法的姿态。黄立工刷新账户界面，钱还是没进来，他心头一阵烦躁，近于心慌。供应商聚集讨债，传出去意味着什么？如果聚集讨债的照片或视频流传出去——他们有备而来，肯定会这么干，睿立科技之前累积的声誉毁于一旦，更佐证外界不时被有心人散布的资金链断裂传闻。黄立工甚至能看到多米诺骨牌在一张张地倒下：供应商、投资人、政府、工业园区、他的雄心……

他知道市场恐慌摧毁过多少商业巨头，再板上钉钉的事，它都能把钉子给撬出来。如果他应对不善，随时就能到的这笔钱，恐怕永远都不会到，政府引导基金就更别想了。汗水打湿黄立工的后背。不，绝对不能出现这种情况！眼前的钢丝，他必须平稳地走过去。黄立工鼻子里哼了一声，抱着双臂，靠在椅背上。

尴尬而令人不安的沉默被流沙般涌来的喧闹声打破。该来的，总要来的。黄立工直起腰板，深吸一口气，调动起怒气，努力在脸上罩上一层威严之色。他轻轻移动鼠标，下意识地再瞄一眼屏幕。

办公室的门被打开，张文峰笑容可掬地站在门侧，做了个"请进"的手势。四个人拥进来，都是黄立工认识或眼熟的供货商，看来他们被张文峰说服，把带来的人留在了楼下。采购部的老林跟在后面进来，站在门边。黄立工心里泛起一阵感激之情。张文峰是理想的战友，知道这种状况下的应对策略是什么，很自然地就做好了铺垫，也很有信心黄立工会自然而然地接过来。和张文峰并肩作战是一种快事，甚至不需要说话和眼神，他们天然默契，分头出击、牵制、包抄，发动最后一击，只有张文峰会让黄立工找到这种快乐。

"各位也太看低我黄立工了吧？这点儿信心都没有？"黄立工不等他们开口，双手扶着桌面，声音响亮，带着一丝取笑的意味，目光一一扫过他们的脸。

众人一愣，不满的气势一时受阻。

"你们叫我黄大炮，是，我说话猛，到处乱轰，不留情面，但在关键的事上，我含糊过、亏待过各位吗？"

"你回款太慢了！"

"我磨叽过吗？克扣过吗？你们这么对我。"

"黄总，你的信誉是好。我们不是不信你……没钱，信誉再好也是没钱哪。"

"你们工资都只发一半……"

"新采购你们也延期……"

"还有人在路上呢，他们都怕来晚了……"

黄立工大笑。

众人惊疑不定。

"各位，传言就是传言，传言总是别有用心的。"黄立工说完，慢悠悠地把电脑屏幕转过去，对着他们。

供货商凑近，罗平志也凑过去，屏幕上的账户余额显示着一长串数字。

"5……5000多万元？"

供货商们面面相觑，勇猛的一拳打到棉花上，偏偏棉花里还趴着根小牙签。大家都浮起不自在的笑容，手足无措。

"黄总，我们……"

黄立工挥手，止住他们的尴尬，招呼老林过来："你们的财神在这里呢。这几天给大伙儿一一结算。"说着，黄立工给了老林一个眼色。老林心领神会，喜气洋洋地说："难得大家今天都过来，我代表黄总尽一下东道之谊，一块儿喝酒去。"

客气几句后，在一片欢快的打趣声中，几位供货商知趣地起身告辞。

罗平志走过来，换上一副埋怨的表情："黄总，你这不是拿兄弟开玩笑吗？！投资款到了，这是公司的大喜事，也不和兄弟们说一声，让我们也和公司一起高兴啊。"

"现在也不晚嘛。"黄立工平静地说，"罗总，晚上也带你的弟兄们好好喝一顿。"

"不不不。"罗平志热情地说，"这是公司发展历程中的大喜事，我来做东，黄总赏脸和我们销售部的人喝上几杯，让弟兄们也振奋振奋。"

"我还有事。你们好好喝酒吧，记在我的账上。"

14 颠　覆

黄立工找了个小饭馆，和刘睿阳、张文峰坐下来，喝酒聊天。

"文峰，我看你最近总是闷闷的，有什么事？"

张文峰摇头："闲愁。喝点儿酒就好了。"

黄立工举杯，三个人碰了一下。他还是觉得不对，想起以前萦绕在心头的不安："你说，金融行业会有天翻地覆的变化。身边的变化吗？"

张文峰慢悠悠地把酒喝完："你是说科技金融吧？"

"不是你说的吗？"

"再过 10 年，互联网会彻底颠覆传统金融行业，说得准确点儿，金融行业会主动地用互联网来彻底颠覆自己。"

"是新的故事吗？"黄立工问，"我怎么记得，金融行业很早就拥抱互联网了呢？电子银行、线上业务……比我们制造业反应快多了。"

"华尔街里的人是世界上最聪明的人，你扔块砖头，砸中 10 个人，9 个是物理博士。调侃归调侃，他们对创新的理解速度，是按秒来算的。新技术一出来，第二天华尔街的办公室里就开始研究怎么用。他们有钱、胆大，什么丧心病狂的事都干得出来。"张文峰说到这些，振奋起来，"芝加哥和纽约之间有一条专用光缆，1000 多千米，花了 3 亿美元，把阿巴拉契亚山脉都给凿穿了，不绕路，把芝加哥交易所和纽约交易所两家数据中心直接连在一起，唯一的作用是，把同样多的数据的传输时间缩短 3 毫秒。3 亿美元啊，就为了快 3 毫秒。还有家公司，花 1000 多万美元，在芝加哥交易所对面买了一块空地，建了个信号站，传输时间比原来快了 0.07 毫秒！他们是大忽悠，编故事一流，但是闻到血腥味的时候，动作比鲨鱼还快。"

"这次是什么血？"

"你入境体验的那个，你不是说那是未来吗？"

"人脸识别？"

张文峰点头。

"这怎么颠覆金融业……不就办事快一点儿？"

"怎么说呢？"张文峰挠了挠头，"你要先理解一个基本概念。金融的基础是什么？信用。所有的金融活动，本质上就是建立信用体系，给信用定价。比如说，你买理财产品，国债利率2个点，公司债券利率8个点，为什么？因为国家信用高，很值钱；企业信用低，你买了有可能收不回来，利息就要高才能卖出去。你可以理解成，国家信用的定价比企业的高6个点。"

"这我能听明白。"

"谁能颠覆征信，就能颠覆金融业。人脸识别能颠覆征信。"

"看个脸就能颠覆？"

"你是搞工业的……纯粹的技术什么都改变不了，但是如果它能工业生产，变成一种生产方式呢？比如说，抓通缉犯，警察的眼睛绝对比人脸识别系统好用，拿一张模糊的相片，他们都能在人群中把罪犯揪出来。不过，警察再厉害，一天能认多少个通缉犯？20个顶天吧。人脸识别呢，一天认个十万八万都没问题。这种量级的提升才是颠覆性的。你想，只要人脸识别系统全面铺开，警方就可以在全国所有的城市追踪所有的通缉犯，就算在武山小镇，辨认一个千里之外的小县城的逃犯，和顶尖专家在北京辨认国际通缉犯的效率是一样的。"张文峰的声音很平淡，"你等着看，很快，我们这片土地上，没有一个罪犯能逃脱这套系统的捕捉。"

"睿阳，我说得没错吧？"他喝了一口闷酒，问刘睿阳。

"没错。很多新产业，是用低品质赢了高品质，因为它能大规模、低成本地生产，然后慢慢技术升级，变成大规模、低成本、高品质地生产。"

"抓逃犯和征信有什么关系？"黄立工问。

"犯罪也是征信，信用归零。个人数据的采集和验证，已经进入工业时代。人脸识别，还有指纹、声纹、DNA、行为轨迹……一套有效的个人征信体系很快就会建立起来，到时候，你们知道会打开一个多大的市场吗？"

"多大？"

"万亿，几十万亿！"

"你这个金融大忽悠！"

"老黄呀，你有野心，但没想象力。你对金融的力量一无所知。个人信贷，目前就一个业务做起来了，就是信用卡。就这么个小业务，去年一年的交易额，15万亿。"

"难怪最聪明的人都去做金融。"黄立工也喝了一口闷酒。张文峰真正的热情,好像寄存在这些地方,这个发现让黄立工心里的不安更强烈了。

15 签约仪式

"叮"的一声,黄立工睁开眼睛。他顶着沉重的脑袋拉开窗帘,天已大亮。今天上班迟到了,他怎么睡了这么久?嗯,喝多了。昨天他的心情就跟过山车一样,本就疲累,还喝了不少酒,难怪昏昏沉沉的。

他晃晃脑袋,拿起手机,打开新信息,顿时完全清醒了。老杨发来了一张截图,上面有一串金额,3000多万元。

黄立工把图片放大,死命地盯着第一个数字,看得很清楚,是3。

他马上给老杨拨电话。员工欠发的工资奖金、供货商欠款还有其他必要的应付费用,全部清掉,公司账户余额3000多万。老杨安慰他说:"我们还有应收账款呢,过一段时间账户金额就是4打头了。"

"付吧。"黄立工忍着割肉般的痛感,给出指令。

他在客厅里转着圈子,攥紧拳头,头皮一阵发麻:制造业烧的不是油,是钞票。一股紧迫感涌上心头,他暗下决心:一周内搞定签约仪式,赶紧把产业园张罗起来,未来要快点儿来。

签约兼启动仪式大张旗鼓,在动力机总厂举办。

马晓涛本打算在江城找家五星级酒店,体面又排场,黄立工游说他,既然要将动力机总厂改造成工业博物馆,以后甚至还有工业电影拍摄基地的想象空间,不如在老厂搞,造造势,还象征着从传统制造迈向智能制造。马晓涛于是顺手送黄立工一个人情。

自从停产关闭后,动力机总厂从来没有这么热闹过。厂门口搭了个大台子,背景板是未来机器人工业园区的虚拟图景,顶挂大红条幅。武山小镇的居民几乎全体出动，动力机总厂的老职工们拖亲带友，盛况远胜当初动力机总厂成立的盛况。

台上，黄立工、刘睿阳、马晓涛和江城市领导一起剪彩。台下，黄严扶着刘大桥的肩膀，两个人对视，眼眶发红。同一片土地上的人，人生的路总是相像。这些年轻人，就像他们当初一样，抓住所有微弱的可能，或考上大学，或外出闯荡，竭尽全力地逃离小镇，逃离机器轰鸣声永不停歇的工厂，多少年后，一个转身，重返小镇，重返工厂，用新的模样接续旧的辉煌。

剪彩后，黄严和刘大桥被邀请上台发言。黄严先上去，作为动力机总厂最后一任厂长，回忆50年的工厂历史，展望新工业时代的未来。他时常对几百号职工讲话，从不打草稿，此刻却嘴唇嚅动，词不达意。刘大桥吸取教训，言简意赅："一个国家，有传承才有进步。老工厂保留下来，变成博物馆，把中国老工业精神传承下去；新工厂建起来，生产机器人，把新工业精神发扬起来。以后，你们的精神也会传承下去，成就中国伟大的工业梦想。"

庆祝晚宴上，马晓涛坐在黄立工的旁边，趁着酒兴，搂着他说："你很不错，以后是大人物，不过你没有我快乐。"

"怎么说？"

"你们背的东西太多，好重。我很简单，赚钱，开心。"

"这个……嗯，今晚我是快乐的。来，干一杯！"黄立工端着杯子冲着马晓涛的杯子撞过去，酒杯相碰发出脆响。

晚宴结束后，黄立工回到公司，罗平志在等他开会。

到底有什么事情？黄立工边上楼边想。他向来喜欢"立速决"，创业公司嘛，碰到问题，立刻决策迅速地解决，开什么会？就一个电话的事。一线员工掌握真实的情况，就是快速反应部队，只要有利于公司，有利于客户，随机应变，自行做主；做不了主，打电话给主管领导，打电话给老板，在电话里解决，开什么会？！

开会的价值是鼓舞人心，不是解决问题。不过他逐渐发现，罗平志这种老职场人其实懂这个道理，他们开会也不是为了解决问题，而是为了制造问题，塑造潜规则。

且看他弄什么花样吧。黄立工一进入楼道，就看到罗平志焦躁不安的身影在办公室门口晃悠。这个家伙，挑时机的能力不错，专门找特别时刻搞事。

"就差一口气了！"刚跟进办公室里，没等黄立工坐定，罗平志就大声嚷道。

"什么东西？"

"干掉雄也！"罗平志斗志昂扬，"接上一口气，彻底干掉它！"

"哦？"

"我们很快就能占到国产焊接机器人市场一半的份额。"

"真实的份额有多少？往实在说。"

"乐观估计，超过40%；保守的话，30%是有的。"

黄立工在办公桌上找着杯子，里面还有早上沏的茶，他端起来"咕咚咕咚"地喝了几口。

"不过最近我们的攻势有点儿停滞。"

黄立工停住，把茶杯从嘴边撤走，看着他。

"我们没有一口气把它打死。本来一开始攻了他们个措手不及，把他们打得满地找牙。"罗平志顿了一顿，用自责的口气说，"都怪我，没有乘胜追击，不过，我这不也是体谅公司的情况，不能太猛嘛。"

这家伙话里有话。黄立工说："你说完吧。"

罗平志"嘿嘿"地笑："黄总，以前我们有好武器，但弹药不够，兄弟我体谅，先杀出去再说。现在，我们资金充足，弹药足够，得放开手脚，彻底把雄也干趴下，我们把这个市场抢个六七成不是问题。"

"你想怎么干？"

"继续降价。"罗平志深吸一口气，"降得比他们的成本价还低。"

黄立工坐下来，跷着二郎腿："我们不止雄也一个竞争对手。"

"你说其他国产品牌？这个价位上，我们真没有竞争对手。我和兄弟们这段时间跑下来，发现能挑战我们的，只有国际二手货。雄也打不过我们，别家国产厂商也就打不过。"罗平志看黄立工的样子知道有戏，拉开椅子坐下，靠在办公桌上，余光关注着黄立工的神色。

如果能把雄也打趴下……毕其功于一役，进入良性循环，市场稳定，睿立机器人就能在更广阔的应用基础上进行迭代进化。但是，总是有什么违和的东西模模糊糊地立在那里，让黄立工沉思好久也没法下定决心："我想一下。这不是小事，要全面考虑。"

失望之色在罗平志的脸上一闪而过。这个计划在他的心里盘桓已久，等着这个时机和盘托出，没想到公司第一次这么有钱，黄立工反而缩手缩脚了。

"黄总，销售和技术不一样，不进则退，我们若不冲一把，被敌人反过来抢了先机，你对这个业绩和占有率要心里有底。"临走前，罗平志扔下这句话。

他这是什么意思？黄立工嗅出了威胁和操控的意味，烦躁感突然生起，从桌上抓起一个东西就要往罗平志的背影那边扔过去，幸好及时低头，发现那是自己的手机，及时刹车，手悬在半空中，慢慢地放下来。

16 抢占供应链心智

"晚上我们见一面。"

"你在长沙？"

"我在武山。"

"那怎么见？"

"要不我过去，要不你回来，还怎么见？"黄立工不耐烦地道。刘斐沉默，过了一会儿说："我回去。我本来打算明天回家……"

"那就今晚回来。"黄立工打断她的话，"你也好久没回来了。"

打电话前，他知道今天是周五，却忘了刘斐上周刚回来过，特意请假给他的签约仪式捧场。

"大妹子有阵子没来了。"烧烤摊老陈把两瓶凉啤酒放到桌上。

"年纪越大，回家越难。"刘斐冲他笑笑。每次回家，她都会和黄立工喝酒，都会来这里。她对老陈印象好，都是麻利、干练又会琢磨的主儿，第一次见面两个人就熟络了,上酒上串时会聊上两句闲话。

"常回来。"老陈看着她,敲了敲桌面,微笑着说,"我的烧烤摊可不能少了你的光顾。"

刘斐看着老陈转身去招呼别桌的客人,心头闪过一个念头:他看自己那一眼似乎有话在里头。一个人拉开旁边的塑料椅,坐下来,刘斐不看都知道是黄立工。刘斐把一瓶啤酒砸在他的面前。

"敬我!"刘斐先发制人,给他满上一杯酒。

"我没迟到太久。"

"销冠!"刘斐喜气洋洋地说,"我的明白酒,行业销售额第一。"

黄立工举起酒杯。

"股份!"刘斐说,"给了副'金手铐',再服务5年,我就是小老板。"

"空头支票!"

"他没那么坏,我也没那么蠢。每年行权,今年年底我就能拿到第一笔股份。"

黄立工舔了舔干燥的嘴唇,悻悻然:"你是来堵我的嘴的。"

"你不高兴?"

黄立工干掉手里的酒:"应该高兴。"

"那你愁眉苦脸?"

"你也没高兴到哪儿去……"

老陈攥着一把串过来,轻轻放在盘里。

刘斐把头发绾起来,象征性地挽了挽袖子,摆出斗酒的架势。

"说正事,叫我回来干吗?"

黄立工讲了一遍自己和罗平志的对话。

"降呗。他们肯定会跟进,看谁先撑不住。"

"他们肯定跟进?"黄立工看着她。

"你断人后路,他们还不和你拼命?"刘斐说,"你们的价格战打得很奇怪。"

"怎么说?"

"你们都在做对方的事。"刘斐说。

价格战有三类。第一类,财务性价格战。其目的在于清库存,改善财务报表，冲上市，拉股价，短期意图强烈。雄也现金情况好，不上市，不属于这种情况。

第二类，挑战性价格战。这是市场新秀、落后者，挑战霸主，用利润换空间、抢用户、抢份额，站稳脚跟再图发展。睿立要打的是这种价格战。

第三类，战略性价格战。这是来自市场霸主的"降维攻击"，主动挑起战略打击，收拾有威胁的挑战者，用利润干掉挑战者的未来。挑战者只能疲于应战，跟着下调价格，挤压别的空间来挽回一点儿利润，要么市场萎缩，要么死掉。

"你是挑战者，用的是市场霸主的手段；雄也是领先者，却跟着你的节奏走，疲于应战。"刘斐摇头，疑惑地说，"他们这几年市场做得很好，很有章法，没听说市场总监换人啊，怎么这场仗打得乱七八糟的？"

黄立工给自己倒了一杯酒，慢慢喝完，说："你是对的，得停止价格战，恢复原价。"

"干脆提价。"

"你比我还激进。"黄立工想了想，"我还是没把握，雄也会怎么做？"

"它会跟进。"

黄立工点头："得给雄也传递信号——睿立资金充足。"

"对，让它知道，你不怕打仗。"

两个人碰了一下杯，畅快地喝完。黄立工刚要说话，刘斐伸手制止他，说："我认真地问你，工业机器人到底是传统产业还是互联网产业？"

"什么意思？"

"我刚才不是说，你是挑战者，却用市场霸主的方式打价格战。这是典型的互联网行业的做法。我总觉得，不只是市场，在企业经营上你也是互联网思维呢。"

黄立工哼了一声："工业机器人是高新产业，高技术、高智力含量。"

"说了跟没说一样。到底是什么产业？"

黄立工正色说："跨产业，或者说产业融合吧。"

"你啊，忽悠别人久了，把自个儿都给忽悠进去了。"

黄立工睨着她。

刘斐笑嘻嘻的，一直以来都是黄立工劈头盖脸地对她说教，这回她可算找到机会用他的方式来收拾他一把了:"我问你,互联网公司不搞计件吗?代码写了多少行,算不算计件?考核用户数,算不算计件绩效?"

"形式上像而已。"

"有什么区别?你的工厂用流水线生产产品,互联网公司用电脑生产代码。"刘斐不和他纠缠,继续连珠炮一般发问,"反过来,传统产业不用电脑吗?现在的工业生产,是软件系统在控制还是人在控制?各行各业都会借鉴其他行业的成功经验,你要说这是产业融合,满大街都是产业融合,哪个行业不是跨产业?"

"歪理!"

刘斐嫣然一笑:"如果这是歪理,那你的呢?不也是歪理?硬币的反面不还是硬币吗?"

黄立工神情认真起来,琢磨着她的话。他问:"那你说说,区别在哪儿?"

刘斐优哉游哉地拿起一根串,咬下一块肉,细细品味。黄立工看着她,不知道为什么,觉得她的动作有些秀气。

"重要的是,你的屁股坐在哪儿。"刘斐放下肉扦子,呷了一口啤酒,说,"花样可以玩得天花乱坠,屁股可不能挪来挪去。就按你说的,融合,可再融合也要分清主次。人只有一个屁股,坐在哪儿,哪儿就是主位,你清楚你坐在哪儿吗?"

黄立工拍了一下桌子。刘斐一语惊醒梦中人,他自以为的变化多端,也许其实只是摇摆不定。

"你坐在这里,这里就是主位,别的东西,只能是为你所用。谁为谁所用,差别大了去了,你为互联网所用,和互联网为你所用,能一样吗?!这叫天壤之别,中间不是坑,是无底洞。你们啊,都被互联网企业洗脑了。"

黄立工凝神思考。刘斐不着急,慢悠悠地吃肉串,喝啤酒,小口小口地喝。黄立工看着她,她也没觉得不自在,拿起第二根串。

"名字再叫机器人,再嚷着智能化,睿立科技还是制造企业,血统纯正、国之重器的制造企业。"黄立工慢慢点头,这个关节想清楚,很多事情也就迎刃而解,"我以为自己懂得很多,企业是跨界融合,我也是跨界融合。"

刘斐"扑哧"笑了:"懂互联网的没你懂制造业,懂制造业的没你懂互联网。"

黄立工苦笑："傻瓜一个，两不靠。"顿了一下，他接着说，"制造业，就应该是制造业思维，别忽悠什么互联网思维。制造业的核心是供应链，不是那些虚头巴脑的东西。"

"供应链？"

"嗯，还是采购、研发、生产和销售这些。不过，供应链是从整体的角度，把企业的这些重要活动看成一个链条，去想怎么提升整个链条的效率、整个链条是不是安全、企业本身在这个链条中是不是有足够的影响力和引导力。"

刘斐点头。

"供应链还不够强大的时候，在销售和价格上过度做文章，对互联网企业来说，可能是杀敌妙招、兵家必备，但是对于制造业来说，是死路一条。"

刘斐倒酒，看着杯中翻腾的泡沫，说："我们也一样，就明白酒这么个小玩意儿，都给互联网拐到大坑里，我费老劲才爬出来。"

"我的仗，选错战场了，真正的战场，是在供应链上，不是在市场和价格上。"

"怎么说？"

"接下来，把战场转到供应链上。工业机器人这种产品，专业市场意见对销售的影响很大。我得让睿阳走出去，参加会议、论坛、专业交流，放大他的声音。我也出去，在业界卷起风暴。"

"抢占心智。"

"对，抢占供应链心智。"

刘斐笑吟吟地举起酒杯，晃着里面的金黄泡沫："我们现在可以放开喝酒了吧？"

她冲着老陈打手势，再来半打啤酒。老陈挥手，俯身打开保温箱。

黄立工抓住刘斐的手腕，刘斐转回头，凝视着他的眼睛。

"你甘心一辈子卖那个破糖水吗？"黄立工说，"睿立才是大事业。"

刘斐的眼睛亮了一下，又逐渐黯淡下去："是你的大事业。"

黄立工慢慢地松开手，抽回来，抓起杯子。

"喝酒！"

17 暗 斗

"黄总，你不能想一出是一出！"罗平志手按着桌面，瞪着眼睛。他竭力把怒气压着，声音听起来反而有些阴森。

黄立工坐在办公桌后，皱起眉头："罗总，这是公司的决策。"

"没有开会，没有讨论，也不充分听取前线人员的意见……"

"你在教我怎么管这个公司吗？"黄立工的声音又干又硬。

"不敢。"罗平志坐回到座位上，努力地挤出轻松的表情，"我也是担心对公司不利。现在形势这么好，原来很难拿下的客户都在谈意向，再冲一把，我能拿下不少客户。这一涨价，客户不吓跑才怪。这不是帮着雄也抢我们自己的客户吗？"

"我和你说过了，我们不能因为竞争对手怎样，就做对公司长期发展不利的事情。"

"工作也很被动。我的人马都在外面，风都放出去了，睡一觉，第二天告诉客户，提价！这没法跑业务。新政策刚颁布没多久，又要修改，朝令夕改，不但工作混乱，也很容易人心浮动。"

"这不就是你这个销售副总应该去解决的吗？"

罗平志愣住。

黄立工逼视着他，一副他不回答不罢休的架势。

罗平志躲不过去，略一思考，说："已经有意向的、快签约的客户，按原来价格走，价格说出口，只宜降不宜升；新跟进的客户，按新价格谈。销售的提成和奖金也是，老客户老办法，新客户新办法。"

黄立工不说话，只是看着他。罗平志努力地挤出微笑："黄总，这是我的建议，您看行吗？"

"同意，按这个执行！"

两个人在沉默中对视。罗平志打破难熬的寂静，说："黄总，没什么事我先走了。"

"好，期待你的业绩。"

罗平志拉开门，黄立工对着他的背影说："罗总，你明天把意向客户名单报给我，方便分开统计。"

罗平志僵在门框下。刚才，他在短时间内给出解决方案，既执行公司决策，又充分地考虑现实弹性和公司利益，自己都觉得满意。让公司硬邦邦的决策柔和平滑地落地，平衡多方利益，是公司高管的基本功。更让他满意的是，他留了一个隐蔽的口子：谁是新客户，谁是老客户，他说了算；对客户用哪个价格，对销售用哪种激励方式，也是他说了算；甚至对某些客户，他可以按新价格卖，向公司报上更低的老价格。如此一来，公司决策不再是束缚，反而成为他的武器。

他没想到黄立工当场反应过来，堵死了他的路。他不能把有点儿成交可能的买家都报上去，最后成单率会很难看。销售偷奸耍滑、哭穷喊难很正常，满嘴跑火车、漫天要支持是家常便饭，但是销售业绩数字必须认真对待，那是生死线。

罗平志的脑子里瞬间闪过几种反应方式，最后，他头也不回，对着办公室外，用毫无情感的声音回答："好！不过，这好像也是该我去解决的，不是你，黄总！"

"嘭"的一声，黄立工办公室的门被重重地带上。

18 潜 伏

盛华平很快知道了睿立那边的变动。他正在开车，当即转动方向盘，离开主干道，泊进旁边的小路，从车上翻出烟和打火机，在人行道树荫下站着。夏天已老，阳光明亮晃眼，但是风起时，灼热中开始带着一丝凉意。盛华平抽着烟，手在风中，捕捉着寒冷的微弱信号。

抽完烟，他给章利发实时定位，让章利马上过来。

地上攒到第四个烟头时，章利到了。两个人站在路边。这条小路安静，偶尔有人经过。

"他们为什么调价？"

章利摇头："我正在了解。"

"他们财务上有什么状况吗？"

"他们前阵宣传的融资不是假的，黄立工还当场给所有的高管看了银行账户余额。我打听过，他们把供应商欠款都清了，技术上也确实在加大投入，看来资金比较充足。"

"客户那块有没有问题？"

"也增长了。我们的内线，奖金原来排在前三，这两个月掉到前六。我安慰他，奖金涨了就行。他很不爽，说就涨一点儿，几个东北小女孩儿涨得多。销售业绩肯定上去了。"

"共赢。"盛华平淡淡地说。

"嗯？"章利不明所以。

"价格战这东西，如果双方都懂，操作得好，对谁都有利。盘子做大做稳，大家都有肉吃。"盛华平往地上扔下第五个烟头，"他们的势头比我们的好。我们的增长主要在于原来就有意向的客户，新客户他们抢得比我们狠。"

"那我们不是不应该……"

"坏事的是老关，他太小农意识，小时候穷怕了。他要是听我的，死命把价格拉下来，睿立根本抢不到客户。"

章利心想：老大，你不是说过，二手机器人不是长久生意，做一年挣一年的钱？他嘴巴嚅动了一下，没将想法说出来，坚决地点头，虚心地提问："要是这么说，他们现在有钱，更应该打下去才对啊？"

盛华平出神地看着大马路那边车来车往。黄立工此举出乎他的意料。

"会不会是他们有急着用钱的地方，不敢打了？或者，他们想腾移资金？"章利做了个卷钱的手势。

"不像。如果是这样，更需要幌子遮着，更需要短期表现得漂亮，份额、回笼现金，价格战还会打下去。"盛华平伸手示意章利别说话，他的想法在逐渐明确，"他的成本比我们想象中的高。"

章利的眼睛一亮。盛华平嘴角绷紧，冲他摇头："价格战打不下去了。"章利登时明白过来：关贸雄不会同意的。

"我们怎么办？"

"向关总如实汇报。"

章利一阵失落。盛华平的意思是关贸雄一定会跟着调价。这几个月，他激昂而期待，就像在真正的战场上，坚信盛华平会带着他们在暴风骤雨中攻陷敌人的阵地，没想到战斗正酣，一觉醒来，尘埃落定，双方草草收兵。他抬头，看到盛华平眼里闪着阴鸷凶狠的光芒，嘴角露出一丝冷笑。

"那个内线维护好，别心疼钱。我要第一手情报，不管有什么风吹草动，都要向我报告。"

"好！"章利又激动起来。他从统帅的眼睛里看出来，战争转入地下，但仍在继续。

"去吧。"

章利走远。盛华平慢腾腾地走向他的车，坐到驾驶座上，看着前方。他心头盘桓着焦躁，要实现他的雄心壮志，还得等待时机。这个黄立工，自己小瞧他了，做事凶狠，不按常规，得认真对待。一阵兴奋感油然而生，和焦躁交织在一起。凶狠……凶狠会是黄立工真正的弱点。在逆境中磨炼出来的人，在顺境中往往用力过猛。

盛华平启动车辆。发动机轻快地转动，他感受着车身难以发觉而又有力的震动。这次，他会很有耐心，等待黄立工自己出现致命的失误。一定会出现的，他也有过这种凶狠，栽过跟头，能感觉到黄立工躁动的心。

他猛地提速，汇入大马路上的车流中，迅速地消失在车来车往里。

19 从老板到企业家

转眼天气变凉，已入深秋。

周末，魏才圣打电话让刘睿阳到家里吃饭喝茶，说老伴儿惦念他了。黄立工开车送他过去。

梧桐树高大，干黄的叶子飘落在地上，踩上去发出脆响。黄立工拎着礼物，和刘睿阳并肩走在校园的小道上，前面右拐就是家属楼。

听到门铃响，一个中年阿姨打开门。阿姨在魏教授家干了七八年，俨然半个家里人，对刘睿阳和黄立工都不陌生，把他们引到书房里。

魏才圣家是四室两厅，客厅被硬生生从中间隔开，其中一部分与一间房打通，开辟成一个大书房。书房两侧是整面墙的书柜，从墙根顶到天花板，装满了书。书桌挨着门，上面摆放着材料、图纸、台灯和座机电话。书桌对面，是茶几和椅子，连着落地窗阳台。

魏才圣坐在书桌前翻资料，看到两个人，用手指着茶几和椅子。黄立工不客气，自己动手泡普洱茶。师母端着水果过来，一盘车厘子、一盘石榴，石榴被细心地一粒粒剥好，色泽晶莹。刘睿阳要起身接过来，师母抢着将果盘放下来，伸手按住他，满脸慈爱："坐着，先吃水果，饭熟了叫你们。"转身离开时，她对魏才圣下命令："老头子，先停下来，陪孩子。"

无论在外面怎样，只要来到她家里，刘睿阳就是那个脆弱而倔强的学生。

魏才圣听话，坐到茶几边，喝一口茶，开始聊人机结合："有家公司，假肢能从神经电信号里学习人的本能习惯，配合甚至增强身体活动能力，还有家公司，外骨骼机器人已经通过美国FDA（Food and Drug Administration，食品药品监督管理局）审批，即将上市。"

魏才圣问黄立工："工业园区动工了吧？"

"再有几个月就可以入驻。"黄立工说。由于工业园是江城市工业一类项目，报批省政府，在制造强国的政策大背景下，项目审批一路绿灯，甚至是边开工边审批，才3个月，园区就初具雏形。"'基建狂魔'不是浪得虚名，中国搞基础建设的速度世界第一。"

魏才圣看向刘睿阳："睿立机器人长期运行下的精度和稳定性，与国外工业机器人相比，差距有多大？"

"目前，在表现最好的场景里，睿立机器人能达到国外工业机器人90%的水平，"刘睿阳有些脸红，"还没有达到国际水平。"

黄立工心里嘀咕：睿立机器人这个水平秒杀一票国产机器人。他补充说："现在的定位是能用、够用，在这个基础上迭代进化。中小企业对机器人的要求和大企业不一样，它们对性价比的要求高于对智能化的要求。"

魏才圣不置可否："现在有什么问题？"

"我们现在都围绕着应用场景。"

"主要是支持原有算法的迭代？"

"对，我头痛的就是这个。我们有更丰富、更复杂的工业场景和数据，可以很快迭代，很快达到比较好的稳定性和精确性，但是场景之间很难穿透。"

"科学上的穿透，有两条路——自上而下、由外而内。"魏才圣取下眼镜，站起来，手在空中比画，"在同一类场景里大量重复，肯定是必要的，能带来完善和精进，但是很难穿透。"

刘睿阳默默点头。他当年在大学实验室里听过魏才圣这番语重心长的话，如今历经实业磨炼后，再次听到，另有一番感触。

"你们要有雄心，要考虑攻克难度大的。比如大型储罐、船舶这些大型结构，存在大量角焊缝、圆管焊接的需求。这些焊接作业位置多变且角度刁钻，也是焊接机器人应用于生产中的难点……不要被困在中小企业的生产线里。"

黄立工不禁赧颜。他曾经放过豪言，很快有一天，睿立的机器人会参与"工程机械之王"——盾构机的建设，实际上，连储罐、船舶这些稍大型结构的焊接生产，都是一道横在睿立机器人眼前的难以跨越的坎。

"我记得，现在也在一步步往上攻关。目前有一个核心的技术挑战，激光焊缝跟踪传感器的应用。"刘睿阳说。复杂的焊接操作，需要视觉解决方案，以便在焊接时自动检测焊接位置的变化，进而将焊枪调整至相应的位置。目前在围绕激光视觉传感器构建解决方案方面，别说睿立科技，声名显赫的华普机器人也没有获得实质性的突破。他起身，走到办公桌前，拿起纸和笔。

"我有一个迂回的方法。"刘睿阳在纸上画着示意图。角焊缝寻位焊接，在没有激光焊缝跟踪传感器的情况下，解决问题的途径在于找到巧妙的方式，开发出稳定实用的运动规划技术和动量控制技术，自动计算出机器人的运动轨迹，实现机器人的快速简易部署，进一步助推机器人的批量化生产。"只要是操作上有一定轨迹要求的领域，焊接、喷涂、码垛等，都可以适用。"

"不需要人工补焊，也不需要人工辅助焊接吧？"黄立工插话问。

刘睿阳点头："算法上可以支持。"

黄立工有点儿兴奋：算法，睿立的强项啊，那就不断加大在底层算法上的投入，不断支持各种轨迹和环境就好了。

"很实用，能解决一部分问题。"魏才圣沉思。

"复杂的操作和环境，就需要事先分析，提炼轨迹和焊接方案。"

"前置要求太高。如果装配精度和一致性不满足，或者应力和变形风险高，恐怕效率会很不好。"

刘睿阳苦笑，魏老师说的正是症结。

保姆开始在餐桌上摆餐具。师母走到门口，看到他们聊得正酣，便没打扰，轻轻退了出去。

"还是不能绕开跟踪传感器，更不能用过度智能化的方式来绕开。跟踪传感器是机器人的眼睛，没有了，就是瞎子，听力再发达，也不能替代眼睛。"魏才圣看着桌上刘睿阳画的示意图，沉吟着说，"如果把这两个结合在一起呢？"

"我们没有跟踪传感器方面的沉淀。"

"哪怕是普通的传感器，可以用算法去弥补它的不足。"

"对，"刘睿阳说，"自动跟踪的反应速度和效率都能有比较好的提升。"

"更重要的是成本优势！"黄立工也反应过来。他的兴奋点在竞争优势上，这意味着睿立焊接机器人可以配备普通的激光焊缝跟踪传感器，做出一流的自动跟踪表现。就像苹果手机，用强大的算法，让手机镜头拍出媲美专业相机的相片。这是成本优势，也就是利润空间。

"等等！"刘睿阳止住黄立工滔滔不绝的冲动，脑海中闪过一个想法，看着魏才圣："老师，可不可以反过来，不是让算法适配传感器，而是让传感器适配算法？"

"怎么说？"

"定制传感器，去适配算法的优势和长处，更充分地发挥性能，还有可能做到别人做不到的事。"

魏才圣拍着桌子叫道："好！"

黄立工一阵兴奋，接着犹豫。他担心的还是成本问题，也就是钱的问题。这是一项需要长期投入的工程，攻克工业机器人的眼睛，谈何容易？融资款是到了，引导资金也等着进来，企业一时无虞，可创业企业的钱花得比预想的快，回报周期太长的项目总是让人心生踌躇。

刘睿阳和魏才圣还在比画着，神情认真而专注。黄立工看着他们俩，忽然觉得他们离自己很遥远。一阵强烈的不适感袭来，他脑子里"嗡嗡"作响，身体摇晃着，几欲摔倒，汗水涌出燥热的身体，继而脊背一阵发凉，像是高烧初退。世界突然安静下来，他怔怔地看着眼前的刘睿阳和魏才圣，自己……自己和这两个人格格不入。

他以前内心一直自诩善将，能驾驭年轻一代最顶尖的才俊，驾驭老一辈最具声望的权威，可是他真的在用他们吗？用好了吗？眼前的他们，脸上神色认真，近乎虔诚，让人敬畏，这是他自己从不具备的。他们认真虔诚，是因为他们说话的时候，不只是在说话，这往往意味着往后几年甚至十几年，他们会将所有的才华和热情投入其中，去挑战，去实现。这都不是一诺千金，而是在用生命生活。空中好像有一双眼睛在审视着自己，黄立工一阵阵地冒冷汗：投机者，在他们的面前，自己更像是生活的投机者。

这几个月，他自己在做什么？是的，他很忙碌，推动园区建设，游说招商，早点儿搞定一切，早点儿落实引导资金。可是这些又是为了什么？新厂房、新环境是为了更好地经营企业，创造出更出色的产品，和国际一流企业竞争，然而在他这里，在做的事情好像变成目的本身，他像是特意掉进忙碌里，好躲避真正的挑战。"要抢占供应链心智"，他几个月前说过的雄心壮志，只是一句话，消散在那晚的夜风中。战争有谋篇布局，才有短兵相接，一上来就短兵相接的，那是莽夫打架。他做好带领众人走上战场的准备了吗？

刘睿阳和魏才圣仍在热烈地讨论，没有人注意到他的异样。黄立工深深地吸一口气，冷静下来。在这一瞬间，他触碰到了老板和企业家的那条分界线。

"北航的王教授和我说过一个年轻人，他叫朱才斌，在卡内基·梅隆大学机器人研究所工作，专门研究视觉这块，最近刚回国。"魏才圣说，"你们回去研究一下，如果要做，可以见见他。"

"好啊，谢谢老师！"刘睿阳眼睛一亮，看了黄立工一眼，说，"我们商量一下。"

"不。"黄立工伸出手，像要挽着刘睿阳一样，"我们马上见他，麻烦魏老师帮我们牵一下线。"

这是必须走的路，那他就坚决地走上去。

门口出现师母的身影,她总能在聊天告一段落时准确地出现:"老头子,带孩子们出来吃饭啦。"

20 工业老兵的战争

黄立工走进论坛会场里,总觉得有点儿不对劲,好像疏忽或遗漏了什么似的。

名片吗?他摸摸兜里,在呢。穿的衣服不对?他瞄了一眼自己,不是。前阵连轴见投资人,熟能生巧,他反而开始习惯穿正装。

投资人?他心里"咯噔"一下,马上想到许茜茜。糟糕,许茜茜和他说过想一起来这个论坛,他随口答应,说等安排好叫她,没承想这些天生活跌宕起伏,把这事忘得一干二净。

礼仪小姐把他领到第一排。他一眼看到自己的名牌,在第一排最边上。这次工业机器人高峰论坛在行业里级别不低,不少大佬前来参加,连汪自强都来了。作为行业小黑马睿立的经营者,他被安排在第一排座位,也不算被辱没。下定决心攻占供应链心智后,黄立工打了一圈电话,费尽心思地找人,好一番沟通,把自己临时塞进论坛嘉宾行列里。

坐下后,黄立工捧着手机,琢磨着怎么找个有理有据的说法,把许茜茜摆平,让她不要纠缠。屏幕亮起来,手机烫手地振动着。他叹了口气,倒霉事总爱凑巧,许茜茜主动找上门了。他点开屏幕,果然是许茜茜的信息。

"我还在等着你的安排呢!"

他隔着屏幕都能看到她不满的模样。

黄立工看了看会场,座位逐渐被坐满,嘉宾也来了大部分。他迅速地回信息:"开会,急事,回头说。"他打开静音模式,站起来,把厚厚的名片拿在手里,四处交换名片,寒暄。

论坛主席台上，主持人正在与汪自强对话。汪自强是显赫人物，行业明星企业华普机器人的董事长。黄立工精神一振，坐直认真地听着。会议开了两个多小时，总算到这个环节，他折腾着参加这个论坛，为的就是这个人、这一刻。

"能够走上工业机器人这条路，我要感谢老一辈科学家，比如我的研究生导师江青木教授。"汪自强在台上讲述华普机器人的前世今生，说到老师，有点儿动情，"我印象最深的是，他出国回来，大手比画着，满怀激情地说：'将来，我们中国的机器人要像美国、苏联的机器人那样，上能探天、下能入海；要像日本和德国的机器人那样，在工厂里奔跑。'在众多工业人前赴后继的努力下，这话正在成为现实，可惜，他不能看到了。"

台下响起热烈的掌声。

主持人感慨地说："我国机器人发展史上，永远铭刻着这些伟大的科学家的名字！"

"是的。"汪自强说，"我和大家讲一个40年前的故事，我们中国的伟人第一次和机器人相遇的故事。"

1978年10月，中国政府代表团访问日本。24日下午，代表团一行在日本日产汽车公司位于神奈川县的工厂参观，在一台形状奇特、正在进行自动焊接作业的机器面前停下来。说它奇特，是因为这台焊接机器像一位巧手绣娘，在生产线上舞动着巧手，穿针引线，眨眼间就把一台汽车的框架"缝制"得整整齐齐。陪同人员告知，这是机器人。

"这是中国工业机器人发展的原点。就在这之前不久，一批中国科学家克服种种困难，经过不懈的努力，使机器人和人工智能被列入1978年至1985年中国科学院自然科学发展规划。我们应该牢牢地记住这些科学家：屠善澄、杨嘉墀、王大珩、宋健、蒋新松，以及后来推动中国机器人发展的席宁教授和外籍华人科学家谈自忠等。他们的名字，铭刻在中国机器人发展史上，也铭刻在14亿人的心中。

"真正有意义的道路，从来都不会平坦，向来都充满艰辛，甚至屈辱。"汪自强讲起第二个故事。1979年8月，首届国际人工智能研讨会在日本东京召开，中国派出以蒋新松为组长的五人专家团队出席会议。会议结束后，蒋新松一行奔赴日本几家著名的机器人公司参观，想买一台机器人带回去研究。

他们在其中一家机器人公司参观时，看到无人生产车间，机器人永不疲倦地重复着流水线作业，十分震撼。蒋新松向厂方提出购买机器人的愿望，对方看了他一眼，用轻蔑的口气说："你们会用吗？15年之内我们不打算与中国合作。"

蒋新松愤怒得一时无语，在众目睽睽之下被蔑视比被打耳光更屈辱。蒋教授努力地克制着，回敬了一句："15年后，你卖给我，我还不一定要你的呢。"

主持人问："后来呢？"

"15年后，"汪自强脸上露出一丝轻松的笑，"他们主动找上门来，和蒋新松教授谈合作。"

台下掌声再次如雷鸣般响起，经久不息，带着一种解恨般的自豪感。

"这是我们的使命，也将是我们的荣耀。命运必须掌握在自己的手里！"汪自强慨然说道，"工业机器人可以说是现代工业的集大成者，也是通过未来新工业大门的钥匙，不管是国家还是企业，都必须攻克、掌握其核心技术。过去40年的历史所讲述、当今产业竞争所要求的是，工业机器人企业必须攻克所有的山头，自行开发控制器、减速机和伺服系统，保证国产工业机器人拥有完整的技术体系。国有企业更得承担起新时代赋予的历史使命，承担起固链、补链、强链、塑链的重任，会聚科技人才，凝聚市场力量，在国际市场上杀出一条生路，杀出强国之路。"最后汪自强说，"应该大力鼓励和培育工业机器人企业进行自主创新，全面提升中国的基础工业技术水平，国货当自强，不搞外来组装，不成功便成仁。"

马上到问答环节。主持人一宣布开始自由问答，黄立工就站起来，伸手向礼仪小姐要麦克风。

"汪总的家国情怀，黄某很感佩，我相信在座的所有人都和我一样。"黄立工认真地向汪自强躬身致意，接着说，"汪总的追求和愿望，我很认同，这也是我一直在努力的目标。正因为道同，所以更要相与谋，对于怎么实现目标，我的想法和汪总的不同。"

开场铺垫完，黄立工深呼吸，开始酝酿他的风暴。

"我不同意工业机器人企业必须攻克所有的山头的观点！不是因为难、不可能完成，而是因为这会让我们离使命和目标越来越远！"

场里一阵骚动，嘉宾们交头接耳，一片"嗡嗡"声。黄立工走出座位，走到台下空地，面对着汪自强，眼睛的余光可以扫到全场。

"汪总刚才提到工业机器人的三大山头——减速机、控制器和伺服系统，它们难以攻克，看似是设计和工艺的问题，但归根结底是材料的问题。就说减速机，我们生产的和国际先进的相比，在扭转刚度、传动精度等稳定性和精度指标方面，差距非常明显，在抗疲劳强度方面差距也很大，一年半载就磨损报废。完全拷贝国际顶尖产品的企业所生产的减速机也是如此。原因在哪儿？材料。我们生产不出符合要求的特种钢，人家也不卖给我们。又比如反馈元件，也是致命的问题，欧美和日本垄断95%以上的市场，我相信在座的各位都很清楚，我们制造出的工业机器人，反馈元件的国产率基本就是0。我还能举出很多这样的例子，磁性材料、超薄的硅钢片我们造不出来，还有一些绝缘材料，也只能选择美国或德国的……

"要攻占所有的山头，不是一家企业能做到的，我们这些工业机器人企业恐怕还得进军材料工业。大家都知道，日本是材料强国，他们那边有非常成熟的技术，我们还处于实验室的基础阶段，至少有10年的差距。就算我们咬咬牙，自主生产出所有的材料，机床呢？芯片呢？还有更要命的，标准呢？我们现在用的伺服总芯技术，它所有的标准、所有的定义，绝大多数来自欧洲和日本。"

场里鸦雀无声。黄立工所说的问题难以回避。这个话题太沉重，每个人的呼吸都很重，压着这片寂静。汪自强绷着脸。他怎么说也是行业内的风云人物，从未有人敢在公开场合辩驳他。他注视着黄立工，认出这个人来了。他以前见过这个年轻人，那是几年前，刚创立睿立科技的黄立工还是一名工业机器人行业的新兵，到华普机器人"拜过码头"。

华普集团的主业是汽车，一直致力于成为有国际竞争力的国产汽车品牌，华普机器人是其开辟的新事业板块，集团董事长汪自强亲自挂帅兼管。黄立工一进入华普机器人的大厅里，就看到正对门口的墙壁上，挂着"中国汽车，自己造"的粗黑大字，进到汪自强的办公室里，马上领略到这位掌门人的风格同样是直率有力。聊了几句，汪自强知道黄立工是学工业出身，不是名校毕业，但是一直在做市场，认为他又是一个混进行业里赚快钱套资金的投机者，语重心长地告诫他，工业机器人意义大、风险大，需要有为国牺牲的决心，慎入，便逐客。

难道黄立工是为了几年前这点儿事来砸场子的？若是如此，我就更看不起你了，汪自强暗哼一声，但旋即否定这个想法。这个年轻人说话虽然刺耳，务求一鸣惊人，难免滑入夸大事实的极端，但有思考、有深度，并非以前自己所以为的投机者。思及此，汪自强内心竟然有点儿欢欣，他以民族复兴为己任，看人视事便不着眼于竞争或得失，而更多着眼于为国之大事业凝聚人心、团结人才，见投机者有多厌恶，见有真才干者就有多青睐。他心里瞬间有了决断。

此时黄立工的发言已经进入尾声："自主创新当然是我们的梦想，但创新不是无中生有，而重点在'创'，是在原有事物的基础上进行再创造。就算是组装，如果能组装出新意来，也未尝不是一种创新。回看中国工业这几十年的发展历程，我觉得可以归纳为'四步走'：第一步，别人有场子，什么都比我们厉害，我们就要想法子进场子里；第二步，进入别人的场子里，先学会怎么玩；现在我们在第三步，学会怎么玩了，那就学着玩得更好；第四步，在他们的场子里，按他们的规矩，我们玩得比他们还好。等到有一天，他们得跟着、追着我们玩，我们才有可能把这个场子变成我们的场子。那就是我们掌握命运的时候！"

汪自强把手举起来，在空中鼓掌，场里跟着响起热烈的掌声。

"后生可畏。"汪自强拿起话筒，洪亮的声音在空中回荡，"这番为国为产业的思考，很难得。我相信你是这么做的，这更难得。"他顿了一顿，缓缓扫视场里的每一个人，目光锐利，像雄鹰在空中翱翔，巡视着自己守卫的土地。场内所有人都被他的目光所慑，静默地等待着。"大国工业。什么是大国工业？是哪家企业、哪个部门代表着大国工业吗？不是的！"汪自强指向黄立工，"你是大国工业。我是大国工业。在座的每一位，都是大国工业！大国工业是由我们每个人、每家企业组成的！"

他的手指向场里的每个人："树欲静而风不止。不是所有的企业都要去攻占山头，而是所有的山头都必须被攻占。各位，共勉！"

论坛结束。汪自强站起来，正要往台下走，看到黄立工还站在那里看着，一丝微笑掠过嘴角："黄先生，晚上没事的话，喝个茶聊一会儿？"

话筒没关，他的声音本就响亮，通过话筒传到全场。场里的嘉宾齐刷刷地看着黄立工。攻占供应链心智。黄立工按捺着心头的激动，手举过额头，轻轻地敬了一礼。

汪自强微微颔首。

"你就是睿立科技的黄总?"

黄立工抬起头,面前的人身材瘦小,一脸精明干练,看着黄立工的名牌,对黄立工颇有兴趣的样子。还有几个人正在向这边走来。

"听说你做了一个工业机器人产业园?"那人问道。

"汪总是行伍出身?"黄立工举起酒杯。

"今晚不多喝,明天还有要事。"汪自强举起杯子,点了点头,"我父亲是老兵,经历过枪林弹雨,为国出生入死过。他出身贫寒,但为国奉献,终于荣归故里,是我的骄傲。"

"敬老爷子!"黄立工双手托杯。

"我也是老兵,受过伤,没有辱没家风。"汪自强喝了一口酒。

"上得战场,入得商场,难怪大家说起您都很敬仰。"

汪自强微微摇头,放下酒杯:"一回事。说到底,这也是一场战争。在科技和市场上的战争,其实更不好打。"

"我也喜欢把商业竞争当作战争来打。"黄立工说,"不过,汪总,企业之间的竞争并非就是你死我活,也可能是双赢的。"

"你上过战场吗?"

黄立工摇头。

"你对真正的战争一无所知,都是靠想象。你以为真正的战争就像书里、电影里的一样,像下棋一样?"汪自强挺直高大的身躯,一时间像是回到了30多年前的青春岁月,在战壕和炮火中度过的青春岁月,"你上过战场就明白了。那里炮火永不停歇,到处都是炽烈的光,什么都看不见;到处都是震耳的轰鸣声,什么都听不见。你只能拿着枪,往前冲,什么都不会想,只有一个念头——要活着。你要活着爬到那个山头,活着抵达那个终点,没有东西可以阻挡你,挡在你面前的,都要干掉。"

"做企业,难道不是这个感觉?"他拿起酒杯,一口干掉杯中酒,把杯子倒扣在桌面上——今晚不喝了。

黄立工凝重地点头。

"所以，你下午在论坛上说的那些，是真的那么想的？"他露出说必须攻占所有的山头时的严肃表情，"你不认同我的观点？"

"你知道战士在战场上大多是怎么死的吗？"汪自强说，"不是死于敌人的正面攻击，往往死于流弹，甚至是自己人的流弹。"这话里似有所指，黄立工正琢磨着他到底是什么意思，他接着说，"老兵的职责，就是整束队形，教会我们的新兵，再慌乱的时候，枪口都要对着哪儿，教会他们，带领他们，在自己人的队伍里，保护别人，保护自己。"

窗外有风掠进来，似乎不停地响着来自战争年代的炮声。

"你说的是对的，但你还不是老兵。"

黄立工伸手按着汪自强倒扣着的杯子，慢慢地说："汪总，失礼，我一定要把你这个杯子翻过来一次。"他慢慢地翻过汪自强的杯子，往里面倒酒，四分之一杯，一口的量。给自己满上后，他手托杯底，以晚辈执礼的方式举起杯，"敬老兵！"

"为你破例一次。"汪自强拿起杯子，杯沿略高过眼睛，"敬老兵！"

21 慌　乱

深夜，黄立工拖着疲软的脚步，走进酒店大堂里，和汪自强夜谈的内容仍盘桓在心头。"面对这样的时代机遇，不抓住的话，我们就是历史的罪人！"聊到最后，汪自强激动地抓着他的手，说出这番话。永远都不能低估中国的老兵，他们的身体也许疲惫，他们的脸色也许疲倦，但是他们心里那股守护家与国的坚毅、面对险阻和挑战时迎难而上的勇气永远不会消失。汪自强让他感觉到这种精神力量的强大。在企业决策的冷静与精准上，在市场拼杀的嗅觉和筹谋上，汪自强也许有着种种缺陷，但是任何人都不敢轻忽他。

一个人拦在黄立工的去路上，穿着帆布鞋的俏足上，长裙轻轻飘荡。黄立工疑惑地抬头，赫然地看到许茜茜嗔怒的脸。

"你怎么在这里？"黄立工讪讪。许茜茜没应话，逼视着他。大堂里没什么人，两个人就站在大堂中央。黄立工往侧边迈步，许茜茜再次拦住他的去路。

"我不是说有急事吗？"黄立工抬起头，板起脸。

"你当我是什么？！"

黄立工瞥见她脸上的表情，冰冷里包裹着怒气。他从没见过她这般模样，到底是什么呢？她这么大的反应，大半夜的赶到这里，只是因为他忘了喊她过来？或者是汪自强？她和汪自强有什么纠葛或联系？

"这是工作，你不要……"他绷着脸。小题大做，无理取闹，他下意识地避开了"安排"这类字眼。

"不说事业了？"

黄立工听到了她心中没发出声音的冷笑，空气中似乎有熟悉的气息……女人。他隐隐一阵头痛，恍惚的瞬间，眼前这个年轻女子的脸庞和刘斐的交叠在一起，分不清谁是谁。冰冷、怒气和嬉笑、讥讽之间的距离，就像愤怒与恐惧的距离一样，比他以为的要近得多。他发出一声低沉的叹息，板着的脸松懈下来，露出疲惫，近乎厌烦的疲惫。

即便在飘忽混乱的这一瞬，他都有着一种清醒的自我意识：这个厌烦不是针对别人，而是针对自己，他厌烦这个自己。这个想法像一根针，微小但无法忽略，缓缓地沉下去。

"去印度也是工作？"许茜茜脱口而出。她用愤怒掩盖着的慌乱正在渗出身体。他不是需要她去印度。她听到黄立工和刘睿阳讨论去印度的工作安排，没有需要她的地方，是她主动要求……他在她面前聊起印度，和她无关的印度，她主动要求一起去。他不是需要她去机场，她的嘴里有一丝苦涩，他一路耐心地讲解，从未有过地耐心，之后耐心便消失了。他不是需要她去苏州——在越来越多的慌乱中，那只潜伏在水底下的猛兽挣扎着，挪动着，靠近危险的边缘——是她主动要求……他打电话，说着苏州，说着担心，她主动要求去。他总是能主动让她主动。他不需要她去论坛，所以她没有去。他需要的不是她这个人。

许茜茜喘着气，身体在发抖。

黄立工往两边看了看，大堂里有零散的客人，服务台旁的大堂经理有意无意地看向这边，也许在犹豫要不要过来。

"你是不需要去印度。你在国内，我打电话找你，你不帮我吗？"黄立工一脸受伤的表情，趁着许茜茜愣神，快步向电梯走去。电梯正停在一楼。

到了三楼，黄立工在电梯间里愣了一会儿，慢慢走向自己的房间，刷卡开门，转过身要关上门，看到门口站着那道穿着长裙的身影。

沉默伴随着裙摆在楼道里飘荡着。

"为什么这样？"许茜茜像是在对着空气说话。她总是在。他总是不在，又似乎在，让她难以摆脱。他再出现的时候，之前似乎什么都没发生过，一切平常、自然、理所当然。许茜茜打了个寒战，有种莫名其妙的熟悉感。他是谁？委屈油然而生，压制住她心中再次涌起的慌乱，"你到底当我是什么？"

黄立工好像说了句什么，许茜茜往前一步，盯着他的嘴唇。

"你说什么？"

他的声音像是从遥远的地方飘过来的，刚到达她的面前便消散在空气里。楼道里灯光昏暗，两个人的脸都在阴影里，许茜茜恍惚间回到苏州耦园的晚上，他有时候转头，她温柔地看着夜色里那张模糊的脸。

回过神的时候，许茜茜看到自己抱着黄立工，他的手在她的腰间，轻轻抚摩着裙子的褶子。许茜茜轻轻挣开些，仰头凝视着他，好像有烈火席卷过身体。在火焰的中央，她反而感觉到一阵寒意，缩成一团，用力地抱着他，像是要他温暖她，驱赶走那团小小的寒意。"总会有人让你做回自己的。"这是她对他说的，在耦园的亭子里，他的眼睛在昏暗中闪烁着光芒。她看进他的眼睛里，在眩晕中，什么都看不清。她慢慢靠过去，贴近他冰凉的嘴唇。

22 与国家共命运

黄立工和实验室门口的保安打了个招呼，正要冲进里面，忽然想起来什么，尴尬地对站起身的保安笑了笑，转向桌子，规规矩矩地在登记簿上填上自己的大名、来访时间和事由。放下笔，他挺起腰，沉稳地走向大门，刷指纹。这是刘睿阳定下的规矩，他特地和黄立工打过招呼，黄立工贵为企业第一人也必须遵守。

实验室里，刘睿阳和李佳正靠在办公桌边说话。看到黄立工进来，刘睿阳用询问的眼神看向他，李佳直起身，恭敬地叫了声"黄总"。黄立工扫了全场一眼，工程师们或在检视设备，或在低头查看数据，或在墙边低声交流，和大学实验室里的学生差不多，全无森严肃穆的气氛。

"我饿了！"黄立工迎向刘睿阳的眼神，嚷嚷道。工程师们抬起头，发出轻笑声，又低头忙各自的事。

刘睿阳看着李佳，李佳点点头，起身巡场压阵。

走出楼门，黄立工搭着刘睿阳的肩膀，夕阳已压下树梢，余晖晕染楼顶，像是刚开坛的经年储放于地下的蜂蜜，散入温水中。

"好久没走在黄昏里了。"黄立工出神地看着周围的景色，想起童年时，他们俩放学后就是这么勾肩搭背，在落日下一路玩耍，影子长长地拖在地上。

"长大了，你跑得太快。"

"胡说，打小开始，我就一直得追着你的脚步。"

"我哪里还跑得动？"刘睿阳露出一丝苦笑。

黄立工松开手，捶了刘睿阳的肩膀一拳，瞪着他。刘睿阳伸出左手，黄立工犹豫着，也伸出手握住，肩膀微沉，摆出掰手腕的架势。这是两个人小时候常玩的游戏，各出左脚互相抵着，看谁最后能把对方甩出去。刘睿阳若无其事，黄立工连着用了几下劲，虽没尽全力，但刘睿阳的手纹丝不动。黄立工惊疑地松开手。

"你什么时候练得这么好？"

"盲人的耳朵得好用。"

黄立工当没听见这话。

"两位老总兴致这么好呢？"一个洪亮的声音响起，黄立工转头，罗平志满脸堆笑地站在一旁。

"老夫聊发少年狂。"黄立工说。

罗平志夸张地摇头："两位老总要是'老夫'，那我得快入土了。"顿了一顿，他恭敬地点头，扬手，"不打扰两位老总。我还要见客户，很有意向，嘿，先走了。"

看着他志得意满地远去的身影，黄立工皱着眉头说："他是四川来的吗？"

刘睿阳摇头："怎么了？"

"变脸玩得好。"黄立工冷哼一声，"简直就是我黄立工的晴雨表，看他的脸色就知道最近我表现得怎么样，努力是不是有效果。"说着他自己都笑起来，"鲲鹏腾飞的军功章也有我的一半啊。"他自得地说，"睿阳，今晚你请我。"

"你想去哪儿？"

"老地方。"

"好。你送我回家啊。"

黄立工干笑一声，有些不好意思。刘睿阳疑惑，不过疑惑只维持到厂区大门口，一辆黑车等在那里，许茜茜摇下车窗，示意他们俩上车。

"豁然开朗。"黄立工看着对岸，江风拂过，酒劲借着风发出来，身上一阵火热。刘睿阳顺着他的目光看去，那边楼宇的灯光亮得更多了，隐隐连成一条线，在河水里微微荡漾。

"我们在实验室里也是，总要失败成百上千次，才能找到那条正确的路。"

"你现在好像经常在正确的路上。"

"那是危险的信号。"刘睿阳认真地想了一会儿，"一开始尝试就撞对了，不是幸运，而是诅咒，科学史上有很多这样的故事。没有失败的积累和磨砺，就不会有那种嗅觉——在长期的失败和绝望中闻到光明的微弱信号。他们，后来什么都没做出来。"

"企业也是。"黄立工点头，"不过呢，实验室里，一次失败就是一次失败，永远都可以重来。企业，有时候一个小小的失败，就是死。"

"所以我管实验室，你管企业。"

黄立工笑了："我们好久没有这么轻松地聊天了。可惜，又要开始'打仗'了。"

"园区马上要开了。"

"睿阳,你要做好准备。"黄立工盯着刘睿阳,眼睛闪闪发光,"狂风暴雨要来了!我要彻底地扫荡!"要像军团发动总攻一般,扫荡战场,席卷大地,他站起来,胸中仿佛有号角声在回荡,对着缓缓流动的江水,声音昂扬,"这次行动叫'攻占供应链',我要彻底征服供应链心智!"

"还是开放产能,给客户深度定制吧?"

黄立工无奈地笑了笑。

"Designed by RuiLi in China。我记得,这是我们的目标。

"我们现在局面很好,在市场杀出了一条血路,在业界也闯出了点儿名号。但是,你别以为我不知道,这局面有多来之不易。如果没有魏教授的前期积累,没有你和研发部不停地创新,也是白搭。就是因为局面来之不易,机会来临的时候,更要彻底深入地走下去,停下来就是死,我们不能指望老天爷给两次机会。"

"我做好准备了。"刘睿阳微笑。

黄立工咧开嘴笑,搂着刘睿阳的肩膀:"兄弟同心,其利断金。"

他的心里松了口气,这回他不用唱苦情戏了,也不用连哭带嗔的,再不积极奋进,不用等技术或市场出事,产能闲置、园区空置就能把他的小命给要了。

"技术部和生产部做好准备后,接下来,我打算调整市场销售体系。既然是开放平台,市场和销售也要立足于专业。"黄立工的设想是,销售体系按专业领域来划分,每个领域都有独立的销售队伍,将罗平志限制在焊接机器人板块,不让他染指其他板块。

"罗平志可能又要变脸了。"

黄立工"嘿嘿"地笑:"我已经物色好几个销售人员,放在他的下面。"

"有些板块,也可以专业与销售一体。"刘睿阳说,"我有个想法,光伏清扫机器人,是不是可以试一下?"

"你是说李佳?"

"嗯,让他全权负责,技术和销售一把抓。"

黄立工沉吟,很多大厂是这么做的,不过他们的人和资源储备充足,有足够的空间,犯得起错:"你觉得他行吗?"

"这方面,你的判断比我的可靠。"

"嗯。让他去负责独立业务，对你这边会有影响吧？你不是想把他培养成副手，他走了，谁能顶上来吗？"

"研发部也需要进行大的调整。"刘睿阳说，"要实现 Designed by RuiLi in China，我们需要顶尖的研发人员，像朱才斌那样的。现在的技术人员，要么安心地跟着做研发，作为中坚力量，要么出去负责业务。我想给他们这条路。"

"除了李佳，还有别人吗？"

"李佳如果能冲出来，后面自然有人。"刘睿阳看着黄立工，斟酌着说，"他们收入不高，虽然我们也拿得少，但他们不是要和老板比。他们是和同学、朋友比，和他们的生活比。如果李佳能在这里做出成绩，挣到钱，你还担心没有更好的工程师来投奔吗？"

"听你的，就这么办！"黄立工当即做出决定。

"起来走走吧。"刘睿阳站起身。

"你行吗？"

刘睿阳沿着江边走去，黄立工只好跟上去，心里有点儿发毛。

"我们的算法现在还是高度定制化。"刘睿阳说。创办睿立科技后，他采用起步追赶的常见策略，针对不同的企业和场景，进行定制。在解决明确而具体的问题时，国内工程师通常很具创造力，甚至可以用非常规的方法快速地搞定问题。

"这是我们的竞争优势啊。"

"是的，不然我也没有底气快速地支持你做开放平台，只不过……"刘睿阳缓缓摇头，"现在的竞争优势，就是未来的瓶颈，大国的工业机器人不可能靠定制。"

黄立工顿时反应过来：越是在每个具体的场景里定制，越是用非常规的方法快速地出结果，日后打通所有的场景就越艰难。

"我现在才真正明白，每家制造企业，都是中国制造业的缩影。"刘睿阳停下脚步，凝视着对岸的灯火，深深地呼吸，像是看着过去那些在幽暗中探索的岁月，"中国制造业要走的路，每家企业都会走上一遍，所有的挑战，一样不落。每家制造企业的命运，也是中国制造业的命运。"

两个人沉默，听到江水轻轻拍着岸边的声音。

"我很尊敬他们,所有迎接过挑战的先辈们,还有所有还在坚持的同行们。"刘睿阳说,"你知道这种挑战有多艰难,这种压力多让人喘不过气。"

黄立工从没听到过刘睿阳这么低沉的嗓音,怔怔地看着他,接着想起汪自强。"也是一种使命感,对吧?"黄立工说,"从来没有过哪个时期,我们这些普通的创业者,会和国家同呼吸、共命运。"

"那我们,冲过去?"

"冲过去!"

中国制造业要走的路,每家企业都会走上一遍,黄立工在心中默念。

"算法是最有价值的硬骨头。"刘睿阳说。

黄立工懂。核心控制系统是影响工业机器人稳定性的关键部件,相当于工业机器人的大脑,软件则相当于语言,把大脑的想法传递出去。底层核心算法决定这门语言的质量和稳定性,直接影响甚至决定工业机器人的优劣。好的算法,几千行就能让机器人稳定地运行不出故障;差的算法,几万行也达不到人家的水准。工业机器人四大家族可以出售伺服系统、减速器、编码器等关键部件,但对核心算法一直秘而不宣,绝不外泄。

"但是不够。"

"我听到你刚才说朱才斌了。"

"恐怕也不够。"

黄立工挠了挠头:"他怎么说?"

"高端机器人是必争之地,但不是你的护城河。"

魏才圣牵线搭桥后,黄、刘二人马不停蹄地去见朱才斌,三个人相谈甚欢,当场达成合作意向。朱才斌提出加盟条件:公司要给他足够的时间和耐心。他从卡内基·梅隆大学机器人研究所出来后,把研究方向确立为最先进的 3D 激光焊缝跟踪传感器的应用,这是焊接机器人最理想的"眼睛",任重道远。黄立工表示完全支持,希望快速地出第一代,适配刘睿阳的算法,开发定制化传感器。朱才斌拉着刘睿阳在纸上画了一个小时,胸有成竹,问半年时间算快吗?黄立工马上和他握手成交。

"那他还来我们这里?"

"他谈过不少企业,觉得国内我们最有希望跨进高端机器人领域里。"

"他从没和我说过。"黄立工说。他有点儿自得,没想到朱才斌对他们的评价这么高,继而头痛,"没剩几样了……"

工业机器人成本的大头摆在那里,减速机、伺服系统……都是硬骨头,尤其是减速机,要质量稳定,基本靠进口,价格没弹性,还未必买得到。

"我们要自己做减速机?"

刘睿阳想了一会儿,说:"未来我们必须有自己的减速机,如果不自己做,也要有战略伙伴,能够稳定地供应。"

"国内有能做出来的吗?"

"有几家在做,不过……值得关注的,只有李艺。"

"赛尔科工的那个李艺?"

刘睿阳点头:"他在日本帝工集团研究 RV(Rotary Vector,旋转矢量)减速机,回国到赛尔科工后,和德国酷开合作。"

"他做出来没?"

"没有。不过,就目前来说,他是最有希望的。"

往回走的路上,黄立工一阵阵头痛。减速机,突破的机会都在硬骨头那里——这是他爱说的话,拿来激励别人、鞭策别人,这回,刘睿阳把最硬的骨头扔回来给他。也许要过几年,减速机才会成为棘手的现实问题,不过,几年很快就会过去。

刘睿阳远远地看到长裙在风中飘扬,许茜茜站在路边,背着手,欣赏夜色。两个人走近,许茜茜转头。刘睿阳心中一动,这是他初次见许茜茜时她的模样,自若中带着些许俏皮的小女儿神态。黄立工走到她的身边,伸出手,她把车钥匙递到黄立工的手里,挽着他的手臂。

黄立工转身,要扶刘睿阳上车,却看到刘睿阳没动,正注视着他们俩。他尴尬地笑了笑,干咳一声:"睿阳,上车。"

刘睿阳正想着是不是要自己打车回去,转念打消了想法,拉开车门,坐到后座上。

23 阴　谋

"什么玩意儿？开放平台？"

"开放产业协作，云设计、云生产，构建工业机器人云园区……"

"真能整名词！不就是代工吗？！"

章利停下手里的活，直起身，有点儿纳闷儿："代工？"

盛华平背着手，环顾着房子，房子面积不大，好在没有多少家具，墙壁是新粉刷的，敞着墙边墙角，没有居家久住后塞满无用什物的拥挤逼仄。

"高级一点儿的代工。自己有能力设计和生产工业机器人，拿一些出来对外服务，替别人设计和生产。"

"那不是给同行生产，给自己扶持竞争对手吗？"

"三星还卖零件给苹果呢。"盛华平哂笑，"这对它也有利。你想，我们要做机器人，会让睿立代工吗？"

章利恍然大悟："对！不会，那不等于让他们掌握我们的情况。"

"任何事情都是双刃剑。反过来，我们也会掌握它的实力所在。"

"不是说代工是产业里的底端，微笑曲线的底部，怎么他们还主动做这个事？"章利蹲下来拆开外包装，把电视拿出来，三下两下装上底座，摆到电视柜上。盛华平满意地看着，这个大屏幕给光秃秃的墙壁增色不少："他们现在好像还不缺钱吧？"

"不缺，势头还挺猛。"章利摇头，"他们销售部罗总前阵和黄立工干了一架。我听说黄立工对他不是很客气，最近在削他的权，把一些业务从他的手里剥出去了，新业务也不让他碰。罗平志不但忍了，还积极地在外面跑，看来是有的挣。"

"老关目光太短浅。"盛华平从鼻子里哼了一声，"幸好就做二手机器人，转到别的领域，立刻被人打趴下。"

章利心里想：老关说得未必不对，降价只是让对手倒霉，自己捞不着好处，打击自主机器人对手，只是会让别家自主机器人乘虚而入，不会让二手机器人的市场份额大幅提升，这个账不划算。他"嗯嗯"地点头，把电源线、信号线都给插到电视上。

"可能是园区的压力……政府的支持不是那么好拿的。"

章利抬头看盛华平在凝神思忖，不敢打扰他，轻声拆开电冰箱包装，把电冰箱安置停当，通上电，马达轻轻转动，一切良好。

盛华平拿起电视遥控器，打开电视，屏幕一亮，播放起开机广告。他蹙起眉头来，看着电视包装箱，上面写着大大的"云电视"。

"什么都是云……"

"难不成他们是和家电学的？"章利笑着说。

"他们的架势就是要把工业机器人做成家电。"盛华平冷笑一声，转头教训手下，"你学着点儿。嘲笑归嘲笑，但是这个整名词、整概念的能力，你得学。"

章利点头应"是"。

"任何事情都是双刃剑。"盛华平"喃喃"道。电视终于播放完广告，进入正常节目模式，他调高音量，走到阳台上，掏出手机，顺手拉上阳台玻璃门。

章利把包装箱归置一下，堆到门口墙边，然后走进厨房里收拾。

"有个好机会，你关注一下。"盛华平对着电话那头说，"有家做焊接机器人的企业，他们接外部订单……对，代工……他们做得还不错，在国内算顶尖……可能是政府要求他们的吧……哈哈，瞧你这出息……去好好了解一下……"

阳光照在盛华平的身上，已有暖和的意思。他把手机放在扶栏上，脱下外套，搭在手上，拿回手机，对着那头说："嗯嗯……做好准备再去，好好和人家学习……好好学习。"

他站在阳光里，第一步棋已走出。

他反复推敲几遍，认为这是个好机会，是好机会，就该撒网了。制胜的最佳时机永远在敌手高歌猛进时，真正的弱点就藏在最强大的地方。

棋局已成。这盘棋可是真正的决胜局，蛰伏这么久，他终于要大展拳脚。

盛华平拉开阳台门，走进客厅里，章利看到，赶紧从厨房里迎出来。

"像模像样的。"盛华平看着突然增添现代气息的客厅，说。

"老大，你太照顾我了，我这屋里的东西都是你买的。"

"你一个单身小伙子，这么急着折腾房子，是有好事，还是筑巢引凤呢？"

"哪有那心思？！"章利有点儿不好意思，"我想这些年专心做事业，装修这个房子是想方便一点儿。老大有时接待晚了，要是不嫌弃，到这里歇个脚，比住酒店安全方便。"

盛华平用力地拍了拍他的肩膀。他听出了言外之意：这小伙子，越来越有眼力见儿。

"去吃饭，乔迁之喜要庆祝。"

走出楼门，阳光耀眼，路边已有绿意，盛华平对章利说："和黄立工闹翻的人，你都留意一下。尤其是罗平志，多盯着点儿，关注他的情况，找找有没有接触的机会。"

"老大，你想见他？"

盛华平听出他的疑惑："好销售唯利是图。不过，利分大小远近，羞辱能忍，不光羞辱还伤到未来的利益，就很难忍了。别看他跑得积极，他应该很不爽。"

章利醍醐灌顶："那他现在那么积极地跑客户，就是要……赶紧变现？"

"那就段位太低了。"盛华平轻轻摇头，"不管是现在变现，还是未来变现，核心是，要牢牢地抓到自己的手里。"

阳光似乎太过耀眼，眼前的一切像是过度曝光的相片。章利下意识地看向盛华平，眼里是不加掩饰的崇拜和敬畏。

24 敞 亮

午饭后，刘睿阳没有像往常一样，和工程师们待在一起聊天。说是聊天，其实更像是松散的小培训，工程师们提出对工作中资料的疑问，刘睿阳解答后即兴发挥，引申成小题目，说个十几分钟。他对科技史熟稔，讲解并不刻板枯燥，每每身边围着一圈工程师。

他扫视一圈，找到黄立工，走过去，和黄立工对面的罗平志打了个招呼后，对黄立工说："走，散个步。"

"我先走了。"罗平志识趣地离席。

黄立工仰头看了一眼刘睿阳，不敢拒绝，匆忙地咽下最后几口饭，拿起苹果，边走边嘟囔："吃个饭都跟催命一样。"

厂区小道上，时不时有员工走过，向他们俩点头致意。

"他们打招呼的时候，眼睛都看着你。"黄立工酸溜溜地说。

"天意高难问。"

"呀？！"难得刘睿阳会打这种机锋，黄立工好奇地看着他，"你说话比以前有趣多了。"

"有什么事，我不会瞒你。"刘睿阳说，"不过，好像你在隐瞒吧？"

黄立工一阵心虚："隐瞒什么？"

"我又不是盲人。"

黄立工"嘿嘿"笑，居然有些扭捏："我和她算是好了……我没打算隐瞒。"

其实他动过瞒天过海的念头，琢磨几轮找不到办法说服许茜茜保持地下状态，只好对自己说，男子汉大丈夫怎能遮遮掩掩。

"既然没打算隐瞒，有些人你总得告诉一声吧？"

"不用广而告之吧？"黄立工的脸色就像刚咽下一根生苦瓜，"我又不是要和她结婚，要这么郑重其事地通知大家吗？"

刘睿阳瞪了他一眼。他无奈地说："我和她只是有些意思，搂搂抱抱一下，又没有……咯，真到时候，大家自然就会知道。"

"有些人不一样。等他们自己发现，后果就更糟，不如现在和他们说。"

黄立工默然。理智告诉他，刘睿阳说得对，可惜，这个世界上，正确的事和人会做的事从来不在同一条战壕里。这一瞬间，他无数次涌起冲动，话都冲到喉咙口，想让刘睿阳替他保守秘密，让时间解决一切，最终，冲动的潮水退去。麻烦，大麻烦。他叹了一口气。

"要不然，我来告诉他们？"刘睿阳说，语气平淡得像是下楼帮黄立工带个饭。

黄立工不作声，心里暗暗摇头。刘斐……还是刘睿阳说吧。他看着手里攥着的苹果，到现在还没咬上一口呢。

25 暗流涌动

"开放战略"的效果立竿见影，首先马晓涛到公司的次数明显少了。

产业园刚开张那会儿，马晓涛飞来江城好几趟，比谈判时还频繁，落地后就直奔睿立科技。黄立工不用问都知道他的压力大，这是他在他老爸面前强调多次的、他主抓的项目。开放战略推出后，产能释放，招商情况随之好转，一些中小供应商陆续入驻。生活用脚投票，商业用钱投票。企业无论大小，园区要想吸引它们入驻，得让它们有业务做，有钱赚。要让它们有源源不断的业务，睿立科技首先就要源源不断地转起来。黄立工声音响亮地对马晓涛说："这叫供应链，像一个大凸透镜，把链主的能力成倍地放大，传递到供应链上，所有的上下游企业跟着壮大，都有竞争力。上下游企业做大做强后，反过来增强链主的市场影响力。所谓'牵一发而动全身'是也。"看到马晓涛听得似懂非懂，他马上换说法，"嘿，就是一条绳子上的蚂蚱，一荣俱荣，一损俱损。"

马晓涛也是用钱投票的信徒，园区繁荣，地皮增值，睿立科技就来得少了。江城他还是常来的，地皮供应链得放大啊。

罗平志在公司的时间也少了。黄立工原本担心，把罗平志圈在焊接机器人的一亩三分地里是削他的权，他会当场和自己翻脸，没想到他毫无反应，甚至笑着说："开放战略啊，好啊，我也得开放起来。"

他说到做到，频繁地参加行业博览会和展览，频繁地操作拿奖。这些行业奖项少有行业协会颁发的，多由媒体颁发，包括有流量的头部自媒体，且经常在展览会期间发放，省钱兼聚人气，一箭双雕。展览会是行业生态的缩影，行业主力、生瓜蛋子、想入行的外行人混杂其中。睿立科技近期声名鹊起，是大黑马，获奖的数量井喷，罗平志上台领奖的次数也井喷，一时风头无两。

罗平志在获奖感言上很花心思，客套话说得台下笑声一片，最后当场发出邀请，请大家到睿立科技亲自看看代工现场，参观指导。一次领奖后，金工冲压的老板牛明宇过来攀谈。牛明宇40岁出头，瘦高个儿，语气殷切，说着说着不期然将话题扯到流水线和设备上。罗平志一听，知道他是做实事的人，见他言语间有合作之意，欣然应邀一起吃饭，来往几次后两个人便熟络起来。

很快，牛明宇去武山小镇实地考察，打算深度合作。

牛明宇跟着罗平志在睿立科技各个板块转了转，然后与生产部总监邓建阳谈合作细节，包括产量指标。牛明宇很爽快，对所有的合作条款通通接纳，唯一摇头的是要把企业搬迁到武山工业机器人产业园这条。

"为什么啊？"邓建阳问。

"搬过来成本太高，我们的客户都在长三角。"牛明宇说。

"现在交通方便，物流没有问题啊。这边有很多扶持政策，搬过来成本反而低。"

"还有一些其他因素，公司搬迁这个很难接受。"牛明宇不愿往下细说。

"不行啊。我们这是智能化协作生产，你的公司不过来，沟通协调都是问题，生产成本会很高的，和我们合作的公司都搬过来了。"邓建阳硬邦邦地说，想着压他一压。"开展代工业务，更大的目标是给产业园招商入驻，一切合作以此目标最为优先"，这是黄立工在大会小会上反复念叨的话。

牛明宇一脸不信。邓建阳也执拗起来，从办公桌的抽屉里掏出一摞代工签约的合同复印件，翻到一页，指着条款给牛明宇看，上面明确写着"甲方承诺把公司迁移到武山工业机器人产业园"。牛明宇伸手想把合同接过来慢慢翻看，邓建阳手一缩："商业机密。"

"你们就签了一家吧？"

邓建阳知道他是激将，随手翻了几份合同，又给他看了三四处，都是一样的条款。牛明宇仔细地瞄着，看到其中一份合同的签名处有一个认识的名字：辛俊豪。

"恒远机器人也和你们合作，也要搬过来？"牛明宇有点儿惊讶，没想到这样的明星企业竟然没有自己的生产线。牛明宇并不认识辛俊豪本人，但在新闻上看到过他。辛俊豪是大学生创业者，刚毕业就和同班三位同学联合创办恒远工业机器人公司，他们没有生产经验，凭着实验室成果，拿到一笔投资，成为大学生创业典型。这是前不久的事，媒体报道过，还说这是资本浪潮涌入工业机器人行业的开端。

"对，他们是第一批过来合作的企业。"邓建阳收拢合同复印件，放进抽屉里，说，"他们已经搬到产业园，我们帮他们申请政府创业优惠政策，办事一路绿灯。"

"如果能搬，我肯定会搬过来。不过，我那边的情况真没那么简单。"牛明宇苦着脸，一脸为难，来回看邓建阳和罗平志："罗总，产量指标这么难啃的骨头我们都接了，搬迁不是小事，不兴捆绑搭售，你们可不能逼我们上梁山哪。"

邓建阳知道这单有点儿棘手，用探询的目光看着罗平志。罗平志正在笑呢：逼上梁山，好家伙，形象是形象，但把他们当成什么了？刚才默不作声地听着两个人对话，他心里盘算着，单纯就代工合作这块儿，还是有赚头的，而且他和牛明宇之前聊得很好，后头还有很多空间呢，别把路封死了。

他向邓建阳微微点头，说："这个条款先保留着吧，我和黄总也商量商量。合作嘛，长久的事，先跑起来。"

牛明宇紧跟着说："是的，我们先合作，一步一步来。后面要是情况允许，不用你们说，我还要主动搬过来呢。"

"好，罗总，这个条款就先保留，等时机成熟再说。"邓建阳见此也就不再坚持。黄立工强调招商目标优先，但也不强制搬迁啊，搞不定搬迁，不能把代工也丢了。

罗平志送牛明宇到江城，过长江大桥，下大桥右拐穿过沿江大道，很快到高铁站。

"啊，罗总，不好意思。"牛明宇放下手机，"我们行业内一个大佬刚给我信儿，说他就在江城，让我去陪他说说话，要不……"

"我送你过去。"

牛明宇把定位发给罗平志。罗平志掉头，随口问："这位大佬是谁呀？你很尊敬他嘛。"

"我不好说他的名字,不过他知道你们,对你们很有兴趣。我先和他吹吹风,下次为你们俩引见一下?"牛明宇主动说。

"好,说定了。"

"没问题,我们现在是一家人,我和你的合作刚开始呢。"牛明宇别有深意地说。

"好啊!"罗平志"哈哈"大笑,"等着你的信儿啊。"

到了地方,是家高档餐厅,牛明宇下车。罗平志从车窗里探出手来,向牛明宇挥手告别。他没有注意到,二楼包间的落地窗前,一个人正在注视着他。

那个人背着手,看着罗平志挥手,看着他驱车离去。罗平志消失在路口,那个人仍站着不动,脸上浮起一丝目睹猎物入网的兴奋。敲门声响起,牛明宇推门进来,走到那个人的身边,说:"姐夫,你料事如神,我都按你说的办了。"

那个人用极具压迫感的眼神看着牛明宇,牛明宇反应过来,马上改口:"盛总,都办好了!"

盛华平微笑:"做得不错,后面这段时间好好吊住他。"

26 人间温情

刘斐坐到熟悉的座位上。夜色还不够黑,店里没几个人,大多数座位空着。她闷头坐着出神,忽然意识到,老陈就在身边等着她点东西呢。她怔怔地看着桌面,打出手势,要半打啤酒。

老陈默不作声,提着六瓶啤酒回来,轻轻地摆在桌面上,给她开了一瓶。

"喝慢点儿。"老陈轻声说。

刘斐抬头看着老陈,他知道她的习惯,每次早过来等人的时候,她都是点上两瓶,慢慢地喝着酒等。酒终究是要和人一起喝的。

她勉强地笑一笑，点了点头，拿起酒瓶，往嘴里倒了一大口。

老陈再回来的时候，手里拎着5根烤好的肉串，滴着油，冒着香气。他将串摆到她面前的烤串盘里："下酒，这几根我请你。"

他的声音里带着宽慰，甚至有一丝悯惜。刘斐一大口酒下去，心情好了一些，领老陈的好意，拿起一瓶新啤酒，递向他："这瓶请你。"

老陈也不啰唆，接过来，把瓶盖用拴在手腕上的起子起了，两个人碰一下瓶颈，各自灌一口。

"开这么久的店，第一次喝自己的啤酒。"老陈感慨。

"可惜以后我越来越难回来，不然常来，你常喝。"刘斐也感慨。

两个人相视一眼，都笑起来。

"这家店只要在这里，永远欢迎你。"老陈用瓶底轻敲桌面两下，刘斐也敲两下，老陈拎着酒瓶转身，招呼新来的客人去了。

黄立工和刘睿阳到时，刘斐正在喝第五瓶啤酒。

黄立工看到桌上的空瓶子，皱着眉头。

"你的小鸟呢？"刘斐问，声音清晰，若无其事，好像刚才只是喝了5杯凉水。

黄立工拉开椅子坐下来。刘睿阳去烧烤摊那边，找老陈点吃的。

"没想到你也喜欢小鸟依人的呀。"刘斐笑嘻嘻的。

黄立工闷声说："我这一事无成的，有人要就不错了。"

"人同此心。"刘斐体谅地说，"这外面狂风暴雨，要不就烈日灼心，在外奔波拼搏，都想有个人知冷暖。"

她这个模样比狂风暴雨更让黄立工心里发毛，他拿起杯子，从刘斐的手里抢过啤酒瓶，倒满举起来。刘斐和他碰了一下杯，问："怎么不带她过来？"

"她家里有事，这些天都在上海呢。"黄立工看了看刘斐，补充道，"真的。好像事情还不小，我也不知道，她回去帮她爸。"

许茜茜和他在一起的时候，不停地打电话。他没有细听，但飘过来的只言片语和许茜茜绷紧的语调足以让他知道，她家里发生了些微妙而又天翻地覆的变化。挂电话后，许茜茜没和他聊起这件事，他也就不问。许茜茜说家里有事，得回上海一段时间，他爽快地同意。他乐得一个人，一堆焦头烂额的事情要处理呢。

刘斐笑了笑。她知道许茜茜在上海,并且去找过许茜茜。刘睿阳半个多月前给她打电话,说黄立工和许茜茜在一起了,然后就是一阵长长的沉默。她心里触动很大。打小,她和刘睿阳不亲近,她常自嘲,小时候她真正的哥哥是黄立工,刘睿阳只是正好跟着黄立工一起玩的小伙伴。她对刘睿阳的认知,更多来自父母等长辈口中,他是她挨批时的标杆,于是父母的苦心适得其反,在小小的她那里,他成了敌人,不是要追赶的对象,而是要远离的过敏原。她几乎处处和哥哥不同,性格、言谈、工作、能力发展,他越在此端优越,她越往彼端跑得远远的。长大后,两个人不常见面,见上一面,风平浪静,话不投机。这个电话,让她第一次感觉到,有些沉默背后,是真正的关心。

挂了电话,她在办公桌后发了一会儿怔,发现自己并没有多难过。这些年,不少人追求过她,有几个看得过眼的,她试过往下走走,最后不了了之。这些人没法走进她的心里,但也可能是她没法走进他们的心里。节假日,她大多回江城,回小镇,看看父母,看看哥哥,顺道看看黄立工。对黄立工,或者说,他们俩,她不愿多想,念头每每触及就跑开。她不觉得自己在等黄立工,不喜欢自己在等一个人。

回武山之前,她去上海出差。明白酒在上海有好几家店,都在近郊,只要有本地销售,她就能顺藤摸瓜拿到赛尔科工大老板家的地址。她在许茜茜家对面的行道树下,看到许茜茜走出来,顾盼生姿。她站着不动,看着许茜茜的身影远去消失,也转头离开。

离开的路途中,她对许茜茜生起一种惺惺相惜的感觉。她心里清楚,两个人完全不是一路人,永远都不会成为朋友。但是,她在许茜茜的巧笑里看到另一种气度,看到某种强烈的东西。她很少在其他女性身上看到这种东西。她对许茜茜生起些许尊重,许茜茜并非凡物,黄立工和许茜茜在一起还是值当的。

看来,爱和理解终究是两回事。刘斐想:放手吧。她内心理想的爱是两只老鹰并肩站在大漠风中,仰头面对漫天的黄沙,但有些老鹰更喜欢绿柳枝头上的黄鹂。

"哥,你别动!"刘斐对刚坐下的刘睿阳下命令。刘睿阳磨磨蹭蹭的,在烧烤摊等着老陈烤完,拿着大串小串回来。她把烤串在盘上摆好,塞给刘睿阳一根。刘睿阳没拿住，烤串掉在桌上。

"受宠若惊吧？"

三个人都笑起来。刘睿阳捡起烤串，放到嘴里慢慢吃着。

"小时候，这都是我的活儿。我整天跟在你们俩的后面，你们俩还不爱搭理我。"刘斐喝了一口酒，调侃刘睿阳，"哥，不是我说你，你也没个哥哥样儿。人家当哥的，可得意有个妹妹，天天带着晃荡，你呢，天天躲着我。"

恶人先告状。刘睿阳跟着喝了一小口酒，呛了一下，笑着咳起来。

"人家喜欢带着妹妹，那是妹妹温顺乖巧。你的性子比你哥的性子还野，他哪敢带你。"黄立工帮腔。

"这可是你来惹我了啊。"刘斐看向黄立工，笑眯眯地眯起眼睛，掩盖着眼里那丝痛楚，手里的酒杯不停地晃呀晃。黄立工摆出视死如归的架势，毅然举起杯子。刘睿阳的杯子也举起来。在空中，三只杯子碰到一起，三个人的眼波都隐藏在那片琥珀色的光泽后，恍惚间仿佛回到童年的时候。

27 接班人的战争 I

许茜茜那边确实发生了天翻地覆的变化，不是家里，而是赛尔科工。

和普天下的恋人一样，刚开始的时候，许茜茜天天想看到黄立工，待在他的身边。然而两个人都忙，上班各自忙碌，也不宜见面亲昵，下班后黄立工应酬和会议格外多，许茜茜只好找机会送他，在附近找个地方等着接他。她等待的地方多是江边，这座小镇只有一家简陋的咖啡馆，她实在提不起兴致，一个人待着，不觉得烦闷，反而有种亲切的熟悉感以及慌乱感。

深夜，才有属于两个人的时间，但两个人仍会找出工作来忙。许茜茜自己都感觉奇怪，两个人之间没有吵架，没有暗生不满，她愿意看到他，但就是会别扭地找些事情做，让自己忙活起来。夜越深，她越是别扭，好像唯有如此，才能打破浓厚的夜色里不自在的静默。黄立工不以为意，倒觉得轻松，做企业的，时间永远不够用，他乐得打电话、处理企业事务，许茜茜在一旁安静地忙自己的事，两个人偶尔说上几句话。午夜后，有时是午夜前，许茜茜就会起身告辞。

出门后，在夜色里走一会儿，如果时候还早，她不急着回去，就走到刘睿阳的楼下。她知道怎么对付刘睿阳，总能把他约出来，只要手头没要紧事，两个人就在楼下走走，喝点儿饮料，说说话。两个人聊天不多，胜在自在，半个多小时，足够让这一天在轻声慢笑中结束，又不会太久，让倦怠滋生。刘睿阳总会在午夜前回去，好像家里还住着慈爱而固执的老母亲。

大概这就是爱和理解的差别吧，许茜茜这么想。

那天晚上，接到父亲的电话，她马上意识到，赛尔科工出事了。许廷宝在电话里没有明说，但是声音疲惫而苍老，全无许少阳刚回来时老怀甚慰的振奋。她知道，这和她的哥哥有关。打完几个电话后，她查询航班，来得及赶上红眼航班。黄立工很爽快，亲自开车送她到机场。

坐到飞机上，她发信息给父亲，说一会儿到家。

许廷宝在家里等着她。

一进门，许茜茜就看到父亲在沙发上闭目养神。她走过去，想拥抱他一下。许廷宝睁开眼睛，示意她坐在旁边的沙发上。

"爸，怎么了？哥那边是有什么事吗？"许茜茜坐下来，马上问。

"他挺好的，很干练。"许廷宝笑着摇摇头，"你和他在英国读书那么久，看不出他有这么精明能干吧？"

许茜茜疑惑地看着他：电话里疲惫和苍老的声音是怎么回事？

"他回来这半年多，出乎我的意料。"许廷宝把茶几上的干果、点心推过去，"饿了没？"

许茜茜摇手，睁大眼睛，心里有些忐忑，问："真的吗？"

"真的。"许廷宝靠在沙发背垫上，眯着眼睛。这两年，他越发疲倦。拼搏几十年，经历太多跌宕起伏，他才刚过 60 岁，就感觉到了 70 岁的孤独。他心心念念让儿子回来接班，自己退居二线，当一个平常的中国老人。许少阳回来后的布局，他反复琢磨过，得平滑过渡，稳步接手，让许少阳先接过独立的事业部和项目，熟悉业务，熟悉人、财、物；国内核心业务，暂由得力副手老顾负责，等儿子进入角色，能独当一面时，再逐步交接；他自己呢，主要为儿子奠定未来的基础，完成上市和海外战略，侧重开发东南亚和非洲市场。

然而，许少阳说要回来接班后的第一个举措就出乎他的意料：许少阳没有从英国直接回国，而是先飞去印度。

"印度？！"许茜茜愕然，"他去见二叔了？"

许廷宝看着女儿的脸，点头。

许少阳在印度和许朝玉聊了足足两天，才飞回中国。许廷宝问起此事时，许少阳淡淡地说："我要接班，总要过二叔这关，不如亲自飞过去，对他尊重，未来也少些阻碍。"虽然对轻重缓急的判断取舍和儿子的不同，许廷宝还挺高兴，儿子有自己的见识和行事风格，对执掌企业不是坏事。

他没想到这只是开场。当晚，许少阳提出，要全盘接手公司。许廷宝对此并不感到意外，他的企业家朋友们大都遇到过这种状况，毛头小孩儿总是雄心勃勃，以为一口能吃成个胖子。他早就做好准备，要用几十年在血腥江湖上的黑暗和诡谲经历来折服儿子，让儿子走到正确的轨道上。然而让他感到意外的是，许少阳不是在谈判摆筹码，而是在要求，异常坚决地要求他做出选择：要么让许少阳全盘接手，要么许少阳不接手。

父子彻夜长谈的结果是，许少阳全盘接手赛尔科工。

刚进入午夜，许廷宝意识到，许少阳在英国就早已着手筹划和准备未来的接班事宜，所有的准备工作都是围绕着全盘接手公司，包括管理工具和班底。虽然对此满是疑虑——中国的企业不是这么干的，但他心里了然，自己今晚已经没有选择。这个家伙，要从英国带回两个人，两个在伦敦工作的中国人，说是做业务梳理和数据挖掘，明天就飞到中国。

他最后勉强扳回一分：得有过渡期。许少阳同意父亲协助他在半年内熟悉并梳理业务，并提出企业的整体战略和业务方案，过渡期后，他独掌大权。"爸，这半年你就是监国。"许少阳笑着说，"这半年内，若你觉得我能力不济，不足以担重任，随时撤掉我，我毫无怨言。半年后，我提交的战略和业务方案，如果你不认同，也可以撤掉我，但那是你最后的机会。"

许廷宝笑不出来。许少阳看似给他面子，但话里的意思咄咄逼人：all or

nothing（要么独掌大权，要么放弃一切），没有中间路线。他甚至觉得，他勉强扳回的这一分，也许一开始就在许少阳的算计之内。

开局就失控，这在许廷宝几十年的商业生涯中可是前所未有的。不过，第二天他若无其事，该开会开会，该宣布宣布，安排所有的部门配合许少阳的切入和接管。他不着急，该干吗干吗。做企业也好，混江湖也好，都是长跑，过去几十年，有太多人比他聪明，太多人比他豪壮，太多人比他资源充足，最后他们都消失了，而他和他的赛尔科工还站在这里。商业世界里，真正厉害的企业家都是熬出来的。

许少阳在国外盘桓多年，在伦敦当白领也不愿回家当老板，赛尔科工的高层都知道，猜测他是在国外待久了，嫌弃国内的父亲是土老帽儿了，说得再直白点儿，他就是被资本主义的糖衣炮弹击溃的纨绔子弟。这次许少阳忽然杀回国接班，高层们感到意外之余，心里犯嘀咕：不知道他会搞出什么风雨来。企业家二代，尤其是国外留学回来的，瞎折腾企业的事情太普遍。国内市场尔虞我诈、你死我活，水面下沟壑纵横，熟悉水性的尚且不留意就迷路淹死，哪是这些在外国商业环境里长大的小屁孩儿所能想象的？他们眼高于天，抱着救世主的心态，在水面上使劲儿地扑腾，等自己快淹死了才发现自己连水花都没掀起来。

空降赛尔科工的第一个月，许少阳印证了众人的担忧。许少阳的作风和他父亲的作风大相径庭，一看就是国外回来的，他态度温和客气，说话直截了当，简直要把意图摆在脸上，连个弯都不拐。这位少董久不归国，对国内果然不了解，很多事情的运转，在屋子里、桌子底、门后、话外，于无声处听惊雷才是要义。几位忠心耿耿的老骨干私底下大摇其头，拐弯抹角地对许廷宝表达担忧：许少阳这么搞下去，不得给他们这些老油条玩死在油锅里？许廷宝找着机会敲打儿子，许少阳只是微笑，顾左右而言他。许廷宝也耐得住性子，不多说，由他去，反正现实的教训比老人的絮叨有力多了。

几个月后，老油条们忽然觉得不对劲。许少阳勤奋，他的勤奋体现在开会，会议地点在会议室里、办公室里，甚至走廊里，谁去找他签字，如果他不在办公室里，那这个人得到的答复八成是，小许总在会议室里。

许廷宝有一次路过防火门，听到消防通道里几个高管和高级经理在抽烟闲聊。

"行政部那边说，小许总有一天开了21个会。"

周围发出一阵"哇"声。

"不老说这是中国人的陋习吗？"有人说，"小许总一个海归，怎么也这么喜欢开会？"

"入乡随俗嘛。你看那些美国人来中国，不也和我们一样用筷子？"

"你们算算，一天21个会，一个会要开多长时间？"一个熟悉的声音说，这是老顾，他的得力副手。

"一个会半个小时，那也要十多个小时！"一个年轻的声音马上算出来，听着是市场部的小林，"还没算吃饭和上厕所的时间呢。"

"他开会和我们以前开会不一样。有些会，他10分钟就开完了。"

"不就做个样子？这么仓促做决定，不怕定错啊？"

"他很狡猾，让部门主管自己提方案，至少提3个。"老顾说。

"部门自己提的方案也不一定靠谱啊。"

"那他全给你否了，让你重新准备，重新开会。10分钟开会就这么来的。他贼着呢，开会让主管必须把部门骨干也都带着，谁丢得起这个人？下属面前还要不要威望？"

一片沉默，只有抽烟声。

"他在一个部门一个部门地过，很快你们就会见识到了。"

"其实这样开会也挺好的。"小林说，声音里有些期待。

"不是说他不懂中国国情吗？"

"嘿，没准儿扮猪吃老虎。"

狡猾？！这评语竟然是从老顾这个比许少阳大20岁的老江湖嘴里说出来的。许廷宝微微点头。中国人认勤奋，所谓老板，太高深的东西广大员工看不到，也看不懂，勤奋不但能被人看到，还有感染力。许少阳把勤奋立成一根很高的标杆，让员工看着佩服，这不是只靠发奋就行的。

许廷宝的眼光比门外抽烟的诸人的眼光独到，他知道做老板最难的地方在哪儿——拍板。在一堆年龄和经验都比自己多得多的人面前，用10分钟做出明确的决定，行还是不行，这是一个老板最可贵的地方。

他轻步离开防火门，一路上想：什么时候找时间过一遍儿子拍过的那些板。那帮老家伙，许少阳即使拍错板，他们不会当场提出来，也不会来找他这个大老板投诉，而是会等着现实结果不妙时，在某次会议上着急而无辜地将问题抛出来，给许少阳一个羞辱和教训。

许少阳找到许廷宝，说对人事制度做个小小的调整，中低层的人事任免名额在申报时要有冗余量。人事任免的权力本就在人事部门，虽然形式意义大过实质意义，对于各个部门的申报，只要不违反公司规定，人事部门基本尊重业务意见。许少阳要求部门申报时要有冗余量，两个名额要申报三到四个人选，不管是任用员工还是员工的升迁或奖励。

老油条们正疲于应付许少阳的开会风暴，这项小规定悄无声息地落地执行。

许少阳从英国带回了两个人和一套数据工具，这套班底效率高，整理并挖掘整个公司的数据，形成几百个报表和模型。几个人经常通宵达旦地研究报表和数据，第二天开会，许少阳随手抛出研究结果，盯着某些关节刨根儿问底儿，部门负责人满头大汗，往往得要精干手下出来解答。解答到位，许少阳才露出温和的笑容，问清手下的名字，勉励两句。

老油条们慢慢回过味来，不知不觉中，许少阳正在把实际的人事权力抓到自己的手里。他们开始后悔开会带着部门骨干，但为时已晚，数据嗅觉、客户嗅觉成了那些雄心勃勃地想往上爬的员工的热词。许少阳已经跳过他们，扎根到中层和底层员工那里。活儿是他们带着手下干的，但是升迁和奖励的最终决定权在许少阳的手里——没辙，有冗余就会有决定空间，就会产生实际的权力关系。

有些老油条更柔软、更滑不溜秋，主动找到许少阳。许少阳态度尊重而客气，带着班底深入业务的每处细节，探索数据的每个角落。近距离深入接触后，他们很快发现，这位小许总分寸感不好，有时生硬突兀，有时像煞有介事地说着江湖场面话，全无他父亲的圆润自然。但同时他们也发现，他嗅觉敏锐，不是轻易可以糊弄的。许少阳的班底未必能帮各部门找出具体的解决方案，但擅长发现他们自己都忽略掉的关键问题。这就足够了，所谓老江湖，本来就是江湖伎俩多，清澈目光少。

没有人会和业绩过不去，老油条内部开始分化瓦解。找许少阳前，老江湖们不忘先找许廷宝，拍一通小许总马屁，向老许总表一通忠心。

许廷宝对他们的想法心知肚明，满脸笑容，大加勉励。

"哥哥这么厉害呢?"许茜茜越听越是高兴,又觉得意外。

"你从来没见过他这个样子?"

"他在我面前就是哥哥嘛,跟家政机器人一样,什么都很照顾,就不爱说话。"许茜茜摇着头。她从来看不到许少阳别的模样。可是,我想过看到他真实的模样吗?一阵惊疑掠过心头,她有点儿不安,"爸,你不是应该高兴吗?哥哥回来接班,这么能干……"

"高兴,高兴!"许廷宝笑着,从桌上抓起一把开心果,放到许茜茜的面前。许茜茜拿起一颗,轻轻剥开,放到嘴里。许廷宝慈爱地看着她,随口说:"你二叔明天回来。"

"啊,不会吧?真的啊?!那太好了,他回来我得……"许茜茜猛地停住,兴奋的笑容凝固在脸上。更大的惊疑和恐惧感倏地撞击过来,她的身体抽搐了一下。他们都很郑重其事,她的脑子里有个声音在回响:只有我不知道。二叔没有像往常那样告诉我他回来的事,那……肯定有事,是我不宜掺和的大事。慌乱在她心中弥漫着。

半年。

"半年后,我提交的战略和业务方案,如果你不认同,也可以撤掉我,但那是你最后的机会。"

现在距离当初正好是半年。

"你不知道?"许廷宝盯着许茜茜的眼睛。

许茜茜茫然地摇头。许廷宝剥开一颗开心果,轻轻放到许茜茜的手里。许茜茜下意识地接过来,僵硬地握着。

"你哥的同盟在门外。"许廷宝说,声音轻得许茜茜几乎听不见。

许茜茜很想告诉父亲,不是这样的。她的身体前倾,靠近许廷宝,她张了张嘴,却说不出话来。许少阳没有从英国直接回国,而是先飞去印度,很多事情早在半年前,在开始之前,就已经被决定。

同盟在门外,那门里的是什么呢?像有一块大石头重重地压在胸口上,许茜茜没法想下去。

许廷宝竖起食指,轻轻摇动,似乎让她别说任何话,又似乎让她别掺和进来。

许茜茜看到一丝凌厉的光芒在他的眼里一闪而过,就像过去几十年中他遭遇困厄与险境时一样。许廷宝粗重地呼着气，自己也拿起一颗开心果，慢慢剥开，放到嘴里。

许茜茜的手在轻轻颤抖——他像一个孤独的老皇帝。

28 兄弟阋于墙

张文峰打电话给黄立工，约他见面，只说了一句"在江边等你"，便挂了电话。

江边，不是办公楼消防通道。黄立工摸了摸裤兜和衣袋，把坚硬尖锐的东西都掏出来放在抽屉里，对着手机屏幕，把头发弄乱一些，出门。

路边已绿，柳树吐完嫩芽，抽出新条，婀娜的身影撩拨着路过的行人。江水浑浊，酝酿春潮。黄立工看着车窗外，小时候这片江面上热闹得很，舟艇如织，来回送着过江的人。现今高速公路、高铁线纵横交错，只有运沙船和货轮蛮横地吃进水里，毫无小客船的轻盈快捷，偶尔有自上游一路漂下的游轮，满载城里过来的老年人，对着江边指指点点。

前方有一辆车泊在空旷的江滩上，一个人靠在车上。黄立工远远地停车，走过去。

张文峰抽着烟，看着黄立工走近，漠然地打量着他。

"干吗这么看着我？讨债呢？"黄立工努力轻松地笑着说。

张文峰不接话，只是看着他。

"你这辈子都没这么看过一个男人吧。"黄立工还在竭力抓着轻松的线头，怕一松手它就永远飘走了似的。

张文峰吐出最后一口烟，把烟头扔出去："我不开口，你就永远装没事人？"

黄立工深深地吸一口气："你是说许茜茜？"

张文峰不置可否。

第三章 智造启航

"我真没想到……我以为你……我也不知道怎么回事，会和她……"黄立工强压着心里的慌乱。

"别说了。"张文峰平静地说。

黄立工的心开始往下沉，张文峰的语气里什么都没有。他过来前，已做好打上一架的准备，让张文峰好好揍一顿。眼前的江滩湿漉漉的，土壤松软，适合翻滚扭打，小时候，他和小伙伴们起了龃龉，没少在这里扭打到重新和好。可是，眼前这位兄弟，别说愤怒，连冰冷的神色都没有。

"你没把我当回事。"

"不是……"黄立工语塞。

江滩开阔，风大起来，浪声不绝，江水带着残破的塑料碎片和泡沫板碎屑扑上江滩。

"清仓吧。"

"啊？"黄立工愕然，这个张文峰，今天在闹什么？

"我撤出所有的投资，以后你我再无瓜葛。"

"不行！"黄立工脱口而出。

张文峰似笑非笑地看着黄立工，表情古怪，甚至有种悲伤在里头。过了一会儿，他说，语气里带着倦意："和钱有关的，你倒是很当回事。"

"兄弟，你搞什么？！"

"把这俩字收回去。你没把任何人当过兄弟，为了一个赛尔科工老板的女儿，你就什么兄弟都不要了。"

"你说什么？"黄立工愣住。张文峰一脸不屑。黄立工疑惑地摇着头，"茜茜的爸爸，赛尔科工？我真不知道。"

"许茜茜一个推荐，你就拿到5000万投资，然后和我说你什么都不知道。"

"干吗要撤资呢？你知道我们现在情况还行，业绩爆发式增长，绝对不是差投资！以后说不定还能救命呢。"黄立工勉强地说。眼下情形尴尬，那些更有说服力的理由一个都没法说出来。张文峰轻笑："我还指望你救命？这么下去，你的公司控制权很快就在许茜茜的手里了。"

"不可能！"

"是股权结构、制度安排让你这么有信心，还是你觉得搞定她的人，就没问题了？"张文峰掏出车钥匙，车灯闪两下，车门解锁，"就这，还说是救命，不要命就不错了。你赶紧安排吧。"他走向自己的车，拉开车门。

"那也不能说撤就撤。你是做这行的你知道，法律规定要所有的股东同意才行。"黄立工情急之下，冲着他的背影喊。

"是吗？"张文峰手扶着车门，黄立工看到他似乎微微摇了摇头，一脸索然，"那就交给法律解决吧。"

29 开拓供应链

黄立工在车里坐了许久。他双手砸向方向盘，刺耳的喇叭声在空旷的江滩边回荡。他拉开门下车，靠着车门，摸身上的口袋，没有摸到烟，转过身，狠狠地往轮胎上踢了一脚。"没事的，两个好兄弟在争一个姑娘呢。"他耳边莫名其妙地响起这句张文峰笑嘻嘻地说出的话。

喘完粗气，看表，该动身了，他坐回驾驶室，双手举在空中，不知道接下来该往哪儿去，悻悻然放下手，启动车辆。

郑卫东是北奥减速机的总经理，小矮个儿，目露精光。他长期和日本人打交道，潜移默化之下，看人时目光略低于视平线，好几分钟都不眨眼睛。北奥减速机是中日合资企业，日方绝对控股，层层幕后的大股东是日本帝工集团，全球减速机大王。他们在中国投产的减速机型号是10年前的，饶是如此，仍然把国产减速机挤压得喘不过气来。

寒暄几句后，黄立工冷不防地直奔主题："郑总，现有供货价下调10%，我们就全面合作。"黄立工喜欢出其不意，自称此为黄氏绝招，亮底牌式地谈判，上手就出炸弹。从对方一瞬间的表情和反应里，他能捕捉到更多真实的信息。

郑卫东眼里的错愕之色一闪而过，黄立工心里有底，这个价格可谈。两个人来回试探几轮，黄立工扔出撒手锏："你知道从睿立供应链出去的工业机器人有多大的规模？"

"不知道。"

"就说焊接机器人吧，从我们这里出货的国产品牌，能占到70%以上！"

郑卫东适度地表现出不以为然。70%？这是什么概念？这几乎是垄断。黄大炮……江湖传闻果然不假。

"你去武山工业机器人产业园看看，就知道了。"

"我去过。"

"那你应该知道我说的不是虚的。"

郑卫东不作声。作为业内老行家，他实地看一圈，大致能判断园区的生产规模。睿立机器人加上代工合作的各个中小企业的产品，70%肯定夸张，不过实际规模也不小。

"郑总，你什么时候去的？你也不给我打个电话，让我尽尽地主之谊？"

"你们太忙，不好意思叨扰。"郑卫东说。他想亲身探探睿立的虚实，进园区里没留真实的名片，更不会惊动黄立工。他跟在其他谈合作的客户身后，逛遍睿立科技各个板块就悄然离开。

黄立工想起以前，与老杨的合作磕磕绊绊，他找上北奥减速机的门，提出见郑卫东，被拦住，由销售总监接待。当时睿立的机器人产量不大，单价、供应量、分期账期都谈不下来，没想到，现如今郑卫东亲自邀请他上门谈判，真是三十年河东，三十年河西啊。

既然都闲聊起来了，两个人心里了然，价格谈判就这样了。黄立工提出账期："能否将账期从30天延长到90天，干脆把对合作商的优惠政策用足？"郑卫东马上摇头："不行，北奥公司从来没有这么长的账期。"

"东山机械不是90天吗？"

郑卫东闻言一愣，这家伙不简单，连北奥减速机与东山机械的合同细节都掌握了，有备而来啊。"它做挖掘机，不是工业机器人，用量不大。按我们的政策，不会给长账期，它只是个特例，历史原因。"郑卫东含糊地说，实则是帝工集团——北奥减速机的大股东——战略性入股东山机械，因而在合作上多有倾斜。

"你能给我的最长的账期是多久？"

郑卫东转身拿起笔，在纸上写下一些数字，推到黄立工的面前："做到这个，我可以给你申请60天。"

黄立工心中暗喜，北奥的产品性价比相当优越，60天是很慷慨的待遇，其实再短一些他也能接受。他拿起纸，见上面写着一个大数字，是未来3年的进货总量，然后是分解到每个年度、每个季度的进货量。他心里琢磨了一番，郑卫东要求的采购量比现有的采购水平高出30%，但是，总要相信睿立机器人以后还有爆发性的增长，不是吗？他伸手扒拉来郑卫东的笔，改了几下，把纸推回去。

郑卫东一看，进货总量的大数字不动，黄立工只是调整了某些季度的进货量，把前期的曲线做平缓，后期的曲线做得更陡。他笑了笑。

黄立工伸出手："郑总，你要的量我们都承诺了，你也得给我们一个承诺吧？"

"哦？"郑卫东谨慎而狐疑地看着他，心想这个人虽然外号叫"大炮"，在谈判桌上可真难缠。不过，和那些谈判桌上轻松愉快、下了谈判桌才难缠的对手相比，郑卫东宁愿和黄立工这样的人打交道。

黄立工咧嘴一笑："很简单的承诺啦，必须优先供应我们。"

郑卫东和他握手，说："成交。"

30 新　援

很快，黄立工和郑卫东又握了一次手。两个人在协议上签完大名，两只手紧紧地握在一起，在空中停滞许久，让台下的摄影记者尽情拍照。对于签约仪式和媒体报道，郑卫东不大有兴趣，但黄立工一再坚持。论坛上与汪自强交锋的借势营销让他尝到大甜头，他可不愿错过这种机会，而且，大张旗鼓地宣传与北奥减速机的合作，对本地政府，对园区里入驻的供应链伙伴们也是一种信心提升。

签约仪式后，郑卫东婉拒晚餐邀请，直接驱车回去。黄立工在楼下挥手送别郑卫东,回到办公室,开始发愁晚饭怎么办。平日里他饭局不断,市里县里领导、同行同业朋友、合作伙伴客户,今天像约好了,通通消失了。刘睿阳也不在,下午就出去了,说有事情,神神秘秘的,也不知道是啥事情。

黄立工正想着,刘睿阳来电话了,喊他去老陈家。

黄立工纳闷儿,刘睿阳不会自个儿吃烧烤,向来都是他生拉硬拽着才过去,要么打着讨论公司技术路线的旗号,要么是张文峰或刘斐回来,一起聚会。今天是什么情况?刘睿阳谈女朋友了?

"别想了,赶紧来!"刘睿阳下命令似的,挂了电话。

黄立工开车过去,果然有人坐在刘睿阳的对面,是位男士。

"还记得他吗?"刘睿阳问。

黄立工坐下,看着刘睿阳对面的人,30多岁,微胖,头发已见稀少,可以想见再过些年会奔着秃顶而去。

"很眼熟啊,一时想不起名字来。"黄立工挠了挠头,一向自傲的记性终于也有不好用的时候了。

"我就说吧,黄立工恐怕都认不出你来。"刘睿阳有些心疼似的说,转向黄立工:"李艺。"

"李艺!"黄立工有些惊诧。他最后一次见到李艺是十多年前,当时在刘睿阳病房门口,李艺看到他,愤懑地冲过去,给了他胸口一拳。那时候李艺很瘦,头发微卷,和眼前这个人实在对不上。而且,李艺年轻又有才干,留学日本,在赛尔科工主持减速机实验室,可谓春风得意,怎么看起来有些落寞?他马上笑着说,"你那拳白打了,我现在都认不出你来。"

李艺有些不好意思:"那时候年少冲动。"

黄立工冲着老陈打响指,做手势,示意加些串,转过头来:"早就听说你回国了,今天才见着,幸会幸会。"

"我可是经常见到你,在新闻上。"

刘睿阳说:"百闻不如一见。"

黄立工听出些味道来,便问李艺:"你结婚了?"

"结婚8年,孩子都有了。"李艺说着,嘴角露出一抹微笑。

"他太太也是去日本的留学生,黑龙江的,温柔大方。"刘睿阳在一旁补充。

"高知家庭。"黄立工对李艺竖起大拇指。他指指刘睿阳，又指着自己，"我们还在苦哈哈地创业，创业狗就是单身狗。"

"哪里？！"李艺摇着头说，"我一向很佩服你们俩，能创业的，都胆识过人。"

老陈攥着一大把烤串，有肉有菜，摊在盘子里，香气顿时扑过来。黄立工拿起两根烤串，递一根给李艺，问："你那边什么情况？"

"我们整个团队都被裁撤了。"

"什么？！"黄立工愣住，前些天刘睿阳还说过，李艺团队是国内最有希望突破减速机技术的团队，怎么转眼就被裁撤了？

"公司这些天在开战略会，听说吵得厉害。领导忽然叫我去办公室，说公司战略调整。"

黄立工难以置信地摇头。赛尔科工到底是什么状况？他这才想起来，许茜茜还在上海呢，上次她火急火燎地半夜回家，就一直没回来，两个人打过电话，她从不提起家里的事。不过她至今不回来，麻烦应该不小。

31 接班人的战争 II

赛尔科工一直在大麻烦的门口。

许廷宝坐在客厅沙发上，看着紧闭的大门，就在这么想。许少阳在上班，许朝玉晚上才到，他找了个事由把许茜茜支出去，一个人在家里。大门再打开时，门外会是哪条路呢？

他经历过多次危难。当年赛尔科工的二把手带着骨干集体出走时，竞争对手散布谣言市场大乱时，因为筹措资金被举报被带走调查时，妻子带着儿子冲进办公室里以离婚相逼时，他连眉都没皱过。眼前的事情远没有那么棘手，连危难都算不上，他脑子里已经筹划好每一步：以雷霆万钧之势在短时间内摧毁门外联盟,重整旧部,以最快的速度重建秩序,让公司回到正确的轨道上……然而,他的双手在微微颤抖。

对他来说,在这件事上,艰难的不是怎么做,而是怎么下定决心。

门开了。

许廷宝心跳突然加快,手里盘着的木珠停下来。许少阳在门口停顿片刻,走进来,在他的身旁坐下来。

"怎么回来了?"

"我知道你在这里。"

许廷宝盯着木珠:"茜茜让你来找我?"

许少阳好像没有听到他语气里潜伏着的凶险气息,往后靠在沙发背上,跷起二郎腿,说:"我没找她。这些事情我不会把她扯进来。"

许廷宝听出一股认真而决绝的劲头,儿子说的是实话。在一瞬间,他几乎有些忌妒许茜茜,她有个好哥哥,在保护着她。

"你知道为什么我回国前,要先去找二叔吗?"

"你和我说过。"

"他为什么要去印度?我记得你说过,赛尔科工早期发展,他功不可没,业务基础是他奠定的,市场客户也是他一手抓起来的,照理说,他是更理想的接班人。"

许廷宝脸上的肌肉轻轻牵动一下,这个孩子,怎么在这个当口儿提起这件事?他沉吟着说:"他的性格不适合当一把手,江湖气重,不仅自己不愿意被束缚在轨道上,还不愿束缚别人到轨道上。赛尔科工交到他的手里,迟早会脱轨。"

"那是你觉得,他呢?"

"这是事实。"

"我也觉得这是事实。问题是,二叔觉得这是事实吗?"

许廷宝默然。这也是事实,商业世界的竞争里,真正决定成败的是性格特质和强度,但是人们认的是能力。如果一个人有能力,又坚信能力就是责任,那就是一枚藏在深水里的重磅炸弹。"你去印度,他和你说什么了?"

"他什么都没说。"许少阳说,"我很快就看出来了,他在那边有些危险的生意,在边境上。不过,他没有刻意隐瞒。"

许廷宝喉咙里含混地哼了一声。他知道。光明和黑暗并非界限分明,中间有着模糊地带,要跨越过去,同样需要组织和网络连接。许朝玉同意远走印度,这是原因之一。他看着许少阳的眼睛,随即明白,许朝玉的生意跨过界线了。

"他陪我逛了一天。二叔是个理想的游伴,一路上的谈吐比旅途风光有趣多了。我和他提要求,要他和赛尔科工做切割。他要建一个当地的通道和网络,一个迷宫,我会全力支持他。"

"他怎么说?"

"他只提了一个条件,给二婶和孩子足够的保障。"

"股份?"

"我给他们分红权益,没有投票权。"

讶异和不安同时涌到许廷宝的心里。对眼前这个孩子,他以为自己足够了解和掌握,但还是低估也错估了。许少阳在谈判和破局上比他想象的要凌厉,问题也在这里,恐怕太凌厉了,近乎独行其是。半年前谈好的事情,许少阳能够不动声色,隐忍到此刻才抛出来。

"你在英国的时候就想好了?"

"没有!"许少阳说,"我和他聊了一天,才这么决定的。"

"你在纵容他。"

"他是个好弟弟。"许少阳几乎是诚挚地说,"有太多的事情他是因为你才去做的,我觉得我有责任。"

许廷宝紧紧地攥着拳头,指甲掐进掌心里。我不是个好哥哥吗?他几乎是抗拒着去意识到,眼前的儿子,在妹妹和叔叔的身上有着异乎寻常的理解和同情,在父亲的身上却没有。"哥哥"这个词离开他有些年头了,就像其他那些代表着人类情感和关系的词一样,就像丈夫、父亲、伯伯……

"你要是在这个位置上坐得够久,就会明白。"他喘息着,艰难地说,"你和他提的要求,会害死他。"

"组建当地的网络,会让我们更安全,也会让他更安全。"

"我和他并肩作战过……有了安全带,车会开得更快。"

许少阳沉默,目光落在前方的空中。过了一会儿,他说:"和二叔谈完后,我说希望下次来印度,是前来拜访沙漠之王。他拥抱我,很用力地拥抱。"许少阳转过头来，注视着父亲，"从长远来说，我们总要剥离掉那些业务，迟早有一天，得让二叔……追随他的心。你不觉得有责任把他从弟弟这个身份里释放出去吗？"

"刚回国的时候，为什么不和我说？为什么要在今天？！"许廷宝用拇指一颗一颗地拨着木珠。这串木珠跟随他多年，经历过许多风雨和起伏。许少阳放下腿，坐直身体："爸，我希望你接受我是我自己。"

"我不尊重你吗？！"

"你替我考虑，为我着想，但是，我不是第二个你，也成不了第二个你。你可以盯着我5年、10年，以后呢？我总要独立掌管公司，总要用自己的心智去判断和决定。"

"赛尔科工创办20多年，蹚过太多水，摔过太多跤，能活到现在，都是侥幸。我不希望你还要摔同样的跤，重复同样的死里逃生。"

"过去的半年，你看到了我的作为。过去需要尊重，不管是经验还是教训，但是，我不能成为过去的一部分。"许少阳身体往前倾，靠近许廷宝，声音很低沉，"爸，你有没有想过，对你来说最重要的两个人，为什么一个远走印度，另一个滞留英国，都不愿回来？"

"你……"许廷宝的手僵住，笨拙地抓住手里的木珠。

"如果按你的方式，我会成为第二个二叔。"

听到许廷宝粗重的呼吸声，许少阳不再说下去。沉默不安地蔓延着，半晌，许廷宝用一阵剧烈的咳嗽声打破沉默。

"你二叔今晚回来，有什么安排？"

"我们三个人，还有三叔，开闭门会议。这个会议，你来最终拍板。我的去留，也由你拍板。按你的拍板，按照会议达成的共识，召开公司的战略会议，对业务进行重新定位和调整。"

"不用我拍板了。"许廷宝缓缓地点头，把木珠串缓缓放下来，放在茶几上，手轻轻地拍它两下，像是在告别。

"你赢了。从现在开始，赛尔科工的许总就是你，我只是顾问，你需要的时候会来找我就好了。"

一周后，董事会。

许少阳正式提交赛尔科工集团业务战略调整方案。他称之为"瘦身计划"。

"赛尔科工的战略目标就一个——成为百年企业。"他直入主题,"我想这是我们的共识,不用多说。我去过的欧洲国家中,德国最让人震动,一个8000多万人口的国家,具有200年历史的企业有800多家,百年企业上千家!它是'高龄'企业的高产国。和这些企业接触得越多,我就越能感觉到它们身上有着同一种强烈的力量。正由于这种自觉而共同的坚守,它们才能一代代延续下来,基业长青。"

在座的董事都是许廷宝的同辈,也都是老江湖,他们自己开玩笑说自己既吃过猪肉也见过猪跑。听许少阳这番开场白,他们大抵猜得出这个年轻人要说的是什么。

"所有这些百年企业,它们共同坚守的是专业主义。"许少阳说,"它们聚焦在一个简单的目标上,做得很深,做到极致。德国的百年企业中,有不少是细分领域的全球之王、隐形冠军,比如有一家公司,只做狗链子,这么个简单的产品,做到全球市场占有率70%。

"我希望赛尔科工加入它们的行列。我们从现在开始,聚焦在核心上,重视核心业务、核心专长、核心市场和核心客户。赛尔科工的核心是什么?是焊机。赛尔科工的目标是成为全球最大的焊机供应商、焊机之王!"

专业主义?全球焊机之王?不搞多元化发展了?董事们用目光扫过许廷宝。

许廷宝点头,深有感触地说:"为了搞上市,这些年我也研究过不少上市公司。那些出问题的公司基本上有一个特征:偏离主业、盲目扩张。其实呀,干了这么多年,我现在才懂得,人的精力有限,企业也一样,财力有限,注意力也有限,得把一件事先做好、做到极致,成为一种惯性和文化,然后再去延伸、扩张,否则很危险。"

董事们了然于胸,许少阳的专业主义已经得到许廷宝的首肯和支持。实际上,许少阳和许廷宝吵了两天,才争取到他允诺公开表态支持。许家两代四个人的闭门会议上,许廷宝直接表态交权给许少阳,许朝玉马上赞同,许堂贵便跟着支持,30秒完成决策。接着四个人讨论家族利益格局的重新调整,实则就是许廷宝对两位弟弟的补偿安排,来回拉扯小半天,也算融洽地达成协议。最后他们讨论公司的战略调整，可就吵翻天了，许少阳和许廷宝唇枪舌剑，在业务逻辑上反复推敲，在每处数据细节上较真；许堂贵时而温和地补充财务数据，大多支持许廷宝；许朝玉则带着几乎看不见的微笑，神色淡定，袖手旁观。

许少阳开始阐述思路。他引入一个新的数据概念——"战略价值系数"，对每个业务进行三个方面的评估：一是营收贡献和成本效益比，二是其在集团内部业务流、工作流中的重要性和依存度，三是其在供应链中的重要性和依存度。综合起来，战略价值系数就是用量化指标的方式直观地展现每项业务对于集团核心目标和利益的重要程度与贡献程度。在这个基础上，再加上两张表——财务数据表和业务内部结构数据表，他对所有的业务做出全面的评估，重新调整企业战略定位。也就是说，这样一来集团现有的每项业务都面临着三种命运：加大投入提高目标，或者一仍旧贯只做微调，或者削减资源乃至裁撤。

许少阳说完思路和方法，进入具体业务分析前，投资方女董事陈英打断他的话，扶了扶眼镜，提出疑问："许总，我明白数据是专业的管理工具，能揭示很多我们可能忽略的问题。你在数据上很专业，但是，企业决策不是沙盘推演，要复杂得多，更需要企业经营的智慧甚至是灵感。完全依据数据来做决策，尤其是业务战略调整这么重大的决策，会不会很危险？"

董事们交换眼神，陈英说话语气平和，但是话里的意思直白，几乎就在方法论上提出了质疑甚至否定。这也是他们的顾虑，只是他们碍于许廷宝的脸面，不好直说，毕竟有些董事都当了十几年，不但和许廷宝是老交情，和许少阳都脸熟。

"在欧洲和美国，几乎所有的大企业都很重视数据，不只是公司战略决策，即便是对外的市场活动，都要做市场调查，用数据说话。但是，这只是表象，真正的决策过程是反过来的。不止一个CEO和我说过，数据的真正意义是验证，而不是决策。他们依据智慧和洞察力先有决策和想法，然后用数据来验证，看数据支持还是否定他们的直觉。"许少阳彬彬有礼地说，"我也一样。阐述顺序而行，但思考和决策逆序，先有判断，而后验证。所以，各位可以看看我对具体业务的分析和判断是否具有洞察力，是否具有未来战略上的价值。"

董事们又交换了一个眼神。陈英做手势示意他继续。

很快他们就发现许少阳所言非虚。他对业务和市场有深刻的理解，在此基础上做出的数据解读和挖掘确实有独到之处，而且，他对业务团队的核心人物的性格、野心、能力及缺陷也了如指掌。他们迅速地收起对许少阳的轻视和不信任，认真地投入到业务的讨论中。

大多数业务过得顺利，讨论热烈但是最后总能形成共识，唯有减速机项目出现大争议。

"裁撤？！为什么？"陈英很不理解，说，"减速机代表着我们在国际合作上的位置和水平，我们在上面投入那么大的财力和精力，眼看就要有突破，为什么要撤掉？"

"不管过去投入多少，都是沉没成本。"许少阳解释，"从长远来看，减速机的研发难度很大，虽然现有团队优秀，取得了不错的突破，但是要达到国际顶尖水平非常难。从财务的角度看，项目还在投入期，成本压力很大，预计未来3～5年，财务回报都不会理想。最重要的是，减速机项目和我们的主业重叠太少，各自为战。它的技术资源、人力资源还有供应链资源都很难复用，构建成本很高。不管从哪个角度看，减速机都不属于赛尔科工的未来。"

"除非以后我们做工业机器人。"独立董事肖灵补上一句，他脸部消瘦，即便说轻松调侃的话，也给人忧心忡忡的感觉。

"如果做工业机器人，减速机是很好的基石。"许少阳捕捉到肖灵的言外之意，略一欠身，"但是，为了做工业机器人而研发减速机，和为了减速机而进军工业机器人领域是两件事。"

肖灵"嘿嘿"地笑，他也捕捉到了许少阳的言外之意：在战略上，后者是灾难。这个年轻人锋芒毕露。

"这个项目在其他方面给我们的回报很好。"陈英看着许廷宝。许少阳说得有道理，但减速机是赛尔科工集团与德国酷开集团的合作项目。德国酷开工业机器人在全球机器人领域位列前五，以核心控制系统闻名。它不生产减速机，依赖日本帝工集团的供应。前几年，市场供需出现意外波动，高端减速机供不应求，日本帝工集团优先供应自己国家的企业，酷开一时被"卡脖子"，很是狼狈。因而，酷开与赛尔科工合作，扶持赛尔科工研发减速机。当初两家企业宣布合作,在行业中掀起不小的震动,给赛尔科工增添诸多光彩。酷开派驻一个精英级的技术团队,在起步阶段给了赛尔科工的研发团队很大的帮助和扶持,所谓"扶上马,送一程"。赛尔科工也充分利用这种合作关系,借助酷开的渠道和网络,在欧洲市场打开了局面。

"这些回报已经兑现。"许少阳说。陈英把"过河拆桥"这类字眼咽了回去。许廷宝微微点头:"我们在欧洲已经初步站稳脚跟,再往下发展只能靠自己。酷开也不可能让我们深度涉入他们的网络。"

"我们的承诺没有兑现……"肖灵说,"我们借助酷开打开欧洲市场,答应酷开的减速机还没研发出来。"

"没有承诺。酷开属于技术风险投资,它在全球几个地区都开展了类似的合作。投入人力和资本的是我们,承担风险的也是我们。"

"谈判时会对我们很不利,如果要和他们解除合作。"

"我去和他们谈。"许少阳语气平淡地说,但在座的人都听得出毋庸置疑的信心,"不会解除合作,是从技术合作转向贸易合作。"

陈英把眼镜摘下来,揉了揉眼睛,把眼镜放在桌子上,往后靠在椅背上,左右活动脖子。常和她一起开会的董事们知道,这是她的标志性动作,表示对本次会议的结果没有异议,甚至很满意。这一次,陈英没有如惯常那般看着天花板,而是用余光看向许少阳和他身旁的许廷宝,在她散光的视野里,分不清这两个人的面目,就像看着同一个人。

32　火焰延续

"你以后怎么办?有什么打算?"黄立工问李艺。他猜到了刘睿阳的心思,难怪刘睿阳火急火燎地让他过来。他沉吟着说:"要不……"

"我还好办,许总……老许总找过我,说推荐我到他朋友的企业里。其实,到赛尔科工前,我谈过几家研究机构,他们一直联系我。"李艺说到这里，脸上自然溢出自信来。黄立工发现自己猜错了，李艺性格颇为沉闷，回国后一直待在上海，在公司和家之间两点一线活动，很少出差，参加学术会议也是直来直回，不多逗留。刘睿阳是李艺大学时最好的朋友，毕业后就是社交软件上最好的朋友。黄立工想当然地认为，在专业上精深的人，大都疏于人情世故，社交圈这么狭窄，在职业选择上难免受拖累。看来李艺的烦闷不是为此。

"睿阳明白我，这么多年的心血，眼看马上就有突破，却⋯⋯"李艺喝了一口闷酒，摇了摇头。有些事情，光是说出来就会让人深觉痛心。刘睿阳将手放在他的肩膀上，感同身受，沉闷地说："最可惜的是你的团队。"

人类的事业，尤其是科研、文化这些需要高度智慧累积的事业，最让人痛心的就是黎明前的放弃。在集体努力的成果成为最终的成品之前，智慧无处存放，只是一种进行时的存在，存在于团队内的化学反应里——日益默契的配合、相互成就的精神。团队解散，对于科研工作来说按下去的不是暂停键，而是后退键。就像旷野中的一团火，永远不可能暂停，要么燃烧下去，闪耀出所有的光芒，要么熄灭。

"我们共同奋斗这么多年，比一家人还亲。我和几个骨干倒还好，到哪儿都能重新开始，但其他人⋯⋯散了就真的是散了。"

"你的减速机做到什么程度了？"

"我们已经做出第一代。"

"什么？！"

"它的性能达不到酷开的要求。我们内部认真地评估过，论设计，论创新，它不见得比国外的差多少，我们的大方向是对的，但是问题出在材料和工艺上。"

黄立工在这块深有体会，点头，又有些疑惑："赛尔科工里应该有更好的材料和车床设备吧？"

"减速机这种精密部件，差之毫厘，谬以千里。"李艺说，"要优化，研发第二代，就要充分地掌握不同材料和工艺之间的细微差别。材料理解和产品设计是相互促进的，是不停歇的正反馈过程，这需要的是工业环境，不只是有个设备或材料就行。"

"那是个死胡同。"

"一开始我们也是这么想的……"李艺说,"但是,我相信我找到新路了。根据我们掌握的有限的材料,如果找出局部修改减速机设计的方法,有可能规避现有材料的缺点。"

黄立工的眼睛亮了。

"在生产工艺那块,再有点儿时间,加上更深入的理解,我们能做出国内领先的减速机来。"

"你知道老汤吧?"黄立工模模糊糊地捕捉到了些什么,问李艺,"也在做减速机的那个老汤。"

"我听过。"

"他没做过减速机,被人架上去,招了些人,花两三年,真给做出来了。我用过他的减速机,就它的价位来说,不错。"黄立工沉思着说,"现在想起来,这件事有点儿奇怪。你带着国内最好的团队,都要攻克这么多难题;他完全不懂,也没听说招来什么厉害人物,居然这么快成功,虽然是低端产品,但也不太现实。"

"我看过他的产品,有些地方很糙,有点儿外行,但是有些地方很成熟,整体来说像日本前几代的低端产品。"

"有没有可能是……改装?"

"更有可能是用原厂生产线。不过这些是猜测。"李艺犹豫着说。对于没有确证的事情,他不愿说死。

黄立工点了点头。有个念头在他的心里转悠:按他对老汤的了解,李艺的猜测八九不离十,老汤的减速机在市场上始终打不开局面,看样子就快终止业务了,自己要不要亲自杀过去,把老汤的设备和生产线当废品买过来?给李艺当见面礼也不赖。

"加入我们!"黄立工盯着李艺说,"你和你的核心团队,一起过来。"

李艺感到有些意外,犹疑地看了看黄立工,又看看刘睿阳。刘睿阳点头。他把黄立工和李艺约在一起,就是招揽李艺的意思,只是拿不准整个团队接收是否可行,没想到黄立工更加坚决。黄立工想的是,成熟的基础研究成果、成熟且完整的团队,下次再遇到这种机会不知猴年马月,机不可失,时不再来,天赐大礼,必须抓住。

"你们要做减速机?"

黄立工认真地点头，眼神严肃。

"研发减速机，资金投入不是小数目，赛尔科工那么大的盘子，都放弃了……"

"我们一直在筹备，正准备去做。"黄立工把手向刘睿阳一摊，意思是，你不信我，总得信刘睿阳吧，"你和你的核心团队过来，现在就开始。过来后，工作内容、团队结构，一切不变，你全权负责。"

李艺双手握拳，凝神看着桌面。

"你好好考虑一下，一天内给我们答复。我们很真诚地希望你们过来。"

李艺看了一眼刘睿阳，说："不用，现在就可以答复，我们过来！"

黄立工兴奋地道："那你们明天就过来吧！"

李艺愕然："啊？！我们得等公司那边做完安排，走流程，怎么着也要一个月吧？"

"不行，这会坏事。"黄立工断然说道，"现在人心惶惶，必须有明确的好消息、明确的行动，不然时间一长，不知道会有什么变数。只要有人联系下家，连锁反应，团队就散了。"

刘睿阳冲着李艺点头，黄立工说得有道理。

"那我怎么做？"李艺问。

"明天就和团队核心成员沟通，然后找许廷宝，申请尽快交接离职。时间是科研人员的生命，你们愿意少拿赔偿，尽快离职，尽快进入下一阶段的研究工作，他会同意的。"

"那我们明天也过不来，怎么也要一周。"

黄立工笑了："那是个夸张的说法。一周内我们会为你们准备好实验室和环境。"

33 月光下的孤独

敲门声响起。

张文峰从里间出来，带上门。他进入洗手间，拿出手机，翻到来电记录，找出一个电话，拨出去。

电话振动声从门外传来，门口的来客接起电话。

"你到了？"

"我就在门口。"

"等我一分钟。"

张文峰在洗手间的镜子前站了一会儿，按下马桶按钮，洗了洗手，出去开门。

一个中年人笔直地站着，离门口有一大步的距离。张文峰打量他一眼，他个子不高，圆脸，并不亲切或讨喜，相反隐隐有点儿深沉感。他穿着的西装看着普通，实则颇为考究，中国人穿西装不容易好看，但眼前这个人穿出了某种他自己的风格，他对自己的体形颇为自得。张文峰做手势示意他进来。

中年人进屋后，扫了一眼室内。洗手间亮着灯，马桶进水的声音隐隐传来。

"第一次见面，本来想约你在大堂咖啡厅里坐坐。"

"我今晚懒得动。"张文峰示意他坐到沙发上。

"盛华平。"中年人向张文峰伸出手。

"我们知道彼此的名字。"张文峰没理会他伸出的手，转身到酒柜旁拿起一瓶矿泉水。

盛华平笑了一下，在沙发上坐下。张文峰把矿泉水放到桌面上，也坐下来。盛华平把手机掏出来，倒扣在桌面上，抬起头看着张文峰。

"说起来，我们也算开过战的。"

张文峰一脸平静地等着他说下去。

"雄也和睿立在市场上打得不可开交，既然两边开战，我们各为其主……"

张文峰皱了一下眉头。盛华平视若无睹，接着说："但是，这是关贸雄和黄立工的战争，不是你我的。我们为什么要为他们而战？"

"盛总来是想和我说这个？"

"我们之间没有个人恩怨。"盛华平稍稍加重语气，说道。他对自己的分寸感很满意，这句话带着轻微的强调，但不会太突兀，让对方反感，"我们不是敌人。我们可以是朋友。"

"哦？"张文峰淡淡地说。

"今晚出现在这里的，不是雄也的盛总，是盛华平。我代表我自己，不是关贸雄。"盛华平拿起矿泉水，往后靠在沙发背上，喝上一口水，长吁一口气，说，"雄也是关贸雄的，不是我盛华平的。睿立是黄立工的，不是你的。"

张文峰眯起眼睛，目光像锥子一样盯着盛华平。盛华平坦然地迎接着张文峰的刺探。

"哐当"一声，从里屋传来轻微的声响。盛华平头微微一侧，马上当作没听见，快速而敞亮地说："我们完全可以有合作的机会。"

张文峰沉吟着，看着天花板。

"谢谢盛总！"

盛华平的心一沉。

"盛情领了。"张文峰起身，摆出送客的姿态，"我有事情在忙，分身乏术。"他没说谎，确实是在筹谋着搞点儿大事呢。盛华平看张文峰姿态坚决，知道多说无益，便也起身，走过他身边，低声而诚挚地说："张总，我们这个市场里，盟友不容易有的。"

"盛总，有句话你应该听过，'兄弟阋于墙，外御其侮'。"

"他待你如此，你还当他是兄弟？"盛华平停住脚步，像是叹息地说，"我挺羡慕他的。"

"我会干掉他。那也是我自己干，不用别人插手。"

盛华平凝视着张文峰，伸出手，张文峰看着盛华平，也缓缓伸出手。两个人握了握手，盛华平说："你是条汉子。"

盛华平走出门后，张文峰关上门，想了想，又轻轻打开门，靠在门框上，看着盛华平的背影。盛华平站在走廊里，似乎在想着什么，摇了摇头，继续往前走，转弯消失在电梯厅里。

"叮"的一声，随后听到电梯门关闭的声音，张文峰回身关上门，闩上门链，走进里屋里。

"怎么……这么久？"一个姑娘斜靠在几个枕头上，半睁着眼睛问。床旁的椅子歪着，一条裙子匍匐在地上。刚才的"哐当"声，想来是她要把裙子搭在椅背上，但动作太大，把椅子推了出去，裙子也掉了下去。

"你不应该问我怎么这么快吗？"

第三章 智造启航

"嗯？"姑娘的声音疑惑而慵懒。

张文峰走到床边，姑娘的脸仍嫣红，被子盖在腿上，身上的衣服有些凌乱，薄外套褪了一只袖子，卷在另一只胳膊上，衬衫解开两三个扣子。台灯照射下，她眼睛半眯着，像只困惑的小动物，不知道自己在哪个窝里。张文峰俯身关掉台灯。

屋里暗了下来，月光映在飘窗上，投射在室内。过了一会儿，两个人的眼睛适应了黑暗，隐约看到彼此。姑娘下意识地拉过被子，盖住更多的身体。

"你不是说我醉了，要送我回来的吗？"

"我……我没……喝多。"

张文峰在床沿上坐下。姑娘眼神迷离，本能地往后缩着身子，像受惊的小鹿。张文峰不管她，轻轻掀开被子，姑娘忽然娇笑起来，往他的怀里钻，赤裸的大腿贴着他的身体。她身体不受控制，歪着头靠在张文峰的臂弯里，急促地呼吸着。

张文峰环抱着她，褪下她的薄外套，解开衬衫的扣子，给她脱下来。

"你……你要……干吗？！"姑娘含混地说，伸手搂住他的腰。

张文峰轻轻扳开她，把叠放在床头的睡衣抓过来，给她套上。

"你要干吗？"

张文峰抱着她，俯身把她平放在床上。她双手搂住张文峰的脖子，张文峰闻到她呼吸中的酒气。

"你叫什么？"

她幽怨地看着张文峰："小贝。"

"小贝，好好睡觉。"张文峰挣脱她的手臂，把她的头抬起来，将枕头塞到她的头下，再把被子拉上来，盖住她的身体。

"你呢？"

张文峰在她的脸颊上轻轻亲了一下，轻轻抚摩着她的头发："你睡，我一会儿就来。"她迷迷糊糊的，侧过脸去。

张文峰听到她规律而粗重的呼气声，手离开她的头发，在她的肩上轻轻拍了拍。他叹了口气，慢慢起身，走到客厅的酒柜前，取出一瓶酒，打开，攥着回到里屋。

"以后别犯傻了。"他对着床上的姑娘说。姑娘发出低沉含糊的声音，不知道是答应了还是拒绝了。

张文峰在窗台上坐下，月光洒在他的身上。他看着窗外，整座城市安静下来，街上有零星的人影，远处有零星的窗户亮着灯，月光照着沉默的夜晚，照着所有未眠的人。

这时候，他想起一个人，不是许茜茜，不是刘斐，不是相处半年后无疾而终的黎若颜，不是捧着他的脸帮他拔去倒睫的圆脸女店员，不是他生命中偶然遇到而又错过的女孩儿们，不是黄立工或刘睿阳，不是杯酒救场帮他摆平客户的顾人杰，不是那些曾经和他交织在一起却又走出他生活的人。

他想到的是自己，20年前的自己。

那个十几岁的少年，孤单而忧郁，在漫长的黑夜里，趴在窗台上，看着村外路上偶尔闪过的车灯，想象着车里的人们，想象着他们如何撞进一个奇异的夜里。

也许，那个孤独的少年，从未离开过他。

他往嘴里倒了一口酒，咽下去，脸上泛起苦笑。他认识的人很多，能算得上朋友的，几乎没有——以前有过两个，现在都没有了。不管在酒吧还是饭局，他谈吐有趣却又带着疏离，带着格格不入和厌倦，吸引着年轻女孩儿的目光，越是不屑取悦别人，越容易博得姑娘们的青睐。

经常有姑娘借着酒劲缠着他，甚至是挟持着他，跟到酒店里。他带着她们，一路上有着想象，渴望自己也能借着酒劲，让所有的事情顺其自然地发生，可惜，进了酒店房间里，他就会变得清醒，倦怠卷土重来。

所有的晚上都像这个夜晚，他兴味索然，坐在窗台上。

在月光里，他平静地闭上眼睛。

34 单刀赴会

许茜茜声音平静，但黄立工听得出平静下隐约的愠怒。她还在上海，这段时间两个人电话打得多,有时她一个简单的"嗯"或者短暂的沉默,黄立工就大致能猜出她是什么情绪。

"怎么了?"

许茜茜不说话。

"张文峰那边又有什么情况?"黄立工开始猜。

"没有,他撤诉了。"电话那头许茜茜的声音有些恍惚。

黄立工放下心来。几天前,黄立工收到法院的传票,张文峰对黄立工提起诉讼,要求黄立工回购他持有的睿立科技股份,起诉标的是他个人投入的第二笔 500 万元,不包括最初的不可撤回的创始投资。黄立工和张文峰签了协议,这笔投资款转为持有公司股份,但是同时个人有义务回购,也就是说在特定情况下,比如公司没在指定期限内达到约定的业绩,张文峰有权要求黄立工个人按照年化收益率 10% 回购。

眼下的形势不符合回购条件,张文峰想打赢官司不容易,但是,此时爆出创始人反目的负面新闻,对黄立工和睿立科技会很有影响。许茜茜获知原委后——黄立工自然不会告诉她所有的原委——觉得张文峰太胡闹,亲自去找张文峰。她回来后,告诉黄立工,张文峰撤诉了,没有说更多的事情。黄立工完全能想象得到,张文峰大概不会说什么,但脸色不会太愉悦。管他呢,事情解决了就好。此时许茜茜心情不佳,他担心张文峰反悔了。

"到底怎么了?你好像不高兴。"

"你还是那样,很多事情简单粗暴,都不尊重……"

"什么事情?"

"等我回去再说吧。"许茜茜不太想谈下去,"二叔还会待一周,处理好家里的事情,再去印度。他说以后可能很难回国,我想多陪他一段时间。"

她挂了电话。黄立工捧着电话,脑子迅速地转着:到底是什么事情?肯定不是她自己的事,是和她有关,而又不直接相关的事……不是张文峰……

李艺!肯定是李艺。李艺把整个团队搬到睿立科技,现在赛尔科工的人肯定知道了。他不管,也不怕赛尔科工的人的看法,不过,是不是把局面弄得太僵了?黄立工走到窗边,打开窗户。他需要新鲜空气,把这件事情从头好好想想。

黄立工决定上门拜访许少阳。

这是个简单的决定，也是孤独的决定。

闪出这个念头后，他攥紧拳头，自责怎么没早点儿想到这点。不管从哪个角度来说，他都不能让许少阳成为敌人。他太轻视许少阳，许少阳裁撤李艺团队，给了他可乘之机，而对他的趁火打劫，许少阳没有预判也没有回手，怎么看都很愚蠢，不足为虑。现在，他意识到自己在犯危险的错误。一个年轻人，空降接班，集团内部居然风平浪静；忽然发动改革，大刀阔斧，一干叔父辈分的老油条居然配合执行。无论如何，许少阳都不是愚蠢的人。许少阳执掌下的赛尔科工，和许廷宝时期的大不一样，但这未必就是变糟。

他掏出手机，得找个人商量商量。这一着棋，牵一发而动全身，要准备周详，别有一时想不到的疏忽。解锁屏幕，点开电话界面，他愣住：和谁聊呢？

许茜茜？难道他要堂而皇之地和她商量怎么对付她哥和她家企业？

刘斐？她只会添乱。她不来招惹他就谢天谢地，他可别去招惹她。

刘睿阳？他有想法，可惜是另一个文明而正确的世界里的想法。他会告诉你不行，道理很深刻，就是不会给你貌似不正确的战术查缺补漏。

他划拉着手机通信录，眼前闪过张文峰的脸。张文峰是最好的战友……现在就别想这些了。

汪自强？他脑子里居然蹦出这个名字，不由得苦笑，大佬的情面还是留到重大时刻用吧。汪自强筹谋的是国之大计，好不容易对他黄某人刮目相看，还是别和人家捣鼓鸡鸣狗盗的事了。

通信录滑到了最底下。黄立工不甘心地往上狠狠地滑了两下，通信录弹了两弹，固执地停留在那里。孤家寡人。他想起许朝玉的模样，摇了摇头，赶紧把"许朝玉"和这几个字抛出脑海。那些大人物，靠近了看，都是大浑蛋。这是宿命，那个晚上是一场寓言。

他默默地把通信录滑回来，找到刘睿阳的名字。

黄立工给许少阳打电话，报上家门，直陈来意，想上门拜访。

电话里沉默几秒，许少阳说："后天，下午1点。"

"好。"黄立工说。许少阳挂掉电话。

果然看走眼了,这是个厉害角色,决定很快,不拖泥带水,黄立工捧着电话想。

12点30分,黄立工在出租车上接到电话,许少阳的秘书询问他是否准时赴约。

黄立工进入许少阳的办公室时,是1点3分。

"请坐。"许少阳手指向沙发。茶几上已备好红茶和点心。

黄立工环顾办公室,微笑着说:"许总的办公室很特别,和我去过的都不一样。"

"哦?"

"我从没见过,这么谦虚的大企业的总裁办公室。"

"谦虚?我第一次听到这个评价。"

"中国老板布置办公室,唯恐别人不知道他们家底厚重。许总的办公室,显眼的地方放的都是不起眼的东西,细看才知道是从国外来的。"

"黄总是年轻人,见得少了点儿。"

黄立工"嘿嘿"笑,说:"我爸去纽约玩,第一站就是去看自由女神像。没办法,导游看到你是中国人,就会带你去最出名、最热门的地方。那是座很大的铜像,举着火炬,他很激动,到了铜像前一看,made in France(法国制造)。我爸惊呆了,什么?这不是美国精神的象征吗?怎么是法国人送的?!你什么时候见过我们把别的国家送来的国礼当作自己的象征?"

许少阳礼貌地笑了一下,心里却想:许廷宝也爱这样说话,每每要说什么事情,总要兜兜转转、引经据典,从历史、文化、传统,或者从一个颇有意味的小故事切入,然而那个小故事大抵是从通俗读物里看来的,以前是《读者》,现在是公众号,像煞有介事,美其名曰:点到即止,心领神会。大概他们都喜欢让人体会他们厚重的底蕴吧。

"我也很奇怪,就去好好看了看美国独立战争的历史。"黄立工感觉到许少阳的冷淡,迅速地切入正题,"原来美国独立,法国人帮了大忙。一开始法国就出兵援助,还有财力、武器的支持,要是没有法国,美国还未必能独立呢。难怪独立战争胜利之后,法国送了这么大一座自由女神像,那是法国和美国的共同胜利。"

黄立工喝了一口茶，继续说："后来，法国有难，和英国打起来，向美国求援，美国却袖手旁观，很不讲道义！"

"黄总是想告诉我，国与国之间只有利益？"

"我一开始是这么想的，大家都只考虑自己的利益嘛。但是，法国和美国后来关系一直很好，好像一点儿都不受影响。再说，就算美国袖手旁观的时候，两个国家日常的交往和贸易都很友好，也很频繁。"

终于切到主题了，许少阳也拿起红茶呷了一口。不过他承认，黄立工拿这个话题切入，有点儿意思，符合他们俩目前的态势："黄总怎么看？"

"我觉得，一般人对利益的理解太狭隘。盯着钱和面子，盯着一时一地的得失，就嚷着利益优先，是目光短浅。"

"那什么是长远的利益？"

"英国是当时世界上最强大的国家。法国是崛起的强国，要和英国一较短长。美国一片荒蛮之地，尚且能从英国手里成功独立，法国如果挡不住英国的攻击，何来底气和雄心当霸主？美国刚刚立国，实力有限，它的加入起不了决定作用，但是如果因此把自己拖垮，英国趁机收复美洲，那叫得不偿失。相反，让美国活下来，甚至崛起，成为英国的心头大患，成为缓冲地带，对法国才是最有价值的。"

许少阳用锐利的眼神打量了黄立工一眼，这个人不简单。他在心里迅速地调整对黄立工的评价，并重新评估局面。

"许总，我们就不遮遮掩掩了。李艺的团队是我请过去的，事出突然，不是蓄谋已久，因此没有提前知会你。"铺垫做完，看许少阳没有抵触和还击，黄立工直截了当地挑明，"我今天前来，一是向你道歉；二呢，站在客观的立场上，此事对赛尔科工利远大于弊。"

许少阳微笑。

"现代工业竞争和以前不一样。现在的制造业，是一张供应链组成的大网络，没有阵营，也没有固定的同盟。任何一家有足够规模的企业，任何一家有志向、渴望更强大的企业，都应该建立缓冲带，供应链之网里的缓冲带，对核心竞争对手形成强有力的牵制，对潜在的挑战者形成强有力的屏障。赛尔科工也一样，我们都是中国企业，中国制造业面临的挑战你明白，睿立如果在减速机上有所突破，那会是赛尔科工最佳的缓冲带和屏障。"

黄立工越说越是慷慨激昂，很有指点江山的气概。

许少阳还是微笑："难道我应该感恩？"

"不不，我只是希望许总看到睿立的实力和价值。"

"听起来，黄总希望我打一场代理人战争？"

黄立工"哈哈"一笑："许总看我像是当代理人的吗？"

许少阳收敛笑容，拿起茶杯，慢条斯理地说："黄总，有两个事实，我提醒你一下。第一，当时美国国内，杰斐逊主张援助法国，汉密尔顿坚决反对，后来汉密尔顿占了上风，美国奉行孤立主义。但是你知道，作为历史的结果，杰斐逊现在还被铭记，还在影响和激励着美国，汉密尔顿几乎被遗忘了。第二，法国的缓冲带，喧宾夺主。法国的理想是美国实现的——取代英国，成为最强大的国家。"

黄立工的冷汗都快出来了。他眼前又闪过那天晚上许朝玉的模样。这家人，到底都是什么材料做的？怎么许茜茜身上全然看不出他们的影子？

"这也是经过很多代了吧？一代人有一代人的奋斗。我们这一代的努力和成功，没法保证下一代一定会延续下去，但是我们还是要做出正确的选择，不是吗？"压力之下，黄立工应变速度很快。他对自己这点还算满意，顿了一顿，接着说，"纽约现在正在上演一个音乐剧，名字就叫《汉密尔顿》，火爆得很，一票难求。我想，汉密尔顿会被历史重新评价的。"

许少阳感到有点儿意外，笑了起来："黄总，你不会认为一场音乐剧就能改变200年的历史走向吧？"说着，他向黄立工伸出手。

他还在伦敦的时候，去过纽约几次，专程去看《汉密尔顿》。每每灰暗潮湿的黄昏，站在伦敦的街头，他都会涌起渴望，渴望离开这里，去别的地方，去纽约、去科隆、去奥斯陆、去伊斯坦布尔……他从未渴望过一劳永逸地回去上海。《汉密尔顿》一票难求，上千美元都很难买到一张，没想到黄立工也知道这个音乐剧。

他更不会想到，黄立工对音乐剧毫无兴趣，也不了解。下午这场对话，是黄立工精心准备的结果。自由女神像是刘睿阳父亲去看的，对美国与法国的了解来自刘睿阳，《汉密尔顿》是汪妙夫妇和好友凌渊若一起去看的。也许他们和许少阳看的是同一个夜晚同一个场次。黄立工偷偷联系汪妙，说是给刘睿阳帮忙，他得意于自己的自作主张——如果曾经的刘睿阳生活中最重要的人重新回到刘睿阳的世界里，是他推出了第一步。

黄立工也伸手，两个人握手。

"睿立对减速机的研发，赛尔科工要加入，可以是小股东，以知识产权入股。"许少阳像是在说一个毋庸置疑的事实，而不是提议。黄立工的瞳孔缩起来："赛尔科工的减速机研发可没有成功。"

"哦，你们打算放弃现在的所有积累，另辟蹊径？"许少阳带着一点点的不耐烦，"黄总，我们就不做无意义的纠缠了吧？"

"这正是我们的风格，睿立的发展向来是另辟蹊径。"

"这是减速机，黄总。真正的麻烦都是将来时，不是进行时。要么你另辟蹊径，三四年也辟不出来；要么一年后，在你的关怀和投入下，减速机略有所成，这时候如果发生专利纠纷，提起方有充足的权利和证据，你觉得会如何？"

"这对赛尔科工有什么好处？损人不利己。恐怕形象也不好吧？"

"不是赛尔科工。苏州有很多公司，你可以叫它们掠食者，它们利用瑕疵和漏洞，用尽一切办法，凿开口子，以小博大。黄总有多少精力和信心挡住它们无所不用其极的手段？"许少阳冷冷地说。他盯着黄立工没有表情的脸，冷不防补上一句，"黄总，我记得你刚刚说过，盯着钱和面子，盯着一时一地的得失，叫嚷着利益优先，是目光短浅。"

黄立工一凛，冷汗终于流了出来。

"同样的话还给黄总。站在客观的立场，此事对睿立利远大于弊。"许少阳的语气和缓下来，"既然睿立是赛尔科工的缓冲带和屏障，赛尔科工又是睿立的小股东，我们自然希望你们早日突破，也会给予必要的援助和扶持。考虑到黄总今日前来的诚意，入股的条件呢，我会加入设备租赁权，相关的实验室和设备，比如美盖勒磨床，以最公道的价格向你们开放。"

许少阳拿起茶杯，慢悠悠地喝茶，他有足够的把握和耐心。果然，黄立工沉思了一会儿，爽快地伸出手，两个人郑重地握手。

"黄总，把减速机独立出来。独立成立公司，把风险隔离开，我们入股也方便。"

黄立工原本并未考虑到这一点，马上意识到许少阳所言极是，平淡地说：

"我们已经在着手办理了。"

"好。我只有一个要求,睿立减速机优先供应赛尔科工,最高优先级。"

"提前按生产计划协定。"

"OK。其他的,交给跟进团队谈吧。"

许少阳站起来。

黄立工走出赛尔科工的大楼,阳光耀眼,晒在身上有些暖意。他招手拦下一辆出租车,坐进车里,身体一点点松弛下来。他开始感到后怕和庆幸:如果没有这次单刀赴会……不管怎么说,这是一次胜利,扭转了许少阳对他的印象和评价,把潜在的可怕敌手变成盟友。

许少阳皱着眉头站在落地窗前,望着延绵不绝的城市高楼。这个人很危险,自己必须马上行动,彻底干掉他。许少阳轻轻拍着栏杆,反复推敲着。良久,他的手停下来,决断已定,他拿出手机,拨出许茜茜的电话。

第四章
国际征途

1 历史的使命

黄立工上了出租车，开始查机票，能订的航班都比较晚，还有不少空闲时间。按以往，他会到机场找个安静的地方，在一连串的电话中等到上飞机。这一次，兴奋的劲头仍在心间，他很想找个活生生的人面对面聊聊。他沉吟着掏出手机，拨出汪自强的电话。上海没几个人可找，这个当口儿他可不敢去找许茜茜。

汪自强在公司，很爽快地让他过去，到办公室里聊聊。

"你抢先了一步啊！"

"啊，怎么说？"

"你也要往减速机发力了？"汪自强脸上的微笑别有深意。

原来他说的是接收李艺团队的事啊。

"做工业机器人，减速机是躲不过去的。"黄立工说。他想：这个圈子其实不大，有个风吹草动，很快就尽人皆知。

"是我们中国企业躲不过。"汪自强示意他坐下喝茶，"我很欣慰，研发减速机吃力不讨好，你愿意下硬功夫，吾道不孤，华普终于有同道中人了。"

"汪总也在做减速机？"黄立工听汪自强话里的意思，似乎华普在搞什么大阵仗。

"我们在谋划给国家、给行业做点儿事情……"汪自强轻轻一笑，"这是华普近些年最重大的一件事，也可以说是我的疯狂梦想。兹事体大，原谅我现在还得卖关子，真成事了，一定邀请你过来共同见证。"

"好啊！期待汪总的好消息。"

"我没看错你，你是做实业的料。太多企业就喜欢赚容易的钱，有点儿家底就急忙忙地去玩金融，赚大钱，沉不下心做研发。前两天我刚去一家企业，聊起特种钢研发，他们放弃了，原因就一个，研发投入期太长，要五六年才能见效果。"

"也不能怪大家……"黄立工说，"说实话，我都经常心浮气躁。看看我们身边，尤其是互联网创业公司，动不动融个几千万上亿元，公司还不知道怎么营利呢，转眼就上市，一夜暴富，说实话，不心动是假的。我有时候也会想，这个事业真的值得我们去坚持吗？"

"你不还是坐在这里？不还是要启动减速机项目？"

"身边一帮人跟着，最好的时光都捆在一起，不坚持下去对不起他们啊。"

"人做事情，靠的是坚定的内心，内心不坚定，外部的责任再多也是枉然。"汪自强举起茶杯，"别客套了，我不会看错你。"他和黄立工碰了一下杯子，说，"别被那些泡沫迷住眼睛。中国从来不缺少脊梁，向来都有勇于承担使命、敢于负重前行的同道。"

"嗯！"黄立工认真地点头。

"日本一家公司垄断碳纤维技术，市场份额超过70%，价格奇高，还不卖给我们。"汪自强站起来，声音昂扬地说道，"日、美、欧对碳纤维技术构成长期垄断，但是，我们就这么服输吗？不，我们攻克碳纤维技术，让碳纤维价格下降2/3，还攻克了超高强度碳纤维技术，尤其是T-1000级碳纤维生产线，成品的抗变形能力比日本产的还强一倍，国际碳纤维价格马上暴跌，从2万块1千克降到不到1万块1千克。"

黄立工插话："听说华为攻克96线车规级激光雷达，下一步就是开发100线激光雷达，那可是能把3000多美元基价的车用激光雷达打到200美元一套。"

"我们曾经进口一套日本的设备，中间设备出了些问题，日方派工程师过来，要价20多万，维修过程不准我们的工程师观看——他们半小时就修好了。那真让人郁闷，后来我们攻下来了，再也不受日本人的掣肘。"

他们俩你来我往，细数着那些激动人心也一直激励着国人的事情……

"不要妄自菲薄，中国造得出卫星、进得了太空，说明只要下定决心，没有中国人办不到的事情。"汪自强像是回到了战场上，对着一干新兵发表讲话，"我们现在能做更多、更大的事情，得益于前辈们的默默付出和扎实的贡献。同样,我们现在的努力,也会让以后的中国企业做出更大的事情,做出欧、美、日做不到的事情!"

黄立工也站起来,肃容听着。

"还有太多的事情等着我们去攻克,还有太多的领域我们还在被发达国家盘剥。材料方面不说,就说化工仪表和阀门,基本还是靠进口,一旦出现故障,损失的就是上百个甚至上千个阀门的钱。多少高精尖仪器,我们也只能进口,维修费、人家工程师的加班费,动不动就是上千美元一个小时。"汪自强的声音转为低沉。黄立工听得出里面的不服,听得出那股就想打下山头的蠢蠢欲动。汪自强说:"我和你讲讲铁路的故事。"

1997年4月1日,中国第一次铁路大提速,全国客车运行平均速度由48千米每小时提升到55千米每小时。1998年第二次大提速,2000年第三次大提速,2001年第四次大提速,经过4次铁路大提速,全国铁路旅客列车平均速度也仅提高到每小时62千米。这是什么水平呢?英国在19世纪铁路时速就达到58千米。日本身为二战战败国,1964年新干线营运时速就达到271千米,最高时速300千米。上百年的差距啊!

2003年,中国决定进行大规模的高速铁路建设。当时先进的高铁技术都掌握在外企手中,西门子、庞巴迪、阿尔斯通以及川崎重工等。与这些巨头们谈合作,中国筹码很少,只有地域辽阔、市场空间庞大、几万亿的潜在投资。那时中方的策略就是,谁和中方合作,谁就能拿到高铁行业未来的钥匙。整个谈判过程像走钢丝一样,最终中方迫使这些大公司不得不做出妥协,出让关键核心技术。

黄立工对这个故事不陌生,找来各种资料看过很多遍:"这已经成为经典案例,被收到了美国斯坦福大学的教科书里。"

"这个故事的眼是在后面。后来,我们修建京津城际高铁,招标,和西门子公司谈判。西门子公司厉害,有很多核心技术,其中有一样,27.5千伏的真空断路器,能做到使用10万次不出故障——这个太厉害了。我们很想拿下这项核心技术,出再高的价格都行,谈判专家软硬兼施,西门子死活不肯卖。被逼急了,他们说了实话,这是德国的国家利益,花40多年才攻克的技术,在全世界申请了220项专利,必须德国总理签字才能转让。最终,我们还是没有拿下这项技术。"

汪自强走到窗边，凝视着外面车水马龙的景象："这种技术，对西门子来说可不是压箱底的，与之同等的技术在他们那里是一箱一箱的。德国、日本、美国……很多公司都有独门绝活。"

黄立工跟着走到窗前，站到他的身边。

"我们还有很长的路要走。"汪自强说，"工业机器人现在的情况和当初的高铁一样。核心技术、核心零部件都掌握在别人的手里，但我们是全球最大的工业机器人需求市场。"

"是的。在我们的努力之下，四大家族的市场占有率这两年持续下降，但是我看统计数据，进口量一直在上升，这说明市场需求在急剧地扩大。"

"这是很好的历史机遇。我们正在快速跨越、快速赶超的窗口期，这个窗口期不会太长。"

黄立工感到热血沸腾，但是一想到现实状况，不禁又露出一丝苦笑："高铁是国家工程，举国之力统筹、谈判，一举奠定发展基础。你看我们这个行业，虽然把四大家族的份额干下去一些，但是质量稳定、有口碑有品牌的企业只有寥寥几家，其余1000多家机器人公司要么做组装，要么做二手货。"

"所以，更需要有人主动承担起历史的使命，把零散的力量凝聚起来。"汪自强说。黄立工的脑子里蓦地出现一个词：顶天立地。汪自强选择的路是他从未想过的，以后可能也很难会踏上，毕竟所处位置不同，秉性取向也不同，但不妨碍他对这个男人的敬重。

"你最近干得不错，我看得出你很兴奋，甚至是……得意。穷家小子终于干出点儿名堂，在家乡可算扬眉吐气了。"汪自强的话语听着像揶揄，语气里却毫无调侃的意味，"这个兴奋劲我很熟悉，我当新兵第一次立功，就是这个模样；我看着后来的新兵，在炮火中干掉两个敌人，活着回来的时候，他也是这个模样。可是你知道，越往上走，天地越宽阔，挑战也越大，做到上一层的成绩，眼睛还盯着原来那层小天地沾沾自喜，那就永远在那个小天地里了。"黄立工脸上火辣辣的，像是在训练营里耍着花活儿的新兵，得意地转过身，等着教官的赞许，忽然发现自己身上没穿衣服。他正在局促中，听到汪自强说："希望你加入，也欢迎你加入老兵的行列。"通红的脸火辣辣的，黄立工心中跟着涌起一股热切的冲动——光着身子的新兵看到教官默默地示范扎实的一手后转身离开，心里泛起羞赧和激动。

"中国工业市场从未有过这么严峻复杂的竞争局面,也从未有过这么多机遇和空白。"汪自强转向黄立工,伸手按住他的肩膀,看进他的眼睛里,"要狠,要快!不只是跑,得像跳下山崖那样快。没有超越的心,没有5年走过人家30年路程的决心,在这个时代只能溃败。"

2 人的内心

"明天一早就走?都收拾好了?"

许朝玉正喝着茶,呛了一口,放下茶杯,抬头看了许廷宝一眼。许廷宝很少会这样说话,说这样的"废话"。他摇头:"有什么好收拾的?"

过去十几年,他向来都是背个包就返回印度。

"多带些茶叶也好。"

许朝玉瞄了一眼沙发侧边的茶几。他一进门就看到那里有七八筒茶叶,包装简洁大方,不是普通茶叶铺里来的。他心里还嘀咕着,这委实不是许廷宝的风格:"难怪你换着茶叶让我尝,我还以为你烈士暮年,壮心不已,要杀入茶业呢。"

许廷宝笑了,又叹了口气:"没想到刚……你又要去印度了。"他想了想,说,"还是常回来吧。我开个茶叶店,你就当回来拿点儿新茶。"

"你不去看我吗?"

许廷宝想说点儿什么,又止住,很坚决地摇头。

许朝玉轻轻拍了拍许廷宝的手,点点头:"你是该开个茶叶店。赛尔科工在少阳手里会变得更好的。"

许少阳本来在一旁乐得清闲,安心喝茶听兄弟俩聊天,听到话题扯到自己身上,微笑着道:"我做好了,一定在淮海路买下最大的两个铺面,挨着,一家卖中国茶叶,另一家卖印度拉茶。二叔,你要捧场啊。"

笑声中,手机响了,许少阳看了一眼,起身致歉:"茜茜马上到了,我出去陪她走走。爸、二叔,你们慢慢喝茶。"

许廷宝摆一摆手,许朝玉拿起茶杯,略一致意。许少阳离开沙发,许朝玉忽然说:"少阳,有耐心点儿。这个家里,只有你能帮她。"

许少阳看着许朝玉:喝茶的时候自己没怎么说话,更没有提起自己的计划,许朝玉怎么看出来的?许少阳点了点头,走出家门,身后许廷宝似乎轻声问了句"什么",许朝玉也轻声说:"我们喝茶吧。年轻人的事,留给年轻人自己解决。"

也许,在过去的岁月中,许朝玉才是真正关心许茜茜的那个人,是他扶着许茜茜的内心,让它没有滑落下来,一路上许少阳都在这么想。

兄妹二个人沿着街道漫步,默然走了许久。这片街区都是这样的街道,行人道和车道一样宽,中间没有护栏隔开,还能让路上的人随意穿行。街上来往车辆不多,行人更是稀少,街边的悬铃木枝叶舒展,遮天蔽日,把阳光拦在空中。

"我一直都很骄傲。"许少阳开口说,眼睛一直盯着前方。

"嗯!"许茜茜由衷地点头。在英国的时候,两个人时常见面,许少阳常到她的寓所,帮她料理各种应该是男人去料理的事务。虽然两个人生活上熟悉,甚至是亲密,虽然许少阳对许茜茜温和而照顾有加,但她有种模糊的感觉,她很难走进他的内心,能触碰到,却走不进去。

"最骄傲的事情,是有你这个妹妹。"

"你又说笑了。"

"你身上有一种掩盖不住的……火焰。有一次,我去接你吃晚饭,你刚从泰特现代艺术馆出来,我远远地就看到你。你在人群中,也会闪耀着光芒,好像那里只有你存在,别的东西都暗淡无光。"

"你真的这么觉得?"许茜茜自己也不知道为什么,语气有点儿紧张。

许少阳转过头看着她。许茜茜的心剧烈地跳起来,像是有什么看不见的东西从一个方向猛地击中她的心脏。这个眼神她在什么地方看到过!她深深地吸了一口气。张文峰——记忆中从未经意的雪泥鸿爪此时掠过眼前——在她更年轻的时候,张文峰用这种眼神看过她。她不记得那是什么场合,可能在某个饭局上,可能在工作会议上,也许她说了什么,张文峰会看着她,用这个眼神，不止一次。现在她隐约感觉到，这个眼神里有诧异之色：怎么你自己都不知道？！甚至，她想起来，刘睿阳看着她时也有过类似的眼神，当她神态自若地挥洒才华时。

"你觉得自己是怎样的人？你的真实样子是什么？"许少阳问她。许茜茜沉默了好一会儿，捕捉着那个模糊而微妙的感觉。

"轻盈，好像又很有力量。我不属于任何地方，但我会努力地影响它们。"她慢慢说道。

许少阳看着她脸上那小女孩儿般的自怡神色，接着问："你再认真地告诉我，你最渴望自己是怎样的一个人？"

许茜茜往前走着，走到一片光亮之下。遮天蔽日的悬铃木终究也有疏漏的时候，阳光倔强地投射下来，照出一片小小的光斑，在绵延的林荫中煞是耀眼。她停下脚步，让光芒映在她的头发上，说："我总是能看到一个画面，我穿着干练的衣服，在灯光之下，手里不会拿着任何东西，不需要酒杯，不需要笔，不需要权杖。我站在很多人的面前，有伙伴，有对手，有强大的陌生人，有莫测的同路人，我挥着手，看着所有的人，在说着些什么。我不会征服世界，世界也不会征服我，但是我……我会改变一些东西。"

"我从小就发现，你不是普通的小女子，不是池中之物。"许少阳轻声说，"你身上有一种很多人都不曾具备的东西，你应该属于一个更大的世界，发挥你的天性和才干，创造出比其他人更出色的东西。你现在明白，为什么我最骄傲的是你了吗？"

"如果有一天我成为这个样子，我也会很骄傲。"

"妹妹，你错了！"许少阳看着光芒之下的许茜茜，摇头说，"骄傲是个过程，不是一个结果。"

许茜茜猛地转过头来，阳光洒在她的脸上。

"是你的渴望——不是愿望——让你成为一个骄傲的人。只有愿望，没有渴望，没有行动，只会成为一个可怜的悲剧。渴望会让你现在就表现出未来会成为的样子，会让你一开始就走在你要走的路上。"

许少阳停顿了一下，忽然逼视着许茜茜："你有走在那条路上吗？"

慌乱悄无声息地袭击着许茜茜，她轻轻点了点头，锁着眉头，又轻轻摇了摇头，脸上有些茫然。

许少阳抓着许茜茜的手臂，带着她往前走。前面有个路口，两个人拐进去，这是条里巷，人间烟火的气息顿时浓起来。

"你跟我讲过你和黄立工的事，我没有表态，不过我想你感觉得到。"

许茜茜撇了撇嘴。

"你没和爸讲，肯定觉得他会是一样的态度，怕他会反对。其实，爸知道。"

"啊？"

"嘿，自己的女儿，他看得出来。他想让你把黄立工约过来见一见，我拦住了。"

"为什么？"许茜茜更是疑惑。

"你猜错了，爸会喜欢黄立工。"

"所以你要拦着他？"

"你知道我为什么对你和黄立工在一起不以为然吗？"

许茜茜双手抱在胸前，轻轻一笑，没说话。有些话互相都明白就好，不能说，说出来就成了另一个问题。不过，许少阳不打算让谈话浮于表面，挑明了说："你觉得我嫌他门不当户不对？嫌他是小镇青年，攀龙附凤？"

"那是因为什么？"

"你也太小看我了。"许少阳哂笑，"我反对，因为他配不上你。"

"那不是一回事？！"

"他不是配不上赛尔科工，配不上许廷宝的女儿，他是配不上许茜茜这个人。"

许茜茜愣住，停住脚步，本能地摇头："不是……"

许少阳马上追问，像在追击露出行踪的马贼："对于你是许廷宝的女儿，他有什么说法？"

"他不知道我和赛尔科工的关系。"

"工业基金的投资他是怎么拿到的？"

"是我主动……"许茜茜突然停嘴。

"茜茜，你生活在想象中太久，开始把幻想当作真实。"许少阳毫不留情，冷冷地点出来，"他费死劲都拉不到的投资，你一个推荐就来5000万，他丝毫不怀疑你的身份，是蠢还是坏？"

"人总会有盲区，他可能没往这边想。"

"逛商场买衣服他会有盲区，我相信。资金、资源和人才是创业者最重视的三件事，你愿意相信他有盲区？！"看到许茜茜不说话，许少阳接着说，"是谁把门当户对、攀龙附凤放在心里，严阵以待？黄立工还是我？如果他直接问你，赛尔科工也好，许廷宝的女儿也好，是什么就是什么，那还坦荡一点儿，像个男人。"

许茜茜绷着脸，神情阴晴不定。

"这不是配不配得上的问题。"许少阳决定松缓一下，"我对黄立工没有偏见，他当场收编李艺团队，虽然莽撞而愚蠢，也算当机立断，而且很快来找我讲和……"许茜茜愕然："他来找过你？"许少阳说："你不知道？他到上海来找我。"许茜茜茫然地摇头。许少阳不满地哼了一声，"在商场上，他是个好手，也有激情。但是，一个人是不错的商业投资对象，不代表他是合适的情感投资对象。你要用情感去投资商业，然后再用商业来拴住你的情感吗？"

许茜茜激灵了一下。

"你说真正的你轻盈而有力量，除了独自一人的时候，你在谁的面前会是这个样子？认真地想想，告诉我。"他的声音里是轻柔和关切，许茜茜的脸色松弛下来。

"告诉我名字。"许少阳紧追不放。

"二叔。"许茜茜脱口而出，想了一想，又说，"你。可能还有……刘睿阳。"

"你说你最希望成为的样子，你觉得谁会真正看到并懂得？至少是可能会看到？"

许茜茜默然地看着许少阳，目光几乎带着恳求。她意识到哥哥的问题正在把她带到那个危险的边缘。许少阳坚定地回视她，她转过脸，低下头，说："你和张文峰。"过了一会儿，她又犹豫着说，"二叔……我不知道，他……太早离开我了……"

许少阳的脸上流露出怜惜之情："黄立工看不到现在的你，也看不到未来的你，对吗？"

许茜茜仍低着头，良久，艰难地点头。许少阳抚了抚她的头发，说：

"那你的选择呢？为了爱，不要当现在喜欢的自己，也不要成为未来渴望的自己？"

许茜茜猛地抬起头。

"黄立工和爸爸是一样的。他们从来不考虑你是不是也要有自己，从来不尊重你也有自己的追求和天地。他们的理想伴侣是贤内助，围着他们打转，为他们的事业完全奉献自己，他们的成功才是衡量你的成功的标准。等你厌倦了当工具人，生了小孩儿，只好退回家里，心甘情愿地当个家庭主妇，小鸟依人地过一辈子。不过你看我们的妈妈，她当成小鸟了？收获爱情了？你的理想就是过妈妈那样的生活？！"

许茜茜浑身颤抖起来，一个劲儿地摇着头。是的，她也有远大前程，她梦想着周旋于暗地里影响世界的力量之间。她对于和黄立工的未来，有过憧憬，那就是两个人一起，在她的世界里。这个憧憬与现实距离太远，她也就不去多想，深深地将其压在心底，不意许少阳猛烈地揭开一直遮掩着的盖子，隐秘暴露在光亮下，她一阵眩晕。我真的要心甘情愿地放弃自己的梦想，附庸在黄立工的身边，围着他的梦想和事业转吗？这个一直潜伏着的问题破冰而出，如附骨之疽，让她难以忍受。她现在还有青春和美好，可以支撑着，可是……可是5年后，10年后呢？

许少阳轻轻地抱着她，拍着她的后背。许茜茜把头靠在他的肩头，无力地问："你确信吗？以后一定就是这样吗？"她已经清楚地看到，未来只能如此，但就像溺水者，一定要抓到最后一根救命稻草。

"你问错问题了，妹妹。"许少阳说，"如果要绝对确信，只有等到猜测变成现实，那时候你已经是家庭主妇。你应该问的问题是，既然可能是这样的未来，你为什么还要接受这种卑微？为什么不去努力改变？"

"嗯……我也不知道为什么。"许茜茜很茫然。

"除了黄立工，还有谁会带给你类似的感觉，会让你觉得，他看不到现在的你，也看不到未来的你？"

天地间的空气停止流动，隆冬重回大地，一股寒意从许茜茜的心里泛起，逐渐冻住她的全身。她轻轻挣脱许少阳的怀抱，看着他，艰难地开口："爸爸？……爸爸！"

许少阳一脸怜悯，疼惜地看着她。许茜茜甚至觉得他的脸上有某种哀悼之意。

"我……爸爸真是这样的吗？"许茜茜努力地呼吸着，莫名其妙的气恼隐隐生起，"你为什么这么笃定，一副看穿了他也看穿了我的样子？"看到许少阳的脸上一闪而过的痛苦神色，她忽然感到有什么东西击中覆盖在身上的冰层，轻微而惊心动魄的碎裂声穿过她全身的骨骼，她屏住呼吸，"哥，你不会……？"

"我们在同一艘船上。"许少阳的声音一下子变得干涩，"你经历的，我也经历过。"

许茜茜忍不住伸手轻轻抚摩着许少阳的脸庞："所以你才一直在英国……"

许少阳缓缓点头。他滞留英国，迟迟不回上海，并非大家猜测的纸醉金迷、习惯西方生活、不屑接班赛尔科工等，而是他需要解决自己的问题。在他的童年生活里，父亲永远缺席。许廷宝太忙，在单位，在饭局，在出差，就是不在家。儿子的所有重要时刻，许廷宝都错过。还在青春期，许少阳就被送出国，一个人面对陌生的国度和迷茫的生活。"没有爱，只有注定的未来。我的自我不存在，只有一个身份——赛尔科工的接班人。"许少阳的声音里有一个痛苦而结实的空洞。

妹妹的到来给他增加了生活的动力，也几乎让他走向崩溃。他发现这种慰藉的背后，不过是两个人坐在同一艘船上，走上被决定的航线，毫无偏离的可能。有一次他偶然在交谈中听到一句话：小时候父爱的缺失，会让人在长大后下意识地寻求代偿和抚慰，做出很多自己都想不明白的选择。他顿时呆住，意识到自己有心理问题，决定要拯救自己。

"所以，你和我说的这些……"

"有人也和我说过，她把我救了出来。"

许茜茜听出这句话里某种微妙的意味，轻轻地问："后来呢？"

"我爱上了她。"

许茜茜怔怔地看着他："你们没有在一起？"

"那她的心理医生执照会被吊销的。"许少阳温柔的笑容里有着萧索。

许茜茜抱着许少阳。她知道这句托词般的话后面有着太多的故事，有着太多的甜蜜和苦涩。她不再问下去，只是紧紧地抱着他。

"茜茜，忠于你的骄傲，不要被情绪和恐慌压倒。"许少阳看着前方连绵的屋窗，竹竿挑出窗外，晾着大大小小的衣服，衣服迎风飘扬，像尘世里低微而倔强的旗帜。他低沉地说道，声音里似乎有无尽的缅怀，"问问自己，你奔向他，是因为发自内心地欣赏他，互相深深地看见，还是因为他像父亲，束缚你、无视你，但给你熟悉而安慰的感觉？问问自己，在他面前的你，是你在努力成为的自己、渴望成为的自己，还是那个孤独而小小的你，那个乖巧委屈地等待着父亲认可的小孩儿？问问自己，是否期待成为一个40岁的等待父亲认可的小孩儿，是否这样就可以宽慰你一生？"

他闭上眼睛，就像还在那个人家的沙发上，闻得到清洗干净的窗帘上的清洗剂味、刚沏好的红茶的味道和带着身体温度的香水味。昏暗中，她凝视着他，看到他的内心深处。

"伦敦有800万人，有人会真正地看见你，看见你的梦想，看见你渴望成为的自己。人生在世，没有人能够拥有生命中所有的美好，这是人类的命运。人生就是一连串的取舍，要拥有这样，就必须放弃那样。梦想的可贵和难得就在于，必须舍弃其他渴望才能达到。你必须做出选择，决定你的一生要在哪里燃烧。你的选择决定你的样子。"

3 跌坐的灵魂

"真的不再回来？"

许朝玉没说话，点点头。

"那婶婶和堂弟……"

"我会死在那里的。"许朝玉像是说着与己无关的事情，"我和你二婶说，好好开始她的生活，让孩子做自己喜欢的事，过自己喜欢的生活。"

"她肯定希望你留在上海吧？"

"在他们的生活里，我早就消失了。"许朝玉和许茜茜坐在小公园的门口，那是许茜茜小时候许朝玉常带她去的公园。已经是深夜，没什么灯光，黑暗遮掩了许朝玉的脸庞，也遮掩住他话里隐约的歉疚和酸楚，"我这句话说得太晚，十几年前就应该告诉她。"

"你当初为什么要去印度？"

"我不属于这里。"许朝玉把手里拿了许久的烟点上，抽了一口，烟雾直接消失在夜色里，"这几天我走了走以前的街道，已经不认识了。这是个新世界，我是属于旧世界的人。"

"你不是因为这个走的。"许茜茜固执地问道，"是因为我爸，是吗？"

"我自己愿意走。那时候赛尔科工要开拓境外业务，生死攸关，别人他不相信。"许朝玉看到许茜茜在摇头，叹了口气，"你爸是我见过的性格最坚毅的人，所有的东西都必须在他的轨道上。"

许茜茜打了个寒战。

"我从来不觉得你是听安排的人。"

"我们的父母走得早。他说是哥哥，其实是家长，我和你三叔都是他带大的。你三叔听话，我小时候没少惹他生气，所以他真需要的时候，我会去。"

许茜茜把手放在他的膝盖上，闻着冰凉空气中的烟味，半晌，说道："你走的时候，我很难过，哭了很久。现在回忆起来，那是我人生的第一次悲痛。"有段记忆从迷雾中慢慢探出头来，像是暗室里的相片，从显影液中出来，逐渐变得清晰，"我小时候，还和你说过，好希望你是我的爸爸。"

"那天，就是从这个公园回去，你在家门口说的。我现在还记着你说话时的神情。"许朝玉淡淡地说。他没法告诉许茜茜，小小的她说着这句话时渴望的眼神，是他记忆中色彩最为强烈的画面，嵌在其他色彩暗淡的记忆之中，晃眼到他不敢忆起。

许茜茜轻轻地把头靠在许朝玉的身上，就像小时候一样。两个人静静的，只有烟燃烧的味道。

"你恨他吗？"

许朝玉沉默了一会儿。

"恨。"他说。

又是一阵冰凉的沉默。烟在冰凉的沉默中燃烧。

"如果不恨他，就没法在那里支撑十几年。"他把烟头扔在地上，轻轻用脚踩灭，"但是到了后来，我都不知道是该恨他还是该感谢他。那片沙漠变成我的家乡，在那里，我可以自由地呼吸，在那里……会感觉到心跳。"

"我明白。"许茜茜搂着许朝玉的胳膊，看进黑暗里，"我现在还有些自己的困扰，我相信自己很快会走出去。我会在这个世界里自由地行走——你一定会喜欢我那个样子——有一天会走到印度，走到那片沙漠，和你一起，自由地呼吸，感受到心跳。"

4 新 生

许茜茜到了武山小镇，给黄立工打电话。

"我在武山……"

"躬逢其盛！"黄立工大声嚷嚷，"那你快过来吧，有好消息。"

电话挂了，许茜茜看着手机屏幕逐渐暗下去，锁屏。

两个月不见，她忽然来到武山，黄立工毫无惊讶，声音一如既往地洪亮，时间对他似乎没有意义，似乎他们昨天刚见过面一样。

许朝玉回印度后，许茜茜给黄立工打电话，说要一个人好好待一段时间，想想事情，黄立工爽快地答应。许茜茜忙碌起来，重拾以往的联系，搭建新网络，回一趟伦敦，去一趟东京，见白岸资本的林义伟，见其他的人。她和黄立工很少打电话，晚上有时发微信，问候和闲聊。一晃两个月过去，又是一年夏天，许茜茜站在窗前，远处可以看到一段江水，野花在斜阳里肆意地开着，淡黄一片，衬得柳色更老。

她提起包，出门。

"都在高歌猛进。"黄立工站在办公室中间，挥着手，慷慨激昂。

刘睿阳坐在黄立工的座位上，双手平和地放在办公桌上。李佳、李艺坐在会客椅上，转过身来聆听讲话。朱才斌倚在门边的墙上，一只手抱着手臂，另一只手托着下巴。

黄立工看到许茜茜推门进来，做手势让她坐下，嘴里的话语毫不停歇："光伏清扫机器人，说是个小市场，但是挑战不小，以色列、美国、意大利都是强有力的竞争对手。李佳带领团队，像狼一样，凶狠死磕，拿下了迪拜光伏发电集团的大单，让睿立的旗帜在国际市场上飘扬。"

"那要归功于两位老总在印度的精彩表现。迪拜的人都说，你们在印度的绝地反击，在迪拜结成果实。"李佳有点儿腼腆地说。当初在印度的讲标现场，台下鼓掌的面纱女子——迪拜光伏集团老板的女儿，正在逐步接手集团事务。她安排人手对鲲鹏清扫机器人进行跟踪、测试与评估，而李佳也与之保持着密切的专业沟通，深入到业务与技术的衔接嵌入，最终拿到这个大单子。

李艺把身边的椅子拉出来一些，许茜茜走过去，在他的身旁坐下。

"第二个好消息，第一代3D激光焊缝跟踪传感器研发成功！"黄立工看向门边的朱才斌，朱才斌微微点头，"抗弧光干扰一向是弧焊系统中的关键技术难点，国内一直没有太成熟的解决方案，国外的方案成本太高。一直有人和我说，国内要解决这个问题，非得有5~10年不可。才斌不信这个邪，不到一年就推出第一代，虽然还不是最终的成熟方案，但是快！我们要尽快走在对的路上，比别人都要快，真正的突破也会很快到来。你的第二代快了吧？"

黄立工看向朱才斌，没注意到刘睿阳皱了一下眉头。

"预计1~2年。"朱才斌淡淡地说。

"目前第一代传感器马上实现量产。在这个基础上，智能弧焊机器人、智能弧焊小车也都研发成功，很快可以投入到市场中。"

朱才斌点了点头。

"这才是真正的睿立精神——快，快得一往无前。"黄立工看向全场，目光最后落在李艺的身上，"减速机的研发也有很大的突破，什么时候能实现量产？"

"我们做出原型机，传动效率、传感扭矩和承载力都比预想的好。"李艺的脸色一点儿都不轻快，"不过，量产时间还没法确定。"

"什么原因？"

"材料。"李艺说。减速机的原型，需要最好的材料和加工设备来实现设计性能，但问题随之而来，生产原型的材料根本采购不到，轴承、联轴器、齿轮上用的特种钢材，日本不向中国企业出售，即便从其他渠道曲折拿到，一是产量上不去；二是成本高，产品没有竞争力。后来，李艺带领团队反复调整减速机的设计，用现有材料来实现设计性能，欣喜地发现性能表现并没有差多少，只有一个瓶颈，减速机对生产精度的要求非常高，甚至超出现有工艺水平。

"知道原因，就容易解决了。"

李艺点头。黄立工看了刘睿阳一眼，转回头对李艺说："我们要快！3个月，解决掉这个问题，如何？"

李艺踌躇着，没法点头，也没法摇头。

"这个要从长计议。我和李艺有一个新思路，可能能彻底解决工艺问题，但要试验过才知道。"刘睿阳接过话来，为李艺解围。

"总不能毫无时间限制，什么时候解决算什么时候吧？"黄立工有点儿着急。实际上，睿立科技目前局面很好，各项重点研发工程都取得了突破和成绩。然而，局面越好，他反而越有紧迫感。"快，得快，像跳下山崖那样快！"他对汪自强的话深有同感，简直是发自灵魂深处地认同。他们在最有锐气、最有希望的时候不快马加鞭追上，一辈子都追不上别人。

"不能太着急，否则研究质量很难保证。"刘睿阳说。

"大家情况都一样，清扫机器人、激光传感器不也是这样？时间要求紧，跟抽鞭子一样，也做出来了，质量也很高啊！"黄立工急躁起来。刘睿阳一向爱惜手下的工程师，对他们很宽容，黄立工知道，虽不以为然，但只是笑笑，多由刘睿阳去。今天不知道为何，他隐隐觉得烦躁，难以容忍似的。

"不同项目情况不同，不能一概而论。减速机是基础项目，难度很大，本来就要多给时间和耐心。"刘睿阳皱起眉头，这话黄立工也许是脱口而出，无心之谈，但是将不同的项目直接比对，很容易引起几位负责人之间的嫌隙和矛盾。

"我给时间和耐心，市场和用户可不会给。他们只看你有没有、好不好用，可不管你有什么理由。"黄立工环视着众人，努力地按捺着心里的焦急，"各位，你们都是公司的合伙人，也都知道现在的情况。别人领先至少10年，我们得在3年里追上，那就不是追上10年，而是要追上20年的差距！只能是快，像跳下山崖那样，像炮弹一样把自己扔出去——怕粉身碎骨的话，就别想超越别人。"

许茜茜看了看刘睿阳，又看了看身边的李佳和李艺，他们都是一脸木然，看不出心中有什么情绪或想法。她忽然想到，屋里的这些精英，李艺从日本回来，朱才斌从美国回来，她自己从英国回来，刘睿阳和李佳有国内背景，但都在老派研究者手下接受严格的学术训练。他们会怎么看待黄立工这番热血沸腾的话呢？

"牺牲，作为对自己的要求，是一种崇高的美德，但不能以此要求别人。"刘睿阳压着声音说。

黄立工微微一愣，说："各位，我们正处在前所未有的机遇面前。工业机器人从未有过这样的机遇，5年内可以做到以往20年都做不到的事情，一切都可能被跨越。如果没有勇气和决心，错过这样的机遇，错过这样伟大的历史，那我们的人生有什么意义？！"

一阵沉默中，刘睿阳往后推开椅子，缓缓站起来："今天就先不讨论了吧。"他努力地抑制着脸上的表情，往外走，绕过办公桌，走出办公室。许茜茜看到他走路的脚步带着轻微的一瘸一拐，也许是坐久了。

黄立工铁青着脸，激昂的情绪消散，想不明白刘睿阳为什么这么生气。过了好一会儿，他吐出几个字："散会吧。"说完他也走出办公室。

剩下几个人面面相觑。

"争吵是家常便饭，明天就好了。"许茜茜安慰他们，"我们走吧。"

"走吧。"朱才斌说，他就在门边，转身就出去。李佳和李艺也站起身来。

许茜茜走到窗边，看到黄立工走出楼门，在路口左右张望，快步往刘睿阳的方向追过去。她赶忙拿起包，冲往电梯间，跑出楼外，顺着两个人刚才的方向追过去，却看不到人影。她往所有的方向都走了走，目力所及都看不到他们俩。暮色已起，路上的职工三三两两，许茜茜想：也许刘睿阳此刻只想往人少的地方走。她往园区外走，果然远远地看到黄立工和刘睿阳并肩走着，时而停下来，指手画脚，看起来剑拔弩张。

她快步跟过去。这两个男人走得并不快，她很快就能跟上，听到两个人激烈的争吵声。

一辆车从身后开过来，在越过两个男人的一瞬间，在明亮的车灯照射下，

第四章　国际征途

许茜茜看到，刘睿阳拉起自己的裤腿，愤怒地说："你不要替别人决定他的人生意义在哪里！"

许茜茜捂住嘴，把惊呼声关在口中——她看不到刘睿阳的脚！

车已经远去，路面上恢复昏暗。那个明亮的车灯一掠而过的瞬间在许茜茜眼中漫长无比，像是静止的画面。她的双手颤抖。她看不到刘睿阳的脚，应该是脚的地方，是两个机械骨骼，反射着冰冷的微光。

刘睿阳缓慢地往前移动，黄立工愣在原地。许茜茜跟上来，看了看黄立工，又看了看前面像一个愤怒而空洞的影子的刘睿阳。她默立片刻，把目光从黄立工的身上挪开，移动脚步，走近黄立工，走过他。

"睿阳。"

身后响起一个温柔的声音，刘睿阳停住脚步。

许茜茜走到他的面前，轻轻扶着他的手臂："我帮你叫个车。"

园区门口有不少趴活儿的小汽车。一辆接到活儿的车，跑完活儿后又赶回园区，经过许茜茜的身边，被拦下来。许茜茜走向车后门，正要伸手为刘睿阳开门，忽地想起什么，停下脚步。

"你可以帮我开门。"刘睿阳脸上的微笑带着些许苦涩。

许茜茜把门打开。

"谢谢。"刘睿阳坐进车里。

车很快开到刘睿阳家楼下。

刘睿阳打开车门下来，正待和许茜茜告别，许茜茜也已下车。许茜茜说："请我喝杯茶。"

"好啊。"

"你一直一个人住？"许茜茜捧着冒着热气的红茶，看着屋里。屋子很整洁，不像单身男性的住所。

"是啊。"刘睿阳端着自己的杯子，坐下来。

"你不想别人看到你。"

刘睿阳看了看自己的脚，苦笑一声。

"如果我是你，也会这样的。"许茜茜顺着他的目光，看着他的脚。在今天之前，她从未看出他的异样。他是怎么做到的？一直维持着完全正常的姿势和举止。

"我听他们说过，你上研究生前住了一年医院，就是因为这个？"

刘睿阳点头。

"发生什么了？"

"梦想。"刘睿阳慢慢说道，"飞翔，是每个孩子的梦想。"

那也是黄立工和刘睿阳曾经的梦想，也是张文峰曾经渴望实现的梦想。绝大多数人的梦想，终结于时间的缓慢氧化。刘睿阳的梦想，终结于翱翔时的坠落，终结于那场事故。大学毕业前，黄立工狂热地想创造校园传奇，亲手打造一台单人飞行器，在空中自在地飞翔，最后降落在毕业典礼现场，成为校史上最炫目的出场。他马上去找刘睿阳和张文峰，三个人一拍即合。

张文峰提供资金，他在大学里就小有"股神"的名气，花在股市的时间比花在课堂上的多。黄立工提供灵感和疯狂，像极客，热衷于剑走偏锋，出奇制胜。刘睿阳提供绳子，用他的工程师思维，拉着黄立工的疯狂，以免它远离地面。

三个人租了个屋子，日夜倒腾。黄立工和刘睿阳吵闹不休，黄立工喜欢炫酷操作和极致性能，刘睿阳追求稳定与安全。在争执和妥协中，大功告成。三个人拉着单人飞行器回到家乡，黄立工要亲自试飞，刘睿阳坚持第一个试，黄立工妥协。

"那是种难以言喻的幸福感，曾经就在身边的东西，楼顶、树梢、街道、田野……现在就在你的眼皮底下，一直连到远方。"刘睿阳出神地看着空中，看着久远的记忆缅怀。幸福很短暂，刘睿阳在半空中转了个弯，画出优美的弧线，黄立工、张文峰和刘桂花在地面上跺脚欢呼，意外突然来临。飞行器的动力装置故障，几秒后恢复，然而飞行器在设计时并没有充分地考虑过各种极端情形下的安全保护，就这么几秒的时间，刘睿阳重重跌落，砸向地面。

"我从来都看不出来……"许茜茜下意识地伸出手来，像是想去抚摸一下刘睿阳的脚。

"我不想别人觉得我是个怪物。"

许茜茜连续摇头："不，你是很强大的人。"她心里想，他很脆弱，但依然强大，"不知道为什么，你会让我想起我二叔。"

他们孤独，脆弱，但依然强大。

离开的时候，许茜茜站在楼下回头看着刘睿阳的窗户，看那被窗帘挡住的暗淡灯光。她忍不住想：如果一开始，她就看到刘睿阳的脚，听到他的故事，一切会不会变得不一样？

在一片虚空中，刘睿阳往左走了两步，又往右走了两步，没有遇到任何阻拦。四周自由，没有阻拦，也就没有人。他像是身处一个巨大的气泡中，许许多多的人影都在遥远的气泡外。他们在笑，在哭，在奔跑和推搡，化作单调的影像，投在气泡上，喧闹的声音也传不进来。

刘睿阳大声喊着，没有人听到，气泡外热闹依旧。他在虚空中挣扎着，双手抓着不知从何而来的细弱的绳子，挣扎着爬出去，落到地面上。睁开眼睛，他还在客厅的沙发上，许茜茜走了，他睡着了，又醒了。

他看了看表，还早。他去洗了把脸，从冰箱里拿出酸奶和面包，关上冰箱门，想了想，又打开，拿出苹果，捧在怀里，走到电脑前。

不知道过了多久，熟悉的 QQ 提示音响起。

"你来了。"

"你一直在等我？"

"嗯。"

"发生了什么？"

刘睿阳心里涌起亲切而又有些酸楚的感觉，就像倔强的孩子深夜回到家，看到门口那个在等待着他的身影。他把昨天晚上发生的事情和草儿说了。这样的事情以前不是没发生过，但是这一次，他自己都不明白，为什么那么愤怒。

草儿许久没有说话。刘睿阳手里拿着咬了一口的苹果，盯着屏幕。

"我理解你的愤怒。这和工作、理念都无关，而是因为……"

刘睿阳心头一紧。屏幕上很快蹦出下一句话——

"你从来没有为自己活过。"

刘睿阳紧紧地攥着苹果，指甲嵌入果肉里，一阵阵发疼，眼泪迟缓但是固执地溢出来，寻找那片疼惜地看见它们的目光。他似乎回到了那个晚上，那个最后的夜晚，汪妙贴着他，而他紧紧地抱着她，只是为了推开她。

是的，他抱着汪妙，又推开汪妙，是要为她好；他接受黄立工的创业邀请，抗拒黄立工的侵蚀越界，是要为黄立工好；他看见许茜茜，又和她保持距离，也是要为她好。他们大概也会觉得他是特别的，特别地看着他，特别地照顾他——为了他好。谁看见了他身体里那个真正的自我？

他蓦地意识到，是他自己将自我推开的。从推开汪妙的那个夜晚开始，他就没有了自己，也没有了属于自己的生活。他拒绝所有新的可能性，努力地去向别人证明自己，证明自己在失去双腿之后还是原来的自己。结果就是，他一直在别人的生活里当自己，顺应别人对他的这些期待，反抗别人对他的那些期待——不管是哪种期待，顺应或反抗，都是生活在别人的定义里，从而最终失去自己，不是吗？

"咚咚咚"，传来一阵轻微的叩门声。刘睿阳一个激灵站起来，看着门外。门外静谧无人，连风都没有，门和墙与灯光下的空气都坚如磐石，纹丝不动。他闭上眼睛，这是心里的声音。整洁清冷却谢客已久的小院门口，传来叩门的声音。

"你很特别。你是那么特别的你。"

刘睿阳伸出手，手指轻轻触着屏幕上的这句话，像是要开启那扇已然有些生锈的门，又像是要拥抱几万千米光纤外的那个人。在鼓点般的心跳声中，他敲着键盘："我好想抱抱你。"中指敲下回车键的瞬间，他又觉得不妥，忙乱地按着删除键，最终——

"我好想。"

过了许久，对面的人问："你好想什么？"

刘睿阳犹豫着，把被删掉的字再敲一遍，闭着眼睛，终于敲下回车键。

"抱抱你。"

又过了许久。

"如果我们会相遇，见你的第一面，我会好好地……好好地拥抱你。"

刘睿阳腼腆地笑着。整洁清冷却谢客已久的小院里，草儿正沐浴在阳光下。

5 高歌猛进

730 千米外,张文峰也在高歌猛进。

他也在一座小镇里,站在阳台上。这里从黄昏就开始下雨,雨丝越来越细,却也不曾断绝,羞涩地进入暮色里。远处的建筑影影绰绰,万家灯火在湿润的空气里变得朦胧,宛若久远的时代里连绵点亮的灯笼。

一阵夹着雨点的风拂过他的脸,初夏的夜,仍带着些凉意,张文峰想起一句诗:"深秋帘幕千家雨。"这是跟随他许多年,刺痛着他又抚慰着他的诗句。他举起酒杯,轻轻倾了一下杯口,遥敬前方的雨和灯。

这个房间是他特意挑的,就为了这个朝西的大阳台,对着小镇里的大部分灯火,对着落日,也对着几百千米外的江城。

一个姑娘走进阳台,站在他的身旁,看着他的侧脸。张文峰仍在凝视着前方。她犹豫一下,怯生生地从背后抱着他。

张文峰呷了一口酒,把酒杯放在扶栏上:"洗完澡了?"

"嗯。"姑娘把头轻轻靠在他的肩上,湿漉漉的头发把他的衣服打湿一小片,"叫我贝儿。"

"我记得你的名字。"

"我知道。我喜欢听你这么叫我。"

张文峰转过身来,顺势挣脱她的怀抱。贝儿穿着他的衬衫,光着腿,纽扣草草扣上,刚洗完的长发贴着脖子,打湿胸前一片衣料。衬衫宽大,藏起她娇小的身躯。这个姑娘不算好看,刚洗完澡,和上次见面时妆容精致的模样相比,素淡,脸色苍白,但嘴唇微微翘着,有些娇艳。张文峰更愿意看到她现在的模样。

贝儿抬头看着他:"你不喜欢我。"

"嗯?"

"不过你喜欢看到我。"

贝儿的脸上有些疑惑的神色,她像是在凌乱的抽屉里翻找着一个恼人的小物件,终于找到,是那个吊饰,但看着总觉得陌生,熟悉又陌生。她抓住了脑海里模模糊糊地闪过的那句话，说出来，但是似乎自己都不怎么明白是什么意思。

张文峰看着她的眼睛："贝儿……"他轻轻抚了几下她的头发，"你小时候肯定也是一个人长大的。"

"别套路我。我们都是一个人长大的，我没有哥哥，你没有妹妹……"

张文峰笑起来，拍了拍她的脑袋。贝儿调皮地歪着头。

"你这个样子……"她指了指阳台角落里的小圆玻璃茶桌，上面摆着几本杂志，"和那上面的你真不一样。"她走过去，拿起最上面的杂志，那是一本印制精美的财经杂志，封面上印着三个人的合影。张文峰站在中间，眯着眼睛，笑得很沉稳，冲着读者伸出手，像是在召唤读者加入，又像是在昭告天下。

"我也没想到。"张文峰凝视着封面相片里的自己，这个熟悉的陌生人。他也没有想到自己会杀回来，投身互联网金融热潮。这家互联网金融公司，幕后老板是桂哥和厉东，之前他引见给黄立工洽谈引资的那两个煤矿老板，一个头顶微秃的中年人和一个控制不住食欲的胖子。他们俩最初进入二级市场时，委托张文峰炒股理财，小试牛刀，赚得着实不少。张文峰金盆洗手投身实业后，两个人换了几个操盘手，效果不好，动辄小赚而后大亏，头痛之余，惦念张文峰，时刻琢磨着怎么把他拐回到金融市场里来。为睿立科技引资那次谈判，张文峰明确地拒绝重新出山，两个人很是失落，但拐人的心思从未停歇，时不时会给张文峰发个微信，打探近况。

终于等到良机，张文峰与黄立工闹掰，听闻消息，这两条鲨鱼嗅到血味，飞到江城，几番试探，抛出诱饵。这次他们不是请张文峰帮助操盘二级市场，而是邀请张文峰莅临杭州，加盟互联网金融公司，条件优厚，一分钱都不要求张文峰出，年薪很高，还大度地给20%干股。而且，这是全盘委托，张文峰担任公司董事长兼CEO，两个煤矿老板只当股东，不插手业务。

重赏之下必有勇夫。谨慎如张文峰，自是知道空间与风险并存，那两个人当甩手掌柜固然是对他莫大的信任，却也是一种切割，风险隔离。但是，信任就是信任，有着沉甸甸的分量，对张文峰更是有难以言喻的诱惑，考虑几天后，他同意了。桂哥和厉东大喜，马上回到杭州，直接开掉原CEO，只留着两位副总，交由张文峰处置。

张文峰没想到他们俩如此雷厉风行，大动干戈，他原本想着先保持业务的延续性，看一看再行定夺的。他暗暗感叹：这两位果然是煤矿老板本色，再敲定的事情永远也不嫌麻烦地在板上补上几枚钉子！他只好行动起来，招兵买马，奔赴杭州金融小镇。

煤矿老板没有看错，和黄立工闹翻的张文峰渴望成功，渴望快速地成功。

上任第一天，新任 CEO 张文峰对着管理层提问："金融的本质是什么？"

没人说话，他们还摸不清新上司的套路呢。

"信用！"他自己回答，"换成我们的业务语言，就是信任，怎么让老百姓信任我们？"他看着底下的人交头接耳，知道他们在嘀咕什么，补上一刀，"你在北上广深杭的写字楼里上班当白领，你上过大学月薪几万，你有投胎优势房子拆迁身家千万，在中国，还是老百姓！"

底下顿时安静。

"我们的业务爆发增长的钥匙，就在这个问题的答案之中：中国的老百姓都信任什么？"

铺天盖地的广告。张文峰一改之前的低调，频频抛头露面，参加各类峰会、主题演讲，作为嘉宾布道；雇用专业枪手，量身定制创富传说，让自媒体报道也铺天盖地。他更是率领团队奔赴各地，推广销售，最早进场尝到大甜头的用户代表被邀请上台，和他互动，共同讲述造富神话，宣称砸进全部家当，跑步入场。台下的大爷大妈们，激动兴奋到流泪。推广会进行到高潮，台下的托儿引领着大爷大妈们站起来，高举双手，骚动呼喊，像看到明星身影的狂热粉丝，人潮汹涌，此起彼伏。"

上过大学月薪几万的老百姓他也惦记，搞起白领专场，高端酒会。他沉吟着，还是拿起手机，给刘斐打电话，买酒。业务既然有起色，他就给老朋友拉点儿业务。而且，刘斐是他和过去的唯一连接。

贝儿就是在白领专场的海报上看到了他的名字——她一直在找他——又是欣喜又是犹疑，混进场里，看到台上持酒高谈阔论的他。他也看到她。散场后，她跟着他到住处，这一次，她滴酒未沾。

他像赌徒般高歌猛进，在难以遏制的想象中与黄立工一较短长。

6 三个致命的电话

另一个方向的 820 千米外，盛华平也站在阳台上，筹谋着最后的总攻。

这是一栋民居风格的别墅，3 层，青瓦灰墙，坐落在水边。他看着阳台外的河湾，水浪轻缓地涌起，推向岸边，泛起闪亮的白沫，优雅地后撤。一群鸟儿从树林里扑出，在水面上展翅，低低地滑翔着，掠过渔舟。渔舟上的老头儿赤着颇为结实的上身，正在收起渔网，阳光下，鱼儿扑腾着，掉进船上的网兜里。

手机振动。

他盯着屏幕，等了 5 秒，接通。

"郑总，我们的合作没问题，已经焊死了。我们现在是一个战壕里的。"

"好啊，我还是那个小小的要求。"

"是的，是必须！你一定要在那天发动，我会提前给你打电话，做最后的确认。"

"哈哈哈，会有点儿影响，当然不大。但是，有时候人需要一点儿仪式感。"

挂掉电话后，他紧紧地攥着手机。最后一个环节布置妥当，他终于等到梦寐以求的机会，总攻的号角现在就在他的手里。

盛华平深深地呼吸。别着急，越是激动人心的时刻，他越要冷静。他在脑子里把整个计划过了一遍，越是细节，越要认真地检查。确定一切周详，计划无误，这两天，他要打出 3 个电话，抛出 3 把匕首。

他看着水边，老头儿已经收网，拎着猎物，往小渔村走去。该他了。微微颤抖着手，他拨出第一个电话。

办公室的门被"嘭"的一声推开，邓建阳一团火般地冲进来，双手按在办公桌上，喘着气，瞪着黄立工。

"反了！反了！"他气息稍定，马上嚷起来。

黄立工从电脑后探出头，惊讶地看着邓建阳一脸激愤的表情。邓建阳是个刻板的人，做事不打折扣，对公司的指令总是执行到底，忠实而一丝不苟，看着脸黑，实则为人和善，指令之外的事向来好商量，也从不生事惹事。能够把他惹急到一脸激愤，可以想见不是一般的人或一般的事。

"怎么了？"黄立工指了指椅子，让他坐下来。

"罗平志大摇大摆地跑到车间，到处嚷嚷，说公司的资金链快断了，他今天就辞职走人，有好地方，愿意跟他走的，涨一半工资！"邓建阳一边坐下来，一边语气激烈地说，看着黄立工的眼神里多少带着疑问。

辞职？今天？

"他没和我说过要辞职。"黄立工知道事情不寻常，皱着眉头。罗平志和他屡有冲突，他不止一次动过把罗平志撤换掉的念头，但是刘斐……刘斐始终不愿意松口过来帮他。一时半会儿没有合适人选顶替上来，而罗平志的业绩一直不算差，于是这件事就这么拖延着。自从开放战略实施后，睿立科技走上爆发式增长的轨道，罗平志干劲十足，一改以往"卡拿要"的作风，黄立工也就把撤掉他的念头放到一边，没想到今天反而是他主动干掉自己。

"他当着很多人的面大声喊的，不像是放空炮。"

"大家有什么反应？有人跟他走吗？"黄立工按捺下心里蠢蠢冒头的各般情绪，用平淡的语气问道。

"一个都没有！"

黄立工微微点头，心里一点儿安慰的感觉都没有。罗平志一向喜欢装腔作势，咋咋呼呼的外表下，为人着实精明。既然他公然宣称今天就走，恐怕早就做好准备，真要挖的人，恐怕早都打好招呼了。

"气死我了！"邓建阳独自喋喋不休，"一个公司高管，离职还要公然拉人走，这叫什么？这叫背叛！"这两个字出口，他"噌"地站起来，食指生气地戳向空气。当时，如果不是手下拉住他，他就要在车间里和罗平志大打出手了。

黄立工起身从办公桌后绕出来，拍了拍他的肩膀："别生气。我们越急，就越中他的圈套。我来处理。"

邓建阳连着深喘几口气："我先走了。"转过身去，他想起来一件事，提醒黄立工说，"他还对着大伙儿嚷，公司一直在负债经营，经常是过了今天不知道明天什么样，供应商都在抛弃公司。他说，这是公司的最高机密，就高管知道，普通员工不知道，他们的领导都在骗他们。黄总，我从没见过这种煽风点火、落井下石的人，还好意思到处说自己是'机器人销售大王'！"

黄立工苦笑，有种脸上被扇一耳光的感觉。当初为了支持罗平志的工作，他没少对其他部门管理者吹捧罗平志是一把销售好手。罗平志自称"机器人销售大王"，他虽然有些惕然，但也不是没有为之站过台捧过场。

邓建阳出去，带上办公室门。黄立工狠狠一拳砸在办公桌上。罗平志今天的表演，是一泄怒气，还是阴险地要扰乱军心呢？或者他就是想把事情闹得不可开交，让黄立工今天不想放他走也只能放他走？不管是什么原因，看来他早就筹划着要走。剧变在即，自己居然一无所觉，还喜滋滋地觉得他在卖力干活呢。

黄立工一阵懊恼，不由得想起张文峰几次提醒他注意销售部人心动向。这个浑蛋，不经常在公司，来了也是找他，偶尔到各个地方晃一晃，聊聊天，却能看到许多他看不到的东西，看到所谓人心细微的玩意儿。那家伙那副讥诮自得的模样虽然有时惹人厌烦，可是如果……如果这个浑蛋现在还在睿立，会不会早就看破罗平志的隐秘形迹呢？

他拿起手机，给罗平志打电话，让罗平志过来一趟，那边传来罗平志淡定的声音："好啊，我这就过去找你。"

放下手机，他想：也许这个电话不该打，罗平志快反客为主了。

过了一阵，罗平志步履轻松地进来，往桌上扔下一沓打印纸，慢悠悠地拉开椅子，坐下来。

黄立工靠在办公椅背上，一动不动，瞄了一眼封面——辞职报告。

"筹备了有一个月吧？"

罗平志反倒感到有些意外。以他印象中黄立工的性格，措手不及之下，黄立工应该是激动地捶着桌子质问他一番才是。准备好的应对方案，被刷掉了大部分，他摊开双手，调出诚恳的语气，说："黄总，并不是只有你才有激情。"

"是两倍工资的激情，还是提成比例的激情？"

罗平志"哈哈"大笑起来，等笑声停歇，摇着头，带着些讥诮，说："是你没有的东西。"他往前探着身体，压着桌边，低沉而有力地说，"信任！"

他要去的下一家公司成立了好几年，但新近转型，切入新市场，待遇很有诚意，是在睿立科技的两倍，提成比例也是按足新业务规矩给。最关键的是，那边销售业务他说了算，那里可以说是块待垦空地，他手里的客户资源在那里能够最大化变现，不会受到太多制约。这确实是他最需要的信任。

黄立工的脸微微抽搐了一下，这句话击中了他隐隐作痛的地方。这不像以罗平志的水平能说出来的话，罗平志显然是有备而来，不能再纠缠了。

"哦，黄总，告知你一声，我会带走十几个人。"罗平志大大咧咧地说。

黄立工的瞳孔收缩起来，虽然这是意料中的事——罗平志都公然到其他部门挖人了，在自个儿部门里肯定早就精挑细选过——但他没想到罗平志居然还公然摆到面上挑衅，此时再说愤怒的话恐怕只会让罗平志更得意。他轻轻敲着办公桌，冷冷地说："辞职没问题。不过，怎么也要有一两个月的交接期吧？"

罗平志面无表情地看着他："你确定吗？"

黄立工有点儿狐疑，仍然回答说："这是法律规定，也是行规。"

"黄总，我今天就走，其实是为你好。"

黄立工冷哼一声。

"黄总，我真的是为你着想。我要带走十几个销售人员，我们的心都走了，你还要把我们的人留在这里，继续谈客户，而且是十几个人一起在谈，你放心吗？"

黄立工默默地把手放到椅背后，用力地捏着拳头，捏得生疼。谈话没有继续的必要了。他怎么变得这么犀利？和以前简直判若两人。

黄立工俯身拉开抽屉，拿出两份退出期权激励计划协议，将其中一份在桌面上推给罗平志。这是他早前筹谋着请刘斐回来替代罗平志时顺手做的准备工作，法务部起草好，来回修改几遍后的确定版协议。后来这事搁置下来，这协议他也就顺手搁到抽屉里了。他拿起两支签字笔，把一支扔到罗平志面前的协议上，说："那我们都签吧。"

罗平志拿起协议来认真地看了一遍，这回轮到他在心里暗骂，他本来想打黄立工一个措手不及，让黄立工忙中出错，没想到这黄大炮够狠，早就准备好了。

两个人各自低头签字，签完后交换文件，就像在签署一个新达成的战略合作协议一样。

"我相信你把该交接的东西都已经安排好了。"

"那是自然。"罗平志语气稀松平常地说,"该有的都会有的,包你满意。"

盛华平在河湾边的树林里散步,手插在兜里,抓着手机。他不能错过任何一次振动,就像战场上两军激战到紧要关头,指战员不能错过任何一条前线情报。

林子里是他熟悉的童年记忆:飞鸟振翅的声音、昆虫鸣叫的声音、踩在落叶上的清脆声、阳光穿过树叶投下的光斑、隐约带着河边水汽的味道……没想到,自己有一天会一边回忆着田园牧歌的生活——盛华平心头掠过一丝甚至是讽刺的苦笑——一边指挥着喧嚣都市中的残酷争斗。

情报到达。盛华平看着表,拨出第二个电话。

黄立工沉思了一会儿,先给行政老张打电话,叮嘱一番如何给销售部的成员安排离职,接着,手指滑到刘睿阳的电话号码上,停顿了一下。那天两个人激烈地大吵后,还没说过话呢,各忙各的事情,连照面都没打过。刘斐劝他找刘睿阳和解,他苦笑着说,再说又会吵起来,过些时间见面自然就没事了。

没时间犹豫了,他给刘睿阳拨出电话,告知罗平志的突发情况,让刘睿阳了解技术部门那边的情况,做好安抚工作。刘睿阳还是老样子,冷静,若无其事地应"是",挂电话。他还没打下一个电话呢,邓建阳又推开办公室的门冲进来,这次还带着一个人,负责OEM(Original Equipment Manufacturer,代工)业务的刘富行。

邓建阳铁青着脸,指着刘富行,示意他来说。

"黄总,金工冲压那边……他们主动要求停止贴牌合作。"

"什么?!"这儿正焦头烂额呢,又来新的问题,黄立工脾气有点儿压不住了,勉力把粗口按在嘴边,"这帮龟……什么情况?"

"我刚接到电话,那边口气很强硬,说是通知我们,停止合作。"刘富行也摸不清状况。

"那是怎么回事?之前不是合作得好好的吗?"黄立工问。

"本来是合作得还不错。不过,两个月前,他们报告客户对我们的产品质量不满意。"刘富行看了两个人一眼,小心地说。

"哦?"黄立工把目光转向邓建阳。

"不可能。"邓建阳辩解说,"自从贴牌至今,我们的产品质量向来稳定,很少有客户抱怨质量问题,大多是售后及时性的问题。金工冲压提的反馈我们这边跟进过,但他们也说不出个所以然来,只是说有问题,没有具体的东西。而且,这几个月来,金工一直在找各种理由减量,我看是故意的。"

"嗯。"刘富行点了点头,"我和他们协调过,他们总是说有业务周期,过一阵就恢复正常。"

黄立工听明白个大概,有点儿不耐烦:"说停止合作就停止合作,哪有那么便宜的事情?"看两个人不作声,有些为难的神色,他知道事情不太好办,问,"有什么问题?"

"我们恐怕拦不住他们,我们的合同……"邓建阳说,"对这块儿没有约束,主动权在他们的手里。"

"合同是谁签的?"

"我签的。这家企业是罗平志亲自谈的,他带着人过来,聊了一会儿。他们很愿意合作,但是要求灵活性,还不肯搬迁过来。我拿不准,问罗平志,他同意,我也就同意了。"

罗平志?黄立工摇了摇头,想了想,问:"金工冲压那个牛总,他在这边吗?我去找他谈谈。"

刘富行说:"他不在,只留下两个员工善后。"

黄立工操起手机拨过去,电话通了,没人接听。黄立工看着刘富行,让他拨打试试,同样没人接听。邓建阳也用自己的手机打过去,刚拨通就被掐断了。

"滑头!"黄立工骂了一句。

"还有账没结算吗?"邓建阳问刘富行。

"今天上午结算,下午就把余款全都打过来了。"

"给它贴牌生产增加的人力、生产线,还有原材料,这些成本都是我们自己承担?"黄立工看着他们。邓建阳点头,当初协议没有签署这些承担损失的条款,他们是打算签署 3 年后续签时再加上的,一直以来,还没有发生过突然终止合作的情况。

黄立工有些恼怒:"法务部怎么起草的合同?"

刘富行和邓建阳对视一眼，默然不语。当初睿立推进开放战略，合作方向和意图是黄立工定调，为了吸引更多的厂商合作，吸引他们入驻产业园，条件放宽几乎是全方位的。这次要打板子，也是打在决策者黄立工自己的身上。

"黄总，这事会不会和罗平志有关系？"邓建阳说，"罗平志前脚刚走，金工冲压就停止贴牌合作。金工冲压又是他招商过来的，这会不会有什么猫儿腻？"

"你们知道罗平志去哪儿了吗？"

"具体是哪家不清楚，不过他带走的销售中有人发朋友圈，看相片像是'大秋裤'，可能去苏州了。"刘富行说。

"金工的总部就在苏州！"邓建阳拍了一下椅子的扶手。

"知道了。淡化处理这件事情，别搞出示范效应来。"黄立工说着，心想得让法务部设法把这个漏洞给风平浪静地补上。他看着两个人，示意他们如果没有什么要补充的，这次谈话结束。

"还有件事。"邓建阳没起身，说，"罗平志可能偷拍了我们的工艺图纸。"

"一个破销售员，真能整事！"黄立工重重地拍了一下桌子，"你们就干看着他拍完带走？吃干饭的？！"

邓建阳低头看着桌面，愤然说："这个家伙是偷拍的，很小心，有人偶然看到，只是觉得怪怪的，也没多想。这次罗平志在公司里瞎搞胡闹，那个员工觉得不对，就来跟我报告。"

黄立工怒气腾腾地上来，但是内心有个声音告诉他，事情很不对劲。罗平志在办公室里和他谈话的时候，虽然神情是抑制不住的得意扬扬，话锋却是冷静锐利的，简直是予取予求。不，不，他不是意气用事，是蓄谋已久。这四个字一进入脑子里，像一盆凉水浇过来，把黄立工的怒气浇灭，他问："能查出来吗？他拍了多少？"

邓建阳正在沉吟，刘富行提醒他："有监控录像吗？"

"对，有监控！"邓建阳说，"我调出来，安排人去看。"

"和老张商量一下，让他来安排。"

深夜，黄立工倒在床上，看着天花板，疲惫，但毫无睡意。

他基本上能确定罗平志和金工冲压有关联。他不相信两桩蓄谋已久的事会碰巧同时发生，而且，罗平志一个销售员，费尽心思地去搞工艺图纸干什么，只能是给下家的投名状。看来，自己即便拿到罗平志偷拍的监控录像，也没什么用，一是制裁不了他，二是金工冲压比他有更多便利拿到图纸，他拍的那些也就是锦上添花。只是有点儿奇怪，他们屁股都不算干净，静悄悄地偷拍，静悄悄地走，闷头挣自己的钱，不是更好？干吗这么大张旗鼓的？

跳梁小丑。黄立工亢奋起来，几乎能想到接下来金工会干什么。后来的事确实如他所料，金工冲压更名为金工机器人，正式杀入焊接机器人赛道，并举办了一场隆重的发布会，宣布睿立的机器人销售大王罗平志率队集体加盟，公布未来3年的发展规划，最后抛出成功融资的大消息。这是金工机器人一个雄心勃勃的开始。

黄立工冷笑，金工处心积虑这么久，也就整出这点儿浪花。金工玩的这一手，眼前是挣到了大便宜，省却了前期研发成本、试错成本，蹭睿立科技的技术能力加成，拿出了第一代机器人。但是，三五年后呢？他们用什么来出第二代，持续竞争？只能等着被睿立科技灭掉。智能制造业就是如此，一家企业没有三五年的频繁试错，没有大量实际应用场景的磨炼和数据喂养，别说创造新产品，连原有产品的进化都不可能。

唯一让他担心的是，罗平志手里有不少客户资源，在一段时间内也许会造成下游的动荡。但这终究是个战术问题，不是战略问题。

黄立工闭上眼睛。明天太阳会照常升起。

第二天，盛华平很早就起床，在河湾里游泳，头仰在水面上，看着太阳一点点地浮上树梢，照亮河道。

回到别墅里，冲个澡，吃完简单的早餐，他开始拨电话。

这是最后一个电话，最后一击。

黄立工起床后就开始嘀咕，今天是阴天，没有太阳。

天气预报还说会有雨。

吃完早餐，他驱车去单位，坐在办公室里，刚开始嘲笑自己疑神疑鬼，就接到了电话。

他马上冲出办公室，疯狂地开车奔向机场，路上让行政人员给他买最近的机票，到了那边，又马不停蹄地杀向工业园区。

冲进办公室里时，他的样子有点儿狼狈，甚至可以说是气急败坏。

"郑总，你这唱的是哪一出？"黄立工双手按着桌面，目光像刀一样。

"坐下来说吧。"郑卫东安坐着，一脸凝重，示意黄立工身旁有椅子。

黄立工不动，盯着他。

"电话里说得很清楚。我们已经把正式书面通知发过去了。"

"你把供货量砍成那样，太不地道了吧？！合约精神在哪儿？！"黄立工就差咆哮了，"你们就这么和紧密战略合作者合作的？！"

郑卫东伸手拿来旁边的一沓文件——当初签订的合同，摊开来，推到黄立工的面前，指着中间一个条款，说："黄总，说到合约，还是看一下合同。我们约定，北奥减速机成为睿立科技的主要供货商，满足睿立科技的需求，但是没有约定数量和比例。"

黄立工把合同拿起来，盯着上面的字眼。其实并不需要看，他对这份合同熟悉得很。上飞机前，他让财务把合同拍下来，传到他的手机上。飞机上所有的时间，他把合同逐字逐句地反复看了很多遍，对重要条款几乎倒背如流，连错别字都全部给挑了出来。

合同上确实没有约定数量和比例。当初在谈战略合作条件时，郑卫东承诺过优先满足睿立科技的采购需求，黄立工也承诺了采购量，双方口头承诺，君子协定，没有写进正式的合同文本里。达成协议以后，睿立机器人发展迅猛，销量大增，加上工业机器人产业园里贴牌代工的其他企业，黄立工超额兑现承诺，郑卫东也很守信，按照核心客户的待遇，准时足量地供货。两家企业合作顺畅，几乎没有任何风波，黄立工也就忽略了这个问题，没想到平地起惊雷，小疏忽酿成大危机。

黄立工咬着牙，有苦说不出。他都没法指责对方设套挖坑，因为这是他主动要求达成的。睿立前几年跟跟跄跄，险中求生，他养成了这个谈判习惯，夸海口、画大饼，用美好的前景半哄骗半逼迫地拿到最优价格和待遇，但在合同里不做太多的承诺和限制，以保持最大的灵活性。他一直很得意，为自己强悍的谈判能力骄傲，没想到今天这个习惯居然变成砸在自己脚上的大石头。

"即使合同中没约定，但是一下就把供应量降到日常需求量的10%……这是把人往死路上逼呢。郑总，这不是做生意，是做仇人。"黄立工扔下合同，跟着扔下这句话。

"黄总，各人有各人的情况。"郑卫东不动声色，似乎没听出他话里的威胁意味，"我们有总部。北奥减速机的年度经营指标没有达到预期，总部指示我们要大幅收缩产品，所以……"

"嘿嘿，光我们的采购量，往少里说，能让你的业绩增长两成吧？"

"经营指标不是只有营收的。"郑卫东拉开抽屉，从里面抽出一摞单子，放到黄立工的面前，"你看，延迟付款8次。谈判的时候我就说得很清楚，我给你的是最优账期，得向总部申请。这种特别申请的账期，你们还是多次拖款，股东很不满。"

黄立工知道这只是理由，在商业世界里，拖款实属家常便饭，是无关紧要的小瑕疵。但是聊到现在，他看得出来，郑卫东早就做好准备，油盐不进，寸步不让，今天这事恐怕是成定局了。

"郑总，我付款是晚点儿，但付的时候，总是足额，从不磨叽，给你的进货计划，也很少更改。我不是个差客户吧？"黄立工坐下来，手按在那摞单子上，看到郑卫东在微微点头，接着说，"你也是这样的人。我们俩沟通不多，但是合作紧密、畅快……惺惺相惜。事情变成这样，我相信你也是身不由己。"他把单子理齐，放在合同上，推回到郑卫东的面前，"原因肯定不是你说的这些。你给我说说吧，我自己会掂量，看能不能解开。"

郑卫东把合同和单子收起来，放进抽屉里，给黄立工倒茶，然后双手握拳，托着下巴，默然地看着他，半晌，说道："黄总，你是个聪明人。你知道我们企业有股东。"

黄立工点头："日本帝工集团。"

"你知道它的核心业务……"

黄立工再点头："减速机，日本帝工集团可以说是全球减速机领域的霸主。"

"有些东西我也没见过，但是如果你去网上搜一搜，会看到这个新闻，国际巨头非常重视保护它们在核心技术上的领先优势。它们会在全球设立庞大的情报体系，收集各国政治、技术和市场的情报，还会定期更新一个秘密名单。这个名单上的，都是对它们以后的发展和战略有威胁的企业或组织的名字。"

黄立工愕然："我们的名字在那个名单里？！"

"有些东西我也没见过。只是如果，你们的名字被列入那个名单里，现在的状况也许不难理解。"

黄立工摇着头："我们和它们不构成竞争关系啊？如果稍微做得好点儿就是威胁，那全球那么多工业机器人企业，岂不都得断供？！"

"听说黄总在研发减速机？"

黄立工凛然，脱口而出："哪家工业机器人企业不想着自己研发减速机？"

郑卫东没有和他争辩，因为没有必要。黄立工话一说完，也知道这句话相当无力。这个充满竞争的世界，何曾依照公平和弱者的意愿运转过？况且，很多针锋相对的观点，只是硬币的两面。如果黄立工说的是对的，那么帝工集团同样是对的——同样的道理，哪家企业不想着加深城池，让核心技术长期保持优势呢？

他马上意识到被帝工集团针对的真正原因所在——李艺。

李艺在帝工集团减速机实验室待过几年，很受赞许。

"郑总，本着都是中国人，本着对股东收益负责的职业态度，你也应该争取一下……"黄立工看着郑卫东的表情，顿时明白，"你已经争取过了，是吗？"

"股东发出的指令是立刻终止与睿立科技的所有合作，我争取到继续供货3个月，给你们一个缓冲期。这不是对股东利益负责的职业态度，而是……我能做的最大努力。"

黄立工站起来，向郑卫东伸出手。郑卫东起身，握着他的手："一路奔波，吃个饭吧。"

"谢谢郑总。哪儿都有饭吃的。"

郑卫东目送黄立工走出办公室，坐下来。接到指令后，他一方面和总部沟通协调，申请缓冲；另一方面在企业内部做好相应安排，突然砍掉一个大客户，对经营和业绩的冲击可不是开玩笑的。盛华平本来就在和他接触，遮遮掩掩地试探，听到风声后，立即主动上门，表示有信心承接睿立科技的部分空缺。几番深谈之后，双方达成合作，价格比给睿立科技的上浮8%。盛华平是个老练的谈判者，轻重拿捏得很好，唯一有些古怪的条件，是个非常微小的细节问题，要求郑卫东明确下来知会睿立科技的时间，不能更改。

郑卫东轻轻叹了口气。如果北奥是自己的企业，他其实更愿意和黄立工这样的人合作。

黄立工回到江城时，已接近黄昏。他在机场停车场里找到自己的车，坐进去。终于挨到独自一人，身旁连陌生人都没有的时刻，他扶着方向盘的手颤抖起来。

供应链上游断货，而且是减速机，这一刀可是直接捅到他的心口里来。睿立本身还有些减速机库存，可就算加上北奥3个月缓冲期的供货，也撑不了多久，一个月后……一个月后，就要开天窗了。在外面，还有一个虎视眈眈的罗平志、一个虎视眈眈的金工机器人，都是对自己知根知底的对手。他能想象得到他们将如何扫荡他的客户，那个画面就如在眼前雪崩一样。

他忽地启动车辆，冲出去，一路飞驰，一路惹来愤怒的喇叭声。

雨点在空中飘荡。

回过神的时候，江水就在眼前，他猛地一脚踩下刹车，急停在江边。轮胎已经轧到了水痕上，再迟几秒，他就得想办法在江底打开车门游回岸边了。

不知不觉中，他开到了武山小镇自己常过来的江滩上。他摇下车窗，江风吹进来，夹着雨丝。他大喊，声音像野兽丢在夜里的咆哮声，很快被风雨打散，掉在地面上，连回响都没有。他闭上嘴，也闭上眼睛，靠在座椅背上。

他只想一个人待着，孤家寡人。

等到夜色完全笼罩大地，江滩上一片漆黑，只有江水轻轻拍岸的声音。黄立工拿出手机，想看是什么时间了，才发现手机还关着——下飞机时，他忘了打开手机。

他启动手机。当下已经是深夜，手机上一堆未接来电、一堆未看的信息，却没有一条信息问他在哪儿，关注或担心他怎么了。孤家寡人。黄立工苦笑起来，却又觉得这也可以是一种安慰——在睿立雪崩的前夕，在他独自待在黑夜和崩溃的边缘时，世界仍在照常运转，机器仍在轰鸣。

7 战　友

黄立工把车开到刘睿阳家楼下。刘睿阳家的窗户仍亮着。

他上去敲门，敲到第五下，门开了。刘睿阳在门里，注视着他。他迎着刘睿阳的目光，勉力露出一丝笑容。两个人对视几秒，刘睿阳侧开身："也就你这么深夜扰民。"

黄立工在沙发上坐下来，卧室里传来电脑的"嘀嘀"声。

"你等我一会儿。"刘睿阳说。他进去卧室，卧室里响起一阵敲击键盘的声音。

"网聊呢？"刘睿阳再出来的时候，黄立工打起精神，问他。

刘睿阳不睬黄立工，倒水，洗苹果，把苹果递给他，在沙发上坐下来。黄立工把今天的事情说了一遍。刘睿阳一脸平静。

"减速机是个麻烦。"

"我们的什么时候能用？"

"半年。就算加班加点，恐怕也要四五个月。"

半年？雪都崩完了。黄立工皱着眉头，看着刘睿阳。

刘睿阳摇头："这还是在顺利的情况下，如果有什么不可知的因素或意外，时间还会更长。"

"别家的呢？"

"国内没几家在做的，我们都测试过，会把我们机器人的整体表现都给拖下来。"

"但是能用吧？"

刘睿阳点头："最后没办法的话，也就这条路了。但是，用户会有明显的感知，搞不好大规模出货，没过几天，就是大规模退货。"

黄立工的太阳穴生疼。两个人又商量了一会儿，仍是一筹莫展。

"睿阳，我需要你帮我。这个事情交给你了。"

刘睿阳瞅着黄立工。黄立工觉得他的眼神有些古怪，问："怎么了？"

刘睿阳微微一笑："我第一次听到你这么说话。"

黄立工愣住。"我需要你帮我"，是的，他以前从来不会这么说，从来不会让自己觉得别人在帮他，从来不会。他摇了摇头，像是要把什么东西晃出去一样，笑着说："还有一件事需要你帮我呢。"

"什么事？"

"明天一早，我要去长沙。"

"你要找她？"

"嗯，我要把她拽回来。"黄立工说。他眼前闪过刘斐那个伶俐嘲讽的模样，"我可不想死了，还给她机会站在那里笑我不行。我要拖她下水，要死一起死。"

"那是我的妹妹！"刘睿阳白了他一眼。两个人笑了起来。

"如果她问你，一定要支持我，把她拉回来。"

刘睿阳点头。

"我不回去了。今晚在你这里躺一躺吧。"疲惫像江水一样一阵阵地拍打着身体，黄立工伸了个懒腰，倒在沙发上。

8 救 兵

一早起来，黄立工先到单位，召集高级别管理层，坦诚地告知目前的形势，展示自己的冷静和信心，承诺解决的时间——正如张文峰所说，画马上就摸得着的饼。

接着他奔赴机场，午前，到刘斐公司楼下。

刘斐不在。

前台工作人员带着黄立工进入刘斐的办公室，给他沏了茶，出去。黄立工有些好奇地环顾着办公室，这是他第一次进来这里。他上飞机前给刘斐留信息，下飞机后打开手机，收到回信"等我一下"，没有更多话语。按他以往的脾性，怕是连珠炮的电话就打过去了，恨不得不管刘斐在做什么，都要马

大国智造

上给他回来。此刻，他按捺住脾气，连信息都不发，甚至第一次生出这样的想法：他其实知道刘斐把他放在很高的优先级上，会尽量迎合他的时间，那为什么还要火急火燎地催促她，好像她只做到 90 分就是有错似的？

办公室在走廊最边上，面积不小，布置简洁，有办公桌、沙发、茶几、两把椅子、几个文件柜，墙角堆着几箱酒、十几个看着颇为高档的礼品袋，办公桌上摞着几沓文件，还有一个装满笔的笔筒，侧面的实体墙上挂着一幅字。

黄立工轻轻地将字念出来："人间烟火气，江湖码头风。"他不懂书法，但也看得出来，这幅字苍劲有力，不是娟秀那个路数。黄立工往下看落款，落款写得疏放，不大认得出来，依稀觉得里头有两个字像是文峰。张文峰？他还会写毛笔字？

黄立工转过头，一堵大玻璃墙把办公室和外面的开间隔开，从里面可以看到外面的动静，看到所有销售的动静。办公室外墙那侧，也是大的落地玻璃，视野很是开阔，城里的风景一览无余。看来刘斐的办公室是位置最好的。

刘斐提着两盒快餐进来，黄立工正安静地坐在沙发上，想着自己的事情，听到声音，抬起头，冲她笑了一下，算是打招呼。刘斐把快餐盒往办公桌上一放，坐到办公椅上，指着桌对面的椅子："吃饭。"

两个人默默地吃饭，10 分钟吃完，刘斐把餐盒收拾好，拿出去扔了，回来带上办公室的门，坐回到办公椅上，问："出什么事了？"

黄立工凝视着她，说："我需要你。"

刘斐的表情僵住，像是死机的手机屏幕，好一会儿才重启，她靠在椅背上，声音又干又硬："不是睿立科技需要我？"

黄立工沉默了一会儿。桌子上的手机振动起来，他看了一眼，是刘睿阳，犹豫一下，按静音键。

"它也需要你。"黄立工老老实实地说。他看着办公室，看着宽大的落地玻璃和繁华的窗外城景，长吸一口气，认真地说："但是，我会来这里找你，是因为我需要你。"

刘斐叹了一口气，见他的手机又振动起来，说："你接吧。"

黄立工的手指滑了一下，接通电话，按下免提。

"睿阳，我在刘斐这里，是不是减速机有什么进展，我让她也听听。"

"嗯，我和李艺在一起，我们有个大胆的想法。"

黄立工的心脏差点儿跳出胸腔，他手扶着桌面，喘不过气来。他努力地平复呼吸，笑着说："好家伙！我以为这坑都爬不出去了，你一个上午就想出了办法。"

"我们刚开始最艰难的时候，我想过这个办法，不过太大胆，风险非常高，所以从来没和你说过。"

"嘿嘿，我什么时候怕过风险？"

"我的想法是，还是用自己的减速机。"

"好啊！能缩短到多长时间？"

"短不了，还是得半年……"

"啊？"黄立工疑惑地皱了一下眉，下意识地看着刘斐。

"要想产品质量稳定可靠，测试迭代是绝对不能省略的，但是，我们可以让测试环境外移。"

黄立工屏住呼吸："你的意思是……？"

"把用户也纳入测试环节。"

"你是说，硬上？把用户当小白鼠？"

电话那头沉默了几秒，传来刘睿阳清晰的声音："是的。"

"你们有信心？"黄立工心里很清楚，对于用户体验，刘睿阳比他在乎得多，也挑剔得多。

"我们还有一个多月的缓冲期。李艺有信心用一个月走一次快速迭代，初代产品能支撑三四个月的高性能表现。同时，我在算法这边，也会针对这个特殊情形做开发定制化的模块，最大限度保障不出现恶性事件。"

"三四个月？"

"是的。有两个预案，第一，我们的用户数量不少，作业环境也是各种各样，这个测试环境比实验室理想，如果数据足够丰富，有可能把半年缩短到四五个月，那就衔接上了。第二，如果衔接不上，售后部门快速响应，机器人出现性能明显下降甚至不达标的情况，一天内马上免费更换新减速机或者新机器人。这个响应速度不会太耽误用户的生产。"

"一天？物流时间都不够啊！"

"提前部署。一方面，售后部门定期回访；另一方面，核心控制器监测到异常，通知我们，我们人工分析数据，对于处于高风险状态的机器人，提前把新机器人运过去，甚至可以在出问题前主动替换掉原有机器人。"

"那需要数据。"

"是的。这两个预案都需要数据回传。"

电话里一阵沉默，两个人都明白这意味着什么。

"这是第一个风险。"刘睿阳说。

"嗯……不过也就几个月，再做一些隐性告知、法律风险防范，问题不大。"

"第二个风险是，成本压力很大，如果衔接不好，相当于客户用了三个减速机，而我们只收了一个的钱。"

"能用钱解决的问题，不是问题。"黄立工自信轻松地说。说完他看着刘斐，无声地苦笑。刘斐抱着手臂，面无表情地听着。

"最后一个，也是我最犹豫的……"刘睿阳踌躇着，像是看到不愿直呼其名的恶魔，"如果衔接不上，那就是彻底完蛋。"

黄立工怔怔地看着手机。在危局中，把未经检验的半成品推到最关键的位置上，那就是拿未来赌现在，如果看错未来，就注定全线溃败。

"你有几成把握？"

"七八成吧。正常来说没问题，但是，永远都可能有意外。"

"你们有更好的方案吗？"

"还没有……"

"那就硬上吧。"

挂了电话后，黄立工看着刘斐。

"减速机出问题了？"

黄立工点点头，举起第一根指头："减速机断供，没有替代品。"

他举起第二根指头："罗平志带着销售团队跑了。"

他又举起第三根指头："他跑去的公司，原来在我这里代工，现在偷走全套图纸，单干了。"

刘斐笑了起来："你可真不让人省心。"

"你不想着把我改造得省心一点儿吗？"

刘斐摇着头："狗改不了……"话没说完，她抿嘴一笑，稍加思忖后说，"你找个地方等我，买机票。一个小时后我出来。"

"啊？"黄立工努力地压住兴奋。

刘斐指着玻璃墙外："我把后面几天的工作安排好，先回武山，把局面稳住，想好后面的策略，然后回来一趟。不管怎么说，我得和老板当面请辞。"

黄立工咧着嘴笑，做出拥抱的姿势，马上又把手放下来，带着笑容转身出门。

9 企业家精神

黄立工打方向盘，右转，驶上从江城回武山的路。

昨天，也是这般的黄昏时分，他也是在这条路上，心境天壤之别。他看了一眼副驾驶座上的人，刘斐正在凝神思考。两个人在飞机上几乎就没停止过讨论，刘斐似乎在和她哥较着劲似的，他一个上午搞定，那她就用一个下午搞定。孤家寡人，黄立工想，这个字眼好像终于可以离他而去了。

黄立工忽然想到张文峰，以前那些周末的夜晚，他独自一人驱车来回在这条路上，会是怎样的心境呢？我不了解他。这些兄弟，刘睿阳、张文峰……好吧，曾经的兄弟们，我从来没有去了解过他们。

"你应该找一下张文峰。"刘斐忽然开口说话。

黄立工像突然被刺扎中，身体微微一缩，惊疑地看了一眼刘斐。

"钱很快又会是问题。"刘斐没注意到黄立工的细微反应，"你这个坑确实不小。外部有人针锋相对抢客户，短期内营收会明显下滑，内部销售体系要重建，还要启动自主减速机，整个供应链成本不小。每一样单看都还好，三个凑在一起，资金不出问题才怪。"

"半年还是能撑的。"

"那就太晚了。你以前的狼狈不都因为如此吗？！越重要的事，越得做在前头，所以我才建议你现在去找张文峰——你又没别的人可找。"

黄立工心里苦笑，不敢把情绪露到脸上来。刘斐这话有意无意地把许茜茜排除在外，不过，他自己也觉得没法再找许茜茜谈引资的事了。

"我找他，他也不会见我。"

"你们这些男人……"刘斐不以为然地摇头，"喜欢嘲讽女人是情绪动物，其实你们的情绪一点儿也不少。女人的情绪就是情绪，你们呢，戴上个冠冕堂皇的帽子，骄傲、尊严、面子。"

黄立工乖乖地闭着嘴巴。这时候不管他说什么，下场都不会太妙。

刘斐转过头来，看了他几秒，认真地问："你到底在忙什么呢？"

黄立工不明所以。

"身为一个老板，你在忙什么？"

"当然是发展。企业发展的事。"

"你主动忙的事，说具体点儿，是什么？"

黄立工本能地想争辩，还没开口，听到刘斐强调的声音："主动的！"裂缝忽然出现在眼前，他刹住自己。主动……他只是下意识地顺着刘斐的话略做思考，从这个角度回顾一下自己的辉煌作为，猛然发现，他的自傲似乎只是一种视错觉艺术。

"我一直在当救火队长……"黄立工缓缓说道。从印度回来后，一直到现在，融资、价格战、产业园、攻占供应链、上马减速机……他都是被濒临崩溃的现实推动着亢奋前行，而他也沉浸在这种挽狂澜于既倒、扶大厦之将倾的快感与自得之中，"可是，哪个企业不是在意外和危机中踉踉跄跄呢？"

"至少有一半的意外和危机是你自己造出来的。如果你现在不未雨绸缪，半年后睿立的资金问题又会变成危机。"

黄立工转过头，像是在睡梦里被浇上一盆凉水，看着刘斐出神。

"开车看路！"刘斐马上指向前方。

黄立工赶紧转回头："你说，老板应该主动做什么？"

"那我可不知道，我又没当过老板。"刘斐笑着说，"不过有个事情我知道，以前你主动做的事，其实都应该是我哥和我要做的事……"

黄立工鼻子里哼了一声，但没法摇头："打造睿立机器人的造血能力，这难道不应该主动去做？这不是关系到公司发展的大事吗？"

"产品和公司是一回事吗？提升产品的造血能力，是刘睿阳和我的职责；提升公司的造血能力，是你的职责！"

黄立工重重地抓着方向盘，用力地拽了一下。是的，在商业版图竞争中，他向来都是疲于奔命，从未筹谋过。也许，这才是老板和企业家的分水岭。

"这次回来，我总觉得睿立科技和以前不一样了。减速机、传感器、控制系统、协同制造……以后的睿立科技，肯定不只是一个工业机器人制造企业。我们不能等未来自己掉下来，对不对？"

"对！"黄立工连续快速地按着喇叭，车子在路上轰鸣。

10 从未开始的可能

敲门声响起。

许茜茜站在阳台上，手里夹着一根烟，凝视着浓绿掩映的江水。她在烟灰缸里把烟掐灭，走向门口。

"怎么是你？"

"那你以为是谁？"刘睿阳微笑着，走进门里。

"你第一次来。"

"刚认识你的时候，我一直想来拜访你，但是……"刘睿阳吸了一下鼻子，闻到烟味。

"我刚才在抽烟。"

"从来没见过你抽烟。"

"在英国的时候抽过一阵，回国后就不抽了，这又捡起来了。"

"要回英国了？"刘睿阳看了一眼屋子，问。

"嗯？"

"你像是要搬家的样子。"

"是太乱了吗？"

"没有。太整洁了。"

许茜茜笑了起来。她看了看沙发，又看了看阳台，用眼神询问刘睿阳。

"我们去阳台吧。"刘睿阳说。

许茜茜到冰箱里取一瓶水，带刘睿阳到阳台上。

"但是什么？"她靠在扶栏上，对着刘睿阳问道。刘睿阳看着外面这片熟悉又陌生的土地："我已经不习惯走进别人……走进别人家里了。"

他转过头来，许茜茜正凝视着他。两个人的眼神在空中碰撞，停留，似乎在哀悼过往所有那些还未开始就已经湮灭的可能，随即错开。

"这是英国做的吧？"刘睿阳指着扶栏上的烟灰缸。他一进来就注意到了这个小巧的玻璃制品，线条很漂亮，细节处可以看出工艺精度很高。

许茜茜点头："我在英国用的，带回来，现在才用上。"她拿起烟灰缸旁边的烟盒，抽出一支烟，夹在手指间，"你介意我抽一支吗？"刘睿阳摇头。许茜茜点上烟。刘睿阳看着烟雾飘到空中，在阳光中迅速地被打散。

两个人默默的，不说话，都生起一种安然自在的感觉。抽完一支烟，许茜茜说："你现在好像在……在那种可以走进别人家的状态里。"

刘睿阳想了一想，摇头说："我不知道。"

他神色微微迷茫，似乎又有些不好意思。许茜茜笑了："有好消息记得告诉我。"

"好啊。"

许茜茜又拿出一支烟，点上。刘睿阳陪她抽完，看着她把烟头摁在烟灰缸里，有点儿艰难地说："刘斐回来了。"

"黄立工终于把她请回来了？"

"是的。"

许茜茜像在说着两个不相干的人："他们俩挺合适的。"

刘睿阳轻轻摇头。许茜茜拍了拍他的手臂，似乎他才是那个需要安慰的人。

刘睿阳走后，许茜茜在门廊里站了好一会儿，走进卧室里，继续收拾东西。

她带来放在这里的东西本来就不多，只有衣服、化妆品还有几本书，家具、家电都是房东的。没一会儿，收拾完，她拿出手机，翻找快递公司的电话。

11 重新开始

黄立工和刘斐在老陈烧烤摊。以前有过很多这样的夜晚，江风、烧烤和啤酒的夜晚，但是今晚不同，没有唇枪舌剑和兜兜转转，两个人在讨论市场如何重新打开局面。

"两件事情上给我支持。"刘斐拿起啤酒杯，自己喝上一大口，一点儿都没有要逼黄立工喝酒的意思。

"什么事？"

"第一，国际焊接机器人比赛，把最好的东西都给我放上去，最好是用自己的减速机。"

"好。"

"第二，为减速机开个发布会。"

黄立工犹豫了一下："这样太高调了吧？一点儿回旋的余地都没有了。"

"都被逼上梁山了，贼人就当到底吧，还想留着招安的路呢？"

黄立工苦笑。

"我想和新销售体系放在一起，同时发布。"刘斐再来一口酒，说，"记得以前咱们聊过的，客户和用户是两个概念。工业机器人越发展下去，越需要一个专业意见市场，现在咱们得切进去。我们有焊接机器人，面对终端用户；有减速机和控制系统，面对的是机器人厂商；有传感器，是个视觉解决方案，用户构成更复杂。以后还不知道会有什么呢，再不构建代理商体系，我们会变成一盘散沙。"

"对。"

"这个发布会要做三件事：第一，借国际大赛的东风，发布自主减速机，对标国际先进水平；第二，招募代理商，共同成长，成为专业服务共同体；第三，开设机器人旗舰店，业内首创工业机器人 4S 店。有这三样，不但能稳住目前的市场，以后的市场空间也有了。"

黄立工的眼睛一亮，这种玩意儿对他的胃口："不但是工业机器人，我们其他的解决方案也可以在旗舰店展出，减速机、控制系统、传感视觉方案……这其实就是我们的技术展示中心。"

"对。代理商也需要一个展示中心帮他们搞定客户，但是前期让他们自己建不现实。我们来做旗舰店，作为代理商的公共资源。如果效果好，到后期，可以放开让代理商加盟。有代理商建的旗舰店，有我们自建的旗舰店，遍布中国的工业园……"

黄立工一掌重重地拍在桌上："这比我单枪匹马到处求关注要强多了。"

刘斐拿起一根肉串，塞往黄立工的嘴里："现在知道你该干吗去了吧？"

"干吗？"黄立工接过肉串，问。

"钱！我这些都需要钱的。"刘斐把手压在桌子上，凑近黄立工的脸，逼视着他的眼睛，"我们兵分两路，你搞定钱，我搞定这些，看谁快！"

"我怎么觉得你才是老板呢？"黄立工晃了晃肉串。

刘斐"扑哧"笑了。

她忽然觉得气氛有些不对，转过头，看着外面。黄立工跟着她的视线，也转过头。

许茜茜就在几步外看着他们俩。黄立工愣了一下，随即站起来，拉开一把空的塑料椅："坐下来一块儿吃东西吧。"

许茜茜站在那里不动，裙子在微风中轻轻飘荡。她双手背在身后，看着刘斐，嘴角浮起一丝微笑："刘总，我借他用一会儿。"

刘斐侧着头，看着桌上的烤串盘子，略一沉吟，拿起一根烤茄子，向黄立工的方向努嘴："你问他。"

黄立工轻叹了口气，站起身，放下肉串，向许茜茜走去。许茜茜转过身，顺着路往远处走去。黄立工快步跟上她。

这段江岸煞是热闹，是一块在路边的难得的狭长平地，渔灯破夜，水声伴耳，三五步就是一家排档。许茜茜走进两盏渔灯光芒交界处的阴影里，看到下一盏渔灯下，摊档老板光着膀子，在炽热的火光中颠着大铁锅，颠得猛了，一大团火焰在铁锅里腾起，映得他的脸宛如在岩浆中。他的妻子端着炒好的山药肉片和辣椒小炒肉，走向客人的桌子，渔灯在她背后，把她的轮廓勾勒出奇异的光芒，投射到地上，化作变幻不定的影子。桌子上的客人手舞足蹈地聊着天，面向着渔灯的，像在黑洞附近，时间变慢，眨眼的动作都清晰可见；背对着渔灯的，脸融入模糊的阴影，身影闪闪发光，反而像是在永恒之中——一如光明与黑暗的永恒对峙。许茜茜仿佛意外地撞进他乡异域里——被时间洪流冲刷的陌生国度，走进下一盏灯，走出下一盏灯，走进一个世界，走出一个世界，等在后面的是永恒——所谓永恒就是，永远不同，但是永远重复。

她终于走出异域。黄立工默然地跟着她，她不开口，他也不知道该说什么。

两个人顺着小路，走到江边。许茜茜点了一支烟，看了一会儿对岸倒映在波光粼粼的水面上的路灯，目光沿着水边，逆流而上，右手边，那段闹腾的人间烟火成了别处。下一个小路口，他们走回到大路上，再拐个弯，回到热闹的江岸，回到起点。

"再见。"许茜茜停住脚步，说出沉默之旅的第一句话。

黄立工一时间似乎有好些话要说，但又没有一句能说出口。他舔了舔嘴唇，正要说句什么，许茜茜对他摇头，示意他别说了。

"我们以后还会见到。"她耸了耸肩，"不管怎么说，我们之间还有一重关系。"

"嗯？"

"我是你的投资人。"许茜茜微笑，眯着眼睛，"下次见到你的时候，恐怕你要想着怎么用业绩来说服我了。"

黄立工不知道说什么才好。

"那么……"许茜茜伸出双臂，黄立工手足无措，呆立在原地。他从未见过这样的许茜茜，恍惚中不知道怎么应对才是。许茜茜往前一步，用力地拥抱着他，深呼吸，像是最后一次闻闻他的味道，松开手："再见了。"

她转身，往另一个方向走去，再也没有回头。

12 白衣骑士

落日悬挂在天边，余晖洒落在忙碌的街市上。武山小镇车流稠密，大多是国产小汽车，大片的黑色中掺杂着白色和红色，不再是以往的拖拉机和小货车的车流。人们从江城下班回到小镇，从小镇新工业园区下班返回江城，四车道的公路显得有些拥堵，车流汇集在高速公路的进出口处。最繁忙的是收费岗的工作人员，工作量比以往多几倍。

这在多年前不可想象。

黄立工从武山工业博物馆，也就是原动力机总厂出来。博物馆建好之后，除了开馆仪式那天，他还没有再进来过。难得今天有点儿空闲，他驱车过来，想到里面散散步，想想企业以后的事情，没想到这里并不清静。工业旅游已然开展起来，江城及周边区域的中小学、事业单位经常被组织起来，到这里接受工业发展的爱国主义教育。他在里面待了20分钟，就有两拨中学生团队，还有零散的游客进来参观。

他站在博物馆门口，看着附近的居民楼，老头儿老太太们提着菜篮子，推着小推车，也有骑着自行车的，在小路口进进出出，遇到相熟的人，就在路边停下唠唠家常，看看对方的菜篮，看自己是否错过了那拨新鲜的或特价的蔬菜。人间烟火气，这是他少年时代想要逃离的景象，如今他却开始在里面看见过去的温暖和未来的慰藉。他从裤兜里掏出一盒烟，抽出一支，用打火机点着，吸了一大口。

自从张文峰离开后，有一天他忽然发现自己在抽烟，虽然抽得不频繁，还是很快就被罗平志注意到了，到办公室里找他说事时，随手在办公桌上放了一条香烟。3个多月过去，烟还有3包，他独自一人时，抽上那么一根，像以前和张文峰一起抽烟时那样，让烟气在嘴里走了个来回就吐出去。

怎样制造机会或找个理由给张文峰打电话呢？

手机响了，同时在兜里振动，黄立工把烟叼在嘴里，掏出手机捧在手里，愣了一下——张文峰。

他接通电话。

"在武山吗？"电话里传来张文峰的声音，并不冰冷，但也听不出什么情感色彩。

"在呢。"黄立工点点头。

"好，我10分钟后到。"张文峰说。

"在哪儿见面？我们搬到新产业园区了。"黄立工急忙忙地说，"要不老动力机总厂见？"

张文峰沉默了一下，说"好"，挂了电话。

张文峰这个时候来找他，有什么事呢？黄立工站在动力机总厂门口等着，点上第二支烟，心里忐忑。张文峰语气平常，应该不是坏事吧？

动力机总厂的草坪上，两个人都抬头看着水塔，黄立工偷瞄了张文峰一眼，见他的脸色也平常，心里安定了些。水塔比厂里的烟囱低矮，但身材胖得多。这座工业小镇曾经的标志性建筑，和老动力机总厂一道，辉煌岁月已经消失在历史的风尘里，但是那份伴随着两代人记忆的拼搏精神，如石头般坚硬结实，留存在这片土地上，成为小镇人的风骨。

已是初秋时分，空气仍燥热着，墙边的荆棘和藤蔓茂盛深绿，梧桐树摇曳着宽大的叶子，在一片绿意中开始酝酿金黄。

黄立工掏出烟盒，抽出一根，递给张文峰。张文峰看了他一眼，把视线挪到梧桐树上，没接烟，也没出声拒绝。黄立工手在空中僵了一会儿，讪讪地抽回来，要将烟放在自己的嘴边，觉得没劲，又把烟放回烟盒里。

"你现在咋样？"他问道。

"什么咋样？"

"互联网金融，最近很火啊。"

"你还有时间关注这个？看来公司事情不忙嘛。"

"互联网金融的广告满天飞，你的大脑袋也满天飞，想看不到也难。"黄立工不想承认自己在关注他，"互联网金融很火啊，不过，我们这些做实业的，看着有点儿怕。"

"怕什么？"

"回报率太高。"黄立工停了一下，看到张文峰没有回应，说，"反正悠着点儿。"

"你是不知道BAT（中国互联网公司三巨头，百度、阿里巴巴、腾讯英文首字母缩写），不知道游戏公司，这点儿毛利，在它们眼里算什么！"张文峰不以为然地说。他抬步往前走，黄立工跟上去。

"在找钱呢？"

黄立工盯着张文峰的脸，琢磨这话是什么意思。张文峰是等着嘲讽一番，还是打算借钱给自己？这敢情不错，就是利率高恐怕消受不起。

"现在业务势头很好,公司高速发展。我们前期的研发投入,现在也开始到成果期了。"黄立工语气铿锵地回答。

"你的运气是好,正好到成果期,自己的减速机能出来,不然你的高速发展把减速机都发展没了……"

黄立工顿时了然,心里一宽,不理他的嘲讽,认真地说:"你知道,从创业到现在,我哪天手头宽裕过?虽然说融了几次资,销售业绩也不错,但是研发是基础建设,前期投入巨大,收益在后期……我就没停过找钱的脚步。不过,你那个金融产品的利率太高,我们真吃不消。"

"你想多了。这块业务不是我们的菜,要投制造业的话,我们早歇菜了。"张文峰说,"有家公司你去见一下,战略投资。如果投的话,钱不少。"

黄立工的眼睛亮了起来:"什么公司?"

"我的条件是,我同步退出,按新一轮融资的估值。"

"干吗那么着急?等IPO,利益最大化。"

张文峰的脸上一点儿笑容都没有:"现在已经够了。"

黄立工盯着他看了一会儿,叹了口气:"好吧。"

"乐阳工业。我安排好时间,你去谈吧。"张文峰说完,转身离去。

黄立工怔怔地看着张文峰的背影。乐阳工业是上市公司,工业软件和系统集成商,这些年来工业领域的大白马股(指长期绩优、回报率高并具有较高投资价值的股票),他很乐意合作。没想到张文峰离开之后,这么短时间就搞定了这样的明星企业。

13 江湖码头风

"是你和张文峰说的吧?"

黄立工拨通电话,没头没尾地问。刘斐明白他问的是什么。

"要像你那样,10年都找不到投资。"

第四章 国际征途

"你怎么说的?"

"我就把现在的情况如实告诉他,别的什么都没说。"

"他说什么?"

"他没说什么,就说他知道了。"刘斐环顾办公室,个人物品都已收拾好,码在纸箱里,待会儿让小顾封上,给快运回去。她抬头看着门外,小顾正在门口,犹豫着是否敲门,她摆了摆手,示意一会儿再叫小顾。小顾转身回到工位上。她问:"他先去找的你?"

"他介绍了一家公司,有兴趣投资。"

"那好啊。我把事情处理好,晚上回去。"

"回来说。"

刘斐放下电话,看着墙上那幅字。"人间烟火气,江湖码头风。"这是张文峰题给她的词,她很喜欢,后来她在南京深巷里偶然认识一位老先生,颇为投契,以此向他求字。老先生念了两遍词,端详她两眼,掀了掀花白胡子,在小院子里走上两圈,归案慨然提笔,一气呵成。

刘斐打算让小顾找人,把装裱的外框拆下,把字卷好放到硬纸筒里,用最好的快递一并送回去。刘斐走到门边,冲小顾打手势。她和老板把一切都谈好了,放弃所有的未来收益,做好工作交接,承诺不带走任何一个骨干。她有这个分寸,码头上扛把子的,任何时候都要留路、留情面,桥是绝对不能拆的。不过,她会把小顾等几个年轻人带走,她和他们已经谈好,他们不是骨干。

她心里自有计较,在这个公司里工作已久、真正挑起重担的老销售们,即便老板不介意,她也一个都不会带走,一来他们并不适合新公司;二来他们在老码头上已站稳脚跟,换新码头代价太大。小顾等几个年轻人,是她新近招进来,亲自培养,作为未来的储备人才的,他们离开,不伤害老公司,却可能在新公司中发挥大作用。

后来,她自己都不免疑惑,是否在黄立工开口之前,自己潜意识里就有所预感,甚至已经做出了决定,小顾这些人就是为睿立而招进来的。她在面试时,问过这些人同一个问题:"能否接受四海为家?"

14 探　底

乐阳工业虽带着"工业"两个字，总部建筑却和想象中庞大的厂房完全不一样，只是一栋5层白色小楼房，耸立在上海嘉定区科技园区内。

黄立工站在张文峰的身旁，在乐阳工业的实验室里，看着软件工程师在电脑前忙碌地调试产品，不由得佩服中国博大精深的起名艺术：老婆饼里没有老婆，蚂蚁上树里没有蚂蚁，鱼香肉丝里没有鱼，红烧狮子头里更没有狮子，鼎鼎大名的乐阳工业，应该叫作"乐阳科技"或"乐阳软件"，为何非得拉上"工业"呢？

乐阳工业的母公司乐阳集团，总部坐落在距离上海1100千米的华北省会城市，是当地的明星企业，3栋33层的楼房精确地组成正三角形，耸立在市中心的黄金地段。江湖上流传的段子说乐阳集团大老板是数学系出身，深知三角形结构最稳固。

来之前，黄立工在办公室里做过功课，查询资料，问询同业。乐阳集团总资产约1500亿元，控股3家上市公司：第一家是乐阳新材，专注新能源汽车的研发和制造以及石墨烯的产业化应用；第二家是乐阳环保，专注智慧能源与环保治理；第三家就是乐阳工业，专注工业软件及系统集成，帮助企业建立数字化工厂，通过大数据和AI，将订单、客户位置、工厂、成本、机器性能、产线产能等，实时完整地联系在一起，并实现仿真，构建面向未来的数字化生产场景。

这些都是富有想象空间的领域。在官方宣传页上，乐阳集团还表示以振兴民族产业为己任，立志成为受人尊敬的中国实体产业先锋，未来将继续以提高关键技术自主创新能力为核心发展目标，立足实业，以创新引领发展，做大做强优势产业，苦干实干，与行业并肩，与国家同行。

黄立工越看越兴奋，恨不得给张文峰一个大大的拥抱，哪怕抱着满怀的冷硬和嘲讽。这么一家投资理念前卫且富有前瞻性的企业、未来的战略投资者，和他这样雄心勃勃、梦想着基业长青的创业者，简直是天造地设一般。张文峰把如此适合的企业引进战略投资，显然动过心思，独具慧眼。

第四章 国际征途

黄立工踏进乐阳工业办公楼后所看到的一切，从现实角度说，是一股冷空气，吹得他有点儿凉；从引进投资角度说，却在他的预期之中。

乐阳工业派出产品总监老方陪同两个人。老方一路不冷场，刻板然而得体地介绍公司的丰功伟绩，话语间处处皆是改变世界的宏大叙事。他反复征引一个案例，乐阳工业帮助某家企业建立复杂而多产的全球制造体系，使得此企业6家工厂生产和发运来自20多个产品系列的75000多SKU（Stock Keeping Unit，最小存货单位），满足每年60万份的全球订单、1000多台工厂设备、数十条连续流水线，对不同产地的同类产品给予不同的产品"配方"，使其拥有不同的"灵魂"，这是乐阳工业软件给企业带来的质变……

黄立工听得似懂非懂，也不在意。他在意的是，3个楼层逛完，历史展区、研发、测试和场景实验室都看了个遍，乐阳工业的董事长牛朝旭还没有出现。他们约好上午10点见面，现在10点已过，牛朝旭也没正式知会改变时间或行程。老方若无其事地提一句，牛朝旭在开会。这是什么信号？乐阳工业改变主意，对睿立科技不感兴趣了？看着身边也若无其事的张文峰，黄立工按捺住心里的狐疑。

临近午饭时间，老方把他们带到小型会议室里，牛朝旭匆匆地赶到。

上市公司媒体资料中，牛朝旭满头乌发，身为"70后"却长着"80后"的脸，脸上连褶子都没有，仿佛逆生长。当他本人坐在对面时，黄立工心里暗笑：一个大老爷们儿，还挺能玩美颜滤镜。牛朝旭头发稀疏，抬头纹四五道，鱼尾纹对称着，眼神颇为锐利，蛮符合职业经理人的形象。虽是乐阳工业的董事长，但他持有的股份不多，是从一家上市公司被乐阳工业挖过来的。

两个人客套寒暄几句后，进入正题，黄立工发现气氛不对。牛朝旭说话客气，声称探讨切磋，实际上拿着放大镜，细细挑剔，很快双方势成攻防，各有进退。

攻防话题，由减速机引发。

"高精度RV减速机，你们也敢做？"听完黄立工洋洋洒洒的介绍后，牛朝旭乜斜着眼，似乎不经意地问。

黄立工心中的弦猛然绷紧。讲述过程中，他一直注意着牛朝旭的神态，牛朝旭总在点头，带着笑容，眼里不时闪露精光，一副赞许甚至鼓励的模样，让他大受鼓舞，情绪昂扬，语气比平日更多几分抑扬顿挫，不意牛朝旭态度

180度大转弯，第一句话直攻城门。问题是老问题，黄立工屡被狙击，各种场合各种问法经历得不少，这次他听到一个新字眼——"敢"，背后藏着异常丰富的潜台词，几乎是嘲笑和怜悯。

"哦……这都不敢碰，怎么与行业并肩，与国家同行？"黄立工干巴巴地回答。

气氛突然凝重起来。牛朝旭忽略掉最后那两句熟悉的话，迎着黄立工的眼神，摆出一脸无辜的表情，说："中国到现在还生产不出一个高质量的指甲钳。这么小的东西都要从日本和韩国进口，让市场怎么相信你们能生产出高精度的减速机？它对精度、刚性和稳定性的要求，比指甲钳高了不是一点儿半点儿。"

"哦？牛总是10年前看的新闻吧？"黄立工笑了笑，说，"这种状况在中国是存在过，不过是十几年前的事了。我们早就能造出来了。"

"一家企业，一方面叫嚷着它能自主供应减速机，另一方面绝大部分材料仍在进口。黄总，你说市场会相信哪一面？"

"这是表象，事实未必如此。现在还要从国外进口，也可能是市场规模太小，企业没动力生产。中国不可能生产所有的东西。全球供应链，分工协作，才能有序发展。"

"听你的意思，所有的行业，所有的产品，中国都能造。话是没错，不过，能制造和制造好是两码事。"牛朝旭手指轻轻敲着桌子，说，"产品稳定性不行，产品表现波动太大，禁不住时间的考验，制造出来，恐怕也没竞争力。再说两个小玩意儿。圆珠笔笔头上的圆珠，一开始我们造不出来，后来进行技术攻关，前些年有少量产品进入市场接受检验。数据摆在那里，日本材料加工的笔头，不良率是万分之一；国产材料加工的笔头，不良率在千分之一，初始不良率甚至达到2%～3%。还有拉链，中国也能造，造了不少，但是全球60%的市场、90%的专利都在一家日本企业手里，它直接垄断高端市场。这些现实，可不是喊两句口号就能跨过去的。"

这个人，开完火又风平浪静，长篇大论，这是聊投资还是答辩呢？黄立工深吸一口气，沉声说："牛总，那就说说指甲钳吧。它的生产，是中国制造业的缩影，和减速机有异曲同工之妙。"他意识到牛朝旭对技术和产业颇有研究，不是那种会被绕晕在行业黑话里的货色，便把话题拉回来，认真地对待，

"和很多机械产品一样，减速机的生产关键在于精度、钢材碳含量的控制。其中有两条命脉，一条是材料和工艺。指甲钳再小，用的材料是碳钢，如果每卷钢材含碳量不一样，淬火热处理时，会出现软硬度不均匀的情况，虽然微小，折射到成品上，就是产品稳定性不好。"

牛朝旭靠在椅背上，摊开手，说："黄总说到点子上了。我有个朋友，开指甲钳工厂，开始试过国产碳钢，含碳量跨度太大，和日本钢材的公差范围相比大了一倍以上，最后只能全部从日本进口。"

"工业的事情不能这么顺着推过去。你要知道，比起指甲钳的碳钢，轴承钢更难，要求更高，要耐高温、高压，还有各种腐蚀，可是在这块儿，国产轴承钢的水平就能追上来。汽车市场，30万元以下的汽车，很多用国产轴承钢。指甲钳的情况不能类推到汽车上，更不能类推到RV减速机上。"

"轴承钢最重要的是抗疲劳，没办法，就像老板一样，永远在连轴转。但凡哪里混着点儿杂质，哪怕是看不出来的一点点，它就会从那里先开裂，导致整台机器失控，生命周期急剧缩短。瑞典的SKF公司，轴承钢王者，已经可以做到轴承钢的含氧量无限接近零，RV减速机的要求恐怕也是如此——不是30万以下吧？！"

黄立工狠狠地瞪了牛朝旭一眼："你先听我说完，还有第二条命脉。"

"哦？"

"低价竞争，低门槛竞争。中国人爱讲物美价廉，消费市场也是如此，但我们做制造业的知道，现代工业大规模生产，从材料和工艺上能挤出的成本连苍蝇肉都算不上。低价竞争只会演变成偷工减料、以次充好，因为这样才有价格优势。你既然有朋友做指甲钳，肯定知道，中国以前是指甲钳生产大国，好几百家企业呢，产品大都是物廉价廉，现在倒闭得差不多了，库存产品能卖个十年八年，都在天桥上摆着摊呢。"

"这不就是我说的恶性循环吗？"

黄立工食指重重地戳在桌子上，毫不客气地说："与行业并肩，与国家同行……恕我直言，牛总你对工业的理解很肤浅。"

牛朝旭不动声色："那我听听黄总的深刻见解。"

"你对工业创业的理解根本就是错的。你觉得工业创业者就应该天天待在工厂里，盯着材料和机床，恨不得亲自打磨零件装配产品，就像农民企业家，就应该卷着裤腿在田里插秧，不然就不合格？！你认为打破这个恶性循环，就只能盯着材料和工艺，硬碰硬，否则毫无出路？！"

"不然呢？"

"我们这个时代，这个市场，没有弯道超车的决心，根本杀不出来。中国企业家真正要盯住的，是这个。"黄立工盯着牛朝旭，像在盯着过往遭遇的所有质疑和不屑，"材料和工艺再被封锁，我们总能找到办法搞进来。这都搞不定，还创什么业？同样的材料和工艺，我们会制造出比他们的产品更强大的产品。只要冲起来，把市场带起来，材料和工艺自然会跟上来。"

"以前那些做减速机的企业也这么想。"

"他们跑得不够快，所以超不了车，还被甩到了赛道外！睿立跑得够不够快，市场看得到，至于牛总你看不看得到，取决于想不想看。"黄立工失去耐心，按着桌子站起来，"在困难和绝境中，评论家看到没有希望，企业家看到怎么突围。做一项事业，一开始就想这不可能那不可能，还没迈开腿就被吓得哆嗦，这样的人不适合创业，也不适合做企业。我们就是要扛着炸药包，把不可能变成可能，从夹缝中找希望，在暗夜里看到晨曦和光明！你不认同，没有问题，时间会证明一切！有一天我们还会见面，还会合作，不过到时候是我们考虑要不要投你们。希望到时候你会让我看到希望！"

黄立工转身，径直离开会议室。牛朝旭面无表情，盯着黄立工离开，良久目光才转回到张文峰的身上。张文峰心里纳闷儿。牛朝旭平素颇有城府，很少喜怒形于色，更别说咄咄逼人。两个人认识时，牛朝旭还在上一家上市公司，跳槽乐阳工业后，看到业绩亮眼，竞争力不差，便谋划着向上游扩展，开拓智能制造和自动化板块。张文峰知悉此事，游说他收购有一定规模和潜力的标的，此路便捷，两个人一拍即合，组织此次投资会谈，没想到现场剑拔弩张，双方不欢而散。

牛朝旭露出一丝微笑："你这哥们儿还行，能成事。"

"我看你们俩就差没打起来。"

"我也没想到他这么有性格。在中国做企业的人，有性格不容易，有性格还能做点儿事，更难得。"

"那就往下走？"

牛朝旭点头。

"没见过像你这么探底的！"张文峰笑着说，心里的石头落下来。

牛朝旭抬头看了看天花板，也松了口气，说："这不是小数目，我得动真格探探他的底。你说得对，投他，不管从哪个角度讲，咱俩都安全。"

两个人相视而笑。

15 亮 相

听闻张文峰在电话里告知，乐阳工业初步决定投资，正往下走流程，黄立工感到很是意外，想问个详细，张文峰已经挂了电话。他本以为此事已黄，正在办公室里痛定思痛。公司的造血能力呢，不应该是你的职责吗？刘斐的声音在他的脑海中追问。林义伟、林易明、许茜茜、汪自强……他的脑子里闪过一串名字，要认真地筹划，好好拜访这些人，逐步建立自己的投资人网络。

这个名单中得加上牛朝旭。这个牛朝旭，东冲西突，死缠烂打，一通胡搅蛮缠却不动声色地把他的情况试探了个遍，把他的脾性、认知、态度，企业瓶颈，甚至无意泄露的私人秘密，也许都摸了个七七八八。

黄立工当即给牛朝旭打电话，邀请他拨冗两天，对睿立进行考察。牛朝旭核查日历，答应。两天时间不短，黄立工主动要求，传递的信号是对自己的企业运转、生产品质很有信心，认为睿立禁得住显微镜审查。

"我们先在上海见。"

牛朝旭知道睿立科技在上海没有分公司或生产车间，但没多问，回道："好，你安排。"

他倒要看看黄立工在上海唱什么好戏。

北京埃森焊接与切割展览会——老规矩，在上海举办——人头攒动。主展台上，睿立焊接机器人一身中国红，惹眼得不像机器人。它宛若长着"眼睛"，在参赛选手的指挥下，进行焊缝寻位和焊接过程监视控制。

场边的媒体台设有独立的演播室。主持人兴奋地喊："各位观众，我们正在现场直播国际焊接机器人比赛。这是一场国际级专业比赛，对参赛选手要求很高，要懂机器人、懂焊接，更重要的是，要有高超的人机配合水平，匹配机器人的轨迹、姿态、速度、焊接参数以获得外观优美、质量合格的焊缝……欢迎来到技术盛宴！"

在一个几厘米宽的接头处，机器人发现偏离位置，只见它的触头灵活地抖动，一个扭头，瞬时反馈，精准地捕捉到肉眼看不到的焊缝，火花绽放在众人的面前。

外行看热闹，内行看门道。展台上的大屏幕正在实时直播，高清摄像机随着机器人的触头移动，捕捉到这个智能化瞬间，将触头局部放大，用慢镜头播放出来。围观人群爆发出一阵热烈的掌声。

贵宾室里，牛朝旭盯着场里的情况，微微颔首。黄立工引以为豪的3D激光焊缝跟踪传感技术，虽然只是第一代，但亮相效果不赖。

黄立工捧着手机，满意地看着视频平台上的直播，直播室里正在观看的人不少。

演播室里，主持人身旁坐着两位专家，一个来自焊接领域，另一个来自机器人领域，现场点评选手表现。焊接专家说："刚才是机器人自动识别焊缝，自动进行校正，整个过程完全自动，非常精彩。"

主持人指着屏幕上的特写镜头中机器人焊枪前部的蓝色小方块，问："这是什么？"

"3D激光焊缝跟踪传感器。"

"就是机器人的'眼睛'？"

"对。"机器人专家接过话来，"它的工作原理和人眼差不多，由CCD（Charge Coupled Device，电荷耦合器件）相机、半导体激光器、激光保护镜片、防飞溅挡板和风冷装置组成。"

"它决定智能化识别焊缝的水平？"

"是的。机器人靠近工件，发出一条水平线激光。相机读取激光的强度，根据光谱和数据，确定接缝的真正位置，测量实际缝隙的大小以及相关特征，再计算检测到的焊缝与焊枪之间的偏差，输出偏差数据，由运动执行机构实时纠正偏差，精确地引导焊枪自动焊接，从而实现对焊接过程中焊缝的智能实时跟踪。"

"听着就很复杂！"主持人赞叹一声。

"这正是机器人的意义所在，它实现的事情越复杂，我们人类就越能把精力和智力放到真正有创造性的事情上。"机器人专家看着屏幕上的技术数据，"我们来看看它的具体表现……跟踪宽度缝隙 0.1 毫米，可达 0.04 毫米跟踪精度，高度误差小于 0.018 毫米，能支持多种焊缝类型……嗯，这个焊缝很完美。"

"与进口产品比呢？"

"和同档的进口产品相比，我个人认为，这项 3D 激光焊缝跟踪传感技术全面跟上了，有些方面还略胜一筹。"

"我可以理解，这是很高的评价吧？"主持人追问。

"是很大的进步。"机器人专家笑着说，"过去几年，'机器换人'推进速度不理想。当时焊接机器人的长处是重复性好、稳定性高，但是没有思维能力，只能刻板地执行预先编好的程序，不能自主调整，自主优化焊接过程，对外界环境变化的适应性不好。"

"现在装上'眼睛'，就是鸟枪换炮。"

"呵呵，更准确地说，是更接近人，接近优秀焊接工人的水平。"

"这是我们的骄傲。今天的国际比赛，用的是中国自己的机器人。"主持人煽情地喊道，"地道国产品牌，中国制造，睿立焊接机器人！"

"是的。我们中国人，正在掌握越来越多的核心技术。"

…………

贵宾室的门被推开，侯大勇带着汪自强进来。黄立工惊喜地站起来："汪总！"

"你这个新兵，不赖啊！"汪自强握着黄立工的手，"我过来向你表示祝贺。"

"汪总亲临祝贺，佳话一段。"侯大勇对自己一手促成的局面很满意，自得地说，"这是国际级的焊接机器人比赛，你看这现场，这直播，把展览会风光都抢了。观众里面有不少老外，都是技能发展国际联盟成员国的代表。你花再多的钱打广告，都没比赛用机效果好。"

"谢谢侯叔叔啦！"

"规模不小。"汪自强问，"来了多少个国家的代表？"

侯大勇神气地掰着手指数起来：“俄罗斯、英国、瑞士、捷克、奥地利、葡萄牙、塞尔维亚、泰国、德国、韩国、新加坡、哈萨克斯坦、越南、蒙古、柬埔寨、乌克兰、白俄罗斯、喀麦隆、巴基斯坦、加纳、印度尼西亚、印度、马来西亚、南非、伊朗、保加利亚、罗马尼亚……"

他一口气报下来，毫不停顿，指头也掰得飞快。

黄立工附和着发出"啧啧"声：“你什么时候练的报菜名？"

"39个国家参赛，还有国内各有关中央企业集团代表队、国内各有关院校代表队、国内其他企业单位代表队，里外加起来，有超过300名参赛选手。"

"不错！这比赛得办下去。"汪自强一副领导肯定下属工作的派头。

侯大勇似乎品到了什么，赶紧收起得意扬扬的神色，诚恳地对汪自强说："汪总，这次太仓促。下届比赛，您得多多支持我们的比赛用机，让老外见识见识中国工业机器人的力量。"

"小黄总多多支持你也一样。睿立的焊接机器人专业搞焊接，当比赛用机，靠谱。华普主攻特种机器人和智能移动物流机器人，焊接不是主赛道。"

"汪总，您谦虚，华普机器人是国产明星、行业旗帜啊。"

汪自强向黄立工伸出手："我去其他展台看看，希望能多看到几个像你们这样的企业。"他和黄立工握了握手，又说，"有空找我喝酒。"

黄立工应"是"，把他送出门外。

侯大勇跟着到门口，低声说："汪总很看重你。"他拍了拍黄立工的肩膀，找到汪自强的身影，快步跟上去。

黄立工转回身，牛朝旭看着他，眼神似乎在说：这出好戏，值得跑这一趟。

16 好兆头

牛朝旭带着团队第二天一早赶到武山镇，待了一整天。

这些天睿立正在密集出货，货车在厂区门口排成长队。牛朝旭随机找了几个货车司机,问了几个运货、卸货的细节问题,心里有了底——睿立科技实行订单生产,客户货真价实。接着他走访生产车间,和刘睿阳、李艺、李佳、朱才斌科研团队逐一交谈。乐阳工业的这个团队有明显的牛朝旭烙印,问的都是老生常谈的行业里那些基本而重要的问题,但是角度刁钻,意思尖锐直白。这反而符合技术人的口味。黄立工提前做过铺垫,乐阳工业不是竞争对手,即便投资不成,双方还有机会合作,业务线强互补。有这一说,科研和测试团队放心大胆地敞开谈,两边聊得热火朝天。

最后乐阳工业的团队走访工业园区的入驻企业,都是和睿立科技合作紧密的。牛朝旭前脚刚走,他们后脚就把消息传回来,说乐阳工业的人一点儿不把自己当外人,一方面细核他们和睿立科技产业协作的具体情况,另一方面探究他们未来与乐阳工业合作的结合度。

走前,牛朝旭和黄立工在厂区门口握手道别。

"我们很快会回来。"牛朝旭说。

黄立工心里明白,眼下这势头,要么是最好的情况,要么是最糟的情况。最好的情况是,乐阳工业方面看重这次投资,有大诚意,甚至比睿立科技还上心,那就是大合作;最糟的情况是,乐阳工业是翻版的金工机器人,更强大,也更危险。不管是出于对牛朝旭的直觉,还是张文峰的这层关系,他都愿意赌前一个可能性。

"我们下个月正式发布减速机。"他说。

"黄总很有信心啊。"

黄立工把手机递过去,屏幕上是《日本经济新闻》对国际焊接机器人比赛的报道,满屏日文,标题下放着睿立焊接机器人在焊缝时火花四溅的特写照片。这是同行发给他的,他收到后马上转发给汪自强。

"睿立机器人在技术上何时砸过自己的招牌?"他信心满满地说。牛朝旭往下翻报道,认真地看了一会儿,没说话,微微点头,递还手机。黄立工继续说:"这是睿立科技发展历程中的一件大事,说是里程碑也不为过。"

"所以……?"

"所以,希望牛总作为一家人,来见证这个历史时刻。"

"我们已经是一家人了,不是吗?"

牛朝旭微笑着和黄立工握手告别。

17 捆绑到战车上

投资流程推进得很快,像有人拿着鞭子在驱赶。

第三方财务、法务和评估机构对睿立科技进行尽职调查,半个多月后,乐阳工业正式提交并购方案。

乐阳工业提议以增资扩股的形式并购,控股睿立科技,总投资额3亿,这对于三条研发线同时作战的睿立科技,是雪中送炭的巨款。更重要的是,乐阳工业提出,一定要一加一大于二,远远大于二。乐阳工业拿下的订单,之前是和其他自动化生产线进行合作,控股睿立科技后,供应链将逐步切换过来,计划两年内把90%以上的订单转移到睿立的生产线上。牛朝旭算了一笔小学生的账,按照乐阳工业现有的订单量,一年对睿立焊接机器人等自动化产品线的采购额,等同睿立科技目前两年半的额度。

"各位,这不是弯道超车,是换道超车!睿立科技加速奔跑,体量迅速地扩张壮大,还能一举带活机器人产业园,带活入驻的上下游中小型企业。这样一来我们的供应链将牢固无比,睿立科技可是他们最大的采购商。一着棋活,全盘皆活!"黄立工站在大会议桌边,对着股东代表们慨然而论。

会议室中一片默然。看到其他人不说话,刘睿阳开口。

"这意味着,要放弃控股股东的位置,让别人并购?"他语气冷静,提醒而非质疑。睿立科技是黄立工的命根子,寄托着他们从少年至今的梦想。在前几轮的沟通和尽职调查中,他虽然坦诚而配合,但默认基调是战略合作,而非投资控股。连他都很难相信,黄立工会接受让睿立的控制权旁落。

黄立工自己都很难相信自己会接受这种方案。收到乐阳工业提交的并购条款后,他一晚上没睡着,抽了两包烟,早晨第一缕微红的阳光洒进即将人声鼎沸的小镇时,他已经在绕武山湖的慢道上走了两圈半。

黄立工回到自己的座位上,坐下来说:"刚看到并购方案的时候,说实话,我的确难以接受。"方才众人的沉默告诉他,这个问题躲不过,他们关切的不只是公司的控制权,还有他的姿态和应对,"但是,这是公司前所未有的机遇,不能只考虑个人得失,公司本身的发展和利益更重要。睿立科技这些年怎么过来的，大家清楚。"

"我们现在必须要这笔钱？"刘睿阳问。

黄立工沉默了一会儿，摇了摇头，跟着又点了点头："从现在看，不是非要不可，但是从未来看，这笔钱非要不可。我们这些年是在融资中过的，不断面临资金缺口，不断融资，如果以后还是如此，很影响我们占领市场的速度。我们都看到了，现在已经进入工业机器人的爆发期，国产品牌正在觉醒，崛起。别人在跑步进场，我们好不容易开创这么好的局面，更不能慢下去！跑马圈地也好，快速扩张也好，必须占有更多的市场份额，必须有……大量的资金。"

"引进乐阳工业我不反对，只是有点儿……这么些年，我们倾尽全部心血，终于打造出骄傲的产品和公司，一夜之间被控股……"刘睿阳停住话头，看向身旁的张文峰，说："会不会有什么风险？"

"风险肯定有，还不小。"张文峰说。乐阳工业是他引荐的，资本市场上的沟壑他懂得也多，他反而没法拍着胸脯说漂亮话，"预期收益越大，发展前景越大，就要承担更大的风险。只不过，重要的不是风险，是两件事。第一，谈判。哪些风险是我们真正在乎的，尽量去谈判，形成具体的条款来保护、规避。第二，值不值。值不值得承担风险，值不值得卖。根据我的了解，乐阳工业的出价，可以说相当优厚。价高者得，这是资本和商业的逻辑。"

刘睿阳点了点头，不再说什么。

黄立工把目光投向会议桌另一侧独自坐着的范杰。范杰是赛尔科工工业投资基金的合伙人，受许茜茜的委托前来议事。许茜茜此刻人在伦敦。离开武山后，她也离开父亲的安排，离开工业投资基金，返回英国，从那里开始她的事业。

范杰直着腰身，略微颔首，说："我记得，当初我们投资的时候，黄总的承诺是独立 IPO。"

黄立工马上接话："这次股东会议，就是想和大家商议这件事情。目前这个情势下，是独立上市更好，还是被上市公司并购更好？"

这个问题看着简单，其实棘手，这是根植在人性内部的选择困境：接过就在手边的烧饼，还是等着未来的馅饼？

如果就投资收益倍数而言，自然是独立 IPO 更好，但是睿立能否成功独立 IPO？需要多久？一切都是未知数。再好的收益预期，如果不能实现，也等于 0。

大国智造

当初黄立工四处融资时，对投资人做出的规划是独立 IPO。此次引资，牛朝旭在前期交换意见时给出两个方案，要么战略投资，要么上市公司股权置换，把部分老股东的股份置换成上市公司股份。股权置换的方案对前期投资者有利，无论创始人还是各轮投资者，都能轻松套现，但进入睿立科技的钱就少了。黄立工毫不犹豫地选择增资扩股。把融资的钱留在公司，解决公司经营现金流的问题，继续投入研发板块，才是他的目标。

当时他就没有和股东们商议，此刻就更不会和盘托出。

"还没到二选一的时候吧？"范杰温文有礼地说。

"不，范总，野蛮人已经到门口了。"黄立工摇头，"我相信你也知道，近期有不少正在进场的、想进场的企业，它们要么是上市公司，要么资产上百亿。对它们来说，把技术骨干挖走，甚至把整个团队都挖走，不是什么难事。"

"每个行业都会发生这样的事，它们未必能做起来。"

"如果挖的是我们的团队呢？或者，如果它们去并购我们的竞争对手呢？"黄立工恳切地说，"我们发展到今天这个地步，即使不去主动找，也会被很多并购方盯着。如果将来不得不面临这样的情况，还不如现在我们有自主权，主动选择对我们最有利的并购方，乐阳工业在资金、市场、平台等方面都能给予我们全力的支持，让企业走得更快。"

"你说的这点，我同意。并购不是个糟糕的选择。"范杰扶了扶眼镜，沉吟着说。黄立工心里刚松了一口气，就听到范杰继续说道，"不过，乐阳工业不是唯一的选择吧？如张先生所说，价高者得，我非常同意，但是，现在只看到一个出价的。融资这件事情，黄总没有提前知会我们，至少我们也能略尽绵薄之力，多找几个出价的。"

说完，他看着黄立工，黄立工说不出话来。他把桌子上摊开的笔记本合起来，拿在手里，缓缓站起来，往会议室门口走去。

"范总。"

"嗯？"范杰停住脚步，回过头。

"时间不站在我们这边。"黄立工沉声说。如果范杰走出会议室，这场投资且得延后一两个月，如果范杰真的张罗到愿意出价的新投资方，那更会旷日持久。他只能快刀斩乱麻，"我们下个月正式发布减速机，全面用在我们的机器人上，只能成功，不能失败。"

"不能失败？"范杰凝视着他。

黄立工凝重地说："接着我会重构整个渠道和市场体系，也只能成功，不能失败。"

范杰回到座位上，坐下来。

黄立工看了一眼张文峰，顾不得更多了，继续说："我们需要并购方，不只是需要钱和资源，还要……"

"还要有把股权投资变成风险投资的容量？"范杰的脸色有点儿古怪。

黄立工点头："并购方要能被捆到我们的战车上，哪怕雷炸了，也能和我们一起面对，把局势扭转回来。"

"局面严峻到这个程度？"

"是我们发展到这个程度！中国的制造业，哪家不是这样？哪次大发展不是在生存线上走钢丝？"

范杰有点儿出神，讶然的神色在脸上一闪而过。黄立工探询地看着他。范杰说："对这次融资，我们这边没有异议。"

他讶异不是因为黄立工所言，而是因为许茜茜。参加股东会议前，许茜茜和他做过推演。他主张风险太高，应该否决。许茜茜则坚持推动，预测的原因和方才黄立工所言几乎如出一辙。她说既然是高风险、高收益的局面，更应该引进饥饿的大资本，成，所有人获益；败，大资金已经进来，损失降低到最小。况且，用她的话说："这就像骗局，玩得越大，捆绑的人越有来头，反而越能成功。那些大玩家会比骗子本人还着急，竭尽全力地让骗局成真。"

18 大并购

经过几轮拉锯，关键谈判终于来临，此时已是深秋。

上海，乐阳工业小会议室。门边的一侧，是黄立工、张文峰、许茜茜和律师顾问。许茜茜特地从英国回来参加会谈。窗边的一侧，坐着一排人，牛朝旭牵头，还有公司总经理以及法务部、投资部、销售部等部门总监。对这次战略投融资合作，双方都给予最高级别的重视。

双方确认前段时间达成的共识，迅速地进入核心议题，几番试探和交锋下来，聚焦到一个问题上——投资形式。

这直接关系到各方的利益，因而分歧最大，也最难协调。虽然大家一致认同此次合作是多赢，利大于弊，但是合作形式的一点儿细节变化，往往牵涉利益调配的巨大变化，战略再有共识也会在战术上争论不休。

张文峰关心套现，倾向于老股转让；黄立工坚持增资扩股，希望把资金尽量留在睿立科技；以许茜茜为代表的投资人则关注投资回报，纠结于独立IPO还是上市公司股权置换；而在另一方，牛朝旭固然也看重投资回报，眼下更在意此项投资对乐阳工业的市场提振。

"我有个想法，调整并购主体。"许茜茜站起身，走到玻璃板墙前，拿起马克笔，转身对着大家，"不是乐阳工业直接并购，而是用乐阳工业旗下的全资子公司并购。"

"只是调整主体？"牛朝旭问。

"是的。还是并购、控股，我们达成的具体协定不改变，只是并购主体切换成全资子公司。"

牛朝旭等着她说下去，此举的意义或者说价值何在呢？

"乐阳工业控股并购的性质不变，但是，由于并购主体是上市公司的全资子公司，睿立科技被纳入控股后，并不影响将来剥离出来独立IPO。"

牛朝旭眼睛一亮，看向法务总监。法务总监点头。

许茜茜在玻璃板上画出几种不同情形下的IPO路径，详加讲解。事情一下子变得清晰起来，睿立科技能够剥离出来独立IPO，解决数轮投资人的关切；睿立科技有乐阳工业的业务资源整合加持，不但加速IPO步伐，也符合乐阳工业的价值需求，投入资金会产生裂变倍增式溢出效应，资本市场对此的回应会是积极的。

"至于投资方式，我建议以增资扩股为主，但要容纳老股转让的可能性。愿意此轮退出的股东，可以转让老股。"

黄立工闻言不由得皱起眉头。张文峰嘴边露出一丝微笑，这小姑娘越来越厉害，难得还有情义。牛朝旭不置可否，等着看黄立工和许茜茜怎么达成均衡。

"总有些现实，我们要认真地去权衡。"许茜茜抱着手臂，看着众人，"我正式表态，我所代表的资方愿意留下，与睿立科技创始股东、控股股东继续并肩奋战，一路向前。"她转头，目光扫过张文峰，落在黄立工的身上，"那么，老股转让会控制在合理的规模里，绝大部分资金将以增资扩股的形式进来，用在公司的研发突破和市场扩张上。"

她停顿了一会儿，看没有人说话，放下马克笔："大家没有异议的话，往下讨论细节吧。"

牛朝旭的目光追随着她回到座位上，这小姑娘有种古怪的气质，生涩而老辣。

黄立工一瞬间有些恍惚。他从未见过这样的许茜茜。这才是她的真正模样吗？她终于成为许家的许茜茜，那个拥有许朝玉和许少阳的许家。或许，他不是从未见过，而是从未留意过。一个念头隐隐浮上黄立工的心头：他是否错过了什么？

"黄总，我手头还有一个上市公司的壳。"牛朝旭说，"给你 3 年时间，到时候 IPO 不合适的话，借壳上市。"

"借壳有时间成本优势，也相对好'过会'。"张文峰补充说。

"兄弟同心，其利断金。"黄立工说，"这么一个安排，我同意。"

"壳本身是有成本的，也有要求。"张文峰的语气变回冷淡。

"黄总，3 年后不管是直接上市还是借壳上市，"牛朝旭说，"你得保证未来 3 年高毛利。"

"我们有信心。"黄立工毫不犹豫地道，"只要今天达成的共识能兑现，这些业务指标肯定能完成。"牛朝旭微微点头，黄立工说的是乐阳工业的业务订单按照协定转向睿立科技采购。黄立工接着说，"我还有一个请求。"

"嗯？"

"借款。"

全场人愣住：3 亿投资刚完成，他马上就要开始借款？！

"你可真能往死里用。"张文峰笑着说，打破沉默。

"这取决于 3 年后你想得到一个 30 亿的公司，还是一个 100 亿的公司。"

黄立工看着牛朝旭，"你是控股股东，借款用在什么地方，带回多少价值，你会看得一清二楚。"

"多少额度？"牛朝旭略一沉思，也不废话，直接问。

"至少和投资额看齐吧，5亿更好。"

"好。我会授权给你5亿的借款额度，分3年行使，1＋2＋2，每年根据发展速度和规模调整，利率和权益按市场规矩走。记住，这样要求会更高，必须保障每年毛利1亿以上。"

"成交！"黄立工按捺住心里的兴奋。

"还有什么未尽事宜？"牛朝旭环顾场内诸人。

"并购后的经营管理权。"许茜茜说。

"术业有专攻，乐阳工业的文化一向是感恩做人，敬业做事，睿立科技的经营和管理，我们完全放手。"牛朝旭说，"至少，前3年，企业的经营管理，完全由初创团队自主决定。"

"3年后呢？"

"只要业务指标达成，这艘船当然是他们掌舵。"

黄立工和许茜茜交换了一下眼神。只要业务指标达成……他知道这句话的含义是什么，但是他也知道，这已经是非常优厚的并购条件。3年，够了。

"没问题。"黄立工说。

双方法务人员很快起草并审核投资文件。签约后，公告发出，乐阳工业迎来3个涨停板。

19　自主减速机

江城沿江大道车流汹涌，人行道人头攒动。到了深夜，路上又是另一番热闹的景象，大卡车、小货车川流不息，把整个城市第二天所需的物资输送到社区的各个终端。江城是多省通衢，沿江大道则是江城的交通主干道，一座大桥横跨长江南北，是进出江城的必经之路。

一栋28层的商场大厦耸立在沿江大道的繁华路段上，大厦顶层，一座大型机器人雕塑浑身中国红，身上写着"鲲鹏"两个白色大字，朝着繁华街道，朝着大桥。只要有人从跨江大桥上开车进入江城，或者在沿江大道上来回疾驰，很难不注意到这座雕塑。机器人雕塑下，楼身上的大型LED广告屏幕上，每隔3分钟就轮播一次鲲鹏清扫机器人的广告。

雕塑被竖起来后，黄立工从武山小镇开车去江城，一上大桥，远远地就看到了醒目的雕塑，只觉得自家机器人模样气势非凡，抑制不住兴奋，砸着方向盘，连按出响亮的喇叭声。在右侧与黄立工的车并行的车辆被吓一跳，司机摇下车窗，转头张望，看看他是不是在预警着什么意外。黄立工冲司机笑着摆手，转回身摇头晃脑地继续开车。司机满脸疑惑，怕黄立工是亢奋的醉鬼，赶紧变道，离他远点儿，再把速度降下来，让他走前头，免得遭受池鱼之殃。

刘斐把第一家旗舰店选在这座繁华地带的大型商场一层。这个门面房在建造时，层高挑得很高，室内可以改造搭建两层。之前这里的租户是一家汽车4S店，两层摆满进口车子，租赁期快结束，刘斐闻讯抢先过来报价，溢价20%，顺带拿下大厦顶层的广告位。

装修前期，4S店老板过来探视，看看是何方神圣用高价把他逼退，碰到刘斐正在和设计师、装饰人员讨论，室内风格如何与大厦顶层的机器人雕塑一脉相承而又各有千秋。这个一脸疤痕的中年人冲着刘斐喊："姐，你这是什么生意，把价格抬得这么高？"

"喊谁姐呢？我有这么老吗？！"刘斐不吃这套江湖礼仪，回他一个白眼，"放心吧，是正经生意，就卖工业机器人。大哥整个回去耍耍？"

"机器人？"疤脸男一脸蒙，左瞄右看，满地陶瓷夹板、管材涂料，别说机器人，铁条都不见半根，悻悻地走开。"过两周来瞅瞅，楼顶上有个大的！"刘斐冲他的背影喊。

旗舰店开业那天，前期基本谈妥或意向强烈的经销商都来了，工业园上下游企业老板也来了不少人，大家天南地北，操着家乡味浓厚的普通话，来回握手攀谈，欣赏刘斐给他们安排的盛况。

旗舰店里的产品阵列声势浩大，除鲲鹏清扫机器人系列外，还聚集了工业园上下游企业的产品和系统集成商；焊接、搬运、抛光、冲压、码垛、总装等工业生产线全活儿，配置各种集成，置放在不同的应用场景里，每个应用场景，就是一个工业机器人工作站。

一溜儿模特站在各个工作站旁，像煞有介事地给经销商们讲解。黄立工进来看到这场景就笑，刘斐真能整事，把卖红酒的套路用到工业机器人身上。不过，这样做效果却很好，那帮常年与冷冰机械、厂房打交道的经销商和客户觉得很新鲜，拿起手机拍个不停，转手就发到朋友圈里。刘斐要的就是这个，自媒体时代，每个人都是传播中心。她对模特的要求不含糊，再年轻漂亮，也得封闭一周，接受产品培训师的专业培训，考试合格才能上岗。模特们一周强化出来的知识和讲解内容，配上靓丽的面孔，让来宾们赞不绝口。

剪完彩，黄立工说要宣布重磅消息，招呼大伙儿穿过花篮红毯，走到展示厅中央，在一个覆着红色绸布的大家伙面前停下来。

黄立工猛地一扯红绸布，那个大家伙露出真容——一台大型 RV 减速机。

"这是世界上最大的 RV 减速机，直径 1.5 米，重量 2.7 吨。"黄立工对着众人，神情骄傲，"这还不是最重要的，最重要的是，这款 RV 减速机，是睿立完全自主研发的。我借此机会，向大家郑重地宣布，睿立减速机正式发布，将配备到睿立的机器人全产品系列中。"

现场众人一阵喧哗和耸动。北奥减速机停止对睿立科技供货的消息已传遍行业，引发的震动不小，一时间消息满天飞，真假参半。潜在客户不免心生犹豫，不知道睿立科技是否还能持续经营下去，产品质量是否能保证。下了单的，尤其是厂区所有的生产线都应用睿立机器人的客户，关心的是切身利益，减速机停供，售后维护怎么办？售后维护迟滞，导致停工停产，这是任何工厂都承受不起的。

睿立科技接连向市场抛出两个重磅消息——上市公司乐阳工业并购控股，发布自主知识产权减速机——直接打消质疑，现在只剩下一个疑问：这个自主研发的减速机，性能和稳定性到底如何？

黄立工心里明白场内为何喧哗，接着说："同时，我们发布两个承诺。第一，3 年性能保证。我承诺，我们的减速机至少在 3 年内，保持出厂时的性能，3 年内，性能衰退幅度超过 10%，免费更换。"

场内顿时安静。在场的都是业内人士，心知肚明，稳定性不好的减速机，基本撑不到1年，性能就会大幅衰退，能够3年保持性能，基本意味着更长时间也没问题。

"第二，睿立的减速机将向同行开放，供应给国内工业机器人生产商。我们是战友，不是对手，所以，本着行业共进步的初心，同款睿立减速机单价比合资品牌便宜三分之一，比进口品牌便宜一半。"黄立工往前走几步，挥手指着各个工作站，"其实，睿立减速机的性能表现，相信各位刚才都看到了。现在各个工作站里运行着的机器人，用的就是这种减速机，各位可以再去尽情体验。"

在掌声中，黄立工挥舞双手，请来宾们自取红酒，自行参观。

黄立工回到休息室里，刘斐也跟着进来。"你的旗舰店第一炮打响！"黄立工冲她竖起大拇指。

"现场效果是不错，不过这帮家伙贼着呢，看着心动，腰包还紧捂着。我试探了一圈，现场拍板定下来的还不多。"

"这又不是你们卖酒，冲动消费，卖不掉还能自个儿喝掉，送送亲朋好友。工业品，谨慎很正常，等时间检验出我们减速机的成色，他们会主动上门来。"

"哼，你等着看，我就让他们冲动加盟。"刘斐转着眼珠子，较劲。

黄立工微笑着看着她。

20 不要授权，要收购

牛朝旭出差到江城，黄立工给他引见，一起见黄卫东。和黄卫东谈完正是午饭时间。黄立工带着他左拐右穿，到沿江大道东侧的小巷子里，进了一家小门脸儿里。

山药炖排骨、煎卷鲜、板鸭炖豆果……黄立工随口和服务员报上一串菜名。大盆的菜端上来，他才意识到压根儿没问牛朝旭的喜好和忌口。

"你尝尝江城传统特色。现在没几家卖的，味道往往还不对。这家的菜还是我小时候的味道。"

"这年头还能找到童年味道，比中彩票还难。"牛朝旭说，"太多人只想赶紧把过去忘掉。"

黄立工拿起筷子："我们边吃边聊。"

牛朝旭看着一桌硬菜，颇难下筷，最后夹起一块山药，吃了几口，说："黄副市长对睿立科技很器重啊。"

"我们这个工业机器人产业园就是在他手上建立起来的。"

"他懂工业，尤其对制造强国，比我见过的其他地方领导认识深刻。"牛朝旭感叹，"有个懂行的地方要员支持，很难得啊！兄弟，你加把劲，好好干出点儿名堂来。"

黄立工点点头，想起黄卫东还和他正儿八经地聊过工业革命的话题："不过他快退休了，已经59岁。"

"他是市委常委，正厅级，60周岁到点就退休。不过，他还会去人大、政协，政治生命没结束呢。"

"我们制造业是实业，最重要的是把自己手头里的活儿做好，换谁来都一样。"

牛朝旭看了看他："现在地方政府也都更懂了，筑巢养凤比筑巢引凤更重要。"

"筑巢养凤……"黄立工说，"我们申报成为国家高新技术企业后，黄副市长积极协调，给我们15%的税率缴纳企业所得税，每年还有不少财政补贴和优惠政策。"

"现在减税，是为了等你们做大，以后缴更多的税，这个时间不会太长，所以还是得快。"

手机响了，黄立工接通，是刘斐。

"你说得没错。这几天来了好几拨减速机订单，还不小。"

黄立工问她客户的名字，都是这几年新踏入市场的国产厂商。睿立曾经的竞争对手，现在和睿立是既竞争又合作的关系。

"按这架势，第二家旗舰店不会让你等得太久。"刘斐说。

"嘿嘿，让子弹飞一会儿。"

挂了电话，黄立工对牛朝旭说："减速机被市场接受的速度比我们预想的快。"

牛朝旭端起酒杯，和黄立工碰了一杯："才半年多就打开局面，值得庆贺。不过，像减速机这么精密核心的零部件，守江山比打江山还难。你得不断更新迭代，不断领先于市场，才能在和国际品牌的竞争中站稳脚跟，成一方霸主。"他放下杯子，盯着黄立工，"趁着酒兴，我给睿立科技的发展提几个建议吧。"

黄立工赶紧说："好，好，请讲。"

牛朝旭竖起一根手指："第一，每一个重点客户，都要尽调，尤其是新客户。客户需求是我们最大的价值。"

"很多时候，客户自己都不清楚自己的真正需求是什么。"黄立工对此不敢苟同，"客户需求是最大价值，这句话听着正确，但也就是正确而已。想当初，工业机器人刚崛起时，多少工厂面都不见，一听是机器人就拒绝——用人多便宜啊，干吗还要花钱引进机器人？泱泱大国14亿人口，最不缺的就是人。没过几年，劳动力短缺，到处都是用工荒，工厂又开始抢着上机器人。那些把握住时代潮流、坚毅笃行的前驱者，就像乔布斯、马斯克，他们给客户创造需求，他们才是最大的价值吧？"

牛朝旭一笑置之："这只是偷懒的理由。人哪，太喜欢做能看到直接收益的事。很多时候，谈不下来的、不愿意选择你的人，会告诉你更多东西，甚至是决定你未来命运的东西。"

黄立工默默地给两个人的杯子里倒啤酒。

牛朝旭又竖起一根手指："第二，要有战略合作关系的大客户。你们要找到像富士康、华为等这类大牌战略客户，不要求利润，保住成本就行。这些市场高度信任的大品牌，你们和它们进行战略合作是最好的营销，相当于让它们给你们的产品质量背书，千金难买。战略客户、新市场，我们要的是无形价值；老客户、旧市场，我们要的是利润。"

"有道理！"黄立工马上举起杯子敬酒。

牛朝旭竖起第三根手指："第三，还得降低生产成本，目标是50%，底线30%。只有这样，才会保证强大的竞争力，在终端市场所向披靡。"

姜还是老的辣，黄立工心里暗暗佩服。睿立机器人装配上自主研发的减速机，摆脱了北奥减速机断供的窘境，但是整机成本比以前高。所谓断臂求生，他在发布会上自信满满地宣布睿立的减速机单价比合资竞品至少低三分之一，是为了迅速地打开市场，寄希望于量上来后，摊薄成本，再通过工艺优化，进一步降低成本，实现正利润空间。

只不过，要把整机成本降到一半，压力着实不小。

"要降低生产成本，不外乎两条路：技术、规模。"黄立工说，"我有一个想法，切入汽车工业行业。"

"哦？"牛朝旭有点儿惊讶，"汽车工业的门槛可不低。"

"新能源汽车。我们前不久参加了一场招标，受到一点儿启发。"黄立工说。当时是华东一家新能源汽车厂商需要上马自动化生产线，其中一个板块是自动化生产线焊接集成，刘斐带着团队去投标，没成功。睿立科技第一次尝试切入汽车工业板块，这个结果正常，不过让黄立工大跌眼镜的是，中标的居然是互力科技，廖志超的互力科技。在他的印象里，互力科技就是拼凑杂牌货，甚至连六轴焊接机器人都做不出来。刘斐告诉他，互力科技虽然没有什么太强的自主技术，但是拿到了一家英国企业的授权。这家英国企业叫AM，在汽车生产领域颇具知名度，拥有先进的超柔性焊接技术，能够实现不限车型的超柔性混线生产。

"互力科技这样的企业都能杀出一条路，我们更可以。如果能找到同样有技术和名声的公司，获得授权，我相信我们能打下不小的市场。"

"这个容易。斯克公司，你听过吗？也是英国的，我和它们有过联系。它们的技术和创新能力在业内数一数二。"

黄立工眼前一亮："好啊。"

"不要考虑授权。收购。"

"收购？"

牛朝旭微笑："要玩就玩大手笔。你要两年借壳上市，就别小打小闹，要给市场信心，告诉他们，这就是睿立的路。上市融资，就是要更多境外收购！"

黄立工一阵热血沸腾，心里暗想：他们老说我是"打鸡血专业户"，这块"老姜"比我还能打。牛朝旭表情淡漠，却给他来了满满一管鸡血，对此他甘拜下风。

第四章　国际征途

21　没有永远的敌人

黄立工和刘睿阳聊了会儿斯克公司，从实验室里出来，回到楼上，推开办公室的门，愣住。

办公室里面站着一个陌生人，正负手看着窗外。

"你是……？"

那人转过身来，是个圆脸的中年人，穿着一身普通西装。

"黄总，你好！"他迎着黄立工伸出手。

黄立工和他握了握手，疑惑地看着他。

"我是盛华平。"

"雄也的盛华平？"黄立工努力平淡地问。

盛华平微笑着点头。

"你是怎么进来的？"

"我做过20多年销售。"

黄立工微微摇了摇头，请盛华平坐下，自己也回到办公椅上，正襟危坐，问："盛总有何来意？"

"想和黄总谈一桩合作。"

"什么合作？"

"减速机。"

黄立工感到有点儿意外，盛华平说了一个最没有合作基础的产品。

"我想向黄总采购一批减速机，不知道黄总有没有兴趣成为我们的长期供货商？"

"雄也开拓新产品线？"

"不是雄也。"

黄立工不说话，等着盛华平说下去。他隐隐感觉到盛华平是在有意控制交谈主动权。

"我已经离开雄也。"盛华平看了一眼桌面，从抽纸盒里抽出一张纸巾，擦了擦手，捏在手里。他眼神忽然变得锐利，盯着黄立工的眼睛，"我今天代表金工机器人来谈合作。"

黄立工的脸一下子僵住。金工机器人……怎么他也搅和在这里？

"你是金工机器人的……？"

盛华平微笑。

像是一道闪电遥远地击来，一瞬间照亮地面上的沟渠。雄也……盛华平……金工机器人，两个不相干的公司、两段不同时期的磨难……有共同的连接。两件事背后有同一只手在撩拨，黑暗中的手。

"等等，你们现在用的减速机是……"黄立工的脑海里闪过有关金工机器人新闻发布会的报道，那里有他当时忽略的字眼，"金工机器人与北奥减速机达成全面战略合作"，身体隐隐泛起那天的痛感，他有些粗鲁地说，"北奥！"

"是的。"

黄立工屏住呼吸："难道，印度招标的事情，也是你的手笔？"

盛华平坦然地迎着黄立工尖锐的眼神："是的。"

黄立工反而笑了，躺靠着椅背："嘿……盛总，你觉得你今天过来谈合作明智吗？"

"黄总，别让我失望。"

黄立工看着他。

"如果我今天派别人来谈呢？或者，换一家公司？是不是把合作谈回去了？"

"为什么不？"

"天下熙熙，皆为利来；天下攘攘，皆为利往。对双方都有利的事，我自己过来，是表达诚意。"

"你以前用的那些卑劣的手段，也是诚意？"

"黄总，不管以前有多少争斗，你是我在商场上最佩服的对手，也是最敬重的对手。我一直引你为同道，别让我失望。"盛华平真诚地说，"你会把你自己的商业竞争行为区分为高尚和卑劣吗？一件商业上有利的事情，不够高尚，你就不做？"

"你觉得你那是正常的商业竞争方式？"

盛华平点头："别把商业竞争拉低到个人恩怨的地步。说实话，我们俩以前见过吗？打过任何交道吗？"

黄立工凛然一惊。是的，盛华平是一个从未在自己的生活中出现过的人，哪儿来的恩怨？商业终究只有一个原则——利益。印度招标做手脚，雄也中标；金工冲压毁约挖人，金工机器人迅速地崛起。但是，盛华平为什么要发起猛烈的价格战呢？这对雄也没什么大的好处，甚至弊大于利。

他看着盛华平沉稳中透着自得的脸，顿时恍然大悟：盛华平不是为雄也的利益，是为自己的利益——客户资源。盛华平和罗平志一样，但要更高超而有远见，价格战能让他更快更多地积攒客户资源，好在日后输送到金工机器人。甚至……甚至他对睿立科技摧毁式的釜底抽薪，也只是为了拿下更多的客户资源，或者说给他自己的企业争取更宽松的生存空间。

一场你死我活的较量，不过是出于普通的利益考量而已。

"承蒙盛总看得起黄某人，不过这对我不是什么值得骄傲的事。你失不失望，也不在我的考虑范围内。"黄立工坐直身体，淡然说道，"盛总，请回吧。"

"合作不成，大都因为利益太小。"盛华平不着急，仍稳坐在椅子上，"黄总大概在想，以金工机器人的体量，还有北奥分一杯羹，我们能有多少采购额？不过，如果达成合作后，金工机器人宣布放弃北奥，全面转向睿立呢？"

黄立工沉吟。盛华平说中了他的心思，他是觉得利益太小，犯不着咽下那口气，但是，如果金工大张旗鼓地把北奥踢出去，就值得考虑。在未来几年，北奥是睿立的主要竞争对手。

更多的疑问随之而来：金工机器人的采购量有多大，盛华平这么有信心坐在谈判桌上？他为什么要这么大费周章，做出这些姿态，甚至冒着受辱的风险寻求合作？节约成本？

"你打算把金工机器人卖了？"黄立工脱口而出。

盛华平的眼睛里闪过光芒，接着泛起微笑："黄总好快的反应。"

"盛总这么凌厉的行事手段，不是大利益，恐怕也不会冒险来找我。"

"我刚才说过，这是双赢的合作。买家的名字我还不能说，不过等公布后，黄总就会知道，这桩合作带给你的利益比我说的大多了。那是个千亿规模的集团。"

黄立工看着他，虽然很不快以前差点儿被他置于死地，但是心里不由得暗觉佩服。金工机器人独立门户，不过一年多时间，盛华平就找到了大资本买家，睿立和他们开展战略合作是最好的营销，相当于让他们给自己的产品质量背书，这是千金难买的机会。他心里暗暗骂了自己几句之后,伸出手,两个人握手。

"我居然觉得有点儿遗憾,如果盛总你继续掌管金工机器人,肯定能成一番大事业。"

"黄总希望我继续掌管,是想有朝一日,报一箭之仇吧?"

黄立工"嘿嘿"地笑。

"我只是个销售人员。"盛华平笑着说,"销售没有事业,只有逐利。"

黄立工总觉得在他的脸上看到了一闪而过的倦怠神色。盛华平站起来,准备离开:"还有个事……木秀于林,风必摧之。"他注视着黄立工,"黄总,减速机上的风雨不小,多有心理准备。"

"我有准备。"黄立工冷哼一声。这个浑蛋,这句话倒很真诚。"这个名单上的,都是对它们以后的发展和战略有威胁的企业或组织。"有人预告过风雨。

两个人不知道的是,睿立科技已经被提到那张秘密名单的前列,尤其在减速机发布之后,帝工集团正在寻觅最佳时机,筹划着发动雷霆手段。很快会是一场暴风骤雨。

盛华平走后,黄立工起身,在办公室里踱步。地面上有一团纸巾,是盛华平刚才用过的,他俯身捡起来,要扔到垃圾桶里,猛然发现,纸巾湿漉漉的,浸满汗。

22 外御其侮

午后2点,黄立工接到马晓涛的电话。马晓涛刚到江城,约他在下榻的酒店见面。

3点,黄立工开车到达酒店。

马晓涛明显胖了,头发改成中分,穿着深色西服,有些电视剧里的公子范儿。从酒店旋转门进去,黄立工一眼就看到他坐在大堂咖啡厅廊里。

黄立工刚坐下,服务员端过来一杯卡布奇诺,他喝了一口,还是那么难喝。马晓涛这家伙看似大大咧咧，却也细致。他们俩以前喝过一次咖啡，马晓涛问要喝什么，黄立工毫无概念，又不想露怯，镇定地挑了个最好听的名字——卡布奇诺，结果入口觉得很是难喝，苦于装过内行，打肿脸充胖子也只好装到底。没想到马晓涛记着这件事，贴心地为他提前备好了卡布奇诺。

"我越来越乐观。"马晓涛斜靠着皮艺沙发，情绪不错。自从乐阳工业控股后，睿立科技销量大增，连带着之前入驻工业机器人产业园的供应商和系统集成商生意红火，新企业不断涌入，一改此前冷清的气氛，产业园入驻率达到70%，马晓涛面上大大有光。

"难道马总之前不乐观？"黄立工笑着说，"那些豪言壮语，原来都是注水的啊。"

"谁赌钱下注的时候，不觉得自己肯定能中？！"马晓涛"哈哈"大笑，"我们都是菜鸟，第一次搞产业园，肯定得相互鼓劲。"

黄立工跟着笑起来。他好久没见马晓涛，但一见面，很自然地找回了那种舒畅的感觉。这就是俗话说的，两个人频道对得上。

"听说你们要进军实业投资领域？"黄立工想起前阵看到的报道，有媒体猜测，产业地产商旭日集团谋划着真正杀入实业投资领域，延长产业链。旭日集团和马晓涛对此不予置评。

"是有这个意向。地产行业也有周期性。"马晓涛对他毫不避讳。

"要进入哪些行业？"

"人工智能、新材料、智能制造，甚至新能源汽车也有可能。"

"都是大热行业。"

"不是大热行业不敢进。波澜不惊的行业，进一个死一个，不然它咋波澜不惊？"马晓涛说，"说说你吧，是不是要在主板上市？"

"我当然想。不过实际控制人是乐阳工业，人家就是上市公司，这方面专业。专业人干专业事。"

"我还奇怪呢，按你的作风，居然肯出让控制权。"

"人在江湖，身不由己。"黄立工苦笑。

马晓涛喝了口咖啡，说："我们想树立武山小镇工业机器人产业园典型，帮助在全国拓展业务。产业方面，想请你出马，现身说法。"

"没问题。"黄立工马上答应，"多大点儿事，电话里说就好了，还跑一趟。"

"见见你嘛。"

两个人讨论了一会儿细节问题，马晓涛把手机拿过来，点开一个链接，递给黄立工："你看看这个。"

黄立工看着那个页面，心跳几乎停住。

离开酒店，黄立工给刘斐打电话。

"张文峰那边可能有点儿事。"

"怎么了？"刘斐听他的语气就知道是大事。

"我马上开车，见面说。"

"你在江城？旗舰店见。"

黄立工到旗舰店，刘斐正在门口等着他。两个人过地下通道，从沿江大道走到江边。江水无聊地拍打着江堤，翻起白花，退去，带走缓慢而沉闷的浪声。

黄立工点开页面，把手机递给刘斐。刘斐把页面来回看了两遍。

"张文峰的公司清盘？"她忍不住问黄立工，希望从他的嘴里听到这个消息是假的，"他不会有事吧？"

"不知道。非法集资……"

刘斐的脸色变了。这段时间，P2P（personal to personal，网络借贷）、互联网金融丑闻不断被曝光，平台倒闭、老板携款跑路、投资者拉横幅讨债，甚至有血本无归的年轻人寻了短见，这些图片和视频充斥网络。刘斐不爱看手机，但茶余饭后也对此类事情多有听闻。她还担心过张文峰的金融产品会不会有问题，但想着那是正规公司，有合法手续，属于稳健型投资，怎么可能会出事？黄立工也说，张文峰说话激进，其实做事谨慎，走过钢丝的人，不会轻易出事。再说市面上有上千家互联网金融公司，出事的虽然轰动，但也就那么十几家，沧海一粟，她觉得自己过虑了。

没想到，张文峰偏偏还是出事了。

"他没有跑路，应该不会那么糟吧？他还主动清盘，发公告，很配合，也很有诚意……"刘斐说不下去了。

"恐怕没那么简单。你给他打个电话。"

第四章　国际征途

刘斐拨了十几次电话，无人接听。她打开微信，发语音信息，想了想，又发短信。两个人站在江边，看着江面逐渐变得暗淡，张文峰没有回消息，也没有回电。

太阳终于隐没在高楼后面。

"我去找他。"黄立工说。

"我们一起过去。"

"我自己去就行。"黄立工摇摇头，"你和睿阳看着公司。"

刘斐把张文峰公司的地址和助理的电话号码给黄立工。黄立工订机票，最早的是第二天早上的航班。

黄立工抵达互联网金融小镇时，正是上班时间。园区在郁郁葱葱的绿色掩映中，显得安静，抬头即是绵延群山。蚂蚁金服、支付宝等熟悉的名字，不时出现在楼体和指路标上，年轻人挂着胸牌在路上匆匆地走着。

很快找到张文峰公司所在的大楼，黄立工径直往里面走，门口保安起身拦他。黄立工疾步冲进去，保安小跑跟上去，抓了一下没抓住，急躁地嚷道："你干吗？不能进去！"

另一个保安闻声跑过来，拦在电梯口。第一个保安也跟上来，两个人把黄立工夹在中间，只是两个人都矮黄立工一头，看起来气势很是不足。

大堂里有人走过，对三个人视若无睹，脚步都没放缓。

黄立工低头看着他们俩："5层。别拦着我。"

"已经倒闭关门了，出去吧。"两个保安拉着黄立工，要往大堂门口走。黄立工腰上用力，把两个保安甩开。两个人正待再冲过来，黄立工放下肩上的背包，摆出架势，冷冷地说："要试试？"

两个人愣住。第二个保安说："那家公司真的关门了，好几天都没人，你上去也进不去。"

"贴封条了？"黄立工问。

"那……那倒没有。"

原本在门口的保安走近两步，看黄立工姿态不凡，不像来闹事的普通投资者，便恭敬起来，用手指着右侧的一间办公室："贴封条的是那家。"

那间办公室门上贴着白色封条，透过玻璃可以看到里面一片凌乱。门口

353

的保安在一旁解释说:"这家公司也是 P2P,搞什么借贷的,前些天来了好多人,我们人手不够,没拦住,他们冲进去砸东西,我们报警,警察过来把他们带走了……"

另一个保安也凑过来,轻声说:"那老板赚大了,听说带着上百亿跑路了……"

上百亿?搞金融的怎么这么有钱?这种数字,黄立工一直认为应该是睿立科技上市后的市值,没想到人家随便租赁几间办公室,招些人,一两年就能搞到上百亿元,真金白银,还不是所谓"市值"这种纸面财富。

"带我去 5 楼看看。"

两个保安对视一眼。第二个保安说:"我带你上去吧。"

公司的玻璃门上有铁链锁着,贴着好几张告示。黄立工透过玻璃看去,里面一片死寂。

"你认识公司的老板吗?"黄立工问保安。保安先是点头,又摇了摇头:"有一阵天天看到他们公司的宣传画,我认得他的相片。这里 P2P 公司太多了,认不过来。"

走出大楼,黄立工给张文峰的助理打电话。助理盘问半天,确定了他的身份,挂了电话。

黄立工猛地回头。一个姑娘正在他身后不远处,踌躇地看着他,看到他回头,吓得缩起身体。黄立工往前走,那个姑娘跑上前来,怯生生地站在他的面前。

"什么事?"

"你不是来讨债的吧?"

"什么事?"

那个姑娘深深地吸了一口气,胸口都鼓起来。她下定决心,问:"你认识张文峰?"

黄立工讶异地打量她一眼,她个头儿不高,长相普通,神态楚楚可怜,穿着素淡,甚至有点儿土气,却也自有一番风格。

"我刚才在楼门口看到你要去 5 楼……"她有点儿紧张地解释,"我也想找他。"

第四章 国际征途

"找他干吗？"

"他不接我电话。"她拿出手机，翻通信录给黄立工看。黄立工扫了一眼，屏幕上是张文峰的电话，电话备注的名字是"他"。"你带我去找他，好不好？"她央求道，眼睛开始红了。

"我也找不到他。"黄立工往前走，她跟着。

"你叫什么？"

"小贝。"

"跟我走吧。"

两个人走到园区门口，张文峰的助理回电话，说了一遍地址，黄立工低声重复一遍，助理确认一遍，挂电话。黄立工叫网约车，让小贝坐在后座上，他坐在副驾驶座上。

张文峰的助理给的地址在余杭区，距离园区有40多千米的路程。车上了天目山路，道路开始拥堵起来，黄立工有点儿烦躁，回头看了一眼小贝，她正在看着窗外出神。所幸网约车开过新开河桥后，道路开始通畅，车子很快到达目的地，进入径山下的一座古镇，在一棵大树旁停下来。

大树树冠繁茂，撑起一片树荫，看着有上百年。树后是一座普通的两层民居，张文峰坐在台阶上抽着烟。秋天的阳光洒在他的身上，他抬起头，让整张脸迎接来自天空的光芒，好像第一次发现世间喜悦的小孩儿。

黄立工走到他的面前。张文峰的目光从天空回到人间，他往边上挪了挪，拍了拍身边的位置。黄立工坐下来，伸出手，张文峰把烟和打火机递到他的手里。

两个人吐出的烟雾各自袅袅上升，在空中被风吹散。

张文峰抬眼间瞥见路边站着一个姑娘，正在凝视着他。那是贝儿。他起身，踩灭烟头，向她走过去。

"你怎么来了？"

贝儿的眼泪终于流出来："我听他们说，你要坐牢的。"

张文峰叹了口气，摸了摸她的头发："进来吧。"

他带着贝儿走上台阶，走过黄立工的身旁，拍了一下他的肩膀。黄立工站起来跟着走进屋里。

张文峰找出一瓶矿泉水，放在茶几上，对贝儿说："在这里等我，我上楼谈点儿事。"

贝儿乖巧地点头。

上到 2 楼，张文峰抽出两根烟，递一根给黄立工，点上。

"你真够沉得住气。"抽了会儿烟，黄立工说。

"自己的决定，自己承担结果。"

"有多严重？"

张文峰摇了摇头："咱们聊点儿旧时光不好吗？"

黄立工也固执地摇头："你们的老板呢？"

"跑了。"

黄立工狠狠地咒骂一句。他知道实际控制人是煤矿老板桂哥和厉东。他们跑了，烂摊子就全扔给张文峰一个人。

"他们没带什么钱走。"张文峰说，"我风控还算严格，资金盘子一直控制着。"

"如果没有携款外逃，只是经营亏损，应该就……没有什么责任吧？"

"金融不一样。投资者有损失，呆账坏账，也要承担法律责任。"

"能做些什么？"

"能做的，我都做了。"张文峰说。主动爆雷，主动提出清盘方案，主动找政府沟通，获得投资者谅解，他已经尽最大努力将投资者的损失降到最低。

"资金亏空多大？"黄立工心里燃起一丝微弱的希望。

张文峰笑了一下："别想了，不是个人能填上的。"

黄立工忽然想起一件事，心里激灵了一下："你那时候一定要套现股份，是不是已经预感到了？"

张文峰只是微笑："你等我一下。"他走进卧室里。

黄立工一阵懊恼：我为什么没有想到？乐阳工业并购控股睿立科技时，张文峰减持股份套现，那时候他春风得意，并不缺钱。黄立工一直认为他是置气。可是，当许茜茜劝他留下一些股份时，他听了，只套现一半。

我为什么没有想到去问问他，是不是缺钱？

张文峰拿着一摞文件出来，递给黄立工："签字。"

黄立工翻了翻，上面是两份委托协议书，张文峰和他形成一致行动人，委托他行使所有股东权利。另有 5 份公证过的授权书，授权他办理相关业务，他翻到最后，授权期限 10 年。

"要 10 年？"黄立工的声音有些颤抖。

"得按最糟的情况准备。"

黄立工接过张文峰递过来的笔，在文件上签下自己的名字："我给你找律师。"

张文峰不置可否："外面那个姑娘，你待会儿送她回去，帮我给她 5 万块钱。她喜欢服装设计，让她好好去学个课，和她说，以后一定要当个服装设计师。"

"她不会走的。"黄立工说，"让她待着吧。我会把钱给她。"

张文峰沉默了一会儿，说："乐阳集团可能也快了，你小心点儿。"

"不会吧？"黄立工的头皮有点儿发麻。

"希望它能扛得住。"张文峰说，"走吧。"

车驶离大树旁，黄立工回过头，看到张文峰站在阳光里，贝儿依偎在他的身旁。

23 殃及池鱼

回江城的路上，黄立工一直给牛朝旭拨电话，牛朝旭手机关机。

自打认识牛朝旭以来，黄立工从未见过他的手机关机。牛朝旭接电话向来敏捷干脆，即便身在会议室或饭局中，也会先接通，小声告知对方稍后联系。

此后 3 天，黄立工打了几十个电话，牛朝旭音信全无。他开始查机票，打算飞上海，亲自去乐阳工业公司看个究竟。机票买完，他还没去机场，牛朝旭回电话，语气平静，毫无异样，说前几天一直在总部封闭开会。

"听说乐阳集团出事了？"黄立工直接问，越重要的事情，越需要简单明确。

"是。"

"什么问题？爆雷了？"黄立工急急地问，"对我们会有什么影响？"

"细节不方便说。"牛朝旭说，"集团很快会有公告，你会知道的。"

"你在哪儿？我去找你。"

牛朝旭轻轻叹了口气："现在找我没什么用。我已经辞职了。"

果然，两天后，公告纷至沓来。先是上海清算所在晚上连发两则公告，乐阳环保两只债券到期未兑付，规模合计45亿元，此次应兑付近24亿元。紧接着，乐阳工业发布公告，公司董事长牛朝旭因个人原因辞职。两家公司第二天紧急停牌。

媒体报道铺天盖地，此次爆雷只是乐阳集团债务危机的冰山一角。乐阳集团所持有的3家上市公司股权均被大比例质押，其中累计质押乐阳工业股权占其持股比例的95%，累计质押乐阳新材股权占其持股比例的99.85%，质押乐阳环保股权占其持股比例的97.48%。

工业园区几家供应商跑过来找黄立工："黄总，乐阳工业出大事了，你知道吗？"

"知道。跟我们没多大关系。"黄立工斩钉截铁地道。睿立科技目前还没受到影响，一切按部就班，按订单生产、销售，现金流充沛。

"我们不是乐阳集团控股吗？"供应商们并不释然。

"我们是乐阳工业控股的。"黄立工竭力表现得气定神闲，"准确地说，是乐阳工业全资子公司的控股公司，就是乐阳工业的孙公司，乐阳集团的曾孙公司。那么大一个集团，多少个子公司、孙公司和曾孙公司，与我们八竿子打不着。我爷爷犯的事，能影响我做生意挣钱吗？"

原来如此。市场中也不是没有这样的事，母公司出事，子孙公司仍在独立经营。他们将信将疑，一一散去。

黄立工给牛朝旭打电话，说无论如何要见一面，挂了电话就飞到上海。公告已出，牛朝旭无须遮掩，约黄立工在住所附近——闸北公园里的一个茶馆里见面。工作日，茶馆里没几个人。牛朝旭要了一个小包间，让茶艺师离开，他亲自泡茶。赋闲的十几天，他在家里修炼泡茶手艺，颇有所得。

"乐阳集团这次爆雷，到底是什么情况？"

第四章　国际征途

"趁热喝。"牛朝旭给黄立工的小茶杯里斟上头泡茶，给自己也斟上，细细地品上一口，说，"问题出在乐阳环保身上。"

"我看媒体报道，说乐阳环保董事长无心公司业务，公司净利润大幅下滑，团队成员大规模离职。"

"这算什么事。"牛朝旭把茶喝完，低声说，"乐阳集团内部审计，乐阳环保巨亏220多亿，400多亿资金被挪作他用。银行账户里都是空的，钱凭空蒸发了。"

"那么多钱，都去哪儿了？！"

"谁知道？"牛朝旭说，"你看爆雷成这样，有听到乐阳环保董事长什么风声吗？"

黄立工摇了摇头。这个世界上发生的事似乎越来越超出他的理解范围。

"乐阳集团是典型的家族企业，和老板沾点儿血缘关系的，都在乐阳系里有一官半职。1家母公司、3家上市公司，还有十几家非上市关联公司，这之间的产权关系、债权关系、资金往来，非常复杂，十分混乱。"

不属于董事长个人的庞大资金消失，加上复杂且不透明的资金流向，只可能通向一个结果。

"牛总，爆雷的是乐阳集团，债务违约的是乐阳环保，你是乐阳工业的董事长，为什么要辞职？"黄立工问出心头最大的疑问。

牛朝旭泡上新的一泡茶，说："你真认为我是辞职？"

"不是？"

"他们让我走的，急不可耐，"牛朝旭平淡地说，"对外当然说我是辞职。别信新闻里的话，没几个高管离职会搞到撕破脸，能彼此给面子，对双方都是好事，集团也好，职业经理人也好，都要在这个市场里混呢。"

"那更不应该让你走啊？乐阳工业市场表现得最好，也最有潜力，要解除危机，不是更应该留着……"黄立工更想不明白了。

牛朝旭笑了一笑，不说话。黄立工纳闷儿间，忽然反应过来，真正的原因自己都无意中点出来了。要解除危机……如果他们不想解除危机呢？如果他们只想在倾覆之前榨取最后的价值呢？

但是，如果他们根本没想着解除危机，那睿立科技呢？城门失火，殃及池鱼。乐阳集团出事，已然大幅度质押持有的乐阳工业股份，一朝大厦倾，必然殃及乐阳工业，进而殃及睿立科技。

"到款情况如何？"牛朝旭问。

"投资款到账 2.5 亿，借款到账 6000 万。"

"嗯，剩下的，乐阳工业不会履约了。"

黄立工点头，说："还得感谢你啊，雷厉风行，再晚点儿恐怕我们这笔钱都拿不到。"

"很多事情难以预料，我们只能把控自己眼前这块自留地，把控不了资本，把控不了老板。实话说，当初投资睿立科技，是正确的决策，我们想着推动一把，借壳上市……"牛朝旭轻轻抚摩着茶杯，思忖一会儿，对黄立工说，"想办法回购吧，能脱钩就尽快脱钩。"

覆巢之下，安有完卵，黄立工明白牛朝旭的意思。但是，他从哪儿弄到这么一大笔钱呢？

24 日本专利狙击

乐阳集团债务违约的消息很快也传到了北奥公司。

郑卫东捧着报纸——他已经捧了十几分钟——看了看办公桌上的座机，叹了口气，还是拿起话筒。

"帮我接川崎部长。"他对接线员说。

接线声响了好一阵，话筒里传来一个又干又冷的声音："喂。"

即便听过许多遍，郑卫东仍会觉得一阵不适，像是在沙漠里听到不祥的"咝咝"声。

他用日语简单地把新闻里的情况说了。

"很好！"川崎挂了电话。

郑卫东把话筒扣上，隔着窗户看向东边的天空，似乎看到东海的另一端，那座高耸的大厦里，齿轮开始咬合，机器转动，某些躺在文件堆里的计划迫不及待地扑出，顺着复杂的人类事务线路，加速运转，在中国机器人制造企业上空酝酿风暴。

黄立工挂掉电话，冲出办公室。他等不及电梯，从消防通道走下楼梯，才顾得上掏出手机，给刘睿阳打电话。

"叫上李艺，马上到法务办公室。"

刘睿阳的声音断断续续的。楼体质量不错，至少墙够厚，手机信号都给削弱了，马晓涛没有夸海口，他的工程队果然素质过硬，建造速度这么快，还能做到不偷工减料——黄立工火急火燎中莫名其妙地冒出这个念头。他对着手机大声说："你和李艺……法务办公室。"

他到法务办公室时，刘睿阳和李艺已经在里面。刘睿阳坐在桌边，翻着传真文件。

"日本帝工集团把我们告了。"法务有点儿不安地说。

"在哪儿？"

"美国新泽西州。"

"告的是减速机？"

"是的，诉讼标的物是知识产权。"法务说，"他们认为睿立侵犯他们的知识产权。"

"胡搅蛮缠。"李艺涨红了脸，事情终归出在他主创的产品上，"我在帝工工作的时候，也有听说，他们很喜欢发动专利诉讼，当时还被称作'专利流氓'。"

刘睿阳合上传真文件，对黄立工说："李艺很细心，帝工的核心专利，哪怕是他主要参与的，他都会避开。帝工这次是在耍流氓。"

"我们的减速机，所有核心的东西，都是自主研发的。"李艺补充说。

"他们就是无理取闹，要不然怎么跑到美国起诉？日本企业起诉中国企业侵犯知识产权，却要美国法院来主持公道，什么道理？！"黄立工转向法务，"我说得对吧？"

法务点头。

"不过他们为什么要在美国起诉？"刘睿阳问法务。

"这应该是一种战略性起诉，"法务的语气没那么自信。睿立科技的客户主要在长江一带，他的业务范围也就多围绕着长江，更南或更北都少去，更别说国外，他有自知之明，赶紧咨询行业内的朋友，"保护他们的核心资产、核心利益。输赢都对他们有利，赢了不用说，就算最后输了，也能干扰我们，拖延我们的研发步伐，影响市场信心。"

"那不是更应该在国内起诉吗？"刘睿阳有点儿疑惑，"我们的业务都在国内，在国内起诉对我们干扰更大。"

"外国人有偏见，总觉得国内法院会支持国内公司。不过，不同国家法律不一样，外企在国外习惯的那些做法，国内法院很少会支持。"

"就是说，在美国，他们的胜算还大一些？"

"是的。在美国起诉，对他们更有利。中国企业普遍不熟悉美国的法律体系，毕竟美国法律和中国法律不一样。美国法律重视合规性，从帝工集团的角度来看，中国企业有很多漏洞，不合规的地方很容易被揪着，我们稍微应对不当，就有可能败诉。不过呢，如果企业认真应对，也会着他们的道。跨国应诉很麻烦，牵扯精力，坐一趟飞机就得十几个小时，美国的法律程序又很烦琐，不少公司就是这样被拖垮的。"法务想了想，又补充说，"我查了一下，帝工集团在美国有分公司，他们完全有资源打消耗战。"

"难怪叫专利流氓！"李艺愤愤地说。

"他们打赢了，又会怎样？"黄立工说，"美国法院还能管到中国企业？他们能让我们卖不了减速机，还是查封我们？"

法务摇头："他们管不到国内，就是……以后我们的产品要出口到美国和欧洲比较麻烦。"

黄立工和刘睿阳对视一眼。刘睿阳说："可能帝工集团的目标就是保护他们在全球的主要市场，要把我们排除在外面。"

"哼，倒是很会未雨绸缪。"黄立工说。睿立科技目前的主战场还是在国内，对外扩张也是在亚洲，在美国和欧洲毫无业务，未来几年业务很难渗透过去。真到那天，再来想办法也不迟。他心里有了计较，对法务说："我们现在正在蓬勃发展期，和他们耗不起，不能因为敌人胡搅蛮缠，乱自己的阵脚。我们不要被带到敌人的节奏里，该做的事情做，尽量拖一拖。有任何问题，随时给我打电话。"

法务点头。黄立工看向刘睿阳，刘睿阳犹豫了一下，慢慢地点头。

走出楼外，在路旁树荫下，黄立工停住脚步，狠狠一脚踢在垃圾桶上。

"哐当"的声音在楼宇间回荡。路上没人。没人听到巨大的响动，也没人听到它迅速地衰弱下去，消失在空气里。

刘睿阳也停下脚步，安静地看着他。

"我知道你不太情愿，好像不得不放弃未来一样。"黄立工闷闷地说。

"未来有很多可能性，那只是其中一种，而且，还有点儿远呢。"

"我们实在是顾不上……"

"我知道。"

两个人心里清楚，睿立科技现在正在大旋涡之中，自顾尚且不暇，实在很难为了一个未来的可能支线去打一场伤筋动骨的仗。

"我们未必会输，该做的事还是会努力做好，就算输了……"黄立工盯着那个垃圾桶，"我答应你，未来我们会杀回去。"

"我相信我们。"

黄立工抬起头，看向刘睿阳，两个人的嘴角都露出一丝笑容。

"那帮家伙，真能挑时间！"黄立工恨恨地说。两个人继续往前走。

25 脱　钩

两个人回到黄立工的办公室里，刚坐定，刘斐一阵风一般推开门进来。她在楼外看到他们俩，一路跟上来，拉开椅子，坐在刘睿阳的身旁，沉着脸对着黄立工。兄妹俩日常忙得见不上面，并肩坐在一起却是这种场合。

"咋啦？"黄立工再粗心，也没法装作看不到刘斐的情绪。

"还不是那个死胖子？！"

黄立工松了一口气。刘斐一肚子火气，本来就快的语速此刻更快，反而透出一股冷冽："这帮浑球儿，啥都不懂，啥都不干，还啥都管，什么东西都拖着，我觉得他们是存心刁难，想把我们拖垮。"

她抱怨的是乐阳工业。牛朝旭离职后，乐阳工业新任董事长走马上任，他是集团老板的侄子，看上去比黄立工还稍微年轻些。人长得胖胖的，偏偏还爱让别人尊称他"胖哥"，大专毕业后跑销售，喝酒时很有叱咤江湖的派头，到酣处，喜欢捋起袖子，露出右胳膊上的刺青。他有自得的资本，那可不是常见的龙凤文身，而是飘逸中见得品位的英文草书。

胖哥上任后，马上安排巡查，第一站就是睿立科技。他和得力手下在对乐阳工业所属资产和投资项目的盘点中，一致认为睿立科技具有"金矿"品质。一帮人浩浩荡荡地杀过来，酒足饭饱后，快速地考察，召集睿立科技的骨干像煞有介事地进行座谈，颁布新规：财务权收回，人事权收回，所有对外合同必须经过乐阳工业公司统一审核……黄立工打断他的话，说当初乐阳工业并购控股，一个重要的前提条件是公司所有的经营管理由创业团队主导，乐阳工业不参与。

胖哥习惯性地左右扭了扭身体，才发现屁股下不是他习惯的庞大办公室里庞大的真皮办公椅，不能旋转。他略带尴尬地捏起笔，在桌面上轻敲，用满脸不屑掩饰着火气，回应说："这些条款合同上有吗？要是没有的话，按照公司统一的规章制度管理，我们不能搞特殊待遇。"

黄立工当场噎住，要不是顾忌当下的控股关系，就想掀翻桌子。这个条款是没有写在合同上，牛朝旭没法写，只能郑重地给出承诺，有些事情只能走潜规则，写到纸面上反而容易捅娄子。张文峰给做担保，黄立工也就同意了。如今，新官不理旧官账，黄立工打落牙齿和血吞，谁让牛朝旭离职了？

没过几天，刘睿阳要给手下一位工程师涨薪，他干了4年，只涨过一次薪，外面已经开出两倍薪酬来挖他。这位工程师愿意接受涨个30%，留在睿立科技，毕竟对团队和公司有深厚的感情。黄立工很快批复同意，但这次他同意还不能算数，最后一道流程是总部批复。过了好几天，总部批复回来，否决，理由是现在是非常时期，公司一切从紧，收缩开支，此事以后再说。黄立工当即抄起电话，跟乐阳工业的人事副总大吵一架。人事副总说话客气，复读机般丝毫不松口，撂下电话前补上一句："黄总，你再怎么找我也没用。只要胖哥同意，我这里就没问题。"

黄立工拨电话给胖哥，胖哥细声细语地道："公司有公司的规章制度，你找人事副总就行。总不能什么鸡零狗碎的事情都要两个老总来拍板吧？"

吸取了教训，刘斐此次谈下一个大单合同，层层上报，到乐阳工业法务部那里卡住，快一个月还没有给回意见。

"他们这是在玩人，不是在做事。"黄立工说。胖哥上任后，把牛朝旭经理公司时招聘的财务、人事等主要岗位的员工给撤得七七八八，换上自己的江湖兄弟，也许下一步就要换掉睿立科技的创业团队。

"可是，来钱的事情也要拖着！真不明白这帮人脑子是怎么长的？"

"自己的酸枣也比别人的甜梨好。"

刘斐摇着头。

"丁零"，桌上传来信息提示声，伴随着手机振动声。三个人往办公桌上看过去，屏幕亮着的是黄立工的手机。刘斐顺手拿起自己的手机，翻了翻微信。

"汪总的贺信。"黄立工看完信息后，苦笑。

"汪自强？祝贺乐阳工业出事？"刘斐有点儿迷惑。

"祝贺帝工集团起诉我们侵权。"黄立工手指点到对话框上，边说边输入给汪自强回的信息，"大佬也会调侃人呀……"

回信很快到达，黄立工念出来："认真的。能被鼎鼎大名的帝工集团起诉，说明睿立科技的技术实力得到了国际认可。"

"真会安慰人。"刘斐笑着说。

"他说得也没错。"黄立工看着刘睿阳，说，"我们要不要开个新闻发布会？"

"发布什么？"

"帝工集团无理取闹，睿立科技积极应诉，决不妥协。被巨头视作对手，本身就是我们实力的佐证，而且，我们主动披露不利信息，更能说明我们对自己技术的信心。"

刘睿阳沉吟着，刘斐马上说："如果在平时，是个好招，但是现在，市场人心惶惶，我们主动披露不利信息，就怕他们的理解是，事情大到我们不得不披露了。"

黄立工想起张文峰以前闲聊时说过的一句话，自己也放弃了这个主意："你说得对。市场神经过敏的时候，没有消息就是最大的好消息。"

他拿起手机给汪自强回信息，然后放下手机，说："我们得快点儿脱钩。"

内忧外患，才一个多月，他快受不了了。

"脱钩？"

"找家新的资方，把乐阳工业踢出去。"

刘斐的脸上浮起笑容，她自然愿意这样做。

"我们忍一忍，再看一看？"刘睿阳说。只从研发的角度来说，他自是希望有个更支持和包容的资方。胖哥大笔一挥，把他的研发资金投入计划也卡了，这些是年初时就列入公司全年财务预算的。但是，脱钩不是小事，会不会太着急？毕竟这段时间睿立的迅猛发展，与乐阳工业的资金和订单支持有密切的关系。

"他们这些花样，只是刚开始，如果不脱钩，后面的事态会更糟。"

"受点儿气还好，终究能找到办法把事情给做了。"

"恐怕忍着受气，也忍不到以后的发展空间。"黄立工的语气有些凝重。首先，借壳的事情肯定没戏，乐阳集团的丑闻出来后，没有哪个上市公司的壳敢与它合作；其次，乐阳集团自身难保，不可能继续借款给睿立科技发展；最后，按照目前的趋势，乐阳债务缠身，需要拍卖旗下各类资产偿债，乐阳工业最有可能拍卖谁？睿立科技肯定在前列。到那时候，就是人为刀俎，我为鱼肉，被卖给谁完全不可控，说不定买主比乐阳还要糟糕。

"与其被动挨宰，还不如主动点儿自救，自己把自己给卖了。"黄立工盯着两兄妹。刘睿阳缓缓点头，刘斐脸色轻松，摊开手，那就干呗！

"他们愿意卖吗？"

"肯定愿意，就是……价码不低。"黄立工说。他找胖墩墩的董事长试探过，胖哥波澜不惊，脚一蹬，真皮办公椅旋转一圈，说："回购？可以啊，两倍。"才一年多，回报率200%？不如抢银行呢，黄立工心里暗骂，坚决不干。胖哥又转一圈，说怎么着得一倍吧。看到黄立工还要掰扯，胖哥性子耐不住了，压着办公桌，抛下一句"低于50%，免谈"。黄立工绷着脸，默默起身离开。

"那怎么办？"

"找钱。"黄立工苦笑，找钱真是永恒的主题。

刘斐皱起眉头："当初3亿找着都够费劲的，现在这个状况，还要溢价至少50%……"

"资本市场有资本市场的方法，真不行，我们可以主动做亏损。"

刘睿阳和刘斐目瞪口呆：还有这种操作？

这是牛朝旭教给黄立工的方法。去上海拜访牛朝旭那天，牛朝旭提醒他要脱钩。他问怎么个脱钩法？

"乐阳集团债务窟窿很大，能回收一点儿就回收一点儿，这是它的七寸。你就一个字——磨，谁着急谁输。"黄立工频频点头。牛朝旭接着说，"如果乐阳工业要高溢价，你就干脆把公司做亏损，逼他低价离手。如果是你自己从第三方借钱，那就不必如此，毕竟有现金流有盈利，才有人愿意拆借这么一大笔资金。"

黄立工暗暗心惊。

"资本市场的道道儿多着呢，刀刀见血，稍有不慎，满盘皆输。"

"没想到我们正儿八经做制造业的，也要卷到云谲波诡的资本市场里。"

"说句不客气的话，制造业就是毁在这种想法里。"牛朝旭哂笑。哪行哪业不是如此？所谓巨头大鳄，哪家不是十个碗八个盖甚至五个盖？哪个不是对资金流虎视眈眈、时刻饥渴？除了国企，绝大部分是负债经营。可以说，一切经济活动都是由"债务"组成，当债务始终处于良性，企业获得发展；当债务处于恶性，企业走入消亡。

"我就是写照，睿立科技从创立开始就不停地陷入财务危机中。"

"在什么年代，就应该以什么年代的方式生存和发展。"离任一身轻，牛朝旭不再拿捏着城府，"我们这个年代，资本和金融已经是一切经济活动的基础。我见过太多制造业企业，标榜纯粹工业精神，排斥资本和金融，到紧急的时候、眼红别人的时候，又着急拥抱资本和金融，尽皆过火。企业故步自封的结果就是原地死亡，死后经营者总结教训，永远都是资本和金融害死他。"

"听君一席话，胜做十年企业。"黄立工肃然地说。从牛朝旭那里离开后，他下定决心，尽快和乐阳工业脱钩，但是，要有耐心地尽快脱钩。

手机又响了，还是黄立工的手机，这次一直振动着。黄立工拿起手机，是汪自强的电话。"我会想办法解决资金问题。"黄立工对两兄妹叮嘱道，"不管他们怎样，我们的研发和销售不能松懈。我们是为睿立科技做好研发和销售，不是为乐阳工业。"

刘睿阳和刘斐点头出去，黄立工接通电话。

"黄总，我看你信息里的意思，是想把专利纠纷这个事放着不管？"

"汪总，不是放着不管，是暂缓一下，冷处理。不瞒您，我这边有更头痛的事情，大股东出了点儿问题……"

汪自强在电话那头"嗯"了一声："我知道。"

"妥善处理好这个事后，我们再来好好解决专利的问题。"

"专利这个事情可能比你想象的严峻。"

"怎么说？"

"还有长臂管辖这档事，你知道吧？"汪自强说，"别掉以轻心，处理不好，后果可能是灾难性的。"

"长臂管辖？"黄立工听说过，但不是很了解。

"你马上找个好律师，有在美国打官司的经验的。"

黄立工放下电话，心里一阵狐疑：汪自强是不是言过其实，有这么可怕吗？不过他对汪自强的话可不敢掉以轻心，想着得找个有和美国法院打交道的经验的朋友来问问。

26 美国临时禁令

汪自强没有言过其实。

"临时禁令？！"

"是的。"法务的脸色有些尴尬，"帝工集团向新泽西法院请求了临时禁令。"

"我们怎么事先什么消息都没收到？"

"是未经通知的单方临时禁令。法院可以事先不通知我们，直接做出。"

"怎么可以这样？！"黄立工愕然，看向刘睿阳和刘斐，两个人也是一脸惊讶。

"如果法院认为，帝工集团的利益可能受到即刻且明显的侵害，而且……而且尽了告知义务，或者有其他重要的不告知理由，就会迅速地做出未经通知的单方临时禁令。"

看来是睿立科技之前的拖延策略惹恼了美国法院，大概他们觉得告知睿立科技没用，也没必要吧，黄立工悻悻地想。

"禁令禁止的是什么？"

"回到侵权之前的状态，就是……禁止销售减速机，禁止在任何产品里使用减速机。"

"没事，我们不卖去美国。"

"黄总，这个禁令……范围不限于美国，是任何地方都不能使用。"

"我们在中国卖，它还管得着？！"

"它是管不着……"法务讪讪地说，"但是，违反禁令，后果会很严重。"

黄立工疑惑地看着他。

"最糟的结果是禁运。所有和美国技术沾边的东西，不管是零部件、设备还是软件，我们都买不了，也用不了。"法务的语气很沉重。刚收到临时禁令，他一头冷汗，赶忙辗转托朋友找到有美国实务经验的律师，详加咨询。这次他不敢托大，咨询过程全程录音，然后反复听了几遍，确定理解准确才敢给黄立工打电话。

黄立工一拳砸在桌面上，法务的杯子跳起来，"哐啷"一声差点儿跌倒。法务低着头。黄立工脑子里"嗡嗡嗡"的，看向刘睿阳。

"我们只是刚解决了减速机，其他的核心零部件，基本和美国或日本相关。"刘睿阳脸色严峻，如果睿立真的被禁运，基本就意味着未来，从今天开始算起的未来，创新之路彻底关闭。这意味着死亡。

"有绕开的可能吗？"黄立工问。他知道答案，但是不死心，仍要问上一句。果然，刘睿阳摇了摇头。

"也就是说，我们只能遵守美国法院的禁令？"

法务小心翼翼地说："新泽西法院临时禁令的期限是14天。一般而言，未经通知的单方临时禁令最长只能是14天。"

"然后呢？"

"帝工集团可以申请延期。不过，我们也可以申请听审，去撤销这次禁令。"

黄立工长吸一口气,看着刘睿阳和刘斐:"这场官司躲不掉。"

"还很紧急。帝工肯定会申请延期。我们只有不到两周的时间。"刘斐说。

三个人默然对视,一时心头沉重。

"黄总,是我失职!"法务愧疚地说。黄立工摆了摆手,法务继续说,"我咨询过行业内的朋友,我们这个案子很棘手,因为对手太强了,是日本帝工集团。最好是找美国专利官司经验丰富的律师。国内这方面最好的律师基本在大厂里,还有北京和上海的一些大律师。"

黄立工微微点头,叮嘱他:"别和任何人说起,股东也不行!"他转头对刘睿阳和刘斐说:"走吧。"

走到楼外,黄立工看四下没人,停下脚步,说:"我们得先将这两周撑过去再说。"

"从公司内部工作的角度来说,不会受什么影响,研发和生产该干吗还会干吗,受影响大的是销售。"刘睿阳说。他看向刘斐,刘斐"嘿嘿"地笑:"我卖得更欢。"

"这两周恐怕不能出货……"黄立工挠了挠头。

"我昨天和邓建阳对过近期的出货计划。这两周出货的不多,8家,其中大部分可以缓一下,有2家可能不太好弄,本来就晚了,等着我们交付第一批机器人呢。"

"换北奥减速机。"刘睿阳说,"我们还有一批存货,留着应急用的,小批量的能满足。"

黄立工重重地拍了刘睿阳的肩膀一下:"就知道你靠谱!"他心里松了一口气,说,"下一个问题,你们有认识的律师吗?"

刘斐摇头。刘睿阳想了想,说:"我可以问问同学,或者问问李艺,他在帝工工作的时候,可能会知道。"

"他不关心这块儿,我怕他没有辨别能力,耽误时间。"黄立工说,"我想过找汪自强或者许少阳,但是我们这个事情紧急又要命,只能找最信任的人。"顿了一顿,他说,"我倒是有一个人可以问问。"

刘斐的脸色微微地变了一下。刘睿阳若无其事地道:"那好啊。"

"这里就留给你们俩。我得马上去机场。"

"你去哪儿？"刘睿阳看到他似笑非笑地看着自己，忽然明白过来，轻轻摇了摇头。刘斐也明白过来，笑着说："快去吧。"

黄立工掏出手机，看了看时间，划拉到通信录，就往外走。

"帮我向她问好。"刘睿阳看着黄立工的背影，说道。

黄立工头也不回，举起一只手晃了晃，示意自己听到了。

27 海外委托

"凌渊若。"

黄立工脸上带着微笑，手伸着，准备和她握手。眼前这位姑娘中等个头儿，圆脸，齐肩长发拢在耳后，眉眼普通，但自带笑意，有些骄傲地翘着，像要飞起来。

汪妙伸手指向黄立工，对凌渊若说："这是黄立工，就是我经常和你说起的、刘睿阳的好朋友，他们俩一起创办睿立科技。"

凌渊若伸手和黄立工握了握："请坐。"

黄立工在办公桌正对的椅子上坐下，汪妙坐在旁边的椅子上。凌渊若回到办公椅上。

"你发来的材料我都看了，也查了新泽西法院的卷宗。"

黄立工看了汪妙一眼，心想：没找错人，这姑娘雷厉风行的。汪妙回以微笑。来纽约之前，黄立工先给汪妙打电话，把情况大致说了一下。汪妙说："你一开始就应该来找我。"汪妙有一位好朋友，执业律师，非常优秀，主攻的就是知识产权业务。她和汪妙一样，到纽约读研究生，毕业后留在美国，拿到了纽约和新泽西州的律师执业资格，目前是事业急剧上升的时刻，正需要一桩足够分量的案子奠定行业地位，因此会全力以赴。黄立工大喜，订了第二天凌晨的国际航班，有经停，到纽约正好是上午。出发前，他让法务部整理所有的材料，研发部门准备和减速机相关的资料，深夜里发给汪妙。

"你必须全力以赴。"

"情况对我们很不利,是吗?"

"是的。"

"是不是我们胜诉的可能性很小?"

"你不应该问律师你会不会赢,就像律师永远也不会问你是不是无辜的。"凌渊若说。黄立工并不确定她是不是在微笑,因为她的眼睛似乎永远在笑着。"不过,我们这是非典型委托——如果你委托的话。我得了解更多的情况,才能做出合理的判断。就目前掌握的信息来看,如果合理应对的话,睿立科技胜诉的机会比帝工集团的大。"

"啊?"黄立工惊讶多过高兴,这个回答出乎他的意料,那她为何说情况很不利?

"帝工集团向法院申请单方临时禁令,这个策略有点儿不寻常。"凌渊若说,"它很少用这个策略。正常来说,以睿立科技的应诉姿态,它可以经由听审程序,申请正式的禁令,持续时间长得多,杀伤力也更大。单方临时禁令更容易被申诉撤销。"

"是不是他们觉得胜券在握?"

"他们更像是在提醒你要认真地对待。"

"倒挺好心的。"黄立工苦笑。这不,临时禁令一来,他人就火急火燎地赶赴纽约,两周不能出货,足以让他意识到后果有多严重,"他们为什么要这样?不想赢?"

"没准儿你说对了,比起胜诉,也许他们更想拖垮你。"

黄立工听出了微妙的差别。"比起胜诉,更想拖垮你"和"即便不能胜诉,拖垮你也是胜利"看似差不多,落实到战略部署和具体执行时,是天壤之别。他燃起信心:"官司赢了不是对他们价值更大吗?是不是因为他们知道很难赢,所以尽量去消耗我们?"

"这是一种可能,还有很多别的可能。比如,它想低价收购你。这是大集团恶意收购小型创新公司的常见策略。"

"我不会让他们收购的。"

"真到那个时候,恐怕也很难由你做主。股东的压力、管理层的压力、员工的压力,或者只是为了让自己的心血延续下去。"

黄立工长吸一口气,他知道凌渊若说得没错:"我们该怎么办?"

"我们来看看你现在的处境。现在是两难的情况。如果你不认真地应对,以帝工集团的一贯表现来看,你可能会输掉官司,那就是丢掉在全球主要市场的未来。帝工操作得好的话,你要么付出高昂的代价,赔偿或者专利授权,要么被美国禁运,那就意味着所有和美国沾边的技术和产品都会对你关上大门,基本上对供应链是摧毁性的。

"如果你严阵以待,帝工集团会全力把你拖到阵地战的泥沼里,在官司结束前就把你拖垮,让你的经营状况和现金流出现危机。它有丰富的经验和办法,把官司拖延到你的承受能力之外。所以我才说,情况对你很不利。"

办公室里冷气很足,黄立工的汗珠还是渗出额头。

"你要确定合理的应诉目标,现在的关键不是赢得官司,而是尽快结束官司。"

"结束官司是什么意思?"

"赢下官司是最理想的,但是,庭外和解或者逼迫对方撤诉,哪怕付点儿代价,这可能更现实,对你也是更有价值的目标。重点是,快。"

黄立工重重地点头:"我同意!那现在要去做什么?"

"第一件事是提起撤销临时禁令的动议。美国法院在临时禁令上的考量,主要是损害权衡,核心原则有两个,专利权人胜诉的可能性有多大,以及如果不做出临时禁令,专利权人遭受的损害有多大,是否难以弥补,相当于数学上期望的概念,和被告的损害相权衡。眼下这个禁令,有不小因素是出于睿立科技的漠视,你现在提起动议,应该不难撤销。"

"那很好。"黄立工的心里轻松了些。

"接着就是全面了解情况,深入到业务里,制订具体的应诉策略。这要花上一段时间,需要你们没有保留、彻底配合。应诉策略越有攻击性和破坏性,就越有可能尽早结束官司。"

黄立工犹豫了一下,说:"我能不能和汪妙说几句话?"

"可以。"凌渊若摊了一下手。

黄立工和汪妙走出办公室,顺着走廊到窗边。

"你这位朋友可以信任吧?"黄立工低声问。

"当然。"

"完全信任?"

"当然。"

"最高级别的那种，就像完全把公司交到她的手里。"

汪妙脸上泛起笑容，用无比确定的语气说："你可以完全信任她，所有的身家放在她的手里都没有问题。"

黄立工一直用像锥子一般的目光盯着汪妙，她的笑容很不一样，似乎别有深意。他觉得有点儿怪异，但是又能感受到她的坦荡和强烈的信心。他没有多少容错空间了，赌吧。

两个人回到办公室里，凌渊若把双手放在桌面上，正安静地等着他们俩。

"你能去中国吗？"

凌渊若愣了一下。

"要待一段时间。"黄立工补充说。他瞥见凌渊若的手微微颤抖了一下，她的眼睛凝视着这边，不是看他，是看他身旁的汪妙。办公室里有着一种古怪而微妙的氛围。

凌渊若很快恢复了自若："你希望我人在中国，制定应诉策略？"

"因为你要带领他们。我想完全委托给你。"黄立工把睿立科技面临的状况简单地说了一下，"我现在得去全力解决控制权危机，大部分时间不会在公司里。你不只是律师，还代表我，带领他们渡过这个难关。所以我希望你能去中国，刘睿阳会全力配合你。"

凌渊若没有犹豫："我接下来。"

告别的时候，黄立工和凌渊若握手："都托付给你了。"凌渊若郑重地点头。汪妙张开双臂，紧紧地拥抱着凌渊若，在她的耳边说："我很高兴。"

黄立工听到汪妙的声音里带着些哽咽。

28 飞赴伦敦

黄立工与凌渊若在纽约肯尼迪国际机场分开，凌渊若飞往北京，黄立工

第四章 国际征途

飞往伦敦。

抵达伦敦希思罗国际机场时是当地时间中午 12 点多，黄立工拖着行李箱走到出口处，一眼就看到许茜茜。她穿着黑色连衣短裙，套着短外套，衣服裁剪得体，看到黄立工只是微微一笑。她身旁站着一个年轻的华人，年纪看着比她的年纪稍大一些，穿着乳白色西裤、深蓝色外套、浅蓝色衬衫，长尖领有些特别。他主动向前一步，和黄立工握手，欢迎黄立工来到伦敦，言谈举止颇为绅士。

"这是哈里，汇泉投资的高级合伙人。"许茜茜介绍说。哈里与许茜茜是英国校友，许茜茜入校第二年，哈里毕业。哈里来自中国台湾，两个人多有交集，在校友会和华裔圈的商业活动中时常见面。许茜茜成为汇泉投资的合伙人，得益于哈里的力荐，看中的是她在内地的工作经验以及家族企业背景。汇泉投资基金总部设在上海，在伦敦设立分支机构，许茜茜率领的团队专注于中国业务，帮助中国企业通过海外产业并购实现产业转型升级（China to world，C2W），帮助全球行业冠军发展中国业务（World to China，W2C）。

哈里开车，许茜茜坐在副驾驶座上，黄立工坐在后座上。许茜茜看了一下手表，转头对黄立工说："黄总，你先到酒店里休息一会儿。我们去喝下午茶。晚餐安排在你下榻的酒店里。"她的语调职业干练，表情也职业干练，黄立工的心里隐隐失落，这完全不是他熟悉的那个许茜茜。

凌渊若从传送带上拿起行李，办理入境手续，随着人流，走向这片熟悉而又陌生的故国之土。

凌渊若走出出站口，眼前是密密麻麻的接机的人，标牌林立。她一眼就看到了属于自己的标牌，写标牌的人细致用心，很薄的木板上用靛蓝色的粗硬笔写着她的名字，龙飞凤舞的，在千篇一律的 A4 纸和印刷体中，如孤独而显眼的旗帜。举着标牌的人，穿着普通的衣服，有着普通的表情，平静地站着，看着前方，他的手很坚定，标牌不曾移动分毫。这个陌生人，一瞬间唤起她的心里盘旋缠绕着的熟悉感，细密的鼓点从无声中渐起，越来越猛烈，在胸腔里回荡着。

刘睿阳平缓地移动着视线，看着出站的人群。他把目光移回来，落在出站口门侧一个人的身上。那个姑娘站着不动，凝视着前方。出站的人拖着行李箱，拖着疲惫或兴奋的身体，在她的面前匆匆而过，络绎不绝。那个姑娘的脸庞一闪一闪的，骄傲的眉眼始终凝视着这边。刘睿阳的心仿佛一下被揪住，让他几乎喘不过气来。她在凝视着我。两个人的目光交汇在一起，那个姑娘顿时笑靥盛开，笑容攀爬到她的眼睛上，像是飞翔的鸟儿。刘睿阳一阵眩晕，握着标牌的手微微颤抖。那么亲密的凝视……是她吗？怎么是她？眩晕中，他仍死死地凝视着她。

她走过来，迈着平常的步伐，很快到他的眼前。她放开拉杆箱，微笑着。

"我是凌渊若。"

"我是刘睿阳。"

两个人不说话，都在看着对方。

"你写的？"凌渊若抬眼看着木板上自己的名字。刘睿阳听到一种隐秘的喜悦，屏住呼吸，点头。是她，他无比确定，眩晕像平静的水面下的暗流，撕扯着孤独的小船，他的身体一软，险些跌倒。凌渊若伸手扶着他，他的手抓着她的肩膀，在犹豫和心跳声之中，他抱住她，紧紧地抱住她。

"草儿……"刘睿阳"喃喃"地叫着她的这个名字，像在梦里。

29 曲线救国

参观完许茜茜的办公室，哈里送黄立工去酒店。许茜茜没有陪同，在办公室里处理手头事务。

酒店离汇泉投资公司不远，都在旧城区，20分钟的路程。

伦敦城区街道普遍窄，路口多，车子快到酒店时，前方路口拐出一辆大巴，满载游客，从头发和容颜看，应该是亚洲人。眼看两辆车就要撞上，大巴司机猛打方向盘，车轮蹭着马路牙子外侧，刚好和哈里的车擦身而过。

"和江城的出租车司机有一拼。"黄立工擦了擦汗。

"哦，我还以为在英国当司机最难呢。"哈里说，"考驾照就很难，开出租车更是 mission impossible（不可能完成的任务），脑子里必须装着完整的伦敦地图，每个门牌号在哪里，每条小巷子通往哪里，都得很清楚。"

"按这标准，江城得20多年的老出租车司机才行，还仅限老城区，出了老城区就蒙，昨天这里是一排平房，今天就成一个大坑，明天回来一看，嚄，一栋大楼起来了！"

"啊哈，中国变化得太快了！"哈里赞叹说，"我们的业务就是要连接中国和欧洲，因为这是未来。"

到酒店门口，黄立工冷不防地问："许茜茜的男友是曼城的？"

"哦，我们从来不聊这个。"

没套出话来，黄立工有点儿悻悻然。他和哈里握手告别，办理入住，洗个澡，在椅子上靠着躺一会儿。

许茜茜过来接他。喝下午茶的地方临街，看着普普通通，进去后颇为精致，灰白色墙壁、乳白色桌椅、米白色台布、银白色茶具——阴郁的伦敦渴望阳光。两个人在窗边坐下。

服务员上了一壶红茶和一座点心塔。点心塔3层，最底层是三明治，有火腿、奶酪、腌牛肉等，中间层是松饼和曲奇，顶层是蛋糕和水果，每一样都做得精巧可人，色彩喜人。许茜茜没动手取点心，只是喝茶，问："张文峰要被判刑，是真的吗？"

"是的，他去自首了。"黄立工本待问许茜茜她远在英国，怎么这么快就知道这件事，转念一想，他们两个人有交情在先，他还是因为张文峰才认识她的。而且，他们俩都在资本行业里，有过交集，应该有不少共同认识的圈内人。

刘斐告诉他张文峰去自首的消息时，他正在纽约肯尼迪机场，心情压抑，但不意外。张文峰把一致行动人协议给他签字时，他就明白，等在张文峰的不是抓捕就是自首。黄立工马上给马晓涛打电话，请他帮忙找找杭州方面的关系，看是否有疏通转圜的余地。马晓涛答应，他在杭州有业务，有些根基。

黄立工把前因后果简单地说了说。"没想到宴席散得这么快。"许茜茜说。黄立工关心地问她近况，却听到她说："大老远来找我，肯定不是为了叙旧。出什么事了？"

黄立工本想抗议，但想想她说得也没错，自己确实如此，只好苦笑，把睿立科技近期的丰功伟绩列举一下，包括减速机、3D激光焊缝跟踪传感器、光伏清扫机器人,出货量、市场占有率……然后说:"这么好的公司,你原来的投资很值吧?"

"不亏。"许茜茜说。

"原来那家工业投资基金,不考虑一下乘胜追击,再追加点儿投资?"

"你又不缺钱!我记得刚和你一起谈下 8 个亿。"

明知故问……她不可能连乐阳集团爆雷都不知道吧。许茜茜不接话茬儿,黄立工只好老实地交代公司的状况。

"你打算怎么做?"许茜茜问。

"找下家接盘。"

"怎么接?"

"直接接盘乐阳工业的股权,把它踢出去。"黄立工说,"不过,得给我们充分的自主经营管理权,投资方不予以干涉。这个要写在协议里。"

"那家工业投资基金不会接盘。"

"为什么?"黄立工对许茜茜毋庸置疑的语气有些不满,差点儿脱口而出:如果睿立科技后面出问题甚至倒闭,赛尔科工基金的前期投资不就全打水漂了吗?

"投资专业性很强,强调经验积累和资源积累。所以,每家基金都会形成自己的一套投资理念,对于不属于自己投资范围的项目,不管诱惑多大,都不会轻易上的。"

"那赛尔科工呢?"

"那倒有可能会考虑接盘。"许茜茜微笑,"不过,我不会建议你打这个主意。"

黄立工疑惑地看着她。

"你和许少阳打过交道。他出价会很低,要控制权,要求你们这些创始股东出让更多的股份,然后锁定你们更长时间。"

"这不是乘人之危吗?条件太苛刻了。"

"苛刻吗?如果是我,也会提同样的条件。"

黄立工吃惊地看着许茜茜。

"黄总,资产价格由出价博弈决定,不是资产所有者的意愿。"许茜茜说,"至于控制权的问题,给你一条免费的建议,在资本市场,不要幻想白衣骑士。解决之路只有一条,想办法引进多个投资者,做好制衡结构,不让它们成为一致行动人。"

"那我得多跑几家,多找几个出价的?"

"你还应该想办法提高出价基准。你这样才能让别人对你有信心,觉得你值得出更高的价格。"许茜茜拿起点心塔顶层上的草莓,放进嘴里,"这样吧,这几天我带你去见几家基金,希望不大,但他们也许有兴趣。你需要了解他们怎么看、怎么想。"

"谢谢你,茜茜。"黄立工认真地说。

"不客气。如果谈成,我的佣金比例可不低。"许茜茜说。

黄立工笑,干涩的脸上是干涩的笑容。

30 专利是护城河

第二天一早,睿立科技的研发骨干们走进会议室里,看到凌渊若已经坐在里面,暗暗佩服,这么早就到,12个小时的时差似乎对她完全没有影响。她在翻看一沓厚厚的材料,刘睿阳坐在旁边,脸和平时一样寡淡,但是眼睛里隐隐带着笑意。

众人坐定,凌渊若看着刘睿阳,意思是你是不是先来个开场白?刘睿阳微笑,做出请的手势。

"这段时间的工作目标是,在真实和专业的基础上,制定出最佳的应诉策略。未来这些天,我会进入研发和生产的流程和细节,深入了解,和大家一起讨论。在此之前,我觉得有必要召开这次会议,是因为……"凌渊若迅速地切入主题。按惯例,她看完委托人的相关材料后,判断出一些关键问题,就会直接进入调查状态中,逐个部门逐个环节地去沟通和了解。在调查过程中,参与的人越多,浮于表面的无效沟通就越多,她离真实的情况就越远。但是这次,她会用非典型方法去应对非典型委托,"这个过程中,主语不是我,而是我们。我和在座各位，我们一起梳理专利的情况，挖掘研发和生产过程中有决定意义的真实细节与专业视角。"

她环视着会议室里的研发骨干们。和她预期中的完全不同，这帮人一脸亲切地看着她，一副看着久别重逢的亲人的模样，不管她说的是什么，都欢然应"是"，欣然行动。他们怎么对一个律师这么顺从和热情？凌渊若在美国从来没有过这般待遇。也许是帝工集团起诉带来的委屈和压力太大了？她自然不知道，这帮家伙是在为他们的老大摇旗呐喊、助阵加分呢。刘睿阳在研发团队里有人望，工程师们对他又崇拜又关切。昨晚计划好的欢迎晚餐取消，他们从机场接送司机那里得到了只言片语，说是见到美国来的美女律师后，刘睿阳完全变了个人，眼神都大不一样了。工程师骨干们这下沸腾了，奔走相告，今天开会不约而同地早早集结，来到会议室，要一睹美女律师的风采。一个照面就让刘睿阳——在他们的认知里冷静到性冷淡的刘睿阳——神魂颠倒，一定是非凡人物。

"诉讼有如两军对峙，敌手攻击我方要塞，我们要赢下战役有两个途径：一个是正面还击，证明我们在减速机上没有侵犯帝工集团的专利权；另一个是围魏救赵，比如，在其他地方发起专利挑战，迫使敌手回撤。我们先来讨论这个情况。"

"比较困难。"李艺说，"在 RV 减速机这个领域，帝工集团可以说是全球领先，不管是设计还是工艺，最先进的专利几乎被它们垄断。我们有我们的创新，也形成专利，但是……"他看了一眼刘睿阳，又看了看会议室里的同事，"很惭愧地说，我们目前所做的，是在追赶帝工集团 10 年前，甚至是更早前的水平。先实现从 0 到 1，所以要说能挑战它们的专利，现在确实还说不上。"

"有没有局部的创新设计，或者某些零部件的创新应用，不管多微小，哪怕是在他们的专利基础上衍生出来的？再强大的企业，也不太可能覆盖住所有的创新细节。"

"如果只说设计本身，我们有能力做出足够有分量的局部创新，甚至不会比帝工集团差。问题是材料和工艺，材料的强度和性能跟不上，工艺的精度跟不上，设计就是空中楼阁。"

"如果设计得出来，只是现有材料或工艺达不到，有没有可能申请下专利？"

"对于一个新的、开拓性的领域，可能可以，但是减速机是成熟领域，对创新和突破的要求也很成熟。我们自己的材料和工艺达不到的时候，再领先的思路也只能走出第一步，没法检验，没法优化，不知道对不对，也不知道哪里是对的，那就没法做出真正完善的设计。设计和工艺是相辅相成的，我们现在的路径是用设计去弥补材料和工艺，再去带动它们，然后……像螺旋上升的阶梯一样，最后也许会闯出一条和帝工集团不同的路来。"

凌渊若在本子上快速地做着笔记："我们来看看其他专利的情况。"她从那沓厚厚的材料里抽出不算厚的一本，"这是你们整理的睿立科技专利清单，我相信你们都很熟悉里面的内容。"

李佳脸红了，解释说："我们的专利数量不多。刘工对我们的要求是精益求精，要达到国际水准，才敢去申请专利。在国内工业机器人企业里，我们的专利含金量最高，也最有价值。"

"我完全相信。"凌渊若微笑着说，"我想给大家提供另一个视角。专利，除了体现创新水平，还是一种权利，保护自己的权利。大家可以试着总结一下，除了核心专利，公司的专利是在什么情况下，出于什么目标申请的？"

刘睿阳、李佳和李艺等人齐刷刷地看着她。做科研的人有一个基本共识：问对问题比解决问题更难，也更重要。

"课题结题、高新企业评选、招投标需要……"李佳数着。刘睿阳补充上一条："还有减免税。"

"都是规定动作。"李佳得出结论。

"有可能在规定动作之外，本来该去申请的专利，我们没有申请。"刘睿阳看着李佳说，"你负责的光伏清扫机器人，有一些独特的应用创新。"

"有什么创新？"凌渊若问。

"光伏清扫机器人的刷头，如果起静电会很要命。普通的清扫刷头不行，我们试验过上百种合成材料，后来还找到动物身上，用天然毛料，最后在一种可爱的小动物身上找到，防静电效果特别好。"李佳摇头说，"我们当初也不是完全没想过申请专利，但是国内对知识产权的保护力度不够。"

"以后你们要面对的是国际竞争环境，不是吗？即使你只在国内经营，帝工集团也一样主动找上门。"凌渊若说，"在国际竞争环境里，对于科研型企业来说，专利是最重要的护城河，因为它增加你的犯错空间，也就扩展你的创新空间。你构建的专利壁垒越高，竞争对手就越不敢轻易挑战你。企业如此，国家如此，人也是如此，如果你有强大的报复能力，即使犯了错，处于虚弱之中，别人去挑衅的时候也会三思。"

众人纷纷点头。

凌渊若转向刘睿阳："我的建议是，对于一些重要的专利，现在可以着手申请国际专利。等官司结束之后，或者同步，你们应该考虑一个整体性的专利策略，确定哪些是核心机密，哪些是核心专利，在外围构建起专利墙，保护你们的核心地带。"

"好！"

"接下来，我们开始深入到设计和生产环节。"

31 金手铐

黄立工从江城机场出来，刘斐接他。刘斐看他的脸色就知道事情不顺利，不言语，接过行李箱。

开车出停车场，刘斐戴上墨镜，右转弯，驶向高速公路。

"5000万。"

"嗯？"黄立工没听懂，不过这个数字足够有吸引力。他侧头看着刘斐。

"马上会进来的预付款。"

"城市合伙人招募计划启动了？"

刘斐点头，墨镜下的嘴角自得地上翘。掌管睿立的市场销售后，她顺藤摸瓜，把能接触到的业内人聊了个遍，在上下游客户、终端用户那里泡上一阵。刘斐对黄立工撇了撇嘴，说："你们这个行业太落后，还不如红酒行业经受的风雨洗礼多呢。"黄立工不说话，心想：你执拗，我说啥也没用，等你玩一趟就知道了。

382

她紧锣密鼓地启动城市合伙人招募计划，找一家模特经纪公司，精选十几个模特，拉着一票的美女帅哥培训一周，又邀请医美界抗衰老专家、生活心理专家，租艘大型游艇，把潜在合伙人邀请上去。

等人一上去，撤掉梯子，游艇快马加鞭，驶得远远的，直到四边茫茫看不到陆地，才缓下来，随着浪与云漂荡。这3天，美人、美酒、美食，谈商业更谈风月，讲赚钱更讲健康。一拨糖衣炮弹之后，刘斐开始画大饼，精心邀请的工业机器人行业演讲专家唾沫横飞，金句不断，诙谐中不忘严肃，每每在听众爆笑欢呼时抛出论点，旁征博引，数据和案例俱全，甚至详尽得过分。一幅壮丽的中国制造业自动化蓝图在多少有些狭小的船舱里徐徐展开……智能机械、无人工厂，中国在与美、日、德等发达国家的智能制造较量中有望胜出的大好前景，睿立工业机器人即将攻占中国智造的美好"钱景"。

会议室外，每一块显示屏上都循环播放着拍摄精心、配乐磅礴的纪录片，实则是招商广告。无穷无尽曲折连绵的狭小空间里，未来的合伙人们无法上岸，无处可逃，被信息灌输得哈欠连天，然而亢奋。刘斐适时放出睿立机器人工作站城市合伙人招募计划，放开地级市4S店加盟。眼前可见的赚钱速度和空间就如眼前可见的美色、美酒，让未来的合伙人们热血沸腾。这次海上游艇招商盛会，当场签约押金600多万元，预付款5000多万元。

没想到，把酒业营销模式拷贝到机器人领域，这种错位异化的手段居然有奇效。"花样可以玩得天花乱坠，屁股可不能挪来挪去。"黄立工想起她以前说的话。既然方法大获成功，她肯定不是简单地套用，红酒也好，工业机器人也罢，所谓营销，终究是人性。她拷贝的是对商业的理解、对人性的理解，剔除红酒行业的经验色彩，重新照进工业机器人的沟壑里。换个行业照样成功的人，大抵如此。

刘斐看他兴致没有很高，从墨镜的镜片后睨他："嫌少？"

"哪敢？！"黄立工赶忙在嘴边挤出微笑，"钱永远不嫌少，只是远水救不了近火。"

"哪些大钱不是一笔笔攒出来的？哪些成功不是一步步熬出来的？你啊，老想全部押注，赌一个人，赌一把手气，要么大获全胜，要么一无所有……"说着刘斐自个儿都"扑哧"笑出来。

黄立工低沉压抑的心情散去一些，他忽然想起一处关节："和他们的协议给乐阳报审没？他们的钱进账户了？"

刘斐"嘿嘿"地笑："没，都被扣在我的手里。"

"做得好！"黄立工也"嘿嘿"地笑，两个人之间生起一股默契的氛围，"这笔钱要是给我们的就好了。"

"嗯？"

"钱进了公司，总不能拿公司的钱回购公司股份吧？"

"公司也需要钱啊，打官司要钱，官司要是输了，后面的发展更需要钱。"刘斐说，"回购股份的钱也一样，一家一家地要，一笔一笔地攒。"

"一笔笔攒，等攒到3亿，恐怕乐阳早破产了……"

刘斐摘下墨镜，瞄了一眼后视镜，换条车道，正经地说道："人自救，而后天救之。"黄立工默然。刘斐不耐烦看他的低沉模样，问他："那个你哪儿去了？！一点儿破事就把你搞成这样。"她问的是那个和她在明白酒时联袂出击，情势再无望也会笑嘻嘻地馊主意接二连三的人哪儿去了。对于她，那是黄金年代，腾挪闪转无所畏惧，衣袂飘飘不愿回头的年代。那是记忆里只属于两个人的年代。

黄立工苦笑，3个亿在女人那里也只是个小破事。他闪过一个念头。

"让他们直接把钱给我们，怎么样？"

刘斐愣怔，用手指了指他，又指着自己："我们？"

黄立工用力地点头。刘斐纳闷儿："你是想卷款跑路吗？还挺仗义的，想着带我。"

"去你的。"黄立工的手在空中一挥，"我想拿出睿立科技一定比例的股权，让经销商认购。"

"哦，让经销商出资购买股权啊？"刘斐像松了一口气，又像有点儿遗憾。如果他真的想带着她携款潜逃，她自然会阻拦，但是……但是那也很让人高兴啊。

"对，我们还不能贱卖，要设计一下未来3年的销售额度。"

"他们的收益寄托在睿立科技上市上？"

"金手铐。"黄立工得意地说，看了一眼刘斐的手腕，"这是给经销商的金手铐，利益和忠诚捆绑，用未来的大收益犒劳他们的坚守。"黄立工的手指斜斜地往上，画出一道上升的曲线，"当然也要有眼前可见的利益，价格折扣、销量返点，还有其他各种优惠，这是现实收益。"

"听着有吸引力。"刘斐微微点头。

"嗯……不能让所有经销商都有资格认购股权。我们得设置门槛，太容易获得的东西反而不值钱，他们会不珍惜。"

"太容易获得的东西，反而不值钱，这是什么意思？"刘斐瞪着他。黄立工哭笑不得，赶紧说下去："给他们3年任务额，如果有1年完不成，就取消认购资格。"

刘斐反对："这条件有点儿苛刻，2年干得好好的，有1年出了点儿岔子，就取消认购资格，他们肯定不干。"

"嘿嘿，我是怕你不干。"黄立工说，"他们有不少人炒股吧，肯定知道上市之前的原始股是什么概念，再苛刻的条件也会抢破头的。"

"不太对……嗯，不能取消认购资格。"

"怎么了？"

"如果要完成3年任务额才能确认认购资格，岂不是要3年后才收钱？！"

"是，得先把钱收上来！"黄立工说。在和钱有关的事情上，他反应很快，"要不分3年确权，每年完成任务额，给予额外股权奖励，越往后奖励幅度越大？"

刘斐总觉得哪儿还有问题。黄立工趁着兴致，比画着计算任务额和股权激励的设置空间，计算他能通过这个认购计划收上多少钱。刘斐和他说了句什么，他正沉浸在计算出的大数额里，没听见。

"喂！"刘斐大声喊。黄立工被吓了一跳："咋啦？"

"你这个行不通，涉嫌非法集资，知不知道？"

"怎么可能？我们有标的物，是实实在在的企业。有的公司还和员工筹资呢，也没说是非法集资啊。"

"你查一下。"

黄立工拿起手机，查出条文："有四条规则可以认定是非法集资……"他看着刘斐，念出来，"第一条，未经有关部门依法许可或者借用合法经营的形式吸收资金。"

"我们没有获得部门依法许可吧？"

"这不难，如果需要，那就找部门审批。我可以找黄副主席。"黄立工说。黄副主席是黄卫东，江城市前主管招商、科技和工业的常委副市长，已经退居二线，目前在省政协担任副主席。

"第二条，通过网络、媒体、推介会、传单、手机信息等途径向社会公开宣传。"他接着念，有些不解，"这太宽了吧，大家一块儿吃饭介绍政策，也算非法集资？发个短信介绍一下都算？"

"应该不算。"刘斐以前摸索过这块儿，还有印象，"我们做这些是针对经销商，是特定对象，不是向社会公开宣传。"

"第三条，承诺在一定期限内以货币、实物、股权等方式还本付息或者给付回报。"

"就是这条，基本上坐实了，我们是在以货币或股权给付回报。"

"还得看现实中具体怎么理解和执行吧？要不然，企业连筹款都不可能了。"

"主动权就不在我们手里了，对还是错，决定权是别人的。"

"我找些做过的人来问问。专业的事情交给专业的人来做，总能解决的。"黄立工接着念，"第四条，向社会公众即社会不特定对象吸收资金……嗯，这个不用念了，和刚才一样，说的是不能针对社会不特定对象，我们针对的是经销商，特定对象。"他放下手机，看着窗外，路和田野都越来越熟悉，已经快到武山小镇，"睿阳不在啊？"

"他和凌渊若去纽约了。"

"事情顺利吗？"

"这个凌姑娘不赖，做事认真，对行业和技术理解得很快，总结得比我们还到位。大家都很服她。"

"那我就放心了，以后交给他们俩。"黄立工长舒一口气。刘斐瞥了他一眼，说："你怎么请到凌姑娘的？我听说，我哥对她很不一样，好像看上她了。"

"真的吗？"黄立工一愣，忽地想起在纽约见到凌渊若那天的微妙气氛。"你能去中国吗？"他那时候就应该想到，去中国，甚至是去武山小镇，对她是有特别含义的。"我很高兴。"汪妙的声音里带着哽咽。这里对她们都是有特别含义的。黄立工忍不住微笑，很快就难以遏制喜悦，拍着大腿，欢快地大笑——他无意中瞥见了隐藏在时间里的秘密。

"看来是真的了。"刘斐的嘴角带着喜悦。

"好久没有这么高兴的事了。"黄立工的声音里也有一股洋溢着感激的兴奋。他靠在座椅上,闭上眼睛,"到公司喊我。我歇一会儿。待会儿还有很多事要想,很多地方要跑,很多人要见。"

刘斐猛踩油门,车加速前行。

回到办公室里,黄立工把白板拉出来,蹙着眉头沉思。

"胖哥最近有过来打探我们的消息吗?"他忽然问。

"哼,给我撅回去了。"

"嘿嘿,好,给他多放点儿烟幕弹,就说我在为专利官司焦头烂额,脾气恶劣,形势很严峻。"

"我怕他短期内不敢来惹我们。"刘斐轻松但自信地说。黄立工笑起来:"给他们集团法务什么的多抱怨抱怨,效果一样,由不得他不来惹我们。"

刘斐的双眼放光:"这活我爱干。你要攒钱啦?"

"还是要攒一笔大的,一次攒够!"黄立工说,"不过你教训得对,我求救太早,没有诚意。人自救,而后天救之。"

他拿起马克笔,在白板上比画。

"第一件事,不管是国内资金还是国际资本,我得搞定出价的问题,让他们觉得,睿立科技的未来大有可期,值得他们接盘。怎样让别人相信你的未来?"

"未来正在来。"刘斐大大咧咧地说。

"对!"黄立工赞赏地说,"让他们看到,即使没有他们,未来也会到来,只是慢一点儿,辛苦一点儿。所以,我游说他们钱进来后我们会去做的事,现在就得去做。"

刘斐的眼里光芒闪烁,这才是她记忆中的那个黄立工。

"第二件事,搞定胖哥,我得尽快把回购价格给谈下来。"

"那你的形象还得再差点儿。"刘斐有点儿惋惜地打量着黄立工。

"你就可劲儿在乐阳工业面前编派我,我不会告你造谣的。"黄立工笑着说,"第三件事,我们得自己回购。"

"为什么？"刘斐一愣。

"我原来也想得简单，总觉得两边都谈妥，直接交易就行。但是，让资方和胖哥直接关联，太容易出事。如果胖哥不讲诚信，唯利是图；如果资方想要控制权……这些都太有可能。要完全切断他们之间的联系，就得把股权都收回到自己的手里。"

"那就是得自己筹措资金？"刘斐倒吸一口凉气。

"是的，我自己拆借3亿多现金。"

黄立工把马克笔扔到办公桌上。

32 专利战陷阱

实验室、资料室、测试车间、生产车间……凌渊若3天用完两本笔记本，复印三大纸箱材料，全都搬到她的临时办公室里。她和刘睿阳一起飞回纽约，参加撤销临时禁令的听审会。法官做出撤销决定后，她回到律师事务所，打了7个电话，请行业内的朋友打听某些领域的专家名字和联系方式，接着安排所里的助手查询几个判例以及帝工集团以往的类似案卷。还剩下两个小时，她和刘睿阳回到长岛的小公寓里，重新收拾行李，洗个澡，冲两杯黑咖啡，在阳台上边喝边看着无边无际的楼宇灯火，说几句闲话，然后赶赴机场。

回到中国后，凌渊若临时办公室里的纸箱越来越多，堆满墙角。

最后一个纸箱被搬进来，凌渊若叫来刘睿阳和李艺、李佳，四个人围着办公桌，纸箱挤得过道狭窄，人几乎要爬进椅子里才能坐下。

凌渊若看着她面前的本子，微蹙眉头沉思。摊开着的那页，几乎每句话后面都跟着一个或几个问号，有些话上用红笔或蓝笔做着记号。

"我们这次是不是凶多吉少？"李艺看着她的神色，心头很是沉重，毕竟这是在他的领域里起的祸端，话在嘴边转了半天，他还是问道。

凌渊若轻轻摇头："单就这场官司而言，我有很大把握，帝工集团赢不下来。我能找到好几种辩护策略，但是……"她的指头轻轻敲着本子上的字迹，"这些天我们一起讨论和挖掘，整理出十几个关键问题。在这些问题上，他们缺乏真正强有力的证据，但我们也同样缺乏强有力的证明，能够真正地去终结官司。"

李艺稍微松了一口气。李佳不解地问："我们不需要去证明自己没有侵犯专利权吧？是帝工集团提起诉讼，举证责任应该也在它。它得想法子证明我们侵犯它的专利权了吧？"

"是的，但这能达到的结果也只是帝工集团无法在法庭上告赢我们，不代表它不能拖垮我们。"凌渊若说，"对我们不利的东西太多。比如，就说这个最简单的，我们的RV减速机的安装尺寸，和帝工有些系列的减速机一模一样。"

"他们在这上面没有申请专利，也没法申请专利，应该不算侵权吧？"李艺说。

"确实不构成侵权，不过，如果在基本结构和接口上都完全仿照他们，在其他更重要的方面又给不出有力的证明，那法院很自然会倾向于支持他们。至少是一种合理怀疑。"凌渊若说，"这是一种高明的专利陷阱。帝工集团没有直接申请安装尺寸的专利，但是在其他专利里把安装尺寸作为要件之一列上。到时候它会用其他专利作为武器进行攻击，以它丰富的诉讼经验，把官司拖个三五年，甚至更长，都不是问题。这么长的时间，我们的资金、资本、供应链都会受很大影响，甚至会被拖垮。"

三个人都吸了一口凉气。实际上不只他们如此，国内后起的RV减速机研发者，大多会模仿帝工减速机的结构，别说安装尺寸，甚至有些产品的命名都会仿照帝工的命名格式。个中原因，倒不能说是因图省事或做不出而抄袭，因为有些结构不同的减速机，也会使用与帝工减速机一样的安装尺寸。大家主要是出于市场和客户体验方面的考虑，以帝工集团的市场垄断地位，要让客户迅速地接受新产品，他们必须最大限度地减少客户的更换成本，安装尺寸一样，才能什么都不用改，只需要把新减速机换上，就能继续使用，无缝切换。

"这还不是最可怕的。专利战不只是一场官司而已，我们可以把帝工的这次起诉理解成前哨战。"凌渊若把本子翻过一页，那页上用大字写着一个问题，用红笔在下面画了两道以示非常重要，"在减速机的研发和生产过程中，实际上我们拆解并借鉴了从老康那里得到的帝工旧生产线。"

"我们做过最大限度的规避。"李艺说。

"和安装尺寸的问题有些类似,都是专利陷阱,但这是主战场,因此更危险,也更难回避。从起诉材料上来看,帝工集团已经怀疑到这一点,并非常重视,但是它很狡猾,没有直接主张,而是在外围发起很多攻击。"凌渊若说。对于睿立来说,这几乎是一个死循环,如果避实就虚,会陷入被动,官司旷日持久;如果要正面阐述自己如何实现减速机的创新突破,难免要牵出那条帝工的旧生产线。凌渊若冷静地分析:"这是在逼迫我们提交更多实质性的材料,稍有不慎,被帝工集团挖掘到足够致命的漏洞,它就会找到新标的物,发起新诉讼。就算减速机侵权官司我们最终赢下来,只要输了新的官司,一样是灭顶之灾。"

办公室里像是有一块巨大的石头在压着,听得到粗重的呼吸声。

"这是我们最大的问题。其他的问题,要么和它有关联,要么是类似的情况。"凌渊若合上本子。

"我们可以做些什么?"刘睿阳嗓子有些干涩,问道。

"帮我把这些材料都搬到我的住处。"凌渊若用拳头顶着太阳穴,重重地揉着,盯着屋角那堆纸箱,"这里太小了,我要好好看这些材料。"

"好!我们现在动手。"刘睿阳费劲地往后挪着椅子,站起来。李佳灵活地跳出椅子,严厉地制止他:"不行!老大,你负责调派小货车。我喊几个兄弟过来,搬箱子是我们的事。"

刘睿阳看向凌渊若,尴尬地一笑。凌渊若毫不在意地微笑。

"给我些时间,我必须找到正面辩护的策略。"她说。

33 施以援手

7天,5个城市。

黄立工拖着脚步,几乎是咬着牙走出首都机场,现在是第六个城市,他的最后一站。司机顺着机场高速进入城里,很快将车停在路边。路不宽,两侧的树冠遮天蔽日。黄立工出车门,疑惑地看到这里人声鼎沸,噪声四起,不像是办公楼,更像是演唱会场地外。等在路边的助理领着他,穿过排队的人群,绕到后门,从贵宾通道直接进去。

马晓涛正在贵宾间看台里等着,站在栏杆边,看着场内。场地四周的强光灯已然亮起,照得球场明亮无比,球员们正在场边拉伸身体,耍弄足球。观众席上快坐满了,球迷也在热身,挥舞旗帜,演练人浪。球赛还没开始,马晓涛已经兴奋起来,目光徐徐扫过热闹的观众席,扭动着身体。

听到黄立工进来,他迎上去,张开手臂,给了黄立工一个夸张的拥抱。眼前还是那个熟悉的浮夸笑容,还是那股熟络的亲热劲头,黄立工心里的弦一下松弛下来,身体疲软地靠在沙发上。

"甭管啥事,先陪我看场球。"马晓涛的食指在空中摇晃,马晓涛拿起一瓶水塞进黄立工的手里。黄立工费劲地拧开盖子,灌上一大口:"你还喜欢看球啊?"

"再忙,我一个月也会来看上一场。"马晓涛坐下来,搂着黄立工的肩膀,"这个社会,真像机器,人转得越来越快,越来越没劲。每个月来这里一趟,我心里就有底——原来人还是那个德行,狂热、激动、跟着激情走,我那些传统的商业还是有戏的,我那无聊的生活还是美好的。"

"我还挺羡慕你。"黄立工"哈哈哈"地笑起来,疲软弥漫到身体的里面去。他闭上眼睛。

球员入场,球赛开始,体育场里像柴火上的汤锅,此起彼伏地冒起热烈喧闹的气泡。黄立工趴在栏杆上,没看球场,而是环视着观众席。许茜茜?他揉了揉眼睛,是她。她坐在对面的贵宾间里,手里端着红茶,优雅地喝了一口,身边的小桌上是一个3层的点心塔。小桌旁,坐着一个穿着燕尾服的男士,看不清脸,但看得出十足的英伦绅士派头。

黄立工着急地冲许茜茜挥手。许茜茜转过头来。她看过来了,看过来了……黄立工的心头一阵激动,她看到我了!许茜茜看到他,但是目光未曾在他的身上停留片刻,一扫而过,像扫过一个脸熟的陌生人。她转过头去,目光落在身旁的英伦绅士的身上,两个人轻声说着什么。黄立工低下头,看不到自己的脚,底下似乎是烟雾弥漫的万丈悬崖。他忽地转过身,看到旁边的包间里，刘斐正凝视着他。他犹豫了一下，看了看墙，墙上有门，门上有把手，他站起来，深吸一口气，要向那个把手走过去。

把手在摇晃着他。他转过头，迷迷糊糊地睁开眼睛——体育场里的喧闹声一下子变得真切起来——有人摇晃着他的肩膀，是马晓涛。马晓涛俯身看着他，在说着什么。他疑惑地摇头，马晓涛的声音很大，可他无论如何都听不清，在脑子里组织不起任何意义来。他费劲地摇摇头，又合上沉重的眼皮。

许多的事在远远地退去，许多的脸一闪而过。黄立工伸出手，想要挽留些什么，眼前的一切都在顺着并拢的指缝急速地漏下去。他把手往回一收，猛地坐起来，发现自己攥着拳头，坐在沙发上，满头是汗，喘着粗气。

马晓涛拿着矿泉水瓶往嘴里倒，挑着眉毛看着他。

"我是你的救火队长。"马晓涛手指毫不客气地指着自己，声音有点儿嘶哑，"你大老远地跑过来，急忙忙的，我当天塌了呢，原来只是睡一觉。你早说，我给你安排。"

黄立工晃了晃脑袋，让自己彻底清醒过来。

"赢了？"他问。

"赢了！我喊得那么有激情，你都不带醒一下的。"马晓涛有点儿遗憾地说，"你是欠了多久的觉？"

"我不能睡……这次不扛过去，我以后有的是时间睡觉——永远都躺着。"

马晓涛的脸上泛起笑容。黄立工正待把自己眼下的状况和马晓涛聊聊，马晓涛伸手制止他："走，我带你去彻底清醒清醒，到那儿再说。"

"溢价10%？！"马晓涛有点儿不相信，这两年来，他接触过不少智能制造的产业园项目，心里清楚得很，RV减速机和智能视觉系统，随便拎哪个出来，都是风口里的蛋，只要能孵出小鸡，就能刮上天。乐阳工业在小鸡破壳而出前养了一年多，怎么可能会这么个条件就放手呢？黄立工很确定地点头："我能搞定。"

"这有点儿意思啊。"马晓涛琢磨了一会儿，说，"入股够呛。我家老头儿不投资实业，别看我们天天叫嚷着看好这个看好那个，实际上投出去的子儿没几个，都是做给上头看的形象工程。"他费力地抬起头，侧过脸来，探询地看着黄立工,"要入股的话,华普比我合适多了。你不是说和那个汪总是战友情谊吗?"

黄立工也费力地侧过脸来,两个人趴在按摩床上,这个姿势交谈很是不灵活:"战友嘛,是朋友,但也会互相搏斗。我们和华普机器人是同行对手,总有一天会正面竞争。同行吞并,完全不可控。"

马晓涛动了动头,权当点头:"也是,要么资源互补,要么纯财务合作。"

"你说入股够呛,那就是别的能行?"

马晓涛笑了,用调侃的语气说:"你都找上门了,我也不能眼睁睁地看着你长眠不醒啊。救火队长、救火队长,见死总得救一救啦。"黄立工跟着笑起来。马晓涛接着说,"过桥资金……也不是不可以入股,但这笔资金太大,我得先保障安全。"

他说的是可转换债券,黄立工心里了然。马晓涛够狠的,但也实属商人本色,越大的买卖,安全就越要排在赚钱之前。

"先小人后君子。可转换债券是给你个人或你的关联公司,得用你个人所有的资产来质押。"

"所有资产?"黄立工心一颤,继而苦笑,"我没啥资产,一套房子,不值啥钱,其余的也就一些股份……"

"对!就用你持有的股份,包括减速机和智能视觉系统公司的。"马晓涛打断他的话,"你要记住,最大的质押物是你的信誉。"

黄立工已经被逼到墙角,逼到极致,此刻能够雪中送炭的,就是白衣骑士。即便是白衣骑士,也只能如此了。黄立工想起当年看过的新闻,蒙牛的牛根生上市对赌失败,控股权即将旁落,是一群大佬出手,帮他解困。如今黄立工身在局中,才真正地体会到,报纸上轻描淡写的这么几句话,背后有着多少不能为人道的汹涌暗流。

然而,在这节骨眼儿上,能出手的人,都如珍稀动物,时时听闻,但难得一见。

"好!"黄立工几乎感激地答应。

马晓涛嘴里满意地哼唧两声,用力地拉伸身体,准备结束这一轮按摩。

"我是你第一个找的人?"他冷不防地问。

"你是最后一个。"黄立工答得干脆利落。

马晓涛"嘿嘿"笑了两声，瞅着他。

"你是我最相信的人，唯一一个我觉得能托付的人，所以，我向来把你放在最后。你是我最后的希望，能搞定的事，我不会轻易找你。"黄立工平淡地说，尽量掩饰话语中的诚挚的情感。马晓涛沉默了一会儿，说："也真是奇怪，我从来不当你是哥们儿。"他摇了摇头，"和你玩不到一块儿。你太没劲，工作就是生活，生活就是工作，带你玩不但没意思，还会败兴。"黄立工苦笑，接不上话来。"但是，我当你是朋友，和你合作，有点儿意思。"马晓涛的声音慢悠悠的，"我哥们儿有很多，多疯多变态的都有，朋友……只有你一个。"

马晓涛跳下按摩床，整了整身上的浴袍，对黄立工说："我去泡会儿温泉。"他趿拉着拖鞋要往外走，转头对按摩师说："你们好好服侍他。他才是大爷。"

34 利益开路

黄立工被闹钟吵醒，看了一眼手机，5点，只睡了3个小时。他昏昏沉沉地洗漱，拖着行李箱下去，马晓涛的司机和翻译在大堂里等着他。

他本来约弗兰克在北京见面，但弗兰克要求改在香港。他只好一大早从北京飞去香港，直奔四季酒店。坐在4楼的餐厅里，他看着窗外，维多利亚港风平浪静，香港会展中心犹如一只巨大的海龟，镇守斯地。

弗兰克是斯克公司的CEO，高大瘦削，身材匀称，喜欢运动，尤其是游泳。他进来的时候，穿着休闲西装，满脸笑容，和黄立工、翻译一一握手。

"去游泳了？"黄立工看他的头发湿漉漉的，问。

"这里的泳池很好，像遨游在天空之中，你一定要去体验体验。"弗兰克愉悦地说。他昨晚抵达香港，黄立工给他在四季酒店订了房间。今天吃完早餐，他迫不及待地换衣服，去了顶楼天台的游泳池。他在那里游过两次泳，一直念念不忘。游完泳，他披着浴巾静卧在躺椅上，俯瞰维多利亚港的集装箱船、九龙半岛鳞次栉比的高楼和川流不息的车辆。

"我们吃饭，边吃边聊。"黄立工做出邀请的手势。服务生正在端上前菜，乳猪、叉烧、烧鹅，典型的香江风味。这家餐厅是有名的米其林三星餐厅，很难订座，还是马晓涛找人帮忙订到的。

弗兰克坐下来，饶有兴致地看着前菜，毫不掩饰对色泽、刀工和摆盘的欣赏："像艺术品。"

这个英国人不难打交道嘛，黄立工心想。联系斯克公司之前，牛朝旭提醒过他，英国人不好打交道。

弗兰克对桌上的菜肴兴趣满满，样样都品尝一下。他吃得不多，很快就拿起白毛巾，擦擦嘴，搓搓手，一脸"我吃好了"的表情。

黄立工也跟着停下筷子。

"黄先生，我们谈正事。"弗兰克正襟危坐，说。

"我想和你进行业务合作，深入的业务合作。"黄立工说。他没有提起与并购相关的字眼。弗兰克打量了翻译一眼，可能也注意到了这一点。黄立工在前期接触时没有明确抛出并购的意向，但话语和姿态有意无意地做了些暗示。

"在中国区的业务，我们已经有合作伙伴。"弗兰克说。

"日本山岚自动化？"

"是的。"

黄立工用手指在桌子上点了3个点，画出一条折线，把这3个点连在一起："为什么不直接一点儿？"他画出一条直线，直接连接第一和第三个点，"山岚自动化虽然是日本公司，但主要业务都在中国，直接授权给中国公司不是更好吗？"

"我们是多年的战略合作伙伴，一般不会轻易更换。"弗兰克轻轻摇头。

在这个利益至上的商业世界里，这是迂腐还是忠诚呢？而且，都不需要弗兰克单方面毁约，黄立工得到情报，斯克公司与山岚自动化的战略合作协议还有四个多月到期，双方正在商谈续签事宜。夜里仍拥抱着日不落帝国的残梦……黄立工忍不住提醒他："如果考虑到公司的未来发展呢，中国已经是世界最大的工业机器人市场，目前仍在快速地增长。和中国企业合作经营中国市场,效率高、应变快,而且有本土优势。"黄立工列举数据,佐证睿立科技在中国市场的影响力以及市场占有率。

"我知道睿立科技。"弗兰克说,"我们有个热点议题,中国新工业崛起,说到中国工业机器人,你们是必提的名字之一。"

黄立工和翻译要了一张白纸和一支笔,身体靠着桌边,离弗兰克近一些,用英文低声问:"你在斯克公司一年薪水多少?"这句话他事先练过好几遍,虽然口音生硬,但相信英国人听得懂。

弗兰克有些古怪地看着他,很少有人会这么直接地问这个问题。

翻译起身表达歉意,他需要去一下洗手间。黄立工点头,这个翻译不愧是马晓涛的手下,很识趣。自从许茜茜离开后,他最直接的痛苦就是没有翻译,这次来香港,还是靠马晓涛仗义,把手下的翻译借给他用一天。

"大约30万英镑。"弗兰克看着翻译远去的背影,若有所思地低声说。

黄立工在白纸上写下几个数字,递给弗兰克。弗兰克吃惊地看着上面那行简单的算式:$30 \times 2 = 60$。他抬头看着黄立工,黄立工一脸认真,一点儿开玩笑的意思都没有。

睿立科技销售部门报送上来的销售预测显示:新年度对斯克公司系统集成的需求量为至少50万套。睿立直接从斯克公司订购,比起从日本采购或与日本企业合作,每套单价低上4~6欧元,也就是总采购成本直接下降200万~300万欧元,换算成人民币就是节省1400万至2000多万元(1欧元≈7.2592人民币)。

对于弗兰克而言,他几乎不需要做什么,只是合情合理地更换一家战略合作商而已。黄立工看到弗兰克的神情变化,那是人类的坚持与欲望在斗争。

弗兰克沉默了一会儿,说:"我半个月内答复你。"

黄立工听懂了,做了一个OK的手势,把写着数字的白纸拿过来,折叠好,放进自己的上衣兜里,拍了拍。

35 独辟蹊径

李佳拎着一个朴实而耐看的蓝色印染布袋,走向刘睿阳。

"老大,是不是该去看她了?"

刘睿阳抬起头,微皱着眉头,这声"老大"叫得他怪别扭的。这帮家伙虽然尊敬、信服他,面上可不恭敬,嬉笑自如,说话也不带转弯和避讳,这几天不知怎的,各个装模作样地叫着老大。

"她都在小屋子里关了十多天了,光打电话,人都不出来。你可得常去关心一下,她大老远从美国过来,不容易。"李佳"嘿嘿"地笑,从布袋里拿出一个塑料保鲜盒,里面满满地装着水果,一侧堆着哈密瓜,另一侧堆着桃子,都切成块,个头儿匀称,码在一起,很是精致,最边上的一块桃子上,还插着两根牙签。他往后偏了偏头,"姐妹们的手笔……兄弟姐妹们都很关心她啊,听说美国水果又少又贵,就想办法搜罗好水果,想着别委屈了嫂……大律师。"他把保鲜盒放回布袋里,把提手塞进刘睿阳的手里。瞅布袋的容量,里头起码装了3盒切好的水果。

刘睿阳哭笑不得,接过布袋,扫了一眼同事们,他们手里的活没停,眼睛正看着这边,脸上都露出微笑。刘睿阳也就不推托了,心里正想着去看看凌渊若。

李佳跟着他走出门:"我送你过去。"

路上,刘睿阳的电话响了,他拿起手机看了一眼。李佳看他的脸色,知道是凌渊若的电话,笑着说:"我说去的是时候吧!"

刘睿阳瞪了李佳一眼,接通电话。"我发现一个东西,可能很有意义,要是方便的话,你把他们几个都叫过来吧。"凌渊若的声音里有着隐隐的激动。

李艺赶到的时候,其他三个人正在吃哈密瓜等他。

李佳用新牙签叉上一块哈密瓜,递给李艺。李艺坐下来,哈密瓜还没送到嘴里,听到凌渊若发问:"减速机是怎么解决精度问题的?"

李艺举着牙签,思考着怎么回答。

"通俗一点儿，我想看看我的理解是不是对的。"

"还是老方法，过盈配合。"李艺咬下一口哈密瓜，解释说。我们可以简单地理解，减速机精度主要取决于齿轮的啮合程度，间隙过大，啮合不好，精度就上不来。在材料和工艺都不够理想的情况下，国内减速机厂商常用的方法就是过盈配合，让齿轮之间挤靠紧密，消除掉所有可能的间隙，让产品出厂时达到很高的精度。但是代价相应而来，装配过紧会导致内部应力过大，部件超额磨损。一方面，机械长期在非正常工况下运行，使用寿命很受影响；另一方面，超额磨损也会很快造成新的间隙甚至齿轮松动，精度迅速地下滑。这也是为何很多国产减速机出厂时表现优秀，但半年后就陆续出现各种问题，性能迅速地下滑，甚至连基本的要求都达不到，只能报废。

"过盈配合的话，会导致噪声和发热，对吧？"

"是的，机械的噪声和发热，说明局部齿轮啮合不良，通常在稳定性和寿命上都会表现得不理想。"

"睿立的减速机刚开始也被噪声和发热困扰，有些发热量甚至很惊人，但是到量产的时候，这两项指标下降得很快。你们是把这两个问题解决了？"

李艺摇头："要真正地解决问题，只有老老实实地提升工艺水平。材料、设备、热处理、磨削、装配、检测……生产和装配的精度全面提升，产品精度自然就上去了。但是，这些短期内不可能实现，所以只能想别的办法。"

"什么办法？"

"是刘工的思路。"李艺转向刘睿阳："你说吧，你说得比我清楚。"

凌渊若看向刘睿阳。

"前期的减速机60%有明显的噪声和发热，那就是说40%的过盈程度是合理的，或者齿轮配合得好，不需要微过盈。我们的零部件是随机装配的，我就想，能不能找出这40%和60%的系统性差别，有没有可能是误差同步。"刘睿阳看了看凌渊若，打了个比方，就像螺丝钉和螺丝帽，加工精度够高，口径误差控制得好的话，任何一个螺丝钉和任何一个螺丝帽都能完美地拧上。加工精度不够，误差偏大，那么随意两个螺丝钉和螺丝帽要么太松，要么太紧，完美地拧上的比例不高。但是，如果它们能够完美地拧上的话，这说明什么？"

"说明什么？"

第四章　国际征途

"有可能这两个零件的误差凑到一块儿了。螺丝钉比设计标准大了1毫米，那个螺丝帽刚好也大了1毫米。"

"啊哈！"凌渊若有些兴奋地敲着桌子。

"减速机的情况要复杂得多，但是基本原理是一样的。我们对零部件进行图像建模，用算法总结和分析误差同步的模式，把那些精度不够但是彼此配合良好的零部件匹配在一起，然后再进入装配环节。"

"你们认为，减速机精度的提升有多大比例可以归功于这个方法？"

刘睿阳看着李艺，李艺摸着下巴："我们没有精确地算过……毕竟为了改善精度，我们并不是只做了一件事。但是，从前期的数据来看，我相信至少有一半，或者比一半高得多。"凌渊若站起来，搓着手："这么出色的创意和成就，你们以前给我介绍的时候，为什么那么轻描淡写？"

对于凌渊若的高度认可，刘睿阳很高兴，但还是老实地承认："这实在算不上成就。它本质上是一个补丁，给我们生产精度不够这个 bug（缺陷）打的补丁。"

"终究有效地解决问题了，不是吗？"

"其实这是有悖于现代工业精神的，因为我们对每个零部件都要特别对待，单独处理。用最不标准化的方法来解决标准化问题，对成本和效率很有伤害。帝工集团的材料品质和工艺精度很高，他们不需要这么做，在生产线上直接就可以做到，响应快，成本低。"

"这就更好了！"

"啊？"刘睿阳愕然，李艺和李佳也纳闷儿地看着凌渊若，不明白这好在哪里。

"这不就从正面说明，帝工集团的方法和思路，也就是它的专利，并没有给睿立科技在减速器的研发上带来太多加成，甚至还能证明，他们做不到你们能做到的事情？"

"对啊！"李佳第一个拍桌子，冲凌渊若竖起拇指，"他们都做不到，自然就不是我们侵权了！"

"这是我们的起点，我会挖掘下去，构建出完整的应诉策略。"凌渊若难掩兴奋，转头对刘睿阳说："顺便说一句，我反而觉得你的解决方案很有价值。你是从狮子的视角去看问题。你们的解决方案对帝工集团毫无意义，但是对于后发国家的追赶者，那些和睿立科技一样处境的企业，意义比你想象的要大。这种意义甚至是战略性的——类似于人类文明技能树那种概念。"

"狮子和羚羊……"刘睿阳的眼睛里闪过意料之外的喜悦，"下次我得好好向你请教这个问题。"凌渊若笑吟吟地说："好啊。"

李艺忙不迭地说："叫上我啊，这个问题确实很……"

李佳狠狠地一掌拍在李艺的大腿上，把一块哈密瓜塞进他的口中："吃瓜，群众！"

36 并购德企

黄立工听到凌渊若的好消息，第一反应是保密。

"最高机密！"他马上叮嘱刘斐和刘睿阳，"这件事绝对不能让第七个人知道，甭管是谁，我爸来了，也告诉他专利官司快搞死小黄了。"

刘斐心领神会，胖哥随时都会找上门来，他们不能节外生枝。

黄立工急急忙忙地补充："不行，这还不够。"万一胖哥就是沉得住气呢，或者被什么意外捆住手脚，没来得及反应呢？专利官司的进展可不由黄立工控制，一旦胖哥磨蹭到官司明朗后，被动的就是黄立工自己，"桂花，放大招！给他坏消息，逼他动！"

刘斐马上把坏消息转一道手，传到乐阳工业董事长的秘书的耳朵里。这位秘书脾气不太好，前些天乐阳工业股价再次大跌时，还给黄立工打电话兴师问罪，问专利诉讼这么大的事，为什么不及时知会他？他都已经被监管部门问询了。

这位秘书的反应正中黄立工下怀，他回复三个字："问胖哥。"这三个字黄立工说得理直气壮，专利官司每个坏消息、每个要花钱的地方，有的没的，他都提前告知胖哥，胖哥只觉得他是借机花钱，还花的是美元，大不情愿，还得黄立工威逼利诱才松口。

第四章 国际征途

果然，电话很快就到，黄立工拿起一看，却是汪自强。

"黄总，华普的梦想……"

"成真了？！"黄立工一直记着这事呢，急忙问。

"请你来上海参加庆祝会，共同见证！"

黄立工飞到上海，赶往华普产业园里的五星级酒店，开场是新闻发布会，华普收购酷开。刚听到这句简单的话，黄立工身上起了一层鸡皮疙瘩。工业机器人四大家族之一的酷开，现在归属中国了，果然是疯狂的梦想，果然成真。接下来是庆祝酒会，看着满厅的绅士淑女，灯光摇曳，看到汪自强在人群中接受潮水般的祝贺和致意，黄立工仍有强烈的不真实感。

等汪自强终于清闲了些，黄立工拿起高脚杯，走向他。

"这才叫梦想！"黄立工举起酒杯，由衷地说，"我现在才懂，什么叫老兵不死。"

汪自强捏了捏黄立工的肩膀："欢迎加入老兵的行列。"

又有人拿着酒杯向汪自强走来。

"酒会结束后，你等我一会儿。"汪自强低声对黄立工说，转身向来人走去。

喧嚣散尽，空气寒凉，汪自强和黄立工拿着酒杯在酒店房间的大阳台上远眺黄昏。这是汪自强的习惯，在外住宿，房间大小无所谓，必须高，必须有阳台，而且阳台要够大。谈完事，应酬完，他站在大阳台上，无所拘束，登高望远，俯视楼宇车流，隐隐有怀抱天下之慨。

"汪总，你打死我我也想不到，你会收购酷开。"黄立工难以置信的感觉仍未消失。

"我也是先跳下山崖。"汪自强长呼一口气。他雄心勃勃，想把华普做成第一流的工业机器人企业，近年来势头虽然不错，但在汽车领域还是缺乏竞争力，屡遭四大家族之一的法克公司狙击。

酷开被帝工集团在减速机供应上"卡脖子"后，一度颇为狼狈，痛定思痛，意识到工业机器人的竞争已经到了不进则退的地步，必须积极进取，主动创造机会，在四大家族的内部竞争中抢占领先地位。然而，受金融危机余波的影响，酷开本身就面临很大的资金压力，更别说加大投入追赶同侪。酷开只好放出风声,寻求国际资本合作。汪自强嗅到机会,迫切的使命感让他决定收购酷开。最终,在与多家国际资本集团的竞争中,华普脱颖而出。汪自强亲自出马,打动酷开,其中的关键是,华普不仅仅是提供资本而已。华普懂工业机器人,尊重研发的独立性,并且旗下的华度汽车能提供强有力的应用场景支持,最大限度地实现产、研、用的结合。最重要的,这一切背后的关键词是,中国市场。

虽然在德国国家层面审查时一波三折,但华普还是将酷开揽入怀中。

获知德国政府审查通过的那天,汪自强正在抚顺,当即一个人冲进车里,驱车远去。

"你去了哪儿?"

"鸭绿江。"汪自强说起那天,声音里仍带着一丝颤抖。他开了3个多小时车,到丹东时已是黄昏,站在鸭绿江畔,中朝友谊桥边,触摸着锈迹斑斑的铁柱。江水声滔滔入耳,像六十几年前一样,诉说着人民军队的壮举。他在夜色中仰天长啸,大哭一场。

"那是你的父亲出发的地方……"黄立工说。

汪自强重重地点头。他的父亲是援朝部队的营级参谋,凯旋后,在老家的广播站工作,常在学校里讲述抗美援朝的英雄故事。幼小的汪自强站在台下,胸中满是骄傲,对他来说,鸭绿江是比家乡都要熟悉和亲切的地名。"中国人做事,讲究一口气。现在有这口气,我们能顶住比我们强的敌人;未来有这口气,我们要超过他们,比他们更强大。"这是他的父亲在世时说得最多的一句话。

黄立工端起杯子,和汪自强轻轻碰了碰杯。

"专利官司,进行得怎样?"汪自强问。

"不太乐观。"黄立工犹豫了一下,说。他斟酌着,尽量不把话说死,"压力很大,不过我们请了纽约律师,全力周旋,再过一段时间就能看出态势。"

"这本质上是专利战,要用专利去遏制专利。"

"我们在算法上有不少专利,在清扫机器人上也有些专利储备,不过都不是主战场,杀伤力有限。"

"酷开是典型的德国企业,有庞大的专利库。"汪自强微笑着说。黄立工听出他的言外之意:"汪总,你的意思是……?"

"这不只是企业纠纷，更是国家工业之间的较量。"汪自强说，"酷开刚收购完成，还不能正面去挑起专利战，正面挑战恐怕对你也没什么帮助，但是，通过授权、联合等形式，我相信能起到很好的震慑作用。"

黄立工心头掠过一丝惭愧，紧紧地握着汪自强的手。

"我去换套衣服。"汪自强说。他有不能推辞的酒局在等着。

37 通往独立的谈判

从汪自强处出来，黄立工拿出手机，看到 5 个未接来电，都来自胖哥的助理。

去汪自强的房间之前，胖哥的助理就打电话来了，黄立工没接，把手机设成静音，好好晾他一晾。第六个电话进来，黄立工接通，如他所料，胖哥果然按捺不住，明天一早要亲自杀上门来。

"来吧。"黄立工对胖哥的助理说。

第二天一早，胖哥带着乐阳工业的一帮部门老总，浩浩荡荡、气势汹汹地赶来武山。

越来越多关于睿立科技的坏消息传到乐阳集团大老板的耳朵里，他当即给这个胖侄子打电话下指令，无论如何都要止损。大老板几乎质押了全部乐阳工业的股权，股价再跌下去，乐阳工业就要拱手送人了。

这一票人在睿立科技整机、视觉系统、减速机各个板块转了转，再去工业园区转了转，回到公司会议室里，听取睿立科技关于专利诉讼进展的汇报。李佳是汇报人，给出的事实都很惨淡，竭力在惨淡的事实中表现出乐观来。胖哥听到一半，就招呼黄立工去办公室，让其他人留下来继续讨论，不用等他们。

"上次聊的事情，你那边进展得怎么样？"胖哥毫不客气地坐到黄立工的办公椅上，说。

黄立工心中暗喜，胖哥主动开口，这谈判已然成功一半，对于胖哥的不客气行为也就无所谓了。他不动声色地问："什么事？"

"黄总，别装了，咱们上次说的是回购。"

黄立工摆出一张苦瓜脸，摇头："问过不少人，地主都说余粮不够。"

"地主家有的是余粮。"胖哥哼了一声，"你没找对人。"

"那董事长有没有合适的推荐一下？"黄立工立刻把球踢过去。

"没有。"胖哥悻悻然。

乐阳集团爆雷后，乐阳系就像瘟疫，别人避之唯恐不及。曾经有财团看上乐阳工业，听取了胖哥的报告后，事情不了了之。如此几次，胖哥的信心都被折腾没了。

"我一直在找……"黄立工说，"不过他们都嫌成本太高，怕成冤大头。"

"不高！50%哪里高了？！"

"市场上的预期价格可是原价再打点儿折扣呢。"

"不行！我们是上市公司，高价进去，低价出来，股民肯定不干，会闹死我们。"胖哥一阵头大。他真正头大的自然不是股民，而是他的亲叔叔，每次接到叔叔的电话，他的手就哆嗦。

"你旗下不是有两个板块，一个减速机，另一个3D什么玩意儿，不是说它们都是'独角兽'吗？"胖哥问。他的语气不像是在质疑，反而更像是在询问如何应对。

"专利诉讼如果输了，什么'独角兽'？是'毒角兽'，有毒的'毒'，估值直接归零。你查查帝工集团打过的专利战，输过几场？"黄立工说。

胖哥点点头，前些时间联系买家时，有人对他说过类似的话。

"30%吧。"他主动把价格降下来。

黄立工一脸为难："能原价退出，我都得全力以赴去谈。"

"10%。"胖哥半晌才说道。他端详着黄立工，说，"这是我能给你的最低的价格，还得想办法沟通协调。"

黄立工把手压在办公桌上，倾身，压低声音，说道："5%！我想办法找人接盘，实在不行，我自己砸锅卖铁往里凑。"

胖哥不说话。

"这是个三赢的事。趁着官司不明朗，还能溢价出掉睿立，这对乐阳集团是好事。我找人接盘，自己还得砸锅卖铁，亏本买卖，但是我对这个公司有感情，也算是好事。你是居中的人，促成这个共赢的事，当然很有意义，也是好事，我不会忘记你的好……"黄立工没说完，用手指轻轻敲着桌面，真正的意思，都藏在没说出的话里。

胖哥听懂了，点头："行，得快！"

"这段时间，日常经营的事你们别管，不然干涉得太多，无法干活，影响筹款。"黄立工伸出手来。胖哥一口答应，把手握上。

38 全面反击

一切安排妥当后，黄立工知会许茜茜，登上去伦敦的飞机。从希思罗机场出来，上出租车，把许茜茜的名片递给司机，黄立工安心地靠在椅背上，看着车窗外。许茜茜这一天很忙，没有人手可以派去接机，她自己都是忙得脚不沾地，赶着在黄立工到来前忙完，好给他腾出时间。

出租车进入城区，伦敦的天空阴沉沉的，黄立工透过车窗看过去，伦敦之眼在缓慢地转动着，俯视着旧城的暗疾和新生。

黄立工刚在办公室里坐定，许茜茜就看着手表，说："我只有……50分钟。我们在这个时间里把事情谈完。"黄立工挠了挠头，心想入乡随俗，许茜茜人到英国，果然就变成老牌资本主义作风，时间就是金钱。他嘴上可不敢怠慢，直入主题："我想委托你帮助睿立科技寻找国际融资。"

"你上次来不也是为了这事吗？"

"是啊。"

"那……这次有什么新的东西？"

"我。"

许茜茜看着黄立工昂扬的神情，不为所动，挂着职业性的微笑："士别三日……"

黄立工站起来，手扶着桌边，说："如果这里坐着一屋子的投资人，我会做的第一件事情是，坦诚。"

"哦？"

"坦诚地告诉他们，睿立科技现在就在悬崖边上。大股东母公司债务爆雷，承诺投入被中断，我们面临很大的财务风险，更糟的是，大股东母公司已毫无章法，我们控制权旁落的风险迫在眉睫。"黄立工环顾屋里，对着不存在的投资人凝重地说，"我还会告诉他们，日本减速机供应商强行断供，我们的供应链面临断链风险。我们在几个月内搞出自主传感器，拿出自主减速机，性能更为优越，日本帝工集团紧盯我们，正在美国提起专利诉讼，想摧毁我们的自主创新能力。"他扫视一圈，目光回到许茜茜的身上，"危机是睿立科技创立6年来的常客，我们就是在一场又一场蚂蚁对大象的战争中熬出来的，每次都是九死一生，这次是最为危险的一次，所以我会出现在这里。"

许茜茜靠在办公椅椅背上，抱着双臂，眼里露出一丝赞赏。即便在挖空心思以求获胜的投融资圈里，这般开门就尽露家底的套路也属少见。

"我希望在座的各位可以加入这场战争。为了这场战争……"黄立工手按着桌面，躬着身体，紧盯前方，像是出击前的鬣狗，"我们集结了市场中信任我们、愿意跟随我们的渠道力量，预计筹集8000万到1亿元的资金，其中1/3用在公司的加盟旗舰店的建设上，2/3用在置换股份，帮助公司收回控制权上。目前已有一半企业签订正式协议……

"我们还要集结国际市场中的创新力量。日本帝工集团想拖垮我们的创新步伐，我们就用更迅猛的创新扩张来回应它。睿立科技是国内最早研发成功六轴工业机器人的新锐企业，拥有自主知识产权的底层控制算法、激光传感系统和减速机，都是国内最先进的。我计划未来3年内大举进行海外扩张，收购4～6家技术创新型公司，目前已经和英国斯克公司洽谈，计划收购，至少也是深度合作。睿立科技马上布局超柔性焊接技术，并计划以斯克公司的海外网络为基础，开拓全球市场。很快，睿立科技不但是最具性价比的工业机器人生产企业，还将是最具创新性的工业机器人底层技术服务商、技术创新平台。"

"让人印象深刻的计划，很有雄心的起点，不过，你们付诸哪些行动了？"许茜茜脸带笑容地问道。她自然明白，在此严峻的局面中，黄立工没有火急火燎地四处找钱,尚且有余暇、有余力部署未来,铺陈国际收购的激进战略,目的自是向投资人传达对未来的强烈看好,提升他们的信心和期望,但是,语言和姿态的证明能力终究微弱。

"我有信心。不管各位是否加入,是否投资,我已经在往前走。"黄立工说,"我已经和大股东完成谈判,商定价格,回购所有股份。我也以个人信誉作为担保,筹集到了所有资金,一个月内把大股东持有的所有股份收回到我的手里。"

办公室里一片静默。良久,许茜茜说:"你弄了3个多亿的过桥资金?"

黄立工点头。

"你还真有信心……"许茜茜用手指轻轻敲着桌面,说,"别忘了,你的设想和行动,都建立在一个基础上——挺过专利官司这关。"

"专利官司如何,影响的只是估价,对吧?我肯定会想办法让自己的估价更高一点儿。"

"现在是什么情况?"

"我们的律师相信,很快会达成和解。"

"多大的代价?"

"对等。"

"嗯?!"许茜茜沉吟。

"听听我们的律师怎么说?"黄立工拿出手机,晃了晃。

"好,等一下我的律师。"许茜茜按下呼叫铃。

一个高大秃顶的英国人走进来,和黄立工握手,就座。黄立工拨出电话,按下免提,将手机放到桌子中间。

"渊若,我和许茜茜、伦敦的律师在一起,他们想听听你在专利官司上的判断。"

"好。"

"半个小时,交给你了。"黄立工看了下表。

"In English,please(请用英语)。"许茜茜说。凌渊若随即在电话那头用英文阐述她的应诉策略。她的核心主张是,帝工集团造不出睿立的减速机。

"是不具备能力,还是不需要?"伦敦律师问。

"都对。帝工集团并不需要用睿立科技的方法去生产减速机,作为一个事实性结果，它在现实中也就不具备那样的能力。"凌渊若解释说。从技术的角度来说，帝工集团并非绝对没有那种能力，但是当它拥有更好的原材料，拥有更成熟、精度更高的工艺能力，就不会大费周章地去研究如何用普通材料局部地实现特种材料的性能，如何用精度不够的零部件装配出精度跃迁的产品，不会大费周章地去沉淀、累积并优化相应的经验。而人类的创新和智慧——用专利来承载——正产生在这种大费周章的行动之中。

"睿立科技发展起来的是一套方法以及相应的工艺积累和数据沉淀。零部件配合的庞大数据和模型，零部件图像识别和快速配对，生产线与工序的无缝嵌入和最小代价改造……睿立减速机的性能优越很大程度上归功于此，有严格的数据可以证明。睿立科技正在快速地申请专利，正式专利或专利审理结果将会在庭审前加入证据链。

"帝工集团太骄傲了，对自己的技术优势太有信心，以致在递交法院的材料和意图上毫无掩饰。以其多年的厮杀经验，它们完全不相信有中国企业能在短期内掌握材料，掌握成熟的工艺，即便是李艺主持——其实这是对的。他们没想到的是，睿立科技另辟蹊径，走上了另一条工程路线。帝工集团强烈且合理地怀疑，睿立科技改装了帝工集团的旧生产线，并以此为核心进行围攻，以图逼迫出睿立更多的漏洞。凌渊若计划在合适的时机发动突然袭击，一方面抛出新专利，另一方面请出斯坦福大学的一位教授、大数据指纹专家，正面证明睿立减速机中的任何一个部件都不可能和日本帝工集团旧生产线产出的部件同源。"

"大数据指纹？是个新东西？"伦敦律师问。太新的概念在法庭上可是双刃剑。

"我查阅过，有成功援引大数据指纹的判例。其实，这不是新概念，应用广泛的本福特定律就是一种大数据指纹。现在，借助强大的计算资源和大数据处理能力，所有人造物，包括工业品、艺术品、文字、表达方式、行为模式，几乎都可以提炼数据特征，有如它们的指纹，用来比对两类相似的物件或行为是否同源。"

凌渊若所说的本福特定律，是80多年前美国工程师本福特发现的规律，在随机产生的统计数据中，只要数值范围够大，没有人为扭曲，每个数的首位数字是什么，其实并不随机。人的直觉会认为，某一数值首位数字是1或者9的概率应该差不多，都是1/9左右，然而实际上，首位数字是1的概率高达30%以上，几乎是首位数字是9的概率的7倍。随后的几十年中，这个规律逐渐被应用在税务稽查和司法实践中——当一组数据中某个或某几个首位数字出现频率偏离本福特定律的预测数值，就意味着这组数据很有可能是伪造的。很多投资诈骗、财务造假案件，包括轰动一时的安然公司财务造假丑闻，都是被本福特定律撕开第一道口子。

最后，睿立科技将凭借自身的专利，与华普等国内大型工业机器人企业建立专利同盟，在国内法院提起一系列诉讼，除了专利侵权诉讼，还会提起反垄断诉讼。这些反制手段旨在逼迫帝工集团尽快与睿立科技达成庭外和解。

伦敦律师问了几个细节问题，和许茜茜交换了一下眼神，点点头，说："很有希望。"

"多谢你的聆听和专业意见。"许茜茜站起来送律师出去，两个人在门口聊了几句。回到办公室里，她说："做得不错。"

"这拨专利还会是我们以后的新商业机会，至少是商业竞争中的新优势。"黄立工按捺着得意，对许茜茜说。

"走，我带你去路演。"

39 日企妥协

黄立工比约定时间早到半个小时，此时还是清晨。在路上他就告知了帝工集团川崎部长的助理。

黄立工走进帝工集团中国办事处，川崎的助理出来迎接，带黄立工到会客室，随即回到门厅，让前台的员工沏一杯热茶。助理回到会客室时，黄立工正竖直地举着报纸，脑袋藏在报纸后面，认真地看着新闻。助理拉开对面的椅子坐下，安静地等着，黄立工竖着的报纸就在他的眼前，一行大标题跳进他的眼里，他的脸色微微一变，看了看表，又站起来，躬身致歉："黄先生，我忘了手里还有个急事，请你稍坐片刻。"

助理出去后，黄立工把报纸收起来，细心地叠好，把方才冲着助理的那面叠在最外面。

到约定的时间，川崎的助理带黄立工到小会谈室里。黄立工把报纸扔在桌上，站在窗边。两分钟后，川崎带着翻译进来，径直向他走过来。

"欢迎光临敝公司。"两个人快速地握完手，川崎说。他的声音很干，带有一种沙漠捕猎者的宁静和机警。

"久仰，川崎先生。"黄立工说，"素未谋面，但是听过你的大名，帝工集团的专利捍卫者。"

"帝工价值的捍卫者。"川崎硬邦邦地纠正。

"名副其实。你的工作让人印象深刻。"

川崎瞅了黄立工一眼。黄立工脸上没有客套或者讽刺，相反，声音里是认真，甚至带着一丝赞赏。

"请坐。"川崎摊手示意。

双方终于坐到谈判桌上。4个月过去，虽然其间有波折、拉锯和猛烈的反扑，但是大的进程如凌渊若预判的一般。新泽西法院的法官在最后一次听审会上，把双方律师都叫到他的办公室里，这是建议双方庭外和解的信号。睿立科技在国内提起反垄断和专利诉讼，随即向帝工集团传递信号，希望接触，帝工集团同意，派出川崎部长到中国会谈。

川崎目光扫过黄立工放在桌面上的报纸，嘴角抽动了一下。他刚看过这张报纸，就是往上摊着的这一面。他的助理20分钟前匆匆地跑进他的办公室里，说刚看到新闻，睿立科技获得上亿美元的国际投资。过了一会儿，报纸被送上来，是中国国内首屈一指的严肃财经媒体主办的，助理将新闻择要翻译给他："睿立科技正式获得多家国际基金联手投资，鼎鼎大名的白岸资本领投，消息确切，已得到白岸资本的正式确认。"

眼下他又看到这张报纸——即便他的助理没有及时看到新闻，黄立工也会在此刻把报纸送到他的眼皮底下的。川崎手抚着下巴，脑子里快速地推断，黄立工这一手，给他传递3个信息：第一，白岸资本这样的国际基金，有强大的调查和判断能力，在投资上有严谨的规范，绝非轻易能够忽悠之辈，帝工集团专利诉讼还未了结，白岸资本就大张旗鼓地投资睿立科技，显是对其未来的前景看好，对其诉讼的前景看好；第二，国际投资机构进入睿立科技，潜在的收购大门已然关闭；第三，大笔投资很快到位，资金充足，睿立科技完全有底气，不惧帝工集团的消耗战。

眼前的这个年轻人，看来对帝工集团甚至川崎本人下过功夫研究。他了解帝工集团的内部工作模式，掐准时机，让极具杀伤力的信息在谈判的前一刻传递给对手。川崎心中甚至泛起亲切的感觉，这种竞争手段，很像早年间的帝工集团。他深深地看着黄立工。

黄立工带着一丝笑容，迎着他的眼神。

川崎拿起手边的杯子，慢慢呷了一口。这场谈判，还没开始，就已经结束。

40 同风共雨

看完一场音乐剧，凌渊若和刘睿阳回到小小的寓所里，站在阳台上喝咖啡。

凌渊若轻轻叹了口气，靠在刘睿阳的肩膀上。风拂过，她的发梢轻轻撩拨着刘睿阳的脖子。

手机铃响，刘睿阳没动。

"你的。"凌渊若抬起头，离开刘睿阳的肩膀。刘睿阳走进客厅里，拿起手机，是黄立工。

"你是一个人还是两个人？"

"两个人。"刘睿阳看着凌渊若的背影，她正在看城里的夜景。

"开免提，开免提。"

刘睿阳走到阳台上，把手机放在扶栏上，按下免提键。

"谈完了，双方撤诉，公平竞争。"黄立工兴奋地说，"渊若是第一大功臣！"

刘睿阳看着凌渊若，满脸笑容。凌渊若眯着眼睛，也笑了起来。这场专利战终于画上句号。

这一天终会来临的。两个人对视的眼睛里慢慢泛起些惶然：这件事画上句号，别的呢？

"我们谈得很快，川崎最后还主动和我握手，说，下次再见面，我就没有那么容易脱身了。"黄立工"嘿嘿"地笑。

"你怎么说？"刘睿阳问。

"我很真诚地和他说：'谢谢你，那会让我变得更强大。'"黄立工顿了一顿，等兴奋稍歇，说，"不过他提醒得对，我们越强大，就会有越多的人盯着我们。我们需要未雨绸缪。"

"怎样未雨绸缪？"刘睿阳隐约听出他的言外之意，盯着手机，好像是它在说话。

"意思就是，我们不能等到官司掉到头上，才去找渊若。日常没事，我们也需要你，渊若。"黄立工说，"睿立科技很快就要加入全球竞争的行列，需要一位海外法律顾问，处理国际法律事务，指导我们构建全球专利壁垒，不知道你感兴趣吗？"

"听起来是很好的机会。"凌渊若说。

"我只有一个要求，每年要有一些时间待在中国，毕竟你服务的企业在中国，不能一天都不来吧。"

"我好像没有不同意的理由。"

"睿阳，未来几年我们会收购全球与工业机器人相关的核心技术，现在是英国斯克，接下来会是美国的一家公司。我觉得你可能也需要经常驻扎美国。"

"真不像你。"刘睿阳微笑。

"人会变的嘛。"黄立工自嘲地哼了一声，"不知道我是变成熟了，还是变老了？"

"你变回最初的自己了。"

"渊若，法律顾问的形式你来决定。"黄立工换回到原来的话题上，"我是说，也许你以后想独立开业，或者开拓更多的中国业务。还有，驻扎中国的时间、配合形式，这些你来考虑。"

"好啊!"

挂了电话,刘睿阳凝视着凌渊若,她的眼睛里连绵的城市灯火在燃烧。他伸手拥抱她,她紧紧地搂着他,把头靠在他的胸口上。

41 开启全球并购

许茜茜劈头盖脸地把黄立工说了一通。

她的声音不大,语调冷静,半点儿怒气都捕捉不到,但是黄立工听得出里头有些东西在散发着磐石一般的气息。黄立工隐隐感到一阵压力,无所不在的压力,像是潜入了深海里,呼吸开始变得艰难。

他自知理亏。

与帝工集团的专利纠纷尘埃落定后,睿立科技在资本市场上的前景大好,许茜茜开始跟踪黄立工引资时抛出的豪言壮语。并购斯克公司的事不了了之,她自然不会放过,追问原因和细节,黄立工只好交代实情。

四季酒店见面后的第15天,黄立工收到弗兰克的邮件——这些英国人,果然说半个月就是15天。黄立工打开邮件,大为惊讶,甚至恼怒。弗兰克的邮件很短:"我们不能终止与日本山岚自动化的合作,也不能接受你的条件。谢谢你的邀请和信任。"

黄立工做过预案,如果和弗兰克谈不拢怎么办?那就涨价。他的心理预期是3倍,把弗兰克年薪的3倍作为回报或提成,没想到弗兰克丝毫不留讨价还价的空间,这个榆木脑袋。

"对公司员工行贿,在英国是重罪。"电话那头,许茜茜的声音没什么感情色彩,"法院会罚到你倾家荡产,还要坐好几年牢。"

客厅里没开顶灯,只有沙发角上的落地灯亮着,把黄立工的影子长长地投出去。他看着自己在地面上的影子随着踱步不断地变化,拉长、缩短,又拉长。

"你已经进入国际舞台，要学会按国际规范来竞争。"许茜茜说，"以后和海外相关的行动，你必须先经过专业的咨询，必须！"

"好。"黄立工不大情愿，但还是响亮而清晰地答应。

"并购斯克公司，重新提上日程。"

"还可以吗？"

"当然可以，弗兰克是职业经理人，不是股东。斯克公司的实际控制人是威廉博士，他在英国还拥有一支球队呢，对于中国企业并购也感兴趣。"许茜茜说，"我做些前期工作，下周会回中国，你安排好行程等我。"

"好，等你启动并购，把它买过来后，我第一个就把弗兰克换掉！"

"刚让你按国际规范竞争呢……"许茜茜无奈地叹气，"你别想。弗兰克是个不错的CEO。"

黄立工不再说什么，挂了电话。

一周后，许茜茜带着哈里来到武山。

进入黄立工的办公室，许茜茜把协议书递过去："并购斯克公司，由汇泉投资来全权负责。你别插手，节外生枝。"

黄立工翻了翻协议，有点儿犹豫。

"英国有家百年企业，公司账上现金流1亿英镑，按今天的汇率8.6，也就是8.6亿人民币。这家企业同意你9亿人民币的收购价，你觉得这笔买卖如何？"

"得看债务怎么样。"

"英国的百年企业不太喜欢杠杆，负债率普遍不高。"

"那是个好买卖。"黄立工说，"相当于只花了4000万人民币。"傻子都会算这笔账，他心想：不到500万英镑，收购一家英国百年企业，跟天下掉馅饼差不多。

"你还应该关注一下存货和员工。"哈里温和地提醒。

"存货总有市场价格波动的，不过这个影响不会太大，对于还在持续经营的老牌企业，不用太担心存货只剩下账面价值。"许茜茜接过来说。

黄立工点头，这个他明白，但是，要关注员工是什么意思？

"这家公司有200多个员工。"许茜茜轻轻敲着桌面，"光这一项就够你折腾的。如果你想退出,和这些员工解除合同,根据英国劳工法,不赔上几个亿脱不了身。"她坐下来,手指着黄立工手里的协议书,"这类的问题,是你们海外并购的隐性成本,不会写在任何地方,但是在关键时刻,会把你拖到深渊里。这也是我们的隐形价值所在。"

黄立工笑了一笑,示意哈里坐下。他也坐到自己的办公椅上,从笔筒里找出签字笔,在协议书上签下自己的名字,递给许茜茜。

"还是那句话,我们的佣金不菲。"许茜茜把协议书收进包里,"但是,你很快会庆幸交了这笔佣金。"

许茜茜雷厉风行,把斯克公司并购案推进得很快,威廉博士对中国市场本来也有浓厚的兴趣,两个人一拍即合,就核心条款基本达成共识。

最后一场谈判在中国武山,威廉博士带团队到睿立科技实地考察。弗兰克本来在同行名单里,他长期做亚洲市场,算半个亚洲通。许茜茜说服威廉博士,此次并购谈判主要涉及股东层面的交易,不带经理人。

威廉博士一行抵达江城,待遇很隆重,黄立工亲自开豪车接站,地方政府负责招商的官员陪同,入住江城五星级酒店。酒店临江而建,站在落地窗前,视野开阔,货轮拥挤在江面上,运输繁忙。一行人第二天抵达武山,工业机器人产业园门口也是同样的景象,拉货的大挂车排满门口,装货运输。"全球第二大经济体,生命力旺盛,名不虚传。"威廉博士对黄立工说。他知道这是东道主特地安排的,不过不同于参观车间,一座城市、一座园区的繁忙景象会更真实地体现出区域本身的经济活力。

晚上,黄立工带着威廉博士等人到小镇上的一家土菜小饭馆。臭豆腐、煎卷鲜、山药炖排骨罗列桌上,都是黄立工小时候的最爱。在他不厌其烦的讲解和示范中,威廉博士等人用双手笨拙地拿着筷子,夹起臭豆腐,放进嘴里,脸上的表情大多古怪而有趣,放下筷子一番评点。

要的就是这效果,黄立工得意地看向许茜茜。许茜茜只是微笑地看着他。她心里说这是土办法,黄立工心想。不过,谁说土办法不好呢?当年的美国副总统拜登访问中国,就是去北京鼓楼吃的姚记炒肝,加拿大总理哈珀也携夫人去北京方庄吃过一碗居炸酱面,不都吃得不亦乐乎,传为佳谈吗?管他土办法、洋办法,能让人放松,又能增进感情,就是好办法。

到正式谈判时，黄立工马上绷紧心中的弦，开场就诚恳地抛出诉求："价格有点儿贵，能否降一降？"

威廉博士表示不解，他的律师也在摇头。并购价格属于核心条款，在英国时双方就已经达成基本共识，自然，根据实际情况还有调整的空间，但黄立工的提法似乎是要另起炉灶重新谈过。

"我觉得这个价格对应的风险太高。"

许茜茜不动声色。黄立工的诉求事先并没有和她沟通过，不过她并不感到意外，她和黄立工一起出去谈判过，知道他的风格。

"什么风险？"威廉博士问。

"比如业绩'变脸'。"黄立工列举了几个并购后不成功的案例，前东家脱手后，被并购企业业绩急剧下滑。

"我们的职业经理人团队很敬业，客户稳定，业绩也一直很稳定。"威廉博士很简单地说。

"我来澄清一下。"许茜茜看向黄立工，"你真正担心的是业绩风险，对不对？如果能在并购的安排上规避风险，那么价格你是可以接受的？"黄立工沉吟了一下，点头。许茜茜看向威廉博士："我们可以考虑按照惯例设置对赌条款。"

"我们协定的价格里包含了风险定价。"

"我们可以协定一种更新颖的安排，对双方来说都更公平，也能更有效地推动交易。"许茜茜看向哈里。哈里走到会议桌前，看着两边："我们有个提议，对并购价格做更有弹性的安排、更合理的激励，把双方的利益捆绑在一起。"

哈里提议对并购价格设定正负对价各10%的容忍范围，也就是说，对于双方达成共识的基准价格，上浮10%作为封顶价格，下降10%作为保底价格，然后依据新一年度斯克公司的利润指标，决定最终并购价落在哪个点上。

并购款的支付分为4期：第一期，交易日之前支付80%；第二期，下一个年度审计报告出具后，支付10%；第三期，下一个年度审计报告出具后，支付5%；第四期，下一个年度审计报告出具后，支付余下的5%。而且，如果第二、第三期经审计的年度净利润低于预测净利润的90%，暂停当期付款，待审计结果满足上述条件后再支付。

在交易完成后，以威廉博士为首的股东们共同设立一家有限合伙公司，返投睿立科技，认购股权，并事先约定好入股价格。

"我相信，这符合双方最大的利益。"哈里用一句话结束他的陈述。

这个许茜茜，早就做好各种准备。黄立工微微点头。这个方案符合三方的最大利益，而不只是两方。对于黄立工，虽然可能付出更高的并购款，但算总账是划算的，返投条款更是他所需要的。对于威廉博士，基于他对斯克团队和业绩的信心，溢价的可能性很大，而他本来就对投资中国市场有兴趣，入股睿立科技会是很好的第一步。对于许茜茜和哈里呢，从一项中国投资的业务自然延伸到投资中国的业务，收获威廉博士这个潜在的长期客户，C2W和W2C形成闭环。

双方都没有异议，经过一番拉锯，谈定最终的交易条款。

自此，睿立科技开启全球并购之旅。

42 大国智造新征途

正式的签约仪式在伦敦举行。

去伦敦见证签约的队伍声势浩大。黄立工，作为公司法人代表和创始人，带队；刘睿阳，公司首席科学家兼联合创始人，睿立科技肇始于他，自然要一起见证历史；刘斐，主管销售，签约完就要着手对接业务；凌渊若，具有国际视野和海外执业资格的年轻律师，从纽约赶过来，审核并把关相关协议文书；李艺，核心科研人员，领队打造睿立减速机，携妻儿共同见证大场面……

黄立工一路上都是激荡的心情，像远征军的统帅，带领着他未来的凌烟阁成员，前往攻下的第一座城里接受胜利的欢呼。

他唯一遗憾的是张文峰不能过来。出发前一天，黄立工接到律师电话，刘斐和刘睿阳都紧张地看着他。挂了电话，黄立工有点儿不敢相信地说："3年有期徒刑，缓刑4年。"

刘斐一下子笑了，泪珠跌落下来。

"我们来得及去接他吗？"刘睿阳问。黄立工摇了摇头："还要几天才能出来。"

"他没事就好。"刘斐搂着刘睿阳的胳膊。

"可惜他不能和我们一起去伦敦。"

"下一场他一定会在的。"黄立工点了点头，如果没有张文峰，睿立科技的故事也许都不会开始。

黄立工一马当先，大步流星地带着队伍走出机场，许茜茜和哈里在等着他们。

"你这是出征还是凯旋呢？"许茜茜和黄立工握了握手，问他。

"万里长征第一步。"

许茜茜向刘睿阳走过去，伸出手，两个人拥抱了一下。"你和以前不一样了。"她看着刘睿阳，眼里闪过一丝欣喜。他的脸隐约散发出放松而柔和的光芒。

"是吗？"刘睿阳看着她的眼睛。

"你的好消息忘了告诉我。"

"我想见了面告诉你。"刘睿阳有点儿不好意思。他记得在许茜茜的屋里，他说过有好消息要告诉她，"她晚点儿会到伦敦。"

"我很高兴。"许茜茜微笑着说。

签约仪式在斯克公司的会议室里举行。

黄立工有点儿失落，这么重大的时刻，场面却很简单，甚至有点儿乱糟糟的，毫无氛围，毫无仪式感，就像在进行的只是一次普通的日常会议。这要是在中国，签约会被鼓捣得山呼海啸，尽人皆知。古板的英国人，他这么安慰自己。所幸他没有失落多久，英国人开门见山，说了几句话就忙不迭地开始签字环节。黄立工与威廉博士签署两份协议，睿立科技与威廉博士等个人股东签订出售和购买协议，睿立科技与个人股东们联合成立的有限合伙公司签订股权认购协议，向睿立科技增资扩股。

签约仪式的晚餐也不气派，斯克公司在伦敦一个安静的自助餐厅包了一个就餐区，黄立工走了一圈，心想：这也就是一个中档餐厅嘛。不过，签约仪式"珠玉在前"，他倒没有什么失落感，毕竟餐厅的环境还不错。弗兰克看到他，笔直地走过来打招呼，像什么事情都没发生过。黄立工心里别扭，脸上堆笑，握住弗兰克伸过来的手。许茜茜正和凌渊若在一旁轻松自得地说着话，瞅见黄立工略微僵硬的笑容，走过去，说："我来当翻译。"

第二天，许茜茜 8 点 50 分到达酒店大堂。刘睿阳和凌渊若已经在大堂咖啡厅里等着，喝着咖啡，浅笑轻语。许茜茜向两个人挥手，走过去，刘睿阳拉开椅子。

"喝点儿什么？"他问。

"黑咖啡。"

刘睿阳起身去柜台，等着服务生现磨。

"看到你们俩在一块儿真好，你们身上有些很相像的东西。"许茜茜看着刘睿阳挺直的背影，对凌渊若说。

"他和我说，你是第一个看到他的人。"凌渊若说。

许茜茜看着她的眼睛，露出微笑，垂下眼睛，轻轻摇了摇头。

李艺一家走进来。他计划这几天去德国奥格斯堡看望博士生导师科恩，于是就把妻儿也带过来，从英国直接去德国。他和许茜茜等人打了声招呼，便与妻子陪着孩子到门外玩耍。黄立工和刘斐 9 点 15 分下来，走到桌边。

"喝杯咖啡？喝完我们去海德公园。"许茜茜说。

"去不了。"黄立工摇头说，"我们得马上走。"

"怎么了？"

"文峰要出来了，我赶回去接他。"

"啊，那我和你一块儿去。"刘睿阳说。

黄立工的手按着他的肩膀："不要。"他看着凌渊若，"难得你们俩都过来，在伦敦好好玩几天。你要是去了，文峰会骂死我的。"

张文峰走出来，看到贝儿正在等着他，旁边站着黄立工和刘斐。

他走过去，黄立工给他一个大大的拥抱。

"先上车。"黄立工说。

"你换了辆好车。"张文峰坐到副驾驶座上，随口说道。

"这次你猜错了，租的。"黄立工说，"和我回武山吧？"

张文峰沉默。

"我们兄弟一起，把睿立科技做成世界知名的工业机器人企业。"

"我现在坐不了飞机。"

"我们一路开回去。"黄立工拍了拍方向盘，直直地看着前方，"我开车走过你常走的那条路，就一直在想，有一天，我要和你一起开车，走遍大江南北。不如就今天？"

张文峰看了他一眼，又看着窗外："从这儿回武山最快也得 10 个小时。先回我住的地方吧，歇歇脚，晚上商量。"

黄立工一个转弯，往径山古镇开去。

贝儿拿出钥匙，打开门，侧身站到一旁。张文峰进去，手拂过门框，像是回到久别的童年旧宅。

张文峰径直上 2 楼，另外三个人跟着上去。2 楼收拾得很整洁，只有桌上是凌乱的，扣着一本书，烟和打火机被随意地放在书的旁边，再远一点儿的烟灰缸里，烟头仍在，好像这里的主人一直都没离开过。众人忽然陷入一阵沉默中。张文峰手插着兜，陌生地看着这个家。黄立工和刘斐、贝儿相互看了一眼，谁都没说话。

一阵风吹来，站在屋中隐约能听到门口古树的树叶"沙沙"作响。

"我们自己做饭吃吧。"刘斐挽起贝儿的手，拉着她往外走，"你带我去逛逛古镇，然后咱们买菜。"

脚步声逐渐消失在楼梯上，张文峰拿起烟，抽出两支，递一支给黄立工，拿起打火机，走到阳台上。他点了烟，把打火机递给黄立工。黄立工也点上。

刘斐和贝儿走下台阶，说着话，在古树边上停下来。刘斐认真地对贝儿说着什么，贝儿摇着头，后来开始点头，忽然间绽开笑容，像是阳光下的花朵。她伸手搂住刘斐，刘斐抚摸着她的肩膀，在她的耳边低语。贝儿挽着刘斐的胳膊，两个人顺着路往镇里走去。

"你猜她们在说什么？"张文峰忽然开口。

"女人……我从来猜不透。"

"刘斐叫她一块儿回武山。她说怕我不想让她跟着。刘斐说你们俩都会帮她的，告诉她男人都是怎样怎样的，可能还夸了她温柔执着。"张文峰轻飘飘地说着，轻飘飘地吐出烟雾，像在说别人的事。

"你听到了？"黄立工看着他，往声音里加了一点点调侃，"兄弟，别太自信啊。男人都是盲目自信的生物。"

张文峰苦笑："刘斐这么教训你的吧？"

"她都是用行动来教训我。"

"我看你乐在其中。"张文峰说，"你们什么时候结婚，让我们也高兴高兴？"

"嘿，结婚就是自己受苦好让别人高兴的事情。"

张文峰笑起来："这不像你说的话，什么时候学会抢我台词了？"

"文峰……"黄立工转过身去，看着古树繁茂的枝叶，沉默了一会儿，说，"这些年，我都没有高兴的时候，好像不会高兴了，以后也不会了。"

张文峰勉强地说道："从零开始，做出一个让人佩服的企业，还买到海外去，你还不高兴？"

黄立工摇着头："兴奋、得意、风光，觉得自己厉害……但不是高兴。"他抽了一口烟，声音低沉地说道，"但是，高兴好像也不是重要的人生追求，对不对？"

张文峰拍了拍他的肩膀，一起看着古树的枝叶。

手里的烟缓慢地燃烧着，烧到尽头，黄立工觉得手指一阵灼热，扔掉烟头，说："有时候我躺在床上，睡不着，脑子里会蹦出一个词——殉道者。"说完他自己都笑了。张文峰却摇了摇头："没错，那种感觉好像是你已经属于一个更庞大的事业，哪有资格谈自己高不高兴？"

黄立工转过身，对着张文峰，换了个话题："茜茜在伦敦，我看她以后就在英国发展了。"

"嗯……她终于回去了。"

"她好像完全变了一个人，和以前很不一样。"

张文峰微笑："她没有变，只是做回真正的自己。"

黄立工欲言又止，最后说："好吧，我其实不了解她。"

"我挺羡慕她的，羡慕睿阳，也为他们高兴，他们都用自己的样子活在世间。"

"我们这些做企业的，高兴都保障不了，还谈什么自己，那么遥远！"黄立工做出敲打张文峰脑袋的动作，张文峰侧过身躲闪。两个人笑起来。这种玩闹，熟悉而又遥远。

"我最高兴的时候，是和你们一起在破出租屋里捣鼓那个破飞行器的时候。"黄立工说。

"我也是。我有时候会梦到我们回到旧时光里，做回了真正的自己……"

黄立工摇着头，一本正经地说："当了殉道者，那就殉到底。"他用拳头捶了捶胸口，"我还要把鲲鹏做成最先进的机器人，收购最厉害的企业，把睿立的大旗插在那些遥远的地方上。"他按着张文峰的肩膀，看进张文峰的眼睛里，"文峰，和我去武山。我们是要开天辟地的人，前方才是我们的旧时光。"

张文峰的手慢慢伸过去，两个人用力地握了握手。

楼下的氛围再度欢腾起来，刘斐和贝儿出现在道路的尽头。两个人提着大小袋子，拉着手，说着话，远远地都能看到她们的笑容。贝儿有些雀跃，挥动着手臂，带着手里的袋子在空中画出"沙沙"作响的弧线，飘浮在古镇的路上，好像那是属于生活本身的线条，飘浮在时间之上。

黄立工拉了一下张文峰，两个人走下楼，去迎接她们。